国家出版基金项目
NATIONAL PUBLICATION FOUNDATION

漢籍合璧 總編纂 鄭傑文
漢籍合璧精華編 主编 王承略 聶濟冬

韓詩佚文彙輯通考

吕冠南 著

上

漢籍合璧精華編

學術顧問（按齒序排列）：

程抱一（法國）　袁行霈　項　楚　安平秋　池田知久（日本）
柯馬丁（美國）

編纂委員會（按姓氏筆畫排列）：

主　任：　詹福瑞

委　員：　王承略　王培源　王國良　吕　健　杜澤遜　李　浩　吴振武
何朝暉　林慶彰　尚永亮　郝潤華　陳引馳　陳廣宏　孫　曉
張西平　張伯偉　黄仕忠　朝戈金　單承彬　傅道彬　鄭傑文
蔣茂凝　劉　石　劉心明　劉玉才　劉躍進　閻純德　閻國棟
韓高年　聶濟冬　顧　青

總 編 纂：

鄭傑文

主　　編：

王承略　聶濟冬

本書編纂：

辛智慧　李　兵　林　相　段潔文

本書審稿專家：

王承略　唐子恒

國家重點文化工程“全球漢籍合璧工程”成果
山東省社會科學規劃重點項目（批准號：19BWTJ43）

前　　言

中華優秀傳統文化是中華民族寶貴的精神財富。古籍是中華優秀傳統文化的載體，凝聚了古人的智慧，承載了中華民族在人類發展史上的貢獻。古籍整理，是一種傳承、發展中華優秀傳統文化精髓的基礎研究，是一項事關賡續中華文脈、弘揚民族精神、建設文化强國、助力民族復興的重要工作。古籍整理研究雖面對古籍，但要立足當下，把握時代脈搏，將傳統與現實緊密結合，激活古籍的生命力，推動中華文明創造性轉化和創新性發展。

山東大學向來以文史見長，在古籍整理研究方面成就斐然。從 2010 年開始，承擔了國家社科基金重大委托項目“子海整理與研究”，遴選先秦至清代的子部書籍中的精華部分進行影印複製和整理研究，已取得了豐碩的成果。自 2018 年始，山東大學在已有的古籍整理成功經驗的基礎上，又承擔了國家重點文化工程——“全球漢籍合璧工程”，主要是對海外存藏的珍本古籍複製影印和整理研究，旨在爲海内外從事古代文、史、哲、藝術、科技專業研究的學者提供新的資料和可信、可靠的研究文本。“漢籍合璧工程”共有四個組成部分，即“目録編、珍本編”“精華編”“研究編”和數據庫。其中，“精華編”是對海外存藏、國内缺藏且有學術價值的珍本古籍進行規範的整理研究。在課題設計上，進行了充分的調查分析和清晰定位，防止低水準重複。從選題、整理、編輯各環節中，始終堅持精品意識，嚴格把握學術品質。“漢籍合璧精華編”的整理研究團隊由近 150 人組成，集合了海内外 30 多所高校和研究機構的古文獻研究者，整理研究力量較爲强大。我們力求整理成果具有資料性、學術性、研究性、高品質的學術特色，以期能爲海内外學者和文史愛好者提供堅實的、方便閱讀的整理文本。

“漢籍合璧精華編”採用五次校審、遞進推動的管理模式。一、整理者提交文稿後，初審全稿。編纂團隊根據書稿的完成情況，判斷書稿的整體整理質量，做出退改或進入下一步編輯程序的判斷。二、通校全稿。進入編輯程序的書稿，編纂團隊調整格式，規範文字，初步挑出校點中顯見的不妥之處。三、匿名評審。聘請資深專家通審全稿，全面進行學術把關，盡力消滅硬傷，寫出詳盡的審稿意見。四、修改文稿。專家審稿意見及時反饋給整理者，整理者根據審稿意見修改，完成新文稿。五、終審文稿。待新文稿返回後，主編作最後的質量把關。五步程序完成後，將文稿交付出版社。出版社同樣進行嚴格的審稿、出版程序。

五次校審的目的是爲了保證學術質量，提高整理水準，減少訛誤和硬傷。但校書如掃塵埃落葉，"漢籍合璧精華編"儘管經多道程序嚴加把關，仍難免有錯，懇請方家不吝指教。"漢籍合璧精華編"編纂團隊將及時總結經驗，吸取教訓，把工作做得更好，以實現課題設計的初衷。

目　録

序

經於兩漢獨盛，詩則三家軿馳。其時師法肇昌，黌宫阜盛，弦歌無輟，墳典有承。景帝常山太傅韓嬰，眈研奥義，肄治微言，究聖學以赤款，發孤明於玄宵。於是嬴秦之後，星爝彌原；燕趙之閒，儒風浸廩。其所闢《韓詩》一脈，創垂久遠，開嗣遐悠，始徐行乎河内，終獨步於東京。豈意王綱驟解，官學寖湮，《毛傳》鷹揚，《韓詩》鷁退。六朝已雖存而無授，兩宋則盡佚以難追。顧其殘根餘枿，散見陳編；片羽吉光，亟需新訪。故元晦佇思，深寧卒業。自是《韓詩》略復舊觀，麄呈元貌，然絓漏猶存，補苴是待。逮至有清，樸學勃鬱，經史復興，博士使能於輯佚，碩儒攄略於訓詁，風氣歊烝，韓家睠遇。一時鉅子雲集，輯本蠭出，搜剔近乎無遺，考論多爲不刊。韓學遂如止水漩澓，生機亢見，駸駸乎昉自斯時，粲粲然施於今代。余治《韓詩》有年，每思裒録前脩所言，附及一己之得，彙次成編，意於韓學或不無佽助焉。經年書成，釐爲十卷，顔曰《韓詩佚文彙輯通考》。所媿祖述者夥，孳新者尠，通人達才，進而教之。庚子冬至冠南自記。

輯考説明

據《漢書·藝文志》，漢時官學授《詩》者有三家，《韓詩》居其一焉。《韓詩》始於韓嬰，嬰自作《内傳》《外傳》，以推詩之意，則二書非解釋經文之撰甚明。韓嬰原授《詩》於河内，其後影響寖著，遍及全域，後學多有撰述，品類繁盛，可考者凡十五部（詳參拙撰《〈韓詩〉研究》，中國社會科學出版社，二〇二三年）。然至兩宋之交，其學僅有《外傳》傳世，餘皆殘削向盡。《韓詩》之學，遂折入輯佚一途。宋季王應麟撰《詩考》，輯《韓詩》佚文一卷，此乃《韓詩》輯佚之先河，惟篳路藍縷，闕漏殊多。至有清一代，《韓詩》輯佚之學始成大國，尤以侯官陳壽祺、喬樅父子《韓詩遺説考》總其大成。然二陳受制於師法、家法觀念，其所輯條目雖多，得自主觀推測者亦復不少，此類條目多宜删汰。又二陳鮮睹海外佚書，陶方琦、顧震福等雖事補苴，罣疏猶存。本書賡加拾遺，尤厝意於域外漢籍所載新資料，所輯佚文較前復有增進。

本書題爲"韓詩佚文彙輯通考"。"佚文"者，謂古籍直引可信爲《韓詩》學派著作之佚文。凡前人借用家法、師法輾轉推定之文及其所收僞《韓詩》佚文，本書概不收録，亦不考辨。"彙輯"者，謂裒彙今見所有尚存佚文傳世之《韓詩》著作，含《韓詩經》《韓詩内傳》《韓詩外傳》《韓詩説》《韓詩翼要》《韓詩章句》《韓詩序》七種。"通考"者，謂蒐集前人解説《韓詩》佚文之片段，若筆者另有增訂意見，則附按語於後，期於《韓詩》佚文，作一貫通考索；本書徵引前人著作，如所據版本有文字或標點錯訛，爲省篇幅，皆徑改，不出校。

本書正文凡十卷。前二卷就韓嬰所撰《韓詩内傳》《韓詩外傳》佚文進行輯考，以彰顯《韓詩》學派推演著作之特色；後八卷以《韓詩經》爲中心，分置《韓詩説》《韓詩翼要》《韓詩章句》《韓詩序》之解説文字於經文之下，以彰顯《韓詩》學派釋經著作之特色。

《韓詩》學派之訓詁著作有《韓詩故》《韓詩章句》二種，前者僅得《漢志》記載，亡佚當甚早。故本書於古籍所引《韓詩》訓詁類佚文，皆定爲《章句》。此舉似嫌武斷，然徵之於書志目録及文獻互證，則雖不中亦不甚遠。筆者嘗撰《慧琳〈一切經音義〉所引〈韓詩〉佚籍實爲薛君〈韓詩章句〉考》(《文獻》二〇一八年第四期)，於此問題有詳説，可參看。

古籍徵引《韓詩》訓詁，有聯引所釋經文者，亦有僅引訓詁者。本書對於後者所釋經文之推定，或參前人意見，或下己意，然合理與否則不敢定讞，僅供參考。

本書附録一卷。分别彙録未明所屬之《韓詩》佚文、存疑之《韓詩》佚文、諸家《韓詩》輯本序跋、《續修四庫全書提要》所載《韓詩》輯本提要，旨在保存歸屬不定之佚文、存疑之佚文，呈現《韓詩》輯佚之宗旨意趣，勾勒前代《韓詩》學之簡史。

韓詩佚文彙輯通考卷一

韓 詩 内 傳

冠南按:《史記·儒林列傳·韓嬰》云:"韓生推《詩》之意而爲《内》《外傳》數萬言。"則《韓詩内傳》《韓詩外傳》並韓嬰"推《詩》之意"而成,其質一也。"推《詩》之意"則主於推演(《漢書·儒林傳》王先謙補注:"《内》《外傳》皆韓氏依經推演之詞。"釋"推"義極剴切),非訓詁考釋之作,故班固明敘其"取《春秋》,采雜説,咸非其本義"(《漢書·藝文志》),班氏嘗見《内傳》原書(班氏所撰《白虎通義》數引《内傳》佚文,即其證),所言必不虚也。然前人多緣《外傳》爲推演之書,故以《内傳》爲訓詁之著,此執内、外相别之常例,而忽馬、班所記之實情。故其必將《内傳》遺説繫於具體經文之下,而枘鑿之不相入亦必難僥免。余有專論(《〈韓詩内傳〉性質問題新論》,《北京社會科學》二〇二〇年第四期),兹不贅述。又,前人輯《韓詩内傳》,間存失收、誤收之處,余嘗董理條辨(《〈韓詩内傳〉舊輯考辨與新輯》,《河北師範大學學報》二〇一七年第一期),兹亦不贅。本卷以佚文來源先後爲序,就《内傳》佚文之可信者加以彙輯,並裒集前人解説之文,偶附陋見,以就《内傳》體例特點復作稽實,再明其確非訓詁之書。

【彙輯】

孔子爲魯司寇,先誅少正卯。謂佞道已行,亂國政也;佞道未行,章明,遠之而已。(班固《白虎通》卷五《征伐》。鄭樵《通志·氏族略》"少正氏"條引作"魯大夫有少正卯,仲尼誅之",蓋檃栝此文。)

【通考】

冠南按：孔子誅少正卯，與《論語·衛靈公》"遠佞人"之旨相合，此事亦見《荀子·宥坐篇》《尹文子·大道》《新語·輔政》《史記·孔子世家》《孔子家語·始誅篇》等，乃先唐流行之傳聞雜説（故朱子疑之，見黎靖德編《朱子語類》卷九十三，後李元度亦駁此説，見徐世昌《清儒學案》卷一百七十八載李氏《孔子誅少正卯論》），《内傳》"采雜説"，此爲一證。

【彙輯】

師臣者帝，友臣者王，臣臣者伯，魯臣者亡。（班固《白虎通》卷七《王者不臣》。"友臣者王"，董斯張《吹景集》卷八《補王伯厚〈詩考〉》引作"交愛臣者王"。"伯"，董斯張引作"霸"。）

【通考】

盧文弨云："'魯'與'虜'古通用。《白虎通·王者不臣篇》引《韓詩内傳》云：'師臣者帝，友臣者王，臣臣者霸，魯臣者亡。'是以'魯'爲'虜'，言視其臣與奴虜等也。"（《鍾山札記》卷三"魯與虜通用"條）

陳喬樅云："'魯臣'，盧氏文弨以爲與'虜'同。'交友'下或有'受'字，衍文。"（《韓詩遺説考》卷四之二）

王先謙云："《文選·贈五官中郎將詩》：'小臣信頑鹵。''魯'作'鹵'。張孟陽《七哀詩》：'珍寶見剽虜。'李注引《漢書注》：'"虜"與"鹵"同。'是'魯''鹵''虜'三字互通也。"（《詩三家義集疏》卷二十二）

冠南按：《史記·高祖本紀》："諸所過毋得掠鹵。"裴駰《集解》引應劭曰："鹵，與'虜'同。"亦可佐證王説。此章述尊賢之意，言以臣爲師者帝，以臣爲友者王，以臣爲臣者霸（伯），以臣爲虜（魯）者亡。其意已先見於馬王堆出土帛書《稱》："帝者臣，名臣，其實師也；王者臣，名臣，其實友也；霸者臣，名臣也，其實賓也；危者臣，名臣也，其實庸也；亡者臣，名臣也，其實虜也。"（裘錫圭主編《長沙馬王堆漢墓簡帛集成》第四册）《孟子·公孫丑下》趙岐注："王者師臣，伯者友臣也。"《後漢書·陳元傳》："師臣者帝，賓臣者霸。"（李賢注："言以臣爲師，以臣爲賓也。"）並此意，然未若《稱》所舉詳備。陳立《白虎通疏證》釋《内傳》之文，引《荀子·

堯問篇》所記《中蘬之言》曰："諸侯自爲得師者王，得友者霸，得疑者存，自爲謀而莫己若者亡。"（《韓詩外傳》卷六云："能自取師者王，能自取友者霸，而與居不若其身者亡。"《新序·雜事》："諸侯自擇師者王，自擇友者霸，足己而群臣莫之若者亡。"並與《中蘬之言》意同。）按此與《論語·學而》"無友不如己者"意近，乃述帝王交友之道，與《内傳》述帝王待臣之道有别，未宜相溷。

【彙輯】

太子生，以桑弧蓬矢六，射上下四方，明當有事天地四方也。（班固《白虎通》卷九《姓名》。《文選》卷二十九《雜詩》李善注亦引此文，"太子"作"男子"，無"以"字，"弧"作"弓"。）

【通考】

徐堂云："此本《禮·射義》文，而稍變其詞。"（《韓詩述》卷四）

冠南按：《禮記·射義》云："故男子生，桑弧蓬矢六，以射天地四方。天地四方者，男子之所有事也。故必先有志於其所有事，然後敢用穀也，飯食之謂也。"與《内傳》義同，故徐云《内傳》本《射義》。按此乃通行古禮，《禮記·内則》亦記國君世子生，三日，有"射人以桑弧蓬矢六，射天地四方"，蓋古禮如此，故典籍載録亦多，《内傳》但記古禮，非必本於《射義》。《白虎通》卷九《姓名》云："以桑弧蓬矢六射者，何也？此男子之事也。故先表其事，然後食其禄。必桑弧何？桑者，相逢接之道也。"《内則》鄭玄注云："桑弧蓬矢，本太古也。天地四方，男子所有事也。"並可演釋《内傳》之意。

【彙輯】

舜漁雷澤。（應劭《風俗通義》卷十《山澤》）

【通考】

冠南按：舜漁雷澤乃典籍迭見之事，《墨子·尚賢中》已言："古者舜耕歷山，陶河瀕，漁雷澤。"又，《尚書大傳》："舜漁于雷澤之中。"皮錫瑞《疏證》遍引《史記·五帝紀》《尸子》《韓子》《吕氏春秋》《淮南子》《説苑》《新序》《列女傳》《孟子注》之相關記載，足徵舜漁雷澤乃秦漢流行之説，此又《内傳》"采雜説"之一證。

【彙輯】

諸侯世子三年喪畢，上受爵命于天子，乃歸即位何？明爵天子有也，臣無自爵之義。（孔穎達《禮記正義》卷四《曲禮下》正義。班固《白虎通》卷一《爵》僅引"諸侯世子三年喪畢，上受爵命于天子"二句，後徑接下文"所以"至"絶也"。）所以名之爲世子何？言欲其世世不絶也。（班固《白虎通》卷一《爵》。《文選》卷二十一《詠史詩》李善注引作"所以爲世子何？言世世不絶"，蓋節引之。）

【通考】

冠南按：前人以《内傳》爲釋經之書，故繫此遺説於經文之下，惟所繫經文頗有歧異，或繫於《小雅・瞻彼洛矣》（如胡承珙《毛詩後箋》卷二十五《韓奕》），或繫於《大雅・韓奕》（如陳奐《詩毛氏傳疏》卷二十五《韓奕》、陳喬樅《韓詩遺説考》卷四之四《韓奕》），各示理據，聚訟紛然，實皆由不明《内傳》性質所致。《内傳》乃推演之書，不必具釋經文。此節遺説述諸侯世子受爵之禮，陳壽祺謂"皆據《公羊傳》莊三十二年、文九年爲説"（《五經異義疏證》卷下），黄以周亦云："《公羊》家説：三年然後受爵者，緣孝子之心則三年不忍當也，故雖即位，猶于封内三年稱子。鄭箋《毛詩》云：'此諸侯世子也，除三年之喪，服士服而來。'義同《韓詩》。三年受爵，古道然也。"（《禮書通故》第三十一《即位改元禮通故》二）必受爵于天子者，蓋爵爲天子所有，故《穀梁傳・隱公元年》有"爲子受之父，爲諸侯受之君"之説，與韓義相通（廖平《穀梁古義疏》即引韓説爲注）。因知此乃漢儒之公説，非韓家之獨造。《内傳》"取《春秋》"，此爲一證。

【彙輯】

鸞在衡，和在軾前。升車則馬動，馬動則鸞鳴，鸞鳴則和應。（孔穎達《禮記正義》卷五十《經解》鄭玄注、《史記》卷二十三《禮書》裴駰集解。《荀子・正論》楊倞注、《楚辭補注》卷一《離騷》洪興祖補注引作《韓詩外傳》，誤。孔穎達《毛詩正義》卷六之三《駟驖》正義僅引"鸞在衡，和在軾"，孔穎達《春秋左傳正義》卷五《桓公二年》正義僅引"鸞在衡，和在軾前"。）

【通考】

范家相云："和與鸞皆鈴也。《毛傳》：'在軾曰和，在鑣曰鸞。'此據‘輶車鸞鑣’，謂鸞鈴置於馬口之兩傍也。鄭氏曰：‘置鸞於鑣，所以異於乘車。’是乘車之鸞當在軾矣。此詩言乘車，當依韓。”(《三家詩拾遺》卷七)

沈清瑞云：“《續漢書·輿服志》注引《白虎通》逸文曰：‘舒則不鳴，疾則失音，明得其和也。’不言《韓詩》。或並引作《内傳》，疑誤。《毛詩》説：‘在軾曰和，在鑣曰鸞。’《戴禮》《魯詩訓》並與韓同。”(《韓詩故》卷下)

徐堂云：“《大戴禮·保傅篇》曰：‘在衡爲鸞，在軾爲和。馬動而鸞鳴，鸞鳴而和應。’與《韓傳》同。《毛傳》以爲和在軾、鸞在鑣。(郭璞曰：“鑣，馬勒旁鐵也。言置鈴于馬口之兩旁。”)鄭氏《禮記·經解》注、《周禮·大馭》注並從《韓傳》。又《秦風·駟驖》箋曰：‘置鸞於鑣，異於乘車。’其意以爲乘車則鸞在衡，田車則鸞在鑣，則此‘和鸞雍雍’者，天子所乘迎賓，固乘車也。鄭雖於此無箋，其意可知矣。而《商頌·烈祖》箋則又曰：‘鸞在鑣。’是乘車之鸞亦在鑣也。蓋鄭氏疑不能定，故兩從之。孔穎達《左傳·桓二年》正義曰：‘案《考工記》：“崇車廣衡長參如一。”則衡之所容，惟兩服馬耳。詩辭每言“八鸞”，當謂馬有二鸞。鸞若在衡，衡惟兩馬，安得置八鸞乎？以此知鸞必在鑣。既在鑣，則和當在軾。’似毛説爲長。”(《韓詩述》卷四)

陳喬樅云：“今考車制：軾者，車前横木也(見《漢書·李廣傳》注引服虔)，高三尺三寸，圍七寸三分寸之一(見《考工記》)；衡者，轅前横木，縛軛者也(見《莊子·馬蹄》釋文)。衡下有兩軛，以叉馬頸(見《左傳·襄十四年》正義引服虔)。《左氏·桓二年》正義曰：‘案《考工記》：“輪崇車廣衡長參如一。”則衡之所容，惟兩服馬耳。(案此見《考工記·輿人》注，賈疏云：“以驂馬别有靷鬲引車，故衡惟容服也。”)詩辭每言“八鸞”，當謂馬有二鸞。鸞若在衡，衡惟兩馬，安得置八鸞乎？以此知鸞必在鑣。’《正義》此辨甚明。《説文》第十四上《金部》‘鑾’，解云：‘人君乘車，四馬鑣，八鑾鈴，象鸞鳥之聲，和則敬也。’許氏《異義》亦引《詩》云：‘八鸞鎗鎗。’則一馬二鸞也。又曰：‘輶車鸞鑣。’知非衡也。(《續漢·輿服志》注引許慎曰云云，不言出

《異義》，今以文義定之。）然尚存兩疑，于《説文》則定爲鸞在鑣矣，若和之所設，諸家皆云在軾，惟《韓詩》云在軾前，軾前則近衡矣。服虔、杜預解《左氏傳》'錫鸞和鈴'，以爲鸞在鑣，則和在衡（服虔説見《史記·禮書》集解）。《正義》謂：'鸞既在鑣，則和當在衡。'此兼用韓、毛之説。鑣者，《爾雅·釋器》曰：'鑣謂之钀。'郭注：'馬勒旁鐵。'《説文》：'鑣，馬銜也。''幩，馬纏鑣扇汗也。'《釋名》：'鑣，苞也，所以在旁苞斂其口也。'《衛風·碩人》毛傳曰：'人君以朱纏鑣扇汗，且以爲飾。'是鑣與扇汗爲二。《釋文》一之，誤。《續漢書·輿服志》：'乘輿象鑣，用象牙，赤扇汗。王公、列侯朱鑣，絳扇汗。卿以下有騑者，緹扇汗。'鑣之飾可見者如此。"（《韓詩遺説考》卷三之一）

丁晏云："賈誼《新書·容經》云：'登車則馬行而鸞鳴，鸞鳴而和應。'《説苑·説叢篇》：'馬動而鸞鳴，鸞鳴而和應。'與《韓詩》合。《續漢書·輿服志》注引《魯訓》曰：'和設軾，鸞在衡。'言鑣與韓異。鄭于《烈祖》箋用毛説，此箋亦同。又《史記·禮書》集解引服虔曰：'鸞在鑣，和在衡。'《文選·前緩聲歌》注引應劭《漢書注》云：'鸞在軾，和在衡。'與毛、韓俱别。"（《詩考補注·韓詩》）

冠南按：此節釋"和""鸞"，故前人多以爲釋《蓼蕭》"和鸞雍雍"之文。然《内傳》非釋經之作，此處所記乃秦漢間流行之公説（觀前人所引書證可知），非爲釋《詩》而作，《内傳》載此公説，亦近於"取《春秋》，采雜説"之屬。

【彙輯】

王者舞六代之樂，舞四夷之樂，大德廣之所及。（《六臣注文選》卷六《魏都賦》劉良注）

【通考】

陳喬樅云："班固《東都賦》云：'四夷閒奏，德廣所及，傸佅兜離，罔不具集。'亦以陳四夷之樂爲德廣所及，與《韓詩内傳》合。"（《韓詩遺説考》卷三之三）

丁晏云："《白虎通·禮樂》引《樂元語》：'四夷之樂，明德廣及之也。'《通典》引《五經通義》云:'舞四夷之樂,明德澤廣被四表也。'《公羊·昭二十五年》何休解詁:'舞四夷之樂,大德廣及之也。'與《韓詩》同。"(《詩考補注·韓詩》)

冠南按:陳四夷之樂,以示德廣之無所不及,此亦秦漢之公説。《周禮·春官·鞮鞻氏》:"鞮鞻氏掌四夷之樂與其聲歌。"鄭玄注云:"王者必作四夷之樂,一天下也。""一天下"者,即示大德之廣,被於四海,靡有不及。孫詒讓疏鄭注曰:"云'王者必作四夷之樂,一天下也'者,《明堂位》云:'納夷蠻之樂於大廟,言廣魯於天下也。'《白虎通義·禮樂篇》云:'所以作四夷之樂何?德廣及之也。'"(《周禮正義》卷四十七)並與《内傳》義同。此亦當《内傳》載録公説之例。

【彙輯】

天子奉玉升柴,加於牲上。(孔穎達《禮記正義》卷二十五《郊特牲》正義)

【通考】

徐堂云:"此言郊天之禮也。《周禮·大宗伯》:'以禋祀祀昊天上帝,以實柴祀日月星辰,以槱燎祀司中、司命、飌師、雨師。'賈疏云:'禋祀中有玉、牲、牷三事。實柴中則無玉,惟有牲幣,槱燎中但止有牲。'此云'奉玉升柴',明郊天之禮也。《特牲》正義引皇氏曰:'"圭璧既卒",是燔牲玉也。'似'圭璧'句專指祭天,言其實祀神皆有玉,但不燔耳。"(《韓詩述》卷五)

陳喬樅云:"《禮記·郊特牲》正義曰:圜丘之祭,皇氏云:祭日之旦,王立丘之東南,西向,燔柴及牲玉於丘上,升壇以降其神。故《韓詩内傳》云:'天子奉玉升柴,加於牲上。'《詩》又云:'圭璧既卒。'是燔牲玉也。此詩二章言'不殄禋祀,自郊徂宫,上下奠瘞',而此章'圭璧既卒'句承上'靡愛斯牲',當兼燔柴之玉言之。《鄭箋》僅釋'圭璧'爲'禮神之玉',其義未備。馬瑞辰曰:'按古有禮神之玉,《周官·大宗伯》"以玉作六器,以禮天地四方"是也。有燔玉,《大宗伯》:"祀天神,禋祀、實柴、槱燎。"鄭注:"三祀皆積柴,實牲體焉。或有玉帛,燔燎而升煙,所以報陽也。"及《韓詩内傳》言"天子奉玉升柴,加於牲上"是也。有埋沉之玉,《爾雅·釋天》:"祭山曰庪縣。"郭注引《山海經》:"縣以吉玉。"孫炎曰:"埋於山足曰庪,埋於山上曰縣。"此埋玉也。《釋天》:"祭川曰浮沉。"邵氏《正義》引《左氏·襄二十八年傳》:"沉玉以濟。"《昭二十四年傳》:"王子朝以成周之寶玉沉於河。"又《定三年傳》:"執玉而沉。"此沉玉也。又《爾雅》:"祭地曰瘞埋。"《春官·司巫》:"凡祭祀守瘞。"鄭注:"謂若祭地祇有埋牲玉者也。"則祭地亦埋玉矣。禮玉祭畢而藏,至燔玉及埋沉之玉,則不復取出,故《詩》言"圭璧既卒"也。又按《説文》:"瓏,禱旱玉也。"《左傳》:昭公使公衍獻龍輔於齊侯,《正義》引《説文》爲證,是禱旱别有瓏玉。'馬説是也。胡承珙據《毛詩明辨録》,不信古禮柴燎有燔玉之事。又據《梁書·許懋傳》,言'爲旱而祭天地,並有瘞埋之文,不見有燔柴之説'。其義非是。《詩》明言'不殄禋祀','禋'之言'煙'也,煙即燔柴之祭。《舜典》:'禋于六宗。'鄭注云:'"禋"之言"煙"。'《周禮·大宗伯》:'以禋祀祀昊天上帝。'注亦云:'"禋"之言"煙"。'《詩·生民》正義引袁準曰:'禋者,煙氣煙熅也。'惟禋祀得該實柴槱燎之祭,故《尚書大傳》'煙于六宗',即作'煙'字。《詩·維清》:'肇禋,迄用有成。'《釋文》亦云:'禋,本作"煙"。'《魏受禪表》:'禋于六宗。'《史晨奏銘》:'以供煙祀。'皆其證也。然則《韓内傳》'奉玉升柴'之説,古有其禮,殆未可以輕議矣。"(《韓詩遺説考》卷四之三)

冠南按:徐、陳俱繫該遺説於《大雅·雲漢》"圭璧既卒"句下,蓋因其中有"奉玉"之語。然此節乃《内傳》記古郊天禮之文,非必爲釋經而設,徐、陳强繫於經文之下,尚嫌膠瑟。惟其舉證繁博,殊有裨於發明《内傳》所記奉玉郊天之禮,故詳引於上。

【彙輯】

禘,取毀廟之主,皆升合食于太祖。(杜佑《通典》卷四九)

【通考】

范家相云:"按祫、禘本是一祭,而公羊以《春秋經》之大事爲大祫。後人不明,其説遂分爲二。韓氏亦然。詳其文,似爲祫大禘小

者，知沿誤已在漢初矣。”（范家相《三家詩拾遺》卷七）

楊揆嘉云：“孔安國《論語注》、劉向《五經通義》及《通典》引逸禮，皆云：‘禘禮，毀廟之主，合食太祖廟。’《五經異義》引古《左氏》説：‘終禘及郊宗石室。’（段玉裁曰：“石室藏毀廟主，至禘祫而升合食于太祖。”）俱與《韓傳》合。惟鄭玄《禘祫志》則云：‘王季以上遷主，祭於后稷廟。文、武以下遷主，分昭穆，各祭於文武廟。’王肅非之，謂：‘如玄言，則無以異四時常祀，不得謂之殷祭。’説詳《通典》。嘉案：鄭氏‘禘各於其廟’雖與《韓傳》不同，而所云‘遷主’，即謂‘毀廟之主’，可見禘祭必及毀廟，兩漢師説傳授皆然。”（徐堂《韓詩述》卷六引）

冠南按：楊説考“禘祭必及毀廟”，引證宏富，愜於古禮，可知此乃秦漢經生之公説。《春秋公羊傳・文公二年》亦云：“毀廟之主陳於太祖，未毀廟之主，皆升合食于太祖。”與《内傳》所記相通，古禮如是，此又一證。

【彙輯】

湯爲天子十三年，年百歲而崩，葬於徵。（《太平御覽》卷八十三）

【通考】

冠南按：《御覽》於“葬於徵”後，尚有“今扶風徵陌是也”七字，前人亦以爲《内傳》之文。考《漢書・景帝紀》：“三輔舉不如法令者。”應劭注：“京兆尹、左馮翊、右扶風，共治長安城中，是爲三輔。”顔師古注：“時未有京兆、馮翊、扶風之名。此三輔者，謂主爵中尉及左右内史也。應説失之。”韓嬰爲漢初儒生，而景帝時尚未有扶風之名，則“今扶風徵陌是也”當非韓嬰之語，故暫不收録。孫星衍云：“《帝王世紀》：‘《韓詩内傳》曰：湯爲天子十三年，年百歲而崩，葬於徵。今扶風徵陌是也。’按：‘葬於徵’已下是皇甫謐語。”（《岱南閣集》卷一《澄城陵》）亦不以“今扶風徵陌是也”爲韓嬰語。其所以定爲皇甫謐語者，蓋因《帝王世紀》乃謐所撰，故以之爲謐申釋《内傳》之語。然考顧觀光輯《帝王世紀》，未見《内傳》此文，不知星衍何據，聊識於此，留待深考。又，《春秋公羊傳・桓公五年》何休解詁云：“君親之南郊，以六事謝過自責曰：政不一與？民失職與？宫室榮與？婦謁盛與？苞苴行與？讒夫倡與？”徐彦疏云：“皆《韓詩傳》文。”《春秋公羊傳·僖公三十一年》何休解詁引《韓詩傳》云：“湯時大旱，使人禱于山川。”陳喬樅將此二條合而爲一（《韓詩遺説考》卷四之三），可從（詳本書附録“未明所屬之佚文彙録”）。惟何休、徐彦僅言此二條爲《韓詩傳》之文，未明指内、外，故不知其爲《外傳》佚文（此二條不見今本《外傳》，今本《外傳》又非舊本，故此二條亦有爲《外傳》佚文之可能），抑《内傳》佚文。倘爲《内傳》佚文，則或與本節同章，皆敘商湯事跡。此又《内傳》“采雜説”之例。

【彙輯】

春曰畋，夏曰獀，秋曰獮，冬曰狩。天子抗大綏，諸侯小綏，群小獻禽其下，天子親射之旃門，夫田獵因以講道習武簡兵也。（《太平御覽》卷八三一）

【通考】

徐堂云：“案‘綏’當讀爲‘緌’，即大麾也（見鄭氏《王制》及《明堂位》注）。《周禮·巾車》：‘大麾以田。’鄭注：‘大麾不在九旂中，以正色言之則黑，夏后氏所建。田，四十田獵也。’賈疏引《鄭志》趙商問曰：‘大司馬職云：四時皆建大常。今又云建大麾以田何？’答曰：‘麾，夏之正色。田雖習戰，春夏尚生，其時宜入兵。夏本不以兵得天下，故建其正色，以春夏田。至秋冬出兵之時，方建大常。然則春夏之田用大麾，秋冬之田用大常。’‘旃’與‘旌’同。”（《韓詩述》卷四）

陳喬樅云：“蒐、苗、獮、狩之法，具載《周禮》，而經説各不同。《爾雅》曰：‘春獵爲蒐，夏獵爲苗，秋獵爲獮，冬獵爲狩。’《左氏傳》曰：‘春蒐、夏苗、秋獮、冬狩，皆於農隙以講事也。’《穀梁傳》曰：‘四時之田皆爲宗廟之事也。春曰田，夏曰苗，秋曰蒐，冬曰狩。’《公羊傳》曰：‘春曰苗，秋曰蒐，冬曰狩。’《公羊》闕夏田之名。《禮記疏》引何休云：‘《春秋運斗樞》曰：夏不田。《穀梁》有夏田，於義爲短。’鄭君云：‘四時皆田，夏、殷之禮。《詩》云：“之子于苗，選徒囂囂。”夏田明矣。’如鄭所言，夏、殷皆以時田獵，周田因二代之制也。今據《韓詩》説，與

《爾雅》及三《傳》又異，蓋所聞異詞，各守其師説耳。春謂之田者，《春秋正義》引《白虎通》云：'春，歲之本，舉本名而言之也。'夏謂之搜者，韋昭《國語注》云：'搜，擇也。'鄭注《周禮》'夏田謂擇取不孕者'是也。秋謂之獮者，《爾雅・釋詁》云：'獮，殺也。'《説文》作'玃'，云：'秋田也。'或作'祢'，宗廟之田也。杜預《左傳注》云：'以殺爲名，順秋氣也。'冬謂之狩者，李巡《爾雅注》曰：'圍守取之，無所擇也。''天子抗大綏'以下皆言冬狩之事。旍門者，旃門也，《周禮・大司馬》曰：'中冬，遂以狩田，以旌爲左右和之門，群吏各帥其車徒，以敘和出，左右陳車徒，有司平之。旗居卒閒以分地，前後有屯百步，有司巡其前後，險野人爲主，易野車爲主。既陳，乃設驅逆之車，有司表貉於陳前，中軍以鼙令鼓，鼓人皆三鼓。群司馬振鐸，車徒皆作，遂鼓行，徒銜枚而進。大獸公之，小禽私之，獲者取左耳。'又《穀梁・昭八年傳》曰：'蒐狩以習用戎事，禮之大者也。艾蘭以爲防，置旃以爲轅門。禽雖多，天子取三十焉，其餘與士衆。射於射宫，射而中，田不得禽則得禽；田得禽而射不中，則不得禽。是以知貴仁義而賤勇力也。'《韓詩》所言'簡兵習武講道'，是其事矣。"(《韓詩遺説考》卷三之一)

冠南按：徐釋"綏"、陳釋四時之獵，皆極確(《白虎通》於四時田獵俱有解説，陳氏僅引其釋春獵之文，稍嫌罣漏，兹據陳立《白虎通疏證》卷十二"闕文・田獵"補其餘文於下，以供參稽："夏謂之苗何？擇去其懷任者也。秋謂之蒐何？蒐索肥者也。冬謂之狩何？守地而取之也。")。惟《内傳》"獻禽""親射"之説，徐、陳未及備述。考《白虎通》釋田獵之文云："禽者何？鳥獸之總名，明爲人所禽制也。""王者祭宗廟，親自取禽者何？尊重先祖，必欲自射，加功力也。"此説可與《内傳》互參。另，楊寬《古史新探・大蒐禮新探》於田獵之軍事意義論述頗多，可發明《内傳》"田獵因以講道習武簡兵"之義。

【彙輯】

鶬鴰胎生，孔子渡江見之，異，衆莫能名。孔子嘗聞河上人歌曰："鴰兮鶬兮，逆毛衰兮，一身九尾長兮。"鶬鴰也。(陳彭年《鉅宋廣韻》卷五"鴰"字條。《廣韻》僅引作《韓詩》，考《大戴禮記》卷十三《易本命》盧辯注引《韓詩内傳》曰：

“鶬鴰胎生，孔子渡江見而異之。”可知《廣韻》所引《韓詩》爲《内傳》之文，以其詳於盧注，故據《廣韻》録文。“鶬鴰胎生”，《廣韻》無此四字，兹據盧注補。）

【通考】

徐堂云：“韓義蓋以鶬爲轡首之飾。”（《韓詩述》卷六）

陳喬樅云：“《韓詩》以鶬爲鶬鴰，謂轡首飾爲鶬形。”（《韓詩遺説考》卷五之二）

冠南按：此節敘孔子軼事，乃《内傳》“采雜説”之例。《内傳》《外傳》皆有記録孔門事跡者，類多當時街談巷説，流衍既多，容有異詞。孔子見鶬鴰事，後衍爲孔子與子夏並見鶬鴰，如六朝小説《衝波傳》：“有鳥九尾，孔子與子夏見之，人以問，孔子曰：‘鶬也。’子夏曰：‘何以知之？’孔子曰：‘河上之歌云：鶬兮鴰兮，逆毛衰兮，一身九尾長兮。’”（馮惟訥《古詩紀》卷一引）九尾，後又衍爲九首，如陳藏器《本草拾遺》卷五引《白澤圖》：“蒼鸕，昔孔子與子夏所見，故歌之，其圖九首。”（段公路《北户録》卷一亦引此條，文有小别）即其證。徐、陳以此遺説爲釋《周頌·載見》“鞗革有鶬”之文（王先謙亦從陳氏，見《詩三家義集疏》卷二十五），皆謂鞗革之飾爲鶬形，此乃受《鄭箋》“鶬，金飾貌”之影響所致。然此節所敘乃孔子見鶬鴰之事，與鞗革之飾猶風馬牛，顯非釋經之説。

【彙輯】

鄭交甫將南適楚，遵彼漢皋台下，乃遇二女魃服，佩兩珠，大如荆雞之卵。與言曰：“願請子之佩。”二女與交甫。交甫受而懷之，趨而去。十步循探之，即亡矣。回顧二女，亦即亡矣。（《分類補注李太白詩》卷一《惜餘春賦》蕭士贇注。《六臣注文選》卷十二、十九李善注兩引《韓詩内傳》此文，無“將南適楚”及“佩兩珠，大如荆雞之卵”之句。《六臣注文選》卷四李善注引《韓詩外傳》曰：“鄭交甫將南適楚，遵彼漢皋台下，乃遇二女，佩兩珠，大如荆雞之卵。”按“遵彼漢皋台下，乃遇二女”已見善注引《韓詩内傳》，“大如荆雞之卵”亦見《太平御覽》卷八百二引《韓詩内傳》，可知此條善注所引《外傳》實爲《内傳》，據此，則此條“將南適楚”及“佩兩珠，大如荆雞之卵”亦皆爲《内傳》文。上引資料，皆未若蕭士贇注詳盡，故據蕭注録文。“乃遇二女”之“乃”、“荆雞之卵”之“之”，原爲蕭注所闕，兹據上引善注《韓詩外傳》增；“魃服”，亦爲蕭注所闕，此據唐人長孫訥言《切韻箋注》卷四引《韓詩傳》“鄭交甫逢二女魃服”而增，由“鄭交甫逢二女”可知長孫所引《韓詩傳》爲《韓詩内傳》，因據增。）

【通考】

臧庸云："《説文》：'魃，鬼服也。从鬼犮聲。'引《韓詩傳》亦作'魃服'。然交甫知二女所衣爲鬼服，必不與之言矣。《初學記》作'妖服'，是疑許所引'妖服'爲'鬼服'之證，後人據篆文改。"（《韓詩遺説》卷上）

冠南按：鄭交甫逢漢皋二女事，亦漢時流傳雜説（《方輿勝覽》卷三一《湖州路·復州·古跡》"范溉市"注："晋鄭交甫南游漢江。"以交甫爲晋人，有失深考），劉向《列仙傳》"江妃二女"條亦述此事，篇末引《詩·漢廣》云："漢有遊女，不可求思。"此蓋"引《詩》以證事，非引事以明《詩》"（王世貞《弇州山人四部稿》卷一一二《讀〈韓詩外傳〉》評《外傳》語），非《漢廣》之本事。徐堂云："《韓傳》載交甫之事，不過借爲神女之證，班氏所謂'三家之《詩》，或采雜説，非其本意'之類是也。"（《韓詩述》卷一）此説愜心貴當，深明韓家著述之旨。《内》《外傳》皆韓嬰"推《詩》"而作，《外傳》有篇末引《詩》之常例，《内傳》當亦同之。故《内傳》於此文末，或引《漢廣》以證事，然《内傳》旨在"推《詩》"，非主本義。故即令此章引《漢廣》以終篇，亦不可謂《漢廣》乃詠鄭交甫而作。《韓詩序》云："《漢廣》，悦人也。"此始爲《韓詩》所釋《漢廣》之本義，與《内傳》之説有别。

以上佚文總十三則，統觀其文，或述古禮名物，此《漢志》所謂"取《春秋》"者；或敘雜説傳聞，此《漢志》所謂"采雜説"者：要皆"推《詩》之意"，而不主於釋經，故"咸非其本義"。《漢志》之説，本即近古可靠，復得上列佚文佐證之，更無可疑。

韓詩佚文彙輯通考卷二

韓 詩 外 傳

冠南按:《漢書・藝文志》記韓嬰《韓詩外傳》六卷,《隋書・經籍志》記《外傳》十卷,卷數雖與今本相合,篇章則不盡符同,余有專論(《〈韓詩外傳〉版本流變三階段》,《西華大學學報》二〇一八年第六期),茲不贅述。又,前人輯《韓詩外傳》,間有失收、誤收之處,余嘗董理條辨(《〈韓詩外傳〉舊輯考辨與新輯》,《經學文獻研究集刊》二〇二〇年第一輯,總第二十三輯),茲亦不贅。本卷僅就《外傳》佚文之可信者加以彙輯,並裒集前人解說之文,偶附陋見。

【彙輯】

周成王與弟戲,以桐葉爲圭:"吾以此封汝。"周公曰:"天子無戲言。"王應時而封,故曰應侯鄉。(《漢書》卷二八上《地理志》應劭注。酈道元《水經注》卷三一《滍水》引應説作:"周成王與弟戲,以桐葉爲圭,曰:'吾以封汝。'周公曰:'天子無戲言。'王乃應時而封,故曰應侯,鄉亦曰應鄉。"《太平御覽》卷一五九引作:"周成王與弟戲,以桐葉爲珪:'以封汝。'周公曰:'天子無戲言。'王應時而封,曰應侯,今應城是也。")

【通考】

陳喬樅云:"《太平御覽》一百九十九卷引《陳留風俗傳》曰:'周成王戲其弟桐葉之封,周公曰:"君無二言。"遂封之於唐。唐侯克慎其德,其《詩》曰"媚茲一人,唐侯慎德"是也。'與《韓詩外傳》同。惟'應侯'作'唐侯','順德'作'慎德'爲異。考《隋書・經籍志》,《陳留風俗傳》三卷，漢議郎圈稱撰。其説疑即本《韓詩》。‘慎’‘順’古文通假，《毛詩》定本作‘慎德’，《集注》本作‘順德’。《淮南子》引《詩》亦作‘慎德’，是三家文有假‘順’爲‘慎’者。‘應’字作‘唐’，疑傳寫之誤。《漢書·地理志》：‘太原郡晋陽，故《詩》唐國，周成王滅唐，封弟叔虞。’臣瓚注曰：‘所謂唐，今河東永安是也，去晋四百里。’此屬并州，與陳留無涉。《地理志》又云：‘潁川郡父城，應鄉故國，周武王所封。’潁川與陳留相近，父城爲應鄉故國，則《陳留風俗傳》所紀，確爲應侯無疑。師古《漢書集注》引臣瓚曰：‘《吕氏春秋》：成王以戲授桐葉爲圭，以封叔虞，非應侯也。《汲郡古文》殷時已自有國，非成王之所造也。’師古曰：‘武王之弟，自封應國，非桐圭之事也。應氏之説，蓋失之焉。’又據《左氏傳》云：‘邘、晋、應、韓，武之穆也。’是則應侯，武王之子，又與《志》説不同。喬樅謂：班《志》‘武王’，乃傳寫之誤，當作‘成王’爲是。成王桐葉之封，見《史記·晋世家》及《吕氏春秋·重言篇》，皆以爲叔虞事，叔虞封唐，唐、應皆成王之弟。傳聞異詞，或亦以此爲封應侯事。故《韓詩》引以證《詩》之‘應侯順德’，臣瓚謂殷時已有應國，非成王所造者，瓚用《魯詩》，故不信《韓詩外傳》也。”（《韓詩遺説考》卷四之一）

勞格云：“以應侯爲成王弟，是《韓詩》説。《御覽》（《封建部》二）引《陳留風俗傳》曰：‘周成王戲其弟桐葉之封，周公曰：“君無二言。”遂封之於唐。唐侯常慎其德，其《詩》曰“媚兹一人，唐侯慎德”是也。’‘唐’字當係後人妄改。然考《續漢書·郡國志》，潁川郡父城縣有應鄉。（杜預《左氏傳集解》：“應國在襄陽城父縣西南。”《後漢書·馮異傳》注引杜注作“襄城城父”。）不屬陳留，當考。”（《讀書雜識》卷七）

趙善詒云：“此事亦見《吕覽·重言篇》，惟《漢書·地理志》潁川郡父城下注應劭引《外傳》，而臣瓚引《吕覽》，二者並列。且此與《吕覽》事雖同，而文則異，故非誤引也。酈道元《水經·滍水注》云：‘滍水東逕應城南，故應鄉也，應侯之國。《詩》所謂“應侯順德”者也。’則此乃《詩·大雅·下武篇》之傳文也。”（《韓詩外傳補正》附録《韓詩外傳佚文考》卷上）

賴炎元云:"《吕氏春秋・重言》:'成王與唐叔虞燕居,援梧葉以爲珪而授唐叔虞,曰:"余以此封女。"叔虞喜,以告周公。周公以請曰:"天子其封虞邪?"成王曰:"余一人與虞戲也。"周公對曰:"臣聞之,天子無戲言。天子言,則史書之,工誦之,士稱之。"於是遂封叔虞于晋。'《史記》傳事同而文異,蓋傳聞異辭。應城屬河南省魯山縣。《左傳・僖公二十四年》:'邘、晋、應、韓,武之穆也。'《水經注》:'滍水東逕魯陽縣故城南,又東逕應城南。'《方輿紀要》:'今河南魯山縣東三十里有應城。'"(《韓詩外傳考徵》第八章《韓詩外傳佚文考》)

屈守元云:"陳、勞二氏,申述《韓詩》應侯之説,大旨相同。然桐葉封弟之説,無論唐侯、應侯,皆非可信,唐柳宗元已辯之矣。(《桐葉封弟辯》,見世綵堂本《柳河東集》卷四。)"(《韓詩外傳箋疏》附録《佚文》)

冠南按:此節敘應城得名乃緣周成王弟"應時而封"。然考《括地志・汝州・魯山縣》云:"故應城,殷時應國。"又云應城爲"古應鄉","因應山爲名"(賀次君《括地志輯校》卷三),則應城之得名似與成王封弟無關。《外傳》所記,蓋當時流傳雜説之一種,不盡可據。《吕覽》《史記》所記與《外傳》情節近同,惟存封晋、封應之别,于薇以封應説在先,封晋説則由封應説變化而來(《從"剪桐封弟"兩種版本看上古故事流傳與地域政治進程》,《歷史人類學學刊》第十三卷第一期,二〇一五年),可備一解。

【彙輯】

曾子喪妻,不更娶。人問其故,曾子曰:"以華、元善人也。"(《漢書》卷七十二《王駿傳》如淳注。"人問"至"人也",白居易《白氏六帖事類集》卷六引作"人問之,曰:'以華、元善也。'")

【通考】

屈守元云:"《王駿傳》:'駿爲少府時,妻死,因不復娶。或問之。駿曰:'德非曾參,子非華、元。'如淳注:'華與元,曾參之二子也。《韓詩外傳》曰云云。'即引此文,今《外傳》無之。《白帖》及《天中記》蓋即取之《漢書注》,非其所見《外傳》尚有此文也。如淳又云:'一曰:曾參之子字華元。'顔師古云:'二子是也。'《顔氏家訓・後娶篇》:'王駿喪妻，亦謂人曰："我不及曾參，子不如華、元。"'師古之言，蓋本其先世舊説。盧文弨謂華一名申，其補注《顔氏家訓》及《鍾山札記》卷一，皆如此説。"（《韓詩外傳箋疏》附録《佚文》）

冠南按：《白虎通·諫諍》及《孔子家語·七十二弟子解》俱載曾子因黎蒸而出妻，終身不復娶，與《外傳》所記妻死而不復娶之説有别。蓋傳聞異辭，容有别説。

【彙輯】

陰陽相勝，氛祲絪氳也。（《大戴禮記》卷十一《少閒》盧辯注）

【通考】

屈守元云："《説文·壺部》：'壹，壹壺也。从凶从壺，不得渫也。《易》曰："天地壹壺。"'段玉裁注云：'《繫辭傳》文。今《周易》作"絪縕"，他書作"煙煴""氤氳"。蔡邕注《典引》曰："煙煙煴煴，陰陽和一，相扶貌也。"張載注《魯靈光殿賦》曰："煙煴，天地之蒸氣也。"《思玄賦》舊注曰："煙煴，和貌。"許據《孟氏易》作"壹壺"，乃其本字，他皆俗字也。許釋之曰"不得渫也"者，謂元氣渾然，吉凶未分，故其字從吉凶在壺中，會意。合二字爲雙聲疊韻，實合二字爲一字。《文言傳》曰："鬼神合其吉凶。"然則吉凶即鬼神也。'此'絪氳'，其本字即'壹壺'，段氏説之詳矣。"（《韓詩外傳箋疏》附録《佚文》）

冠南按：傳文"相勝"爲相稱之義，"陰陽相勝"即陰陽相稱，亦即蔡邕注《典引》所謂"陰陽和一"。"氛祲"爲氣貌，"絪氳"爲和貌，陰陽相稱則氣和，故韓以"氛祲絪氳"狀"陰陽相勝"之貌。

【彙輯】

孔子使子貢適齊，久而未回。孔子占之，遇鼎，謂弟子曰："占者遇鼎，無足而不來。"顔回掩口而笑。孔子曰："回也，何哂乎？"曰："回謂賜必來。"孔子曰："如何？"回曰："卜而鼎，無足，必乘舟而來矣。"賜果至。（《北堂書鈔》卷一三七）

【通考】

趙善詒云："《集語》十二引《吕覽》云：'孔子俟子貢，久而不至，謂弟子占之，遇鼎，皆曰："折足，賜不來。"顔淵掩口而笑。子曰："回也，何哂乎？"曰："回哂，謂賜來也。無足，乘舟而至。"子貢朝至。'與此文辭相類。今《吕覽》無此文，疑本爲《外傳》佚文，而《集語》誤爲《吕覽》也。"(《韓詩外傳補正》附録《韓詩外傳佚文考》卷上)

賴炎元云："《藝文類聚》七十一引《衝波傳》云：'孔子使子貢，久而不來，孔子謂弟子占之，遇鼎，皆言："無足，不來。"顔淵掩口而笑。子曰："回也哂，謂賜來也。"曰："無足者，乘舟而來，至矣，清旦朝。"子貢果至，驗如顔回之言。'《太平御覽》七百二十八引《衝波傳》略同。薛據《孔子集語》引《吕氏春秋》，與《衝波傳》同，而與《外傳》略異，今《吕氏春秋》無，疑此爲《外傳》佚文，薛氏誤引也。"(《韓詩外傳考徵》第八章《韓詩外傳佚文考》)

屈守元云："《太平御覽》七二八引《衝波傳》云：'孔子使子貢往外而未來，謂弟子占之，遇鼎，皆言："無下足，不來。"顔子掩口而笑，曰："無足者，乘舟而來，賜至矣！清朝也。"子貢果朝至。'《藝文類聚》七十一、《初學記》二十皆引《衝波傳》，文字略同。涵芬樓本《説郛》卷二十五載殷芸《小説》亦引《衝波傳》，余嘉錫所輯殷芸《小説》采之(《余嘉錫論學雜著》頁二九六)。此或本非《韓詩外傳》之文，由《小説》等書混入者也。《論衡·卜筮篇》：'魯將伐越，筮云，得"鼎折足"，子貢占之，以爲凶。何則？鼎而折足，行用足，故謂之凶。孔子占之，以爲吉，曰："越人水居，行用舟，不用足，故謂之吉。"魯伐趙，果克之。'其事與此相類，恐此傳説即由斯增飾而成，《書鈔》似誤録《衝波傳》之文，以爲《外傳》也。"(《韓詩外傳箋疏》附録《佚文存疑》)

冠南按：趙、賴説可商，蓋《吕覽》《外傳》俱有採擷古雜説之例，互見篇章亦在所多有，故見於《外傳》者，未必不可見於《吕覽》。且《集語》所引《吕覽》之文，與《外傳》佚文尚存異分，應非《外傳》之文。屈説亦可商，《外傳》本即"采雜説"之書，其所記往往見於他書，此節敘顔回釋《鼎》，與《吕覽》《論衡·卜筮》《衝波傳》等相類，當亦彼時習聞之雜説，故《外傳》得以載録，此適其"采雜説"之表見，故仍據《書鈔》，定爲《外傳》之佚文。

【彙輯】

顔回望吴門馬，見一疋練。孔子曰："馬也。"然則馬之光景，一疋長耳。故後人號馬爲一疋。（《藝文類聚》卷九三。《史記》卷一二九《貨殖列傳》司馬貞《索隱》引作"孔子與顔回登山，望見一匹練，前有藍，視之果馬，馬光景一匹長也"。《太平御覽》卷八一八引作"孔子、顔淵登魯東山，望吴昌門，淵曰：'見一疋練，前有生藍。'子曰：'白馬蘆蒭也。'"趙令畤《侯鯖録》卷六引作"顔回望吴門馬，見一匹練。孔子曰：'馬也。'然則馬之光景，長一匹耳。故人呼馬爲一匹"。程大昌《演繁露》卷一四引作"馬夜行，目光所及，與匹練等"。曾慥《類説》卷三八引作"顔回望吴門，見一疋練。孔子曰：'馬也。'然則馬之光景，一疋長耳。故從來號馬爲疋"。蘇軾《元翰少卿寵惠谷簾水一器龍團二枚仍以新詩爲貺歎味不已次韻奉和》馮景注引《韓詩外傳》引作"顔回望吴門馬，見一匹練。孔子曰：'馬也。'"）

【通考】

趙善詒云："按《白帖》九六引有'白馬出吴閶門，望之如一匹曳練。'疑亦是《外傳》佚文。《論衡·書虚篇》亦載此事云：'或言顔淵與孔子俱上魯太山，孔子東南望吴閶門外，有繫白馬，引顔淵指以示之，曰："若見吴昌門乎？"顔淵曰："見之。"孔子曰："門外何有？"曰："有如繫練之狀。"'朱亦棟《群書札記》卷四引《外傳》云：'顔回望吴門馬，見一匹練。孔子曰："馬也。"然則馬之光景，一匹長耳。故後人號馬爲一匹。'則朱氏所見本，其未曾佚歟？按其文與《類聚》同，疑其據《類聚》爲説，而未詳察之耳。"（《韓詩外傳補正》附録《韓詩外傳佚文考》卷上）

屈守元云："《論衡·書虚篇》云：'或言顔淵與孔子俱上魯太山，孔子東南望吴閶門外，有繫白馬，引顔淵指以示之，曰："若見吴昌門乎？"顔淵曰："見之。"孔子曰："門外何有？"曰："有如繫練之狀。"孔子撫其目而正之。因與俱下。下而顔淵髮白齒落，遂以病死。蓋以精神不能若孔子，彊力自極，精華竭盡，故早夭死。世俗聞之，皆以爲然。如實論之，殆虚言也。案《論語》之文，不見此言。考六經之傳，亦無此語。夫顔淵能見千里之外，與聖人同，孔子諸子，何諱不言？蓋人目之所見，不過十里，過此不見，非所明察，遠也。傳曰：太山之高巍然，去之百里，不見蛭螺，遠也。案魯去吴，千有餘里，使離朱望之，終不能見，況使顔淵，何能審之？如才庶幾者，明目異於人，則世宜稱亞聖，不宜言離朱。人目之視也，物大者易察，小者難審。使顔淵處昌門之外，望太山之形，終不能見；況從太山之上，察白馬之色，色不能見，明矣。非顔淵不能見，孔子亦不能見也。何以驗之？耳目之用均也。目不能見百里，則耳亦不能聞也。陸賈曰："離婁之明，不能察帷薄之内；師曠之聰，不能聞百里之外。"昌門之與太山，非直帷薄之内，百里之外也。秦武王與孟説舉鼎，不任，絶脈而死。舉鼎用力，力由筋脈，筋脈不堪，絶傷而死，道理宜也。今顔淵用目望遠，望遠目睛不任，宜盲眇，髮白齒落，非其致也。髮白齒落，用精於學。勸力不休，氣力竭盡，故至於死。伯奇放流，首髮早白。《詩》云："惟憂用老。"伯奇用憂，而顔淵用睛，蹔望倉卒，安能致此？'又《實知篇》云：'俗傳顔淵年十八歲，升太山，望見吴昌門外有繫白馬。定考實，顔淵年三十，不升太山，不望吴昌門。'王充不信此事，辨之甚明，而宋李石顧信之，《續博物志》卷七云：'顔淵髮白齒落，遂以病死，蓋精力不及聖人，而强役之也。'此事雖不足信，而其文載之《韓詩外傳》，今本已佚，顧唐宋典籍《藝文類聚》《史記索隱》《太平御覽》猶引用之，諸書文字不同，則《論衡》可資參校也。至於馬稱匹之義，則《類聚》九三引《風俗通》云：'俗説：相馬比君子，與人相匹。或曰：馬夜行，目明照前四丈，故曰一匹。或説：度馬縱横，適得一匹。或説：馬死賣得一匹帛。或云：《春秋左氏説》：諸侯相贈，乘馬束帛。與馬相匹耳。'錢大昕云：'《文心雕龍・指瑕篇》云："《周禮》井賦，舊有匹馬。而應劭釋匹，或量首數蹄，斯豈辨物之要哉？原夫古之正名，車兩而馬匹。匹兩稱目，以並耦爲用。蓋車貳佐乘，馬儷驂服，服乘不隻，故名號必雙，名號一正，則雖單爲匹矣。匹夫匹婦，亦配義也。夫車馬小義，而歷代莫悟。況鑽灼經典，能不謬哉？"'藏用《風俗通校注》據《史記索隱》引《韓傳》佚文，云：'此爲度馬縱横適得一匹之證。《漢書・食貨志》："布長四丈爲匹。"《説文》："匹，四丈。"'（見《風俗通校注》下册六一三

頁）”（《韓詩外傳箋疏》附録《佚文》）

冠南按：此節傳文雖離奇不經，然觀《論衡》有專節駁之，想亦當日流行之雜説，《外傳》録之，是“采雜説”之例。

【彙輯】

太公使南宫适至義渠，得駭雞犀，以獻紂。（《藝文類聚》卷九五、《白孔六帖》卷九七。段公路《北户録》卷一崔龜圖注亦引此文，“适”作“括”，無“以”。《太平御覽》卷八九〇亦引此文，“太公使南宫适”作“太史南宫括”。）

【通考】

賴炎元云：“太史，《御覽》一本作‘文王’，《類説》作‘太公使’。考《史記·殷本紀》：‘紂囚西伯羑里。西伯之臣閎夭之徒，求美女奇物善馬以獻紂，紂乃赦西伯。’《齊世家》云：‘西伯拘羑里，散宜生、閎夭素知而招吕尚。三人者爲西伯求美女奇物，獻之於紂，以贖西伯。’從《類説》所引爲是。《尚書·君奭》：‘有若南宫括。’《周本紀》：‘命南宫括散鹿臺之財，發鉅橋之粟，以振貧弱萌隸。’《漢書·古今人表》：‘太顛、閎夭、散宜生、南宫适。’師古曰：‘太顛以下，文王之四友也。’‘括’與‘适’通，南宫适即南宫括也。”（《韓詩外傳考徵》第八章《韓詩外傳佚文考》）

屈守元云：“南宫括、散宜生等獻寶於紂，以贖西伯，《書》《詩》正義多引《尚書大傳》。陳壽祺、皮錫瑞漫引《六韜》《史記》《淮南子》《琴操》以疏《大傳》，亦未及《韓詩外傳》之佚文。疑《類聚》《御覽》所引，乃《大傳》之誤。”（《韓詩外傳箋疏》附録《佚文存疑》）

冠南按：屈氏以此節見於《尚書大傳》，遂疑此非《外傳》文。然《大傳》《外傳》常見重文（如《尚書大傳》卷二《皋陶謨》“天子左五鐘，右五鐘”章，又見《韓詩外傳》卷一第十六章；另如《尚書大傳》卷三《般庚》“古者諸侯始受封，則有采地”章，又見《韓詩外傳》卷八第十六章；再如《尚書大傳》卷三《高宗肜日》“武丁之時，桑穀俱生於朝”章，又見《韓詩外傳》卷三第二章；復如《尚書大傳》卷五《嘉禾》“成王之時，有三苗貫桑葉而生”章，又見《韓詩外傳》卷五第十二章。餘例尚多，不贅舉），故見於《大傳》者，未始不能見於《外傳》，屈説不可從。兹仍以《類聚》《六帖》《御覽》爲據，定其爲《外傳》佚文。《戰國策·楚策一》第十八章曾記楚王“遣使車百乘，獻駭雞之犀、夜光之璧于秦王”之事，此當載籍記録駭雞犀之最先者，而其所記之事下及戰國，反遲於《外傳》所記商紂之時。駭雞者，《抱朴子・登涉篇》云：“以角盛米置群雞中，雞欲啄之，未至數寸，即驚却退，故南人或名通天犀爲駭雞犀。以此犀角著穀積上，百鳥不敢集。”（按通天犀與駭雞犀原爲兩物，後溷而爲一，説詳郁沖聰《六朝異物志與文學》第六章第二節）陶弘景亦云：“《漢書》所謂駭雞犀者，置米飼雞，皆驚駭不敢啄；置屋上，烏鳥不敢集。”（《本草綱目》卷五十一《獸部二》犀條引）傅玄《犀鈎銘》則謂：“世稱雞駭之犀，聞之父常侍曰：犀之美者有光，雞見影而驚，故曰駭雞。”（《藝文類聚》卷九十五引）上引諸説雖有小别，然俱以駭雞犀因驚駭群雞之用而得名，舊解蓋皆如是。至蘇繼廎先生則另出一解云：“犀梵文作 Khaḍga，孟語作 Kha-kke，即源於梵文；馬來語作 badak。駭雞二字得視爲犀之梵文或孟語之對音，舊傳其角可使雞受驚却退，殆望字生義也。”（《島夷志略校釋》卷上“真臘”條）此説極新，然駭雞之名已見於漢前，彼時梵書未行於中土，故梵文對音之説恐求之過深，仍當以舊解爲是。

【彙輯】

天子社廣五丈，東方青，南方赤，西方白，北方黑，上冒以黄土。將封諸侯，各取其方色土，苴以白茅，以爲社，明有土，謹敬絜清也。（孔穎達《尚書正義》卷六《禹貢正義》。《史記》卷二《夏本紀》張守節正義亦引此文，“其方色土”作“方土”，無“明有土謹敬絜清”七字。杜佑《通典》卷四五、陳祥道《禮書》卷九二引作“天子太社方五丈，諸侯半之”。杜佑《通典》卷四五又引作“天子太社廣五丈，各方置四方色，訖，上冒以黄土”。邢昺《孝經注疏》卷二《諸侯章疏》引作“天子大社，東方青，南方赤，西方白，北方黑，中央黄土。若封四方諸侯，各割其方色土，苴以白茅而與之。諸侯以此土封之爲社，明受於天子也”。）

【通考】

陳喬樅云：“《孝經正義》二引《外傳》文略同。考《白虎通・社稷篇》亦有此文。又蔡邕《獨斷》云：‘天子大社，以五色土爲壇，皇子封爲王者，授之大社之土，以所封之方色，苴以白茅，使之歸國以立社，謂之茅社。’漢儒之言，蓋皆同也。”（《韓詩遺説考》卷三之三）

趙善詒云:"《白虎通·社稷篇》、蔡邕《獨斷》載此事略同。《周書·作雒解》云:'封人社壝,諸侯受命于周,乃建大社于國中,其壝:東青土,南赤土,西白土,北驪土,中央亹以黄土。將建諸侯,鑿取其一方一面之土,燾以黄土,苴以白茅,以爲土封,故曰:受列土于周室。'趙氏云:'言本於《周書·作雒解》。'是也。"(《韓詩外傳補正》附録《韓詩外傳佚文考》卷上)

賴炎元云:"《文選》潘元茂《册魏公九錫文》李善注引《尚書緯》同。《書·禹貢》:'厥貢惟土五色。'賈逵注云:'王者封五色土爲社,建諸侯,則各割其方色土與之,使立社,是封諸侯、立社稷之法也。'《白虎通·社稷篇》:'《春秋文義》曰:"天子之社稷廣五丈,諸侯半之。"其色如何?《春秋傳》曰:"天子有大社也,東方青色,南方赤色,西方白色,北方黑色,上冒以黄土。故將封東方諸侯,取青土,苴以白茅。各取其面以爲封社明土。謹敬潔清也。"'蔡邕《獨斷》:'天子大社,以五色土爲壇,皇子封爲王者,授之大社之土,以所封之方色,苴以白茅,使之歸國以立社,謂之茅社。'所載之事,與此略同。"(《韓詩外傳考徵》第八章《韓詩外傳佚文考》)

冠南按:"廣五丈"者,韋叔夏云:"蓋以五是土數,故壇方五丈。"(董誥等編《全唐文》卷一八九《社主制度議》)"上冒以黄土"者,《尚書·禹貢》:"厥貢惟土五色。"僞《孔傳》云:"王者封五色土爲社,建諸侯則各割其方土與之使立社,燾以黄土,苴以白茅。茅取其潔,黄取其王者覆四方。"五色土者,《史記·夏本紀》集解引《書·禹貢》鄭玄注云:"土五色者,所以爲大社之封。"王鳴盛云:"鄭云'土五色者,所以爲大社之封'者,《周書·作雒》曰:'乃建大社于國中,其壝:東青土,南赤土,西白土,北驪土,中央亹以黄土。將建諸侯,鑿取其方一面之土,以爲土封。'劉熙《釋名》卷一《釋地》云:'徐州貢土五色:青、黄、赤、白、黑也。'是也。"(《尚書後案》卷三《虞夏書·禹貢》)劉熙、鄭玄亦皆漢儒,其釋大社貢土五色之文與陳引《白虎通》《獨斷》相合,此亦"漢儒之言,蓋皆同也"之證。顔色與祭祀之關聯,甲骨卜辭已萌端緒,後復與五行觀念相綰結，遂衍爲莊重完備之體系，汪濤於此有詳説（見汪濤著，郅曉娜譯《顏色與祭祀：中國古代文化中顏色涵義探幽》），可供稽查。

【彙輯】

晋趙武與叔向觀於九原。（《禮記》卷十《檀弓下》孔穎達正義。同篇又引此文，"晋趙武"作"趙文子"。）

【通考】

賴炎元云："趙武，晋之正卿，卒謚文子。《國語·晋語八》：'趙文子與叔向遊於九京，曰："死者若可作也，吾誰與歸？"叔向曰："其陽子乎！"文子曰："夫陽子行廉直於晋國，不免其身，其知不足稱也。"叔向曰："其舅犯乎！"文子曰："舅犯見利，不顧其君，其仁不足稱也。其隨武子乎！納諫不忘其師，言身不失其友，事君不援而進，不阿而退。"'《禮記·檀弓下》所載與此略異。"（《韓詩外傳考徵》第八章《韓詩外傳佚文考》）

屈守元云："《禮記·檀弓下》孔氏正義凡兩引《韓詩外傳》。《檀弓下》前章云：'晋獻文子成室，晋大夫發焉。張老曰："美哉輪焉，美哉奂焉。歌於斯，哭於斯，聚國族於斯。"文子曰："武也，得歌於斯，哭於斯，聚國族於斯，是全要領以從先大夫於九京也。"北面再拜稽首。'鄭玄注：'晋卿大夫之墓地在九原。"京"蓋字之誤，當爲"原"。'孔氏正義云：'知"京"當爲"原"者，案《韓詩外傳》云："晋趙武與叔向觀於九原。"又《爾雅》云："絶高爲京，廣平曰原。"京非葬之處，原是墳墓之所，故爲原也。'後一章云：'趙文子與叔譽觀乎九原。'鄭玄注云：'叔譽，叔向也。晋羊舌大夫之孫名肸。'孔氏正義云：'知叔譽是叔向者，案《韓詩外傳》云："趙文子與叔向觀於九原。"故知叔譽是叔向也。云"晋羊舌大夫之孫名肸"者，案《左氏》，羊舌是邑名。晋大夫公族爲羊舌大夫也。故《閔二年左傳》云：羊舌大夫爲尉，羊舌大夫生羊舌職，職生叔向，是羊舌大夫之孫也。又《昭三年左傳》：叔向與齊晏子語云："肸又無子。"是名肸。'案阮刻本《禮記注疏》，疏文'廣平曰原'下、'非葬之處'上，脱一'京'字。注文'晋羊舌大夫之孫名肸'，脱一'肸'字（相臺本不脱）。信皆當補正。孔氏正義兩引《韓詩外傳》，前以證明鄭校'京'爲'原'之誤，而《外傳》不誤。後以證明鄭注謂叔譽爲叔向之説，《韓詩外傳》即稱叔向不稱叔譽也。前後引文，微有不同。前引爲'趙武'，後引爲'趙文子'。《檀弓下》稱'趙文子'，《韓詩外傳》故應相同，因從後引輯録。趙文子名武，實一人也。"(《韓詩外傳箋疏》附録《佚文》)

冠南按：此節佚文僅記趙武、叔向觀於九原，詳情則佚。《禮記·檀弓下》備載其詳文者，可資探求，其文云："趙文子與叔譽觀乎九原。文子曰：'死者如可作也，吾誰與歸？'叔譽曰：'其陽處父乎？'文子曰：'行并植於晋國，不没其身，其知不足稱也。''其舅犯乎？'文子曰：'見利不顧其君，其仁不足稱也。我則隨武子乎！利其君，不忘其身；謀其身，不遺其友。'晋人謂文子知人。"《國語·晋語八》與《檀弓》所記近同。《新序·雜事》亦載九原問答事，然與《檀弓》有别，其文云："晋平公過九原而歎曰：'嗟呼！此地之藴吾良臣多矣！若使死者起也，吾將誰與歸乎？'叔向對曰：'與趙武乎？'平公曰：'子黨於子之師也？'對曰：'臣敢言趙武之爲人也，立若不勝衣，言若不出於口，然其身舉士於白屋下者四十六人，皆得其意，而公家甚賴之。及文子之死也，四十六人皆就賓位，是以無私德也，臣故以爲賢也。'平公曰：'善。'"觀於九原同，然發問者與叔向所答者則有别，恐亦傳聞異辭。九原亦名九京，乃晋卿大夫之葬地。康基田考其地甚詳備："《方輿紀要》：絳州西北二十里九原山，亦謂之九京。春秋晋諸大夫葬此。劉裕伐秦，秦將姚紹遣兵屯九原，是也。李濂《記略》：余巡郡邑，至忻州之九原山。九原者，晋卿大夫之葬域，趙宣孟之田邑也。《世家》謂趙孤復立，得其田邑如故。《檀弓》《國語》並載趙文子與叔向觀乎九原，蓋即此地。《十三州志》：九原山在忻州城西，其仞有九，故曰九原。《元和志》：京陵城在平遥縣東七里。《城塚記》：周宣王北伐時築。《漢書·地理志》：太原郡有京陵縣。注：京陵，即九京。《國語》：趙文子與叔向遊九京。注：九京，晋墓地。《水經注》：汾水又西逕京陵縣故城北，春秋九原地，其京尚存。漢興，增陵於其下，故曰京陵。按：九原，數易其説，李濂引趙氏田邑爲證，韋昭《國語解》未能確指其處。京陵在祁縣、平遥之間，遠於國都。顧寧人考證其説云：古者卿大夫之葬，必在國都之北，不得遠涉數百里，而葬於今之平遥。《志》以爲在太平西南二十五里有九原，近是。顧祖禹云即絳州西北之九原山，州本故絳，地近國都，與顧寧人説相脗合，而地稍有不同。《春秋》：晉獻公城絳居之，其地在太平之南，絳州之北。顧祖禹謂晉大夫皆葬於絳之九原。顧寧人以爲太平之九原，同一地而異名，參差其説也。若忻州、平遥之九原，可勿論矣。"（《晉乘蒐略》卷四）

【彙輯】

陳不占，齊人也。崔杼弑莊公，不占聞君有難，將往赴之。食則失哺，上車失軾。其僕曰："敵在數百里外，而懼怖如是，雖往，其益乎？"不占曰："死君之難，義也；無勇，私也。"乃驅車而奔之。至公門之外，聞鐘鼓之聲，遂駭而死。君子謂："不占無勇而能行義也，可謂志士矣。"（《文選》卷十八《長笛賦》李善注。《太平御覽》卷四一八引作"崔杼殺莊公，陳不占聞君有難，將死之。湌則失哺，上車失軾。僕曰：'雖往，其有益乎？'不占曰：'死君，義也；無勇，私也。'遂驅車。比至公門外，聞鐘鼓戰鬭之聲，遂駭而死"。同書四九九引作"崔杼殺莊公。陳不占，東觀漁者，聞君有難，將往死之。湌則失哺，上車失軾。僕曰：'敵在數百里外，今食則失哺，上車失軾，雖往，其有益乎？'陳不占曰：'死君，義也；無勇，私也。'遂驅車。比至門，聞鐘鼓之音、鬭戰之聲，遂駭而死。君子聞之，曰：'陳不占可謂志士矣。無勇而能行義，天下鮮矣。'"）

【通考】

趙善詒云："按卷一第二十一章'莊之善死白公之難'章與此文義略同。此事亦見《新序·義勇篇》，'湌則失哺'作'餐則失匕'，'可謂志士矣'作'可謂仁者之勇也'。"（《韓詩外傳補正》附録《韓詩外傳佚文考》卷上）

賴炎元云："《新序·義勇篇》：'齊崔杼弑莊公也，有陳不占者，聞君難，將赴之。比去，餐則失匕，上車失軾。御者曰："怯如是，果去，有益乎？"不占曰："死君，義也；無勇，私也，不以私害公。"遂往，聞戰鬥之聲，恐駭而死。人曰："不占可謂仁者之勇也。"'所載與此略同。"（《韓詩外傳考徵》第八章《韓詩外傳佚文考》）

屈守元云:“《新序·義勇篇》亦載此事,《册府元龜》七三九則用《新序》之文也。《孟子·離婁上》篇:‘有不虞之譽,有求全之毁。’趙岐注:‘求全之譽,若陳不瞻將赴君難,聞金鼓之聲,失氣而死,可謂欲求全其節,而反有怯弱之毁者也。’段玉裁云:‘陳不瞻即《左傳》之陳書。’説見《經韻樓集·補孟子疏》一節。守元案:陳書乃艾陵之戰被獲於吴者,事見《哀十一年左傳》。書雖有‘吾聞鼓而已,不聞金矣’之言,其義勇與不占相似,然非死崔杼之難者。焦循《孟子正義》謂《左傳·襄公二十五年》崔杼之難,申蒯侍漁者爲陳不占,云:‘侍漁即司漁,即所謂東觀漁者。“申”“陳”音近,申蒯即陳不占,“占”之爲“蒯”,猶“覘”之爲“窺”。周秦人姓氏,往往記録有異同,以聲音求之,尚可仿佛耳。’其説似比段説爲近是。又案:《元和姓纂》卷五‘二十四鹽·占’下云:‘陳子占之後,以王父字爲氏。’稱‘陳不占’爲‘陳子占’,是‘不’字乃語詞,焦循‘申蒯’即‘陳不占’之説,又可得一印證也。”(《韓詩外傳箋疏》附録《佚文》)

冠南按:陳不占應非申蒯。《韓詩外傳》卷八第四章:“齊崔杼弑莊公。荆蒯芮使晋而反。”許維遹云:“《左傳·襄二十五年》作‘申蒯’,《説苑·立節篇》作‘邢蒯聵’。”(《韓詩外傳集釋》卷四)是申蒯亦作荆蒯芮、邢蒯聵。一人而三名者,章太炎先生釋云:“稱申蒯曰‘邢蒯聵’者,‘蒯’‘聵’叠韻爲名,本可單舉。《韓詩外傳》作‘荆蒯芮’,‘荆’即‘邢’之誤,‘蒯’‘芮’亦叠韻,此邢蒯聵即襄二十一年之邢蒯。彼云‘知起、中行喜、州綽、邢蒯出奔齊’,故蒯後爲齊臣。‘申’‘邢’異者,邢蒯當是申公巫臣之子。《成二年傳》云:‘巫臣奔晋,晋人使爲邢大夫。’故其子謂之邢侯。明邢蒯亦其子姓也。”(《鎦子政左氏説》。按梁玉繩《史記漢書諸表訂補十種·人表考》卷四釋“荆”“邢”互作云:“邢蒯始見《左·襄廿一》。案蒯乃欒盈勇士,出奔于齊。考《襄廿三傳》,齊伐衛,有邢公,疑即蒯也。《説苑·立節》作邢蒯聵,死莊公之難,稱邢生,守節死義。而《韓詩外傳》八又作荆蒯芮,稱荆先生。‘荆’必‘邢’之譌,‘芮’‘聵’音相近,皆所傳别耳。”章先生“‘荆’即‘邢’之誤”或承梁氏而來。向宗魯則以“荆”“邢”通用,“荆”非譌字,見《説苑校證》卷四《立節》,亦可備一説。)據此,申蒯應非陳不占。

【彙輯】

衆或滿堂而飲酒，有人隅而悲泣，則一堂爲之不樂。王者之於天下也，有一物不得其所，則爲之悽愴心傷，盡祭不舉樂焉。（《文選》卷十八《笙賦》李善注。温庭筠《開成五年秋，以抱疾郊野，不得與鄉計偕至王府。將議遐適，隆冬自傷，因書懷奉寄殿院徐侍御，察院陳、李二侍御，回中蘇端公，鄠縣韋少府，兼呈袁郊、苗紳、李逸三友人一百韻》曾益注僅引"衆或"至"不樂"，"隅"前有"向"，"爲"前有"皆"。蘇軾《立春日病中邀安國，仍請率禹功同來。僕雖不能飲，當請成伯主會，某當杖策倚几於其間，觀諸公醉笑，以撥滯悶也》馮景注引作"一人向隅，滿座不樂"。）

【通考】

賴炎元云："《説苑・貴德》：'故聖人之於天下也，譬猶一堂之上也，今有滿堂飲酒者，有一人獨索然向隅而泣，則一堂之人皆不樂矣。聖人之於天下也，譬猶一堂之上也，有一人不得其所者，則孝子不敢以其物薦進。'與《外傳》義略同。"（《韓詩外傳考徵》第八章《韓詩外傳佚文考》）

屈守元云："《文選・笙賦》注引。守元案：尤刻本、胡刻本皆有。明州本、贛州本皆但引《説苑》，無此《韓詩外傳》一段。胡克家《考異》云：'袁本、茶陵本無此五十二字。'（本四十七字，加"韓詩外傳曰"，故共五十二字。）《鹽鐵論・憂邊篇》：'故王者之於天下，猶一室之中也。有一人不得其所，則謂之不樂。故民流溺而弗救，非惠君也。國家有難而不憂，非忠臣也。'《漢書・刑法志》：'古人有言曰："滿堂而飲酒，有一人鄉隅而悲泣，則一堂皆爲之不樂。王者之於天下，譬猶一堂之上也。故一人不得其平，爲之淒愴於心。"'藏用《鹽鐵論校注》（定本）謂此文又見《説苑・立節篇》。今檢《立節篇》載田英之言云：'一人受賞，衆人有慚色。'其辭義皆絶不與此有關。《漢書》稱此爲'古人有言'，則《説苑》所載，或本采之《韓詩外傳》，尤本《笙賦》注所引似可相信，六臣本以其與《説苑》意同而輒删削之。故此依尤、胡諸本輯録，頗足珍視。"（《韓詩外傳箋疏》附録《佚文》）

冠南按：《漢書》所稱"古人有言"，意指此乃古時格言，故《外傳》

《説苑》並得載録，非必《説苑》采於《外傳》。屈氏之説，不免膠固。

【彙輯】

天見其象，地見其形，聖人則之。（《文選》卷二十《晋武帝華林園集詩》李善注）

【通考】

屈守元云："《易・繫辭上》云：'天垂象，見吉凶，聖人則之。'李善注已先引《周易》之語，則其所引《韓詩外傳》非《周易》之誤也。"（《韓詩外傳箋疏》附録《佚文》）

冠南按：《韓詩外傳》卷五第一章載孔子曰："《關雎》至矣乎！夫《關雎》之人，仰則天，俯則地。幽幽冥冥，德之所藏。紛紛沸沸，道之所行。如神龍化，斐斐文章。大哉《關雎》之道也！"屈守元於"仰則天，俯則地"之下云："《文選》應吉甫《華林園集詩》注引《韓詩外傳》云：'天見其象，地見其形，聖人則之。'似即此處文字，疑今本《外傳》有脱佚也。"蓋以此二處俱以"天""地"爲文。然卷五之文乃敘述《關雎》之人道德精微，《選》注佚文則言聖人則法天地，二者無甚關聯，屈説似不可從。

【彙輯】

白骨類象，魚目似珠。（《文選》卷四十《到大司馬記室牋》李善注。蘇軾《寄周安孺茶》馮應榴合注僅引"魚目似珠"。）

【通考】

賴炎元云："《文選》盧諶《贈劉琨詩序》注云：'《雒書》曰：秦失金鏡，魚目入珠。鄭玄曰：魚目亂真珠。'"（《韓詩外傳考徵》第八章《韓詩外傳佚文考》）

屈守元云："《選學膠言》卷十七云：'李保泰云：今《外傳》亦無此文。'守元案：《意林》卷五引《唐子》云：'夫士有高世之名，必有負俗之累，有絶群之節，必嬰謗嗤之患。白骨擬象，魚目似珠。遥聽遠望，無不亂也。''白骨'二句似用古語，未必最早見於《韓詩外傳》也。"（《韓詩外傳箋疏》附録《佚文存疑》）

冠南按:《戰國策·魏策一》:“夫物多相類而非也:幽莠之幼也似禾,驪牛之黄也似虎,白骨疑象,武夫類玉,此皆似之而非者也。”諸葛亮《便宜十六策·察疑》:“物有異類,形有同色。白石如玉,愚者寶之;魚目似珠,愚者取之;狐貉似犬,愚者蓄之;栝蔞似瓜,愚者食之。”(段熙仲、聞旭初編校《諸葛亮集》卷三)並與此佚文同義。屈氏僅以此二句“似用古語,未必最早見於《韓詩外傳》”,即置諸存疑之列,斷不可從。蓋《外傳》本即“取《春秋》,采雜説”之書,其中轉引前代文獻者比比然,載録古語者亦叢叢焉,此文雖爲古語,仍不妨《外傳》加以迻録(《外傳》迻録古語者甚夥),故究實言之,終不害其爲《外傳》佚文。若必“最早見於《韓詩外傳》”始爲可信之文,則今本《外傳》盡皆可疑矣。

【彙輯】

禽息,秦人。知百里奚之賢,薦之穆公。爲私,而加刑焉。公後知百里之賢,乃召禽息,謝之。禽息對曰:“臣聞忠臣進賢不私顯,烈士憂國不喪志。奚陷刑,臣之罪也。”乃對使者,以首觸檻而死。以上卿之禮葬之。(《文選》卷五十五《演連珠》李善注。傅恒等《通鑑輯覽》卷一一二引作“禽息,秦人。薦百里奚于秦穆。爲私,而加刑焉。公後知奚之賢,召禽息,謝之。禽息曰:‘臣聞忠臣進賢不私顯,烈士憂國不喪志。奚陷刑,臣之罪也。’乃對使者,以首觸楹而死”。)

【通考】

冠南按:此節與下節皆敘禽息自戕事,然頗有歧異。此節記秦王知百里奚之賢在前而禽息自戕在後,下節則記禽息自戕在先而秦王始重用百里奚;此節記禽息“對使者,以首觸檻而死”,下節則記“繆公出,當車以頭擊闑”;此節記禽息自戕乃因“忠臣進賢不私顯,烈士憂國不喪志。奚陷刑,臣之罪”,下節則記爲“臣生無補於國,不如死也”。凡斯種種,並傳聞異辭,而俱在《外傳》所“采雜説”之列。即以百里奚之遇穆公而論,今本《外傳》復有異説,卷七第六章云:“百里奚自賣五羊之皮,爲秦伯牧牛,舉爲大夫,則遇秦繆公也。”卷八第二十四章又謂:“夫百里奚,齊之乞者也,逐於齊西,無以進,自賣五羊皮,爲一軛車。見秦繆公,立爲相。”是百里之舉又無涉於禽息之薦。兩可之間，頗致齟齬。然兼載異説，係由《外傳》體制所致，若必欲考定是非虛實而後止，則强忮過甚，反悖於韓氏著書之旨。

【彙輯】

禽息，秦大夫。薦百里奚，不見納。繆公出，當車以頭擊闑，腦乃精出，曰："臣生無補於國，不如死也。"繆公感寤而用百里奚，秦以大化。（《後漢書》卷四十三《朱穆傳》李賢注、《太平御覽》卷三七五。《後漢書》卷七十六《孟嘗傳》李賢注引此文，"精"作"播"。《太平御覽》卷三六三亦引此文，"感寤"作"感悟"，無"秦以大化"。鄧名世《古今姓氏書辯證》卷一九引作"秦大夫禽息碎首薦百里奚"。）

【通考】

趙善詒云："孫志祖《讀書脞録》五亦引《外傳》缺佚。又云：'據《選》注所云，是秦穆公已知百里奚之賢，而謝之矣。又奚爲觸楹而死哉？當以章懷注爲是。'又按：此事亦見《論衡・儒增篇》云：'禽息薦百里奚，繆公未聽，禽息出當門，仆頭碎首而死。繆公痛之，乃用百里奚。'《漢書・杜鄴傳》注引應劭曰：'禽息，秦大夫，薦百里奚而不見納。繆公出，當車以頭擊闑，腦乃播出，曰："臣生無補於國，而不如死也！"繆公感寤，而用百里奚，秦以大治。'疑皆本《外傳》。"（《韓詩外傳補正》附録《韓詩外傳佚文考》卷上）

屈守元云："張雲璈《選學膠言》卷二十云：'《後漢書・朱穆傳》注并以百里奚爲禽息所薦。'又云：'《朱穆傳》注與《選》注小異，《孟嘗傳》注亦引之，與《朱穆傳》注同。然如《選》注，穆公已用百里奚，禽息似可無死，自當以章懷注爲是（孫志祖《讀書脞録》卷五説亦與張同）。然《史記・秦本紀》云："百里奚亡秦走宛，楚鄙人執之。繆公聞百里奚賢，欲重贖之。"《吕氏春秋・慎人篇》言："公孫枝以五羊皮買之，而獻諸穆公。"《説苑・臣術篇》言："賈人買以五羖羊皮，使將鹽車。"《孟子・萬章》言："自鬻於秦。"《商鞅傳》同《萬章》説。言人人殊。《韓子・難言篇》尚稱傅説轉鬻，況百里奚乎？戰國時造辭以誣聖賢，何所不有也！然所引《外傳》，今《韓詩》亦無之。'守元案：李善注《演連珠》，又引《論衡》云：'傳言禽息薦百里奚，繆公出，當門仆頭碎首，以達其友。'其文見《論衡·儒增篇》。又引應劭《漢書》注云:'繆公出,當車以頭擊門。'其文見今《漢書·杜鄴傳》注。此二書蓋皆本之舊《韓詩外傳》也。劉峻注《演連珠》此句,則云:'觸車以進賢。'依《論衡》及應劭《漢書》注、李賢《後漢書》注,禽息所觸者,或曰'闑',或曰'門',未嘗觸車也。故李善注云:'劉云"觸車",未詳其旨。'此條引文,二者歧出,因並存之,而著其説於此。"(《韓詩外傳箋疏》附録《佚文》)

冠南按:百里奚舉於秦王事,古籍所記多有異辭,俞正燮《百里奚事異同論》(《癸巳類稿》卷十一)搜羅最爲充贍。《外傳》所記禽息進薦及百里自賣兩説,亦俞輯諸古雜説之二種。又,劉孝標注《演連珠》云禽息"觸車以進賢",此或由誤記"當車以頭擊闑"所致,亦不無劉氏所見古説有言觸車者之可能。然此事重在"言賢者薦善,不愛其死,仆頭碎首而死,以達其友也"(王充《論衡》卷八《儒增》),所觸何處,並非鈐鍵所在。

【彙輯】

婦人有五不娶:喪婦之長女不娶,爲其不受命也;世有惡疾不娶,棄於天也;世有刑人不娶,棄於人也;亂家女不娶,類不正也;逆家女不娶,廢人倫也。(《後漢書》卷四十八《應奉傳》李賢注、《册府元龜》卷一百)

【通考】

陳喬樅云:"《後漢書》:'應奉上書曰:"母后之重,興廢所因。宜思《關雎》之所求,遠五禁之忌。"'喬樅謹案:五禁所忌,章懷注引《韓詩外傳》'婦人有五不娶'語爲證。應奉即用韓義。"(《韓詩遺説考》卷一之一)

趙善詒云:"趙本《補逸》云:'此文與《公羊·莊廿七年傳》何休注同,《大戴禮·公冠篇》(當是《本命篇》)文小異。'按亦見《家語·本命解》《白虎通·嫁娶篇》。"(《韓詩外傳補正》附録《韓詩外傳佚文考》卷上)

賴炎元云:"《天中記》卷十九引孔子曰:'女有五不取:逆家子者,亂家子者,世有行人子者,有惡疾子者,喪父長子。'與《外傳》説同。"(《韓詩外傳考徵》第八章《韓詩外傳佚文考》)

冠南按：陳謂應奉用韓義，似可商。蓋“婦人有五不娶”之説，乃韓嬰採集古説，非韓氏獨創。《大戴禮記·本命》云：“女有五不取：逆家子不取，亂家子不取，世有刑人不取，世有惡疾不取，喪婦長子不取。逆家子者，爲其逆德也；亂家子者，爲其亂人倫也；世有刑人者，爲其棄於人也；世有惡疾者，爲其棄於天也；喪婦長子者，爲其無所受命也。”《春秋公羊傳·莊公二十七年》何休解詁記“婦人有七棄、五不娶、三不去”，“五不娶”云：“喪婦長女不娶，無教戒也；世有惡疾不娶，棄於天也：世有刑人不娶，棄於人也；亂家女不娶，類不正也；逆家女不娶，廢人倫也。”並與《外傳》義同，因知“五不娶”乃漢儒通説，未可以章懷注引《外傳》，即定應奉用韓説。

【彙輯】

人有五藏六府。何謂五藏？精藏於腎，神藏於心，魂藏於肝，魄藏於肺，志藏於脾，此謂之五藏也。何謂六府？咽喉者，量腸之府也；胃者，五穀之府也；大腸者，轉輸之府也；小腸者，受成之府也；膽者，積精之府也；旁光者，湊液之府也。《詩》曰：“天生蒸民，有物有則。”（《後漢書》卷六十上《馬融傳》李賢注。《太平御覽》卷三六三引作“惟天命，本人情。人有五藏六府。何謂五藏？情藏於腎，神藏於心，魂藏於肝，魄藏於肺，志藏於脾。何謂六府？咽喉，量入之府；胃者，五穀之府；大腸，轉輸之府；小腸，受成之府；膽，積精之府也；膀胱者，精液之府也”。王應麟《小學紺珠》卷三引作“咽喉，量腸之府也；胃，五穀之府也；大腸，轉輸之府；小腸，受成之府；膽者，積精之府；旁胱，湊液之府”。）

【通考】

趙善詒云：“王符《潛夫論·相列篇》云：‘《詩》所謂“天生蒸民，有物有則”，是故人身體形貌，皆有象類。骨法角肉，各有分部。以著性命之期，顯貴賤之表。’與《御覽》及《後漢·馬融傳》注引《外傳》，其義略同。而同引《大雅·烝民》，則可證此傳爲釋《烝民》之佚文也。”（《韓詩外傳補正》附録《韓詩外傳佚文考》卷上）

賴炎元云：“《素問·金匱真言論》：‘六府：膽、胃、膀胱、三焦、大小腸也。’與此略異。”（《韓詩外傳考徵》第八章《韓詩外傳佚文考》）

冠南按：臟腑之説，發源甚古。其論五臟者，《黄帝内經·靈樞·

九針論》云："五臟：心藏神，肺藏魄，肝藏魂，脾藏意，腎藏精志也。"(《黄帝内經·素問·宣明五氣篇》亦有此語，惟"腎藏精志"作"腎藏志")與《外傳》之説相契。論六腑者則歧見紛然，通行之説當以《黄帝内經·素問·金匱真言論》爲準，即以膽、胃、大腸、小腸、膀胱、三焦爲六腑(《白虎通·情性》云："六腑者何謂也？謂大腸、小腸、胃、膀胱、三焦、膽也。"與此説同)，然亦有他説，如《素問·靈蘭秘典論》指爲膻中、胃、大腸、小腸、三焦、膀胱，再如《莊子·齊物論》陸德明釋文及成玄英疏皆以六腑爲大腸、小腸、膀胱、三焦(此説以三焦爲三腑，不可從。三焦共爲一腑，然前人於三焦之所指則頗致聚訟，有以爲有名無形者，如《難經·二十五難》："心主與三焦爲表裏，俱有名而無形。"有以爲有名有形者，如蘇轍《龍川略志》卷二"醫術論三焦"條引北宋醫家徐遁云："齊嘗大飢，群匄相臠割而食，有一人皮肉盡而骨脈全者。遁以學醫故，往觀其五臟，見右腎下有脂膜如手大者，正與膀胱相對，有二白脈自其中出，夾脊而上貫腦。意此即導引家所謂夾脊雙關者，而不悟脂膜如手大者之爲三焦也。"此説雖與《難經》有别，然以三焦爲一腑則無異，據此，三焦非三腑可知)。至《外傳》所記六腑，與上引諸説又别。其不計三焦而列入咽喉者，尤與古醫籍相異，此説當亦有淵源，惟書闕有間，無從追索，幸有《外傳》迻録，始令後人知古有以咽喉爲腑之説，其裨於古醫説亦匪淺。

【彙輯】

知者知其所知，乃爲知矣。(《後漢書》卷八十上《杜篤傳》李賢注)

【通考】

冠南按：《論語·爲政》："知之爲知之，不知爲不知，是知也。"皇侃釋云："若實知而云知，此則是有知之人也。"(《論語義疏》卷一)高拱釋云："蓋天下之理無窮，雖聖人亦有所不知焉。固非必無所不知，而始謂之知也，亦非必有所不知，而遂謂之不知也。惟是於所知者即以爲知，所不知者即以爲不知，則此心不昧，乃自然之明。"(《問辨録·論語》)並可與《外傳》此文相參伍。今本《外傳》亦有篇章闡發此意，如卷三第三十二章云："故君子知之爲知之，不知爲不知，言之要也。言要則知。"又如卷五第五章云："知之爲知之，不知爲不知，内不自誣，外不誣人，以是尊賢敬法，而不敢怠傲焉。是雅儒者也。”皆其證。

【彙輯】

孤竹君是殷湯三月丙寅日所封，相傳至夷、齊之父名初，字子朝；伯夷名允，字公信；叔齊名致，字公達。（《史記》卷六十一《伯夷列傳》司馬貞索隱）

【通考】

趙善詒云：“《史記·伯夷列傳》云：‘伯夷、叔齊，孤竹君之二子也。’《索隱》云：‘其傳，蓋《韓詩外傳》及《吕氏春秋》也。’並引其傳文如上。又按《列傳》上文云：‘余悲伯夷之意，睹軼詩可異焉。’《索隱》云：‘軼音逸，謂見《逸詩》之文，即下《采薇》之詩是也。’下《采薇》詩云：‘登彼西山兮，采其薇矣。以暴易暴兮，不知其非矣。于嗟徂兮，命之衰矣！’則此傳文，當即釋此《逸詩》也。疑後人見詩非經文，乃併傳删之耳。如卷十第十二章，今奪詩辭，而與《吕覽·愛士》文義多同，下引《詩》云：‘君君子則正，以行其德；君賤人則寬，以盡其力。’今本《外傳》之奪詩辭，疑亦後删之故耳。又按此文亦不見于《吕覽》，僅《誠廉篇》云：‘昔周之將興也，有士二人，處於孤竹，曰伯夷、叔齊。’他無所見。”（《韓詩外傳補正》附録《韓詩外傳佚文考》卷上）

屈守元云：“案《史記·伯夷列傳》：‘其傳曰：伯夷叔齊，孤竹君之二子。’《索隱》云：‘其傳，蓋《韓詩外傳》及《吕氏春秋》也。’下即接‘其傳云’，書出上列一段文字。今檢《吕氏春秋·誠廉篇》：‘昔周之將興也，有士二人，處於孤竹，曰伯夷、叔齊。’高注云：‘孤竹國在遼西，殷諸侯國也。’正文注文，皆無此段文字，若《吕氏春秋》有之，今亦在佚文之列矣。《索隱》此段文字下文云：‘解者云：夷、齊謚也。伯、仲又其長少之字。按《地理志》：孤竹城在遼西令支縣。’則皆司馬貞解釋之詞，非《韓》《吕》佚文也。又《正義》云：‘本前注“丙寅”作“殷湯正月三日丙寅”。’張文虎《史記札記》曰：‘《正義》“本前注”十四字，是合刻者之言，下當有脱文。’似《正義》亦有與《索隱》相類之引文也。《論語·公冶長篇》釋文有近似之語，則云見《春秋少陽篇》。邢昺疏即引

《春秋少陽篇》。《四書疏義》引《夷齊世家》,其語亦相似。疑皆采之《韓詩外傳》舊本也。"(《韓詩外傳箋疏》附録《佚文》)

冠南按:王叔岷謂:"今本《韓詩外傳》不載此事,或唐時舊本有類此之文。"(《史記斠證》卷六十一)其説是。今本《外傳》與唐人所見不同,容有佚文。唐宋類書、古注所載《外傳》,不見於今本者多矣,皆與此同類。

【彙輯】

孔子升泰山,觀異姓而王,可得而數者七十餘人,不得而數者萬數也。(《史記》卷二十八《封禪書》張守節《正義》。杜佑《通典》卷五四、鄭樵《通志·禮略》亦引此文,"人"作"氏","不"下有"可",無"也"。孔穎達《尚書正義》卷首《尚書序》正義、王應麟《小學紺珠》卷五引作"古封泰山、禪梁甫者萬餘人,仲尼觀焉,不能盡識"。)

【通考】

陳喬樅云:"《白虎通·封禪篇》引《般》詩:'於皇明周,陟其高山。'爲周太平封泰山之證。則知《韓詩》此傳,當亦釋《般》詩爲周家封禪事也。"(《韓詩遺説考》卷五之二)

趙善詒云:"陳説甚是。《毛序》:'《般》,巡守而祀四嶽河海也。'《正義》曰:'謂武王既定天下,巡行諸侯所守之土,祭祀四岳河海之神,神皆饗其祭祀,降之福助。至周公、成王太平之時,詩人述其事,而作此歌焉。'則毛、韓之義蓋同也。"(《韓詩外傳補正》附録《韓詩外傳佚文考》卷上)

屈守元云:"《尚書序》:'由是文籍生焉。'孔穎達正義:'《韓詩外傳》稱云云(即上列十九字)。'又引《管子書》。案:此見《管子·封禪篇》。《史記·封禪書》正義引《韓詩外傳》云:'孔子升泰山,觀易姓而王,可得而數者七十餘人,不得而數者萬數也。'《史記·司馬相如傳》:'續昭夏,崇號謚,略可道者七十有二君。'《索隱》亦云:'見《韓詩外傳》及《封禪書》。'《通典》五十四及《兼明書》卷一、《小學紺珠》五亦有相似之文,皆引《韓詩外傳》。《續漢書·祭祀志注》則引《莊子》,古書中説此事者多不可數。司馬貞《補史記·三皇本紀》則引《韓詩》。馬驌

《繹史》卷八十八以《補史記》所引爲《韓詩内傳》。”(《韓詩外傳箋疏》附録《佚文存疑》)

冠南按:《外傳》乃“采雜説”之書(此節與《管子・封禪》雷同,即爲一證),非釋經之作。故此文雖關涉封禪,卻不必爲釋《般》而設,陳説稍嫌僵板。

【彙輯】

死爲鬼,鬼者歸也。精氣歸於天,肉歸於土,血歸於水,脉歸於澤,聲歸於雷,動作歸於風,眼歸於日月,骨歸於木,筋歸於山,齒歸於石,膏歸於露,髮歸於草,呼吸之氣歸復於人。(釋道世《法苑珠林》卷六。《太平御覽》卷八八三亦引此文,“死爲鬼”作“人死曰鬼”,“草”作“革”。李治《敬齋古今黈》卷九引與《太平御覽》近同,惟“山”作“白”,疑誤。徐鍇《説文解字繫傳》卷一七引作“人死肉歸於土,血歸於水,骨歸於石也,魂氣生於天,其陰氣薄然獨存,無所依也”。)

【通考】

李治云:“西方之書與中國之書,往往更相假借以爲誇。《韓詩外傳》曰:‘人死曰鬼,鬼者歸也。精氣歸于天,肉歸于土,血歸于水,脈歸于澤,聲歸于雷,動作歸于風,眼歸于日月,骨歸于木,筋歸于白,齒歸于石,膏歸于露,髮歸于草,呼吸之氣復歸于人。’《圓覺經》‘四大’之説,大槩與此同之。但《韓傳》所謂歸者一十有三,而《圓覺》之所謂歸者止四而已。顧韓説之繁重,實不若《圓覺》之約且足也。然不知《韓傳》竊彼書耶,抑彼書之竊《韓傳》耶?韓嬰在《圓覺》前,不應掠取浮屠語。吾意譯潤者盜嬰語耳。”(《敬齋古今黈》卷九)

趙善詒云:“按《列子・天瑞篇》:‘精神離形,各歸其真,故謂之鬼。鬼者,歸也,歸其真宅。’《論衡・論死篇》云:‘人死精神升天,骸骨歸土,故謂之鬼。鬼者,歸也。’《風俗通》:‘死者,澌也。鬼者,歸也。精神消越,骨肉於土也。’並與此同義。李治(《元史》作“李冶”,誤。詳見施國祁《禮耕堂叢説》及元王惲《中堂紀事》卷三)《敬齋古今黈》以爲此與《圓覺經》‘四大’之説相類,而疑《圓覺經》襲此,非也。此循環思想,乃人類文化達到相當程度,由見於自然之循環,而自然發生此必然之思想,

不必執指謂彼襲此也。”(《韓詩外傳補正》附録《韓詩外傳佚文考》卷上)

屈守元云:“《法苑珠林》卷十引,注云:‘出《御覽》。’文廷式謂當是《修文殿御覽》,説見《純常子枝語》卷一。今《御覽》八八三引之,字句全同,蓋今本即從《修文殿御覽》轉録也。焦竑《焦氏筆乘續集》卷三謂此爲佛典所引佚文,所謂‘佛典’,即《法苑珠林》也。《敬齋古今黈》卷六亦引此,而疑佛典《圓覺經》‘四大’之説襲此。案:《法苑珠林》正如牟融著《理惑論》,比附中華古代典籍以重佛説,晋代所謂‘格義’,即其類也。‘鬼之爲言歸也’,已見《爾雅·釋訓》。《列子·天瑞篇》云:‘鬼者,歸也,歸其真宅。’《五行大義》三引《尸子》云:‘鬼,歸也。古者謂死人爲歸人。’(郭注《爾雅》亦引之)《風俗通·怪神篇》:‘夫死者,澌也。鬼者,歸也。精氣消越,骨肉歸于土也。’郝懿行《爾雅義疏》云:‘歸者,還其家也。生,寄也。死,歸也。《説文》云:“人所歸爲鬼。”《禮運》注:“鬼者,精魂所歸。”皆與此義合。’鬼歸之義,歷代相傳,即與佛典相同,亦不足爲異。必謂彼教之義乃出於此,亦附會之談,可以不論也。”(《韓詩外傳箋疏》附録《佚文》)

冠南按:此佚文出自《法苑珠林》卷六,屈氏誤爲卷十;《古今黈》之文見卷九,屈氏誤爲卷六。鬼之言歸,趙、屈二氏引證繁富,足徵此説淵源已久,非《外傳》一家之言。此文所敘人體與自然萬物之照應,與《潛夫論·相列》“人身體形貌皆有象類”之思想有關(汪繼培箋云:“《春秋繁露·人副天數篇》云:‘人有三百六十節,偶天之數也。形體骨肉,偶地之厚也。上有耳目聰明,日月之象也。體有空竅理脈,川谷之象也。心有哀樂喜怒,神氣之類也。’《淮南子·精神訓》云:‘頭之圓也象天,足之方也象地。’”彭鐸校正云:“《列子·楊朱篇》:‘人肖天地之類。’《漢書·刑法志》:‘夫人宵天地之貌。’皆此義。”皆可發明此意)。此意識之出現實由“天人合一”之説發揮至極所致,余英時先生於此嘗有詳説(《會友集》卷上《〈生命史學:從醫療看中國歷史〉序》),愜心貴當,足資參稽。

【彙輯】

還來叩我採桑娘。□□衛適陳,陳國大夫發兵圍之,俾穿九曲明珠乃釋。孔子嘗聞桑女九曲明珠,穿不過之,言使門人往問焉。女

曰："絲將繫蟻，蟻將繫絲，如不肯過，則煙薰之。"（馮雲鵬、馮雲鵷《金石索·石索》卷五録《唐〈韓詩外傳〉殘石》拓本）

【通考】

冠南按：馮雲鵬云："予每從空山堂借拓，觀其背面刻《心經》，字畫細勁，真唐人書。此刻更在先，即以爲唐刻可也。"（《金石索·石索》卷五）據《山左金石志》介紹，此拓原石"高九寸七分，廣八寸八分，在滋陽縣牛家"（畢沅、阮元《山左金石志》卷十三），然朱學勤則定此爲"北宋殘石"（《朱修伯批本四庫簡明目録》卷二）。可見學界於此石之書寫年代仍存歧見。然其所録文字不見今本《外傳》，故仍在佚文之列。此節敘孔門之軼事，與今本常載孔門事跡之習相通，當亦爲彼時流行之雜説。六朝小説《衝波傳》亦記此事，而詳贍過之，其文云："孔子去衛適陳，塗中見二女採桑，子曰：'南枝窈窕北枝長。'答曰：'夫子遊陳必絶糧，九曲明珠穿不得，著來問我採桑娘。'夫子至陳，大夫發兵圍之，令穿九曲珠，乃釋其厄，夫子不能，使回、賜返問之，其家謬言女出外，以一瓜獻二子，子貢曰：'瓜，子在内也。'女乃出語曰：'用蜜塗珠，絲將繫蟻，蟻將繫絲，如不肯過，用烟燻之。'子依其言，乃能穿之，於是絶糧七日。"（馬驌《繹史》卷八六引）據此可知本節前闕之文乃孔子與採桑女之七言聯句，惟該詩契於近體七絶格律，或本事出於《外傳》，而詩辭則經唐人增易。玆以《石索》爲據，暫定爲《外傳》佚文。

【彙輯】

天老曰："夫鳳文曰：首戴德，項倡義，背負仁，心抱忠，翼挾信，足履正，尾繫武，小音金，大音鼓。延首奮翼，五光備舉。昏鳴曰固常，晨鳴曰發明，晝鳴曰保長，舉鳴曰上翔，集鳴曰歸昌。見則有福，仁聖皆服。"（徐鍇《説文解字繫傳》卷七。《文選》卷三五《七命》李善注僅引"鳳舉曰上翔，集鳴曰歸昌"。白居易《白氏六帖事類集》卷二九引作"鳳雞冠、鷰喙，蛇頸、龍胼，鶴翼、魚尾，鴻前、麟後，鶴顙、鴛鴦臆，龜目而中注"。佚名《錦繡萬花谷前集》卷三七引與《白氏六帖》近同，惟無"蛇頸"，"麟"作"鱗"。高承《事物紀原》卷八引作"黄帝時，鳳巢於阿閣"。《太平御覽》卷一八四引與《事物紀原》近同，惟"巢"作"止"。《太平御覽》卷九一五又引作"住即文，來則喜。遊必擇所,飢不妄下。其鳴也,雄曰節節,雌曰足足。昏鳴曰固常,晨鳴曰發明,晝鳴曰保長,舉鳴曰上翔,集鳴曰歸昌”。馮復京《六家詩名物疏》卷四九引作“天老曰:鳳首帶德,頸揭義,背負仁,心入信,翼挾義,足履正,尾繫武。小音金,大音鼓。食有質,飲有儀,游必擇所,飢不妄下。其鳴也,雄曰節節,雌曰足足。昏鳴曰固常,晨鳴曰發明,晝鳴曰保章,舉鳴曰上翔,集鳴曰歸昌”。李時珍《本草綱目》卷四九引作“羽備五彩,高四五尺,翱翔四海,天下有道則見。其翼若干,其聲若簫,不啄生蟲,不折生草。不群居,不侶行。非梧桐不棲,非梧桐不食,非醴泉不飲”。)

【通考】

冠南按:今本《外傳》卷八第八章云:“食有質,飲有儀,往即文始,來即嘉成。”趙善詒《韓詩外傳補正》云:“《御覽》九一五‘往即文始,來即嘉成’引作‘往即文,來則喜’,下有云:‘遊必擇所,飢不妄下。其鳴也,雄曰節節,雌曰足足,昏鳴曰固常,晨鳴曰發明,晝鳴曰保章,舉鳴曰上翔,集鳴曰歸昌。’末二句又見張景陽《七命》注引(“舉鳴”作“鳳舉”)。此節與《説苑》略同,‘保章’作‘保長’,《廣雅·釋鳥》亦有云:‘雄鳴曰即即,雌鳴曰足足,昏鳴曰固常,晨鳴曰發明,晝鳴曰保長,舉鳴曰上翔,集鳴曰歸昌。’想亦本于《外傳》,而今《外傳》此節已全删。”趙説良是。據此可知今本《外傳》不特有全章盡佚者,亦有章存而句佚者。

【彙輯】

道可以爲人之輔檠。(徐鍇《説文解字繫傳》卷十一)

【通考】

冠南按:輔檠即棐檄(“輔”“棐”義同,説詳孫詒讓《籀廎述林》卷三《釋棐》;“檄”乃“檠”之異體),乃校正弓弩之具。《周禮·弓人》:“寒奠體。”鄭玄注:“至冬膠堅,内之檠中,定往來體。”孫詒讓疏云:“《説文·木部》云:‘檄,榜也。’榜所以輔弓弩也。《詩·小雅·角弓》毛傳云:‘檠,弓匣也。’《既夕記》‘有柲’,注云:‘柲,弓檠。弛則縛之於弓裏,備損傷,以竹爲之。’《荀子·性惡篇》云:‘繁弱、鉅黍,古之良弓也,然而不得排檠,則不能自正。’楊注云:‘排檄,輔正弓弩之器。’《説苑·建本篇》又作‘排檠’。《韓非子·外儲説左上》云:‘夫工人張弓也,伏檠三旬而蹈弦,一日犯機。’又《外儲説右》云:‘榜檠者,所以矯不直也。’《淮南子·脩務訓》云:'弓待檄而後能調。'高注云:'檄,矯弓之材。'又《説山訓》云:'撤不正而可以正弓。'注云:'撤,弓之掩牀,讀曰檠。''檠''撤'並與'檄'同。"(《周禮正義》卷八十六)可知"棐檄"亦作"榧檠""排檠""榜檠",字異而義同。《管子·輕重甲》:"十鈞之弩,不得蜚檄,不能自正。""蜚檄"亦"棐檄"之變體。道之正人,猶輔檠之正弓,故《外傳》以輔檠擬道,謂"道可以爲人之輔檠"。《鹽鐵論·申韓篇》云:"是以聖人審於是非,察於治亂,故設明法,陳嚴刑,防非矯邪,若檃栝輔檠之正弧刺也。"張之象注云:"檃,揉曲者也。栝,正方者也。輔檠,輔正弓弩者也。弧刺,弓之不正者也。"(王利器《鹽鐵論校注》卷十引)以明法嚴刑矯匡凶邪,猶以檃栝輔檠校正弧刺,亦以輔檠之正弓取喻,與《外傳》相類。

【彙輯】

老而不學者,如無燭而夜行,倀倀然。(徐鍇《説文解字繫傳》卷十五)

【通考】

冠南按:此章言老而不學之弊,實爲重學思想之表徵。蓋學雖當貫徹終生,而人至老境,血弱氣衰,常懨懨欲廢學,費袞《梁谿漫志》卷五云:"曹孟德嘗言:'老而好學,惟吾與袁伯業耳。'東坡云:'此事不獨今人不能,即古人亦自少也。'"足見老而倦學,乃古今之同慨。《外傳》特以夜行無燭爲喻,警人以勤學之道,不應因老而廢。今本《外傳》卷四第二十六章云:"君子務爲學也。"卷六第十五章云:"可與言終日而不倦者,其惟學乎。"並可與此節佚文相參。

【彙輯】

趙簡子太子名伯魯,小子名無恤。簡子自爲二書牘,親自表之,書曰:"節用聽聰,敬賢勿慢,使能勿賤。"與二子,使誦之。居三年,簡子坐清臺之上,問二書所在。伯魯忘其表,令誦不能得;無恤出其書於袖,令誦習焉。乃出伯魯而立無恤。(《太平御覽》卷一四六。同書卷六〇六亦引此節,惟書名節題曰《韓詩》,"二書牘"作"二牘","問二書所在"作"問二子書所在","忘其表"作"亡其表","於袖"作"於左袂","出伯魯而立無恤"作"黜伯魯而嘉無恤"。董説《七國考》卷四引與《太平御覽》卷一四六近同,“無恤”作“毋恤”,“出”作“黜”。《文選》卷二十九《古詩十九首》李善注引作“趙簡子少子名無恤,簡子自爲書牘,使誦之。居三年,簡子坐青臺之上,問書所在。無恤出其書於左袂,令誦習焉”。)

【通考】

賴炎元云:“《資治通鑑》一:‘趙簡子之子,長曰伯魯,幼曰無恤。將置後,不知所立,乃書訓戒之辭於二簡,以授二子,曰:“謹識之。”三年而問之,伯魯不能舉其辭;求其簡,已失之矣。問無恤,誦其辭甚習;求其簡,出諸袖中而奏之。於是簡子以無恤爲賢,立以爲後。’與《外傳》同,疑即本之《外傳》也。”(《韓詩外傳考徵》第八章《韓詩外傳佚文考》)

屈守元云:“《資治通鑑》卷一書趙簡子置後事,即采用此,云:‘乃書訓戒之辭於二簡。’《説苑·談叢篇》云:‘夫節欲而聽諫,敬賢而勿慢,使能而勿賤。爲人君能行此三者,其國必强大,而民不去散矣。’向先生《校證》即引《韓傳》佚文,云:‘蓋亦引用古語,“聰”疑“諫”之誤。’馬驌《繹史》卷八十七鈔録此文,多所更易,於‘立無恤’後,增‘是爲襄子’四字,又云:‘《通鑑》本此,今本(指今本《韓傳》)無。’”(《韓詩外傳箋疏》附録《佚文》)

冠南按:趙簡子廢嫡立庶,後世許爲知人,如王應麟《通鑑答問》答“智宣子、趙簡子之立後,《通鑑》用《左氏》書法,以初起義,而原二家興替之始,亦有意乎”云:“傳曰:‘知子莫若父。’趙簡子以之。舍伯魯以立無恤,而趙以存。”斯言良是(尤侗《看鑑偶評》卷一云:“趙簡子以毋恤爲賢,廢伯魯而立之。毋恤舍子不立,而以伯魯之孫浣爲後。此唐明皇、宋太宗所不能爲也,可不謂賢乎?”極言毋恤之賢,此亦簡子知人之證)。簡子廢立之因,不特《外傳》載之,《史記》卷四十三《趙世家》亦有記録:“異日,姑布子卿見簡子,簡子徧召諸子相之。子卿曰:‘無爲將軍者。’簡子曰:‘趙氏其滅乎?’子卿曰:‘吾嘗見一子於路,殆君之子也。’簡子召子毋卹。毋卹至,則子卿起曰:‘此真將軍矣!’簡子曰:‘此其母賤,翟婢也,奚道貴哉?’子卿曰:‘天所授,雖賤必貴。’自是之後,簡子盡召諸子與語,毋卹最賢。簡子乃告諸子曰:‘吾藏寶符於常山上,先得者賞。’諸子馳之常山上,求，無所得。毋卹還，曰：'已得符矣。'簡子曰：'奏之。'毋卹曰：'從常山上臨代，代可取也。'簡子於是知毋卹果賢，乃廢太子伯魯，而以毋卹爲太子。"毋卹即無恤，《史記》之説顯别於《外傳》，然廢立之事關係重大，必多番忖量方能决斷，故《外傳》《史記》或各記一端，合之始成簡子廢立之由，不必是此而非彼。另，宋高宗立太子前，於伯玖、伯琮之間猶豫不決，嘗書《蘭亭序》二篇各賜之，令"依此樣各進五百本，孝皇（即伯琮）書七百本上之，恩平（即伯玖）卒無所進"（張端義《貴耳集》卷上），遂立伯琮，其考驗模式與《外傳》記簡子事相類。

【彙輯】

楚襄王遣使者持金千斤，白璧百雙，聘莊子欲以爲相。莊子曰："獨不見未入廟之牲乎？衣以文繡，食以芻豢，出則清道而行，止則居帳之内：此豈不貴乎？及其不免於死，宰執旌居前，或持在後。當此之時，雖欲爲孤犢，從雞鼠遊，豈可得乎？僕聞之：左手據天下之國，右手刎其吭，愚者不爲也。"（《太平御覽》卷四七四。《藝文類聚》卷八三引作"楚襄王遣使者持金千片，白璧百雙，聘莊子欲以爲相，莊固辭而不許。使者曰：'黄金白璧，寶之至也；卿相，尊位也。先生辭不受，何也？'"《藝文類聚》卷八四引作"楚襄王遣使者持金十斤，白璧百雙，聘莊子以爲相，莊子固辭"。《初學記》卷二七引作"楚襄王遣使持金千斤，聘莊子欲以爲相，莊子固辭不許"。《文選》卷十三《月賦》李善注引作"楚襄王遣使持白璧百雙聘莊子"。前書卷三一《擬古》李善注引作"楚襄王遣使者持金千斤，白璧百雙，聘莊子以爲相，莊子不許"。《太平御覽》卷八〇六引作"楚襄王遣使，以金千斤，白璧百雙，聘莊子以爲相，莊子固辭"。董説《七國考》卷六引作"莊襄王遣使，以金千斤，白璧百雙，聘莊子以爲相"。《太平御覽》卷八一一、吴淑《事類賦注》卷九引作"楚襄王遣使者持金千斤，白璧百雙，聘莊子欲以爲相，莊子固辭"。）

【通考】

趙善詒云："此文亦不見《莊子》。《御覽》四七四引'左手據天下之國，右手刎其頸，愚者不爲也'，亦見仲長統《昌言・法誡篇》云：'左手據天下之圖，右手刎其喉，愚夫猶知難之。'《後漢書》載之，李賢注云：'事見《莊子》。'《淮南・精神篇》亦云：'使之左據天下圖，而右手刎其喉，愚夫不爲。'又《後漢書・馬融傳》：'其友人曰：古人有言，左手據天下之圖，右手刎其喉，愚夫不爲。'注曰：'《莊子》曰："言不以名害其生者。"'則李賢所見《莊子》，尚有此文，今佚奪耳。則可知諸書所引《韓詩外傳》，其文當本《莊子》也。而'國'字亦宜'圖'字之形譌。"（《韓詩外傳補正》附録《韓詩外傳佚文考》卷上）

賴炎元云："《莊子·列禦寇》：'或聘於莊子。莊子應其使曰："子見夫犧牛乎？衣以文繡，食以芻叔，及其牽而入於大廟，雖欲爲孤犢，其可得乎？"'《外傳》此文，蓋本之《莊子》，而敷衍其辭。《史記·老莊申韓列傳》亦載此事，以爲楚威王使使聘莊子。考楚王聘莊子事，亦見《莊子·秋水篇》，莊子亦辭之，文與此異，疑爲一事，成玄英疏及《釋文》引司馬並云：'楚王，威王也。'此作楚襄王，蓋傳聞異辭。"（《韓詩外傳考徵》第八章《韓詩外傳佚文考》）

屈守元云："今《莊子·列禦寇篇》既未言聘者爲楚襄王，又無'左手'云云諸語，是李賢所見《莊子》，與今本異，今本蓋有闕脱矣。馬融之語，《世説新語·文學篇》劉峻注則引馬融《自序》。又《淮南子·精神篇》《泰族篇》《文子·上義篇》皆有此語，蓋咸本之古本《莊子》矣。"（《韓詩外傳箋疏》附録《佚文》）

冠南按：《外傳》佚文當即採自古本《莊子》，趙、屈所言是。莊子見聘事，《史記·莊子傳》亦有記載，其文云："楚威王聞莊周賢，使使厚幣迎之，許以爲相。莊周笑謂楚使者曰：'千金，重利；卿相，尊位也。子獨不見郊祭之犧牛乎？養食之數歲，衣以文繡，以入大廟。當是之時，雖欲爲孤豚，豈可得乎？子亟去，無污我。我寧游戲污瀆之中自快，無爲有國者所羈，終身不仕，以快吾志焉。'"（《史記》卷六十三《老子韓非列傳》附）此與《外傳》佚文情節相契，惟聘莊子者乃楚威王，與《外傳》作楚襄王不同。疑作楚威王是。王叔岷云："唐歐陽詢《藝文類聚》八三引《韓詩外傳》，載楚襄王欲聘莊子爲相事，亦不足據，故《史記》亦不載。聘莊子爲相事，《史記·莊子傳》作楚威王。楚威王與齊宣王、魏惠王同時。楚襄王爲楚威王之孫。"（《先秦道法思想講稿·慎到生卒考》）

【彙輯】

魯哀公使人穿井，三月不得泉，得一玉羊焉。公以爲玉羊，使祝鼓舞之，欲上於天，羊不能上。孔子見曰："水之精爲玉，土之精爲羊，願無怪之。此羊肝，土也。"公使殺之，視肝，即土矣。(《太平御覽》卷九〇二。《文選》卷五九《齊故安陸昭王碑文》李善注引作"孔子曰：'水之精爲土，老蒲爲葦，願無怪之。'"《六臣注文選》卷五九《齊故安陸昭王碑文》吕延濟注、葉廷珪《海録碎事》卷八引作"老蒲爲葦也"。釋道世《法苑珠林》卷三十二引作"孔子曰：老萑爲雚，老蒲爲葦"。《初學記》卷七引作"魯哀公使人穿井，二月不得泉，得一玉羊，哀公甚懼。孔子曰：'聞水之精爲玉，土之精爲羊。此羊肝乃土爾。'哀公使人殺羊，其肝即土也"。吴淑《事類賦注》卷八引作"魯哀公穿井，得土羊，公懼。孔子聞之，見公，曰：'臣聞水之精爲玉，土之精爲羊，是羊肝必土。'殺羊，視之，果然"。吴淑《事類賦注》卷二二引作"魯哀公使人穿井，三月不得泉，得一生羊焉。公使祝鼓舞之，欲上於天，羊不能上。孔子見曰：'水之精爲玉，土之精爲羊，此羊肝，土也。'公使殺羊，視肝，即土"。祝穆《古今事文類聚・續集》卷十引作"魯哀公穿井，得土羊。孔子曰：'此羵羊也，土之怪。'")

【通考】

趙善詒云："按《魯語》《史記・孔子世家》《説苑・辨物》《搜神記》一二載此事，'魯哀公'作'季桓子'，文略同。"(《韓詩外傳補正》附録《韓詩外傳佚文考》卷上)

賴炎元云："《國語・魯語》：'季桓子穿井如獲土缶，其中有羊焉。使問之仲尼曰："吾穿井而獲狗，何也？"對曰："以丘之所聞，羊也。丘聞之：木石之怪曰夔、蝄蜽，水之怪曰龍、罔象，土之怪曰墳羊。"'《史記・孔子世家》采之，以爲在定公五年。《説苑・辨物》《搜神記》十二並載此事，與《外傳》同。崔述《洙泗考信録》一云：'余按《論語》曰："子不語怪、力、亂、神。"果有此事，答以"不知"可也。乃獲一土怪，而並木石、水之怪而詳告之，是孔子好語怪也，不與《論語》之言相剌謬乎？桓子，魯之上卿，獲羊而詭言狗，以試聖人，何異小兒之戲，此亦非桓子之所宜爲也。且土果有此怪，則當不祗一見，如水之有龍然。果以前未有此事，則古人何由識之？既數有之，又何以此後二千餘年更不復有穿井而得羊者？豈怪至春秋時而遂絶乎？是可笑也。'崔氏

所言甚是。”(《韓詩外傳考徵》第八章《韓詩外傳佚文考》)

屈守元云:“《初學記》七引,其標目爲‘玉羊’,與‘金鳥’爲對。《太平御覽》九〇二引同,‘哀公甚懼’一句作‘公以爲玉羊,使杞鼓舞之,欲上於天,羊不能上’,下接‘孔子見曰’云云。又見《事類賦注》八,又二十二引略同。《白帖》三引《韓詩》云:‘魯哀公穿井得土羊,孔子曰:土精也。’所引即《韓詩外傳》也。《法苑珠林》卷四十三引《韓詩外傳》云:‘孔子曰:老篚爲萑,老蒲爲葦。’據《文選·齊故安陸昭王碑文》李善注引《韓詩外傳》:‘孔子曰:水之精爲土,老蒲爲葦,願無怪之。’《御覽》引亦有‘願無怪’字,是知李善注及《法苑珠林》所引皆此佚文,李注‘水之精爲土’似有脱誤,或當如《御覽》所引作‘水之精爲玉,土之精爲羊’,其臆改《選》注‘土’爲‘玉’字者,乃妄人所爲,不知尤本及明州、贛州諸本此字皆作‘土’,乃‘土’上脱‘玉’字,下脱‘之精爲羊’四字。其焦竑、董斯張所謂佛典所引‘老筐爲葦’,則見《法苑珠林》卷四十三,‘筐’當作‘篚’,而其佚脱之處,即當在此,輯此佚文,諸惑可解。至《説苑·辨物》所載,與此文相似,然非采之《韓詩外傳》,並存而不悖可也。玆録《説苑》之文如下,并附向先生《校證》:‘季桓子穿井,得土缶,中有羊。以問孔子,言得狗。孔子曰:“以吾所聞,非狗,乃羊也。木之怪夔、罔兩,水之怪龍、罔象,土之怪羵羊也,非狗也。”桓子曰:“善哉!”’向先生《校證》云:‘此事見《國語·魯語》《史記·孔子世家》《家語·辨物篇》《搜神記》卷十二。《漢書·五行志》以此爲羊禍。《白帖》三、又十、《初學記》七、《御覽》九百零二、《事類賦》八、又二十二引《韓詩外傳》佚文,亦載此事,則以季桓子爲魯哀公。’”(《韓詩外傳箋疏》附録《佚文》)

冠南按:屈氏校勘繁博,然時有失考之處,“焦竑、董斯張所謂佛典所引‘老筐爲葦’,則見《法苑珠林》卷四十三,‘筐’當作‘篚’”一句,即有四誤:焦竑所引爲“老筐爲萑”(《焦氏筆乘·續集》卷三“《韓詩外傳》”條),非“老筐爲葦”,此一誤;董斯張所引爲“老筐爲萑”(《吹景集》卷十二《世所傳〈韓詩〉〈汲冢〉〈國策〉諸書非全書》),非“老筐爲葦”,此二誤;該佚文見《法苑珠林》卷三十二，非卷四十三，此三誤；《法苑珠林》引作“老萑爲藋”，故焦、董所引“筐”爲“萑”之訛，非“篚”之訛，此四誤。

【彙輯】

周宣王大夫韓侯子有賢德。（陳彭年《鉅宋廣韻》卷二“侯”字條）

【通考】

王先謙云：“所稱‘韓侯子有賢德’者，當即此傳以世子入覲嗣爲韓侯者也。”（《詩三家義集疏》卷二十三）

屈守元云：“陳喬樅《韓詩遺説考》采此在《大雅·韓奕篇》‘王錫韓侯’句下。《潛夫論·志氏姓篇》云：‘昔周宣王亦有韓侯，其國地（依汪本校）近燕，故《詩》云：“普彼韓城，燕師所完。”’《姓解》卷三《車部》“韓侯”下，亦引《韓詩外傳》云：‘周宣王大夫韓侯有賢德。’《稽瑞》引作《韓詩》。鄧名世《古今姓氏書辨證》卷八‘二十五寒·韓’字下説韓姓始末甚詳，謂：‘韓氏出自姬姓，周武王庶子封爲韓侯。’又在‘韓侯’下云：‘《元和姓纂》曰：周宣王錫命韓侯，支孫氏焉。’《廣韻》所引《韓詩外傳》，或爲《韓詩説》。《稽瑞》所引，即無‘外傳’二字也。”（《韓詩外傳箋疏》附録《佚文存疑》）

冠南按：陳喬樅、王先謙俱以此遺説爲釋《大雅·韓奕》“王錫韓侯”之文，當緣二者俱有“韓侯”字樣。然《外傳》非釋經之書，繫其佚文於具體經文之下，尚嫌僵滯。屈氏以《廣韻》所引《外傳》爲《韓詩説》，渺無根底，其援“《稽瑞》所引，即無‘外傳’二字”爲證，尤難成立。前代典籍徵引《韓詩外傳》，常省稱《韓詩》，如《隋書·音樂志下》引《韓詩》云：“聞其宫聲，使人温厚而寬大。聞其商聲，使人方廉而好義。”此乃今本《外傳》卷八第三十章之文；再如江休復《江鄰幾雜志》引陳叔和云：“《韓詩》作‘炮烙’。”此乃今本《外傳》卷四第一章之文（馬國翰《玉函山房輯佚書》誤以此上二條爲佚文）。故稱“《韓詩》”者，常有指示《外傳》之例，餘證繁多，不贅舉。

【彙輯】

鮑叔有疾，管仲爲之不食，不内水漿。甯戚患之，曰：“鮑叔有疾，而爲之不内水漿，無益於鮑叔，又將自傷。且鮑叔非君臣之恩、父子之親，爲之不内水漿，不亦失宜乎？”管子曰：“非子之所知也。昔者吾嘗與鮑叔負販於南陽，而見辱於市中。鮑子不以我爲不勇者，知吾欲有名於天下。吾與鮑子説諸侯，三見而三不中，不以我爲不肖者，知吾不遇賢主人。吾與鮑子分財而多自與，不以我爲貪者，知吾貧無有也。生我者父母，知我者鮑子。士爲知己者死，馬爲知御者良。鮑子卒，天下莫我知，安用水漿？誠有知者，雖爲之死，亦何可傷乎？”（《册府元龜》卷八八一。《初學記》卷一八引作“昔鮑叔有疾，管仲爲之不食，不内漿，甯戚患之。管仲曰：‘生我者父母，知我者鮑子。士爲知己者死，馬爲知己者良。鮑子死，天下莫吾知，安用水漿？雖爲之死，亦何傷哉？’”）

【通考】

賴炎元云：“《列子·力命篇》：‘管仲嘗歎曰：吾少窮困時，嘗與鮑叔賈，分財多自與，鮑叔不以我爲貪，知我貧也。吾嘗爲鮑叔謀事而大窮困，鮑叔不以我爲愚，知時有利不利也。吾嘗三仕三見逐於君，鮑叔不以我爲不肖，知我不遭時也。吾嘗三戰三北，鮑叔不以我爲怯，知我有老母也。公子糾敗，召忽死之，吾幽囚受辱，鮑叔不以我爲無恥，知我不羞小節，而恥名不顯於天下也。生我者父母，知我者鮑叔也！’《史記·管仲傳》同。《説苑·復恩》：‘鮑叔死，管仲舉上衽而哭之，泣下如雨，從者曰：“非君父子也，此亦有説乎？”管仲曰：“非夫子所知也。吾嘗與鮑子負販於南陽，吾三辱於市，鮑子不以我爲怯，知我之欲有所明也。鮑子嘗與我有所説王者，而三不見聽，鮑子不以我爲不肖，知我之不遇明君也。鮑子嘗與我臨財分貨，吾自取多者三，鮑子不以我爲貪，知我之不足於財也。生我者父母，知我者鮑子也。士爲知己者死，而況爲之哀乎？”’與《外傳》《列子》略異。”（《韓詩外傳考徵》第八章《韓詩外傳佚文考》）

屈守元云：“此事亦見《史記·管晏列傳》，其文亦不如《册府》所引《韓傳》佚文爲詳也。《册府元龜》一般不標出所引書名，而此獨標《韓詩外傳》，彌可珍也。”（《韓詩外傳箋疏》附録《佚文》）

冠南按：本節所記管仲、鮑叔事，乃先秦通行之雜説，《史記·管晏列傳》司馬貞索隱引《吕氏春秋》佚文云："管仲與鮑叔同賈南陽。及分財利，而管仲嘗欺鮑叔，多自取。鮑叔知其有母而貧，不以爲貪也。"即其證。然《吕氏春秋·貴公》《莊子·徐無鬼》《列子·力命》等皆記管仲寢疾，桓公問鮑叔可爲相否，管仲以爲不可。據此似管仲病寢時鮑叔尚健在，故《史記》不以《外傳》所記管仲之言爲鮑叔死後之語，是不以鮑叔先管仲而死。《外傳》所記，當亦管鮑雜説之一種，與《史記》史源有别。

【彙輯】

韓伯瑜至孝，時有過，母杖之，大泣。母曰："往者杖汝，常悦受之，今者杖汝，何得泣悲？"瑜對曰："往者得杖，常痛，知母康健。今杖不痛，知母乃衰，是以悲泣。"（王朋壽《增廣分門類林雜説》卷一。元佚名《群書通要》丁集卷十亦引此條，"乃衰"作"力衰"。）

【通考】

賴炎元云："《尚友録》五引同，惟'瑜'作'俞'。《説苑·建本》：'伯俞有過，其母笞之泣。其母曰："他日笞子，未嘗見泣，今泣，何也？"對曰："他日俞得罪，笞嘗痛；今母之力，不能使痛，是以泣。"'與《外傳》略異。"（《韓詩外傳考徵》第八章《韓詩外傳佚文考》）

屈守元云："此事又見《説苑·建本篇》，'伯瑜'作'伯俞'。盧文弨云：'《類聚》二十、《御覽》六百四十九俱作"韓伯瑜"，《宋書·樂志》載陳思王《靈芝篇》亦作"伯瑜"。'向先生云：'《法苑珠林》六十二引此文作"韓伯瑜"，《御覽》四百十三引作"韓伯逾"，《山左金石志》載《武梁石室畫像》："柏瑜傷親年老。"字作"柏瑜"，又與諸書不同，然皆音近。'守元案：敦煌寫本《略出籯金》卷二引《孝子傳》又作'伯諭''伯喻'，皆向先生所謂音近者也。又《古籍叢殘》所印《古類書》第一種，引《説苑》作'韓伯俞'，比之今本，多一'韓'字，又與諸書不同也。"（《韓詩外傳箋疏》附録《佚文》）

冠南按：《武梁石室畫像》"伯瑜"作"柏瑜"，"柏"乃"伯"之借字，與《漢開母廟石闕銘》伯鮌作柏鮌同例。伯瑜泣杖之事，於後世影響極大，武梁祠壁畫以之宣講孝道，即一顯例。隋時至有圖諸孔子廟而行教化之事，《北史·梁彦光傳》記："有滏陽人焦通，性酗酒，事親禮闕，爲從弟所訟。彦光弗之罪，將至州學，令觀孔子廟中韓伯瑜母杖不痛，哀母力衰，對母悲泣之像。通遂感悟，悲愧若無容者。彦光訓喻而遣之，後改過勵行，卒爲善士。"於此足見伯瑜泣杖之感深肺腑。

【彙輯】

楚人卞和得玉璞於荆山，獻之武王，使人相之，曰："石也。"王怒，刖其左足。及文王即位，又獻之，玉人又曰："石也。"刖其右足。至成王時，和抱其璞哭於荆山下，王乃使玉人理，得寶焉，名曰和氏璧。（瞿紹汀《韓詩外傳校釋》卷尾《韓詩外傳輯佚》引臺北圖書館藏鐵琴銅劍樓鈔本《增廣分門類林雜説》卷一四。《續修四庫全書》所收《增廣分門類林雜説》乃據劉承幹《嘉業堂叢書》本影印，此條文本與瞿氏所引大異，或經劉氏篡改，故以瞿氏引文爲準。）

【通考】

冠南按：卞和獻玉事，乃先秦通行之雜説，亦見於《韓非子·和氏》。另，《史記·魯仲連鄒陽列傳》："昔卞和獻寶，楚王刖之。"司馬貞《索隱》云："楚人卞和得玉璞事見《國語》及《吕氏春秋》。"今本《國語》《吕氏春秋》未見此文，當古本所有，今已佚失，然亦可證此事泛見於先秦古籍。

【彙輯】

壯士悲秋，感陰氣也。（潘自牧《記纂淵海》卷二）

【通考】

冠南按：此文雅潔，有類古之格言。《豳風·七月》鄭玄箋云："春女感陽氣而思男，秋士感陰氣而思女。"或亦用此格言。

【彙輯】

陶犬無守夜之益，瓦雞無司晨之警。（潘自牧《記纂淵海》卷一六〇）

【通考】

冠南按：此當亦古之格言，《太平御覽》卷九〇五引《抱朴子》與此同文(今本無此文)。《洞冥記》(葉廷珪《海録碎事》卷七下引)、梁元帝《金樓子·立言》俱作"陶犬無守夜之警,瓦雞無司晨之益",《金樓子·終制》又作"金蠶無吐絲之實,瓦雞乏司晨之用",並與《外傳》同義。

【彙輯】

東郭先生書知宋將亡,故褰褐而過其朝,曰:"宋將荆棘之患縈吾褐,故索而避之。"宋王以爲妖言而殺之。居三年,而宋果亡。(曾慥《類説》卷三八。《太平御覽》卷六九三引作"東郭書知宋之將亡,故褰褐而過鬲其朝,曰:'宋將有荆棘,故褰褐而避之也。'居三年,宋果亡"。)

【通考】

屈守元云:"此當爲宋君偃十一年自立爲王後事。偃即宋康王,號爲桀宋者也。《史記·宋世家》:'王偃立四十七年,齊湣王與魏楚伐宋,殺王偃,遂滅宋而三分其地。'《集解》:'《年表》云:偃立四十三年。'《正義》:'《年表》云:"魏昭王十年,齊滅宋,宋王死於温。"《田完世家》云:"湣王三十八年,齊遂伐宋,王亡,死於温。"據《年表》,宋滅周赧王二十九年,蓋當宋王偃四十三年,今云"四十七年",并誤也。'梁玉繩《史記志疑》云:'湣王滅宋,未嘗與楚魏共伐而三分其地。《六國表》及各《世家》皆不書,惟此有之。'守元案:依諸家考定,宋亡在周赧王二十九年,即公元前二八六年。此云居三年而亡,則當爲赧王二十六年,即前二八九年事也。'鬲'與'隔'古通用。'過鬲其朝',即過其朝而不入也。"(《韓詩外傳箋疏》附録《佚文》)

冠南按:齊有大夫亦名東郭書,其事詳《左傳·定公九年》及《哀公十一年》。然觀本章所記東郭書則似宋人,故宋王得以殺之,其與齊之東郭書當僅同名之巧,非一人也。

【彙輯】

閔子騫母死,父更娶。子騫爲父御車,失轡。父持其手,衣甚單。父歸,呼其後母兒,持其衣,甚厚。即謂婦曰:"吾所以娶,乃爲吾子。今汝欺我,去!無留!"子騫曰:"母在一子單,母去三子寒。"父曰:"孝哉!"(曾慥《類説》卷三八。朱熹《論語或問》卷一一引吴氏引作"子騫早喪母,父娶後妻,生三子，疾惡子騫，以蘆花衣之。父察知之，欲逐後母。子騫啓曰：'母在一子寒，母去三子單。'父善之而止。母悔改之，後至均平，遂成慈母"。《永樂大典》卷一二〇一五引作"閔損，字子騫。性至孝，早喪母，父娶後妻，生二子。損孝心不怠，母疾之，衣所生子以棉絮，衣損以蘆花絮。父冬月令損御車，體寒失紖，父察知之，欲遣後母。損咎父曰：'母在一子寒，母去三子單。'父善之。母亦悔改，遂成慈母"。）

【通考】

賴炎元云："子騫以孝感動其親，同化於善，使一家孝友克全，使外人不僅於閔子無非間之言，即對其父母亦無非間之言，故夫子贊之也。《外傳》此文誠可爲《論語》之注脚。"（《韓詩外傳考徵》第八章《韓詩外傳佚文考》）

屈守元云："朱熹《四書或問》卷十六《論語·先進篇》：'或問閔子騫之孝，曰：吴氏詳矣。'子注即載吴氏曰：《韓詩外傳》云云。吴氏疑指吴棫。棫有《論語續解》十卷，《考異》一卷，《説例》一卷，《宋史·藝文志》著録。守元案：《太平御覽》八一九引《孝子傳》云：'閔子騫幼時爲後母所苦，冬月以蘆花衣之，以代絮。其父後知之，欲出後母。子騫跪曰："母在一子單，母去三子寒。"父遂止。'劉寶楠《論語正義·先進篇》'孝哉閔子騫'章亦引《韓詩外傳》，未説明來歷。向宗魯先生《説苑校證·佚文輯補》據《藝文類聚》二十輯一條云：'閔子騫兄弟二人。母死，其父更娶，復有二子。子騫爲其父御車失轡，父持其手，衣甚單。父則歸呼其後母兒，持其手，衣甚厚温。即謂其婦曰："吾所以娶汝，乃爲吾子。今汝欺我，去，無留！"子騫前曰："母在一子單，母去四子寒。"其父默然。故曰："孝哉閔子騫，一言其母還，再言三子温。"'向先生云：'《韓詩外傳》云："子騫早喪母。父娶後妻，生三子，疾惡子騫，以蘆花衣之。父察知之，欲逐後母。子騫啓曰：'母在一子寒，母去三子單。'父善之而止。母悔改之，後至均平，遂成慈母。"'向先生云：'《外傳》無此文，見朱子《四書或問》及曾慥《類説》三十八引。《外傳》言"後妻生三子"，與《説苑》言"生二子"異。《御覽》四百十三引師覺授《孝子傳》云："閔損，字子騫，魯人，孔子弟子也，以德行稱。早失母，後母遇之甚酷，損事之彌謹。損衣皆藁枲爲絮，其子則綿纊重厚。父使損御，冬寒失轡；後母子御則不然。父怒詰之，損默然而已。後視二子衣，乃知其故。將欲遣妻。損諫曰：'大人有一寒子，猶尚垂心；若遣母，有二寒子也。'父感其言，乃止。"（此所記，則後妻止一子耳。）又三十四引《孝子傳》曰："閔子騫事後母，絮騫衣以蘆花，御車，寒失靷，父怒笞之。後撫背，知衣單，父乃去其妻。騫啓父曰：'母在一子寒，母去三子單。'"八一九引同。皆本《外傳》及《説苑》。（《蒙求》舊注引《史記》有此文，今弟子傳無之，疑誤。）一則云"以槀枲爲絮"，一則云"以蘆花爲絮"，未審孰爲得實也。'守元案：關於閔子騫之事，向先生《校證》考之已極詳審。其所録《外傳》佚文，則取之《類説》，比《四書或問》所引爲詳也。"（《韓詩外傳箋疏》附録《佚文》）

冠南按：閔子孝名極著，《論語・先進》："子曰：孝哉閔子騫！人不間於其父母昆弟之言。"陳群注云："言閔子騫爲人，上事父母，下順兄弟，動静盡善，故人不得有非間之言也。"（程樹德《論語集釋》卷二十二）焦循疏陳注，先引閔子諫父之事，後論之曰："依此事，閔子不從父令，則後母不遣，是其上事父母；兩弟温煖無愠心，而恐母譴而兩弟寒，是下順兄弟。於是父感之，其後母及兩弟亦感之。可知則此一不從父令而諫，一家孝友克全，尤非尋常不苟從令可比。孔子稱其孝，兼言兄弟，正指此事。是所謂'動静盡善'也。後母之酷可間，二子獨綿纊可間，父不能察後妻可間，一諫而全家感化，父母不失其慈，二子不失其悌，使可間化而爲無可間，閔子之孝，不啻大舜之'乂不格姦'。"（《論語補疏》卷下）此説揭櫫閔子孝道之精微，最愜人心。《詩・檜風・素冠》毛傳云："閔子騫三年之喪畢，見於夫子，援琴而絃，切切而哀。作而曰：'先王制禮，不敢過也。'夫子曰：'君子也。'子路曰：'敢問何謂也？'夫子曰：'閔子騫哀未盡，能自割以禮，故曰君子也。'"親喪三年，猶有餘哀，閔子之孝，可謂一以貫之。

【彙輯】

凡草木花多五出，雪花獨六出。雪花曰霙，雪雲曰同雲。同謂雲陰與天同爲一色也。故《詩》云："上天同雲，雨雪雰雰。"（陳元靚《歲時廣記》卷四。《初學記》卷二亦引此條，至"雪雲曰同雲"而止；《太平御覽》卷一二、《事類賦》卷三亦引此條，至"雪花曰霙"而止；王觀國《學林》卷七、孫奕《履齋示兒編》卷十六引至"雪花獨六出"而止。陳禹謨校補本《北堂書鈔》卷一五二引作"草木花多五出，雪花六出。六者，陰極之數"。韓鄂《歲華紀麗》卷四引作"雪花飛六出"。董斯張《世所傳〈韓詩〉〈汲冢〉〈國策〉諸書非全書》引《藝文類聚》引作"凡草木花多五出，雪花獨六出者，陰極之數。雪花曰霙，雪雲曰同雲"，今本《類聚》引《外傳》無"者陰極之數"五字。）

【通考】

陳喬樅云："《初學記》云：'同雲，謂陰雲竟天，同爲一色。'又《埤雅》引《詩》'上天同雲'而釋之曰：'冬爲上天，燠則雲暘而異，寒則雲陰而同。'故《韓詩》以'雪雲'爲'同雲'也。紛紛，《毛詩》作'雰雰'。"（《韓詩遺説考》卷三之三）

屈守元云："《藝文類聚》二引，又見《初學記》二引。《四庫全書總目提要》卷十六《韓詩外傳》條下云：'至《藝文類聚》引"雪花六出"之類，多涉訓詁，則疑爲《内傳》之文，傳寫偶誤，董斯張盡以爲《外傳》所佚，又似不然矣。'余嘉錫《提要辨證》云：'宋陳元靚《歲時廣記》卷四引《韓詩外傳》云："凡草木花多五出，雪花獨六出。雪花曰霙。雪雲曰同雲。同謂雲陰與天同爲一色也。故《詩》云：上天同雲，雨雪雰雰。"較《藝文類聚》所引多數句，觀其篇末引《詩》，仍是《外傳》之體。知其實《外傳》佚文，非《内傳》也。馬國翰輯《御覽》所引"雪花六出"之説於《内傳》，入之"先集惟霰"句下，鑿空無稽，不顧其安，蓋爲《提要》之説所誤也。'守元案：諸書引此以爲《外傳》者頗多，蓋皆鈔自《類聚》。《文選》謝惠連《雪賦》注、《宋書・符瑞志》、《御覽》十二皆引薛君《韓詩章句》云：'霰，霙也。'陳喬樅采之於《小雅・頍弁》'先集惟霰'句下，以'霙'釋'霰'，自是《韓詩》之説，安知《類聚》所引非《内傳》之文乎？余氏駁《提要》之説，亦近於'鑿空無稽'者，豈能斷定《内傳》即不引《詩》乎？"（《韓詩外傳箋疏》附録《佚文存疑》）

冠南按：余嘉錫先生之説確然可據，而屈氏譏以"鑿空無稽"，未免顛倒是非。其謂"諸書引此以爲《外傳》者頗多，蓋皆鈔自《類聚》"，尤率然未詳考，《歲時廣記》所引遠詳於《類聚》，即非"鈔自《類聚》"之證。又,《歲時廣記》引《外傳》意在記録同雲之義,故於篇末引《小雅・信南山》"上天同雲,雨雪雰雰"之文以證之,而《韓詩章句》"霰,霙也"則釋《小雅・頍弁》"先集惟霰"之説,二者各自爲文,固無關聯,而屈氏急於扳駁余説,並以其爲釋《頍弁》之文,遂與《外傳》引詩扞格不入,終成"鑿空無稽"之論。兹仍以余説爲據,定此文爲《外傳》佚文。

【彙輯】

蜃能吐氣爲樓臺,海中春夏閒見。(羅璧《羅氏拾遺》卷七)

【通考】

屈守元云:"《漢書・天文志》:'金寶上皆有氣,不可不察。海旁蜃氣象樓臺。'蜃樓之説,古書中多有之,未聞出於《韓詩外傳》,羅氏所引此條,存疑可也。"(《韓詩外傳箋疏》附録《佚文存疑》)

冠南按:屈引《漢書・天文志》之文,已先見於《史記・天官書》,蓋亦當時相傳之奇觀,《外傳》記之,亦"采雜説"之屬。

【彙輯】

子曰:"堯舜清微其身,以聽天下,務來賢人。夫舉賢,百福之宗也,神明之主也。"(薛據《孔子集語・持盈》)

【通考】

屈守元云:"《説苑・政理篇》'孔子謂宓子賤'章有此語,而今本《韓詩外傳》卷八'子賤治單父'章但云:'不齊爲之大,功乃與堯舜參矣。'似佚脱此數句。"(《韓詩外傳箋疏》附録《佚文》)

冠南按:屈氏之前,趙善詒已言此節爲卷八第十章(即屈説所云"子賤治單父"章)佚文,許維遹從趙説,補於第十章正文中(《韓詩外傳集釋》卷八)。

【彙輯】

子曰:"終日言,不遺己憂;終日行,不遺己患;唯智者有之。故恐懼,所以除患也;恭敬,所以越難也。終日爲之,一言敗之,可以不謹乎?"(薛據《孔子集語・子觀》)

【通考】

趙善詒云:"按此亦見《説苑・雜言篇》,文多同,'己'下並有'之'

字,‘終日爲之’之‘日’作‘身’,‘謹’作‘慎’。”(《韓詩外傳補正》附録《韓詩外傳佚文考》卷上)

屈守元云:“案《説苑·雜言篇》有此文,惟‘謹’字作‘慎’。向先生《校證》云:‘《家語·六本篇》以此隸齊高廷節(守元案:“齊高廷問於孔子曰”一節,在《雜言篇》末),薛據《孔子集語·子觀篇》以此爲《韓詩外傳》。’”(《韓詩外傳箋疏》附録《佚文》)

冠南按:此節論謹言慎行之道。古人重言,徐彦伯《樞機論》云:“夫言者,德之柄也,行之主也,志之端也,身之文也,既可以濟身,亦可以覆身。”(《舊唐書》卷九四《徐彦伯傳》)“濟身”即《外傳》所謂“終日言,不遺己憂”(《大戴禮記·曾子立事》云:“君子終日言,不在尤之中。”亦此意),“覆身”即《外傳》所謂“終日爲之,一言敗之”。

【彙輯】

衛公子交見於子思曰:“先生聖人之後,執清高之操,天下之君子莫不服先生之大名也。交雖不敏,竊慕下風,願師先生之行,幸顧卹之。”子思曰:“公子不宜也。夫清高之節,不以私自累,不以利自意,擇天下之至道,行天下之正路。今公紹康叔之緒,處戰伐之世。當務收英雄,保其疆土,非所以明否臧,立規檢修匹夫之行之時也。”(《永樂大典》卷九二二)

【通考】

冠南按:此文與《孔叢子·抗志》全同,未知是《外傳》與《孔叢子》俱有此文,抑《大典》誤引《孔叢子》爲《外傳》。兹録之備考。

韓詩佚文彙輯通考卷三

周　南

【彙輯】

韓嬰敘《詩》云：其地在南郡、南陽之間。（酈道元《水經注》卷三四《江水》）

【通考】

酈道元云："南，國名也。南氏有二臣，力鈞勢敵，競進爭權，君弗能制，南氏用分爲二南國也。按韓嬰敘《詩》云：'其地在南郡、南陽之間。'《吕氏春秋》所謂'禹自塗山巡省南土'者也。"（《水經注》卷三四《江水》）

馬瑞辰云："'南'蓋商世諸侯之國名也。《水經·江水注》引《韓詩序》曰：'二南，其地在南郡、南陽之間。'（《楚地記》："漢江之北爲南陽，漢江之南爲南郡。"吾鄉胡徵士虔曰："案漢南郡，今湖北荆州府荆門州及襄陽、施南、宜昌三府之境。南陽，今河南南陽府汝州之境。《周南》之詩曰'汝墳'者，其東北境至汝也；曰'漢廣''江永'者，其西至漢，南至江也。《召南》之詩曰'江沱'者，其西北至蜀，東南至南郡也。大約周南有南郡之東而東至南陽，召南有南郡之西而西至巴蜀。"）是《韓詩》以二南爲古國名矣。"（《毛詩傳箋通釋》卷一《雜考各說·周南召南考》。胡虔之說，陳喬樅《韓詩遺說考》卷一之一亦引之。）

陳奂云："今河南南陽府，漢之南陽郡，即其地矣。"（《詩毛氏傳疏》卷一）

陳立云："韓嬰《詩序》：'在南郡、南陽之間。'是專斥周南。《漢·

地志》：南陽、南郡，皆屬荆州也。”（《句溪雜著》卷五《周南召南解》）

關　雎

【彙輯】

《序》：詩人感而後思，思而後積，積而後滿，滿而後作。言之不足，故嗟嘆之。嗟嘆之不足，故詠歌之。詠歌之不厭，不知手之舞之，足之蹈之也。（日本藏《文選集注》卷一〇二王褒《四子講德論》）《關雎》，刺時也。（王應麟《詩考・補遺》）

【通考】

〔“詩人”至“之也”〕

冠南按：此節文字，王褒原引作“《傳》曰”，《文選集注》引《鈔》云：“《傳》曰，此《韓詩傳》也。”然觀其文辭，與《詩大序》相近，故頗疑此乃《詩大序》之别本，《韓詩》輾轉傳授，至隋唐間《韓詩》後學創製《韓詩序》時，納入其中。其與今本之别，蓋師傳不同，容有異文，而溯其本源，則無二致。本書因仿《毛詩》之例，弁之於《關雎》經文之前。觀此亦可知《詩大序》元非《毛詩》一家之學，乃漢初儒者習見共用之文。

〔關雎刺時也〕

馬驌云：“《韓詩序》云：‘《關雎》，刺時也。’《史記》云：‘周道缺，詩人本之衽席，《關雎》作。’又曰：‘周室衰而《關雎》作。’《楊子》云：‘周康之時，頌聲作乎下，《關雎》作乎上，習治也。故習治則傷始亂也。’《列女傳》云：‘康王晏出朝，《關雎》預見。’按《關雎》，正風之首篇，《韓詩》以爲‘刺時’之作，《魯詩》以爲在康王之世，自《毛詩》後出，定爲文王之詩，而諸家之説始廢矣。”（《繹史》卷二十五《三代第十五・成康繼治》）

范家相云：“然第曰‘歌以感之’，不云‘作以刺時’也。後人加以附會，遂謂康王承文、武之盛，一朝晏起，夫人不鳴璜，宫門不擊柝，《關雎》之人見幾而作。”（《三家詩拾遺》卷三）

沈清瑞云：“案《漢書・杜欽傳》：‘佩玉晏鳴，《關雎》歎之。’李奇曰：'后夫人雞鳴佩玉去君所，周康王后不然，故詩人歎而傷之。'臣瓚曰：'此《魯詩》也。'《史記》：'周道缺，詩人本之衽席，《關雎》作。'《春秋説題辭》：'人主不正，應門失守，故歌《關雎》以感之。'又《列女傳》《法言》等書大抵與《韓詩》同。惟《毛詩》以爲后妃之德，此《藝文志》所謂《齊》《韓詩》'或取《春秋》，或采雜説，咸非本義'者也。然二義不妨並通。如《常棣》作于周公，而《左氏・僖二十四年傳》召穆公糾合宗族于成周而作詩，知不必始造乃云作也。但此序不知誰人所作，《唐書・藝文志》有《韓詩》卜商序及《集序》二卷，若子夏所作，必不與《毛序》相違，《唐書》之説，蓋緣同是序詩，致斯剌謬耳。"(《韓詩故》卷上)

馮登府云："《詩考》引《韓詩序》：'《關雎》，刺時也。'此本《後漢書・明帝紀》：'應門失守，《關雎》刺世。'注引《春秋説題詞》：'人主不正，應門失守，故歌《關雎》以感之。'"(《三家詩遺説》卷一)

錢玫云："漢明帝詔曰：'應門失守，《關雎》刺世。'《後漢書・皇后紀序》云：'康王晚朝，《關雎》作諷。'(章懷注云："《魯詩》。")劉向《列女傳・魏曲沃媍》曰：'康王晏朝，夫人《關雎》起興。'王充《論衡》亦云：'今問詩家曰：《關雎》何時作也？彼將曰：康王時也。康王德缺于房中，大臣刺晏，故作此詩。'張超《誚青衣賦》云：'周漸將衰，康王晏起。畢公喟然，深思古道。感彼關雎，德不雙侶。願得周公，妃以窈窕。防微消漸，諷諭君父。孔氏大之，列冠篇首。'(見《初學記》三十五卷)是竟以《關雎》爲刺詩矣。《外傳》：'孔子曰：《關雎》至矣乎！仰則天，俯則地，德之所藏，道之所行。大哉《關雎》之道也！萬物之所繫，群生之所懸命也。天地之間，生民之屬，王道之原，不外是矣！'何嘗爲刺詩哉！范家相《三家詩拾遺》曰：'薛君亦云"詠以刺時"，不云"作以刺時"。詩説似誤。至《後漢書》注宋均曰："應門，聽政處也。言不以政事爲務，則有宣淫之心。《關雎》樂而不淫，思得賢人，與之共化修應門之政。"則又别一解矣。'"(《韓詩内傳並薛君章句考》卷一)

魏源云："三家于《關雎》本義既有《齊詩》匡衡之疏、《韓詩外傳》子夏之問，與《毛詩》同，而復有'《關雎》，刺時也'之序，見美周者即以刺商焉。”(道光中刻二十卷本《詩古微》上編之一《通論傳詩異同·齊魯韓毛異同論中》)又云:“三家既以《關雎》《鹿鳴》與《文王》《清廟》同爲正始,必非衰周之詩。《韓序》只云‘《關雎》,刺時也’,未嘗言刺康王,則是思賢妃以佐君子,即爲諷時之義。但在文王國中爲正《風》、正《雅》者,在商紂國中視之則爲變《風》、變《雅》,此《關雎》《鹿鳴》‘刺時’之本誼也。”(道光中刻二十卷本《詩古微》上編之二《通論四始·四始義例篇三》)又云:“《關雎》,刺時也。(《韓詩序》)思得賢女以配君子,君子非文王之謂,其當殷之末世,周之盛德耶?當文與紂之時耶?”(道光中刻二十卷本《詩古微》下編之一《詩序集義》)

皮錫瑞云:“魏源作《詩古微》,意在發明三家,而不知四始定自孔子,非自周公。《關雎》雖屬刺詩,孔子不妨以爲正《風》,取冠篇首。六經皆孔子手定,並非依傍前人。魏氏惟不知此義,故雖明引三家之説,而與三家全相反對。三家明云周衰時作,魏云必非衰周之詩。三家明云是刺康王,魏云未嘗言刺康王,且改其説,以爲是刺紂王而美文王。試問魏所引《魯》《韓詩》,有言及紂王一字者乎?魏謂前人誣三家以正《風》《雅》爲康王詩,前人實未嘗誣,而魏臆造三家以《關雎》爲刺紂王之説,則誣甚矣。”(《經學通論·詩經》第八則“論魏源以《關雎》《鹿鳴》爲刺紂王,臆説不可信,三家初無此義”)

冠南按:《詩大序》乃漢人共享之文,“刺時”則《韓詩》一家之説,雖俱名“序”,而貌同心異。登府以《韓詩序》“刺時”之説本於《後漢書·明帝紀》,牽强過甚。《韓詩序》成書於南朝至隋時,多以《韓詩》訓解經意之著作爲據,參稽《韓詩章句》者尤多,余有專論(《〈舊唐書·經籍志〉所録〈韓詩序〉三題》,《圖書情報研究》二〇一九年第二期),兹不贅述。以《關雎》論,《韓詩序》“刺時”之説應據《韓詩章句》“故詠《關雎》,説淑女,正容儀,以刺時”而定,與《後漢書》無涉。另,錢玫以《外傳》盛贊《關雎》之文攻駁《韓詩序》“刺詩”之説,亦未當。蓋《外傳》乃韓嬰“推《詩》”之著,班固已謂其“非本義”,《序》則解讀詩旨之作,固與《外傳》體意有别,若以彼量此,無異於强圓就方,殊無謂也。

關關雎鳩，在河之洲。 窈窕淑女，君子好逑。

【彙輯】

《章句》：窈窕，貞專貌。（《文選》卷二一《秋胡詩》李善注）淑女奉順坤德，成其紀綱。（《文選》卷五八《宋文皇帝元皇后哀策文》李善注）詩人言雎鳩貞絜慎匹，以聲相求，隱蔽于無人之處。故人君退朝，入于私宫。后妃御見有度，應門擊柝，鼓人上堂，退反宴處，體安志明。今時大人内傾于色，賢人見其萌，故詠《關雎》，説淑女，正容儀，以刺時。（《後漢書》卷二《孝明帝紀》李賢注。《後漢書·馮衍傳下》李賢注引薛夫子《韓詩章句》，與此各有異同，兹迻録以備考："詩人言雎鳩貞絜，以聲相求，必於河之洲，蔽隱無人之處。故人君動静退朝，入于私宫，妃后御見，去留有度。今人君内傾於色，大人見其萌，故詠《關雎》，説淑女，正容儀也。"）

【通考】

〔"窈窕"至"專貌"〕

陳啓源云："窈窕，毛云：'幽閒也。'《韓詩薛君章句》云：'窈窕，貞婔貌。'正與毛意同。"（《毛詩稽古編》卷一）

胡承珙云："毛既以'幽閒'訓'窈窕'，其下復以'貞專'足成其義。《文選·秋胡詩》注引薛君《韓詩章句》曰：'窈窕，貞專貌。'正與毛同，是皆以'窈窕'指女之德容言之。"（《毛詩後箋》卷一）

馬瑞辰云："《傳》云'幽閒'者，蓋謂其儀容之好，幽閒窈窕然。《文選》李善注引薛君《韓詩章句》云：'窈窕，貞專貌。'《楚辭》王逸注云：'窈窕，好貌。'《廣雅·釋詁》：'窈窕，好也。'義皆與《毛傳》同。"（《毛詩傳箋通釋》卷二）

徐堂云："按《毛傳》：'窈窕，幽閒也。'《正義》曰：'謂淑女所居之宫形狀窈窕。'然韓訓'貞專'，是指淑女，不指其所居之宫。"（《韓詩述》卷一）

錢玫云："窈窕，《毛傳》：'幽閒也。'又云：'是幽閒貞專之善女。'明指德言，非謂所處之宫也。《鄭箋》《孔疏》釋爲'深宫'，謂毛意亦然，悮矣。薛君《章句》正與毛同意。"（《韓詩内傳並薛君章句考》卷一）

申濩元云："《韓詩章句》：'窈窕，貞專貌。'窈言婦德幽静，窕言婦

容閒雅。”(《讀毛詩日記》)

王先謙云:“薛釋‘窈窕’爲‘貞專貌’,主其根心之容而言,以應上文‘雎鳩貞一’之恉,於義最長。”(《詩三家義集疏》卷一)

高本漢(Bernhard Karlgren)云:“《韓詩》(《文選注》引):‘窈窕,貞專貌。’與《毛詩》根本相同。‘窈窕’用作此意,於早期文籍未見同例。(漢以後常見,乃受《毛傳》影響而來。)”(《詩經注釋》一)

冠南按:《韓詩章句》《毛詩傳》俱以“窈窕”爲形容“淑女”之辭,《毛詩正義》獨謂“窈窕”指“淑女所居之宫”,然“《鄭箋》始增入‘深宫’字,以‘窈窕’爲‘居處’。而《正義》遂並以深宫之義被之《毛傳》,非也”(胡承珙《毛詩後箋》卷一)。按《正義》以“窈窕”爲形容“深宫”之詞,確受《鄭箋》影響,然“《箋》云‘幽閒處深宫貞專之善女’,亦謂幽閒貞專之善女處於深宫耳,未遂訓‘窈窕’爲‘深宫’也”(馬瑞辰《毛詩傳箋通釋》卷二),據此,則《正義》乃誤讀《鄭箋》而致訛。韓訓“窈窕”爲“貞專”,足徵漢儒以之爲讚美“淑女”之辭,初無涉於深宫。

〔“淑女”至“紀綱”〕

魏源云:“淑女即后妃。”(道光中刻二十卷本《詩古微》中編之一《二南答問·周南答問》)

王先謙云:“言此淑女能奉順后妃之坤德,紀綱衆妾,和好怨者。”(《詩三家義集疏》卷一)

〔“詩人”至“刺時”〕

胡紹增云:“三家以《關雎》爲刺,後人非之。然觀其意,非實謂《關雎》是刺也。言後世后妃夫人無太姒之德,故誦此詩以諷之。‘今時’‘故詠’等字可見。”(《詩經胡傳》卷一)

范家相云:“薛君亦云‘詠以刺時’,不云‘作以刺時’,其文甚明。”(《三家詩拾遺》卷三)

臧庸云:“《後漢書·明帝紀》:‘應門失守,《關雎》刺世。’李賢注:‘《春秋説題辭》曰:“人主不正,應門失守,故歌《關雎》以感之。”宋均注曰:“應門,聽政之所也。言不以政事爲務,則有宣淫之心。《關雎》

樂而不淫，思得賢人與之共化，修應門之政者也。”’案此説頗能發明薛君義。可證《韓詩》原不以《關雎》爲衰世作。但衰世詠此詩，以諷今之不然耳。”(《韓詩遺説》卷上)

馬瑞辰云：“《韓詩》以‘在河之洲’明其有别，爲《箋》義‘摯而有别’所本。”(《毛詩傳箋通釋》卷二)

陳喬樅云：“據《漢書·藝文志》言：‘齊轅固、燕韓生皆爲《詩傳》，或取《春秋》，采雜説。’然則《韓詩》‘詠《關雎》以刺時’之説即本《春秋緯》也。”(《韓詩遺説考》卷一之一)

聞一多云：“《後漢書·明帝紀》注引薛君《韓詩章句》曰：‘雎鳩貞絜慎匹。’‘慎匹’即不亂其匹，亦猶《素問·陰陽自然變化論》曰‘雎鳩不再匹’，張超《誚青衣賦》曰‘感彼關雎，性不雙侶’也，凡此並即專一之意。而《易林·晋之同人》曰‘貞鳥雎鳩，執一無尤’，義尤顯白。”(《詩經通義甲》)

冠南按：喬樅説可商。“取《春秋》，采雜説”者乃韓嬰所撰《内傳》《外傳》，而“詠《關雎》以刺時”則《韓詩章句》之文，未宜相溷。

寤寐求之。

【彙輯】

《章句》：寐，息也。(慧琳《一切經音義》卷一四“寤寐”條)

【通考】

顧震福云：“《毛傳》云：‘寐，寢也。’震福案：《説文》《廣雅》並云：‘寐，卧也。’《廣韻》：‘寐，寢也，息也。’蓋兼采毛、韓二説。《論語·公冶長》鄭注：‘寢，卧息也。’《文選·永明九年策秀才文》李注：‘寢，猶息也。’《釋名》：‘寢，寑也，所寑息也。’毛、韓義同，謂起居作息间皆求之耳。”(《韓詩遺説續考》卷一)

冠南按：《説文》“寐”字條云：“寐，卧也。”“卧”含休息之義，故《章句》訓“寐”爲“息”；“卧”又含睡眠之義，故《毛傳》訓“寐”爲“寢”。《爾雅·釋宫》：“有室曰寢。”郝懿行云：“寢本卧息之名。”(《爾雅義疏》卷中之一)可見“寢”含“息”義，故韓、毛之訓，用字雖異而釋義實通，震福之説是。遼僧行均《龍龕手鏡》卷三“寐”字條云：“寐，安也、卧也、息也、睡也。”後二訓與韓、毛同義。

鐘鼓樂之。（《韓詩外傳》卷一第一六章、卷五第一章）

【彙輯】

《翼要》：皇后房内之樂皆有鐘聲。（《隋書·音樂志》引侯苞，陳暘《樂書》卷一一三亦引此條，“鐘聲”作“鐘磬”）

【通考】

〔鐘鼓樂之〕

冠南按：薛來芙蓉泉書屋本、程榮《漢魏叢書》本、唐琳《快閣藏書》本《韓詩外傳》卷五所引《詩》，俱作“鼓鐘樂之”，阮元據此輯入《三家詩補遺·韓詩》。清人釋此異文者甚夥，如徐璈云：“韓作‘鼓鐘’，謂擊鐘也。故《靈臺》曰：‘於論鼓鐘。’又曰：‘鼉鼓逢逢。’鐘蓋編鐘，《左傳》所謂‘歌鐘’也。”（《詩經廣詁》卷一）又如陳喬樅云：“考《外傳》言：‘天子左五鐘，右五鐘。’而不兼言鼓。侯包言后妃房中之樂，亦但言‘有鐘磬’而不及鼓，疑《韓詩》之義訓‘鼓’爲‘擊’，不與《毛詩》同。此所引《詩》，當作‘鼓鐘’爲是。或據薛君《章句》有‘應門擊柝，鼓人上堂’語，以爲當兼備鼓、鐘，其義亦通。”（《韓詩遺説考》卷一之一）再如王先謙先引徐璈之説，復合《翼要》之文申釋“鼓鐘”曰：“云‘房中樂有鐘磬’者，鐘磬，所以節樂，此證成《韓詩》‘鼓鐘’之義。侯云然者，《磬師》：‘掌教擊磬、擊編鐘，教縵樂、燕樂之鐘磬。’鄭注：‘磬亦編於鐘言之者，鐘有不編，不編者鐘師擊之。縵樂，謂雜聲之和樂者也。燕樂，房中之樂，所謂陰聲也。二樂皆教其鐘磬。’據此，房中樂有鐘磬。詩上詠淑女，下言作樂，明是奏樂於房，故云‘鼓鐘樂之’，言鐘則有磬可知，此即《禮》文可明《詩》義也。”（《詩三家義集疏》卷一）然夷考其實，“鼓鐘”乃由“鐘鼓”誤乙而致，今傳《韓詩外傳》莫先於元本，而元本即作“鐘鼓”，明刻如沈與文野竹齋本、毛晋《津逮祕書》本亦皆作“鐘鼓”，可證“鐘鼓”之爲是。第就出土《詩經》傳本考之，亦未見有作“鼓鐘”之本，如安徽大學藏戰國楚簡書《詩經·關雎》作“鐘鼓樂之”（《安徽大學藏戰國楚簡》第一册），上海博物館藏戰國楚竹書《孔子詩論》雖未引經文，然有"（《關雎》）以琴瑟之樂，凝好色之願；以鐘鼓之樂，□□□□□"（李零《上博楚簡三篇校讀記》）之語，末句雖殘泐，然由"鐘鼓之樂"，亦可推知其所用經文作"鐘鼓"。李梅訓亦有詳説（《〈韓詩外傳〉"鼓鐘樂之"辨析》，《古籍研究》二〇〇〇年第四期），可參看。

〔"皇后"至"鐘聲"〕

徐璈云："不兼言'鼓'，則'鼓'爲'擊'義，此韓家之訓也。"（《詩經廣詁》卷一）

陳喬樅云："《北史·房暉遠傳》：'隋文帝問房暉遠曰："自古天子有女樂乎？"對曰："臣聞'窈窕淑女，鐘鼓樂之'，此即王者房中之樂。"'暉遠之對，蓋本《韓詩》也。"（《韓詩遺説考》卷一之一）

冠南按：上條已辨"鼓鐘"之非是，故徐璈之説不可從。侯芑（前引諸説或作"侯苞""侯包"，俱非。余有詳説，見《〈韓詩翼要〉三題考辨》，《圖書館研究與工作》二〇一八年第十期）以鐘聲爲皇后房中之樂，蓋因鐘乃天子、諸侯特有之樂器，《儀禮·鄉飲酒禮》："賓出，奏陔。"鄭玄注："鐘鼓者，天子、諸侯備用之；大夫、士，鼓而已。"（賈公彦《儀禮注疏》卷十）是其證。

葛　覃

惟葉萋萋。

【彙輯】

《章句》：惟，辭也。（《文選》卷八《羽獵賦》、卷二三《詠懷詩》李善注）萋萋，盛也。（《文選》卷七《藉田賦》李善注）

【通考】

〔惟辭也〕

盧文弨云："《毛詩》'維'字，《韓詩》當作'惟'，故云：'惟，辭也。'"（陳喬樅《韓詩遺説考》卷一之一引）

王先謙云："《毛詩》'維'字，韓皆作'惟'，它篇並同。"（《詩三家義集疏》卷一）

冠南按：盧、王所言是，如《毛詩·小雅·巧言》："維王之邛。"《韓詩》作"惟王之邛"（《韓詩外傳》卷四第三、四章）。再如《毛詩·小雅·頍弁》："先集維霰。"《韓詩》作"先集惟霰"（《文選》卷一三《雪賦》李善注）。皆其例。"惟""維"通用，其義不殊，顏師古云："惟，辭也，蓋語之發端。《書》云'惟三月，哉生魄'、'惟十有三祀，王訪于箕子'之類是也。古文皆爲'惟'字，而今文《尚書》變爲'維'者，同音通用，厥義無别。"（《匡謬正俗》卷二）是以《書》中之"維"爲今文而"惟"爲古文。然推之於《詩》，則今文《韓詩》作"惟"而古文《毛詩》作"維"，與《書》之用字相反，同字而忽今忽古，顯有齟齬，故疑二字當非顏氏所謂今古文之别。考《爾雅·釋詁上》："伊，維也。"郝懿行云："凡語詞之字多非本義，但取其聲。維者，惟之假音也。上文云：'惟，謀也，思也。''思'又語詞，故'惟'亦語詞。《玉篇》云：'惟，有也，辭也，伊也。'《離騷》云：'惟庚寅吾以降。'王逸注：'惟，辭也。'《文選·羽獵賦》注引《韓詩章句》亦云：'惟，辭也。'《東京賦》及《甘泉賦》注並云：'惟，有也。'《東征賦》注又云：'惟，是也。''是'與'有'亦皆語詞也。通作'維'。"（《爾雅義疏》上之又一《釋詁弟一》）此説以"維""惟"乃假音關係，勝於顏説。

〔萋萋盛也〕

馬國翰云："《文選》潘安仁《藉田賦》李善注引薛君《韓詩章句》曰：'萋萋，盛也。'當是説'維葉萋萋'義，與《毛傳》'茂盛貌'訓解不殊。"（《目耕帖》卷一三）

是刈是濩，爲絺爲綌。

【彙輯】

《章句》：刈，取也；濩，瀹也。（《經典釋文》卷五。《原本玉篇》卷一九"濩"字條僅引"濩，瀹也"。）結曰絺，辟曰綌。（《原本玉篇》卷二七"綌"字條。"辟曰綌"原作"辟曰絺"。按該章句釋"爲絺爲綌"之文，當以"結"訓"絺"而以"辟"訓"綌"，故"辟曰絺"應作"辟曰綌"。）

【通考】

〔"刈取"至"瀹也"〕

嚴粲云:“刈,從刂,刀也,謂斬而取之。”(《詩緝》卷一)

范家相云:“濩,毛訓爲‘煮’,與韓同。”(《三家詩拾遺》卷三)

錢玫云:“毛西河《詩札》曰:‘刈’訓‘取’,舍人同。濩,《毛傳》:‘濩,煮之也。’《正義》引孫炎曰:‘以煮之于濩,故曰濩煮。非訓“濩”爲“煮”。’”(《韓詩内傳並薛君章句考》卷一)

王先謙云:“《説文》:‘乂,芟草也。或从刀,作刈。’今案:葛但言芟,其義不全,故韓申訓曰‘取也’。”(《詩三家義集疏》卷一)

徐鴻鈞云:“《釋文》引《韓詩》云:‘濩,瀹也。’《説文》:‘濩,雨流霤下也。’則‘濩’爲浸漬淋漓之貌,與‘瀹’字同義。《韓詩》之訓‘濩’爲‘瀹’者,第就其‘濩’字之本義釋之,而未明其‘濩’爲‘鑊’字之假借耳。”(《讀毛詩日記》)

冠南按:據馬瑞辰説,刈乃田器,“用刈以取,因訓刈爲取也”;“濩即鑊之假借”,“鑊所以煮,因訓鑊爲煮”(《毛詩傳箋通釋》卷二)。故《章句》實以器用爲訓,先謙“申訓”之説及鴻鈞“未明其濩爲鑊字之假借”之言俱未諦。

〔“結曰”至“曰綌”〕

顧震福云:“《毛傳》云:‘精曰絺,麤曰綌。’《國語·越語》韋注同。《説文》:‘葛,絺綌艸也。’‘絺,細葛也。’‘綌,粗葛也。’《小爾雅》:‘葛之精者曰絺,麤者曰綌。’並與毛合。韓謂‘結曰絺,辟曰綌’者,《説文》:‘結,締也。’‘締,結不解也。’《釋名》:‘結,束也。’《柏舟》釋文:‘辟,本又作擘。’《孟子·滕文公》:‘妻辟纑。’《高士傳》作‘擘纑’。《喪大記》:‘絞一幅爲三,不辟。’《正義》曰:‘古字假借,讀辟爲擘也。’蓋績葛爲布,結束使密則精,擘分使疏則麤。韓與毛亦相成。”(《韓詩遺説續考》卷一)

冠南按:顧釋“結”爲“結束使密”,確然有據。然釋“辟”爲“擘分使疏”,則有待斠榷。《孟子·滕文公下》:“妻辟纑。”趙岐注云:“緝績其麻曰辟。”“緝績”義同,《説文》“績”字條云:“績,緝也。”段玉裁注:“績之言積也。積短爲長,積少爲多。”可見“緝績”乃聚積之義,非“擘分"之義。據此,《章句》訓"絺""綌",俱以製布手段爲解,緊結布料(“結”)謂之"絺",緝績布料(“辟”)謂之"綌"。《毛傳》云:"精曰絺,麤曰綌。"此以葛布質量爲解,與《章句》有别。

卷　耳

不盈頃筐。

【彙輯】

《章句》:頃筐,欹筐也。(《經典釋文》卷五)攲,傾低不正也。(《原本玉篇》卷二二"攲"字條。"不正"原作"小正"。按"小正"不可解,據《重修玉篇》"攲"字條云:"傾低不正,亦作攲。"可證"小正"乃"不正"之誤。又,慧琳《一切經音義》卷三一引顧野王釋"攲",亦作"不正",此亦顧書本作"不正"之證。《一切經音義》卷九十"自攲"條引作"攲,傾也"。)

【通考】

〔頃筐欹筐也〕

徐璈云:"'欹'與'欹器'之'欹'同,非置于其處而欹也。"(《詩經廣詁》卷一)

陸炳章云:"'不盈頃筐。'《傳》曰:'頃筐,畚屬。'陸德明《釋文》:'頃,音傾。《韓詩》云:頃筐,欹筐也。'案《説文》:'頃,頭不正也。'不正則欹,頃之訓欹,爲頭不正之引申義。"(《讀毛詩日記》)

王先謙云:"《説文》:'欹,持去也。'無'傾側'義。《玉篇》'欹'下云:'今作不正之攲。''攲'下云:'傾低不正,亦作欹。'是'欹'爲'攲'之借字。《説文》:'箸,飯攲也。'段玉裁云:'當作飯攲,箸必傾側用之,故曰飯攲。宗廟宥坐之攲器,古亦當爲攲器。'愚案:《説文》:'攲,攲嘔也。''攲嘔'與'崎嶇'音義同,傾側不正之意也。《宫正》:'奇衺之民。'注:'奇衺,譎觚非常。'是'奇衺'猶'攲邪'。言傾側不正者,當以'奇'爲正字,'攲'字尚屬後起,俗書緣'奇'誤'攲',遂以'攲'代'攲','攲'行而'奇'義遂别,即'攲'義亦隱矣。頃筐後高前低,其爲製傾低不正,故韓以'攲筐'釋之。傾則前淺,故易盈也。"(《詩三家義集

疏》卷一）

冠南按：王云“傾則前淺，故易盈也”，實本於馬瑞辰説：“頃筐蓋即今筲箕之類，後高而前低，故曰頃筐。頃則前淺，故曰易盈。”（《毛詩傳箋通釋》卷二）

〔“攲傾”至“正也”〕

冠南按：此條乃《章句》釋《韓詩》經文“攲”字之義，蓋先以“欹筐”釋原經之“頃筐”，恐讀者不明“欹筐”之“欹”，故復以“傾低不正”申釋“攲（即欹）”義，此漢儒解經之常態。

我姑酌彼金罍。

【彙輯】

《章句》：金罍，大夫器也。天子以玉，諸侯、大夫皆以金，士以梓。（孔穎達《毛詩正義》卷一之二《卷耳》引許慎《五經異義・罍制》。《經典釋文》卷五亦引此條，無“金罍大夫器也”，“玉”後有“飾”，“金”作“黄金飾”）

【通考】

許慎云：“《韓詩》説‘天子以玉’，經無明文。謂之罍者，取象雲雷博施，如人君下及諸臣。”（孔穎達《毛詩正義》卷一之二《卷耳》引許慎《五經異義・罍制》）

范家相云：“知金罍爲大夫酒器，則非后妃夫人自酌之罍矣。”（《三家詩拾遺》卷三）

臧庸云：“以金罍爲大夫器，蓋以此詩爲周大夫所作。”（《韓詩遺説》卷上）

陳壽祺云：“《儀禮・士冠禮》疏引漢《禮器制度》：‘洗之所用，士用鐵，大夫用銅，諸侯用白銀，天子用黄金。’又引漢《禮器制度》：‘水器尊卑皆用金罍，及其大小異。’鄭注《士冠禮》據之爲説，然則以此相仿，知大夫酒器得用金罍，《韓詩》説亦通。”（《五經異義疏證》卷上）

陳奂云：“《正義》引《韓詩》説‘士以梓’，士無飾。”“《韓詩》説‘天子以玉飾，諸侯、大夫皆以黄金飾’，是韓亦以木質而加飾矣。”（《詩毛氏傳疏》卷一）

徐堂云：“《毛傳》曰：‘人君，黄金罍。’《正義》曰：‘謂天子也。《周

南》，王者之風，故皆以天子之事言焉。'竊意文王未爲天子，當從韓義。"(《韓詩述》卷一)

陳喬樅云："《詩正義》引作'大夫器也'，《周禮·司尊彝》疏引此云：'金罍，大器。'無'夫'字。盧文弨曰：'"夫"字乃衍文，《周禮疏》所引是也。'喬樅謂：據《五經異義》言'諸侯、大夫皆以金'，則金罍亦可云大夫器。"(《韓詩遺説考》卷一之一)

王先謙云："云'大器也'者，《孔疏》引作'大夫器'。案，'夫'字衍。下既云'諸侯、大夫皆以金'，此不得云'大夫器'。《司尊彝》疏引無'夫'字，是也。《毛詩》説言'大一碩'，《孔疏》引阮諶《禮圖》亦云'大一斛'，故韓言'大器也'。云'天子以玉'者，《詩釋文》引作'天子以玉飾'，《孔疏》云：'經無明文。'案《明堂位》：'爵夏后氏以琖，殷以斝，周以爵。'《孔疏》：'琖，夏爵名，以玉飾之，故前云爵用玉，琖仍雕也。'《説文》：'斝，玉爵也。'《左·昭七年傳》：'賂以斝耳。'杜注：'斝耳，玉爵。'《明堂位》疏又云：'太宰贊玉几玉爵，然則周爵或以玉爲之，或飾之以玉。'據此，夏殷周爵皆用玉，是天子以玉也，孔偶有不照耳。云'諸侯、大夫皆以金'者，《釋文》作'諸侯、大夫皆以黄金飾'。《異義》又云：'《毛詩》説：金罍，酒器也，諸臣之所酢，人君以黄金飾尊，大一碩，金飾龜目，蓋刻爲雲雷之象。'是《毛詩》以金飾罍，與韓同，惟毛言'人君'，統天子、諸侯言之，韓以諸侯、大夫言，唯是爲異。疏云：'人君黄金罍，謂天子也。《周南》，王者之風，故皆以天子之事言。'愚案：《周南》之詩，是文王未稱王時作，無嫌於金罍爲諸侯之制。《毛傳》統言'人君'，所以成其曲説，不若韓之得實也。云'士以梓'者，《釋文》同。《孔疏》：'《司尊彝》注："罍亦刻而畫之，爲山雲之形。"言"刻畫"，則用木矣，故《禮圖》依制度云"刻木爲之"。韓説言"士以梓"，士無飾，言其木體，則以上同用梓而加飾耳。'"(《詩三家義集疏》卷一)

陟彼高岡。

【彙輯】

《章句》：峛崺曰岡。(《原本玉篇》卷二二"岡"字條。"峛崺"原作"列施"。"列施”義不可解，當係抄脱“岃䊳”之山部而致訛。《原本玉篇》卷二二“岃”字條云：“韓嬰説《詩》‘山岃䊳’者，即《爾雅》所説‘山脊’也。”可證《韓詩》所用確爲“岃䊳”。）

【通考】

顧震福云：“《毛傳》云：‘岡，山脊也。’《説文》同。俱本《爾雅》‘山脊，岡’爲訓。邢疏引孫炎曰：‘長山之脊也。’必言長者，膂脊骨長。震福案：孫説是也。《孔叢子》云：‘登彼丘陵，岃䊳其阪。’揚子《法言》云：‘升東嶽而知衆山之岃䊳也。’是‘岃䊳’爲卑小之丘。《原本玉篇》引《埤蒼》云：‘岃䊳，沙丘也。’《字指》：‘岃䊳卑而長。’慧琳《音義》七十八引《考聲》云：‘岃䊳，沙丘貌也，卑且長也，委曲相接也。’《廣韻》：‘岃䊳，沙丘狀。岃音邐。’《集韻》：‘岃䊳，山卑長也。或作“邐迤”，“邐迤”即“岃䊳”之本字。’《釋地》：‘邐迤，沙丘。’郭注：‘旁行連延。’《説文》：‘邐，行邐邐也。’‘迤，衺行也。’蓋沙土所積，横亘連延，卑於高大有石之山，謂之‘邐迤’，或作‘岃䊳’，亦謂之‘岡’，即丘陵也。詩人所陟之岡，乃卑中之高者，故特曰‘高岡’，非岡本高山之名也。《釋名》云：‘山脊曰岡。岡，亢也，在上之名也。’殊誤。”（《韓詩遺説續考》卷一）

冠南按：顧説是。《孔叢子·記問》：“登彼丘陵，岃䊳其阪。”宋咸注：“岃䊳，猶崎嶇相屬也。”冢田虎曰：“岃䊳，山阪卑長貌。”（傅亞庶《孔叢子校釋》卷二引）亦可爲顧説張目。

我姑酌彼兕觥。

【彙輯】

《章句》：一升曰爵，爵，盡也，足也。二升曰觚，觚，寡也，飲當寡少。三升曰觶，觶，適也，飲當自適也。四升曰角，角，觸也，飲不能自適，觸罪過也。五升曰散，散，訕也，飲不能自節，爲人所謗訕也。總名曰爵，其實曰觴。觴者，餉也。觥亦五升，所以罰不敬。觥，廓也，所以著明之貌，君子有過，廓然明著，非所以餉，不得名觴。（孔穎達《毛詩正義》卷一之二《卷耳》正義、《禮記正義》卷二十三《禮器》正義引許慎《五經異義·罍制》。杜臺卿《玉燭寶典》卷一僅引“一升曰爵，爵，盡也，足也”，《經典釋文》卷五僅引“容五升”，孔穎達《春秋左傳正義》卷五《桓公二年》僅引“一升曰爵”至“總名曰爵”，賈公彦《周禮注疏》卷四一《梓人》僅引“一升曰爵，二升曰觚，三升曰觶，四升曰角，五升曰散”，董逌《廣川書跋》卷三《亶甲觚》僅引“一升曰爵，二升曰觚，三升曰觶，四升曰㯄”。）

【通考】

胡承珙云：“《韓詩》説酒器有五：曰爵，曰觚，曰觶，曰角，曰散。五者自爵外，多不見於《詩》，而獨言觥者四。”（《毛詩後箋》卷一）

馬瑞辰云：“《五經異義》引《韓詩》説：‘一升曰爵，二升曰觚，三升曰觶，四升曰角，五升曰散。’云‘角，觸也，觸罪過也’，與兕觥爲罰爵義合。是知《傳》言角爵，《箋》言罰爵，皆謂兕觥，即‘四升曰角’之‘角’耳。《禮・少儀》：‘侍射則擁矢。’下云‘不角’，鄭注：‘角謂觥，罰爵也。’《孔疏》：‘不角者，角謂行罰爵，用角酌之也。《詩》曰“酌彼兕觥”是也。’此正兕觥即角之證。兕觥即角，則當受四升。《儀禮》疏引《韓詩傳》曰：‘二升曰觥。’古文四字皆積畫，‘二升’當爲‘三升’傳寫之譌。至《五經異義》引《毛詩》説：‘觥大七升。’《韓詩》説：‘觥亦五升。’則傳《毛》《韓詩》者不知觥之爲角，遂妄生異解耳。”（《毛詩傳箋通釋》卷二）

黄以周云：“《韓詩》説爵、觚、觶、角、散之次，本《禮・特牲記》；‘二升觚，三升觶’，本叔孫通《禮器制度》，鄭注《特牲禮》亦引用之。”（《禮書通故》第四十七《名物通故》三）

王先謙云：“云‘爵，盡也’者，《禮器》疏引《異義》同。《曲禮》：‘長者舉未釂。’注：‘盡爵曰釂。’‘釂’與‘醮’音義同，‘醮’亦訓‘盡’。《荀子・禮論篇》：‘利爵之不醮也。’注：‘醮，盡也。’《左・隱元年傳》：‘未王命，故不書爵。’疏引服注云：‘爵，醮也，所以醮盡其材也。’《白虎通・爵篇》：‘爵者，盡也。各量其職，盡其才也。’《王制》：‘王者之制禄爵。’疏：‘爵者，盡也。’爵本酒器，一升至少而易盡，故訓爲‘盡’，引申爲‘爵秩’之字，亦並取‘盡’意。‘爵’‘盡’，雙聲字爲訓也。云‘足也’者，《禮器》疏引同。飲不可多，盡一升爲已足，故又云‘足也’。《説文》：‘䨥，禮器也。象爵之形，中有鬯酒。又持之也，所以飲器象爵者，取其鳴節節足足也。’‘爵’‘節’‘足’三字雙聲，故又訓‘爵’爲

‘足’。云‘二升曰觚’者,《禮器》注、《雍也篇》集解、《燕禮》疏、《廣雅·釋器》同。《梓人》:‘觚三升。’鄭注:‘觚當爲觶。’賈疏:‘鄭《駁異義》云:“觶字,角旁‘支’,汝、潁之間師讀所作。今禮角旁‘單’,古書或作角旁‘氏’。角旁‘氏’,則與‘觚’字相近,學者多聞‘觚’,寡聞‘觗’,寫此書亂之而作‘觚’耳。”《禮器制度》云:“觚大二升,觶大三升。”是故鄭從二升觚、三升觶也。’案《説文》:‘觴受三升者謂之觚。’《雍也篇》馬注:‘三升曰觚。’並緣《周禮》字誤。《燕禮》:‘坐取觚洗。’注:‘古文皆爲觶。’又‘公坐,取賓所媵觶’,作‘觚’,足證古書二字多相亂。云‘觚,寡也,飲當寡少’者,‘觚’‘寡’雙聲字。《禮器》疏引《異義》同。云‘三升曰觶’者,《士冠禮》《禮器》注、《行葦》釋文、《廣雅·釋器》同。《説文》:‘觶,鄉飲酒角也,《禮》曰:一人洗,舉觶,觶受四升。’許以‘觚’爲三升,故云‘觶受四升’,溷‘觶’於‘角’也。云‘觶,適也,飲當自適也’者,《士冠禮》釋文引《字林》云:‘觶音至。’‘至’‘適’,雙聲字。云‘四升曰角’者,《禮器》注、《廣雅·釋器》同。云‘角,觸也,不能自適,觸罪過也’者,角所以觸,此緣文生訓也。《釋樂》釋文引劉歆云:‘角,觸也。物觸地而出,戴芒角也。’《廣雅·釋言》亦云:‘角,觸也。’禮戒多飲,故以‘觸罪過’爲訓。云‘五升曰散’者,《禮器》《大射儀》注、《廣雅·釋器》同,注並云:‘散,方壺之酒也。’蓋此器如壺而方。云‘散,訕也。飲不自節,爲人謗訕’者,‘散’‘訕’,同聲字爲訓。《淮南·精神訓》注:‘散,雜亂貌。’《荀子·修身篇》注:‘散,不拘檢者也。’多飲而散,則爲人所訕,此器受酒愈多,故以‘散’爲名,韓又推其義釋之。云‘總名曰爵’者,《禮器》疏引《異義》同。對文則異,散文即通。云‘其實曰觴’者,《禮器》疏引同。《説文》:‘觶實曰觴,虛曰觶。’據韓説,凡爵實酒而進之皆曰觴,不獨觶也。《大戴禮·曾子事父母篇》注亦云:‘實之曰觴。’云‘觴者,餉也’者,以飲食進人皆謂之‘餉’。《説文》:‘餉,饟也。’亦謂之‘饗’,《吕覽·長攻篇》《達鬱篇》注並云:‘觴,饗也。’‘餉’‘饗’,同聲字。云‘觥亦五升,所以罰不敬。觥,廓也,所以著明之貌。君子有過,廓然著明,非所以餉,不得名觴’

者,《左·成十四年傳》孔疏引同。《異義》此下又云:‘《毛詩》説:“觥大七升。”許慎謹案:觥罰有過,一飲而盡,七升爲過多。’明許主韓‘五升’之説,不然毛義也。《釋文》引《韓詩》云‘容五升’,與《異義》引同。”(《詩三家義集疏》卷一)

朻　木

南有朻木。(《經典釋文》卷五“樛木”條:“馬融、《韓詩》本並作‘朻’,音同。”)

【通考】

臧琳云:“《詩·樛木》:‘南有樛木,葛藟纍之。’《傳》:‘木下曲曰樛。’《箋》云:‘木枝以下垂之故,故葛也藟也得纍而蔓之,而上下俱盛。興者,喻后妃能以意下逮衆妾,使得其次序,則衆妾上附事之,而禮義亦俱盛。’《釋文》:‘樛木,居虯反。木下曲曰樛。《字林》:“九稠反。”馬融、《韓詩》本(當作“馬融本《韓詩》”)並作“朻”,音同。《字林》:“己周反。”’《説文》以‘朻’爲‘木高’,《正義》曰:‘“下曲曰樛”者,《釋木》文。’又《説文·木部》:‘下曲曰樛。从木翏聲。’‘朻,高木也。从木丩聲。’案《爾雅·釋木》:‘下句曰朻,上句曰喬。’而《毛傳》及《詩正義》作‘曲’者,蓋‘曲’‘句’義同,或古本《爾雅》作‘曲’。又《釋木》釋文云:‘朻,居虯反。本又作“樛”,同。《字林》:“樛,九稠反。”’《詩釋文》引《字林》:‘樛,九稠反。’‘朻,己周反。’二字有别。《爾雅》當同《毛傳》。《説文》《字林》作‘樛’,而今本作‘朻’,《説文》‘樛’‘朻’義别,而《韓詩》及馬融本皆作‘朻’,蓋是聲近假借字,其義則不爲高木也。”(《經義雜記》卷十三“樛木或作朻木”條)

沈清瑞云:“《爾雅·釋木》:‘下句爲朻。’《説文·木部》:‘下句爲樛。’‘朻,高木也。’蓋‘樛’是正字,‘朻’是假借。”(《韓詩故》卷上)

馬瑞辰云:“《説文》二徐本皆分‘樛’‘朻’爲二篆,‘樛’下云:‘下句曰樛。’‘朻’下云:‘高木也。’《詩釋文》引《字林》:‘樛,九稠反;朻,己周反。’是‘樛’‘朻’義異。但考《爾雅·釋木》:‘下句曰朻。’‘下句’即下曲。《説文》:‘句,曲也,从口,丩聲也。’《爾雅釋文》:‘朻,居虯反，本又作“樛”，同。’《詩釋文》亦曰‘樛’‘朻’音同。則二字音義並同，‘朻’當爲‘樛’之重文。《説文》‘樛’字注‘下句曰樛’下當有‘一曰高木’四字。‘樛’從翏聲，‘翏’爲高飛皃。《説文·風部》：‘飂，高風也。’故又爲高木，廣異義也。‘朻’字注當云：‘樛或從丩。’丩者，相糾繚也，故爲下曲。而《説文》‘䚯’訓高聲，‘㕚’訓高气，與‘朻’音近，正與翏有高義同。《玉篇》‘樛’下‘朻’字注云：‘同上。’正本《説文》。後人誤以《説文》‘高木’一訓移於‘朻’下，遂分爲二義。《韻會》云：‘朻，高木下曲也。’又合二義而一之矣。”（《毛詩傳箋通釋》卷二）

馮登府云：“《韓詩》作‘朻木’，《説文》以‘朻’爲‘木高’。”（《三家詩遺説》卷一）

王先謙云：“《説文》‘朻’下云：‘高木也。’‘樛’下云：‘下句曰樛。’桂馥云：‘此與“朻”字訓互誤。《説文》：“丩，相糾繚也。”與“下句”意合。“翏，高飛也。”與“木高”意合。《釋木》：“下句曰朻。”《釋文》：“本又作‘樛’，同。”“樛”“朻”二字，同聲相通。’愚案：桂説是，蓋古書以二字音同，轉寫互誤，宜據以訂正。《文選·高唐賦》李注引《爾雅》作‘下句曰糾’。‘朻’與‘糾’音義同，糾繚相結，正枝曲下垂之狀，明《釋文》‘又作’本爲誤。韓作‘朻’，正字；毛作‘樛’，借字。後人據各書改併《説文》二字之義，則遷就而失其真矣。”（《詩三家義集疏》卷一）

冠南按：先謙引桂馥之説，出桂氏《説文解字義證》，此説甚辨，可定其讞（高本漢亦謂《説文》訓“朻”爲“高木”之説，於“文籍中没有佐證”，見《詩經注釋》四）。據此説，《韓詩》作“朻”，狀“枝曲下垂”之貌，故葛藟得以“纍之”“荒之”“縈之”；若依今本《説文》釋“朻”爲“高木”，則葛藟無從攀附，詩不成文（胡承珙《毛詩後箋》卷一云：“蓋謂朻木雖高，而葛藟得以蔓延，猶后妃至貴，而衆妾得以上附耳。”此説以《毛詩》后妃之説解讀《韓詩》，過於牽强，蓋《韓詩》未必以該詩爲美后妃之作）。瑞辰囿於《爾雅釋文》“朻本又作‘樛’，同”之説，不惜改易《説文》以從之，未免武斷。另，阜陽漢簡《詩經》亦作“朻木”（胡平生、韓自强《阜陽漢簡詩經研究》），與《韓詩》同，藉此可窺見漢初《詩經》傳本之一斑。

螽　斯

【通考】

冠南按：後漢順烈梁皇后"治《韓詩》，大義略舉。……于是以爲貴人，恩寵日崇。乃白上曰：'陽以博施爲德，陰以不專爲義，蓋詩人《螽斯》之福，則百斯男之祚所由興也。'"（《太平御覽》卷一三七引《續漢書》。"蓋詩"至"興也"，袁宏《後漢紀》卷十八《孝順皇帝紀》上作"蓋《螽斯》之福，則百祚之興也"，范曄《後漢書》卷十下《皇后紀・順烈梁皇后》作"《螽斯》則百福之所由興也"，皆未若《御覽》引《續漢書》詳備）據此，則《韓詩》似以《螽斯》爲美女子不專而致宗族子孫蕃盛、百福臻興之作。

宜爾子孫，繩繩兮。（《韓詩外傳》卷九第一章、第二章）

【彙輯】

《章句》：繩繩，敬貌也。（《原本玉篇》卷二七"繩"字條）

【通考】

〔繩繩兮〕

冠南按：許維遹《韓詩外傳集釋》引作"承承兮"，云："'承承'舊作'繩繩'，《詩考》引作'承承'，今據正。"然《詩考》引"繩繩"作"承承"者，實爲《韓詩・大雅・抑》"子孫承承"句（此句《毛詩》作"子孫繩繩"），許氏誤記爲《螽斯》，不可從。且傳世諸本《韓詩外傳》卷九首二章引詩俱作"繩繩兮"，未有作"承承兮"者，此亦許説未塙之證。

〔繩繩敬貌也〕

顧震福云："《毛傳》云：'繩繩，戒慎也。'（《抑》："子孫繩繩。"傳同。）《箋》：'繩繩，戒也。'本《爾雅・釋訓》。震福案：《韓詩》所云'敬貌'，'敬'當讀爲'警'。《常武》：'既敬既戒。'《周禮・夏官・序官》注作'既儆既戒'。《隸僕》注，《釋文》：'"儆"字又作"警"。'《箋》云：'敬之言警也。'《釋名》云：'敬，警也，恒自肅警也。'《説文》云：'警之言戒也。从言，从敬，敬亦聲。'《繫傳》云：'《禮》曰："先鼓以敬戒。"敬戒即警戒。'古'警'與'敬'通。故《閔予小子》箋云:'敬,慎也。'《吕覽·孝行篇》注云:'敬,畏慎。'《下武》:'繩其祖武。'《傳》云:'繩,戒也。'《箋》云:'戒慎其祖考所踐履之迹。'《後漢書·祭祀志》注引《詩》'繩'作'慎'。《管子·宙合篇》:'故君子繩繩乎慎其所先。'《淮南子·繆稱訓》:'末世繩繩乎唯恐失仁義。'《漢書·禮樂志》:'繩繩意變。'應劭曰:'繩繩,敬謹更正意也。'皆以'繩繩'爲'戒慎'。韓與毛義亦同。"(《韓詩遺説續考》卷一)

兔　罝

肅肅兔罝,施于中馗。(《文選》卷一一《蕪城賦》、卷二七《從軍行》李善注。《文選》卷二〇《皇太子釋奠會作》李善注僅引"施于中馗"。)

【彙輯】

《章句》:中馗,馗中,九交之道也。(《文選》卷一一《蕪城賦》、卷二〇《皇太子釋奠會作》李善注。《文選》卷二七《從軍行》李善注僅引"九交之道也"。葉廷珪《海録碎事》卷四下引作"馗,九交之道也"。)

【通考】

臧琳云:"依《説文》,正作'馗',重文作'逵'。《韓詩》作'馗',爲正字。據《釋宫》釋文,知《爾雅》亦作'馗',《初學記》載《爾雅注》:'逵,一曰馗。'與許書合。"(《經義雜記》卷二十七"九達謂之逵"條)

惠棟云:"'施于中逵。'《韓詩》作'中馗',薛君曰:'馗中,設九交之道也。'案《説文》,'馗'正字,'逵'或字也,當從《韓詩》。《釋草》云:'中馗,菌。'《釋文》云:'郭音仇。'舍人本作'中鳩'。是'馗'有'鳩'聲,與'仇'協。"(《九經古義》卷五)

段玉裁云:"'馗''逵'本同字。《毛詩》作'逵',《韓詩》作'馗',與'公侯好仇'爲韻。王粲《從軍詩》與'愁''由''流''舟''游''收''憂''疇''休''留'字爲韻,古音讀如'求'。"(三十卷本《詩經小學》卷一)

范家相云:"《爾雅》:'一達謂之道路,二達謂之歧旁,三達謂之劇旁,四達謂之衢,五達謂之康,六達謂之莊,七達謂之劇驂,八達謂之

崇期，九達謂之馗。’郭注：‘四道交出，復有旁通者。’”（《三家詩拾遺》卷三）

沈清瑞云：“《説文·九部》：‘馗，九達道也。或从辵从坴作逵。’則‘馗’乃‘逵’之正字。古音‘馗’如‘仇’。”（《韓詩故》卷上）

馬瑞辰云：“《説文》：‘馗，九達道也。似龜背，故謂之馗。从九首。或作逵。’《左氏·宣十二年》：‘至于逵路。’《釋文》：‘逵，或馗字。’《魏志·武帝紀》裴松之注：‘馗，古逵字。見《三蒼》。’是《韓詩》作‘馗’爲正字，《毛詩》作‘逵’乃或字也。馗古音如鳩，與龜叠韻，故《説文》以‘似龜’爲訓。龜背中高而四下，逵之四面交通似之。‘逵’爲‘馗’之或體，古音亦讀如仇，故與九爲韻耳。”（《毛詩傳箋通釋》卷二）

徐璈云：“《論衡·宣漢篇》曰：‘猶守株待兔之蹊，藏身破罝之路也。’蓋張兔者，設罝網于蹊路，而兔性善驚，必藏己身于株樹叢薄之間以守之，即此詩‘施于中馗’之義也。”（《詩經廣詁》卷一）

陳奂云：“《薛君章句》云：‘中馗，馗中，九交之道也。’《説文·九部》：‘馗，九達道也。似龜背，故謂之馗。或作“逵”。’是‘馗’‘逵’同字，而‘九達’‘九交’同義也。”（《詩毛氏傳疏》卷一）

朱士端云：“韓用本字，毛用或體。”（《齊魯韓三家詩釋·韓詩》）

徐堂云：“案《説文·九部》‘馗’字下云：‘九達道也。或從辵坴。’然則‘馗’爲正字也。《集韻》十八‘尤’‘馗’‘鳩’並列，音渠尤切，云：‘《爾雅》：中馗，菌也。或作“鳩”。’蓋舍人本‘中馗’作‘中鳩’也。是‘馗’有‘鳩’聲，與末句‘仇’字爲韻。”（《韓詩述》卷一）

王先謙云：“云‘中馗，馗中’者，詩倒句爲文，如《葛覃》‘中谷’之例。云‘九交之道也’者，與郭注‘四道交出，復有旁通’義同。《左·隱十一年傳》：‘及大逵。’杜注：‘道方九軌也。’劉炫規之以爲‘九道交出’。《孔疏》引李巡《爾雅》注，亦取‘並軌’之義，因以劉爲非。案，《考工記》：‘國中經涂九軌。’此言其廣，不名曰‘逵’。若九達之逵，以縱横交午爲言，其義各别。且兔罝之設，必在野外九達之區，而非國

中並軌之地，言‘逵’義者，當以此經爲斷。薛説‘九交之道’，爲得其實。”(《詩三家義集疏》卷一)

冠南按：瑞辰云：“逵爲馗之或體，古音亦讀如仇，故與九爲韻耳。”此説良是。李善單注本《文選》卷二七王粲《從軍行》：“女士滿莊馗。”五臣本作“女士滿莊䑀”，可證“馗”“䑀”通用，楊慎云：“䑀音求，九交之道也。”(俞紹初輯《建安七子集・王粲集》引)據此可知“馗”(即“䑀”)古音讀如求，與瑞辰“讀如仇”之説若合符節。

芣 苢

【彙輯】

《序》：《芣苢》，傷夫有惡疾也。(《六臣注文選》卷五四《辨命論》吕延濟注。胡紹增《詩經胡傳》引作“《韓詩》：傷夫也。”《太平御覽》卷七四二引作《韓詩外傳》，陳喬樅《韓詩遺説考》卷一之一謂：“此所引蓋《韓詩序》，《太平御覽》引作《韓詩外傳》，誤也。”此説良是。)

【通考】

馬瑞辰云：“《列女傳》及《韓詩薛君章句》皆以《芣苢》爲‘傷夫有惡疾’而作。劉孝標《辨命論》云：‘冉耕歌其《芣苢》。’正本《韓詩》。”(《毛詩傳箋通釋》卷二)

魏源云：“《芣苢》，傷夫有惡疾也。文王時，宋人之女，嫁爲蔡人之妻，夫有惡疾，終不改嫁。君子美其貞一。(《列女傳》。《魯》《韓詩》同。)”(道光中刻二十卷本《詩古微》下編之一《詩序集義・周南》)

冠南按：《韓詩序》僅言“傷夫有惡疾”，未言當事人乃“嫁爲蔡人之妻”之宋人女，魏源坐實爲宋人女者，乃用《列女傳》之説，並非《韓詩》之義，魏氏徑謂“《魯》《韓詩》同”，未免武斷，因《列女傳》所傳未必爲《魯詩》，而《韓詩》亦未有“宋人之女”之説。魏源之前，明人胡紹增已言“《韓詩》據《列女傳》”(《詩經胡傳》卷一)，此與魏説俱未暇深索之論。

采采芣苢，薄言采之。(《文選》卷五四《辨命論》李善注、《六臣注文選》卷五

四《辨命論》吕延濟注）

【彙輯】

《章句》：直曰車前，瞿曰芣苢。（《經典釋文》卷五。日本佚名《香字抄》亦引此條，"芣苢"作"芣苡"。）芣苢，澤寫也。芣苢，臭惡之菜，詩人傷其君子有惡疾，人道不通，求已不得，發憤而作，以事興。芣苢雖臭惡乎，我猶采采而不已者，以興君子雖有惡疾，我猶守而不離去也。（《文選》卷五四《辨命論》李善注）

【通考】

〔直曰車前瞿曰芣苢〕

郝懿行云："《韓詩》又云：'直曰車前，瞿曰芣苢。'（生於兩旁者爲"瞿"）要皆一物而異名耳。"（《詩説》卷上）又云："《文選》注引《韓詩章句》：'芣苢，澤瀉也。'其《序》云：'《芣苢》，傷夫有惡疾也。'然澤瀉是藚舄，非馬舄，亦誤矣。《詩釋文》又引《韓詩》云：'直曰車前，瞿曰芣苢。'瞿謂生於兩旁，然芣苢即車前，何有瞿直之分？惟《毛傳》與《爾雅》合。陸璣《疏》云：'馬舄，一名車前，一名當道，喜在牛跡中生，故曰車前、當道也。幽州人謂之牛舌草，可鬻作茹，大滑。其子治婦人難産。'按《毛傳》：'宜懷妊。'《序》謂：'婦人樂有子。'其義互相備也。《本草》：'車前，一名當道。'《别録》：'一名蝦蟆衣，一名牛遺，一名勝舄。'蘇頌《圖經》：'春初生苗，葉布地如匙面，累年者長及尺餘，抽莖作長穗如鼠尾，花甚細，青色微赤，結實如葶藶，赤黑色。'今驗此有二種，大葉者俗名馬耳，小葉者名驢耳。《圖經》所説葉長尺餘，似是馬耳，今藥所收乃是驢耳，野人亦煮啖之。其馬耳水生，不堪啖也。"（《爾雅義疏》下之一《釋草》）

范家相云："毛以車前爲芣苢，韓曰：'直爲車前，瞿爲芣苢。'則似二物。薛漢又指澤瀉，是非臭惡之草也。按陸佃釋《韓傳》云：'車前一名牛舌，與澤瀉同。'又云：'生于兩旁，謂之瞿。可以治癩。'"（《三家詩拾遺》卷三）

魏源云："《韓内傳》：'直曰車前，瞿曰芣苢。'與《爾雅》'芣苢，馬

舄;馬舄,車前'之訓合。"(道光初修吉堂刻二卷本《詩古微》卷下《韓詩發微上》)

王先謙云:"《韓詩》説云:'直曰車前,瞿曰芣苢。'乃就直道而生,及生道兩旁析言之。直道即當道。"(《莊子集解》卷五《至樂》)又云:"韓所云'瞿''直'者,蓋以'當道'及'生道之兩旁'而言。'直'之爲言'當'也,直道中,故曰'車前',一名'當道'。生道之兩旁,則曰芣苢。《説文》:'䀠,左右視也。''瞿,鷹隼之視也。''瞿'從'䀠'取義,鷹隼下擊,必左右視之以取物,故曰'瞿'。引申之,人左右視亦謂之'瞿',(《易林·震之離》:"持心瞿目,善數搖動。"是其證。)'瞿'行而'䀠'遂廢。芣苢生道兩旁,故左右視而取之,韓釋異名,郝誤駁也。"(《詩三家義集疏》卷一)

冠南按:先謙釋"直""瞿"之别頗得當,車前、芣苢品種爲一,然據生長地點之異,又可細加分别,生於道中者曰車前,生於道旁者曰芣苢,二者本一物之兩面(有類《晏子春秋·内篇·雜下》"橘生淮南則爲橘,生于淮北則爲枳"之例),此《韓詩》釋義之精微處(朱熹《詩集傳》云:"芣苢,車前也,大葉長穗,好生道旁。"意謂生於道旁之車前即爲芣苢。此解最醒豁,既明車前、芣苢之本爲一物,又揭出二者生長之處有别,切中肯綮)。郝懿行所謂"何有瞿直之分",不免誤解韓訓。《毛傳》以芣苢即馬舄,馬舄即車前(與《爾雅·釋草》同),此乃統言,未作細分,不若韓訓之詳備。另,《大觀本草》卷六引陶弘景云:"《韓詩》乃言:'芣苢,是木似李,食其實,宜子孫。'此爲謬矣。"(徐鍇《説文解字繫傳》亦引此文)此説異於《釋文》所引《韓詩》,馬瑞辰以爲"蓋爲《韓詩》者家各異説故耳"(《毛詩傳箋通釋》卷二)。按此實乃《逸周書·王會解》之文,陶弘景誤記爲《韓詩》,陳喬樅(《韓詩遺説考》卷一之一)、沈清瑞(《韓詩故》卷上)俱有辨説,可參觀。

〔"芣苢澤寫"至"不離去也"〕

胡紹增云:"《韓詩》據《列女傳》,以芣苢比其夫有惡臭之疾。《辨命論》亦曰:'顔回敗其叢蘭,冉耕歌其《芣苢》。'遂相沿以芣苢爲惡臭。其實非也。蓋此草一名蝦蟇衣,以其葉之形相似。而蝦蟇皮狀,則癩者似之耳。轉轉不白,幾令草木含冤。"(《詩經胡傳》卷一)

范家相云:"夫有惡疾,妻不肯去,《列女傳》猶爲近理,若求己不

得，發憤而作，則夫子何取而入之三百篇乎？”(《三家詩拾遺》卷三)

徐堂云：“疑‘澤瀉’乃‘馬舄’之誤。”(《韓詩述》卷一)

魏源云：“薛君所謂澤瀉，即瞿異於直者，其草大葉長穗，江東人呼爲蝦蟆衣，以其可治癩也。晉欒肇《論語駁》(見《四書或問》)謂冉伯牛病癩，故《辨命論》云：‘冉耕歌其《芣苢》。’鑿鑿如此，斯豈臆造無本者乎？”(道光初修吉堂刻二卷本《詩古微》卷下《韓詩發微上》)

王先謙云：“云‘求已不得’者，反求而不得其故，即《小弁》‘何辜于天，我罪伊何’意。云‘發憤而作’，與《列女傳》云‘不聽其母’微異，而守而不去則同。女子貞壹，被文王之化而然也。”(《詩三家義集疏》卷一)

黄侃云：“《文選》注引《韓詩章句》：‘芣苢，澤瀉也。’郝云：‘澤瀉是蕍舄，非馬舄。’案‘蕍蕮’之‘蕮’亦作‘舄’，然則《韓詩》之説亦統同言之，不爲誤也。”(《爾雅音訓》卷下《釋草》)

聞一多云：“《文選·辨命論》注引《韓詩薛君章句》曰：‘詩人傷其君子有惡疾，人道不通，求已不得。’按‘求已’即求子也。”(《詩經新義》一“好”條)又云：“韓説‘求已不得’，‘已’猶去也。”(《詩經通義甲》)

冠南按：《章句》先言“直曰車前，瞿曰芣苢”，復申釋芣苢另有澤瀉之名，此漢儒連環訓解之法，與《毛傳》“芣苢，馬舄；馬舄，車前”之例類似，王引之於此義例有詳説(《經義述聞》卷二十八《爾雅下·釋鳥》“巂周燕燕乙鳦”條)，足供參稽(沈清瑞《韓詩故》卷上云：“案《釋文》所引與《文選》注異，要皆《章句》文，二書互有詳略耳。‘直曰’云云，當在‘澤瀉也’下。”據此，則《章句》之文應作“芣苢，澤瀉也。直曰車前，瞿曰芣苢。芣苢，臭惡之菜。”此亦可備一説)。車前、芣苢既爲一種，而芣苢又名澤瀉，則車前與澤瀉亦同，陸璣記澤瀉“其葉如車前草大”(《毛詩草木鳥獸蟲魚疏》卷上《汾沮洳》)，是其證。澤瀉與車前同，而車前與馬舄同，則澤瀉亦與馬舄同(此可釋徐堂之疑)。澤瀉又名水舄(見孔穎達《毛詩正義·汾沮洳》“言采其藚”疏)，故馬舄與水舄亦同。郭嵩燾云：“澤瀉一曰水舄，一曰馬舄，一曰澤舄，三者同類。”(《莊子評注·至樂》)此塙論也。據此亦可見車前、芣苢多以“舄”爲别名，上引諸稱之外，尚有勝舄之稱(見陶弘景《名醫别録》)。另，聞一多釋《章句》“求已”之義，一曰求子，一曰求去，自相牴牾。考《章句》實作“求己”，“人道不通，求己不得”，上句指求人則人莫之能助，下句指求己則己力不從心，醒豁如此，恐不容别生奇解。

采采芣苢，薄言捋之。（《太平御覽》卷七四二）

【彙輯】

《章句》：芣苢，澤瀉也。芣苢，臭惡之菜，猶捋之不已，君子雖有惡疾，我猶不能去離也。（《太平御覽》卷七四二）

【通考】

冠南按：此節章句惟“捋之不已”一語係就經文“薄言捋之”而發，餘文皆與上節章句重複，或易“采”爲“捋”而成。兹以二文略存差異，並加輯録。

漢　廣

【彙輯】

《序》：《漢廣》，説人也。（《文選》卷三四《七啓》李善注）

【通考】

陳啓源云：“《序》曰：‘説人也。’《章句》云：‘言漢神時見，不可得而求之。’（見《文選》李善注）夫説之必求之，然惟可見而不可求，則慕説益至。《序》意或爾爾，又從而實之以事，遂有交甫請佩之説矣。”（《毛詩稽古編》卷三十。錢玫《韓詩内傳並薛君章句考》卷末附《二雨堂筆談》第一〇條襲之。）

魏源云：“詩以言志，萬古同符，而人必守‘美刺’之説者，則恐與‘無邪’之旨妨也。《韓序》于《周南》云：‘《漢廣》，悦人也。’（《御覽》、《文選》注引）。是《韓詩》固未嘗以詩人皆無邪而必爲刺詩也。”（道光初修吉堂刻二卷本《詩古微》卷下《三家發微下》）又云：“《韓序》所謂‘説人’者，即《静女》毛傳所謂‘女德貞静而有法度，乃可説’。”（道光中刻二十卷本《詩古微》中篇之一《二南答問·周南答問》）

王先謙云：“江漢之間被文王之化，女有貞絜之德，詩人美之，以喬木、神女、江漢爲比。”（《詩三家義集疏》卷一）

程俊英、蔣見元云："《韓詩序》曰：'《漢廣》，悦人也。'與詩意相符。詩人以喬木下無法休歇以及江、漢難以渡過爲比，抒寫自己失戀之情。"（《詩經注析・周南・漢廣》）

冠南按：陳啓源所謂"實之以事，遂有交甫請佩之説"，蓋指《韓詩内傳》有鄭交甫請漢皋神女珮珠之事（詳本書卷一及下文【通考】引王先謙説），然《内傳》之撰在《序》之前，陳氏反謂《内傳》據《序》而生"交甫請佩之説"，此乃顛倒先後，不可信從。

南有喬木，不可休思。　漢有游女，不可求思。（《韓詩外傳》卷一第三章。《文選》卷一八《琴賦》、卷一九《洛神賦》、卷三四《七啓》李善注僅引"漢有游女，不可求思"，《文選》卷五八《齊敬皇后哀策文》李善注僅引"漢有游女"。）

【彙輯】

《章句》：游女，漢神也。言漢神時見，不可求而得之。（《文選》卷一八《琴賦》、卷一九《洛神賦》李善注。《文選》卷三四《七啓》、卷五八《齊敬皇后哀策文》李善注僅引"游女，謂漢神也"。）

【通考】

陳啓源云："《漢廣》之游女，《韓詩》以爲漢神，其祖屈、宋湘巫之説乎？"（《毛詩稽古編》卷三十）

吴敬梓云："《韓詩章句》曰：'游女，漢神也。言漢神時見，不可求而得之。'《韓詩傳》曰：'鄭交甫過漢皋，遇二女，妖服佩兩珠。交甫與之言曰："願請子之佩。"二女解佩與交甫而懷之，去十步探之，即亡矣；回顧二女，亦即亡矣。'張衡《南都賦》：'游女弄珠於漢皋之曲。'《水經注》：'方山下水曲之隈，云漢女昔遊處。'據此，則《漢廣》之詩，祠漢神而作也。'漢有游女，不可求思'，猶云'心不同兮媒勞，恩不甚兮輕絶'也。'翹翹錯薪，言刈其楚'，'刈楚'以秣，猶云'采芳洲兮杜若，將以遺兮下女'也。'之子于歸'，言神之倏來倏去，猶云'入不言兮出不辭，乘回風兮載雲旗'也。'漢廣不可泳，江永不可方'，重疊言之，猶云'時不可兮驟得，聊逍遥兮容與'也。江、漢之人，佩文王之德化而不得見文王，因祠漢神以致其纏綿愛慕之意，幽渺恍惚之思，蓋

《九章》之濫觴，而後人迎神送神之曲，皆托始於此。”(李漢秋、項東昇《吴敬梓集繫年校注》卷六《文木山房詩説・漢神》)

范家相云：“韓云‘悦人’，蓋悦游女之貞潔，而思欲求之耳。薛君乃以游女爲漢神，類陳思感甄后而賦洛神，悖矣。”(《三家詩拾遺》卷三)

郝懿行云：“《韓詩章句》載：‘漢有游女，謂漢神也。’云：‘鄭交甫逢二女漢皋臺下，解其佩珠。’然則漢神亦二女。”(《證俗文》第十一《佛道、淫祠》“湘夫人”條。聞一多《詩經新義》七“游”條云：“游女爲漢水之神，即鄭交甫所遇漢皋二女。”《詩經通義甲・漢廣》亦持是説。俱與郝説同。)又云：“《韓詩外傳》第一卷云：‘處子佩瑱而浣。’處子何人？據《漢書》《文選》注引《韓詩》并云：‘漢有游女，謂漢神也。’又云：‘鄭交甫遇二女漢皋臺下，解佩明珠與之。’許氏《説文》‘鬾’字下云：‘鄭交甫遇二女鬾服。’蓋用《韓詩》説也。然則處子即神女乎？將佩瑱即明珠歟？”(《曬書堂集・筆記》卷上《雜問》)

徐堂云：“案《韓傳》載交甫之事，不過借爲神女之證，班氏所謂‘三家之《詩》，或采雜説，非其本意’之類是也。《章句》謂‘游女，漢神’者，蓋如《離騷》《湘君》之流，詩人比貞潔之女，可望而不可即也。《史記・封禪書》：‘沔祠漢中。’《索隱》引樂産曰：‘漢女，漢神也。’與《章句》合。《後漢書・馬融傳》：‘融上《廣成頌》曰：“湘靈下，漢女游。”’曹植《洛神賦》曰：‘從南湘之二妃，攜漢濱之游女。’馬、曹以湘、漢並言，亦以游女爲漢神也，蓋本韓義。毛、鄭以‘游女’句屬賦，不屬比，與韓義異。”(《韓詩述》卷一)

魏源云：“《薛君章句》云：‘游女，漢神也。言漢神時見，不可求而得之。’據此，則漢女乃比體，如《離騷》湘君之流，以比貞静之女，可望而不可即也。自《易林》有云：‘喬木無息，漢女難得。禱神請佩，反手離汝。’於是交甫解珮之説出焉。然《文選》交甫解珮事，《蜀都賦》注以爲《列仙傳》，《江賦》注以爲《韓詩内傳》，《洛神賦》注則宋本一作《列仙傳》(尤延之本)，一作《韓詩内傳》(袁本、茶陵本)。而《詠懷詩》注則曰‘《列仙傳》云：“江妃二女出游江濱，交甫遇之。”餘與《韓詩内傳》同’

云云。今考劉向《列仙傳》有‘江妃二女’，而終之以‘《詩》曰：“漢有游女，不可求思。”此之謂也’。蓋説者因《薛君章句》有‘漢神’之文，而《列仙傳》又有引《詩》之語，遂淆爲一事。而今刻《文選》本又多爲五臣注所亂，此蓋李善注以爲《列仙傳》而五臣注以爲《韓詩内傳》也。”（道光初修吉堂刻二卷本《詩古微》卷下《三家發微下》）又云：“《薛君章句》云：‘游女，漢神也。言漢神時見，不可求而得之。’據此，則‘喬木’‘漢女’二皆比興，如《楚詞》之‘湘君’‘湘夫人’，皆江漢典故，傳自上古，詩人以比貞静之女，可望不可即。蓋上章‘游女’是興，下章‘之子’是賦，不可即以‘游女’爲‘之子’。（《爾雅》：“之，嫁往也。”《毛傳》用之。）‘不可休’、‘不可求’、‘不可泳’、‘不可方’，皆極美其貞潔，所謂‘好德如好色’也。故《列女傳》曰：‘不可求思’謂以禮自防，人莫敢犯。”（道光中刻二十卷本《詩古微》中篇之一《二南答問・周南答問》）

徐璈云：“按‘游女’之爲‘漢神’，猶《楚詞》之有湘君、湘夫人也。《内傳》述鄭交甫事，未審係何時代。蓋以證漢神之實有耳。詩以漢女之神不可犯，興之子之歸必備禮，非謂‘游女’即‘之子’也。”（《詩經廣詁》卷一）

王先謙云：“郭璞《江賦》注引《韓詩内傳》曰：‘鄭交甫遵彼漢皋臺下，遇二女，與言曰：“願請子之佩。”二女與交甫。交甫受而懷之，超然而去，十步循探之，即亡矣，回顧二女，亦即亡矣。’又《南都賦》注引《韓詩外傳》曰：（“外”字誤，當作“内”。）‘鄭交甫將南適楚，遵彼漢皋臺下，乃遇二女。佩兩珠，大如荆雞之卵。’《御覽》八百二引《韓詩内傳》曰：‘漢女所弄珠，如荆雞卵。’《説文》：‘魃，鬼服也。《韓詩傳》云：“鄭交甫遇二女魃服。”’《初學記・地部下》引《韓詩》曰：‘鄭交甫過漢皋，遇二女，妖服佩兩珠。交甫與之言，曰：“願請子之佩。”二女解佩與交甫而懷之，去十步，探之則亡矣，回顧二女亦不見。’此《韓詩》説可參考者。”（《詩三家義集疏》卷一）

冠南按：《韓詩章句》僅謂詩中“游女”爲“漢神”，而未言漢神爲二女，言二女者乃《韓詩内傳》，郝懿行混而言之，非也。《韓詩内傳》《韓詩外傳》乃推詩之作，而非訓釋經文之書，故鄭交甫請珮(《韓詩内傳》)、孔子使子貢戲阿谷處女(《韓詩外傳》)等凡與女子相涉事，俱可徵及“漢有游女，不可求思”，此乃傅會引之，非《韓詩》本義如此；而《章句》則爲釋經之作，其旨在恪守經文本義，不宜與《内傳》《外傳》等推詩之書相混。觀《章句》之義，則《漢廣》乃人神不得相接之作，頗契於錢鍾書先生所謂“企慕(Sehnsucht)之情境”(《管錐編·毛詩正義·蒹葭》)，與漢皋二女及阿谷處女俱不相涉。故郝懿行謂“漢神爲二女”、“處子即神女”，吴敬梓謂“《漢廣》之詩，祠漢神而作”等等，或徑以《内傳》之漢皋二女傅會《章句》之漢神，或以《外傳》之處子傅會《内傳》之神女，皆不稽之説。上引諸家解説，惟徐堂敍此意最浹暢。又，《韓詩》“不可休思”，《毛詩》作“不可休息”，《釋文》云：“(休息)或作‘休思’，此以意改爾。”孔穎達云：“以‘泳思’‘方思’之等皆不取思爲義，故爲辭也。經‘求思’之文在‘游女’之下，《傳》解‘喬木’之下，先言‘思，辭’，然後始言漢上，疑經‘休息’之字作‘休思’也。何則？《詩》之大體，韻在辭上，疑‘休’、‘求’字爲韻，二字俱作‘思’，但未見如此之本，不敢輒改耳。”(《毛詩正義》卷一之三)按孔説是，惟囿於各本皆作“休息”而不敢改字。陳奂則以《釋文》“或作”本爲據，改爲“休思”，云：“‘休思’，各本作‘休息’。《釋文》：‘本或作“休思”。’今訂正。《瞻卬》傳云：‘休，息也。’‘思’訓‘辭’，‘辭’當作‘詞’。‘休思’‘求思’‘泳思’‘方思’，皆詞也。《傳》爲全詩‘思’字句末語助之發凡也。”(《詩毛氏傳疏》卷一)陳説可從。于鬯云：“蓋‘思’本作‘恖’。中從‘乂’，偶變從‘二’。故‘息’實‘思’之别體，本非‘止息’之‘息’字，而不虞字形相涉致後人誤認。”(《香草校書》卷十一《詩一》)此亦可備一説。另考安徽大學藏戰國楚簡《詩經·漢廣》亦作“不可休思”(《安徽大學藏戰國楚簡》第一册)，此又古本作“休思”之强證。上引諸説，足徵“休思”爲是，《韓詩》不誤。

江之漾矣，不可方思。(《文選》卷一一《登樓賦》李善注)

【彙輯】

《章句》：漾，長也。(《文選》卷一一《登樓賦》李善注)

【通考】

段玉裁云:"《毛詩》作'永',《韓詩》作'羕',古音同也。《文選·登樓賦》:'川既漾而濟深。'李注引《韓詩》:'江之漾矣。'薛君曰:'漾,長也。''漾'乃'羕'之譌字。"(《説文解字注》第十一篇下)

沈清瑞云:"《爾雅·釋詁》:'羕,長也。'《説文》曰:'羕,水長也。《詩》曰:"江之羕矣。"''漾'是水名,當從《説文》所引。"(《韓詩故》卷上)

馬瑞辰云:"韓作'漾',乃'羕'之借字。"(《毛詩傳箋通釋》卷二)

郝懿行云:"羕者,與'永'同意。《説文》云:'羕,水長也。'引《詩》:'江之羕矣。''永'下引《詩》:'江之永矣。'不同者,《文選·登樓賦》注引《韓詩》曰:'江之漾矣。'薛君曰:'漾,長也。'漾即羕,《説文》本《韓詩》也。"(《爾雅義疏》上之一《釋詁》)

皮錫瑞云:"《文選·登樓賦》注引《韓詩》作'江之漾矣'。《説文·永部》首引《詩》:'江之永矣。'又'羕'字引《詩》:'江之羕矣。'是'永'與'漾'同聲。"(《今文尚書考證》卷六《般庚》)

王先謙云:"《釋詁》:'羕,長也。'漾,水名。韓借'漾'爲'羕',故訓'長'。"(《詩三家義集疏》卷一)

冠南按:段玉裁謂"'漾'乃'羕'之譌字",恐非是。陳啓源云:"薛君云:'漾,長也。'則《韓詩》自作'漾'矣。《説文》'羕'字、'永'字皆引此詩,東漢時三家《詩》具存,意'羕'字在齊、魯乎?"(《毛詩稽古編》卷一)《説文》引《詩》兼及三家,其引此句既異於《韓詩》,則當引自《齊詩》《魯詩》,陳氏之言當矣。故應從瑞辰之説,以"漾"爲"羕"之借字爲恰。《毛詩》"漾"作"永","永""羕"通用,宋綿初(《韓詩内傳徵》卷一)、馬瑞辰(《毛詩傳箋通釋》卷二)俱有説,據此可知韓、毛字異而義同。邵晋涵云:"'羕'爲古'永'字。《齊侯鎛鐘》云:'羕保其身。'又云:'羕保用亯。'是也。"(《爾雅正義》卷一《釋詁上》)是以"永""羕"爲一字之今古文,此説恐非。徐堂云:"鐘文(冠南按:指《齊侯鎛鐘銘》)蓋假'羕'爲'永',非'永''羕'一字也。《爾雅·釋詁》'永''羕'連文,可證。"(《韓詩述》卷一)徐説可從。

汝 墳

【彙輯】

《序》:《汝墳》,辭家也。(《後漢書》卷三九《周磐傳》李賢注。臧庸《韓詩遺説》卷上云:"審李賢所引,此亦《韓詩序》。"此言良是。)

【通考】

馮登府云:"《韓詩》之義最爲愷切,與《小星》詩同旨。"(《三家詩遺説》卷一)

王先謙云:"'《汝墳》,辭家也'者,《後漢・周磐傳》李注引《韓詩》文。傳稱磐居貧養母,儉薄不充,嘗誦詩至《汝墳》之章,慨然而嘆。乃解韋帶,就孝廉之舉。注稱《韓詩》,實《韓序》也。云'辭家'者,此大夫以父母之故,不得已而出仕,義與《列女傳》同,故磐誦之而就舉也。詳《薛君章句》。"(《詩三家義集疏》卷一)

冠南按:《韓詩》以《汝墳》爲君子辭家出仕之作,觀下引《韓詩章句》可知。另,"汝墳"之"墳",馮登府云:"《周磐傳》注引《韓詩》:'濆,水名也。'與毛異義。《爾雅・釋水》注引作'濆',《御覽》七十一亦作'濆'。"(《三家詩異文疏證・韓詩》)今檢《後漢書・周磐傳》注及《御覽》卷七十一,俱未有此文,此顯係馮氏誤記。然袁梅剿襲馮説而未加核實,亦謂:"《後漢書・周磐傳》注引《韓詩》云:'濆,水名也。'《太平御覽》七十一引同。"(《詩經異文彙考辨證・國風・周南・汝墳》)遂致以訛傳訛。袁氏又謂:"《詩地理考》引《韓詩》作'濆'。"按今本《詩地理考》亦無此文,不知袁氏所據爲何本。另,王得臣謂"《韓詩》則以《汝墳》爲思親之詩"(《麈史》卷中"經義"門),此蓋檃栝《韓詩外傳》卷九第三章之意,此章之末引《汝墳》"父母孔邇"之文,章中記皋魚云:"樹欲静而風不止,子欲養而親不待也。往而不可得見者,親也,吾請從此辭矣。"故王得臣謂《韓詩》以《汝墳》旨在思親(嚴粲《詩緝》卷一云:"《韓詩》以爲思親,蓋近之矣。"亦用《外傳》之義)。然此乃《外傳》斷章取義,韓家釋《汝墳》之本義,仍當以《韓詩序》爲準。

惄如調飢。（《經典釋文》卷五"惄如"條："《韓詩》作'惄'，音同。"）

【通考】

胡承珙云："《一切經音義》十六：'惄，古文"惄""愵"二形。'蓋'惄'爲古文，'惄'爲後來孳生之字。"（《毛詩後箋》卷一）

馬瑞辰云："《釋文》：'惄，本又作"愵"。《韓詩》作"惄"。'《説文》：'惄，憂貌，讀與"惄"同。'《方言》：'惄，憂也。秦晋之間，凡志而不得，欲而不獲，高而有墜，得而中亡，謂之溼，或謂之惄。'《玉篇》：'愵，思也，愁也。或作"惄"。'是'愵''惄'實一字，'惄'與'惄'亦同聲而通用。"（《毛詩傳箋通釋》卷二）

錢玫云："《説文》云：'惄，憂貌，讀與"惄"同。'《玉篇》云：'愵，奴歷切，思也，愁也。或作"惄"，二字音義皆與"惄"同。'《方言》：'惄，憂也。自關而西，秦晋之間，或曰惄。'是'惄''惄'通也。"（《韓詩内傳並薛君章句考》卷一）

王先謙云："《衆經音義》四：'惄，思也，傷也。''惄'訓'憂傷'，則'如'爲比擬之詞。"（《詩三家義集疏》卷一）

冠南按："惄"訓憂，馬、王所言是，《毛詩》"惄"作"惄"，《鄭箋》云："惄，思也。"馬瑞辰云："《説文》'惄'字注：'一曰，憂也。'憂即思也。《箋》義蓋本《韓詩》。"（《毛詩傳箋通釋》卷二）鄭玄常以韓改毛，此即一例。另，楊慎謂："調，《韓詩》作'朝'。《薛君章句》云：'朝飢最難忍。'其義晰矣。"（《升庵經説》卷四"惄如調飢"條）徐堂云："楊氏所據《韓詩》及《章句》未知所出，恐屬贋鼎。"（《韓詩述》卷一）此説切中肯綮，揭出楊氏作僞之實，足以定讞。惜後人不辨楊説之僞，遞相轉引，清人如仇兆鰲（《杜詩詳注》卷一二《述古》、卷一六《八哀詩·故秘書少監武功蘇公源明》）、范家相（《三家詩拾遺》卷三）、胡承珙（《毛詩後箋》卷一），今人如袁梅（《詩經異文彙考辨證·國風·周南·汝墳》）等皆引此僞字僞説，此俱未暇深考之弊，未可信從。

魴魚赬尾，王室如焜。 雖則如焜，父母孔邇。（《後漢書》卷三九《周磐傳》李賢注。《韓詩外傳》卷一第一七章僅引"雖則如焜，父母孔邇"，卷九第四章僅引"父母孔邇"。）

【彙輯】

《章句》:赬,赤也。焜,烈火也。孔,甚也。邇,近也。言魴魚勞則尾赤,君子勞苦則顔色變,以王室政教如烈火矣,猶觸冒而仕者,以父母甚迫近飢寒之憂,爲此禄仕。(《後漢書》卷三九《周磐傳》李賢注)

【通考】

馬瑞辰云:"'魴魚赬尾',《傳》:'赬,赤也。魚勞則尾赤。'《箋》云:'君子仕於亂世,其顔色瘦病,如魚勞則尾赤。'瑞辰按:《韓詩薛君章句》云:'魴魚勞則尾赤,君子勞苦則顔色變。'爲《箋》義所本。惟《説文》《字林》並云:'魴,赤尾魚也。'據《爾雅》:'魴,魾。'郭注:'江東呼魴魚爲鯿。'案鯿、魴、魾三字皆一聲之轉。《本草綱目》云:'一種火燒鯿,頭尾俱似魴,而脊骨更隆,上有赤鬣連尾,黑質赤章。'今江南有鯿魚,其腹下及尾皆赤,俗稱火燒鯿,殆即古之魴魚。詩人以魚尾之赤興王室之如燬,後人遂以火燒鯿名之,乃徵《説文》《字林》之確。"又云:"《韓詩》作'焜'。《説文》:'焜,火也。'引《詩》:'王室如焜。'正本《韓詩》。《爾雅·釋言》:'燬,火也。'《説文》:'火,焜也。''焜,火也。'《玉篇》同,'焜'下列'𤈦''燬'二字,注云'同上'。是'燬''焜'實一字之異體,故郭璞《爾雅注》云:'燬,齊人語。'而《方言》云:'齊言焜。'《廣韻》亦云:'焜,齊人云火。'《説文》正字作'焜',當云:'或从火毁。'不應别出'燬'字。段玉裁謂《説文》'燬'字應删,亦非。《釋文》既云燬'字書作"焜",音毁',又引或説分'燬''焜'爲齊、吴二音,誤矣。《方言》:'煤,火也,楚轉語也,猶齊言焜火也。'是燬、焜、煤皆火音之轉。""《韓詩外傳》云:'家貧親老,不擇官而仕',引《詩》:'父母孔邇。'《後漢書》注引《韓詩章句》云:'以父母甚迫近飢寒之憂,爲此禄仕。'後漢周磐讀《汝墳》卒章,喟然而歎曰:'夫王家政教如烈火,猶觸冒而仕,則以父母甚迫近飢寒之憂故也。'説本《韓詩》。竊謂二説皆似未確。細繹詩意,蓋幸君子從役而歸,而恐其復往從役之辭。首章追溯其未歸之前也,二章幸其歸也,三章恐其復從役也。蓋王政酷烈,大夫不敢告勞,雖暫歸,復將從役,又有棄我之虞。不言憂其棄我,而言父母,《序》所謂‘勉之以正’也。言雖畏王室而遠從行役,獨不念父母之甚邇乎。古者‘遠之事君,邇之事父’,《詩》所以言‘孔邇’也。”(《毛詩傳箋通釋》卷二)

丁晏云:“今《後漢書》注‘焜’俱作‘燬’,此後人據毛以改韓,不可依據。厚齋所見爲宋人舊本,當從之。”(《詩考補注·韓詩》)

徐鼒云:“《詩》:‘王室如燬。’《説文》作‘焜’,《後漢書》注引《韓詩》作‘焜’。薛君《章句》云:‘焜,烈火也。’《釋文》云:‘齊人謂火曰燬。郭璞又音貨。《字書》作“焜”。或云:楚人名曰燥,齊人曰燬,吴人曰焜,此方俗訛語也。’據《説文》《韓詩》並《釋文》所引《字書》,知‘焜’爲本字,‘燬’爲或體之字。”(《讀書雜釋》卷三“王室如燬”條)

陸炳章云:“薛漢《韓詩章句》謂‘王室政教如烈火,猶觸冒而仕者,以父母甚迫近飢寒,故禄仕也’。然則言‘父母孔邇’者,意謂毋以王室酷烈貽父母飢寒也。勉之以孝,實即勉之以忠,與《序》中勉之以正意尤合。”(《讀毛詩日記》)

錢玫云:“詩可以興,讀《周磐傳》而益信矣。雖然父母孔邇,豈第迫于飢寒矣哉!《外傳》曰:‘二親之壽,忽如過隙。’又曰:‘子欲養而親不待。’則夫‘孔邇’猶俗所云‘早晚’者。夫庭闈就養,桑榆非遥,苟爲知年,誰不痛心?況乎睹風木而長思者乎?椎牛祭墓,何嗟及矣。”(《韓詩内傳並薛君章句考》卷末附《二雨堂筆談》)

王先謙云:“云‘魴魚勞則尾赤,君子勞苦則顔色變’者,以明詩取喻之義。其言‘魚勞尾赤’,與《毛傳》同。《孔疏》:‘魴魚之尾不赤,故知勞則尾赤。’《左·哀十七年傳》:‘如魚赬尾,衡流而彷徉。’鄭氏云:‘魚肥則尾赤,以喻蒯聵淫縱。’不同者,此自魴魚尾本不赤,赤故爲勞也。説與薛合。鳊魚尾本不赤,據尋常目驗言之。義各有歸,不嫌互異。‘燬’‘焜’皆謂火烈,王室政教如之,言暴虐也。‘孔,甚’,《釋言》文。《説文》:‘孔,通也。从乙,从子。乙,請子之候鳥也,乙至而得子。嘉美之也。古人名嘉字子孔。’案,‘嘉’者美之至,故引申爲‘甚’義,詩通詁也。‘邇,近’,《釋詁》文。言君子所以觸冒危難而仕者,因

父母甚迫近飢寒之憂，藉禄以養。釋‘孔邇’爲與飢寒甚切近，此韓義也。”（《詩三家義集疏》卷一）

于鬯云：“據《周磐傳》及《薛君章句》解此詩，視《鄭箋》謂‘辟此勤勞之處，或時得罪，父母甚近，當念之，以免於害’云云，義已較優矣，然竊謂猶非詩意也。詩實婦人勸君子弗仕，非勸君子之仕。‘父母孔邇’，爲迫於飢寒之憂，其説與‘調飢’相發，固不可謂其非而不必爾也。蓋首章云：‘遵彼汝墳，伐其條枚。未見君子，惄如調飢。’言君子未歸，其忍貧苦如此。次章云：‘遵彼汝墳，伐其條肄。既見君子，不我遐棄。’言君子既歸，庶勿棄我而再出仕。末章乃申足勸弗仕之意，云：‘魴魚赬尾，王室如燬。’言國家將亡，固君子宜出救世之日，然雖則國家如此，如遠離父母何？故又曰：‘雖則如燬，父母孔邇。’（以“魴魚赬尾，王室如燬”二句爲君子之語，“雖則如燬，父母孔邇”二句作婦人答語，亦可。）此‘邇’字與《論語·陽貨篇》‘邇之事父，遠之事君’之‘邇’無異也，蓋君遠而父母邇也。《韓詩外傳》孟子傳載臯魚曰‘樹欲静而風不止，子欲養而親不待’云云，孔子曰：‘弟子誡之。’於是門人辭歸而養親者十三人，彼條末脱引《詩》語。據彼下條末引《詩》曰：‘父母孔邇。’則彼條末亦當引‘父母孔邇’句。其云‘辭歸養親’，明是勸弗仕，非勸仕。《詩》之古義，儻本若是矣。”（《香草校書》卷十一）

高本漢云：“‘焜’作‘火’講，見於《方言》，西漢通行。”（《詩經注釋》一〇）

冠南按：周磐讀《汝墳》卒章而奮然出仕，與韓釋此詩之旨相契，故章懷引以爲注，瑞辰謂周磐之歎本《韓詩》，確然無疑。陳子展亦謂：“周磐蓋據《韓詩》‘《汝墳》辭家’之解而出仕者也。”（《詩經直解》）于鬯之解頗新穎，適與韓説相反，故録之以備參稽詩旨。袁行霈等謂《汝墳》卒章四句：“以魴魚爲喻，王室如火，酷烈之甚，豈敢違背。然父母近在身邊，雖不爲我，亦當爲父母計而不遠行矣。”（《詩經國風新注》）與于説相契。

麟之趾

吁嗟麟兮。

【彙輯】

《章句》:吁嗟,歎辭也。(《文選》卷三十《和王著作八公山詩》李善注。日藏唐鈔《文選集注》卷五九李善注引作"于嗟,歎辭也","于嗟"當涉詩文"于嗟命不淑"而改。)

【通考】

陳奂云:"《文選》謝朓《八公山詩》注引《韓詩章句》亦云:'吁嗟,歎辭也。''于''吁'古今字。'辭',當作'詞'。歎詞,美歎之詞也。美歎曰嗟,傷歎亦曰嗟。凡全《詩》歎詞有此二義。或言'嗟',或言'嗟嗟',或言'猗嗟',或言'于嗟'。"(《詩毛氏傳疏》卷一)

徐堂云:"《選》注所引《章句》當屬此句(冠南按:指"吁嗟麟兮")注文。然則《韓詩》經文作'吁'也。'于''吁'古今字。"(《韓詩述》卷一)

王先謙云:"據此,《韓詩》'于'作'吁'。'于''吁'古今字。《説文》:'吁,驚也。''訾,咨也。一曰痛惜也。''嗞,嗟也。'篆文無'咨''嗟'字,説解'咨''嗟',當仍爲'嗞''訾'。'吁''嗟'二字合訓,是驚歎詞,見公子多賢,故異而美之。"(《詩三家義集疏》卷一)

冠南按:陳奂之説是。《小爾雅·廣訓》云:"吁嗟,嗚呼也。有所歎美,有所傷痛,隨事有義也。"(《小爾雅集釋》第三)"有所歎美"即陳氏所謂"美歎",此詩"吁嗟麟兮"是也(高亨《詩經今注》以此句爲傷歎,蓋因其以《麟之趾》爲"以貴族打死麒麟比喻統治者迫害賢人"之作,此説未免求之過深,恐不可從)。"有所傷痛"即陳氏所謂"傷歎",《秦風·權輿》"吁嗟乎,不承權輿"是也。

召　南

草　蟲

陟彼南山。

【彙輯】

《章句》:土高大有石曰山。(《原本玉篇》卷二二“山”字條)

【通考】

顧震福云:“《說文》:‘山,宣也。宣氣散,生萬物,有石而高。象形。’《廣雅》:‘土高有石曰山。山,産也。’《管子·形勢篇》:‘山者,物之高者也。’”(《韓詩遺説續考》卷三)

冠南按:《廣雅·釋山》:“土高有石,山。”(徐堅《初學記》卷五引《爾雅》云:“土高有石曰山。”今本《爾雅》無此文,疑徐引“《爾雅》”爲“《廣雅》”之訛)錢大昭云:“鄭注《周禮》云:‘積石曰山。’《説文》:‘山,有石而高,象形。’”(《廣雅疏義》卷十八)上引諸説俱與《章句》釋義相通。王先謙云:“南山,山之在南者,與《采蘋》‘南澗’同,即目興懷,非有指實。”(《詩三家義集疏》卷二)此説頗愜詩意。

未見君子,憂心惙惙。(《韓詩外傳》卷一第十八章)

【通考】

錢繹云:“《釋詁》:‘惙,憂也。’《説文》同,引《草蟲篇》:‘憂心惙惙。’《毛傳》:‘惙惙,憂也。’《釋訓》云:‘忡忡、惙惙,憂也。’《衆經音義》卷十九引《字林》:‘惙,憂也。’《晏子春秋·外篇》云:‘歲云寒矣,而役不罷,惙惙矣若之何!’”(《方言箋疏》卷十二)

王先謙云:“《衆經音義》四引《聲類》:‘惙,短氣貌也。’《釋訓》:‘惙惙,憂也。’單言曰‘惙’,重言曰‘惙惙’,憂之至也。”(《詩三家義集疏》卷二)

冠南按:“惙”與“怛”同讀義近。王步洲《方言聲類考叙例》云:“‘怛’‘惙’古同曷韻,則‘怛’‘惙’古同讀。《説文》:‘惙,憂也。’引《詩》:‘憂心惙惙。’毛公訓此詩亦云:‘惙,憂也。’《晏子春秋·外篇》:‘惙惙矣如之何!’《淮南子·原道篇》:‘其爲悲不惙。’皆憂傷之義。李登《聲類》云:‘惙,短氣也。’‘短氣’謂氣息迫促也。”(載華學誠《揚雄方言校釋匯證》附録七第三節)此説是。考《檜風·匪風》:“中心怛兮。”《毛傳》云:“怛,傷也。”孔穎達疏云:“怛者,驚痛之言,故爲傷也。”(《毛詩正義》

卷七之二)“怛”之訓“傷”,與“惙”之訓“憂”同義,此“怛”“惙”義通之證。

采　蘋

于以采蘋,南澗之濱。于以采藻,于彼行潦。

【彙輯】

《章句》:沈者曰蘋,浮者曰藻。(《經典釋文》卷五、慧琳《一切經音義》卷七五“槃藻”條、日本佚名《塵袋》卷三)

【通考】

胡承珙云:“《詩釋文》引《韓詩》云:‘沈者曰蘋,浮者曰薸。’今本《釋文》作‘浮者曰藻’,盧氏文弨謂王應麟《詩考》作‘薸’,音‘瓢’,當據以改正。今案:《爾雅翼》亦引《韓詩》説:‘沈者曰蘋,浮者曰薸。’且云:‘“薸”之字似“藻”,説者遂以相紊。’此言尤爲明證。而《埤雅》引《韓詩》仍作‘浮者曰藻’,遂謂藻亦出水上,謬矣。”(《毛詩後箋》卷二)

馬瑞辰云:“《韓詩》:‘沈者曰蘋,浮者曰薸。’薸即浮萍,是蘋與浮萍同類而異種,萍小而蘋大,萍無根而蘋有根。無根則浮,有根則似沈也。”(《毛詩傳箋通釋》卷三)

丁晏云:“一本作‘浮者曰薸’,音瓢。《方言》云:‘江東謂浮萍曰薸。’今本《釋文》引《韓詩》‘沈者曰蘋,浮者曰藻’,與此正同。”

王先謙云:“《説文》無‘蘋’字。‘薲’下云:‘大蓱也。’據此,‘薲’正字,‘蘋’俗字。《鄭箋》‘蘋之言賓也,藻之言澡也’,皆舉字形以見義,是鄭所見本‘蘋’作‘薲’。古從‘賓’、從‘頻’之字多相亂。《釋草》:‘苹,蓱。’郭注:‘水中浮蓱,江東謂之薸,音瓢。’又曰:‘其大者蘋。’郭注:‘《詩》曰:于以采蘋。’《爾雅》以‘蘋’爲‘大蓱’,與《説文》合,即韓所謂‘沈者’。其浮蓱,即韓所謂‘浮者’,今之浮薸是也。”(《詩三家義集疏》卷二)

冠南按:上引諸説多以王應麟《詩考》引作“浮者曰薸”爲據,而定今本《釋文》作“浮者曰藻”爲誤,實不可從。檢《詩考》引該《韓詩》遺説凡兩處,首引在《韓詩·采蘋》,作“浮者曰藻”,並明確標記出自《釋文》,足見王氏所見《釋文》即作“藻”;再次徵引則在《補遺》部分,作“浮者曰薻”,然未標明出處,不可復覈,故未若首次徵引之本可靠。且王氏若以作“薻”者爲是,當置於正文,而不應置於《補遺》中。故仍當以作“藻”者爲是。另,唐人釋慧琳《一切經音義》卷七五所引《韓詩》亦作“浮者曰藻”,此亦《韓詩》本作“藻”之證。

于以鬺之，惟錡及釜。(《漢書》卷二五上《郊祀志上》顏師古注。“惟”原作“唯”,兹據《韓詩》語辭皆作“惟”而改。詳前《葛覃》“惟葉萋萋”之【通考】。)

【通考】

惠棟云:“《韓詩》作‘鬺’,《廣雅》云:‘鬺,飪也。音傷。’”(《九經古義》卷五)

段玉裁云:“《韓詩》之‘鬺’,即《説文》之‘鬺’字,煮也。《郊祀志》云‘鬺亨上帝鬼神’者,謂煮而獻之也。‘亨’讀如‘饗’。《史記》作‘亨鬺’,文倒,當從《漢書》。《毛詩》‘湘’字當爲‘鬺’之假借。”(三十卷本《詩經小學》卷二)

馬瑞辰云:“‘湘’,《韓詩》作‘鬺’。《漢書·郊祀志》:‘鬺亨上帝鬼神。’顏師古注引《韓詩》:‘于以鬺之。’云:‘鬺,亨也。’‘鬺’通作‘觴’。《太玄·竈首》次五:‘鼎大可觴。’司馬光曰:‘“觴”當作“鬺”,音商,煮也。’《廣雅》云:‘鬺,飪也。’《説文》無‘鬺’有‘鬺’,云:‘鬺,煮也。’《玉篇》云:‘“鬺”與“鬺”同。’又‘鬺’字注云:‘亦作“鬺”。’今按薛氏《鐘鼎款識》載《師望彝銘》曰:‘師望作鬺彝。’是‘鬺’‘鬺’‘鬺’皆一字之異文。毛公以‘湘’爲‘鬺’之假借,故訓爲‘亨’。三家《詩》多以本字易經文,故《韓詩》直作‘鬺’。”(《毛詩傳箋通釋》卷三)

徐堂云:“《韓詩》之‘鬺’,即《説文》之‘鬺’。‘鬺’正字,‘鬺’或字,《毛詩》作‘湘’,《傳》云:‘烹也。’蓋假借字。”(《韓詩述》卷二)

陳壽祺云:“《説文》無‘鬺’字。‘鬲部’:‘鬺,煮也。从鬲,羊聲。’《玉篇》:‘鬺,式羊切。亦作“鬺”。’‘鬺,同上。’《廣韻》:‘鬺,亦鬺字。’《集韻·十陽》:‘鬺,或作“鬺”“鬺”“鬺”。’《類篇》:‘鬺,或作“鬺”“鬺”。’是《説文》‘鬺’字即《韓詩》‘于以鬺之’之異文也。”(《韓詩遺説考》

卷一之一）

馮登府云："當從韓作'鬺'。《説文》：'鬺，煮也。'《玉篇》：'鬺與鬺同。''湘'，借字也。"（《三家詩異文疏證·韓詩》）

陳喬樅云："《漢書·郊祀志》：'鬺亨上帝鬼神。'師古注云：'鬺、亨，一也。鬺，亨煮而祀也。'引《韓詩·采蘋》'于以鬺之'二語爲證。考《廣雅》云：'鬺，飪也。'是'鬺'爲古烹飪字，'亨'乃古享祀字也，音香兩反。服虔《音義》云：'以享祀上帝也。'正釋'亨'字。師古以'鬺''亨'爲一，非是。"（《韓詩遺説考》卷一之一）

冠南按："鬺"之本字爲"鬺"，訓"煮"（桂馥《札樸》卷一"湘"字條云："《韓詩》：'于以鬺之。'案《説文》：'灢，煮也。'《玉篇》：'鬺與灢同。'"據此亦可知"鬺"訓"煮"），"'鬺'作'煮'講，甲骨文和金文常見（遠東博物館刊十二本，三一四頁）"（高本漢《詩經注釋》一五）。《熹平石經·魯詩》殘碑第一面第十七行有"鬺之"二字（馬衡《漢石經集存》二《釋文·魯詩》），據此可知《魯詩》此句亦作"鬺"，與《韓詩》同文。于茀云："鬺，上古音書母陽部字；湘，上古音心母陽部字。湘、鬺二字叠韻鄰紐，是以'湘'假借爲'鬺'。《魯詩》所用爲正字。"（《金石簡帛詩經研究》上篇）故韓、魯作"鬺"，爲正字；毛作"湘"，爲借字。此説可釋惠棟"'湘'訓'亨'無考"（《九經古義》卷五）之疑。

甘　棠

蔽茀甘棠，勿剗勿伐，召伯所茇。（《韓詩外傳》卷一第二十八章。《經典釋文》卷五："'翦'，《韓詩》作'剗'。"與《外傳》"勿剗勿伐"之文相合。）

【通考】

〔蔽茀甘棠〕

郝懿行云："'芾'即'市'字，市本蔽厀之名，經典作'芾'，借爲蔽芾之字而訓小，會意。《釋詁》云：'蔽，微也。'微亦小，故《説文》云：'蔽蔽，小艸也。'是'蔽''芾'俱有小義。故《詩·甘棠》傳：'蔽芾，小貌。'《易·豐》釋文引《子夏傳》：'芾，小也。'通作'茀'。《詩·卷阿》傳：'茀，小也。''蔽芾甘棠'，《韓詩外傳》作'蔽茀甘棠'。'茀'又訓

蔽。蔽茀皆以微遮爲義,亦猶蔽芾皆以微小爲義也。‘蔽’‘茀’二字疊韻。”(《爾雅義疏》上之二《釋言弟二》)

馬瑞辰云:“‘蔽’‘芾’皆有小義,故《毛傳》以‘小貌’釋之。但甘棠爲召伯所舍,則不得爲小。《風俗通》引傳云:‘送逸禽之超大,沛草木之蔽茂。’‘芾’古作‘市’。《説文》:‘市,艸木盛市市然。’《廣雅》:‘芾芾,茂也。’蔽芾正宜從《集傳》訓爲‘盛貌’。《小雅》:‘蔽芾其樗。’義亦同。《韓詩外傳》引《詩》:‘蔽茀甘棠。’《張遷碑》作‘蔽沛’,並聲近而義同。”(《毛詩傳箋通釋》卷三)

馮登府云:“《韓詩外傳》作‘蔽茀’,《王吉傳》注作‘蔽芾’,《魏元丕碑》作‘蔽芾’,《張遷碑》作‘蔽沛’,皆通字也。”(《三家詩遺説》卷一)

王先謙云:“韓作‘蔽茀’,正字;毛‘蔽芾’,借字。”(《詩三家義集疏》卷二)

冠南按:瑞辰兼顧詩意、字義,釋“蔽芾”(即“蔽茀”)爲“盛貌”,更愜經意(聞一多《詩經通義甲》云:“甘棠亦社木,當爲大樹,故能爲召伯所舍。”此説與馬説相通)。竹添光鴻云:“《爾雅·釋言》:‘芾,小也。’雖係古訓,然與‘蔽’字連文,自當以茂盛翳薈爲正解,與下文‘翦’‘伐’字,情文相生。”(《毛詩會箋》卷二)此説與馬説互補,並可證“盛貌”爲確詁。惟敦煌 S.789、P.2529 古寫本《毛詩》俱作“蔽茀”,則《毛詩》亦有作“蔽茀”之本。程燕以爲此乃承襲《韓詩》而改(《詩經異文輯考》),似不可從,因《韓詩》於唐代已趨式微(參《隋書》卷三二《經籍志一》:“《齊詩》魏代已亡,《魯詩》亡於西晉,《韓詩》雖存,無傳之者。”),據韓改毛之可能不容高估。

〔勿剗勿伐〕

胡承珙云:“(翦)《釋文》引《韓詩》作‘剗’,剗,削也,刪除枝葉之意。”(《毛詩後箋》卷二)

朱士端云:“凡從戔之字,本與‘翦’通。鄭注《玉藻》云:‘踐,當爲“翦”。’《書》疏引鄭注《書序》:‘踐,讀曰翦。’《史記集解》引服虔云:‘踐,翦也。’”(《齊魯韓三家詩釋·韓詩》)

勿剗勿敗。(丁度《集韻》卷五“剗”字條)

【通考】

丁度云："剡，翦也。"(《集韻》卷五"剡"字條)

陳喬樅云："據《毛詩釋文》及《集韻》，是《韓詩》'翦'作'剡'，與毛文異。"(《韓詩遺説考》卷一之一)

行　露

雖速我訟，亦不爾從。(《韓詩外傳》卷一第二章)

【通考】

陳喬樅云："(爾)《毛詩》作'女'，'女''爾'古字通用。《桑柔詩》：'告爾憂恤，誨爾序爵。'《墨子・尚賢篇》引並作'女'，是其證也。"(《韓詩遺説考》卷一之一)

羔　羊

羔羊之皮，素絲五紽。(《後漢書》卷七六《王涣傳》李賢注)

【彙輯】

《章句》：小者曰羔，大者曰羊。素，喻潔白；絲，喻屈柔。紽，數名也。詩人賢仕爲大夫者，言其德能稱有潔白之性、屈柔之行，進退有度數也。(《後漢書》卷七六《王涣傳》李賢注)

【通考】

陳啓源云："薛君《章句》云：'素，喻潔白。絲，喻詘柔。紽，數名也。詩人美賢人爲大夫者，其德能稱有潔白之性、詘柔之行，進退有度數也。'此最有義味，可補毛、鄭之未及。"(《毛詩稽古編》卷二)

馬瑞辰云："《後漢書》注引薛君《韓詩章句》曰：'紽，數名也。'《廣雅》：'紽，數也。'《玉篇》《廣韻》並曰：'紽，絲數也。'紽之爲數無考。《埤雅》云：'以類反之，緎寡於總，紽蓋宜寡於緎。'《廣雅疏證》據春秋陳公子佗字五父以證佗爲五數。今按：佗字五父，蓋取詩'五紽'爲義，非必紽即五數也。《釋文》'紽'作'它'，云：'本又作"佗"。''佗'即古'他'字。他者，彼之稱也，此之别也。由此及彼，則其數爲二。《管子·輕重甲篇》:'農夫得居裝而賣其薪蕘,一束十他。''他'一本作'倍'。《墨子·經篇》云:'倍爲二也。''他'與'倍'通,則他亦二數矣。《柏舟》:'之死矢靡他。'猶云有死無二也。《小雅》:'人知其一,莫知其他。'猶云知其一、不知其二也。'紽'通'他',蓋二絲之數。"(《毛詩傳箋通釋》卷三。陳喬樅《韓詩遺説考》卷一之一亦引此説。)

魏源云:"薛君《章句》云:'詩人賢仕爲大夫者,言其德能稱有潔白之性、屈柔之行,進退有度數也。'則仍同《緇衣》進退從容之義。韓原以爲進退公朝,而大夫之節操正直自見。"(道光中刻二十卷本《詩古微》中編之一《二南答問·召南答問》)

徐堂云:"韓義於'素絲'句兼取興意,與毛、鄭異。"(《韓詩述》卷一)

錢玫云:"《羔羊》訓'素'爲'潔白',美退食也。"(《韓詩内傳並薛君章句考》卷末附《二雨堂筆談》)

王先謙云:"'小者曰羔,大者曰羊'者,《説文》:'羔,羊子也。'故薛謂小者羔,大者羊。《孔疏》:'此説大夫之裘,宜直言羔而已,兼言羊者,以羔亦是羊,故連言以協句。''素喻絜白'者,《説文》:'素,白緻繒也。''紈,素也。'《急就篇》顔注:'素,謂絹之精白者。紈,即素之軟細者。'漢班婕妤詩:'新製齊紈素,鮮潔如霜雪。'故薛云'喻潔白'也。薛以性言,謂其心之精白。谷、王以行言,(《漢書·薛宣傳》谷永疏曰:"竊見少府宣材茂行絜,達于從政。有'退食自公'之節。臣恐陛下忽於《羔羊》之詩,舍功實之臣,任虚華之譽,是以越職陳宣行能。"《楚詞·九思》:"士莫志兮羔裘。"王注:"言士貪鄙,無有素絲之志,皎潔之行也。")美其行之潔清也。'絲喻屈柔'者,《説文》:'絲,蠶所吐也。'《皇皇者華篇》:'六轡如絲。'《傳》:'如絲,言調忍也。''調忍'即'屈柔'之義,故薛云'喻屈柔'也。屈柔以行言,立德尚剛而處事貴忍,故屈柔亦爲美德。'紽,數名也'者,與《毛傳》'紽,數也'義同。"(《詩三家義集疏》卷二)

冠南按:王引之云:"五絲爲紽。"(《經義述聞》卷五《毛詩上》"素絲五緎"條,亦見王念孫《廣雅疏證》引王引之説。徐鼒《讀書雜釋》卷三"五紽五緎五總"條譽此説"明白暢達"。)其論據僅爲:"春秋時陳公子佗字五父,則知五絲爲紽。"然一猶瑞辰所駁,"佗字五父,蓋取詩'五紽'爲義,非必紽即五數也",故引之之説不可據信。"紽"之義,應以瑞辰所考"二絲之數"爲是。

逶迤逶迤。

【彙輯】

《章句》:逶迤,公正貌。(《經典釋文》卷五)

【通考】

陳啓源云:"毛以'委蛇'爲'行可從迹',《韓詩》云:'公正貌。'兩意正相成矣。惟其公正無私,故舉動光明,始終如一,可從迹倣效,即《敘》所謂'正直'也。"(《毛詩稽古編》卷二)

范家相云:"以'逶迤'爲'公正',與《毛傳》'行可從迹'之意不同,而韓説較明。"(《三家詩拾遺》卷三)

馬瑞辰云:"'委蛇'二字叠韻。毛公以爲行有常度,故云'行可從迹',從迹即蹤跡也。徐行者必紆曲,《君子偕老》詩傳:'委委者,行可委曲從跡也。'義與此《傳》合,故《箋》申之以'委曲自得之貌'。《韓詩》以爲'公正貌',非也。"(《毛詩傳箋通釋》卷三)

馮登府云:"《韓詩》'委蛇'作'逶迤',公正貌。《費鳳别碑》:'君有逶迤之節,自公之操。'《漢·薛宣傳》:'有"退食自公"之節。'又云:'臣恐陛下忽於《羔羊》之詩,舍公實之臣,任華虚之譽。'即本《韓詩》。《箋》訓:'委曲自得之貌,節儉而順,心志定,故可自得。'按《韓詩章句》:'素,喻潔白;絲,喻屈柔。詩人言大夫有潔白之性、屈柔之行,進退有度數也。'則屈柔,委曲義,復自當以公正爲長。至退食自公,自指退朝于公而言,鄭傅會'節儉',而以'減膳'釋之,殊鑿。自非天災,無減膳之制。《韓詩》亦作'進退'之義。"(《三家詩遺説》卷一)

陳奂云:"《韓詩》云:'逶迤,公正貌。'韓字異而義相近。"(《詩毛氏傳疏》卷二)

王先謙云:"《説文》'委'下云:'委,隨也。''逶'下云:'逶迆,衺去之貌。''迆'下云:'衺行也。'(迤,俗迆字。)《箋》:'委曲自得之貌。'人臣敬爾在公,但云容體自得,於義未備,且'逶迤'之訓疑於衺曲,故韓以'公正貌'釋之,深爲有裨經恉。"(《詩三家義集疏》卷二)

冠南按:馬瑞辰所論乃"逶迤"之本義,故以韓訓爲非。陳啓源、陳奂、王先謙則側重韓訓之引申義，故謂其與《毛傳》互補，“有裨經恉”。此可謂善説《詩》者解人頤也。

素絲五緎。

【彙輯】

《章句》：緎，數也。（《原本玉篇》卷二七“緎”字條）

【通考】

王先謙云：“‘緎’爲數名，如縷一枚爲‘�’，緯十縷爲‘綹’，十五升布爲‘緦’之比。首章十絲，次章一百絲，三章四百絲，數取遞增，文因合均，非謂一裘之縫止用四百絲，不當泥視，猶《無衣篇》之‘豈曰無衣七兮’‘豈曰無衣六兮’，《干旄篇》之‘良馬四之’‘良馬五之’‘良馬六之’，分章協句，非有定數也。”（《詩三家義集疏》卷二）

冠南按：先謙所釋，愜心貴當，足徵作者之趣。“數取遞增”云云，即夏含夷（Edward L. Shaughnessy）所謂《詩》中常見之“遞進反復”（incremental repetition）（《結婚、離婚與革命》，載黄聖松等譯《孔子之前：中國經典誕生之研究》）。王引之云：“《羔羊》篇：‘素絲五紽’‘素絲五緎’‘素絲五總’。《毛傳》曰：‘紽，數也’；‘緎，縫也’；‘總，數也’。引之謹案：‘緎’訓爲‘縫’，本於《爾雅》，蓋取界域之義（孫炎《爾雅注》曰：“緎，縫之界域。”）。今繹三章文義，實不當如《爾雅》所訓。紽、緎、總皆數也。”（《經義述聞》卷五《毛詩上》“素絲五緎”條）引之未及見《原本玉篇》，故無從知曉該書所載《韓詩》“緎，數也”之訓，然其考據與韓説若合符節，此非學殖深湛者不能辨，亦可證實韓訓之確然。

殷其靁

殷其靁。（陳彭年《鉅宋廣韻》卷一“靁”字條云：“靁，雷也。出《韓詩》。”）

【彙輯】

《章句》：靁，雷也。（陳彭年《鉅宋廣韻》卷一“靁”字條）

【通考】

臧庸云：“蓋《韓詩》以‘殷靁’爲‘靁雷’也。”（《韓詩遺説》卷上）

陳喬樅云："《集韻》：'䨓，隱也。''隱''殷'古字通用。'䨓'訓'隱''雷'，'隱'或作'轀'，亦作'磤'。'磤'訓爲雷聲，見《通俗文》及《玉篇》，則'䨓'亦當爲雷聲矣。《禮記·玉藻》：'端行頤雷如矢。'注：'頤或爲䨓。'《釋文》云：'䨓音夷，徐音追。'《中庸》：'壹戎衣。'注云：'衣讀如殷，聲之誤也。齊人言殷，聲如衣。'案'殷'聲如'衣'，'䨓'音爲'夷'，故'殷''䨓'古得通假。"(《韓詩遺説考》卷一之一)

王先謙云："雷聲震驚，以喻上之命令臣下遠行，不遑安處，勉君子震恐致福，因取義焉。"(《詩三家義集疏》卷二)

冠南按：臧庸、陳喬樅俱以《毛詩》之"殷"，《韓詩》作"䨓"。王先謙循其説，於《殷其雷》下亦云："《韓》'殷'作'䨓'。"(《詩三家義集疏》卷二)按此説恐不確，疑《韓詩》此篇當題爲"殷其䨓"。其因有二：其一，《韓詩》訓"䨓"爲"雷"，可知"䨓"與"雷"爲對文，《毛詩》作"殷其雷"，《韓詩》作"殷其䨓"，字異義同。若作"䨓其雷"，以《韓詩》"䨓，雷也"之訓，則《韓詩》此題意爲"雷其雷"，有不辭之嫌。其二，《毛詩·邶風·終風》卒章云："曀曀其陰，虺虺其雷。"漢石經《魯詩》殘碑第一面第三十四行録此句作"曀曀其陰，虺虺其䨓"(馬衡《漢石經集存》二《釋文·魯詩》)，則《毛詩》作"雷"，《魯詩》作"䨓"，此"䨓"通"雷"，而非通"殷"之證，故暫推定《韓詩》之題及經文當作"殷其䨓"。另，陳壽祺復將《韓詩》"䨓，雷也"之訓繫於《小雅·采芑》"如霆如䨓"句下，與置於本篇相牴牾。

莩有楳

莩有楳。(《孟子·梁惠王上》趙岐注："《詩》曰：莩有梅。"孫奭《孟子音義》卷上引丁公著云："《韓詩》也。"陸德明《經典釋文》卷五"摽有梅"條謂："《韓詩》作'楳'。"二文相參，可知《毛詩》之"摽"，《韓詩》作"莩"；《毛詩》之"梅"，《韓詩》作"楳"。故《毛詩》之"摽有梅"，《韓詩》作"莩有楳"。)

【通考】

段玉裁云："《釋文》：'《韓詩》作"楳"。'《説文》：'楳'亦'梅'字。"

（三十卷本《詩經小學》卷二）

馬瑞辰云："趙岐《孟子注》引《詩》：'莩有梅。'《釋文》引丁公著云：'《韓詩》。'今按'莩'當作'𠬪'。《説文》：'𠬪，物落，上下相付也。讀若《詩》"摽有梅"。'《漢書·食貨志·贊》引《孟子》：'野有餓芆。''莩'及'芆'皆'𠬪'之異文。《韓詩》作'莩'者，爲正字；《毛詩》作'摽'或作'蔈'者，皆'𠬪'之假借。《毛傳》訓'摽'爲'落'，義與《韓詩》正同。王伯厚難《韓詩》：'芆是零落，摽是擊之使落。'殊昧於古文通借之義。"（《毛詩傳箋通釋》卷三）

王先謙云："《説文》：'某，酸果也。''梅，枏也。可食。''楳'下云：'或从某。'梅是枏木，非可食者。桂馥謂《説文》'可食'字後人誤加，是也。《詩》正作'某'，'梅''楳'皆借字。"（《詩三家義集疏》卷二）

冠南按：馬説"𠬪"爲正字，是。章太炎先生釋《尚書·高宗肜日》"天既孚命正厥德"云："'孚'似本作'𠬪'，轉寫誤作'孚'。《漢·食貨志》：'野有餓芆而弗知發。'鄭氏曰：'"芆"音"蔈有梅"之"蔈"。芆，零落也。'此字今《孟子》作'莩'，注：'餓死者曰莩。《詩》曰："莩有梅。"莩，零落也。'是則正字作'𠬪'，漢時作'芆'，誤書作'莩'。'芆'誤作'莩'，正猶'𠬪'誤作'孚'矣。"（諸祖耿整理《太炎先生尚書説·尚書二十九篇·高宗肜日》）此説可與馬説互證。

迨其吉兮。

【彙輯】

《章句》：迨，顧也。（相臺岳氏刻本《毛詩正義》引《經典釋文》。"顧"，今本《釋文》卷五作"願"。）

【通考】

郝懿行云："《韓詩》云：'迨，願也。''願''與'義近，聲又相轉也。"（《爾雅義疏》上之又一《釋詁弟一》）

胡承珙云："《釋文》引《韓詩章句》曰：'迨，願也。'合之《孟子》云'丈夫生而願爲之有室，女子生而願爲之有家'，似《韓詩》亦以此爲父母之辭。但'迨'何以訓'願'，則不可考耳。"（《毛詩後箋》卷二）

魏源云："《釋文》引《韓詩章句》云：'迨，願也。'丈夫生而願爲之有室，女子生而願爲之有家。則《韓詩》亦以爲父母詞歟？"（道光中刻二十卷本《詩古微》中編之一《二南答問・召南答問》）

徐堂云："'顧'，《詩考》作'願'。案《鄭箋》：'迨，及也。'《後漢書・馮衍傳》下章懷注：'顧，猶及也。'若作'願'字，不可解。今依相臺岳氏注疏本《音義》正之。"（《韓詩述》卷一）

王先謙云："《詩》'迨'字多屬'願望'意，《匏有苦葉篇》：'迨冰未泮。'《鴟鴞篇》：'迨天之未陰雨。'《伐木篇》：'迨我暇矣。'皆是。《説文》：'吉，善也。''迨其吉兮'者，女之父母願望衆士及此女善時也。訓'迨'爲'及'，疑於已及之詞，故韓探詩意而爲之説。《鄭箋》：'我，我當嫁者。'《孔疏》：'言此者，以女被文王之化、貞信之教，興必不自呼其夫，令及時之取己。鄭恐有女自我之嫌，故辨之，言我者，詩人我此女之當嫁者，亦非女自我。'孔申《箋》義，以爲'詩人我此女'，是詩人即女之父母。據韓'迨，願'之訓，亦必以此爲父母之詞。鄭訓'迨'爲'及'，不用韓義，然以詩人爲女父母，固與韓合矣。"（《詩三家義集疏》卷二）

冠南按："顧"，今本《釋文》作"願"，然"迨"無"願"義，故胡承珙謂"不可考"，徐堂謂"不可解"，王先謙之説雖新巧，然似是而非，以其所舉諸句之"迨"實皆訓"及"。故應依徐堂所考，作"顧"者爲是。據徐引章懷注，"顧"亦訓"迨"，《鄭箋》仍"用韓義"。

小　星

夙夜在公，實命不同。（《韓詩外傳》卷一第一章）

【彙輯】

《章句》：實，有也。（《經典釋文》卷五）

【通考】

錢大昕云："《覲禮》：'伯父實來。'注：'今文實作寔。'是'實'即'寔'之古文。《春秋》公、穀爲今文，左氏爲古文，故二傳作'寔來'，左氏作‘實來’。杜元凱改從二傳，失古文之舊矣。(《詩》："寔命不同。"《韓詩》作"實"。)"(《十駕齋養新録》卷二"寔來"條)

范家相云："‘寔’與‘實’不通。《大雅》：‘實墉實壑。’注：‘實，當作"寔"。’按‘寔’音同‘室’。寔，是也。實，有也。韓若曰宵征之所以肅肅者，有命自天，不得而同也。"(《三家詩拾遺》卷三)

馬瑞辰云："《釋文》：‘寔，《韓詩》作"實"，云：有也。’瑞辰按：《説文》：‘寔，正也。’‘實，富也。’實無是訓。《爾雅》：‘寔，是也。’《韓奕》箋：‘實，當作"寔"。趙魏之東，寔、實同聲。’是《詩》中凡作‘寔’者皆正字，作‘實’者皆假借字。《頍弁》箋云：‘實，猶是也。’亦以‘實’爲‘寔’之假借，故即以‘是’釋之。‘是’者，語詞。《韓詩》作‘實’，訓‘有’者，‘有’亦語詞。"(《毛詩傳箋通釋》卷三)

馮登府云："《釋文》引韓作‘實’，云：‘有也。’《爾雅・釋詁》注‘猶’引作‘猷’，《釋詁》：‘猶，可也。’言命有所不可，不敢怠於事，亦勝《毛傳》。"(《三家詩遺説》卷一)又云："《釋文》引韓：‘實，有也。’《爾雅》注引此亦作‘實’。《左傳・桓六年》‘寔來’，杜注：‘寔，實也。’漢《鄭固碑》：‘寔天生德。’《隸辨》：‘寔⼂實同。’‘天實爲之’，《北海景相君銘》作‘寔’。《儀禮・覲禮》注：‘今文實作寔。古今字。’鄭氏康成云：‘趙魏之東，寔實同聲。’"(《三家詩異文疏證・韓詩》)

徐堂云："《説文・宀部》：‘實，富也。神質切。’‘寔，正也。常隻切。’二字音義俱别，鄭氏《韓奕》箋云：‘趙魏之間，實、寔同聲。’故經典多通用。此詩毛作‘寔’，云：‘是也。’(《説文》："寔，正也。""正，是也。")此‘寔’之本義。韓作‘實’，云：‘有也。’(《素問・調經論》曰："有者爲實。"《群經音辨》卷三曰："有，實也。")此‘實’之本義。義有不同，故字亦並異。"(《韓詩述》卷一)

陳喬樅云："實，《毛詩》作‘寔’。《韓奕》：‘實墉實壑。’《箋》云：‘實，當作"寔"。趙魏之間，寔、實同聲。’《頍弁》箋云：‘實，猶是也。’《爾雅・釋詁》：‘實，是也。’是音義並同。"(《韓詩遺説考》卷一之一)

錢玫云："‘實’與‘寔’音義皆殊。《大雅》：‘實墉實壑。’注：‘實，當作“寔”。’‘寔’‘實’音同。寔，是也。實，有也。段玉裁謂：‘趙、魏之間，“寔”“實”同聲，故相假借。’此訓‘實’爲‘有’，則有本義，而非假借矣。”(《韓詩内傳並薛君章句考》卷一)

王先謙云：“《説文》：‘寔，止也。’與‘是’義不合，緣‘寔’‘是’同聲，古書多借‘寔’爲‘是’，因亦訓爲‘是’。《説文》：‘實，富也。’《易·大有·上九》注：‘大有，豐富之世也。’《列子·説符篇》：‘羡施氏之有。’注：‘有，猶富也。’是‘富’‘有’義通。‘實’訓‘富’，亦可訓‘有’，《韓詩》作‘實’，故就本義引申之，訓爲‘有’也。”(《詩三家義集疏》卷二)

冠南按：《韓詩》作“實”，訓“有”；《毛詩》作“寔”，訓“是”。二家用字及訓詁並異，徐堂、錢玫、王先謙所釋爲是。“實”“寔”固有通用之例，然就本詩訓詁而言，各有别義，錢大昕以今古文視之，馬瑞辰又以語詞視之，恐俱未諦。“實”用作“有”義，不惟見於《韓詩》，《管子·選陳》：“是故張軍而不能戰，圍邑而不能攻，得地而不能實，三者見一焉，則可破毀也。”“得地而不能實”猶言“得地而不能有”，此亦“實”用“有”義之例。

抱衾與幬。(慧琳《一切經音義》卷六十三“蚊幬”條)

【彙輯】

《章句》：幬，單帳也。(慧琳《一切經音義》卷六十三“蚊幬”條)

【通考】

顧震福云：“《毛詩》‘幬’作‘裯’，《傳》云：‘衾，被也。裯，單被也。’《鄭箋》云：‘裯，牀帳也。’震福案：《爾雅》邢疏引《詩》：‘抱衾與幬。’並引《鄭箋》云：‘幬，牀帳也。’《文選·神女賦》李注引《毛詩箋》云：‘幬，床帳也。’字皆作‘幬’。今本作‘裯’，蓋淺人順毛而改。《釋訓》：‘帳謂之幬。’郭注：‘今江東亦謂帳爲幬。’《説文》：‘幬，襌帳也。’《文選·寡婦賦》注引《纂要》曰：‘單帳曰幬。’《廣雅·釋器》：‘幬，帳也。’《後漢書·馬融傳》注同。《文選》曹子建《贈白馬王彪詩》：‘何必同衾幬。’李注云：‘幬與裯古字同。’《爾雅》邢疏云：‘幬與裯音義同。’《釋文》云：‘幬，本又作“幗”。’《玉篇》云：‘幗同幬。幬，正字；幗，俗字；裯，假字。’《鄭志》云：‘張逸問：此《箋》不知何意易《傳》？又，諸妾抱帳進御於君，有常寢，何其碎？答曰：今人名帳爲幬，（原作“裯”，誤。）雖古無名被爲裯。諸妾何必人抱一帳？施者因之，如今漢抱帳也。’《正義》曰：‘《内則》注：“諸侯取九女，姪娣兩兩而御，則三日也。次兩媵，則四日也。次夫人專夜，則五日也。”是五日之中，一夜夫人，四夜媵妾。夫人御後之夜，則次御者抱衾而往。其後三夜，御者因之不復抱也。四夜既滿，其來者又抱之而還。’鄭君先通《韓詩》，後箋《毛詩》。此獨用韓義易《毛傳》，知韓與毛文義雖異，而鄭則以韓義爲優。”（《韓詩遺説續考》卷一）

王先謙云：“《爾雅·釋文》：‘幬，本或作㡘。’《説文》無‘㡘’字，蓋即‘裯’之俗體，故鄭云‘今人名帳爲裯’也。早夜啓行，僕夫以被帳之屬從，須抱持之，極言寢息不遑之狀。《文選》曹子建《贈白馬王彪詩》：‘何必同衾幬，然後展殷勤。’李注：‘幬與裯古字同。’曹學《韓詩》者，言雖不與彪同行，而殷勤之意可以詗達，足證‘衾幬’爲遠役攜持之物，非燕私進御之物。若如《傳》説，曹詩義不可通矣。鄭云：‘古無名被爲裯。’而毛云然，意以言帳則賤妾進御，何至併帳攜行，故釋爲‘禪被’，欲以成其曲説。《釋言》：‘猶，若也。’郭注：‘《詩》曰：寔命不猷。’‘猷’‘猶’字訓同。”（《詩三家義集疏》卷二）

冠南按：王先謙據“衾幬”之用，推定《韓詩》以《小星》爲慨歎遠役之作，入情入理，愜於詩恉。陳喬樅云：“《毛詩敘》云：‘《小星》，惠及下也。夫人無妬忌之行，惠及賤妾。’與《韓詩》説異。《容齋隨筆》以此詩‘是詠使者遠適，夙夜征行，不敢慢君命之意’，用韓説也。《白帖》引‘肅肅宵征，夙夜在公’入‘奉使類’，亦用《韓詩》義。”（《韓詩遺説考》卷一之一）此説可與先謙説互補。另，安大簡作“保衾與禱”，由“禱”字可知古本有从壽者，《韓詩》“幬”字適亦从壽，其巾旁與簡本之衣旁義近可互作，故整理者定簡本之文乃“幬”之異體，據此，《韓詩》用字淵源較古，至可與竹簡古本互證。

江有汜

江有渚。

【彙輯】

《章句》:水一溢一否爲渚。(法國藏 P.2528 敦煌鈔本《文選·西京賦》殘卷李善注,今本善注脱"一否"。《經典釋文》卷五、日僧源順《倭名類聚抄》卷一"渚"字條亦引此文,無"水"。皆未若法藏鈔本殘卷詳備。)

【通考】

胡承珙云:"《釋文》引《韓詩》:'一溢一否曰渚。'謂水溢於此則涸於彼,猶俗所謂東坍西漲者。《鄭箋》謂:'江水流而渚留。'亦取此意。"(《毛詩後箋》卷二)

陳奐云:"《韓詩章句》:'水一溢而爲渚。''溢',讀如《禹貢》'溢爲熒'之'溢'。"(《詩毛氏傳疏》卷二)

錢玫云:"《釋文》與《文選》注訓'渚'不同者,有《内傳》,有《章句》之别。"(《韓詩内傳並薛君章句考》卷一)

丁晏云:"《爾雅》亦云:'泉一見一否爲瀸。'謂有時溢、有時涸也。"(《詩考補注·韓詩》)

魏源云:"《釋文》引《韓詩》:'一溢一否曰渚。'謂此溢則彼涸,以喻夫家盛衰無常,女子不可以盛衰爲去就。"(道光中刻二十卷本《詩古微》中編之一《二南答問·召南答問》)

陳喬樅云:"《爾雅·釋水》云:'水中可居者曰洲。小洲曰渚。'李巡曰:'四方皆有水,中央獨高可處,故云。但大小異其名耳。'劉熙《釋名》云:'渚,遮也。體高能遮水,使從旁回也。'與《爾雅》訓義亦近。《韓詩》云'水一溢一否'者,謂一溢而一涸,即今俗所謂'水濱之洲,東坍而西漲'者也。《毛傳》云:'渚,小洲也。'水枝成渚,亦謂江水之枝分者溢而成渚耳。"(《韓詩遺説考》卷一之一)

王先謙云:"水中小洲曰'渚',洲旁之小水亦稱'渚'。《鶴鳴》:'魚在于渚,或潛在淵。''渚'與'淵'對文,是水深者爲'淵',淺者爲

'渚'。《楚辭·湘君》注:'渚,水涯也。'足證'渚'非無水之地。《韓詩》:'水一溢一否。'謂水甫溢入,繼無來源,暫時渟聚,故謂之'渚'。《説文》:'洔,水暫益且止未減也。''洔'與'渚'同義,'益'即'溢'也。'暫益且止',即'一溢一否'之謂,許説與韓義正合。薛云'一溢爲渚',亦謂水流溢於旁地,而渟聚者爲渚。蓋渚之爲言'瀦'也,水決入它水,而仍流入本水者曰'汜'。水決,即入本水者曰'沱',決出而不復有所入者曰'渚'。"(《詩三家義集疏》卷二)

冠南按:錢玫未及見敦煌寫本《文選》李善注,故不知今本善注誤脱"一否"二字,遂以之爲《内傳》《章句》之别,不知《内傳》非訓經之著,與《章句》體有不同。王先謙亦未見善注原貌,故就"一溢爲渚"强加解釋,反不及胡承珙、陳喬樅等特解"一溢一否"之爲當。

其嘯也歌。

【彙輯】

《章句》:歌無章曲曰嘯。(《一切經音義》卷一五"吟嘯"條)

【通考】

顧震福云:"《毛詩》'嘯'作'歗',《傳》無訓,《箋》云:'歗,蹙口而出聲。'《中谷有蓷》:'條其歗矣。'《白華》:'歗歌傷懷。'《釋文》並云:'歗,本作"嘯"。'《説文·口部》:'嘯,吹聲也。籀文從欠作"歗"。''欠部'又出'歗'字,云:'吟也。'《玄應音義》二十二引《三倉》亦云:'嘯,吹聲也。'震福案:封演《聞見記》云:'激於舌端而清謂之嘯。'成公綏《嘯賦》云:'動脣有曲,發口成音。觸類感物,因歌成吟。'蓋嘯者蹙口激舌,其聲清長,有似歌曲而不成章。《初學記》十五引《韓詩章句》云:'有章曲曰歌,無章曲曰謡。'《園有桃》:'我歌且謡。'《毛傳》云:'曲合樂曰歌,徒歌曰謡。'本《爾雅·釋樂》'徒歌謂之謡'爲訓。孫炎注《爾雅》曰:'聲消摇也。'嘯蓋與謡相似,故韓均謂'無章曲'。"(《韓詩遺説續考》卷一)

王先謙云:"《韓詩·園有桃》章句云:'有章曲曰歌,無章曲曰謡。'此'嘯'無章曲而亦得稱'歌'者,發聲清激,近似高歌耳。詠歎攄懷，自明作詩之恉，《易林》所謂'恨悔'也，與《白華》'嘯歌傷懷'同意。凡言'歗'者，感傷之詞。《中谷有蓷》之'條其歗矣'，亦一證也。若謂嫡悔過而蹙口作歌，於義難通。陳氏奐以爲媵備數而與君子歗歌，與感傷之詞不合，且與上句文義不屬也。"（《詩三家義集疏》卷二）

何彼茙矣

何彼茙矣。（《經典釋文》卷五"何彼襛矣"條："《韓詩》作'茙'。"）

【通考】

馬瑞辰云："《說文》：'襛，衣厚皃。'又：'醲，酒厚也。''濃，露之厚也。'《玉篇》：'農，厚也。'从'農'者多有'厚'意，'厚'與'盛'義近，戎戎即盛貌也。《韓詩》作'茙'，'戎'即'茙'字之省。'戎'又通'茸'，《左傳》'狐裘尨茸'即《詩》'狐裘蒙戎'可證。《說文》無'茙'字，惟曰：'茸，草茸茸皃。''戎戎'即'茸茸'也。籒文'茸'作'䔮'。《說文》又曰：'芮芮，艸生皃。'段玉裁曰：'芮芮與茙茙雙聲，柔細之狀。'"（《毛詩傳箋通釋》卷三）

陳鱣云："《韓詩》作'茙'，疑當作'戎'。蓋毛即以'戎'訓'襛'，故曰：'猶戎戎也。'"（《簡莊疏記》卷三）

陳奐云："《韓詩》作'茙'。《說文》無'茙'字，疑'茙'即'茸'之異體。"（《詩毛氏傳疏》卷二）

徐堂云："《毛傳》：'襛，猶戎戎也。'《正義》曰：'戎戎者，華形貌。'韓作'茙'，'茙'與'戎'通。《集韻·一東》：'茙，茙葵，草名。一曰：茙茙，厚貌。通作戎。'《爾雅·釋草》：'菺，茙葵。'《釋文》：'茙，本作戎。'"（《韓詩述》卷一）

王先謙云："《釋草》：'菺，茙葵。'《釋文》云：'茙，本作"戎"。'又'戎叔'，《列子·立命篇》作'茙菽'，是'茙''戎'同字。《傳》云'襛，猶戎戎'，正釋'襛'爲'茙'，因借字義不可通，以正字明之。"（《詩三家義集疏》卷二）

冠南按：韓作"茙"，通"戎"；毛作"襛"，訓"戎"。二家字異而義同。

騶　虞

吁嗟乎騶虞。

【彙輯】

《章句》：騶虞，天子掌鳥獸官。(《周禮》卷二四《鍾師》賈公彦疏引《五經異義》)

【通考】

陳壽祺云："《文選·魏都賦》張載注引《魯詩傳》曰：'古有梁騶。梁騶，天子之田也。'《東都賦》李善注引'騶'作'鄒'。《禮記·射義》：'《騶虞》，樂官備也。'賈誼《新書·禮篇》：'騶者，天子之囿也。虞者，囿之司獸者也。'《儀禮·鄉射禮》注：'其《詩》有"一發五豝、五豵"之言，樂得賢者衆多，歎思至仁之人，以充其官。'此皆與《韓》《魯詩》説合。"(《韓詩遺説考》卷一之一。陳氏《五經異義疏證》卷下按語與此全同。)

皮錫瑞云："《周禮·鍾師》：'王奏《騶虞》。'《儀禮·鄉射》：'奏《騶虞》。'《禮記·樂記》：'右射《騶虞》。'《射義》：'天子以《騶虞》爲節。'皆指《詩》之《騶虞》而言。《射義》又解之曰：'《騶虞》者，樂官備也。是故天子以備官爲節。'以經解經，最塙。韓、魯説與之合，故可據鄭注《鄉射》《射義》是也。若許君引《山海經》《鄒書》以證《毛詩》，此雖古書，然但以'騶虞'爲獸，未嘗以此'騶虞'即《詩》之'騶虞'也。"(《駁五經異義疏證》卷三)又云："賈誼《新書·禮篇》：'騶者，天子之囿也。虞者，囿之司獸者也。'《儀禮·鄉射禮》注：'其《詩》有"一發五豝、五豵，于嗟騶虞"之言，樂得賢者衆多，歎思至仁之人以充其官。'《禮記·射義》：'《騶虞》者，樂官備也。'注：'樂官備者，謂《騶虞》曰："壹發五豝。"喻得賢者多也；"于嗟乎騶虞"，歎仁人也。'皆與《韓》《魯詩》合。《文選·魏都賦》注引《魯詩傳》曰：'古有梁騶。梁騶，天子獵之田也。'韓義蓋與魯同。若《山海經》《逸周書》《尚書大傳》雖言'騶虞'，而未嘗明言即《詩》之'騶虞'。漢初大儒如申公、韓太傅、賈太傳，必無不見《山海經》《逸周書》，而不引以解《詩》之'騶虞'者，知彼所言'騶虞'，非《詩》之所言'騶虞'也。《毛詩》晚出，見'騶虞'二字偶合，遂據以易三家舊説，撰出'義獸'二字，以配麟之仁獸。"(《經學通論·詩經》"論毛義不及三家，略舉典禮數端可證"條)

王先謙云："'天子'，謂文王。《孟子·滕文公》趙注：'虞人，守苑囿之吏也。囿中有鳥獸，皆其所掌。'《易·屯卦》虞注：'虞，謂虞人，掌鳥獸者。'與此説同。《新書》云：'虞者，囿之司獸者也。'因詩詠'豝''豵'，故專以獸言，非此虞但司獸也。"(《詩三家義集疏》卷二)

冠南按："騶虞"有二義，一爲司獸之官，一爲義獸。韓取前義，毛取後義。然就《騶虞》之詩而言，先言葭、豝，顯爲田獵之境，故接以司獸之官，與前文適相匹稱，且亦合於古射獵之禮。若據《毛傳》，則"殪豝、豵之後，忽雜以白質黑文、不食生物之獸，上擬其君，辭既不達，禮亦不順"(俞正燮《癸巳類稿》卷二《詩騶虞義》。此文以六證駁《毛傳》，切中肯綮，文繁不録)，顯不可從。

韓詩佚文彙輯通考卷四

邶　　風

柏　舟

【通考】

冠南按：李樗云："《柏舟》之詩，《毛詩》則以爲仁人不遇，《韓詩》則以爲衛宣姜自誓所作。"(《毛詩集解》卷一)王應麟據此收入《詩考·韓詩》中。然後人多不以此説爲然。如胡承珙云："王氏《詩考》又引李迂仲以《韓詩》云：'衛宣姜自誓所作。'(今李氏《李黄集解》無此語)考衛之宣姜，乃《鶉奔》所刺，此外别無宣姜。故嚴華谷據《孔叢子》所載孔子讀《柏舟》語(《孔叢》云："吾於《柏舟》，見匹夫執志之不可易。")，定以爲非婦人之詩。"(《毛詩後箋》卷三)考《列女傳·貞順傳·衛宣夫人》云："夫人者，齊侯之女也。嫁於衛，至城門而衛君死。保母曰：'可以還矣。'女不聽，遂入，持三年之喪，畢，弟立，請曰：'衛小國也，不容二庖，請願同庖。'終不聽。衛君使人愬於齊兄弟，齊兄弟皆欲與君，使人告女，女終不聽，乃作詩曰：'我心匪石，不可轉也。我心匪席，不可卷也。'厄窮而不閔，勞辱而不苟，然後能自致也，言不失也，然後可以濟難矣。《詩》曰：'威儀棣棣，不可選也。'言其左右無賢臣，皆順其君之意也。君子美其貞壹，故舉而列之於《詩》也。"(王照圓《列女傳補注》卷四)此傳所記乃衛宣夫人賦《柏舟》以明志之事，與李樗所謂"衛宣姜自誓所作"大抵相合(按衛宣夫人與衛宣姜非一人，前見《列女傳》卷三，後見《列女傳》卷七，樗溷而爲一)。故頗疑李樗此說本之於《列女傳》,此書非《韓詩》著作,故不宜歸入韓說,然李氏以之爲韓說者,意其以劉向爲《韓詩》家,故以劉氏所撰《列女傳》爲《韓詩》說(《毛詩集解》所載"《韓詩》"遺說多係櫽栝《列女傳》而來,此亦李氏以《列女傳》所載《詩》說爲《韓詩》之證)。以下凡《李黄毛詩集解》自櫽栝《列女傳》所得"《韓詩》"遺說,本書不再收録辨析。

耿耿不寐,如有殷憂。(《文選》卷十六《歎逝賦》、卷二十三《詠懷詩》、卷二十五《答靈運》、卷三十七《勸進表》、卷五十三《養生論》李善注)

【通考】

宋綿初云:"《通俗文》曰:'雷聲曰磤。'《玉篇》曰:'磤,雷聲。亦作䨠。'《毛詩·召南·殷其靁》音隱。《北門》:'憂心殷殷。'《釋文》:'殷,於斤反,又音隱。'此云'殷憂',《毛詩》作'隱憂','殷'與'隱'古字通也。"(《韓詩内傳徵》卷一)

王引之云:"《邶風·柏舟篇》:'耿耿不寐,如有隱憂。'《毛傳》曰:'隱,痛也。'《正義》曰:'如人有痛疾之憂。'引之謹案:'如',讀爲而。惟有隱憂,是以不寐,非謂若有隱憂也。《易林·屯之乾》曰:'耿耿寤寐,心懷大憂。'得詩人之旨矣。'隱'即'憂心慇慇'之'慇'字,或作'殷',《淮南·說山篇》注引《詩》作'如有殷憂',《文選》陸機《歎逝賦》注、阮籍《詠懷詩》注、謝瞻《答靈運詩》注、劉琨《勸進表》注、嵇康《養生論》注引《韓詩》並作'如有殷憂'。《說文》曰:'慇,痛也。'《廣雅》曰:'殷,痛也。'此《傳》曰:'隱,痛也。'《小雅·正月篇》:'憂心慇慇。'彼《傳》曰:'慇慇然痛也。'《楚辭·九歎》:'志隱隱而鬱佛兮。'王注曰:'隱隱,憂也。'引《詩》:'憂心隱隱。'皆其證。又案《易林》:'耿耿寤寐,心懷大憂。'以'大'代'殷',蓋三家《詩》有訓'殷'爲'大'者。(《喪大記》:"主人具殷奠之禮。"鄭注:"殷,猶大也。"《莊子·秋水篇》曰:"精,小之微也;垺,大之殷也。"亦通作"隱"。《楚辭·九歎》:"帶隱虹之逶蛇。"王注:"隱,大也。")《楚辭·哀時命》:'夜炯炯而不寐兮,懷隱憂而歷兹。'王注亦以'隱憂'爲'大憂'。隱,一本作'殷'。"(《經義述聞》卷五《毛詩上》"如有隱憂"條)

馬瑞辰云:"'殷''隱'古同聲通用,'隱'者,'慇'之假借。《說文》:‘慇,痛也。’《文選注》五引《韓詩》作‘殷憂’,李注:‘殷,憂也。’《廣雅》:‘殷,痛也。’‘殷’亦‘慇’之省借。‘隱憂’‘殷憂’皆二字同義,猶《詩》‘我心憂傷’‘我心傷悲’之類。”(《毛詩傳箋通釋》卷四)

馮登府云:“‘殷’與‘隱’通。《易·豫》:‘殷薦之上帝。’京房作‘隱’。伏生《書傳·説命》:‘以孝子之隱乎!’鄭注:‘隱,痛。字或作殷。’《廣成頌》:‘殷起乎山林。’注:‘殷即隱。’《劉熊碑》:‘勤恤民隱。’洪氏以‘殷’爲‘隱’。《上林賦》:‘殷天動地。’善注:‘殷猶隱。’‘沈沈殷殷。’李注:‘一作隱,音義同。’‘憂心殷殷’,《楚詞章句》作‘隱隱’。”(《三家詩異文疏證·韓詩》)

朱士端云:“《毛詩》作‘隱’,‘殷’‘隱’古音同列‘真部’。”(《齊魯韓三家詩釋·韓詩》)

丁晏云:“《毛詩》作‘隱’,古‘殷’亦讀爲‘隱’。”(《詩考補注·韓詩》)

徐堂云:“案《淮南·説山篇》高注引《詩》亦作‘殷’,蓋據《韓詩》也。《禮記·曾子問》:‘服除而後殷祭。’鄭注:‘殷,大也。’《焦氏易林》曰:‘耿耿寤寐,心懷大憂。’古人多以訓語代經文,則《韓詩》作‘殷’,義必訓‘大’也。‘殷’‘隱’古字通用。《漢書·揚雄傳》:‘殷殷軫軫。’顏注:‘殷,讀曰隱。’”(《韓詩述》卷二)

冠南按:上引諸説並可證“殷”“隱”通用,訓“痛”或“憂”。王引之、徐堂以爲訓“大”,亦可備一解。另,敦煌P.2529古鈔本《毛詩》作“如有殷憂”,與《韓詩》同文。

我心匪鑒,不可以茹。(《韓詩外傳》卷一第十一章)

我心匪石,不可轉也;我心匪席,不可卷也。(《韓詩外傳》卷一第八章、第九章、第十章。《韓詩外傳》卷九第六章僅引“我心匪石,不可轉也”)

憂心悄悄,愠于群小。(《韓詩外傳》卷一第十二章)

【通考】

王先謙云:“《車舝》釋文引《韓詩》:‘以愠我心。’薛君《章句》:‘愠,恚也。’此韓説亦當訓‘恚’。《説文》:‘恚,恨也。’‘怒,恚也。’‘愠,怒也。’(《衆經音義》十引作“怨也”,誤;五及十三引與今本同。)與薛説合。《廣雅·釋詁》:'愠,怒也。'蓋魯、韓義皆訓'愠'爲'怒','愠于群小',以不聽從群小人之言,爲所愠怒。上'怒'謂齊兄弟,此群小之愠謂衛諸臣,二句連三章爲義,與二章語句多寡不同,而意則相配。若以愠屬己言,是愠群小非愠于群小矣。《孟子·盡心篇》引此二語以況孔子,最合詩指。"(《詩三家義集疏》卷三上)

冠南按:先謙所謂"齊兄弟""衛諸臣"云云,乃據《列女傳·衛宣夫人傳》作解,未必此詩之本義。

胡臷而微。

【彙輯】

《章句》:臷,常也。(《經典釋文》卷五)

【通考】

胡承珙云:"《釋文》引《韓詩》'迭'作'臷',云:'臷,常也。'范氏《三家詩拾遺》云:'胡常而微,言日月至明,胡常有時而微,不照見我之憂思?'此解頗直截。"(《毛詩後箋》卷三。徐堂《韓詩述》卷二與之略同。)

馬瑞辰云:"《釋文》:'迭,《韓詩》作臷,音同,云:臷,常也。'瑞辰按:《十月之交》詩:'彼月而微,此日而微。'《箋》云:'微,謂不明也。即謂日月之食。''微'有隱義,《説文》:'微,隱行也。'隱則不明,故爲日月食不明之象。此詩'胡迭而微','迭''佚'古通用。《方言》:'佚,代也。'《廣雅》:'迭,代也。'謂日月更迭而食爲不明。《易林·升之革》曰:'日居月諸,遇暗不明。'得其義矣。古者以日食爲陰侵陽,月食爲陰失明,故詩以不明喻君臣之失道。《箋》訓'微'爲'虧傷',謂日之虧傷如月,失之。'迭'從失聲,古'秩'與'程'雙聲通用。《韓詩》作'臷',蓋'戜'字之或體。'迭'通作'戜',猶《堯典》'平秩',《史記》作'便程',《説文》引《虞書》作'平豑';《巧言》詩:'秩秩大猷。'《説文》作'戜戜',又'䞣'字注'讀若《詩》"威儀秩秩"'也。'迭'古音近'替',故《少牢·饋食禮》:'勿替引之。'鄭注:'替,古文爲袂,或爲戜。'錢大昕以'袂'爲'秩'之譌,是也。'迭'音又近'鐵',故《春秋》:'戰於鐵。'《公羊經》作'秩'。'戜''至'音亦相近,《爾雅》:'晊,大也。'《説文》:

‘戜,大也。’‘戜’即‘眰’也,故‘戜’字又作‘截’耳。毛、韓字異而音義並同。説《韓詩》者訓‘截’爲‘常’,失之。”(《毛詩傳箋通釋》卷四)

馮登府云:“《韓詩》‘迭’作‘截’,云:‘常也。’謂夫婦失其常道也。”(《三家詩遺説》卷二)又云:“《儀禮·少牢》:‘勿替引之。’注:‘替,古文爲袂,或爲截。’錢氏大昕曰:‘“袂”是“秩”之譌文。’《説文》引‘秩秩大猷’,作‘截’,是‘截’即‘秩’,‘秩’即‘替’之古文,(《廣韻》:“秩,常也。”《釋文》訓“截”亦作“常”。)‘秩’‘迭’皆從失得聲,是‘迭’‘截’音近,故得借。‘胡常而微’,言日月有常明,胡有時而微也。”(《三家詩異文疏證·韓詩》)

丁晏云:“今《詩》作‘迭’,古‘秩’‘迭’‘截’並聲相近。”(《詩考補注·韓詩》)

陳喬樅云:“‘截’,《毛詩》作‘迭’。考《廣雅》:‘迭,代也。’則《毛詩》‘迭微’,當訓爲更迭而食。韓訓爲‘常’,文義與毛並異。范家相《三家詩拾遺》曰:‘胡常而微者,言日月至明,胡常有時而微,不照見我之憂思也。’此解爲得韓義。‘迭’得通‘截’者,‘迭’與‘秩’通,‘截’字蓋‘戜’之或體。《巧言》詩:‘秩秩大猷。’《説文》作‘戜戜’,又‘䠶’字注云‘讀若《詩》“威儀秩秩”’是也。‘截’得訓‘常’者,韓蓋以‘截’爲‘秩’之假借。《爾雅·釋詁》云:‘秩,常也。’又《賓之初筵》詩:‘不知其秩。’《烈祖》頌:‘有秩斯祜。’《毛傳》並云:‘秩,常也。’是其義已。”(《韓詩遺説考》卷一之二)

緑　衣

緑衣黄裳。

【彙輯】

《章句》:衣下曰裳。(《一切經音義》卷九二“僪裳”條)

【通考】

顧震福云:“《緑衣》:‘緑衣黄裳。’《東方未明》:‘顛倒衣裳。’《毛傳》並云:‘上曰衣,下曰裳。’《説文》《釋名》《玉篇》《廣韻》同。《説文》:‘常,下帬也。或從衣作裳。’‘帬,下裳也。’《釋名》同。《急就篇》

顔注：'帬，即裳也。'"（《韓詩遺説續考》卷一）

冠南按：《章句》所釋乃古服之定制，"凡服，上曰衣，下曰裳"（《釋名·釋衣服》）。以喪服而論，則"上曰衰，下曰裳"（《儀禮·喪服》鄭玄注）。並可證"裳"乃下服之稱。

燕　燕

仲氏任只。

【彙輯】

《章句》：仲，中也，言位在中也。（玄應《衆經音義》卷九"伯仲"條。慧琳《一切經音義》卷四六"伯仲"條僅引"仲，中也"。）

【通考】

陳奂云："《衆經音義》卷九引《韓詩》云：'仲，中也，言位在中也。'是韓不以'仲'爲字（冠南按：《毛傳》以"仲"爲"戴嬀字"）矣。諸侯一取九女，皆有列位。《小星》：'寔命不同。'《傳》：'命不得同於列位也。'同列位者，稱貴妾。戴嬀之位在中，故稱'仲'。韓與毛不同，其義甚古，必有師承。"（《詩毛氏傳疏》卷三）

陳喬樅云："《玉篇》三'人部'引《詩》：'仲氏任只。仲，中也。'不云《韓詩》，然與毛、鄭義異。而'仲，中也'三字又與《衆經音義》引合，則皆《韓詩》無疑也。"（《韓詩遺説考》卷一之二）

錢玫云："《釋名·親屬》：'父弟曰仲父。'文同。"（《韓詩内傳並薛君章句考》卷四）

王先謙云："《禮·大傳》注：'位，謂齒列也。'女子以伯仲爲字，位在中者，言此婦之字齒列在仲。"（《詩三家義集疏》卷三上）

冠南按：錢云"文同"，謂《釋名·釋親屬》："父之弟曰仲父。仲，中也，位在中也。"王先慎注引《説文》："仲，中也。"（王先謙《釋名疏證補》卷三引）是"仲"古義即訓"中"。《淮南子·天文訓》："太陰在四仲。"高誘注："仲，中也。"《禮記·月令》："仲春之月。"鄭玄注："仲，中也。"道璿《華嚴傳音義》卷一"壤仲"條云："（仲）中也，位在中也。"（丁鋒《東渡唐僧道璿及其〈華嚴傳音義〉研究》卷下《〈華嚴傳音義〉全文校釋》）亦用此義。

日　月

胡能有定。（《韓詩外傳》卷九第十四章）

乃如之人兮，德音無良。（《韓詩外傳》卷一第十九章）

報我不術。（《文選》卷五五《廣絶交論》李善注）

【彙輯】

《章句》：術，法也。（《文選》卷五五《廣絶交論》李善注、慧琳《一切經音義》卷三“技術”條、卷一五“射術”條、卷二十“幻術”條）

【通考】

惠棟云：“《日月》云：‘報我不述。’《傳》云：‘述，循也。’《箋》云：‘不循禮也。’《釋文》云：‘述，本亦作術。’《文選》注引《韓詩》曰：‘報我不術。’薛君曰：‘術，法也。’棟案：術，古文‘述’。薛夫子訓爲‘法’，非也。”（《九經古義》卷五）

沈清瑞云：“《毛詩釋文》曰：‘述，本亦作術。’蓋‘述’與‘術’古通用。”（《韓詩故》卷上）

宋綿初云：“《祭義》云：‘術省之。’賈山《至言》：‘術追厥功。’《孟郁堯廟碑》：‘濟陰吏士，歌術功稱，萬世長存。’《韓勑修孔廟後碑》：‘異人同心，共術德政。’《靈臺碑陰》：‘州里偁術。’《樊敏碑》：‘臣子褒術，刊石勒銘。’義皆作‘述’也。《唐君頌》：‘躭樂道述。’義又作‘術’也。‘術’‘述’古通用。”（《韓詩内傳徵》卷一）

郝懿行云：“《詩》：‘報我不述。’《釋文》：‘述，本亦作術。’《文選·廣絶交論》注引《韓詩》作‘報我不術’。《士喪禮》注：‘古文“述”皆作“術”。’按‘術’，《韓詩》云：‘法也。’‘法’與‘律’，其義又同矣。律者，《釋詁》云：‘常也，法也。’奉爲常法，即述之義，故又訓述。”（《爾雅義疏》卷上之二《釋言》）

馬瑞辰云：“‘報我不述’，《傳》：‘述，循也。’《釋文》：‘述，本亦作術。’瑞辰按：《文選》李善注引《韓詩》正作‘術’，薛君云：‘術，法也。’

據《儀禮・士喪禮》:"不述命。"鄭注:'古文"述"皆作"術"。'蓋'述''術'皆从朮聲,故通用。"(《毛詩傳箋通釋》卷四)

朱士端云:"《毛詩》作'述','術''述'聲同。《爾雅・釋言》:'律、遹,述也。'《釋詁》:'律,法也。'古'術''述''遹'皆通。'術'之訓'法',可補《爾雅》所未備。《毛傳》:'述,循也。'《箋》云:'不述,不循禮也。'《釋文》:'述,本亦作術。'據此,則《釋文》云'本作術'者,與韓同也,故知《釋文》亦多引《韓詩》。又《爾雅・釋詁》:'遹、遵、率,循也。'觀《爾雅》互訓之例,'術''述''遹'三字並相通用無疑。《鄭箋》云:'不循禮也。'亦與薛君訓'法'義不殊。"(《齊魯韓三家詩釋・韓詩》)

徐堂云:"《儀禮・士喪禮》:'筮人許諾,不述。'鄭注:'古文"述"皆作"術"。'是'術''述'古今字,而毛訓爲'循',韓訓'法',則義異矣。鄭氏《文王世子》注、《廣雅・釋詁》、楊氏《荀子・修身篇》注並云:'術,法也。'本此。"(《韓詩述》卷二)

俞樾云:"《傳》曰:'述,循也。'《箋》云:'不循禮也。'樾謹案:報我不循,於義未明。鄭以不循禮足成其義,疑亦非經旨也。《釋文》曰:'述,本亦作術。'當從之。《説文・行部》:'術,邑中道也。'道德之道與道路之道本無異義,故《禮記・樂記篇》:'不接心術。'《大傳篇》:'服術有六。'鄭注並曰:'術,猶道也。'然則'不術'猶'不道',言報我不以道也。《文選・廣絶交論》注引《韓詩》曰:'報我不術。'薛君曰:'術,法也。'是作'述'者《毛詩》,作'術'者《韓詩》。'術'正字,'述'假字也。薛義視毛義爲長,然訓'術'爲'法',不如訓'術'爲'道'於義更安矣。"(《群經平議》卷八"報我不述"條)

冠南按:"術""述"通用,上引諸説已詳論之,確然可從。惟《章句》訓"術"爲"法",則頗致聚訟。郝懿行以"法"與"律"義通,而"律"訓"常""法",故申釋《章句》之"法"(即"律")爲"奉爲常法",據此,則"報我不術"義當爲"不以常法報我";俞樾雖以"法"義可從,然以爲未若訓爲"道"義,據此,則"報我不術"義當爲"報我不以道",即"不以常道報我"。按《章句》訓"術"爲"法","法"即法則、規則之義,法則、規則爲常人所共循，故爲常道，是以“常法”與“常道”義實相通，並常規之義。故郝説、俞説訓字異而釋義同。惠棟以《章句》之訓非是，則未達“術”之訓“道”，而“道”“法”義通。

終　風

終風且暴。

【彙輯】

《章句》：終風，西風也。(《經典釋文》卷五)時風又且暴，使己思益隆。(《文選》卷二四《爲顧彦先贈婦》李善注)

【通考】

〔終風西風也〕

王念孫云：“《終風篇》：‘終風且暴。’《毛詩》曰：‘終日風爲終風。’《韓詩》曰：‘終風，西風也。’此皆緣詞生訓，非經文本義。‘終’猶‘既’也，言既風且暴也。(《爾雅》曰：“南風謂之凱風，東風謂之穀風，北風謂之涼風，西風謂之泰風，焚輪謂之頹，回風爲飄。”以上六句通釋詩詞而不及終風。又曰：“日出而風爲暴，風而雨土爲霾，陰而風爲曀。”以上三句專釋此詩之文而亦不及終風。然則“終”爲語詞明矣。)《燕燕》曰：‘終温且惠，淑慎其身。’《北門》曰：‘終窶且貧，莫知我艱。’《小雅・伐木》曰：‘神之聽之，終和且平’。(《商頌・那》曰：“既和且平。”)《甫田》曰：‘禾易長畝，終善且有。’《正月》曰：‘終其永懷，又窘陰雨。’‘終’字皆當訓爲‘既’。(《王風・葛藟篇》：“終遠兄弟。”言既遠兄弟也。《鄭風・揚之水篇》：“終鮮兄弟。”言既鮮兄弟也。《鄘風・定之方中篇》：“終然允臧。”言既而允臧也。《列女傳・楚昭越姬》曰：“昔吾先君莊王淫樂三年，不聽政事，終而能改，卒霸天下。”言既而能改也。)‘既’‘終’，語之轉。‘既已’之‘既’轉爲‘終’，猶‘既盡’之‘既’轉爲‘終’耳。解者皆失之。”(王引之《經義述聞》卷五《毛詩上》“終風且暴”條引)

胡承珙云：“《韓詩》以‘終風’爲‘西風’，雖於古無考，然謂其‘緣辭生訓’，則‘終’之與‘西’，殊不相涉。竊嘗以意説之，《韓詩》‘終風’，疑本作‘泰風’，故韓依《爾雅》釋爲‘西風’。《説文》：‘宊，古文終。’又：‘冬，古文作𠔃。’又：‘泰，古文作夳。’是‘終’與‘泰’古文形近

易溷。《韓詩》自作'泰風'，與毛師承各異。"(《毛詩後箋》卷三)

陳奂云："《釋文》引《韓詩》云：'西風也。'《爾雅》：'西風謂之泰風。'泰，當作'大'。"(《詩毛氏傳疏》卷三)

冠南按："終"字之義，當以念孫之説爲當，承珙之言欲辯護韓説而未免迂折。

〔"時風"至"益隆"〕

魏源云："《文選》注引《韓詩章句》曰：'時風又且暴，使己思益隆。'爲陸士衡《代顧彦先贈婦詩》'隆思亂心曲'之所本。此夫婦之詞，而非母子。"(道光中刻二十卷本《詩古微》中編之二《衛風答問・邶鄘衛答問》)

王先謙云："薛云'時風'者，《爾雅》：'南風謂之凱風，東風謂之穀風，北風謂之涼風，西風謂之泰風，此四方之風應四時者也。'《詩》：'泰風有隧。'疏引孫炎云：'西風成物，物豐泰也。'泰風爲秋風，故薛以'時風'釋之。""下句云'使己思益隆'，《韓詩》以爲夫婦之詞。"(《詩三家義集疏》卷三上)

夏敬觀云："陸機用'隆思'字於《贈婦詩》，是見《韓詩》説《終風》爲夫婦之情。"(《毛詩序駁議》)

冠南按：魏、王、夏俱以《章句》"使己思益隆"之文及陸機《代顧彦先贈婦詩》爲據，推定《韓詩》以《終風》爲夫婦之辭，至塙。朱子云："詳味此詩，有夫妻之情，無母子之意。"(《詩集傳》卷首《詩序辨説》)適與《韓詩》説解相契。

謔浪笑敖。

【彙輯】

《章句》：浪，起也。(《經典釋文》卷五)

【通考】

馬瑞辰云："《正義》引舍人云：'浪，意萌也。''萌'字誤，當从《爾雅》邢疏引作'意閬'，'閬'謂高也。浪謂放浪，與高閬義近。《釋文》引《韓詩》云：'浪，起也。'放浪則意氣高，與'起'義亦相通。"(《毛詩傳箋通釋》卷四)

陳奐云："《韓詩》云：'浪，起也。'韓以'謔'字逗，謔則起笑敖，則亦以笑敖爲謔。"(《詩毛氏傳疏》卷三)

徐堂云："《爾雅・釋詁》疏引舍人曰：'浪，意萌也。'即'起'字之意。《淮南・俶真篇》高注：'萌，生也。'《莊子・外物篇》郭注：'生，起也。'則舍人'意萌'之訓與韓義合。"(《韓詩述》卷二)

王先謙云："阮元云：'韓説正是意萌之訓，謂如波之起。'浪之爲言謔無已也，萌、起二訓相成。"(《詩三家義集疏》卷三上)

冠南按：《爾雅・釋詁》舍人注雖有"意萌""意閬"二本，然俱含"起"義，不妨並存。

壇壇其陰。

【彙輯】

《章句》：壇壇，天陰塵也。(董逌《廣川詩故》，見吴國武《董逌〈廣川詩故〉輯考》，《北京大學中國古文獻研究集刊》第七輯，二〇〇八年。下引董書，俱以此文爲據，不再出注)

【通考】

胡承珙云："《詩考》引董氏云：'《韓詩》："壇壇其陰。"天陰塵也。'《説文・土部》：'壇，天陰塵(《玉篇》"塵"下有"起"字)也。《詩》曰："壇壇其陰。"'許從《韓詩》作'壇'，與毛字異。然天陰塵起，有風可知。訓雖小異，義實通也。"(《毛詩後箋》卷三)

馬瑞辰云："《韓詩》作'壇壇'，薛君《章句》曰：'壇壇，天陰塵也。'據《説文》：'曀，陰而風也。'引《詩》：'終風且曀。'又：'壇，天陰塵也。'引《詩》：'壇壇其陰。'是'壇'與'曀'異義，曀則陰而有風，壇則不必有風而常陰有塵。《韓詩》作'壇壇'，爲正字；《毛詩》作'曀'，假借字也。"(《毛詩傳箋通釋》卷四)

徐堂云："《説文》：'壇，天陰塵也。《詩》曰："壇壇其陰。"'《詩考》引董氏説，以爲《韓詩》。《一切經音義》十：'曀，古文作"壇"。'"(《韓詩述》卷二)

冠南按：據徐引《一切經音義》，則"壇""曀"爲今古文。《釋名》云："曀，翳也。言雲氣掩翳日光，使不明也。"(玄應《衆經音義》卷一"塵曀"條引作:“噎亦翳也,使日不明净也。”與今本微異)“掩翳日光,使不明也”與《説文》“壇,天陰塵也”義同,此“壇”“噎”同義之證。《説文》所記二字義有微别,此或各自成字後新起之義。

擊　鼓

土國城漕,我獨南行。

【彙輯】

《章句》:年二十行役,三十受兵,六十還兵。(孔穎達《禮記正義》卷十三《王制》疏引許慎《五經異義》。孔穎達《毛詩正義》卷二之一《邶風·擊鼓》疏、賈公彦《周禮注疏》卷二十三《大胥》疏引作“二十從役”,《後漢書》卷四七《班超傳》李賢注引作“二十行役,六十免役”)

【通考】

孔穎達云:“力政之役,二十受之,五十免之,故《韓詩》説‘二十從役’,《王制》云‘五十不從力政’是也;戎事,則《韓詩》説曰‘三十受兵,六十還兵’,《王制》云‘六十不與服戎’是也。蓋力政用力,故取丁壯之時,五十年力始衰,故早役之,早捨之。戎事須當閑習,三十乃始從役,未六十年力雖衰,戎事稀簡,猶可以從軍,故受之既晚,捨之亦晚。”(《毛詩正義》卷二之一《邶風·擊鼓》)

陳喬樅云:“《太平御覽》卷三百六引《白虎通》曰:‘王命法年三十受兵何?重絶人世也。師行不必反,戰不必勝,故須其有世嗣也。年六十歸兵者何?不忍鬭人父子也。’與《韓詩傳》説同。又《漢書·高帝紀》二年注,孟康曰:‘古者二十而傅,三年耕,有一年儲,故二十三而後役之。’《景帝紀》:‘二年,令天下男子年二十始傅。’師古注:‘傅,著也,言著民籍給公家徭役也。’《韓詩》説‘二十行役’,亦與《周禮》‘國中七尺以及六十皆征’之説合。”(《韓詩遺説考》卷一之二)

徐堂云:“‘役’謂城郭道渠之役,二十受之,五十免之。《王制》云‘五十不從力政’是也;‘兵’謂從軍,三十受兵,六十還兵,《王制》云‘六十不與服戎’是也。”(《韓詩述》卷二)

王先謙云："行役即從役，謂力政也。"(《詩三家義集疏》卷三上)

孫詒讓云："凡受夫田者，必任受兵。鄉大夫職國中七尺，止任力役，尚未受兵，此尤未受夫田之塙證。《王制》孔疏引《易》孟氏、《詩》韓氏説云：'二十行役，三十受兵，六十還兵。'受田歸田與受兵還兵年，必正相準。大抵男子年二十或已授室，則受餘夫之田，餘夫任行役，《小司徒》'田與追胥羨卒竭作'是也。至三十而丁衆成家，别自爲户，則爲正夫，受田百晦，正夫任受兵，即六軍及丘甸之卒是也。餘夫爲羨卒，正夫爲正卒，受田與受役、受兵，事亦正相當也。"(《周禮正義》卷二十四《載師》)

死生契闊。

【彙輯】

《章句》：契闊，約束也。(《經典釋文》卷五)

【通考】

洪頤煊云："契，刻也，讀如'契臂爲萌'之'契'。闊，遠也，言以死生相約，爲久遠之辭。《釋文》：'《韓詩》云：約束也。'亦是此意。"(《讀書叢録》"契闊"條)

范家相云："毛以'契濶'爲'勤苦'，不如韓長。《正義》曰：'"五人爲伍"，謂與其伍中之人相約束也。軍法有兩、卒、師、旅，其約亦可相及，獨言伍者，以執手相約，必與親近。《左傳》曰："不死伍乘，軍之大刑也。"是同伍相救，故舉以言之。'"(《三家詩拾遺》卷四)

馬瑞辰云："《釋文》云：'契闊，《韓詩》云：約束也。'瑞辰按：'契闊'二字雙聲。毛讀'契'如'契契寤歎'之'契'，故訓爲勤苦；韓讀'契'如'絜束'之'絜'，讀'闊'如'德音來括'之括，(《韓詩》："括，約束也。")故訓爲'約束'。但據下章'于嗟闊兮'，正承上'契闊'而言，則'契'當讀如'契合'之契，'闊'讀如'疏闊'之'闊'。《説文》：'闊，疏也。'《後漢書·臧洪傳》：'隔闊相思。''闊'亦闊别也。'契闊'與'死生'相對成文，猶云合離聚散耳。孫奕《示兒編》云：'契，合也。闊，離也。謂死生離合，與汝成誓言矣。'與予説正同。"(《毛詩傳箋通釋》卷四)

陳奂云："契闊爲軍中約束。"(《詩毛氏傳疏》卷三)

陳喬樅云："李善注《文選》劉琨《答盧諶詩》又引《韓詩章句》曰：'括，約束也。'《韓詩》解'契闊'爲'約束'，是以'契闊'爲'絜括'之假借。《説文·糸部》：'絜，麻一耑也。'段氏注云：'一耑，猶一束也。''手部'：'括，絜也。'又'人部'：'係，絜束也。'又'糸部'：'約，纏束也。'《玉篇》：'絜，約束也。''約，束也。'絜括之爲約束，此其義。胡承珙云：'死生絜括，言死生相與約結，不相離棄也。'後漢繁欽《定情篇》：'何以致契闊？繞腕雙跳脱。'魏武帝《短歌行》：'越陌度阡，枉用相存。契闊談讌，心念舊恩。'皆以'契闊'爲'約結'之義，與韓説同。"(《韓詩遺説考》卷一之二)

冠南按："契闊"有數義(詳柯汝鍔《甕天録》卷十一、馮登府《十三經詁答問》卷二)，韓訓"約束"，即誓約之義(猶《史記·廉頗藺相如列傳》所謂"堅明約束")，胡承珙所謂"言死生相與約結，不相離棄也"，最切《韓詩》之旨。

吁嗟夐兮。

【彙輯】

《章句》：夐，亦遠也。(《經典釋文》卷五)

【通考】

范家相云："《毛傳》釋'洵'爲'遠'，謂軍伍之疏遠也。韓作'夐'，遠，似嘆南行師期之遠。亦可通。"(《三家詩拾遺》卷四)

胡承珙云："錢曉徵曰：'古讀"夐"爲"絢"，"夐"與"洵"音相近。'承珙案：《文選·思玄賦》：'儵眩眃兮反常閭。'注引《倉頡篇》云：'眴，視不明也。'《靈光殿賦》：'目矎矎而喪精。'張載注云：'矎矎，目不正也。'是'矎矎'即'眴眴'。'洵'之爲'夐'，與此同例。毛訓'洵'爲'遠'，蓋以'洵'爲'夐'之假借耳。"(《毛詩後箋》卷三)

陳鱣云："《擊鼓》云：'于嗟洵兮。'《傳》：'洵，遠也。'《釋文》：'洵，《韓詩》作"夐"，"夐"亦遠也。'按：《説文》云：'夐，營求也，從夏從人在穴上。《商書》：高宗夢得説，使百工夐求，得之傅巖。巖，穴也。'《呂氏春秋·盡數》云：'爲夐明。'高注：'夐，大也，遠也。"夐"讀云"于嗟

敻兮”。’然則高誘所據本作‘敻’，蓋《韓詩》。”（《簡莊疏記》卷三）

馬瑞辰云：“《韓詩》作‘敻’，敻亦遠也。瑞辰按：《吕氏春秋·盡數篇》高注引《詩》：‘于嗟敻兮。’正本《韓詩》。《廣雅》：‘敻，遠也。’‘敻’之言‘迥’。《爾雅》：‘迥，遠也。’又曰：‘迥，遐也。’‘遐’亦遠也。《毛詩》作‘洵’，即‘敻’之假借。”（《毛詩傳箋通釋》卷四）

馮登府云：“《穀梁·文十四年傳》：‘敻千乘之國。’范注：‘敻猶遠。’《廣雅·釋詁》：‘敻，遠也。’即本《韓詩》。曹大家注《幽通賦》‘敻冥默而不周’云：‘敻，遠邈也。’班固《典引》：‘上哉敻乎！’相如《上林賦》：‘儵敻遠去。’注並訓‘遠’。是‘敻’本字，‘洵’是‘敻’之假借字也。”（《三家詩異文疏證·韓詩》）

陳奂云：“《管子·宙合篇》：‘諝充，言心也。’劉績《補注》云：‘諝，遠也。’‘諝’與‘敻’通。遠者，言遠行從軍也。”（《詩毛氏傳疏》卷三）

吴夌雲云：“《擊鼓》：‘于嗟洵兮。’《韓詩》作‘敻’，‘敻’亦遠也，與《傳》‘洵，遠’義同。案：‘敻’同‘詗’。《説文》：‘冂，象遠界也。’重文作‘冋’。迥，遠也。‘詗’亦有遠義。”（《吴氏遺著》卷一“洵兮”條）

錢玫云：“‘洵’字多假借字：有借爲‘均’者，‘洵直且侯’也；有借爲‘恂’者，‘洵美且都’‘洵訏且樂’也；併‘敻’，而假借凡三矣。”（《韓詩内傳並薛君章句考》卷一）

冠南按：“敻”義爲“遠”，上引諸説雖論證不同，要皆殊途同歸，毛作“洵”，亦訓爲“遠”，可徵漢儒以此義爲達詁。惟聞一多别立新意，以“洵”爲“縣”（即“懸”）之假，釋爲“久”，據此，則“于嗟洵兮，不我信兮”指“戍時之縣久，又失信於我，使不能如期以歸也”（《詩經通義甲》），此亦可備一解，唯稍嫌迂屈耳。

凱　風

簡簡黄鳥，載好其音。（《太平御覽》卷九二三）

【通考】

朱士端云：“《毛詩》作‘睍睆’，‘簡’蓋‘睍睆’二字之合聲，又即

‘簡’而重言之，故曰‘簡簡’耳，猶《詩》‘有洸有潰’，《傳》《箋》皆重言之曰‘洸洸’‘潰潰’也。”（《齊魯韓三家詩釋・韓詩》）

徐堂云：“‘簡簡’即‘睍睆’之假借。‘簡’‘睍’同聲也。”（《韓詩述》卷二）

王先謙云：“《考工記・弓人》：‘欲小簡而長。’鄭司農云：‘簡，讀爲“撊然登陴”之“撊”。’《釋天》釋文：‘僩，本作撊。’《荀子・榮辱篇》注：‘僩，與撊同。’是‘簡’‘僩’‘撊’三字音訓互通。《淇奥》：‘瑟兮僩兮。’《釋文》引《韓詩》云：‘僩，美貌。’‘簡簡’與‘撊然’‘僩兮’並爲狀物之詞，‘簡簡’猶‘僩僩’也。美、好同訓，‘簡簡’之爲美貌，猶‘睍睆’之爲好貌矣。别求通假，不若以韓詁韓較爲明了。”（《詩三家義集疏》卷三上）

冠南按：“簡簡”，一本作“簡斤”。清人有三説：一爲段玉裁云：“‘簡斤’，如‘簡關’之類，亦未必誤。”此以“簡斤黄鳥”爲是。二爲臧庸云：“余所據宋本作‘簡簡’，蓋《御覽》重文作匕，遂誤作斤。”（《韓詩遺説》卷上）此以“簡簡黄鳥”爲是。三爲陳喬樅云：“簡斤”之“斤”字“乃‘反’之訛，疑《韓詩》本作‘簡販黄鳥’，轉寫脱去目旁，僅存其半，爲‘反’字”（《韓詩遺説考》卷一之二）。此以“簡販黄鳥”爲是。今按王應麟引《御覽》已作“簡簡黄鳥”（《詩考・韓詩》），可知宋本《御覽》確作“簡簡”，本書所據中華書局影印涵芬樓藏宋本亦作“簡簡”，故仍定《韓詩》經文作“簡簡黄鳥”。上引諸説皆以“簡簡”爲假借，未有如字釋者，此蓋據《毛傳》爲解。按《爾雅・釋訓》：“丕丕、簡簡，大也。”郭璞注：“皆多大。”是“簡簡”有“多”義，簡簡黄鳥形況黄鳥衆多，以興下文“有子七人”，亦可通。

雄　雉

雄雉于飛。

【彙輯】

《章句》：雉，耿介之鳥也。（《文選》卷九《射雉賦》李善注）

【通考】

魏源云:"《韓詩章句》云:'雉,耿介之鳥也。'則是興其行役之君子。"(道光中刻二十卷本《詩古微》中編之二《衛風答問・邶鄘衛答問》)

王先謙云:"《詩》'雉'始見此篇。《選》注所引,當是此詩章句。《士相見禮》:'冬用雉。'注云:'士贄用雉者,取其耿介,交有時、别有倫也。'《章句》以雉爲耿介之鳥,知大夫妻以雄雉喻君子,非以喻淫亂之宣公。韓與《傳》《箋》異也。"(《詩三家義集疏》卷三上)

冠南按:"耿介"義爲"有以自守",亦作"狷介、扞格、格姦、間介"(説詳蔣禮鴻《義府續貂》"耿介、間介"條)。《周禮・春官・大宗伯》:"士執雉。"鄭注:"雉取其守介而死,不失其節。"(《周禮正義》卷三十五)《禮記・檀弓上》鄭玄注:"既告狐突乃雉經。"孔穎達疏云:"雉鼻耿介,被人所獲,必自屈折其頭而死。"(《禮記正義》卷六)李白《雉子斑》謂雉鳥"乍向草中耿介死,不求黄金籠下生"(王琦注《李太白全集》卷四),是雉之耿介,素爲前人所推重。《王風・兔爰》:"有兔爰爰,雉離於罦。"郝懿行釋云:"小人陰狡脱禍,君子耿介蒙殃。"(《詩問》卷一)亦以"雉"爲"君子耿介"之象。以上並可發明韓訓。

自詒伊阻。

【彙輯】

《章句》:阻,憂也。(慧琳《一切經音義》卷六"阻險"條。《原本玉篇》卷二十二"阻"字條引作"阻阻,憂也",衍一"阻"字。)

【通考】

顧震福云:"《毛傳》云:'阻,難也。'震福案:《廣韻》云:'阻,憂也。'即本《韓詩》説。《左傳》引《詩》:'我之懷矣,自詒伊戚。'王肅謂即《雄雉》之詩。馬元伯《毛詩傳箋通釋》曰:''阻"從"且"聲,"且"之言"藉"也。《國語》"甯戚",《亢倉子》作"甯藉"。"戚"亦"憂戚"之義。''"(《韓詩遺説續考》卷一)

王先謙云:"《説文》:'阻,險也。'《釋詁》:'阻,難也。'韓訓'憂',自'險難'義引申而出。詩以雄雉奮迅往飛,興君子勇於赴義,今久役

不歸而君莫不恤，乃自詒是險難之憂也。”(《詩三家義集疏》卷三上)

冠南按：顧説稍嫌迂曲，“阻”之訓“憂”，蓋由其本義“險”引申而出，先謙之説近是。詩人與所悦者因山川險阻而不得相見，憂從中出，其中況味，可與晏殊《浣溪沙》“滿目山河空念遠”之句相參伍。

瞻彼日月，悠悠我思。道之云遠，曷云能來？(《韓詩外傳》卷一第二十章)

不忮不求，何用不臧。(《韓詩外傳》卷一第十三章、第十四章、第十五章)

【通考】

魏源云：“‘不忮不求’，即耿介之本誼。”(道光中刻二十卷本《詩古微》中編之二《衛風答問·邶鄘衛答問》)

冠南按：上文《章句》訓“雉”爲“耿介之鳥”，魏源以爲“興其行役之君子”，是以“君子”有“耿介”之德，據此認識以釋詩，則卒章“不忮不求”即爲君子“耿介”品質之表徵。徐璈云：“《章句》以(雉)喻君子，雉性耿介，于末章義尤有當也。”(《詩經廣詁》卷三)此與魏説先後合轍。

匏有苦葉

深則厲，淺則揭。(《韓詩外傳》卷一第二十一章)

【彙輯】

《章句》：至心曰厲。(《經典釋文》卷五。“厲”，《原本玉篇》卷十九“砅”字條引作“砅”，可知《韓詩》亦有作“砅”之本)

【通考】

陳鱣云：“《釋文》引《韓詩》云：‘至心曰厲。’按《釋水》云：‘以衣涉水爲厲。’《左傳》疏引李巡云：‘不解衣而渡曰厲。’《説文》云：‘砅，履石渡水也。從水從石。《詩》曰：“深則砅。”’《玉篇》云：‘水深至心曰砅，今作厲。’《列子·説符》云：‘縣水三十仞，圜流九十里，有一丈夫方將厲之。’《楚詞·九歎》云：‘櫂舟杭以橫濿兮。’又云：‘絓汨羅以下濿。’王注：‘濿，渡也。由帶以上爲濿。’”(《簡莊疏記》卷三)

王引之云："《爾雅》曰：'濟有深涉，深則厲，淺則揭。揭者，揭衣也。以衣涉水爲厲，繇膝以下爲揭，繇膝以上爲涉，繇帶以上爲厲。'《釋文》引《韓詩》云：'至心曰厲。'謂之'至心'，即所云'由帶以上'，《韓詩》亦與《爾雅》同義也。"(《經義述聞》卷五《毛詩上》"深則厲、在彼淇厲"條)

胡承珙云："《釋文》引《韓詩》：'至心曰厲。'即《爾雅》'由帶以上'之義。"(《毛詩後箋》卷三)

馬瑞辰云："厲者，'濿'之省借。《説文》：'砅，履石渡水也。砅或从厲作濿。'據《釋文》引《韓詩》'至心曰厲'，知《玉篇》'水深至心曰砅'，義本《韓詩》。《爾雅》既云'以衣涉水爲厲'，又曰'由帶以上爲厲'，《毛傳》合而一之。蓋淺處揭衣可免濡濕，深'至心'及'由帶以上'則褰衣無益，故必須以衣涉水，《左傳正義》引李巡曰'不解衣而渡水曰厲'是也。《韓詩》'至心曰厲'，當指由帶以上言。"(《毛詩傳箋通釋》卷四)

陳奂云："'至心'即'由帶以上'。"(《詩毛氏傳疏》卷三)

王先謙云："王引之云：'《説文》以砅爲履石渡水，仍取渡涉之義，非以砅爲石橋。'其説得之。揭者，《説文》：'高舉也。'淺則褰裳涉之，故曰揭。水深淺隨時，故厲揭無定，喻涉世淺深，各有時宜也。"(《詩三家義集疏》卷三上)

冠南按：《原本玉篇》"砅"字條引《韓詩》作"至心曰砅"，據此可知《韓詩》亦有作"砅"之本。姚鼐云："《説文》有'砅'字，引《詩》：'深則砅。'不知爲誰家詩説。"(《惜抱軒筆記》卷二"深則厲"條)此未見《原本玉篇》之故。

煦日始旦。

【彙輯】

《章句》：煦，暖也。(《文選》卷五十五《演連珠》李善注、慧琳《一切經音義》卷九六"嫗煦"條)

【通考】

馬瑞辰云："《文選》李注五十五引《韓詩》'煦日始旦'，薛君《章句》曰：'煦，暖也。''煦'通作'昫'。《説文》：'昫，日出昷也。''煦，烝也。一曰赤貌，一曰昷潤也。'《周官》注引《司馬法》云：'旦明鼓五通爲發昫。'《易》：'盱豫。'《釋文》：'盱，姚作旴，云：日始出。'引《詩》：'旴日始旦。'旴、煦、旭，聲義並相近。《説文》無'旴'字，據《方言》注：'煦，讀如"州吁"之"吁"。'即'煦'也。《釋文》引徐音許袁反，則讀若暄。'暄''旭''煦'亦一聲之轉。《説文》無'暄'字，當即'烜'字之異體。"(《毛詩傳箋通釋》卷四)

陳喬樅云："煦日，《毛詩》作'旭日'，《傳》云：'旭，日始出，謂大昕之時。'與韓異。考《説文》：'煦，烝也。一曰赤貌，一曰昷潤也。'又'日部'：'昫，日出昷也。'義與'暖'同。《周禮》注引《司馬法》曰：'旦明鼓五通爲發昫。'是'昫'亦訓爲日始出。'旭''昫'一聲之轉，《韓詩》'煦'字當亦'昫'之假借。"(《韓詩遺説考》卷一之二)

高本漢云："《韓詩》(《文選》注引)作'煦日始旦'，訓'煦'爲'暖'。'煦'訓'暖氣'，參看《禮記・樂記》。《説文》：'昫，日出温也。'參看《墨子・經説上》'昫民'(以温和對待人民)。'煦'作'温暖'講，西漢時流行。"(《詩經注釋》三四)

冠南按：上引諸説，皆足以發明《章句》之意。惟《文選》善注僅引《章句》之訓詁，未引其所釋之經文，而馬氏、高氏徑謂《文選》注引《韓詩》經文"煦日始旦"，不免有失謹嚴。中國國家圖書館藏孫馮翼批校宋綿初《韓詩内傳徵》，於宋輯"煦日始旦"上有批語云："《文選》注不引經文，以義求之，當爲'日月方燠''燠'之異文，於古韻亦合。"可知清儒於此訓所釋經文仍存分歧，此皆《文選》注未明引經文所致。兹以"煦""旭"聲近可通，且"煦，暖"之訓契於"煦日始旦"之義，仍定其爲本詩之章句。

士如歸妻，迨冰未泮。

【彙輯】

《章句》：古者霜降逆女，冰泮則止。(賈公彦《周禮注疏》卷十四《地官・媒氏》疏)

【通考】

宋綿初云："《詩正義》謂荀卿、《家語》未可據信(冠南按：荀卿、《家語》之説詳下引徐堂説)。然《家語》誠王肅僞撰,《荀子》乃當代儒宗。王伯厚謂：'申、毛之詩,皆出荀子。'而《韓詩外傳》多引荀書。此云'霜降逆女,冰泮殺止',則其言非無自矣。《正義》申毛意,云：'九月至二月,皆可昏。'仍同韓説。又案《白虎通德論》曰：'嫁娶必以春者,春,天地始通,陰陽交接之時也。'《周官》曰：'仲春之月,合會男女,令男三十娶,女二十嫁。'《夏小正》曰：'二月冠子娶婦之時也。'皆主仲春爲昏期。然民間昏娶,孔多一年之中,何獨限以仲春一月乎?"(《韓詩内傳徵》卷一)

胡承珙云："嫁娶時月,毛、鄭異説,《東門之楊》傳云：'男女失時,不逮秋冬。'《正義》曰：'秋冬爲昏,經無正文。''《荀卿書》云："霜降逆女,冰泮殺止。"''荀在焚書之前,必當有所憑據。毛公親事荀卿,故亦以秋冬。《家語》云："群生閉藏爲陰,而爲化育之始,故聖人以合男女、窮天數也。霜降而婦功成,嫁娶者行焉;冰泮而農業起,昏禮殺於此。"又云："冬合男女,春頒爵位。"《家語》出自孔家,毛氏或見其事,故依用焉。''鄭不見《家語》,不信荀卿,以《周禮》指言"仲春之月,令會男女",故以仲春爲昏月。毛、鄭别自憑據以爲定解,詩内諸言昏月,皆各從其家。'《周官・媒氏》賈疏歷引王肅、馬昭、張融、孔晁諸儒之説,賈意則以鄭用仲春爲密。《通典》載庾蔚之謂：'王、鄭皆有證據,以人情言之,王爲優矣。'承珙案：毛義原本荀卿,王肅引《韓詩傳》亦曰：'古者霜降逆女,冰泮殺止。'是其源亦出自荀卿。《管子・幼官篇》：春三卯,'十二始卯,合男女';秋三酉,(今本亦作"卯",據惠氏《禮説》改正。)'十二始酉,合男女'。案：《管子》所謂'秋始酉',在白露之後,即《荀子》之'霜降迎女';'春始卯',在清明之後,即《荀子》之'冰泮殺止'也。《通典》引董仲舒書曰：'聖人以男女當天地之陰陽,天地之道,向秋冬而陰氣來,向春夏而陰氣去,故古之人霜降而迎女,冰泮而殺止,與陰俱近,與陽俱遠也。'《太玄》亦云：'納婦始秋分。'《管》《荀》

皆先秦古書，董、楊又漢代大儒，皆與《毛傳》後先脗合，其義不可易矣。王肅云：‘自馬氏以來，乃因《周官》而有二月。’蓋鄭説本於馬融。至馬昭申鄭，援證諸詩，則孔晁答云：‘“有女懷春”，謂女無禮過時，故思。“春日遲遲”，蠶桑始起，女心悲矣。“嘒彼小星”，喻妾侍從夫人。“蔽芾其樗”，喻行遇惡人。“熠燿其羽”，喻嫁娶盛飾。皆非仲春嫁娶之候。’（此據《通典》，與《周禮》賈疏所引微異。）昭又引《禮》：‘玄鳥至，祀高禖。’晁則以爲此求男之象，非嫁娶之候。其説皆孔優於馬。若張融所據《夏小正》‘二月綏多士女’，恐亦期盡蕃育之法，《泰》卦六五：‘帝乙歸妹’，‘爻辰在卯。’‘爻辰’者，鄭氏一家之説耳。其實鄭正據定在《周官》。今考《周官·媒氏》云：‘掌萬氏之判，凡男女自成名以上，皆書年月日名焉。令男三十而娶，女二十而嫁，凡娶，判妻入子者，皆書之。中春之月，令會男女，於是時也，奔者不禁。若無故而不用令者，罰之。’詳玩經文所謂‘判妻入子皆書之’，自是霜降之候，正以昏禮。其下云云，乃期盡蕃育之法，蓋自中春以後，農桑事起，婚姻過時，故於是月令會男女，其或先因札喪凶荒六禮未備者，雖奔不禁，所謂不待禮聘，因媒請嫁而已。若中春非爲期盡，則正昏之月，何用汲汲而先下此不禁奔之令乎？此誤會經文之失也。（惠氏《禮説》云：“《左·襄二十二年傳》：‘十二月，鄭游販將如晉，未出境，遭逆妻者，奪之。’則春秋民間嫁娶亦在秋冬也。”）”（《毛詩後箋》卷一）

魏源云：“‘殺止’云者，即《周官》：‘仲春會男女之無夫家者，許其殺禮之令。（《周官·媒氏》：“於是時也，奔者不禁。”蓋聘則爲妻，奔則爲妾。言自九月至此時，猶不能備六禮者，乃許其殺禮。）若無故而不用令者，罰之。’是先王原有非時殺禮之禁，故《摽梅》詠仲春逾時不備禮者之事，（實七、實三，以至傾筐，喻女之次第畢嫁也。如紀時，則已逾時而盛夏矣，尚何云“殆其謂之”哉？）《桃夭》詠昏因常時備禮者之事。（《桃夭》喻女子容色之少好耳。如以時，則“有蕡其實”“其葉蓁蓁”，時當盛夏，尚得爲仲春及時哉？）《易林》云：‘婚禮不明，男女失常。《行露》有言，出争我訟。’此明貞女欲守昏禮之常，而夫家欲用昏禮之變也。盛露厭浥，正季春以後，仲秋以前，冰久泮而霜未降之時。”（道

光中刻二十卷本《詩古微》中編之一《二南答問·召南答問》）

徐堂云："霜降，九月也；冰泮，正月也。韓意蓋謂士如使妻來歸于己，當及冰之未散，正月以前逆之也。與毛同義。案韓以秋冬爲嫁娶之正期，蓋據《家語》《荀子》之説。（《家語·本命篇》曰："霜降而婦功成，而嫁娶者行焉；冰泮而農業起，昏禮殺於此。"《禮運篇》曰："冬合男女，春頒爵位。"《荀子·大略篇》曰："霜降逆女，冰泮殺止。"）毛公親事荀卿，故《東門之楊》傳曰：'男女失時，不逮秋冬。'是毛亦以秋冬爲昏之正。王肅、董仲舒並從之。鄭無謂昏姻之期，惟在仲春，蓋據《夏小正》《周禮》《管子》之説。（《夏小正》：'二月綏多士女。'《戴傳》云：'冠子娶婦之時也。'《周禮·媒氏》曰：'仲春之月，令會男女。'《管子·時令篇》曰：'春以合男女。'）馬昭、張融並從之。而束晳《五經通論》曰：'春秋二百四十年，魯女出嫁，夫人來歸，大夫逆女，天王娶后，自正月至十二月，悉不以得時失時爲貶褒。夫《春秋》舉秋毫之善，貶纖介之惡，故春狩于郎，書時，禮也；夏城中丘，書不時也。此人間小事，猶書得時失時，況昏姻人倫端始，禮之大者乎！'通年聽婚，蓋古正禮也。其説甚辯，詳見《通典》五十九。"（《韓詩述》卷二）

錢玫云："《荀子》曰：'霜降逆女，冰泮殺内，十日一御。'楊倞注：'内，謂妾御也。十日一御，即"殺内"之義。'《家語》曰：'霜降婦工成，而嫁娶行焉；冰泮農事起，昏禮殺於此。'此霜降者，九月也；冰泮者，正二月也。故《詩》曰：'士如歸妻，迨冰未泮。'以冰泮殺止也。"（《韓詩内傳並薛君章句考》卷一）

黄以周云："《白虎通義》云：'嫁娶必以春何？春者天地交通，萬物始生，陰陽交接之時也。《詩》云："士如歸妻，迨冰未泮。"《周官》曰："仲春之月，令會男女，令男三十娶，女二十嫁。"'《家語》云：'霜降而婦功成，嫁娶行焉。冰泮而農桑起，昏禮殺于此。'鄭玄從《通義》，王肅從《家語》。束晳云：'春秋二百四十年，天王取后，魯女出嫁，夫人來歸，大夫送女，自正月至十二月，悉不以得時失時爲褒貶，何限于仲春、季秋以相非哉！'以周案：'仲春會男女'，文見《周官》。'二月綏多士女'，文見《夏小正》。'士如歸妻，迨冰未泮'，文見《邶風》。'秋以爲期'，文見《衛風》。'霜降逆女，冰泮殺内'，文見《荀子》。'有女懷春，不暇待秋'，文見《毛傳》。《通典》引董仲舒云：'天地之道，向秋冬而陰氣來，向春夏而陰氣去，故古之人霜降而逆女，冰泮而殺止。'文本《荀子》《毛傳》。《家語》雖僞書，未可全斥。昏之正期，在霜降後，冰泮前。《周官》'仲春會男女，奔者不禁'，據期盡言。若仲春爲正昏之月，何容汲汲先下不禁之令？鄭注錯會經意。而仲春後、季秋前不相昏娶，振古如兹。束説更謬，《春秋》所書多失禮事。"（《禮書通故》第六《昏禮通故》）

冠南按：經以"歸妻"在"迨冰未泮"之時，故韓以"霜降逆女，冰泮則止"爲解，此乃就詩意釋之，不宜定爲古婚禮之通例。宋綿初"民間昏娶，孔多一年之中"之説，徐堂所謂"通年聽婚"，俱可證古婚非限於秋冬或仲春兩季，此雖未必爲"古正禮"，然頗通行於古時，當無疑問。

招招舟子。

【彙輯】

《章句》：招招，聲也。（《經典釋文》卷五）

【通考】

陳奂云："《釋文》引《韓詩》：'招招，聲也。''聲'亦謂號召之聲。"（《詩毛氏傳疏》卷三）

陳喬樅云："《毛傳》云：'招招，號召之貌。'此云'聲者'，考王逸《楚詞注》云：'以口曰召，以手曰招。'號召必手招之，故毛以貌言；手招亦必口呼之，故韓以聲言也。合毛、韓二家，其義始備。"（《韓詩遺説考》卷一之二）

冠南按：喬樅綰結韓、毛，兼顧"招"之聲、貌，殊達詞旨。

谷　風

密勿同心，不宜有怒。（《文選》卷三八《爲宋公至洛陽謁五陵表》李善注）

【彙輯】

《章句》：密勿，僶俛也。（《文選》卷三八《爲宋公至洛陽謁五陵表》李善注）

【通考】

郝懿行云："《詩》云：'黽勉同心。'《文選》注引《韓詩》作'密勿同心。密勿，僶俛也'。'僶俛'即'黽勉'。"（《爾雅義疏》上之一《釋詁弟一》）

沈清瑞云："'密勿''僶俛'聲相近，《爾雅》又作'覛没'，亦同。"（《韓詩故》卷上）

馬瑞辰云："《文選》李注引《韓詩》：'密勿同心。'《傳》云：'密勿，僶俛也。'《小雅·十月之交》：'黽勉從事。'《漢書·劉向傳》引作'密勿從事'，亦《韓詩》也。《爾雅》作'蠠没'。《釋詁》：'蠠没，勉也。'郭注：'蠠没，猶黽勉。'據《爾雅釋文》：'蠠，或作"蠭"。'《説文》：'蠭，古蜜字。'《儀禮》鄭注：'鼏，古文作密。'是《爾雅》'蠠没'即《韓詩》'密勿'也。'黽勉''密勿''蠠没'，皆雙聲字，故通用。"（《毛詩傳箋通釋》卷四）

馮登府云："《大戴禮·曾子立事篇》：'君子終身守此勿勿。'注：'猶勉勉。''密勿'重唇，'黽勉'輕唇，同位聲近之字。至薛君訓爲'僶俛'者，唐韓賞《告華岳文》：'僶俛在位。'《金石存》謂：'與《邶風》"黽勉"同。'《文賦》：'在有無而黽勉。''黽'亦作'僶'。《周禮》：'矢前後俛。'唐石經'俛'作'勉'，是'勉''俛'同。"（《三家詩異文疏證·韓詩》）

王先謙云："《説文》：'勿，州里所建旗，象其柄有三斿，所以趣民，故遽稱勿勿。'據此，'勿'爲戒勉之義，自'趣民'意引申而出，故'勿勿'猶'勉勉'也，黽勉、密勿，字通而訓同。"（《詩三家義集疏》卷三上）

冠南按：上引諸説並是，《韓詩》"密勿"與《毛詩》"黽勉"通用，韓訓"僶俛"，亦同"黽勉"（敦煌 S.10、P.2529 古寫本《毛詩》經文即徑作"僶俛"），字又轉作"蠠没""懋慔""侔莫"等（詳郝懿行《爾雅義疏》上之一《釋詁弟一》），俱勸勉之意。阜陽漢簡《詩經》作"沕没"，此亦"密勿""黽勉"等音轉之變體（詳見胡平生、韓自强《阜陽漢簡詩經研究》"異文初探"章），義則無别。

采葑采菲，無以下禮。（《韓詩外傳》卷九第十七章。"禮"，今本《外傳》引作"體"。兹以王應麟《詩考》所引爲據，仍定爲"禮"。）

【通考】

郝懿行云："'禮'通作'體'，《易·繫辭》云：'知崇禮卑。'《釋文》：

'禮，蜀才作"體"。''行其典禮，姚作"典體"。'《詩》：'無以下體。'《韓詩外傳》作'無以下禮'。"（《爾雅義疏》上之一《釋詁弟一》）

徐堂云："《禮記·禮器篇》曰：'禮也者，猶體也。'劉熙《釋名》曰：'禮，體也，得其事體也。'然則毛作'體'，韓作'禮'，字異義同。"（《韓詩述》卷二）

馮登府云："《釋名》：'禮，體也，得其事體也。'《韓詩外傳》云：'禮者，首天地之體。''禮'本有'體'訓，故字得通。《廣雅·釋言》：'禮，體也。'本《韓詩》。"（《三家詩異文疏證·韓詩》）

王先謙云："'體'正字，'禮'借字也。"（《詩三家義集疏》卷三上）

冠南按："體""禮"於經典爲通用之字，上引諸說並其證。《易·繫辭下》："剛柔有體。"《坤·文言》："正位居體。"二"體"字亦言"禮"（見焦循《易章句》卷八、卷九）。

中心有違。

【彙輯】

《章句》：違，很也。（《經典釋文》卷五）

【通考】

王念孫云："班固《幽通賦》：'違世業之可懷。'曹大家注曰：'違，恨也。'《邶風·谷風》篇：'中心有違。'《韓詩》曰：'違，很也。''很'亦'恨'也。"（《經義述聞》卷四《尚書下》"違怨"條引）

胡承珙云："《説文》：'很，不聽從也。一曰行難也。'《韓詩》以'違'爲'很'，即'行難'之義。"（《毛詩後箋》卷三）

馬瑞辰云："《釋文》：'《韓詩》云：違，很也。'瑞辰按：《廣雅·釋詁》：'怨、愇，很也。'《韓詩》蓋以'違'爲'愇'之假借，故訓爲'很'，'很'亦'恨'也。《書·無逸》：'民否則厥心違怨。''違'與'怨'同義。'中心有違'猶云'中心有怨'。曹大家《東征賦》：'遂去故而就新兮，忘愴恨而懷悲。明發曙而不寐兮，心遲遲而有違。'其義亦本《韓詩》。《毛傳》訓'違'爲'離'，《箋》以'違''回'通用而訓爲'徘徊'，均非詩義。"（《毛詩傳箋通釋》卷四）

徐璈云:“《廣雅》:‘愇,恨也。’與‘懟’‘憾’‘很’同義。今韓訓‘違’爲‘很’者,是本爲‘愇’字,借作‘違’也。”(《詩經廣詁》卷三)

王先謙云:“胡、馬二説並通。‘愇’是‘韙’之或體,《説文》訓是也。以‘愇’爲‘很’,後起之義。‘很’訓‘行難’,於韓尤合矣。”(《詩三家義集疏》卷三上)

俞樾云:“‘中心有違’,猶云‘中心有恨’,《釋文》引《韓詩》曰:‘違,很也。’‘很’‘恨’義同。《廣雅・釋詁》曰:‘很,恨也。’韓説殆勝於毛矣。”(《群經平議》卷八“中心有違”條)

冠南按:韓訓“違”爲“很”,“違”本無“很”義,其爲“愇”之借字,始有“很”義。承珙據《説文》,故釋“很”爲“行難”;瑞辰、徐璈、俞樾據《廣雅》,故釋“很”爲“恨”。玆二解俱契於詩意。

毋發我笱。

【彙輯】

《章句》:發,亂也。(《經典釋文》卷五)

【通考】

馬瑞辰云:“《釋文》引《韓詩》云:‘發,亂也。’瑞辰按:《衛風》傳云:‘石絶水曰梁。’《周官》:‘𠘑人掌以時𠘑爲梁。’鄭司農注:‘梁,水堰。堰水而爲關空,以笱承其空。’是梁與笱相爲用,故詩言‘逝梁’,即言發笱。《説文》:‘笱,曲竹捕魚笱也。从竹句,句亦聲。’是‘笱’从竹、句會意。笱之言句;句,曲也。謂以曲竹爲之,使其口可入而不可出。程大昌《演繁露》引《唐書・王君廓傳》:‘君廓無行,善盜。嘗負竹笱如魚具,内置逆刺。見鬻繒者,以笱承其頭,不可脱,乃奪繒去。’‘按:魚具而内有逆刺,此吾鄉名爲倒鬚者也。’是宋時名笱爲倒鬚。今時取魚者亦多爲逆刺,有門可開。《淮南・兵略篇》云:‘發笱門。’是其制也。‘發’宜訓開。《韓詩》訓爲‘亂’,失之。”(《毛詩傳箋通釋》卷四)

陳奐云:“韓讀‘發’爲‘撥’,《長發》傳:‘撥,治也。’‘撥’之爲‘亂’,猶‘治’之爲‘亂’。逝梁發笱,喻新昏者入我家而亂我室,我欲禁其無然,而不可得也。”(《詩毛氏傳疏》卷三)

陳喬樅云："《韓詩》訓'亂'，是以'發'爲'撥'之通借。《釋名·釋言語》云：'撥，播也。播，使移散也。''移散'即'亂'之義。梁者，築堰以障水，中爲闕空，以曲竹作笱，而取魚以笱，承梁之空，笱之曲竹非一，必理之使與空闕相承，乃可以捕魚，故云'毋亂我笱'，謂勿移散之，使魚得脱也。馬以《韓詩》訓'亂'爲失，疏矣。"（《韓詩遺説考》卷一之二）

冠南按：韓訓"發"爲"亂"，是讀"發"爲"撥"，二陳所言是，其論"撥"之訓"亂"，雖有歧異，不妨並通。"撥"訓"亂"，亦可參見。《詩·大雅·蕩》："本實先撥。"馬瑞辰云："'撥''敗'同聲，'撥'即'敗'之假借。《列女傳·齊東郭姜傳》引《詩》正作'本實先敗'。"（《毛詩傳箋通釋》卷二六）是"撥"與"敗"通，"敗"有敗亂之義，故"撥"可訓"亂"。此亦可備一解。

凡民有喪，匍匐救之。（《韓詩外傳》卷一第二十二章）

【通考】

陳喬樅云："'匍匐'，《毛傳》無訓。劉熙《釋名》云：'匍匐，小兒時也。匍猶捕也，匐猶伏也。人雖長大，及其求事用力之勤，猶亦稱之。'其義即本於韓。故《鄭箋》云：'匍匐，言盡力也。'蓋用韓義申毛。"（《韓詩遺説考》卷一之二）

冠南按：陳説是。孔穎達疏《鄭箋》云："《問喪》注云：'匍匐猶顛蹷。'然則匍匐者，以本小兒未行之狀，其盡力顛蹷似之，故取名焉。凡民有凶禍之事，鄰里尚盡力往救之。"（《毛詩正義》卷二之七）此亦可發明韓義。

既詐我德，賈用不售。（《太平御覽》卷八三五）

【彙輯】

《章句》：一錢之物舉賣百，何時當售乎？（《太平御覽》卷八三五）

【通考】

陳奂云："《抑》箋：'物善則其讎賈貴，物惡則其讎賈惡。'鄭本韓義，而意實同。"（《詩毛氏傳疏》卷三）

徐堂云："《周禮·地官·司市》：'以賈民禁僞而除詐。'疏云：'使禁物之僞，而去人之詐虛也。'又，《史記・孔子世家》：'鬻羔豚者弗飾賈。'韓解'詐我德'曰：'一錢之物舉賣百。'即'詐虛''飾賈'之謂。毛'詐'作'阻'，訓'難也'，字義並異。"（《韓詩述》卷二）

王先謙云："言夫之於我不知其德，反多方阻戹。持物入市，故索高價，使不得售也。'售'當作'讐'。《說文》：'讐，猶讎也。'《典瑞》疏：'仇爲怨，讐爲報。''報''讎'義合，《抑》：'無言不讐。'猶云'無言不報'。買物以價相酬曰讐，亦取'報答'義。售，俗字。唐石經初刻作'讐'，誤從《釋文》改'售'也。"（《詩三家義集疏》卷三上）

陳鴻森云："《毛詩》'詐'字作'阻'。'阻''詐'二字聲相近，《大雅・蕩》篇：'侯作侯祝。'《釋文》：'作，側慮反。本或作"詛"。'《原本玉篇》言部'詛'字下引《毛詩》正作'侯詛侯祝'，即其比也。"（《韓詩遺說補遺》，《大陸雜誌》一九九四年第八十五卷第四期，下引陳文，皆據此期，不再重複注明）

有洸有潰。

【彙輯】

《章句》：潰潰，不善之貌。（《經典釋文》卷五）

【通考】

陳喬樅云："《毛傳》云：'潰潰，怒也。''怒'亦不善貌，義與韓同。《詩》'有洸有潰'，而此引作'潰潰'者，長言之也。《箋》云：'君子洸洸然、潰潰然，無溫潤之色。'皆以'洸洸''潰潰'重文言之，與此正同。《禮記・樂記》引《詩》：'肅雍和鳴。'而釋之曰：'肅肅，敬也；雍雍，和也。夫敬以和，何事不行。'是其例也。"（《韓詩遺說考》卷一之二）

冠南按：喬樅所揭"長言""重文"之例，常見於漢儒之經解（臧琳有詳說，參《經義雜記》卷二十八"將來其施"條）。陳奐云："經言'洸'，《傳》云'洸洸'；經言'潰'，《傳》云'潰潰'。凡經文一字，傳文用叠字者，一言不足，則重言之，以盡其形容。"（《詩毛氏傳疏》卷三）《章句》以"不善"訓"潰潰"，亦準此例。

旄　丘

何其處也？　必有與也。　何其久也？　必有以也。（《韓詩外傳》卷一

第二十三章、第二十四章。《韓詩外傳》卷九第十九章僅引“何其處也，必有與也”。）

簡　兮

方將萬舞。

【彙輯】

《章句》：萬，大舞也。（徐堅等《初學記》卷十五）

【通考】

馬瑞辰云：“《韓詩》説云：‘萬，大舞也。’《廣雅》：‘萬，大也。’萬舞蓋對小舞言，故爲大舞，實文武二舞之總名，故《傳》云：‘以干羽爲萬舞。’《公羊春秋·宣八年》：‘壬午，猶繹，萬入，去籥。’謂二舞俱入，以仲遂喪，於二舞中去籥，非以萬與籥對舉也。萬兼二舞，如《夏小正》：‘二月丁亥，萬用入學。’《傳》：‘萬也者，干戚舞也。’與《文王世子》‘春夏學干戈’合。又《左傳》：‘楚令尹子元欲蠱文夫人，爲館於其宫側，而振萬焉。’夫人言：‘是舞也，先君以是習戎備焉。’此武舞稱‘萬’之證也。《左傳》：‘考仲子之宫，將萬焉。’繼以‘公問羽數於衆仲’，是羽即萬也，此文舞稱‘萬’之證也。”（《毛詩傳箋通釋》卷四）

陳奂云：“干舞，武舞；羽舞，文舞。曰‘萬’者，又兼二舞以爲名也。干舞以舞《大武》，羽舞以舞《大夏》。而《郊特牲》‘朱干設錫，冕而舞《大武》’爲‘諸侯之僭禮’，則侯國無干舞可知。《逸周書·世俘篇》：‘籥人奏《武》，王入進萬。’孔晁注云：‘《武》以干羽爲萬舞也。’孔注正本毛義。《初學記·樂部上》引《韓詩》：‘萬，大舞也。’以干羽舞，故萬舞爲大舞，《韓傳》亦同毛義。”（《詩毛氏傳疏》卷三）

陳喬樅云：“萬者，舞之總名，干戚與羽籥皆是。《廣雅》云：‘萬，大也。’正用《韓詩》訓義。大舞，對小舞而言，自當兼文舞、武舞二者，故《毛傳》亦云：‘以干羽爲萬舞，用之宗廟山川。’《鄭箋》釋萬舞爲干舞，籥舞爲羽舞，謂碩人多材多藝，言文武道備，説者以《箋》爲易《傳》。今案《春秋·宣八年》經：‘萬入，去籥。’《公羊傳》曰：‘萬者何？干舞也。籥者何？籥舞也。’鄭君蓋據以爲説。然公羊此傳於萬中别

‘籥舞’耳，非專以萬之名屬之‘干舞’也。《五經異義》引公羊説：‘樂萬舞以鴻羽。’此可爲萬兼羽、籥之確據。推《鄭箋》之意，蓋以萬舞先干戚而後羽籥，此詩二章方言‘執籥’‘秉翟’，故於首章但言干舞，非以萬舞爲獨有干戚而無羽籥也。《左氏·隱五年傳》：‘考仲子之宫，將萬焉。公問羽數於衆仲。’亦足爲萬兼羽、籥之明證。孔氏《正義》謂羽爲‘籥’，不得爲‘萬’，引孫毓評，以毛爲失，過矣。《韓詩》説云：‘萬以夷狄大鳥羽。’義皆與毛同。”（《韓詩遺説考》卷一之二）

徐鼒云：“《左傳》云：‘萬，盈數也。’《廣雅·釋詁》云：‘萬，大也。’王者功成作樂，樂主其盈，取盈數以象功德之大也。故康成箋《詩》第云：‘萬，干舞也。’《初學記》引《韓詩章句》亦云：‘萬，大舞也。’《詩·簡兮》疏引孫毓云：‘萬，舞干戚也。’不更立義者，知諸儒不用何氏義也。然則舞稱‘萬舞’，猶之萬年、萬壽、萬民、萬物，均之以盈數爲大云爾。”（《讀書雜釋》卷八《春秋傳》“萬者何”條）

鍾文烝云：“《韓詩傳》：‘萬，大舞也。’以干羽舞，故爲大舞。《逸周書·世俘》：‘籥人奏《武》，王入進萬。’孔晁注曰：‘《武》以干羽爲萬舞。’《春秋》言：‘萬入，去籥。’明萬必有籥。”（《春秋穀梁經傳補注》卷十五《宣公八年》）

王先謙云：“‘方將萬舞’，猶云‘始大萬舞’矣。”（《詩三家義集疏》卷三上）

冠南按：據上引諸説，可知萬舞統文、武二舞，兼羽、籥二器（朱子《詩集傳》謂：“萬舞，舞之總名。武用干戚，文用羽籥。”最爲達詁），聲勢浩蕩，寓意廣大，故韓以“大舞”釋之。

碩人扈扈。

【彙輯】

《章句》：扈扈，美貌。（《經典釋文》卷五）

【通考】

馬瑞辰云：“《釋文》：‘《韓詩》作“扈扈”，云：美貌。’瑞辰按：《方言》：‘吴，大也。’《説文》：‘吴，大言也。’‘俁’从‘吴’聲，故義亦爲大，

《説文》:'俣,大也。''俣''扈'音近,美與大亦同義,故扈扈訓美,又訓大。《檀弓》:'爾毋扈扈爾。'鄭注'扈扈謂大'是也。'俣'與'扈'音義通用,猶《左氏》'圉人犖',《公羊傳》作'鄧扈樂','扈'即'圉'之假借也。"(《毛詩傳箋通釋》卷四)

馮登府云:"《文選·上林賦》:'煌煌扈扈。'李注引郭注:'言其光彩之貌。'《釋文》引韓訓'扈扈'爲'美貌',疏于'俣俣'亦曰:'容貌美大。'此音義並通者。"(《三家詩異文疏證·韓詩》)

朱士端云:"《毛詩》作'俣俣',訓'容貌大也','俣''扈'古音同列'魚部'。《正義》云:'容貌美大。'《毛詩》義亦與《韓詩》同也。"(《齊魯韓三家詩釋·韓詩》)

王先謙云:"《後漢·馮衍傳》注:'扈扈,光彩盛也。''美''盛'同義。"(《詩三家義集疏》卷三上)

冠南按:瑞辰謂"扈扈訓美,又訓大",此説甚塙,陳喬樅云:"容貌大即美義也。"(《韓詩遺説考》卷一之二。陳奂亦云:"'大'與'美'同意。"見《詩毛氏傳疏》卷三)又可見"扈扈"之"美""大"二義相輔相成。《爾雅·釋山》:"卑而大扈。"郭璞注:"扈,廣貌。""廣"亦與"美""大"義近。

右手秉狄。

【彙輯】

《章句》:以夷狄大鳥羽。(孔穎達《毛詩正義》卷二之三《簡兮》引許慎《五經異義》)

【通考】

徐堂云:"如注文,則《韓詩》經文當作'秉狄'。'狄''翟'雖古字通,(《玉藻》:"夫人揄狄。"疏:"狄,讀如翟。"《漢書·地理志》:"羽畎夏狄。"《禹貢》作"羽畎夏翟"。《公羊·僖公二十九年傳》:"盟于狄泉。"《左傳》及《穀梁傳》皆作"翟泉"。)而經注不應有異文也。《異義》引公羊説:'萬舞以鴻羽,取其勁輕,一舉千里。'《毛詩》説以翟羽謂雉羽也。其説不同。"(《韓詩述》卷二)

鍾文烝云:"《左傳》:'考仲子之宫,將萬焉。公問羽數于衆仲。'明萬必有羽。孔穎達引《異義》公羊説:'樂萬舞以鴻羽,取其勁輕,一

舉千里。'又引《韓詩》説:'以夷狄大鳥羽。'則萬舞有羽,古無異説。"(《春秋穀梁經傳補注》卷十五《宣公八年》)

王先謙云:"《溱洧》韓詩云:'秉,執也。'此亦當同。上言'執',此言'秉',文變義通。段玉裁云:'《韓詩》蓋作"秉狄",《廣雅·釋器》:"狄,羽也。"正釋韓"秉狄"之訓。'愚案:段説是也。《禮·祭統》疏引此詩云:'翟即狄也,古字通用。'《喪大記》注:'狄人,樂吏之賤者。''狄人'即秉狄之人,此'翟'爲'狄'之證。"(《詩三家義集疏》卷三上)

冠南按:徐堂、段玉裁據《章句》"夷狄"之字,推定《韓詩》經文作"秉狄",可從。萬舞兼用羽、籥,已見上文,韓訓"夷狄大鳥羽",即碩人所執羽也。

泉　水

祕彼泉水。(《經典釋文》卷五:"《韓詩》作'祕'。")

【通考】

段玉裁云:"《説文》:'泌,俠流也。'爲正字,毛作'毖',韓作'祕',皆同部假借字。"(四卷本《詩經小學》卷一)

馮登府云:"按《曹全碑》:'甄極毖緯。'以'毖'爲'祕',猶韓以'祕'爲'毖'。'祕''毖'古蓋通用,《説文》'眍'字下引作'泌','泌'是本字。"(《三家詩異文疏證·韓詩》)

陳喬樅云:"《篇海》:'柲,壁吉反,《韓詩》云:祕,刺也。'案'祕'字訓刺者,《方言》十二云:'柲,刺也。''祕''柲'音同義通,《韓詩》訓'祕'爲刺,蓋以'祕'爲'泌'之假借,'泌'字同'滭'。《采菽》:'觱沸檻泉。'《説文》引作'滭沸濫泉'。《爾雅·釋水》:'濫泉正出。正出,涌出也。'《公羊·昭五年傳》云:'濆泉者何?直泉也。直泉者何?涌泉也。'是'正出'即'直出'之義。刺,《説文》訓'直傷也',是'刺'亦有直義。《廣雅·釋丘》云:'丘上有水曰泌。'丘水出丘上,即正出之直泉,故稱'泌丘'也。"(《韓詩遺説考》卷一之二)

王先謙云:"《水經注·淇水篇》:'淇水又東,右合泉源水。水有二源：一出朝歌城西北，東南流，又東與左水合，謂之馬溝水，又東南注淇水，爲肥泉也，故《衛詩》曰："我思肥泉，兹之永歎。"'又曰：'然斯水，即《詩》所謂泉源之水也，故《衛詩》曰："泉源在左，淇水在右。"'此《詩》'泉水'當即泉源水，下云所謂'肥泉'也。泉、淇皆衛地水，女適異國，無由得見，追憶之以起興。《竹竿》亦女適異國之詞，而稱淇水、泉源，與此同也。"(《詩三家義集疏》卷三上)

冠南按：喬樅謂《篇海》引"《韓詩》云：祕，刺也"，檢今本《四聲篇海》並無此文，疑喬樅誤記，兹不收録。《韓詩》之"祕"乃"泌"之假借，"泌"訓"俠(即"狹")流"(《説文解字·水部》)，水道狹窄，故水勢直捷疾速。《陳風·衡門》："泌之洋洋。"馬瑞辰云："泌本泉水疾流之貌。"(《毛詩傳箋通釋》卷十三)可與本詩相發明。

飲餞于坭。(《經典釋文》卷五："《韓詩》作'坭'。")

【彙輯】

《章句》：送行飲酒曰餞。(《原本玉篇》卷九"餞"字條、《文選》卷二十《九日從宋公戲馬臺集送孔令詩》、卷四十六《應詔讌曲水作詩》《應詔樂遊苑餞吕僧珍詩》《三月三日曲水詩序》李善注)

【通考】

〔飲餞于坭〕

段玉裁云："《韓詩》作'坭'，《廣韻》：'坭，地名。'"(四卷本《詩經小學》卷一)

馬瑞辰云："禰，《釋文》引《韓詩》作'坭'。《廣韻》：'坭，地名。'字通作'泥'。鄭注《士虞禮》，引《詩》：'飲餞于泥。'(今本亦作"禰"，《釋文》："禰，劉本作'泥'。")疑'禰'即《式微》之'泥中'耳。泥中在漢黎陽，今衛輝府濬縣地，與須、曹之在滑縣者相近。'泲'即'濟'字之或體，《列女傳》《文選》注引《詩》並作'濟'。《定之方中》箋釋'楚丘'云：'自河以東，夾於濟水。'是衛地近濟之證。"(《毛詩傳箋通釋》卷四)

陳喬樅云："段氏玉裁曰：'《泉水》之"禰"，《韓詩》作"坭"，當即"泥中"之地。'《廣韻》：'坭，地名。'段説是也。《水經注》以泥中在濮

陽郡治。又《爾雅》‘泥丘’,《釋文》云:‘本又作“坭”。’是‘泥’‘坭’字同之證。”(《韓詩遺説考》卷一之二)

錢玫云:“鄭注《士虞禮》引《詩》:‘飲餞于泥。’蓋即《韓詩》‘坭’字之異文。”(《韓詩内傳並薛君章句考》卷一)

王先謙云:“《玉篇·食部》引《韓詩》作‘禰’,蓋後人順毛改之。”(《詩三家義集疏》卷三上)

冠南按:據上引諸説,《韓詩》之“坭”與《毛詩》之“禰”並“泥”之借字,即泥中之地。

〔“送行”至“曰餞”〕

洪亮吉云:“《説文》:‘餞,送去食也。’按:‘餞’字本訓當依《説文》。《文選》注引《韓詩薛君章句》:‘送行飲酒曰餞。’是因《詩》‘飲餞于禰’,‘飲’字隨文爲義,非‘餞’字本訓也。”(《春秋左傳詁》卷十一《成公八年詁》)

陳奐云:“薛君《章句》云:‘送行飲酒曰餞。’案《碩人篇》:‘庶士有朅。’《傳》云:‘庶士,齊大夫送女者。’凡諸侯之女嫁於異國,必有送女之大夫。大夫出使,其處者設飲餞禮。及大夫歸,所嫁之女又有寧父母、兄弟、姑姊之禮。此衛女思歸,而追念及來嫁時耳。”(《詩毛氏傳疏》卷三)

遂及伯姊。

【彙輯】

《章句》:女兄爲姊。(《一切經音義》卷三“姊妹”條)

【通考】

顧震福云:“《毛詩》‘姊’作‘姊’,《傳》云:‘先生曰姊。’震福案:《方言》:‘娋,姊也。’郭注云:‘今江南山越間呼姊聲如市,此因字誤遂俗也。’是從‘市’之‘姊’乃誤字,《韓詩》本必作‘姊’。慧琳引作‘姊’,乃傳寫之譌。《爾雅·釋親》:‘男子謂女子先生爲姊。’《説文》:‘姊,女兄也。’郝懿行《爾雅義疏》曰:‘《詩》云:“遂及伯姊。”是女子亦謂女子先生曰姊,《爾雅》略舉一邊耳。’”(《韓詩遺説續考》卷一)

王先謙云："'姉'作'姉'，從'市'，'市'亦即"𠂔"，或從'市井'之'市'，以形近而誤也。"（《詩三家義集疏》卷三上）

冠南按：《韓詩》之"姉"乃"姊"之異體，從"市"，非從"市"，故不宜定爲譌文，震福之説不盡可據。

北　門

亦已焉哉！　天實爲之，謂之何哉！（《韓詩外傳》卷一第二十五章、第二十七章。《韓詩外傳》卷一第二十六章僅引"天實爲之，謂之何哉"。）

【通考】

陳喬樅云："《毛詩》作'已焉哉'，無'亦'字。"（《韓詩遺説考》卷一之二）

王先謙云："陳奂云：'"已焉"猶言"既然"，古訓"既""已"通用，"然""焉"通用。''亦已焉哉'，猶言亦既然矣。'天實爲之'，惟聽命於天，安貧之志也。《齊策》高注：'謂，猶奈也。''謂之何哉'，猶言奈之何哉。《潛夫論・論榮篇》：'夫令譽我興，而大命自天降之。《詩》云："天實爲之，謂之何哉。"故君子未必富貴，小人未必貧賤，或潛龍未用，或亢龍在天，從古以然。'引《詩》以明修身俟命之義。《韓詩外傳》一引'天實爲之'二句三見，《新序・節士篇》兩見，並推演之詞。曹植《求通親親表》引同。"（《詩三家義集疏》卷三上）

王事敦我。

【彙輯】

《章句》：敦，迫也。（《經典釋文》卷五）

【通考】

郝懿行云："《韓詩》云：'敦，迫也。'迫促與勸勉義近。"（《爾雅義疏》上之一《釋詁弟一》）

胡承珙云："《釋文》引《韓詩》云：'敦，迫。'承珙案：'敦'與'督'一聲之轉。《廣雅》：'督，促也。''督'又與'篤'通，'篤'有'厚'義而通於督促。故'敦'有'厚'義，而亦可訓爲敦迫。《後漢書・韋彪傳》：'以禮敦勸。'注云：'敦，猶逼也。'《班固傳》：'靡號師矢，敦奮撝之容。'注

云:‘敦,猶迫逼也。’”(《毛詩後箋》卷三)

楊賡元云:“《韓詩》云:‘敦,迫也。’蓋以‘敦’爲‘追迫’之‘迫’,‘追迫’即有投擲義也。”(《讀毛詩日記》)

徐鴻鈞云:“《傳》云:‘敦,厚也。’《箋》云:‘敦,猶投擲也。’按《傳》訓‘敦’爲‘厚’者,‘敦’爲‘惇’之假。《説文》‘惇,厚也’是也。然《序》稱‘仕不得志’,則訓‘厚’似非詩恉。毛義不如鄭從韓義爲長。《釋文》引《韓詩》云:‘敦,迫。’證以《説文》:‘敦,怒也,詆也。’”(《讀毛詩日記》)

王先謙云:“《釋詁》:‘敦,勉也。’‘勉’亦與‘迫’義近。”(《詩三家義集疏》卷三上)

冠南按:“迫”有“逼”義,《莊子・刻意》:“迫而後動。”成玄英疏:“迫,至也,逼也。”(《南華真經注疏》卷六)韓訓“敦”爲“迫”,猶言我爲王事所逼迫,與《唐風・鴇羽》“王事靡盬”義近(《鄭箋》以“我迫於王事無不攻緻”爲解,與韓訓若合符契)。

室人交徧讙我。

【彙輯】

《章句》:讙,就也。(《經典釋文》卷五)

【通考】

桂馥云:“‘室人交徧摧我。’《釋文》云:‘摧,《韓詩》作“讙”,就也。’案‘就’當爲‘訧’字之誤也,《鄭箋》所謂‘刺譏之言’。”(《札樸》卷一“讙就”條)

范家相云:“就者,就而叢責之也。”(《三家詩拾遺》卷四)

胡承珙云:“《釋文》又引《韓詩》作‘讙’,云:‘就也。’就,疑‘訧’字之誤。古‘尤’‘訧’字通。訧者,過也、怨也。此與《鄭箋》以‘摧’爲‘刺譏之言’者相近。”(《毛詩後箋》卷三)

馬瑞辰云:“《説文》無‘讙’字,《韓詩》作‘讙’,云:‘讙,就也。’《廣雅》同。‘讙’‘就’以雙聲爲義,‘就’當作‘蹵’,‘蹵’與‘蹙’同。《廣雅》:‘蹙,罪也。’《廣韻》:‘蹙,迫也。’與《玉篇》‘讙,讁也’義正合。桂馥疑‘就’爲‘訧’字之誤，又疑爲‘㾮’字形近之誤，皆未確。‘摧’‘催’‘誰’三字雖異，而音義並同。”（《毛詩傳箋通釋》卷四）

陳奂云：“《釋文》又引《韓詩》作‘誰’，云：‘就也。’《廣雅》：‘誰，就也。’本《韓詩》。就，亦相迫之義。”（《詩毛氏傳疏》卷三）

陳喬樅云：“《鄭箋》云：‘摧者，刺譏之言。’是鄭用《韓詩》‘誰’字爲義，故以爲‘刺譏之言’。”（《韓詩遺説考》卷一之二）

錢玫云：“‘就’當爲‘訧’字之誤，《鄭箋》所謂‘刺譏之言’也。”（《韓詩内傳並薛君章句考》卷一）

冠南按：桂馥、胡承珙、錢玫以“就”爲“訧”之訛，可備一説，“就”“訧”形聲並近，故易致訛。按《説文》：“訧，罪也。”“誰我”即“罪我”之義，與上引諸家説通。馬瑞辰以“就”爲“蹵”之訛，“蹵”“蹙”通用，“蹙”訓爲“罪”，則“蹙我”亦“罪我”之義，此解與桂、胡、錢説實殊途同歸，但稍嫌迂屈也。

北　風

北風其涼，雨雪其雱。（《原本玉篇》卷十九“涼”字條。“北風”前原衍“孔”字，兹删去）

【彙輯】

《章句》：涼，寒貌也。（《原本玉篇》卷十九“涼”字條）

【通考】

顧震福云：“《毛傳》云：‘北風，寒涼之風。’本《爾雅》‘北風謂之涼風’爲訓。《白虎通・八風》：‘涼，寒也。’《列子・湯問》注引《字林》：‘涼，微寒。’雱，《毛傳》云：‘盛貌。’《説文》：‘旁，溥也。籀文作“雱”。’《廣雅・釋訓》：‘旁旁，盛也。’《穆天子傳》注、《廣韻》《藝文類聚》二並引作‘其霶’，《御覽》三百七十二引作‘其雱’，‘雱’‘霶’皆俗字。”（《韓詩遺説續考》卷一）

王先謙云：“上文‘北風’，故知是‘寒貌’也。《白虎通》：‘涼，寒也，陰氣行也，言涼則寒至矣。’皮嘉祐云：‘《列子・湯問篇》注引《字

林》:"涼,微寒。"《釋名·釋州國》:"涼州,西方所在寒州也。"'是'涼'有'寒'義。"(《詩三家義集疏》卷三上)

冠南按:"涼"本訓"薄"(《説文解字·水部》),後引申爲"薄寒"之義。《玉篇·水部》:"涼,薄寒貌。"慧琳《一切經音義》卷六十一"涼燠"條引《韻英》:"涼,薄寒也。"俱其證。韓訓"寒貌",與"薄寒"義近。

既亟只且。

【彙輯】

《章句》:亟,猶急也。(慧琳《一切經音義》卷八十"亟徑"條)

【通考】

顧震福云:"《毛傳》云:'亟,急也。'《七月》'亟其乘屋'箋、《靈臺》'經始勿亟'箋同。震福案:《爾雅·釋詁》:'亟,疾也。'《釋文》:'亟,字又作茍。'《説文》:'茍,自急敕也。'通作'輙''慅'。《説文》:'輙,急也。''慅,急性也。'《爾雅·釋言》:'悈,急也。'《釋文》:'悈,本或作"慅",又作"亟"。'"(《韓詩遺説續考》卷一)

王先謙云:"《説文》'急'作'㤂',云:'褊也。从心,及聲。''亟,敏疾也。从人、从口、从又、从二。二,天地也。'蓋象人跼天蹐地,口手並用之狀。亟以事言,急以心言,故云'亟,猶急也'。只且,語助。"(《詩三家義集疏》卷三上)

静　女

静女其姝,俟我乎城隅,愛而不見,搔首躊躇。(《韓詩外傳》卷一第二十章。《文選》卷十五《思玄賦》、卷十八《琴賦》李善注僅引"愛而不見,搔首躊躇"。《文選》卷十七《洞簫賦》、卷二十二《招隱詩》、卷二十四《贈張華》李善注、慧琳《一切經音義》卷七十二"躊躇"條僅引"搔首躊躇"。另,慧琳《一切經音義》卷七十三"躊躕"條引作"愛如不見",可知《韓詩》此句亦有作"愛如不見"之本,"而""如"古通用,詳下【通考】引顧震福説。)

【彙輯】

《章句》:静,貞也(《文選》卷十五《思玄賦》、卷十九《神女賦》《洛神賦》李善注)。姝姝然,美也(《一切經音義》卷三一"姝麗"條。《一切經音義》卷三二"姝好"條引作

"姝,好然,美也")。躊躇,躑躅也(《文選》卷十五《思玄賦》李善注。《文選》卷十八《琴賦》、卷二十四《贈張華》李善注、《一切經音義》卷七十四"躇足"條引作"躊躇,躑躅也"。《一切經音義》卷八十"踟躕"條引作"踟躕即躑躅也")。猶俳佪不進也(慧琳《一切經音義》卷六十"躊躇"條、希麟《續一切經音義》卷九"躊躇"條)。

【通考】

〔静貞也〕

郝懿行云:"《文選·神女賦》注引《韓詩》云:'静,貞也。'貞固者必安定,安定必寡言,故《楚辭·招魂篇》注'無聲曰静'是也。"(《爾雅義疏》上之一《釋詁弟一》)

朱士端云:"'静''貞'以叠韻訓也。"(《齊魯韓三家詩釋·韓詩》)

王先謙云:"蓋女貞則未有不静也,此依經立訓。"(《詩三家義集疏》卷三上)

〔姝姝然美也〕

顧震福云:"《毛傳》云:'姝,美色也。'震福案:《説文》《廣雅》並云:'姝,好也。'《玄應音義》六引《字林》:'姝,好貌也。'《方言》:'娥,𡟤好也。趙魏燕代之間曰姝。'《廣韻》:'姝,美好。'《後漢·和熹鄧皇后紀》注:'姝,美色。'《韻會》:'姝,美色。又好貌。'《説文》:'好,美也。'《方言》:'凡美色,或謂之好。'《廣韻》:'美,好色。美,一作"媄"。'《説文》:'媄,色好也。'《廣韻》引《字樣》:'媄,顔色姝好也。'《説文》:'袾,好佳也。'(《廣雅》:"袾,好也。")引《詩》作'袾';'殁,好也。'引《詩》作'殁',蓋本《齊》《魯詩》。'姝'與'袾''殁'並義同字通。"(《韓詩遺説續考》卷一)

王先謙云:"'姝姝然,美也'者,慧琳《音義》三十一引《韓詩》文,三十二引作'姝好然美也',疑誤。詩作'其姝',而韓作'姝姝然'者,即經文一字,《傳》《箋》叠字例,如《碩人》'其頎',《鄭箋》《玉篇》並作'頎頎'之比。"(《詩三家義集疏》卷三上)

冠南按:經爲單字,章句叠作複字者,常見於漢儒釋經,説詳前《谷風》"有洸有潰"之通考。經單言"姝",章句以"姝姝然"重言之,又以“美也”申釋之，適準此例。慧琳《一切經音義》卷三二引作“姝好然美也”，先謙疑其非。然若不以重言釋經之例視之，此訓亦可通，惟需斷作“姝，好然，美也”，蓋“姝”兼“好”“美”二義（見上引顧震福説），故以“好然，美也”爲訓。

〔“躊躇”至“進也”〕

顧震福云：“毛作‘愛而不見，搔首踟躕’，《傳》云：‘志往而行正。’今本《韓詩外傳》一引《詩》：‘愛而不見，搔首踟躕。’與《毛詩》同，乃淺人依毛本改。《文選・琴賦》注引《韓詩》：‘愛而不見，搔首躊躇。’薛君《章句》曰：‘躊躇，猶躑躅也。’是《韓詩》不作‘踟躕’。（《選》注凡六引《韓詩》，皆作“躊躇”，見陳氏《考》。）慧琳所引《韓詩》與《選》注所引微異者，‘而’與‘如’古字通用。《易・明夷》彖傳虞注：‘而，如也。’《詩・都人士》鄭箋：‘而，亦如也。’《文選・報任少卿書》注引蘇林曰：‘而，猶如也。’《禮・内則》注引《詩》‘垂帶而厲’作‘如厲’。《莊子・人間世》釋文：‘而，崔本作“如”。’《大雅》：‘愛莫助之。’《毛傳》：‘愛，隱也。’《説文》：‘薆，蔽不見也。’‘僾，仿佛也。’引《詩》作‘僾’。《釋言》：‘薆，隱也。’《方言》：‘薆，翳也。’郭注：‘謂蔽薆。’引《詩》作‘薆’。《廣雅》：‘曖曃，翳薈也。’‘薆’‘薆’‘僾’‘曖’並與‘愛’義同。‘躊躇，猶躑躅也’者，《説文》：‘篙，篙箸也。’‘躇，峙躇不前也。’‘蹢，住足也，或曰蹢躅。’‘躅，蹢躅也。’‘彳，小步。’‘亍，步止也。’《玉篇》：‘躊，躊躇。躊躇，猶猶豫也。’‘蹢躅，行不進，重文作躑躅。’《易・姤・初六》：‘羸豕孚蹢躅。’《釋文》：‘蹢，本亦作躑。躅，本亦作躝，古文作蹳。’《禮・三年問》：‘蹢躝焉，踟躕焉。’《釋文》作‘蹢躅’‘踶躕’，《荀子・禮論》作‘躑躅’‘踟躕’。《廣雅》：‘蹢躝，蹢跦也。’《集韻》：‘跢，或作踟。踶躇，或作躇躊，行不進也，或作峙。’《易緯》：‘是類謀物瑞騠驅。’鄭注：‘騠驅，猶踟躕也。’成公綏《嘯賦》又作‘踟跦’。篙箸、峙躇、跢跦、踶躕、踟跦、踟躕，並與躊躇同。蹢躝、蹢蹳、騠驅、彳亍，並與躑躅同，皆猶豫不進之貌。”（《韓詩遺説續考》卷一）

冠南按：顧説於“躊躇”“踟躕”之異文，羅列最詳，考釋亦精審（蔣禮鴻《義府續貂》"志度隱進"條亦有説）。上述異文，"皆以雙聲叠韻，字相通用，音近，故義亦同"（陳喬樅《韓詩遺説考》卷一之二）。後文"猶俳佪不進"，則《章句》申釋"躑躅"之文。

新　臺

嬿婉之求。（《文選》卷二《西京賦》李善注）

【彙輯】

《章句》：嬿婉，好貌。（法國藏 P.2528 敦煌鈔本《文選・西京賦》殘卷李善注。"嬿婉"前，法藏敦煌鈔本較今本多"薛臣善曰"四字，高步瀛《文選李注義疏》卷二《西京賦》疏云："各本引《韓詩》句下脱去'薛君曰'三字。唐寫作'薛臣善曰'，蓋'臣'爲'君'字之誤，又衍'善'字也。治《韓詩》者不見此本，故不敢輯入薛君《章句》中。然則此本雖誤，有益於古書亦大矣。"據此，"嬿婉，好貌"乃《章句》之文，確然可信）

【通考】

朱士端云："《毛詩》作'燕'，'燕''嬿'聲同，'燕'即'嬿'之假借。《毛詩》多用借字，《傳》訓'燕，安'，亦就'燕'字望文生訓耳。此疏家所以謂毛無破字。"（《齊魯韓三家詩釋・韓詩》）

王先謙云："《玉篇・女部》引《詩》，亦從韓作'嬿婉'。張衡《西京賦》：'從嬿婉。'薛綜注：'嬿婉，美好之貌。'與韓訓合。'燕''嬿'皆借字，本字當作'宴'。《説文》'婉'下云：'宴婉也。''婉'下云：'順也。'《干禄字書》'冤'或作'寃'，故'婉'今作'婉'。據此，'婉'與'婉'通，'宴婉'即'宴婉'矣。傳：'燕，安。婉，順也。'毛訓'燕'爲'安'，明以'燕'爲'宴'。《後漢・邊讓傳》：'展中情之嬿婉。'李注：'嬿，安也。婉，美也。'亦以'嬿'爲'宴'。《釋訓》：'宴宴，柔也。'郭注：'和柔。'是'宴'爲'安和'貌，故《雅》訓'柔'也。'宴''婉'二字，析言各字爲義，合言則'安和'之意，總謂美好耳。"（《詩三家義集疏》卷三上）

冠南按：《韓詩》作"嬿"，《毛詩》作"燕"，二字通用（《毛詩》亦有作"嬿"之本，見《六臣注文選》卷二十《送應氏》李善注，《文選》卷二十五《答盧諶詩》、卷二十九《留别妻》李善注）。鄧廷楨云："古雙聲叠韻之字，隨物名之，隨事用之。泥於其形則岨峿不安，通乎其聲則明辯以晳。'燕婉'，安也順也，叠韻也。又爲'嬿婉'，又爲'曣婉'，又爲'宴婉'，又爲'婉娩'。其于日也爲'晼晚'。稍變則爲'婉孌'，又爲'嫛婗'。再變則爲'嬗緩'，其于聲也爲'嘽緩'，其于蟲也爲'宛蟺'，又爲蜿蜒。"（《雙硯齋筆記》卷三"雙聲叠韻字通乎聲則明"條）朱、王析字求義，猶嫌膠瑟。

新臺有漼，河水浘浘。

【彙輯】

《章句》：漼，鮮貌。浘浘，盛貌。（《經典釋文》卷五）

【通考】

〔漼鮮貌〕

馬瑞辰云："《釋文》：'洒，《韓詩》作"漼"，音同，云：鮮貌。'段玉裁曰：'"洒"與"漼"不同部，當爲首章"有泚"之異文。'瑞辰按：'洒'與'洗'雙聲，古通用。《白虎通》：'洗者，鮮也。'《吕氏春秋》高注：'洗，新也。'又與'銑'通。《爾雅》：'絶澤謂之銑。'《晋語》韋注：'銑，猶洒也。''有洒'猶言'有泚'。《毛傳》訓爲'高峻'，以'洒'爲'峻'之假借，不若《韓詩》作'漼'，訓'鮮貌'爲確。《玉篇》'滜'與'漼'同，《詩》'有漼者淵'本或爲'萃'。'洒'通作'漼'，猶'洗'通作'淬'，皆異部假借也。《儀禮》釋文：'洗，悉禮反，劉本作"淬"，七對反。'是其類矣。段玉裁謂'漼'爲'泚'之異文，非也。《説文繫傳》引《詩》'新臺有漼'云：'字本作"滜"。'《説文》：'滜，新也。'《廣韻》：'滜，新水狀也。'亦與《韓詩》訓'漼'爲'鮮'同義。"（《毛詩傳箋通釋》卷四）

〔浘浘盛貌〕

馬瑞辰云："《釋文》引《韓詩》作'浘浘'，音尾，云：'盛貌。'《玉篇》：'浘浘，水流貌。''浼浼'通作'浘浘'，猶'勉勉'通作'亹亹'，皆一聲之轉也。《禮器》鄭注：'亹亹，猶勉勉也。'《文選·吴都賦》：'清流亹亹。'李注引《韓詩》：'亹亹，水流進貌。'當亦此詩'浼浼'之異文。古音'浼''亹'音皆如'門'，故通用。傳《韓詩》者不一家，故'浘''亹'字各異耳。段玉裁以《韓詩》'浘浘'爲上章'瀰瀰'之異文，但取字之

同部，不知雙聲字古亦通用也。”(《毛詩傳箋通釋》卷四)

王先謙云：“《防有鵲巢》韓詩：‘娓，美也。’此詩‘浘浘，盛貌’。‘美’‘盛’義同，‘河水浘浘’猶言美哉河水矣。”(《詩三家義集疏》卷三上)

冠南按：瑞辰之説不可從，其謂“傳《韓詩》者不一家”，置於漢代則可(《漢書》卷八八《儒林傳·趙子》：“由是《韓詩》有王、食、長孫之學。”)，置於隋唐以降則不可。蓋隋唐以降，《韓詩》之訓詁著作僅存《章句》一家，故唐宋古籍所載《韓詩》訓詁，多爲《章句》之文。本詩章句既已訓爲“盛貌”，則《文選》善注所引“亹亹，水流進貌”顯非本詩章句。臧庸、馮登府以之爲《大雅·鳧鷖》“鳧鷖在亹”之章句(詳見臧庸《韓詩遺説》卷下、馮登府《三家詩異文疏證·韓詩》)，恐亦非。陳壽祺云：“臧鏞堂輯《韓詩》説以此入‘鳧鷖在亹’下。蒙案：《文選·吴都賦》‘清流亹亹’，與‘水’爲韻，則‘亹’字不讀如‘門’。‘亹’音與下文熏、欣、芬、艱不協，則非‘鳧鷖在亹’章句也，臧誤採之。此注當是‘亹亹文王’之訓，下句云‘令聞不已’，是有進義。故《韓詩》釋‘亹亹’爲‘水流進貌也’。”(《韓詩遺説考》卷四之一)本書暫依陳説，繫於“亹亹文王”句下。

魚網之設，鴻則離之；嬿婉之求，得此戚施。(《太平御覽》卷九四九)

【彙輯】

《章句》：鴻，大蝦也。([日]菅原爲長《和漢年號字抄》卷上，見新美寬《本邦殘存典籍による輯佚資料集成》。下引《字抄》，皆以新美寬書爲據，不再注明)戚施，蟾蜍，蠍蝤，喻醜惡。(《太平御覽》卷九四九)

【通考】

〔鴻大蝦也〕

冠南按：《毛傳》於“鴻”字無訓，《鄭箋》補釋爲“鳥”，後世學者多無異議。至聞一多始疑“鴻”之非鳥類，其文云：“夫鴻者，高飛之大鳥，取鴻當以矰繳，不聞以網羅也。此其一。藉曰誤得，則施罛水中，亦斷無得鴻之理。何則？鴻但近水而棲，初非濳淵之物，鴻既不入水，何由誤絓於魚網之中哉？此其二。夷考載籍，從無以鴻爲醜鳥者。後世詞人賦詠所及，靡不盛言此鳥之美。今乃令鴻與籧除、戚施爲伍，至目爲醜惡之象徵，竊恐古今人觀念之懸絶不至如是也。”（《古典新義·〈詩·新臺〉“鴻”字説》）按魚網在水而鴻飛在天，顯無“離之”之理，此足見聞氏讀書之有間。考諸經文，設魚網而鴻離之，則鴻爲魚網易得之物明矣，韓訓“鴻”爲“大蝦”，適爲魚網常獲之物（聞一多論“鴻”之非鳥，於此又添塙證）。據此，則《韓詩》卒章之義爲魚網之設，意在得魚，而反得蝦；嬿婉之求，意在得佳偶，而反得醜類如戚施者。興義新妙，足供解頤。

〔“戚施”至“醜惡”〕

馬瑞辰云：“蟾蜍醜惡名䱻鼀，而人之醜惡亦名戚施，猶簟之粗者名籧篨，人之惡者亦名籧篨也。”（《毛詩傳箋通釋》卷四）

徐堂云：“《説文》：‘䱻鼀，詹諸也。《詩》曰：“得此䱻鼀。”言其行鼀鼀。’義與《韓詩》同。而韓作‘戚施’者，同音假借耳。《周禮·考工記》：‘不微至，無以爲戚速也。’戚，徐、劉：‘將六反。’李音‘促’。《説文》‘䱻’正作‘鼁’，七宿切。《廣韻》音‘蹴’。是‘戚’‘䱻’同音也。‘施’與‘鼀’，《集韻》並‘商支切’，是‘施’‘鼀’亦同音也。”（《韓詩述》卷二）

陳喬樅云：“蟾蜍，即蟾蠩。《淮南子·原道訓》：‘蟾蠩捕蚤。’高誘注：‘蟾蠩，蟼也。’‘蟼’即戚施。《説文·黽部》‘鼁’云：‘先鼁，詹諸也。其鳴詹諸，其皮鼁鼁，其行先先。’‘鼀’云：‘䱻鼀，詹諸也。《詩》曰：“得此䱻鼀。”言其行鼀鼀，從黽，爾聲。’許所引《詩》與韓異，而其訓釋，則與《韓詩》説合。曰‘其行鼀鼀’，又曰‘其皮鼁鼁，其行先先’，皆喻其醜惡之貌也。”（《韓詩遺説考》卷一之二）

王先謙云：“薛注‘蟾蜍，蝛蛸’，廣異名也。蝛從‘就’聲，秋、酋、就、戚，同聲通轉，尤爲顯證。又名‘蝌鼁’，《説文》‘蝌’下云‘蝌鼁，詹諸，以脰鳴者’是也。蝌、蝛亦雙聲字。一物繁稱，字隨音變，猶螽斯有十數名，緐評、倒評皆可，不必謂《爾雅》是而《説文》非也。《淮南·原道訓》：‘蟾蠩捕蚤。’高注：‘蟾蠩，蟼也。’又以一字爲名，蟼，即此詩‘施’字之增變矣。《説文》：‘其皮鼁鼁，其行鼀鼀。’皆狀物之醜惡貌，

故詩人以爲比，此又一義也。惟蟾蠩之爲物，亦不能使仰者，是韓與毛訓異而義未嘗不通也。"（《詩三家義集疏》卷三上）

冠南按：瑞辰釋"戚施"之寓意，徐堂證"戚施"與"䵶黿"音同，先謙以"一物繁稱，字隨音變"釋"戚施"異名之成因，皆極塙。

鄘　風

柏　舟

實惟我直。

【彙輯】

《章句》：直，相當值也。（《經典釋文》卷五）

【通考】

陳啓源云："'我特'，《韓詩》作'我直'，云：'相當值也。'兩家字異而義同。"（《毛詩稽古編》卷四）

惠棟云："《柏舟》云：'實維我特。'《韓詩》'特'作'直'，高誘注《吕覽》云：'特猶直也。'棟案：直猶犆也。《繁陽令楊君碑》以犆爲特，故《韓詩》作'直'，義得通也。《穀梁傳》：'犆言同時。'本亦作'特'。《玉藻》注云：'犆，讀皆如"直道而行"之"直"。'是'犆'與'特'同。又讀爲'直'。《士相見禮》：'喪俟事不犆吊。'定本作'特'。"（《九經古義》卷五）

范家相云："言共姜撫兹藐孤，而愴心曰：'髧彼兩髦，實我相當值以撫養之也。'共伯爲武公之兄，史稱武公弑而自立，是未可信。但共伯既已嗣位，則非幼小可知。《毛傳》亦屬未當，'兩髦'自是共伯遺孤。韓云'當值'，猶云'遭此閔凶'耳。"（《三家詩拾遺》卷四）

錢大昕云："古音'直'如'特'。《詩》：'實惟我特。'《釋文》：'《韓詩》作"直"，云：相當值也。'《吕覽·尚忠篇》：'特王子慶忌爲之賜而不殺耳。'注：'特猶直也。'《檀弓》：'行并植于晋國。'注：'植，或爲"特"。'《王制》：'天子犆礿。'注：'犆，猶一也。'《釋文》：'犆言特。'"（《十駕齋養新録》卷五"舌音類隔之説不可信"條）

郝懿行云："'特'與'直'亦音近字通，故《詩》'實維我特'，《韓詩》'特'作'直'，云：'相當值也。'案'相當值'之'值'，古止作'直'，《史記·匈奴傳》'直上谷'是也。'特'或作'犆'，《禮·王制》'礿犆禘犆'是也。然則《韓詩》之'直'或即'犆'字之省，古字假借通用，《郊特牲》注：'直，或爲犆。'是其證也。"（《爾雅義疏》上之又一《釋詁弟一》）

馬瑞辰云："'特'字亦作'犆'，《禮記·少儀》：'不特弔。'《釋文》：'特，本作"犆"。'《爾雅》：'士特舟。'《釋文》'特，本作"犆"'是也。其字又通作'直'。《吕覽》高注：'特，猶直也。'《賈子新書》：'大夫直縣。''大夫'當爲'士'，即《周官》'士特縣'也。《釋文》引《韓詩》：'實維我直。'云：'相當值也。'正與《毛詩》作'特'同義，'相當'即'相匹'也。《爾雅》'敵'訓爲'匹'，又訓爲'當'，是其證矣。"（《毛詩傳箋通釋》卷五）

陳喬樅云："《吕覽·忠廉篇》高誘注：'特，猶直也。'《荀子·勸學篇》楊倞注：'特，猶言直也。'此'特''直'義同之證。韓訓'直'爲'相當值也'者，《漢書·刑法志》：'不可以直秦之鋭士。'注云：'直亦當也。''當'有'敵'義，'相當'猶言'相匹'耳。《史記·封禪書》：'遂因其直北。'《集解》引孟康曰：'直，值也。'又《匈奴傳》曰：'直上谷。'《索隱》引姚氏曰：'古字例以直爲值。'是已。"（《韓詩遺説考》卷一之三）

于鬯云："《柏舟篇》陸釋引《韓詩》云：'直，相當值也。'《史記·封禪書》裴解引孟康曰：'直，值也。'此'直''值'通用之證。"（《香草校書》卷十八）

冠南按：據上引諸説，《韓詩》之"直"與《毛詩》之"特"聲近可通（錢大昕説最賅備），韓訓"直"爲"相當值"，即"相匹"之義，亦與《毛傳》"特，匹"之訓相通。郝懿行言："《韓詩》之'直'或即'犆'字之省。"按"犆""特"亦通用，上引郝、馬之説舉證已詳，另徵之《玉篇·牛部》："犆，同特。"《别雅》卷五："犆，特也。"益可證"犆""特"之通。

牆有茨

中冓之言，不可道也。

【彙輯】

《章句》：中冓，中夜，謂淫僻之言也。(《經典釋文》卷五)

【通考】

范家相云："《周禮·媒氏》注：'陰訟，争中冓之事，聽之亡國之社。蓋掩其上而棧其下，使無所通，就之以聽陰訟之情，明不當宣露。'是冓爲構合之義，《毛傳》爲長。"(《三家詩拾遺》卷四)

郝懿行、王照圓云："中冓，中夜也。宫人言：'牆上生茨，不可埽之；處内有人焉，中夜私言不可道説。'"(《詩問》卷一)

馬瑞辰云："《毛傳》訓爲'闇冥'，闇之義又爲夜，《廣雅》'寓''闇'並訓爲'夜'是也。《釋文》引《韓詩》云：'中冓，中夜。謂淫僻之言也。'《漢書·文三王傳》：'聽中冓之言。'晋灼注云：'冓，《魯詩》以爲夜也。'義雖與《毛詩》異，其取義於闇昧則同。"(《毛詩傳箋通釋》卷五)

丁晏云："《玉篇》：'寓，夜也。'引《詩》：'中寓之言。'《廣雅》：'寓，夜。'《魯詩》亦以'冓'爲'夜'，與《韓詩》同。"(《詩考補注·韓詩》)

王先謙云："《漢書·文三王傳》谷永疏云：'帝王之意，不窺人閨門之私，聽聞中冓之言。'晋灼曰：'《魯詩》以爲夜也。'據此，魯、韓義同，'冓'當爲'寓'之借字。《廣雅·釋詁》：'寓、昔、闇、暮，夜也。'《玉篇·宀部》：'寓，夜也。《詩》曰："中冓之言。"中夜之言也。'又云：'寓，本亦作冓。'《廣雅》訓'寓'爲'夜'，以'寓'與'闇'同義，是'中寓之言'，猶言'中夜闇昧之言'，故韓説於'中夜'下申成之曰'淫僻之言'也。"(《詩三家義集疏》卷三中)

冠南按：安徽大學藏戰國楚簡《詩經》"冓"作"㝅"，此字從"夕"，與"夜"有關，"中㝅"即"夜半"之義(説詳黄天樹《殷墟甲骨文所見夜間時稱考》，載《黄天樹古文字論集》)，韓訓與之相合。

不可揚也。

【彙輯】

《章句》：揚，猶道也。(《經典釋文》卷五)

【通考】

馬瑞辰云："據《釋文》引《韓詩》作'揚'，云：'揚，猶道也。'《廣雅》：'揚，説也。''詳'即'揚'之同音假借。"(《毛詩傳箋通釋》卷五)

馮登府云："'揚''詳'音之轉，偁揚之義。較毛詳審爲勝。"(《三家詩異文疏證·韓詩》)

陳奂云："《韓詩》作'揚'，與上章'道'同義。"(《詩毛氏傳疏》卷五)

徐堂云："此句與上章'不可道也'、末章'不可讀也'一例，俱是不可宣露之意。毛作'詳'，《傳》曰：'審也。'與上下章詞氣稍異。"(《韓詩述》卷二)

陳喬樅云："'揚'，《毛詩》作'詳'。《廣雅》：'揚，説也。''説'亦與'道'義同。"(《韓詩遺説考》卷一之三)

王先謙云："'詳''揚'聲同義通，故得相假。揚者，講明宣播之意，較'道'義進。《釋詁》：'揚，續也。'郭注未詳，當即此詩義，郭偶有不照耳。連屬稱舉，即是宣明之義，故'揚'亦訓'續'也。"(《詩三家義集疏》卷三中)

冠南按：《韓詩》作"揚"，此字本義爲"偁揚"，"講明宣播"，確較《毛傳》義優，《章句》訓"揚"爲"道"，反不若釋其本義爲善。

君子偕老

逶逶迤迤，如山如河。(慧琳《一切經音義》卷十五"逶迤"條)

【彙輯】

《章句》：德之美貌也，言象山河之迂曲。(慧琳《一切經音義》卷十五"逶迤"條。《經典釋文》卷五僅引"德之美貌"。玄應《衆經音義》卷三"委佗"條、慧琳《一切經音義》卷三十三"委佗"條引作"委佗，德之美貌也"。慧琳《一切經音義》卷九"逶佗"條引作："逶佗，德之美貌也。"可知《韓詩》亦有作"委佗""逶佗"之本)

【通考】

范家相云："'佗佗'爲'德之美'，即'平易'之謂，與《毛傳》同。不如從《正義》作'行步之美'爲是。"(《三家詩拾遺》卷四)

胡承珙云："《韓詩》以'委佗'爲德，與毛義合。"(《毛詩後箋》卷四)

馬瑞辰云："'委蛇'本人行衺曲之貌，因而蛇行紆曲亦謂之'委蛇'，《戰國策》蘇秦嫂'蛇行蒲伏'，《莊子》'養鳥者食之以委蛇'是也。物形盤曲亦謂之'委蛇'，《楚詞·遠遊》'玄螭蟲象並出進兮，形蟉虬而逶蛇'是也。路之紆曲亦謂之'委蛇'，《淮南子·泰族篇》'河以逶蛇故能遠'，劉向《九歎》'遵江曲之逶移'是也。旗之舒卷亦謂之'委蛇'，《楚詞·離騷經》'載雲旗之委蛇'是也。聲之詘曲亦謂之'委蛇'，張衡《西京賦》'聲清暢而逶蛇'是也。曲之義轉爲長，故委蛇又爲長貌，《楚詞》王逸注'委蛇，長也'，又《文選·南都賦》注'委蛇，長貌也'是也。委曲者易順從，故委蛇又爲順貌，《莊子釋文》'委蛇，至順之貌'是也。徐行有度則必美，故委蛇又有美義，《爾雅》'委委佗佗，美也'，《韓詩》'委蛇，德之美貌也'，《説文》'覣，好視也'，《爾雅釋文》'委，諸儒本並作禕，舍人云：禕禕者心之美'，《釋詁》'禕，美也'是也。"(《毛詩傳箋通釋》卷三)

王先謙云："'委委佗佗'，猶《羔羊》'委蛇委蛇'也。《御覽》六百九十'事類賦'十三引《詩》，'佗佗'即作'蛇蛇'，蓋詩字本作'它'，加'虫'旁則爲'蛇'，加'人'旁則爲'佗'，'佗'變文又爲'他'。《吕氏讀詩記》引《釋文》，作'委委他他'。'委委佗佗'四字，不宜分釋。《羔羊》'委蛇'，韓作'逶迤'，云：'公正貌。'彼詩韓作'逶'，與《衆經音義》引此詩韓作'逶'同，惟'迤''佗'有别，蓋或作異文，彼云'公正貌'，與此'德美'義合，詩殊男女，故語意微别。"(《詩三家義集疏》卷三中)

冠南按：'委蛇''逶迤''委佗''逶佗'並疊韻詞，字異而義同。瑞辰釋此詞之衆義最賅備，足資參稽。《召南·羔羊》："委蛇委蛇。"《章句》云："委蛇，公正貌。"此詩"逶逶迤迤"，《章句》云："逶迤，德之美貌。"雖各偏一端，而讚美之意則並同。先謙云："詩殊男女，故語意微别。"此深會詩恉之説。

子之清揚。

【彙輯】

《章句》：眼昳之間曰清也。([日]菅原爲長《和漢年號字抄》卷下)

【通考】

冠南按："睞"同"睫"，"目旁毛也"(《説文·目部》)，故"眼睞之間"即眉目之間。"清"乃形狀眉目之稱，鄒漢勳論之最詳："《鄘風》：'子之清揚。'《傳》：'清，視清明也。'《齊風》：'清揚婉兮。'《傳》：'好眉目也。''美目揚兮'，《傳》：'好目揚眉也。'《鄭風》：'清揚婉兮。'《傳》：'眉目之間，婉然美也。'綜《傳》意，是以清爲目之美，揚爲眉之美，因以爲眉、目之名也，其言眉、目之間者，猶言眉間目間，謂眉、目及眉上目下俱美也，非謂目上眉下。《齊風》：'美目清兮。'《傳》：'目下爲清。'是美目爲清，目下亦爲清也。"(《讀書偶識》卷四)韓訓雖用"眼睞"字，其義則與古義不殊。

邦之援也。

【彙輯】

《章句》：援，取也。(《經典釋文》卷五)

【通考】

范家相云："'援'之訓'取'，言爲邦人之取法也。"(《三家詩拾遺》卷四)

臧庸云："助，舊譌'取'。許氏焜云：'《爾雅》："美女爲媛。"孫炎注："君子之諼助。"'然則'取'乃'助'之訛。今從改。"(《韓詩遺説》卷上)

胡承珙云："'取'當爲'助'之誤。《説文》：'媛，美女也，人所欲援也。'鄭、許及孫叔然注《爾雅》，蓋皆本韓義。"(《毛詩後箋》卷四)

馮登府云："'援'當訓'助'。'取'字，'助'之譌文。言邦人所援助也。"(《三家詩遺説》卷二)又云："《説文》：'媛，美女也。人所欲援也。'《箋》云：'邦人所依倚以爲援助也。'亦用韓説。孫炎注《爾雅》'美女爲媛'曰：'君子之援助。'是'媛'本有'援'義。'援'訓'助'。'取'當是'助'之誤文。范家相云：'邦人之取法。'蓋不知'取'是'助'之譌而强釋之。"(《三家詩異文疏證·韓詩》)

徐堂云："段玉裁曰：'"取"字疑"助"字之譌。'堂案：段説是。《箋》云：'媛者，邦人所依倚以爲援助也。'鄭以'援'解'媛'，與《韓詩》

異文同義。"(《韓詩述》卷二)

錢玫云:"《爾雅》:'美女爲媛。'郭注:'所以結好援。'疏引孫炎云:'君子之援助。'"(《韓詩内傳並薛君章句考》卷一)

王先謙云:"《皇矣》'無然畔援。'《正義》:'援是引取。'是'援'有'取'義,言此人爲衛邦所引取。或謂'取'是'助'誤,非也。"(《詩三家義集疏》卷三中)

冠南按:"援"確有"取"義(先謙所據《正義》之例以外,尚可參《左傳·成公二年》:"左并轡,右援枹而鼓。"竹添光鴻《左氏會箋·成上第十二》箋曰:"援,取也。《孟子》曰:'思援弓繳而射之。'物在我旁,引而取之謂援。"),然以此義釋本句,其意乃如范家相所謂"邦人之取法",或王先謙所謂"爲衛邦所引取",皆較迂曲,故仍當以訓"助"者爲是,"邦之助也"即國之援助,於本詩旨意相契。

鶉之奔奔

鶉之奔奔,鵲之彊彊。

【彙輯】

《章句》:奔奔、彊彊,乘匹之貌。(《經典釋文》卷五)

【通考】

郝懿行云:"《韓詩》云:'奔奔、彊彊,乘匹之貌。'然則匹耦亦相當之義。"(《爾雅義疏》卷上《釋詁》)

馬瑞辰云:"《釋文》引《韓詩》云:'奔奔、彊彊,乘匹之貌。'此《箋》義所本。《禮記·表記》引《詩》作'賁賁''姜姜',《吕氏春秋》引《詩》亦作'賁賁'。《説文》:'奔,从夭,从賁省聲。'是奔本以賁得聲,故通用。《宋書·百官志》:'虎賁,舊作虎奔。'亦其類也。鄭注《禮記》以'賁賁''姜姜'爲'争鬬惡貌',高誘以'賁賁'爲'色不純',俱非詩義。凡鳥皆雄求雌,惟鶉以雌求雄,最爲淫鳥,然與鵲各有乘匹。至宣姜則淫於非偶,更鶉鵲之不若耳。"(《毛詩傳箋通釋》卷五)

陳喬樅云:"'乘匹'謂乘居匹處。《列女傳》曰:'夫關雎之鳥,猶未嘗見其乘居而匹處也。夫男女之盛，合之以禮，則父子生焉，君臣成焉，故爲萬物始。'關雎鷙而有別，性不雙侶，故君子美之，以爲淑女好逑之詠，鶉、鵲雖乘居匹處，然尚能不亂其類，故詩人以刺宣姜，謂曾鶉、鵲之不若也。"（《韓詩遺說考》卷一之三）

王筠云："韓氏則謂宣姜直是鳥獸也。乘匹者，通淫之别名。《夏官·牧師》云：'中春通淫。'《校人》云：'春祭馬祖，執駒。'鄭曰'春通淫之時，駒弱，血氣未定，爲其乘匹傷之'是也。"（黄節《詩旨纂辭》引）

錢玫云："賁賁、彊彊，《毛傳》無解，《鄭箋》謂'居有常匹、飛則相隨之貌'，《集傳》以爲'非匹偶而相從'，皆因《韓詩》爲義也。"（《韓詩内傳並薛君章句考》卷一）

王先謙云："'乘匹'猶'匹耦'也。《箋》：'奔奔、彊彊，言其居有常匹、飛則相隨之貌。'用韓義申毛也。《説文》：'奔，走也。'雌雄同走，是居有常匹。《衆經音義》引《蒼頡篇》曰：'彊，健也。'齊飛而羽翮健勁，是飛則相隨。"（《詩三家義集疏》卷三中）

冠南按："彊"與"强""僵""疆"通用，實無"乘匹"之義，諸家俱未詳考韓訓之成因。今考安大簡作"鵲之競競"。《離騷》："衆皆競進以貪婪兮。"王逸注云："競，並也。"洪興祖補注云："並逐曰競。"（《楚辭補注》卷一）據此可知"競"有"並"義，"並"必成雙，故有"匹"義，《太玄·密》："並天功也。"范望注："並，匹也。"《論衡·佚文篇》："非適諸子書傳所能並也。"馬宗霍注："'並'猶'比'也，'匹'也。"（《論衡校讀箋識》卷二十）俱其證。據此，韓訓"彊"爲"乘匹"，是以"彊"爲"競"之借字。"彊""競"一聲之轉，故可通用。《爾雅·釋言》："競，彊也。"《大雅·桑柔》："秉心無競。"《毛傳》："競，彊。"《後漢書·盧植傳》："又比世祚不競。"李賢注："競，彊也。"（《後漢書》卷六十四）並其證。另，"乘匹"乃"乘居匹處"之節文，"乘""匹"俱成雙成對之義，郝、馬、陳及先謙所釋俱是。王筠釋"乘匹"爲"通淫之别名"，係以《校人》鄭注爲據，然觀鄭注之"乘匹"，仍爲匹偶之義，與"通淫"殊無瓜葛。

人而無良，我以爲兄。（《韓詩外傳》卷九第七章）

定之方中

椅桐梓漆。

【彙輯】

《章句》：梓實桐皮曰椅。（《一切經音義》卷九八“椅櫪”條）

【通考】

冠南按：陸璣云：“楸之疏理白色而生子者爲梓，梓實桐皮曰椅，今人云梧桐也，則大類同而小别也。”（《毛詩草木鳥獸蟲魚疏》卷上）其釋“椅”全用韓訓。椅、桐、梓、漆，俱有製琴瑟之用，故下文即云“爰伐琴瑟”。馬瑞辰云：“古人建國，凡廟朝壇壝宫府皆植名木，如九棘三槐之類。詩言立國之制，故並及所樹之木。琴瑟古多用桐，亦或以椅爲之。《説文》‘檹’字注引賈侍中説‘檹即椅木，可作琴’是也。陳用之曰：‘琴瑟屑必以梓，漆所以固而飾之。’是椅、桐、梓、漆皆爲琴瑟之用。”（《毛詩傳箋通釋》卷五）此説良是。

星言夙駕。

【彙輯】

《章句》：星，晴也。（《經典釋文》卷五。“晴”，通志堂刻本《釋文》作“精”）

【通考】

胡承珙云：“《説文》：‘姓，雨而夜除曐見也。’與《箋》説同。‘日部’又云：‘啓，雨而晝姓也。’‘啓’字从‘日’，故屬之晝，姓字从‘夕’，故云夜除星見。鄭意亦以詩之‘星’即‘姓’字。‘雨止星見’之‘星’，字當作‘曐’，此非以‘星見’釋《詩》‘星’字。蓋四字總言夜晴以明，預戒倌人，令其早駕耳。《史記》：‘天精而見景星。’‘精’謂精明，與《韓詩》釋‘星’爲‘精’義同。《漢書》直作‘姓’，亦作‘甠’，（見《索隱》。《一切經音義》云：“古文姓、甠二形同。”）或據宋本《釋文》引《韓詩》作：‘星，晴也。’若經文之‘星’爲‘姓’，則與‘晴’同字，不當以‘晴’釋‘甠’，不知漢初已多用‘晴’，少用‘甠’，故《韓詩》以今字明古字，謂‘星’即‘晴’字，非訓‘星’爲‘晴’。《韓非子・説林下》曰：‘荆伐陳，吴救之，軍間三十

里，雨十日，夜星。'此亦古'晴'字之僅存者。"(《毛詩後箋》卷四)

馬瑞辰云："《釋文》引《韓詩》：'星，精也。'或疑'精'爲'晴'字之誤，不知'精'亦'晴'也。《説文》曰：'啓，雨而晝姓也。''啓'字从'日'爲晝姓，正對'姓'字从'夕'爲夜姓言之。"(《毛詩傳箋通釋》卷五)又云："《説文》：'暒，星無雲也。''星'即'姓'也。《定之方中》詩：'星言夙駕。'《韓詩》曰：'星，晴也。'即《説文》'星無雲'之説。"(《毛詩傳箋通釋》卷二十三)

陳奂云："精，猶清也，故清明亦作精明，今俗作'晴'。"(《詩毛氏傳疏》卷四)

徐堂云："《韓詩》訓'星'爲'晴'，當是讀'星'爲'姓'，如《毛傳》'御，禦也'，'湯，蕩也'之類。相臺岳氏《注疏》本《音義》引《韓詩》曰：'星，精也。'或援《白虎通》而肊改之，非韓本文。(《白虎通・日月篇》云："何以名之爲星？星者精也，據日節言也。")"(《韓詩述》卷二)

錢玫云："'星，晴也'，《三家詩拾遺》作'精也'。精，今'晴'字。《史記》：'天精而見景星。'《漢書》作'天暒'，孟康曰：'暒者，精明也。'郭璞注《三倉》云：'暒者，雨止無雲也。'古'姓''暒''精'，皆今之'晴'。"(《韓詩内傳並薛君章句考》卷一)

王先謙云："'精'與'晴'同。姚鼐云：'古"晴"字本作"暒"，"暒"亦作"星"，若星辰字自作"曐"。《詩》："星，精也。""精"，晴明之謂也。世久以"星"字當曐辰之"曐"，此詩偶存古字耳。甫晴而駕，足以爲勤矣，若見星而行，乃罪人與奔喪者之事。'《玉篇》：'暒，雨止也。''精，明也，無雲也。'《三蒼解詁》：'暒，雨止無雲也。'《説文》：'姓，从夕，生聲。''曐，从晶，生聲。星，曐或省。'後人以'姓''星'易溷，遂於'星'旁加'日'以别之，實《説文》所無。《詩》借'星'爲'姓'，故韓云：'星，精也。''精''暒'"同義，故《史記・天官書》'天精'，《漢書・天文志》作'天暒'，孟康注：'暒，晴明也。'"(《詩三家義集疏》卷三中)

冠南按：前賢以韓訓之"精"意爲"晴"，乃確然無疑之説，宋元遞修本《釋文》引韓訓正作"星，晴也"，最爲强證。"星""晴"二字亦通用,上引諸説論之詳矣(鄧廷楨《雙硯齋筆記》卷五"星即姓字"條亦有説,可參考),毋庸贅考。惟徐堂以"星,精也"乃據《白虎通》所改之説,頗新奇,陳立云:"《類聚》引《説題詞》云:'星之爲言精也,陽之榮也。陽精爲日,日分爲星,故其字"日""生"爲星。'《淮南·天文訓》:'日月之淫爲精者爲星辰。'《説文·晶部》:'曐,萬物之精,上爲列星。从晶,生聲。'《史記·天官書》云:'星,金之散精也。'"(《白虎通疏證》卷九)是"星"確有"精"義,特此義未契於"星言夙駕"耳。

蝃　蝀

【彙輯】

《序》:《蝃蝀》,刺奔女也。(《後漢書》卷五四《楊賜傳》李賢注、瞿曇悉達《開元占經》卷九八)

【通考】

范家相云:"如韓説,是刺宣姜之詩也。"(《三家詩拾遺》卷四)

胡承珙云:"夫曰'刺奔',則時有淫奔者而刺之也。"(《毛詩後箋》卷四)

魏源云:"《後漢書》注引《韓詩》以此爲刺宣之詩,與《詩》'莫敢指'之意甚合;且與《易林》所云'蝃蝀充側,佞人傾惑。女謁横行,正道壅塞'者相符。"(道光初修吉堂刻二卷本《詩古微》卷下《韓詩發微上》)

王先謙云:"《春秋演孔圖》云:'虹蜺者,斗之亂精也,失度投蜺見態,主惑於毀譽。'《感精符》云:'九女並謁,則九虹並見。'《文耀鉤》云:'白虹貫牛山,管仲諫曰:"無近姬宫,君恐失權。"齊侯大懼,退去色黨,更立賢輔。'宋均注:'山,君象也。虹蜺,陰氣也。陰氣貫之,君惑於妻黨之象也。'皆與《毛序》'止奔'義異。所云'人君淫佚',必衛君當時有如密康魯莊之事,惜書缺有間,不能求其人以實之矣。"(《詩三家義集疏》卷三中)

蝃蝀在東,莫之敢指。

【彙輯】

《章句》:蝃蝀,東方名也。詩人言蝃蝀在東者,邪色乘陽,人君淫泆之徵。臣爲君父隱諱,故言莫之敢指。刺衛奔女私奔淫泆,决成家室之計,皆指女也。(瞿曇悉達《開元占經》卷九十八。《後漢書》卷五四《楊賜傳》李賢注亦引此條,然未若《開元占經》詳備,兹録之備考:"詩人言蝃蝀在東者,邪色乘陽,人君淫佚之徵。臣子爲君父隱臧,故言莫之敢指。"臧,原作"藏",丁晏云:"今本范書注'臧'作'藏'。《説文》無'藏'字,新附有之,非也。《漢書》多以'臧'爲'藏',當從厚齋所引爲正。"因據改)

【通考】

〔"蝃蝀"至"名也"〕

冠南按:韓以"東方名"釋"蝃蝀",蓋以《詩》云"蝃蝀在東","東方"乃"蝃蝀"産生之方位,非指"蝃蝀"本身。蔡邕《月令章句》云:"夫陰陽不和,婚姻失序,即生此氣。虹見有青、赤之色,常依陰雲而晝見。於日衝無雲不見,太陰亦不見。見輒與日相互,率以日西,見於東方。故《詩》曰:'螮蝀在東。'"(引見徐堅等《初學記》卷二"天部下・虹蜺")此乃"東方"之達詁。

〔"詩人"至"女也"〕

徐堂云:"《序》云:'刺奔女。'而此以蝃蝀爲'人君淫佚之徵',蓋據其本而言也。次章'朝隮於西'二句,以虹雨之相應,喻軍民之相化也。意其時宣公荒淫無節,下民化之,淫風大行,詩人作此詩以刺奔女者,是深刺宣公也。"(《韓詩述》卷二)

陳喬樅云:"《易林・蠱之復》曰:'螮蝀充側,佞人傾惑。女謁横行,正道壅塞。'《後漢書・郎顗傳》曰:'凡邪氣乘陽,則虹蜺在日。'又,《楊賜傳》曰:'今殿前之氣,應爲虹蜺,皆妖邪所生,不正之象,詩人所謂蝃蝀者也。'皆以蝃蝀爲'邪氣乘陽,人君淫佚之徵'。"(《韓詩遺説考》卷一之三)

王先謙云:"蝃蝀,陰邪之氣,故章懷釋詩,以爲'邪色乘陽'。《釋名》云:'陽攻陰氣。'失之,蓋是'純陰攻陽氣',傳寫致誤也。《説文》:'指,手指也。'《廣雅・釋詁》:'語也。'又《釋言》:'斥也。'《漢書・河間獻王德傳》注云:'指,謂義之所趨,若人以手指物然。'此詩'指'有

二義:自本義言,則爲手指之指;自喻意言,則爲指斥之指。'莫之敢指',所謂臣子爲君父隱藏。"(《詩三家義集疏》卷三中)

冠南按:先謙釋"指"有二義,極入細。然詳翫《章句》"臣爲君父隱諱"之語,似仍解爲"指斥"義較貼合,言臣子明知君父之非而不施指斥之行。吕大臨記二程云:"'莫之敢指'者,非謂手指莫敢指陳也,猶言不可道也。"(《東見録》,載陳俊民《藍田吕氏遺著輯校》)此説最合《章句》之義。

乃如之人兮,懷婚姻也,太無信也,不知命也。(《韓詩外傳》卷一第二十章)

【通考】

冠南按:"兮",《毛詩》作"也"。馮登府云:"《説文》引《詩》,'也'多作'兮'。如'邦之媛兮''玉之瑱兮'之類。"(《三家詩異文疏證·韓詩》)"兮""也"並語詞,故可通用。

相　鼠

人而無儀,不死何爲?(《韓詩外傳》卷一第四章、卷一第七章、卷五第三章。)

【通考】

冠南按:元本《外傳》卷一第七章引詩作"人而無禮,不死何爲"。"人而無禮"乃本詩卒章之文,下文乃"胡不遄死",非"不死何爲",可知元本"禮"乃"儀"之譌。

人而無止。

【彙輯】

《章句》:止,節。無禮節也。(《經典釋文》卷五)

【通考】

馬瑞辰云:"《釋文》引《韓詩》:'止,節也。無禮節也。'《箋》本之,以爲'容止','止'即'容'也。《周禮·天官·掌次》注:'次,自修止之處。''修止'即'修容'也。亦通言'容止','容止'即禮也。《小雅》:'國雖靡止。'《箋》:'止,禮也。'《大雅》:'淑慎爾止。'《箋》:'止,容止也。'《廣雅・釋言》:'止,禮也。'《荀子・不苟篇》:'見由則恭而止。'《大略篇》:'盈其欲,而不愆其止。'楊倞注並以'止'爲'禮'。"(《毛詩傳箋通釋》卷五)

徐堂云:"《韓詩》訓'止'爲'節','節'猶'禮'也。班固《幽通賦》曰:'嬴取威於百儀兮,姜本支乎三止。'應劭曰:'止,禮也。謂伯夷爲虞舜典天地人鬼之禮也。'毛訓'止'爲'息',鄭訓'止'爲'容止',並異。"(《韓詩述》卷二)

陳喬樅云:"《毛傳》:'止,所止息也。'《箋》云:'止,容止。無止,則雖居尊,無禮節也。'鄭氏即用韓義爲解。《廣雅・釋言》云:'止,禮也。'"(《韓詩遺說考》卷一之三)

王先謙云:"《說文》:'止,下基也。象草木出有址,故以止爲足。'引申之,凡有所自處自禁,皆謂之'止'。《禮・大學》:'在止於至善。'注:'止,猶自處也。'《淮南・時則訓》:'止獄訟。'注:'止,猶禁也。'是其證。故'止'訓'節',而'無止'爲'無禮節'也。'止'訓'節','節'亦訓'止',《易・雜卦傳》'亦不知節也'虞注、《吕覽・大樂篇》'必節嗜欲'高注,並云:'節,止也。'《禮・樂記》疏:'節奏,謂或作或止,作則奏之,止則節之。'明'止''節'義通。惟禮有節,有節然後有止,故《禮・文王世子》'興秩節'注:'節,猶禮也。'《喪服四制》注:'節者,禮也。'《廣雅・釋言》、《小旻》箋並云:'止,禮也。'韓訓'無止'爲'無禮節',兼内外言。《箋》'止,容止',義偏而不舉,不如韓訓爲優。"(《詩三家義集疏》卷三中)

冠南按:韓訓"無止"爲"無禮節",是以"止"爲"禮節";《鄭箋》訓"止"爲"容止",據瑞辰說,"容止"即"禮",是以"止"爲"禮",與韓訓相通,《鄭箋》顯以韓義爲據,瑞辰、喬樅之說是也,先謙之說析内外而言,尤精微。徐堂謂韓訓與《鄭箋》異義,非是。

人而無禮,胡不遄死? (《韓詩外傳》卷一第五章、第六章、卷三第二十二章、卷九第八章)

干　旄

素絲紕之。

【彙輯】

《章句》：紕，織組器也。（《原本玉篇》卷二十七"紕"字條）

【通考】

顧震福云："《毛傳》云：'紕所以織組也。'震福案：《爾雅·釋言》：'紕，飾也。'《廣雅·釋詁》：'紕，緣也。'《集韻》：'紕，或作"紕"。'《廣雅·釋言》：'紕，並也。'《原本玉篇》引《埤倉》曰：'紕，縷并也。'此謂以素絲緣飾旌旗，使與旒縿比並也。但毛云'所以織組'，亦似以紕爲織組之器，蓋紕本織組之器名，其後織組亦謂之紕，織組即緣飾也。"（《韓詩遺說續考》卷一）

王先謙云："蘇輿云：'《方言》："紕、繹、督，理也，秦晋之間曰紕，凡物曰督，絲曰繹之。"據此詩，知衛亦有"紕"稱。《說文》："繹，抽絲也。"組，織器，正所以理絲，紕與繹同，故韓訓云然。'愚案：韓以紕爲織組器，今究無可考實。《說文》：'紕，氐人𦆼也。''𦆼，西胡毳布也。''𦆼'同'罽'，織毛爲之，此'紕'之本義，《詩》'紕之'亦謂以絲縫織，引申義也。《釋言》：'紕，飾也。'郭注：'謂緣飾，見《詩》。'即謂此篇。《廣雅·釋詁》：'紕，緣也。'《集韻》：'紕，或作紕。'《廣雅·釋言》：'紕，並也。'《玉篇》引《埤蒼》曰：'紕，縷并也。'蓋比并素絲之縷以爲緣飾，故其字聲義从'比'。"（《詩三家義集疏》卷三中）

冠南按：震福、先謙之說並是，韓、毛俱以"紕"爲"織組"之器，朱子注"紕"爲"織組"（《詩集傳》卷三），亦用韓、毛之義。

彼姝者子，何以告之？（《韓詩外傳》卷二第一章）

載　馳

歸唁衛侯。

【彙輯】

《章句》：弔生曰唁，亦弔失國曰唁。（玄應《衆經音義》卷一三"弔唁"條、慧

琳《一切經音義》卷五二“弔唁”條）

【通考】

王先謙云：“‘弔生曰唁’者，《何人斯》云：‘不入唁我。’《左傳》：‘齊人獲臧堅，齊侯使夙沙衛唁之。’《孔疏》引服虔云‘弔生曰唁’是也。‘弔失國亦曰唁’者，《春秋·昭二十五年》‘齊侯唁公于野井’，《穀梁傳》曰‘弔失國曰唁’及此詩‘歸唁衛侯’是也。《泉水》箋：‘國君夫人父母在則歸寧，没則使大夫寧於兄弟。’又《禮·雜記》云：‘婦人非三年之喪不踰封，如三年之喪，則君夫人歸。’《繁露·玉英篇》：‘婦人無出竟之事，經禮也；奔喪父母，變禮也。’是國君夫人父母既没，惟奔喪得歸，後遂不復歸也。懿公死於兵亂，觀《吕覽》弘演納肝事，知戴公倉卒廬漕，亦未能成葬禮，夫人之歸，不能以奔喪爲詞，則疑於歸寧兄弟，此許人所爲執禮相責也，故夫人作詩曰：我之馳驅而歸，乃弔衛侯之失國，非寧兄弟比，宗國破滅，此不恒有之變，既不能救，義當往唁。當時未有此禮而夫人毅然行之，雖不合於常經，亦天理人情之正，故孟子以爲權而賢者。”（《詩三家義集疏》卷三中）

冠南按：趙匡云：“弔生曰唁。《穀梁》曰：‘弔失國曰唁。’非也。且古人作此字，豈固爲失國者爲之乎？自生死異文耳。”（陸淳《春秋集傳纂例》卷四《盟會例》“唁”條引）則“弔失國”非“唁”之本義，此蓋由“弔生”之義引申而得。先謙所謂“孟子以爲權而賢”，指《韓詩外傳》卷二第三章：“高子問於孟子曰：‘夫嫁娶者非己所自親也，衛女何以編於《詩》也？’孟子曰：‘有衛女之志則可，無衛女之志則怠。若伊尹於太甲，有伊尹之志則可，無伊尹之志則篡。夫道二，常之謂經，變之謂權。懷其常道而挾其變權，乃得爲賢。夫衛女行中孝，慮中聖，權如之何？’”錢大昕論此條云：“《外傳》引《詩》，有與本事不相比附者，有述本事者，此其例也。”（《潛研堂文集》卷二）蓋以此章《外傳》所述乃《載馳》之本事，可備一説。

大夫跋涉，我心則憂。（《韓詩外傳》卷二第二章）

【彙輯】

《章句》：不由蹊遂而涉曰跋涉。（《經典釋文》卷五。《一切經音義》卷三七

"跋山"條引"由"作"遊"。)

【通考】

馬瑞辰云:"《釋文》引《韓詩》云:'不由蹊遂而涉曰跋涉。'《淮南子·脩務篇》曰南榮疇'跋涉山川,冒蒙荆棘',高注:'不從蹊遂曰跋涉,故獨犯荆棘。'《脩務篇》又曰:'申包胥跋涉谷行。'高注:'不蹊遂曰跋涉。'義本《韓詩》。'跋涉'蓋行走急遽之義。《毛傳》分爲草行、水行,不若《韓詩》説爲允。"(《毛詩傳箋通釋》卷五)

朱士端云:"古'遂'與'術'通。《吕氏春秋》作'審端徑術','術'即'遂'也。"(《齊魯韓三家詩釋·韓詩》)

徐堂云:"《爾雅·釋言》:'跋,躐也。'《禮·玉藻》:'登席不由前曰躐席。'孔穎達曰:'失節而踐曰躐席。'此云'不由蹊遂',即是失節之義。《毛傳》:'草行曰跋,水行曰涉。'與此小異。"(《韓詩述》卷二)

陳喬樅云:"《淮南子·脩務訓》:'跋涉山川,冒蒙荆棘。'高誘注:'不從蹊遂曰跋涉,故獨犯荆棘。''冒蒙荆棘'即草行之謂。韓説與毛訓雖微異,而義實相成也。"(《韓詩遺説考》卷一之三)

王先謙云:"《莊子·馬蹄篇》:'出無蹊隧。'《釋文》引李注:'蹊,徑也。''遂'與'隧'同。《荀子·大略篇》:'溺者不問遂。'楊注:'遂,謂徑隧,水中可涉之徑也。'是'蹊遂'猶'徑隧','不由蹊遂而涉',謂事急時不問水之淺深,直前濟渡,視水行如陸行。'跋涉'二字連貫讀之,用之此詩,韓義優矣。《淮南·脩務訓》:'申包胥跋涉谷行。''跋涉'與'谷行'對文,尤與韓義合。"(《詩三家義集疏》卷三中)

冠南按:蹊爲陸行之徑,遂爲水行之徑,"不由蹊遂"乃急時之舉,猶言急不擇途,瑞辰謂"行走急遽",最達詞義。"遂"亦作"隊",《荀子·大略》"溺者不問遂",《晏子春秋》内篇《雜上》作"溺者不問隊",二字俱與"隧"相通。

既不我嘉,不能旋反。視我不臧,我思不遠。(《韓詩外傳》卷二第三章)

【通考】

徐堂云:"'我',夫人自我也。毛作'爾',《鄭箋》云:'爾,女,女許

人也。'義別。"(《韓詩述》卷二)

許人尤之。

【彙輯】

《章句》:尤,非也。(《文選》卷二十五《贈劉琨》李善注)

【通考】

陳喬樅云:"《毛傳》訓'尤'爲'過',《釋文》云:'尤,本亦作訧。'考《論語·憲問篇》:'不尤人。'鄭注云:'尤,非也。'陸士衡《文賦》:'練世情之常尤。'注亦云:'尤,非也。'皆用韓訓。"(《韓詩遺説考》卷一之三)

徐璈云:"《廣雅》:'訧,惡也。'與'謗''嫉'同訓,則是以夫人之欲歸越于禮而憎惡之也。"(《詩經廣詁》卷四)

王先謙云:"'尤'即'訧'之省借。"(《詩三家義集疏》卷三中)

冠南按:先謙説是。《論語·憲問》:"不尤人。"劉寶楠正義云:"尤,即'訧'省。"(《論語正義》卷十七)是其證。"訧"訓"罪"(詳前《北門》通考),與"非"意近。

控于大邦。

【彙輯】

《章句》:控,赴也。(玄應《衆經音義》卷九"控告"條、慧琳《一切經音義》卷四六"控告"條)

【通考】

胡承珙云:"赴,謂赴告。襄八年《左傳》'無所控告'是也。《莊子·逍遥游》:'時則不至,而控於地。'《釋文》引司馬注:'控,投也。'控告,猶言投告也。'投'與'赴'義相近,韓訓'控'爲'赴',似較'引'義爲勝。"(《毛詩後箋》卷四)

馬瑞辰云:"《傳》:'控,引。'《箋》:'今衛侯之欲求援引之力助於大國之諸侯。'瑞辰按:《傳》《箋》訓'控'爲'引',未免迂曲。《一切經音義》卷九引《韓詩》曰'控,赴也'是也。'赴''訃'古通用。《儀禮·聘禮》:'赴者未至。'鄭注:'今文"赴"作"訃"。'《説文》有'赴'無'訃'。《既夕》注:'赴,走告也。''控于大邦'即謂走告于大邦耳。襄八年《左傳》云：‘無所控告。’今世興訟者猶稱控告，控告即赴告也。《列女傳・許穆夫人傳》曰：‘邊疆有戎寇之事，赴告大國。’義本《韓詩》。劉向説多本《韓詩》，或以爲出《魯詩》者，誤也。”（《毛詩傳箋通釋》卷五）

陳奐云：“《衆經音義》卷九引《韓詩》云：‘控，赴也。’赴謂赴告。《傳》訓‘控’爲‘引’。《爾雅》：‘引，陳也。’‘陳告’與‘赴告’義同。”（《詩毛氏傳疏》卷四）

徐堂云：“《毛傳》：‘控，引也。’謂求援引于大國也，而韓氏訓‘控’爲‘赴’，殊爲直捷。”（《韓詩述》卷二）

徐璈云：“控，《説文》亦訓‘引’，與《毛傳》同。《春秋》義例：國滅君死，皆赴告於列國。韓訓‘赴’，即赴告鄰國之義。”（《詩經廣詁》卷四）

聞一多云：“‘控’訓‘赴’，即訃喪之訃。”（《詩經通義乙》）

百爾所思，不如我所之。（《韓詩外傳》卷二第四章）

衛　風

淇　奥

如切如瑳，如錯如磨。（《韓詩外傳》卷二第五章、第六章、卷三第九章。《太平御覽》卷七六四引作“如磨如錯”）

【通考】

〔如切如瑳〕

陳喬樅云：“今俗本《韓詩外傳》‘瑳’作‘磋’，非。”（《韓詩遺説考》卷一之三）

〔如錯如磨〕

宋綿初云：“束晳《補亡詩・白華篇》曰：‘燦燦門子，如磨如錯。’其《韓詩》之語與？李善注引《毛詩》：‘如琢如磨。’未之考也。”（《韓詩内傳徵》卷二）

臧庸云：“‘瑳’‘磨’爲韻，‘錯’‘琢’聲相近，故乙正。”（《韓詩遺説》卷上）

徐堂云：“錯，《説文》作‘厝’，厲石也，《韓詩》借以爲琢玉之名

也。”(《韓詩述》卷二)

陳喬樅云:“《太平御覽》卷七百六十四引《韓詩》曰:‘如磨如錯。’又引《方言》曰:‘錯、鑢互名也。’《説文》曰:‘鑢,錯銅鐵也。’宋綿初云:‘“磨”“錯”當上下互易以諧韻。’《韓詩》文本作‘如錯如磨’,今本《外傳》引作‘琢’者,後人順毛所改。”(《韓詩遺説考》卷一之三)

冠南按:《太平御覽》引作“錯”,乃韓作“錯”之强證,陳斠是,許維遹亦從之(《韓詩外傳集釋》卷二第五章)。

有邲君子。

【彙輯】

《章句》:邲,美貌也。(《經典釋文》卷五)

【通考】

馬瑞辰云:“《韓詩》作‘邲’,美貌也。《廣韻》:‘邲,好貌。’古蓋讀‘匪’如‘邲’,‘匪’通作‘邲’,猶‘斐’通作‘蔚’也。(《易·萃》象傳:“其文蔚也。”《説文》引作“斐”。)”(《毛詩傳箋通釋》卷六)

陳喬樅云:“‘邲’,《毛詩》作‘匪’。《釋文》云:‘本又作“斐”,同,方尾反,文貌。’今考《廣韻》:‘邲,好貌。’‘好’亦即‘美’之義也。”(《韓詩遺説考》卷一之三)

王先謙云:“此謂君子有美而文。”(《詩三家義集疏》卷三下)

冠南按:先謙所謂“美而文”,乃兼《章句》“邲,美貌”與《毛傳》“匪,文章貌”而言,韓、毛二義互補相通,合而言之,君子之德始備。

瑟兮僩兮,赫兮宣兮。

【彙輯】

《章句》:僩,美貌。宣,顯也。(《經典釋文》卷五)

【通考】

〔僩美貌〕

馬瑞辰云:“‘瑟’‘僩’二字義相近,故《大學》《爾雅》並云:‘“瑟兮僩兮”者,恂栗也。’鄭注《大學》云:‘“恂”字或作“峻”,讀如“嚴峻”之“峻”,言其容貌嚴栗也。’《説文》引《逸論語》曰:‘玉粲之瑟兮,其瑮猛也。'是'瑟'有嚴栗義,《毛傳》訓'矜莊貌',是也。《説文》:'僩,武貌。'引《詩》:'瑟兮僩兮。''僩'通作'撊'。《左傳》:'撊然授兵登陴。'服注:'撊然,猛貌也。'《方言》:'撊,猛也。晋魏之間曰撊。'《廣雅》亦曰:'撊,猛也。'義正與'瑟'近。《毛傳》訓爲'寬大貌',《韓詩》云'美貌',均非詩義。又按《荀子》:'陋者俄且僩也。'以'僩'與'陋'對,蓋以'僩'爲'美',與《韓詩》義合。"(《毛詩傳箋通釋》卷六)

陳喬樅云:"《韓詩》訓'僩'爲'美',蓋以爲'嫺'字之假借。《賈子新書·傅職篇》云:'明僩雅以道之文。'又《道術篇》云:'容志審道謂之僩,反僩爲野。''僩'與'野'對,則義當爲嫺雅,故韓訓爲'美貌'。"(《韓詩遺説考》卷一之三)

錢玫云:"《毛傳》:'僩,寬大也。'《説文》:'僩,武貌。'《荀子·榮辱篇》楊倞注:'僩與憪同,猛也。'此云'美貌',諸解皆異。詩美武公之德,固無取于武,韓義爲長。"(《韓詩内傳並薛君章句考》卷一)

冠南按:韓以"僩"爲"嫺"之假借,喬樅説是。《説文·女部》:"嫺,雅也。""雅"有"美"義(《文選》陸機《日出東南隅行》:"雅舞播幽蘭。"劉良注:"雅,美也。"),故韓以"美"訓"僩"。

〔宣顯也〕

王引之云:"《衛風·淇奥》篇:'赫兮咺兮。'《釋文》:'咺,《韓詩》作"宣",宣,顯也。''顯'亦明也。"(《經義述聞》卷六《毛詩中》"宣昭義問、宣哲維人"條)

馬瑞辰云:"'咺',《韓詩》作'宣',云:'宣,顯也。'與《毛傳》訓'宣著'義合,則《毛傳》亦以'咺'爲'宣'之假借。"(《毛詩傳箋通釋》卷六)

陳喬樅云:"'宣',《毛詩》作'咺',《傳》云:'威儀容止宣著也。'與韓同義。"(《韓詩遺説考》卷一之三)

王先謙云:"《説文》:'愃,寬閑心腹貌。从心,宣聲。《詩》曰:"赫兮愃兮。"'蓋作'宣'者,'愃'之省字,許引亦韓異文。心體寬廣,發見於儀容,故'宣'訓爲'顯',許、韓義不異也。"(《詩三家義集疏》卷三下)

冠南按:《禮記·禮運》:"宣祝嘏辭説。"鄭玄注:"宣,猶揚也。"《左傳·昭公十二年》:"寵光之不宣。"杜預注:"宣,揚也。""揚"即"顯揚”之義。可知“宣”本有“顯”義，先謙以“宣”爲“愃”省，不免迂曲。

緑薄如簀。（《文選》卷二《西京賦》李善注。薄，原作“毒”，據下【通考】引沈清瑞説改）

【彙輯】

《章句》：薄，萹筑也。（《經典釋文》卷五）簀，積也。緑薄盛如積也。（《文選》卷二《西京賦》李善注。薄，原作“毒”，據下【通考】引沈清瑞説改）

【通考】

〔薄萹筑也〕

沈清瑞云：“《章句》‘毒’字當作‘薄’，傳寫脱水旁耳。《文選》注‘簀，積也’三字本在‘薛君曰’上，今以意移下。或云：‘此即《韓故》文，凡《釋文》等書所引不稱薛君者，皆非《章句》。’今考《韓故》與《章句》各自爲書，《韓故》亡佚已久，《七録》《隋志》皆不載。唐人所見不過《章句》，執其所引，强名《韓故》，斯不然矣。”（《韓詩故》卷上）

王先謙云：“《釋文》：‘《韓詩》“竹”作“薄”，音徒沃反，云：“薄，萹茿也。”石經同。’案臧琳謂‘石經’爲《魯詩》。陳喬樅云：‘洪适《隸釋》載石經《魯詩》殘碑文，言其間有齊、韓字，蓋取三家異同之説，猶《公羊傳》所云顔氏，《論語》碑所云盍、毛、包、周之比也。陸云“石經同”者，謂石經所載韓異文“薄”字，與世所行《韓詩》字同，非謂《魯詩》同韓作“薄”也。臧説失之。’愚案：臧又云：‘《説文》：“茿，萹茿。”“薄，水萹茿。”毛借“竹”作“茿”，以爲岸萹茿；韓作“薄”，以爲水萹茿。經言“淇奥”，韓較毛爲勝。’愚謂《爾雅釋文》：‘竹，或作茿，一名萹蓄。’《韓詩》‘竹’作‘薄’，一名萹茿，皆語音變轉。”（《詩三家義集疏》卷三下）

冠南按：韓訓“萹茿”，毛訓“萹竹”，乃一物之二名，《説文・艸部》“茿”字條：“茿，萹茿也。”徐鍇注：“今人呼萹竹是也。”（《説文解字繫傳》卷二）此“萹茿”即“萹竹”之證。又考《神農本草經・下藥・萹蓄》：“萹蓄，一名萹竹。”知此物亦有“萹蓄”之名。萹茿爲蓼屬蓼科植物，俗稱扁蓄草，飢年可以救荒，參朱橚云：“扁蓄，亦名萹竹，生東萊山谷，今在處有之，布地生道傍。苗似石竹，葉微闊，嫩緑如竹，赤莖如釵股。

節間花出甚細，淡桃紅色。結小細子。根如蒿根。苗葉味苦，性平。一云味甘，無毒。救飢：採苗葉煠熟，水浸淘净，油鹽調食。”（《救荒本草》卷上）又，先謙引臧琳之説，以爲韓作“薄”，乃水萹茿。此説恐不可從，因陸德明引《韓詩》故訓並無“水”字，可知《韓詩》不以“薄”爲“水萹茿”，其訓本與《説文》相異，臧氏以《説文》之别訓改《韓詩》之本訓，有喧賓奪主之嫌。《玉篇・艸部》“薄”字條：“薄，萹茿草也。”亦未言“水”字，或即取自《韓詩》之訓。

〔“簀積”至“積也”〕

陳啓源云：“‘簀’‘蕢’字異，訓‘積’則同。平子《東京賦》‘芳草如積’，正用斯語。伊川解爲‘密比如簀’，而《朱傳》從之。晦翁甚愛《韓詩》義，此獨棄而不用，豈惡其同毛與？”（《毛詩稽古編》卷四）

段玉裁云：“‘簀’即‘積’之假借字，古人以假借爲詁訓，多如此。”（三十卷本《詩經小學》卷五）

朱士端云：“‘簀’‘積’以叠韻訓也。”（《齊魯韓三家詩釋・韓詩》）

陳喬樅云：“毛、韓並訓‘簀’爲‘積’，是以‘簀’爲‘積’之假借。”（《韓詩遺説考》卷一之三）

寬兮綽兮。（《原本玉篇》卷二十七“綽”字條）

【彙輯】

《章句》：綽，柔貌也。（《原本玉篇》卷二十七“綽”字條。“綽”，慧琳《一切經音義》卷七九“華婥”條引作“婥”，可知《韓詩》亦有作“婥”之本）

【通考】

顧震福云：“《毛傳》云：‘綽，緩也。’《爾雅・釋訓》：‘綽綽，緩也。’《説文》‘綽’‘緩’互訓。震福案：《文選・神女賦》：‘柔情綽態。’‘綽’與‘柔’對文，則‘綽’與‘柔’義本相近。《莊子・在宥篇》：‘淖約柔乎剛强。’又《逍遥遊》：‘淖約若處子。’《釋文》引李云：‘淖約，柔弱貌。’《荀子・宥坐篇》：‘淖約微達，似察。’楊注：‘淖約，柔弱也。’‘綽’‘淖’字通，亦通‘婥’。《説文》：‘婥，女病也。’女病則柔弱。慧琳《音義》七十九引《考聲》云：‘婥約，婦人耎弱貌。’《史記》相如《上林賦》：‘便嬛

婥約。'即用'婥'爲'綽'也。"(《韓詩遺説續考》卷一)

王先謙云:"韓訓'綽'爲'柔',寬綽,猶《禮·中庸》云'寬柔'矣。韓訓貌,不訓性情,得之。"(《詩三家義集疏》卷三下)

考　般

考般在干。(日本藏唐鈔《文選集注》卷九《吴都賦》劉淵林注。"般",《六臣注文選》卷五劉注引作"盤")

【彙輯】

《章句》:地下而黄曰干。(《六臣注文選》卷五《吴都賦》劉淵林注、董逌《廣川詩故》。"黄",日本藏唐鈔《文選集注》卷九劉逵注作"廣")干,墝埆之处也。(《經典釋文》卷五)

【通考】

〔考般在干〕

馬瑞辰云:"'槃'與'般'同。《爾雅·釋詁》:'般,樂也。''槃''般'皆'昪'之借。《説文》:'昪,喜樂也。'顧虞東曰:世固有隱而弗成者,成其樂,乃所以成其隱也。"(《毛詩傳箋通釋》卷六)

冠南按:《韓詩》之"考般",《毛詩》作"考槃",據瑞辰説,可知"般""槃"並"昪"之借字,義無别也。

〔"地下"至"曰干"〕

惠棟云:"'考槃在澗',《韓詩》'澗'作'干'。棟案:澗,當作'間'。與'寬''諼'協韻。'間'與'干'古今字。《聘禮記》:'凡庭實隨入,左先,皮馬相間可也。'注云:'古文"間"作"干"。'《文選注》五卷引《韓詩》云:'考盤在干。地下而黄曰干。'"(《九經古義》卷五)

胡承珙云:"《韓詩》:'地下而黄曰干。''黄',疑'潢'字之誤。潢汙者,停水之處。《小雅》正義引鄭注《漸卦》云:'干者,大水之傍。'故停水處即其義也。"(《毛詩後箋》卷五)

〔"干墝"至"处也"〕

陳啓源云:"考槃在澗,《釋文》云:'澗,《韓詩》作"干",云:墝埆之處也。'《文選》注引《韓詩》曰:'地下而黄曰干。'二注雖不同,然《韓詩》有《内傳》,有《故》,有《説》,有《章句》,容有兩釋也。"(《毛詩稽古編》卷四)

胡承珙云:"'澗'亦與'干'通。《小雅》:'秩秩斯干。'《傳》云:'干,澗也。'此二字通借之證。《易》:'鴻漸于干。'《釋文》引荀、王注並云:'干,山間澗水也。'虞注云:'小水從山流下稱干。'翟注云:'干,厓也。'此皆謂'干'即'澗'耳。"(《毛詩後箋》卷五)

馬瑞辰云:"《韓詩》作'干',云:'墝埆之處也。'瑞辰按:'澗'與'干'雙聲,古即讀'澗'如'干',故通用。"(《毛詩傳箋通釋》卷六)

陳喬樅云:"《韓詩》以'干'爲'墝埆之處'者,'干'亦厓也。'干'爲山澗厓岸之地,故以'墝埆'言之,謂地之瘠薄者也。《詩·丘中有麻》,《毛傳》以'丘中'爲'磽确之處',與此同義。"(《韓詩遺説考》卷一之三)

錢玫云:"墝埆,謂多石瘠薄。《外傳》云:'豐膏不獨樂,磽确不獨苦。'《説文》:'磽,磐也。''确,磐也。''磽'與'墽'音義同,'埆'即今'确'字,與'墧'音義同,本從土。《丘中有麻》傳:'丘中,墝埆之處也。'《公羊傳》何氏注'墝埆不生五穀曰不毛'是也。"(《韓詩内傳並薛君章句考》卷一)

冠南按:《章句》釋"干"有二義,一曰"地下而黄",一曰"墝埆之处",義有不同,臧庸以前者爲《内傳》之文,後者爲《章句》之文(《韓詩遺説》卷上)。按《内傳》非訓詁之作,臧説非是。二訓皆《章句》之文,其訓有别者,蓋因漢儒著述,有數代纍叠而成者,亦有搜集古訓而成者。《章句》由薛方丘、薛漢父子合力撰成,故"干"之異訓,或由父子先後訓詁不同而致,或由兼收不同古訓而致(漢儒經傳、章句非盡全出己手,多有採集前人舊説之例,如《毛詩傳》之儔,《韓詩章句》亦然,其中不乏與《爾雅》相合之古訓,當即出自古詩解),要皆《章句》之文,非出於二書。

考般在阿。

【彙輯】

《章句》:曲京曰阿。(玄應《衆經音義》卷一"西阿"條、慧琳《一切經音義》卷二

十"西阿"條。《文選》卷一《西都賦》李善注引作"曲景曰阿","景"乃"京"之訛,詳下【通考】)

【通考】

宋綿初云:"'曲京曰阿',義極精確,《文選》注作'曲景',乃傳寫之誤。"(《韓詩内傳徵》卷二)

陳喬樅云:"《文選·西都賦》注引《韓詩》曰:'曲景曰阿。''景'字乃'京'之誤。"(《韓詩遺説考》卷一之三)

王先謙云:"《説文》'阿'下云:'曲阜也。''阜'下云:'大陸山無石者。'韓云'曲京'者,《釋丘》:'絶高謂之京。'《釋地》:'高平曰陸,大陸曰阜,大阜曰陵。'是'陵''阜'與'京'相似,故《傳》亦云'曲陵曰阿'。《皇矣》傳又云:'京,大阜也。'"(《詩三家義集疏》卷三下)

冠南按:"曲"乃"阿"之根本特徵,《説文》釋爲"曲阜",韓訓爲"曲京",《毛傳》解爲"曲陵",俱與"曲"義相聯。《楚辭·九歌·少司命》:"晞女髮兮陽之阿。"《山鬼》:"若有人兮山之阿。"王逸注並云:"阿,曲隅。"(《楚辭章句》卷二)司馬相如《上林賦》:"順阿而下。"吕延濟注:"阿,隈曲也。"(《六臣注文選》卷八)亦俱以"曲"字訓"阿"。班固《西都賦》:"周阿而生。"李善注:"阿,庭之曲也。"(《文選》卷一)《漢書·禮樂志》:"汾之阿。"顔師古注:"阿,水之曲隅。"(《漢書》卷二十二)則"阿"匪特形容山曲,併庭曲、水曲亦俱可以"阿"述之,而"曲"義則一以貫之。

碩人之㳚。

【彙輯】

《章句》:㳚,美貌。(《經典釋文》卷五)

【通考】

馬瑞辰云:"《釋文》引《韓詩》作'㳚',云:'㳚,美貌。'《廣韻》:'㳚,美也。'與《毛傳》'寬大'義近"。(《毛詩傳箋通釋》卷六)

陳喬樅云:"'㳚',《毛詩》作'薖',《傳》云:'寬大貌。'《韓詩》訓'㳚'爲'美貌',與《毛傳》'寬大'義相近。'薖'字當即'㳚'之假借。《廣韻》:'㳚,美也。'義本《韓詩》。"(《韓詩遺説考》卷一之三)

俞樾云:"《韓詩》作'㳚',此則後出之字。以碩人言,故從'人'作

‘傇’。”(《群經平議》卷八)

冠南按:《集韻·戈韻》:“傇,美貌。”當亦用《韓詩》。

考般在陸。

【彙輯】

《章句》:高平無水謂之陸。(慧琳《一切經音義》卷二“水陸”條。《原本玉篇》卷二十二“陸”字條僅引“高平無水”)

【通考】

顧震福云:“毛無訓。《天保》傳云:‘高平曰陸。’本《爾雅·釋地》。震福案:《説文》:‘陸,高平地。’《釋名》:‘高平曰陸,陸,漉也,水流漉而去也。’《易·漸》:‘鴻漸于陸。’虞注:‘高平稱陸。’馬注:‘山上高平曰陸。’‘陸’从‘坴’。《説文》:‘土塊坴坴也。’有土塊,故無水。”(《韓詩遺説續考》卷一)

碩　人

東宫之妹。

【彙輯】

《章句》:女弟爲妹。(《一切經音義》卷三“姊妹”條)

【通考】

顧震福云:“《毛傳》云:‘女子後生曰妹。’本《爾雅·釋親》。《説文》:‘妹,女弟也。’段注曰:‘《釋名》:“妹,昧也。”文从未。《白虎通》:“妹者,末也。”又似从末。’震福案:《説文》:‘媦,楚人謂女弟曰媦。’《玉篇》:‘媦,楚人呼妹。’《纂文》:‘河南人云:媦,妹也。’《廣雅·釋親》《公羊·桓二年傳》何注並云:‘媦,妹也。’以‘媦’‘妹’聲近義同考之,仍以從未作‘妹’爲正。”(《韓詩遺説續考》卷一)

巧笑倩兮,美目盼兮。

【彙輯】

《章句》:倩,蒼白色。盼,黑色也。(《經典釋文》卷五。“蒼”,宋元遞修本《釋文》引作“倉”)

【通考】

〔倩蒼白色〕

馬瑞辰云："《説文》:'倩,人美字也。'是'倩'本人之美稱,因而笑之好亦謂之倩。《釋文》:'倩,本又作"蒨"。'乃'倩'之假借,《韓詩》遂以'蒼白色'釋之,誤矣。"(《毛詩傳箋通釋》卷六)

朱士端云:"'倩'訓'蒼白',古人當有此訓。'倩'蓋與'蒨'通,所謂茅蒐染也。"(《齊魯韓三家詩釋·韓詩》)

陳喬樅云:"《韓詩》'倩'或爲'蒨'字,故以'蒼白色'釋之。又,《文選·蜀都賦》劉淵林注引張揖曰:'靚謂粉白黛黑。'郭璞注《上林賦》訓同,則'倩'當與'靚'通,然'蒨'字自是'倩'之假借。"(《韓詩遺説考》卷一之三)

〔盼黑色也〕

馬瑞辰云:"《説文》:'盼,白黑分也。''盼'從'分'聲,兼從'分'會意,白黑分謂之盼,猶文質備謂之份也。《説文》:'𩬊,須髮半白也。'字借作'頒'。又:'辨,駁文也。'皆與'盼'爲'白黑分'者取義正同。《韓詩》云'黑色',馬融云'動目貌',並非。"(《毛詩傳箋通釋》卷六)

徐堂云:"《韓詩》以'黑色'釋'盼'字,不過狀其目之美。《世説》所謂'眼如點漆'也。"(《韓詩述》卷二)

陳喬樅云:"白黑分則矑之黑色益顯,故《韓詩》以'黑色'言之耳。"(《韓詩遺説考》卷一之三)

冠南按:瑞辰囿於《説文》本義,未若徐、陳釋韓義之通達,蓋"盼"本義爲"白黑分","白黑分"則"黑色益顯","黑色益顯"則可"狀其目之美"。

大夫夙退。

【彙輯】

《章句》:退,罷也。(《經典釋文》卷五)

【通考】

陳喬樅云:"《毛傳》云:'大夫未退,君聽朝於路寢,夫人聽内事於正寢，大夫退，然後罷。'《正義》引《玉藻》云：'君日出而視朝，退適路寢聽政，使人視大夫。大夫退，然後適小寢釋服。''小寢'即是'罷'也。《釋文》引《禮記》云：'朝廷曰退。'退朝亦曰罷朝。此大夫夙退者，謂且早罷歸也。"（《韓詩遺說考》卷一之三）

王先謙云："謂既見夫人，早退罷也。"（《詩三家義集疏》卷三下）

施罛濊濊。

【彙輯】

《章句》：濊，水浸流也。（慧琳《一切經音義》卷九三"汪濊"條。《經典釋文》卷五引作"濊濊，流貌"）

【通考】

馬瑞辰云："《説文》：'濊，礙流也。'引《詩》：'施罟濊濊。'（《釋文》引《説文》作"凝流"，即"礙流"之譌。）'濊濊'蓋施罛水中有礙水流之貌。《毛傳》'施之水中'即有'礙流'之義，《説文》正善繹毛義耳。《韓詩》云：'流貌。'與《毛詩》義亦相成。蓋施罛水中有礙水流，而其水仍流，實礙而不礙也。"（《毛詩傳箋通釋》卷六）

徐堂云："《説文・大部》'奯'字注曰：'讀若《詩》"施罟泧泧"。'《廣雅・釋訓》：'泧泧，流也。'與韓義同。"（《韓詩述》卷二）

陳喬樅云："《釋文》'濊'下又引馬融云：'大魚網目大豁豁也。'《説文》云：'礙，流也。'李黼平曰：'按如馬説，則釋罟而已。河流盛大，亦非一罟之所能礙。《韓詩》云"流貌"，得之。'蓋謂罛初入水，與水濊濊俱流也。得韓説而毛義益顯矣。"（《韓詩遺説考》卷一之三）

錢玫云："《爾雅》：'魚罟謂之罛。''罛''罟'本一義也。'濊濊'本連'施罛'爲句，是言罛，非言水也。《説文》：'礙流也。'與《韓詩》合。至《釋文》又引馬融云：'大魚網，目大豁豁也。'則專指罛言。"（《韓詩内傳並薛君章句考》卷一）

王先謙云："蓋言罛下與水俱流。"（《詩三家義集疏》卷三下）

陶方琦云："《大藏音義》九十三引《韓詩》：'濊，水浸流也。'《釋文》當脱'浸'字。'浸流'與《説文》水'礙流'義亦合。"（臧庸《韓詩遺説》卷

上陶方琦校語）

冠南按：《釋文》所載"流貌"有脱文，《一切經音義》所引"水浸流也"始爲全璧，然清儒多未見《一切經音義》，故僅據《釋文》所載者爲説。據"水浸流"之訓，可知《韓詩》"施罛濊濊"，乃施罛於水中，水則浸之之義，與《毛傳》"施之水中"義同。瑞辰囿於《説文》"礙流"之訓，於"礙"與"不礙"處漫生執著，猶未達一間。喬樅"罛初入水"之説則暗合"水浸"之義，與韓訓原文冥符暗契，可謂善説詩者。

鱣鮪鱍鱍。（《經典釋文》卷五："'發'，《韓詩》作'鱍'。"）

【通考】

馬瑞辰云："'發發'蓋'鱍鱍'之省，《釋文》引《韓詩》作'鱍'。'犮''發'古通用。《説文》'鮁'字注：'鱣鮪鮁鮁。'據《集韻》：'"鮁"或作"鱍"。'是'鮁鮁'即《韓詩》'鱍鱍'之異文。"（《毛詩傳箋通釋》卷六）

馮登府云："《傳》：'發發，盛貌。'馬季長曰：'魚著網，尾發發然。''發'即'鱍'之省文。'鱍'亦同'鮁'。《説文》引《詩》作'鮁鮁'。"（《三家詩異文疏證·韓詩》）

徐堂云："《廣韻》：'鱍，音撥，魚掉尾也。與"鮁"同。'《玉篇》：'鱍，尾長貌。'"（《韓詩述》卷二）

冠南按："鱍"乃形容魚尾之字，故《玉篇》訓爲"尾長貌"，《廣韻》訓爲"魚掉尾"，魚擺尾以游，故"鱍"亦訓"魚游貌"（見《集韻》）。《毛詩》作"發"，乃"鱍"之省，故馬融釋爲"尾發發然"，仍以"尾"爲訓。

庶姜轥轥，庶士有桀。

【彙輯】

《章句》：轥，長貌。桀，健也。（《經典釋文》卷五）

【通考】

〔轥長貌〕

范家相云："《説文》：'車行載高之貌。'韓訓爲'長'，高車載人則見其長。"（《三家詩拾遺》卷五）

段玉裁云："轥轥，車載高貌。《衛風》：'庶姜孽孽。'毛云：'孽孽，盛飾。'《韓詩》作'轙轙,長貌'。《吕覽》:'宋王作爲櫱臺。'高誘注:'櫱,當作"轙"。《詩》曰:"庶姜轙轙。"高長貌。'然則韓爲本字,毛爲假借字。"(《説文解字注》第十四篇上)

馬瑞辰云:"《釋文》引《韓詩》作'轙轙',云:'長貌。'《説文》:'轙,載高貌也。'《吕覽・過理篇》高注引《詩》:'庶姜轙轙。'云:'高長貌。'《廣雅》:'轙轙,高也。'俱本《韓詩》。'轙轙'正字,'孽孽'假借字。'轙''孽'雙聲,故通用,猶'櫱'一作'蘖'也。《説文》'櫱''檗''不''栓'並同字。"(《毛詩傳箋通釋》卷六)

馮登府云:"'孽'同'櫱',亦即'轙'也。何晏《景福殿賦》:'飛櫚翼以軒翥,反宇轙以高驤。'注:'轙音孽,義並同。'《説文・木部》'轙'或作'檗',作'孽'者,假字也。"(《三家詩異文疏證・韓詩》)

徐堂云:"《説文》:'轙,車行載高貌。'然則'轙轙'是形車容之盛。《毛傳》:'孽孽,盛飾。'《爾雅・釋訓》:'蓁蓁、孽孽,戴也。'邢疏云:'此皆頭戴物,婦人盛飾貌。'竊意詩中'庶姜''庶士',蓋指其媵送之時,而言古者婦人乘車,不露見車之前後,必設障以自隱蔽,則何由見其盛飾也? 韓義爲長。"(《韓詩述》卷二)

〔桀健也〕

馬瑞辰云:"《釋文》引《韓詩》作'桀',云:'健也。''桀'即'傑'字。《説文》:'朅,去也。'《廣雅・釋詁》:'桀,去也。'又假'桀'爲'朅'。是'朅''桀'通用之證。"(《毛詩傳箋通釋》卷六)

馮登府云:"桀,並與'竭''偈''朅'字音近而通。'伯兮朅兮',《文選》注引作'偈',訓'桀,健',與此義合。"(《三家詩異文疏證・韓詩》)

陳喬樅云:"桀,《毛詩》作'朅',《傳》云:'朅,武壯貌。'義與《韓詩》同。《伯兮詩》:'邦之桀兮。'《毛傳》云:'桀,特立也。''特立'即'健'之義,'健'亦'武壯'之貌。朅,《説文》云:'去也。'《毛詩》'朅'字蓋皆'偈'之假借。'偈''桀'音義相近。《廣雅・釋詁二》:'偈,健也。'《一切經音義》六引《字林》:'偈,健也。'《毛詩・伯兮》:'伯兮朅兮。'《傳》云:'朅,武也。'《玉篇・人部》:'偈,武貌。《詩》曰:伯兮偈兮。'《文選・高唐賦序》注引《韓詩》云:'偈、桀,健也。'是'朅''偈''桀'三字義近通假之證。"(《韓詩遺説考》卷一之三)

冠南按:上引諸説論"桀"與"竭""偈""朅"音近義通,是。"桀"亦與"傑"通。《墨子・非命中》:"初之列士桀大夫。"孫詒讓注:"'桀'與'傑'字通。"(《墨子閒詁》卷九)同書《耕柱》:"使聖人聚其良臣,與其桀相而謀。"孫詒讓注:"'桀''傑'通。"(《墨子閒詁》卷十一)並其證。《漢書》卷一下《高帝紀下》:"三者皆人傑。"顏師古曰:"傑,言桀然獨出也。"玄應《衆經音義》卷九"豪傑"條注:"傑,特立也,英傑也。"俱與"健"義相通,故韓訓"桀"爲"健",亦可以讀"桀"爲"傑"釋之。

氓

氓之嗤嗤。

【彙輯】

《章句》:氓,美貌。(《經典釋文》卷五)嗤者,志意和悦貌也。(慧琳《一切經音義》卷六十一"嗤笑"條。《一切經音義》卷七"嗤笑"條引無"者",卷十五"蚩笑"條引無"也",卷七十八"嗤笑"條引作"志意和悦之貌"。)

【通考】

馬瑞辰云:"《釋文》引《韓詩》云:'氓,美貌。'蓋以'氓''藐'一聲之轉,以'氓'爲'藐'之假借。《爾雅》:'藐藐,美也。'《説文》:'懇,美也。''藐'即'懇'之假音也。然以'氓'爲'美',與'蚩蚩'義不相貫,'蚩蚩'蓋極狀其癡昧之貌。《小爾雅》:'蚩,戲也。'《文選・西京賦》注引《蒼頡》云:'蚩,侮也。'《一切經音義》引《蒼頡》云:'蚩,笑也。'《文選》李注兩引《説文》:'蚩,笑也。'(見阮籍《詠懷》及《古詩十九首》注)今本《説文》無'蚩'字。據《説文・欠部》有'欰'字,云:'欰欰,戲笑貌。''蚩蚩'即'欰欰'之俗。是'蚩蚩'又爲戲笑之貌。"(《毛詩傳箋通釋》卷六)

陳奂云:"《釋文》引《韓詩》:'氓,美貌。''美貌'謂之氓,則'蚩蚩'爲美。毛、韓訓異意同。"(《詩毛氏傳疏》卷五)

陳喬樅云:"韓以'氓'爲'美貌'者,蓋據詩言'蚩蚩',故云然耳。

此婦人追本男子誘己之時，與己戲笑，己悦之而以爲美也。又《毛傳》云：‘蚩蚩，敦厚之貌。’《正義》申毛，謂：‘顔色敦厚，己所以悦之。’是亦以氓之蚩蚩爲美詞。”（《韓詩遺説考》卷一之三）

顧震福云：“《毛詩》‘嗤’作‘蚩’，《傳》云：‘蚩蚩，敦厚之貌。’震福案：《廣韻》：‘欰，喜笑。’《文選·文賦》注：‘欰，笑也。’與‘蚩’同。《龍龕手鑑》：‘蚩，和悦也。’《廣韻》《集韻》《韻會》並云：‘嗤，笑也。’《釋名》：‘蚩，癡也。’即毛所云‘敦厚’。蚩蚩者，乃笑之癡也。毛、韓義異而實足互相發明。”（《韓詩遺説續考》卷一）

王先謙云：“美民爲‘氓’，猶美士爲‘彦’、美女爲‘媛’也。”（《詩三家義集疏》卷三下）

送子涉淇。（日佚名《大乘理趣六波羅蜜経釈文》）

【彙輯】

《章句》：涉，度也。（日佚名《大乘理趣六波羅蜜経釈文》。度，慧琳《一切經音義》卷二“涉壙”條引作“渡”）

【通考】

顧震福云：“《毛傳》云：‘繇膝以上爲涉。’用《爾雅·釋水》文。《正義》曰：‘涉者，渡水之名。’《説文》作‘𣻈’，云：‘徒行厲水也。’‘厲’當作‘濿’。《説文》‘濿’爲‘砅’字之或體。‘砅’字云：‘履石渡水也。’《離騷》王注、《廣雅·釋詁》並云：‘涉，渡也。’《吕覽·知分》高注、《國語·吴語》韋注並云：‘涉，度也。’《方言》云：‘過度謂之涉濟。’‘渡’‘度’古字通。”（《韓詩遺説續考》卷一）

王先謙云：“《廣雅·釋詁》：‘涉，渡也。’即用韓義。”（《詩三家義集疏》卷三上）

冠南按：《吕覽·忠廉》：“乃與要離俱涉於江。”《察今》：“楚人有涉江者。”高誘注俱云：“涉，渡也。”與韓訓全同。《漢書》卷五五《霍去病傳》：“票騎將軍涉鈞耆。”顔師古注：“涉，謂人馬涉度也。”亦以“度”（同“渡”）釋“涉”，前多“人馬”二字，蓋據原文增釋，非謂“涉”特指人馬渡水。

履無咎言。

【彙輯】

《章句》:履,幸也。(《經典釋文》卷五)

【通考】

郝懿行云:"《釋文》:'體,《韓詩》作"履"。履,幸也。'按幸者吉而免凶,是幸亦福也。"(《爾雅義疏》上之一《釋詁弟一》)

沈清瑞云:"《禮記・坊記》亦引作'履',鄭注曰:'履,禮也。言女鄉卜筮,然後與我爲禮,則無咎惡之言矣。言惡在己,彼過淺。'鄭君通《韓詩》,此注或申韓義,但其説太曲,不如薛君。"(《韓詩故》卷上)

馬瑞辰云:"此詩'體無咎言',《傳》兼兆卦言者,兆有體,卦亦有體。《洪範》七稽疑:'曰雨,曰霽,曰蒙,曰圛,曰克',此兆體也;'曰貞,曰悔',此卦體之上下也。《韓詩》及《禮記》均作'履無咎言',履者,'體'之假借。《韓詩》訓爲'幸',鄭注訓爲'禮',並失之。"(《毛詩傳箋通釋》卷六)

馮登府云:"'履'與'體''禮'字古每通。《禮記》亦引作'履無咎言',注:'履,禮也。'《韓詩》訓'履'爲'幸','幸無咎言',義較順,然'履'之訓'幸',於古無徵。"(《三家詩異文疏證・韓詩》)

朱士端云:"古'履'字有'體'音,《禮記》引《詩》亦作'履無咎言',鄭注:'履,禮也。'"(《齊魯韓三家詩釋・韓詩》)

徐堂云:"韓意蓋謂幸其卜筮之無咎言也。"(《韓詩述》卷二)

陳喬樅云:"《漢書・伍被傳》注:'幸,非望之福也。''履'義訓'福',故引申旁通之,其義亦得訓'幸'耳。"(《韓詩遺説考》卷一之三)

王先謙云:"韓意亦謂問知爾已卜筮,幸無惡咎之言,特我不當以賄遷往耳,合下二句釋之,方得夫子'過則稱己'、引詩以説之意。此婦自恨卒爲情誘,違其待媒訂期之初念,直道其事如此,《齊詩》所謂'棄禮急情'也。"(《詩三家義集疏》卷三下)

冠南按:陳説是。《爾雅・釋詁》:"履,福也。"是"履"有"福"義。《漢書》卷一下《高帝紀下》:"願大王以幸天下。"顔師古注:"福喜之事皆稱爲幸。"是"福喜"即"幸",故韓訓"履"爲"幸"。幸無咎言,謂無咎惡之言乃福喜之事。

吁嗟女兮,無與士耽。(《韓詩外傳》卷二第七章)

靡室勞矣。

【彙輯】

《章句》:靡,共也。(《經典釋文》卷二、殷敬順《列子沖虚至德真經釋文》卷下)

【通考】

陳喬樅云:"此詩'靡'字,毛公無傳。《鄭箋》云:'靡,無也,無居室之勞,言不以婦事見困苦。'然詳詩下文'夙興夜寐,靡有朝矣',言早夜操作,已非一朝,則上文'三歲爲婦,靡室勞矣'當言三歲之中,同居其苦,方與下語氣一貫,自宜以'靡'訓其'共'義始合。"(《韓詩遺説考》卷一之三)

王先謙云:"言三歲之中,食貧同居,共室家勞瘁之事。如《箋》訓,是復關之待此婦甚優,非氓家食貧者所能爲,與下文語意不貫,明韓説優矣。"(《詩三家義集疏》卷三下)

芄 蘭

垂帶萃兮。(日本菅原是善《東宫切韻》去聲"萃"字條,見中村璋八《神宫文庫本五行大義背記に引存する東宫切韻佚文について》,《東洋學研究》第十一號,一九五五年)

【彙輯】

《章句》:萃,垂貌。(《經典釋文》卷五、菅原是善《東宫切韻》去聲"萃"字條。元弘鈔本《五行大義》卷三背記鈔作"萃,垂白",見新美寬編、鈴木隆一補《本邦殘存典籍による輯佚資料集成》卷一《經部・五經類》。"白"乃"貌"之訛)

【通考】

胡承珙云:"蓋'悸'即'萃'之假借。'悸'从'季'聲,'季'从'稺'聲,'稺''萃'聲相近,故'悸'亦可借爲'萃'。《韓詩》以'萃'爲'垂貌',猶《爾雅》之'崒者,厜㕒'也。毛云:'垂其紳帶,悸悸然。'是亦以'悸'爲'垂貌'。則'悸'爲'萃'之借字無疑。"(《毛詩後箋》卷五)

馬瑞辰云:"悸,《釋文》引《韓詩》作'萃',垂貌。《説文》:'悸,心動也。''萃,草聚貌。'無'垂'義。'悸'與'萃'皆當爲'繠'字之假借。《説文》:'繠,垂也。从惢,糸聲。''糸'與'季''卒'古音並同部,故通用。《左傳》:'佩玉繠兮。'杜注:'繠然,服飾備也。''繠然'即'垂貌'也。"(《毛詩傳箋通釋》卷六)

馮登府云:"'萃',《説文》:'草聚貌。'有垂象焉。'萃''悸'聲義亦同。"(《三家詩異文疏證・韓詩》)

徐堂云:"《方言》:'萃、離,時也。''萃''離'二字義同。《湛露》毛傳:'離離,垂貌。'毛以'離離'爲'垂貌',韓以'萃'爲'垂貌',二字義同故也。"(《韓詩述》卷二)

陳喬樅云:"'萃',《毛詩》作'悸',《傳》云:'垂其紳帶,悸悸然有節度。'是亦以'悸'爲垂貌。'悸'字蓋'萃'之假借。《説文》云:'草聚貌。'《文選・藉田賦》注引《蒼頡篇》云:'蕊,聚也。'是'萃''蕊'義通。《廣雅・釋詁二》:'橤,聚也。'《集韻》云:'繠'或从木作'橤'。《左氏・哀十三年傳》:'佩玉橤兮。'謂佩玉垂貌也。《説文》:'垂,草木花葉垂,象形。'草木花葉皆以聚故而下垂,故'萃''橤'又並爲垂貌。"(《韓詩遺説考》卷一之三)

冠南按:"萃"訓"集""聚"(與"踤""䶑""綷""琗"聲義並同,詳錢繹《方言箋疏》卷三),無"垂"義,馮登府謂"有垂象",未免傅會《章句》。"萃"之訓"垂",當以之爲"繠"之假借,馬、陳之説是。

能不我狎。(《經典釋文》卷五:"《韓詩》作'狎'。")

【通考】

郝懿行云:"'狎'通作'甲'。《詩》:'能不我甲。'《釋文》:'甲,《韓詩》作"狎"。'《書》:'因甲于内亂。'《正義》引鄭、王皆以'甲'爲'狎'。《釋言》云:'甲,狎也。'是諸義所本。"(《爾雅義疏》上之又一《釋詁弟一》)

馮登府云:"'甲''狎'音義相兼。《毛傳》:'甲,狎也。'《爾雅・釋言》:'甲,狎也。'注:'習狎。'是'甲'本有'狎'義。"(《三家詩異文疏證・韓詩》)

陳喬樅云："'甲''狎',古今文。"(《韓詩遺説考》卷一之三)

冠南按:《毛詩》"狎"作"甲",《傳》云:"甲,狎也。"是"甲"爲借字,"狎"爲本字。《韓詩》則徑作"狎",與毛義不殊。《韓詩》常直用本字,《毛詩》則常用借字,得《毛傳》以本字釋之,其義始明。馬瑞辰云:"《毛詩》爲古文,其經字類多假借。《毛傳》釋詩,有知其爲某字之假借,因以所假借之正字釋之者。説《詩》者必先通其假借,而經義始明。韓用今文,其經文多用正字,經傳引《詩》釋《詩》,亦多有用正字者,正可藉以考證《毛詩》之假借。如《毛詩·芄蘭》:'能不我甲。'《傳》:'甲,狎也。'據《韓詩》作'能不我狎',知'甲'即'狎'之假借也。《毛詩·小旻》:'是用不集。'《傳》:'集,就也。'據《韓詩》作'是用不就',知'集'即'就'之假借也。《毛詩·文王》:'陳錫哉周。'《傳》:'哉,載也。'據《春秋傳》及《國語》皆引作'載',知'哉'即'載'之假借也。《毛詩·大明》:'俔天之妹。'《傳》:'俔,磬也。'據《韓詩》作'磬天之妹',知'俔'即'磬'之假借也。凡此皆《毛傳》知其爲某字之假借,即以所假借之正字釋之者也。"(《毛詩傳箋通釋》卷一《雜考各説》"《毛詩》古文多假借考"條)此論綦詳,足供隅反。惟瑞辰未見《原本玉篇》所載《韓詩·文王》"陳錫載周"之文(《原本玉篇》卷二十二"陳"字條),故論述之時,僅舉《春秋傳》及《國語》爲證,今睹《原本玉篇》,益可證其説之不刊。

伯　兮

伯兮偈兮。

【彙輯】

《章句》:偈,桀,侹也,疾驅貌。(《文選》卷十九《高唐賦》李善注)

【通考】

馬瑞辰云:"《廣雅》《釋文》並云:'偈,健也。'《玉篇》:'偈,武貌。'引《詩》:'伯兮偈兮。'則三家《詩》有作'偈'者,'朅'即'偈'之假借耳。'朅'又通'桀'。《碩人詩》:'庶士有朅。'《釋文》引《韓詩》作'桀',云:'健也。'《説文》:'傑,埶也。''桀'者,'傑'之省借。據此,是'朅'當作

‘桀’。《毛詩》蓋因下云‘邦之桀兮’，故上假用‘朅’字，以與‘桀’爲韻。若‘朅’之本義，自爲‘去’耳。《説文》又曰：‘碣，特立之石也。’與《毛傳》訓‘桀’爲‘特立’義合，是‘碣’亦取傑立之義。”（《毛詩傳箋通釋》卷六）

馮登府云：“‘偈’‘揭’音義並同。《釋文》：‘偈，健也。’《高唐賦》注：‘偈，桀，侹也。’‘侹’當是‘健’之譌。”（《三家詩異文疏證・韓詩》）

陳喬樅云：“‘朅’字即‘偈’之通假。《玉篇》所引雖不言何詩，然‘偈’字與《文選》注引《韓詩》文同，則其爲《韓詩》無疑也。段玉裁據《説文》‘仡，勇壯也’，引《周書》‘仡仡勇夫’，謂‘朅’爲‘仡’之假借。然不如從《韓詩》‘偈’字尤爲郅確。”（《韓詩遺説考》卷一之三）

王先謙云：“《碩人》：‘庶士有朅。’《釋文》引《韓詩》作‘桀’，云：‘健也。’明《韓詩》亦以彼詩之‘朅’爲‘偈’，而訓爲‘健’也，與此‘桀侹’之訓合。《説文》：‘侹，長貌。’《檜風》：‘匪車偈兮。’傳云：‘偈偈，疾驅。’韓於此詩以‘桀’‘侹’之義未足，又增訓曰‘疾驅貌’，與《匪風》義同。是‘朅’爲‘偈’之借字。”（《詩三家義集疏》卷三下）

冠南按：“朅”“桀”“偈”可通用，説詳《碩人》“庶士有桀”條之【通考】。馮登府以“侹”爲“健”之譌，恐不可從，因“偈”固有“健”義，然亦有“侹”義，先謙引《匪風》之《毛傳》即其證，故未可以形近而易字。

伯也執殳，爲王前驅。（《文選》卷二《西京賦》李善注。《原本玉篇》卷九“執”字條僅引“伯也執殳”）

【彙輯】

《章句》：執，持也。（《原本玉篇》卷九“執”字條）

【通考】

顧廣圻云：“疑韓作‘伯兮執殳。’”（臧庸《韓詩遺説》卷上引）

陳喬樅云：“《周禮・司戈盾》云：‘祭祀授旅賁殳。’《説文》云：‘殳，以杸殊人也。《禮》：殳以積竹，八觚，長丈二尺，建于兵車，旅賁以先驅。’此詩言‘伯也執殳，爲王前驅’，胡氏紹增謂：‘伯以衛人仕於王朝，居旅賁之官。’是也。”（《韓詩遺説考》卷一之三）

冠南按：《原本玉篇》及《文選》李注俱引作“伯也執殳”，可知顧説之無據，恐不可從。胡紹增之説頗能綰合周禮與詩意，可備一解。

焉得諠草，言樹之背。 願言思伯，使我心痗。（《文選》卷二十五《西陵遇風獻康樂》李善注。“諠”原作“萱”，范志新結合李善注《文選》引《詩》之體例，定“萱”應作“諠”，見《〈文選〉李善注韓毛詩稱謂義例識小》，《厦大中文學報》第四輯，二〇一七年，其説可從。《文選》卷二十四《贈從兄車騎》李善注僅引“焉得諠草，言樹之背”）

【彙輯】

《章句》：諠草，忘憂也。（《文選》卷二十五《西陵遇風獻康樂》李善注）

【通考】

胡承珙云：“‘忘憂’之説，始於《韓詩章句》。《説文》從韓，與毛異義。《傳》《箋》皆祇作設想之詞，不謂實有此草，於‘焉得’二字最合。”（《毛詩後箋》卷五）

馬瑞辰云：“按《文選》謝惠連《西陵遇風詩》李注引《韓詩》‘焉得諠草’，薛君曰：‘諠草，忘憂也。’‘忘憂’之説實本《韓詩》。鄭君先通《韓詩》，故以‘忘憂’爲説。《説文》：‘萱，令人忘憂之草。’亦《韓詩》也。《傳》《箋》皆作設想之詞，不謂實有此草。而任昉《述異記》曰：‘萱草一名紫萱，吴中書生謂之療愁。’張華《博物志》引《神農經》：‘上藥養性，謂合歡蠲忿，萱草忘憂。’則以萱草爲即今之萱花，以‘萱’‘諼’同音取義，猶之栗爲戰栗，棗爲蚤起，棘爲吉，桑爲喪，桐杖爲取同於父，又因《韓詩》忘憂之説而引申之也。合歡、萱草，本是二物。朱子《集傳》謂‘萱草、合歡，食之令人忘憂’者，特連類及之耳。”（《毛詩傳箋通釋》卷六）

陳奂云：“古不言諼草爲何草，唯蘇頌《圖經》云：‘萱草，俗謂之鹿葱，味甘而無毒，主五臟，利心志，令人好歡樂無憂。’李時珍《本草綱目》云：‘今東人採其花跗，乾而食之，名爲黄花菜。’案今俗謂金針菜即此。然古無此説也。”（《詩毛氏傳疏》卷五）

徐堂云：“謝惠連詩云：‘積憤成疢痗，無萱將奈何？’李善注引《韓詩》曰：‘焉得萱草，言樹之背。願言思伯，使我心痗。’薛君曰：‘諠草，忘憂也。''萱'與'諠'通,'痗'音'悔',李以《韓詩》之'諠'釋謝詩之'萱',是《韓詩》以'諠'爲草名也。《説文·艸部》'藼'字注:'令人忘憂草也。''蕿''萱'並或字。嵇康《養生論》曰:'合歡蠲忿,萱草忘憂。'並本韓義。"(《韓詩述》卷二)

冠南按:諠草忘憂之説,似昉自《韓詩章句》,承珙之説是。羅願云:"諼,忘也。衛之君子,行役爲王前驅,過時不反,其婦人思之,則心痗首疾,思欲暫忘之而不可得,故願得善忘之草而植之,庶幾漠然而無所思,然世豈有此物也哉?蓋亦極言其情。説者因'萱'音之與'諼'同也,遂命萱以爲忘憂之草。蓋以'萱'合其音,以'忘'合其義耳。然忘草可也,而所謂'忘憂','憂'之一字,何從出哉?此亦諸儒傅會之語也。"(《爾雅翼》卷三《釋草》)是亦疑諠草忘憂之用。按諠草實有,本草典籍載之備矣,惟其忘憂之用,則詩人幻想之辭,執象而求,則韻致大減。陳奂以萱草爲黄花菜,乃據本草著作爲説,是徵實之論,非賞詩之言。朱橚《救荒本草》卷上"萱草花"條:"俗名川草花。《本草》:一名鹿葱,謂生山野,花名宜男,《風土記》云'懷任婦人佩其花生男'故也。"與陳氏所引之説相通。

有　狐

心之憂矣,之子無裳。(《韓詩外傳》卷三第三十八章)

在彼淇厲。(《原本玉篇》卷二十二"厲"字條)

【彙輯】

《章句》:水絶石曰厲。(《原本玉篇》卷二十二"厲"字條。"水",原作"冰",據胡吉宣《玉篇校釋》卷廿二改)

【通考】

胡承珙云:"'厲'當爲'瀨'之借字。《史記·南越傳》:'爲戈船下厲將軍。'《漢書》作'下瀨'。《説文》:'瀨,水流沙上也。'《楚辭》:'石瀨兮淺淺。'是瀨爲水流沙石間,當在由深而淺之處。上章'石絶水曰梁',爲水深之所;次章言'厲',爲水淺之所;三章言'側',則在岸矣。

立言次序如此。《説文》：'砅，履石渡水也。或从厲，作"濿"。''厲''賴'同聲，故履石渡水之'砅'與水流沙上之'瀨'義足相成，聲亦同類，又與涉水之'厲'轉相引申，故'深則厲'，《説文》作'砅'。此水旁之'厲'，又借'深厲'之字爲之，若但訓'水旁'，與側無别矣。"（《毛詩後箋》卷五）

皮嘉祐曰："胡説於韓義亦合，瀨是水中有涉石之處，故水絶石亦由水渡石之謂。"（王先謙《詩三家義集疏》卷三下引）

顧震福云："《毛傳》云：'厲，深可厲之旁。'戴東原《毛鄭詩考正》曰：'《水經注·河水篇》引段國《沙洲記》："吐谷渾於河上作橋，謂之河厲。"此可證橋有厲名。《詩》淇梁、淇厲並稱，厲固梁之屬也。'震福案：戴説是也。上章'在彼淇梁'，《毛傳》云：'石絶水曰梁。'韓訓'厲'爲'水絶石'，是'厲'與'梁'同。厲，正字作'砅'，《説文》：'砅，履石渡水也。或從厲作濿。''厲'乃'濿'字之省借。毛以'厲'爲'厲揭'之'厲'，與'在彼'義不貫，不若韓義爲優。"（《韓詩遺説續考》卷一）

冠南按：承珙之説極精，彼雖未見《原本玉篇》所載韓訓，然其説猶能與之冥合，亦足徵韓訓之愜於詩旨。俞樾亦以"厲"爲"瀨"（《群經平議》卷八），或得承珙之啓瀹。

韓詩佚文彙輯通考卷五

王　風

黍　離

【彙輯】

《序》:《黍離》,伯封作也。(《太平御覽》卷四六九。“伯封”,日本滋野貞主《秘府略》卷八六四“黍”字條、“稷”字條皆引作“百邦”)

【通考】

馮登府云:“《韓詩》以爲‘伯封’作,則《衛風》也。陳思王《貪惡鳥論》云:‘昔尹吉甫信後妻之讒,而殺孝子伯奇,其弟伯封求而不得,作《黍離》之詩。’與《韓詩》合。”(《三家詩遺説》卷二)

徐堂云:“案《毛序》:‘《黍離》,閔宗周也。’故《鄭譜》以《黍離》爲平王時詩,且謂:‘平王徙居東都,於是王室之尊與諸侯無異。其詩不能復雅,故貶之,謂之王國之變風。’今考《韓詩・黍離》一篇,是宣王時詩,非平王時詩也。則鄭氏貶之爲風之説,韓氏亦無此義。然則曷爲繫王於風乎? 鄭樵云:‘《王風》之爲風,以音節命也,非貶之也。’此説得之。韓義想如此。”(《韓詩述》卷二)

魏源云:“《御覽》引《韓詩》,以《黍離》爲伯封作,即《新序》所謂衛壽閔其兄伋且見害,作《黍離》憂思之詩者也。”(道光中刻二十卷本《詩古微》中編之五《小雅答問上》)

王先謙云:“《御覽》九百九十三‘羽族部’引陳思王植《令禽惡鳥

論》文：'昔尹吉甫信後妻之讒，而殺孝子伯奇，其弟伯封求而不得，作《黍離》之詩。'《七月》疏引此論，羅泌《路史·發揮》亦引曹子建《惡鳥論》。植，《韓詩》家也。《後漢書·郅惲傳》惲説太子曰：'昔高宗明君，吉甫賢臣，及有纖芥，放逐孝子。'傳稱'惲理《韓詩》，以授皇太子，侍講殿中'，即以此詩説太子也。胡承珙云：'尹吉甫在宣王時，尚是西周，不應其詩列於東都。'愚案：吉甫放逐，伯奇出亡，自是西周之事，年歲無考，存歿不知，蓋有傳其亡在王城者。及平王東遷，伯封過之，求兄不得，揣其已歿，憂而作詩，情事分明，此不足以難韓説也。"(《詩三家義集疏》卷四)

冠南按：伯奇、伯封事亦見《説苑》佚文："王國子前母子伯奇，後母子伯封，兄弟相重。"(《漢書》卷七十九《馮奉世傳》附《馮參傳》顔師古注、《文選》卷二十八《君子行》李善注)"伯封"異名較多，有作"百邦"者，見上引滋野貞主《秘府略》；有作"伯邦"者，見蔡邕《琴操·履霜操》："吉甫更娶後妻，生子曰伯邦。"(孫星衍校輯本卷上)蓋"百""伯"相通，(《戰國策·趙策一》"張孟談既固趙宗"章："廣封疆，發五百。"吴師道注："百即伯，古通。"是其證。)"邦、封古音近字通"，(詳孫詒讓《札迻》卷十二。翁元圻謂："'伯邦'當是'伯封'之誤。"見王應麟著，翁元圻注《困學紀聞》卷三。此不詳"邦""封"通用所致。)故有上述異名。

彼黍離離，彼稷之苗。行邁靡靡，中心摇摇。知我者，謂我心憂；不知我者，謂我何求。悠悠蒼天，此何人哉。(《韓詩外傳》卷八第九章。日本滋野貞主《秘府略》卷八六四、李昉等《太平御覽》卷四六九、八四二僅引"彼黍離離，彼稷之苗")

【彙輯】

《章句》：離離，黍貌也。詩人求亡兄不得，憂懣，不識於物，視彼黍離離然，憂甚之時，反以爲稷之苗，乃自知憂之甚也。(《太平御覽》卷四六九。"兄"字原脱，滋野貞主《秘府略》卷八六四"黍"字條、"稷"字條、《御覽》卷八四二引作："詩人求己兄不得，憂不識物。視彼黍，乃以爲稷也。"因據補)

【通考】

毛奇齡云："其云'求亡'者何也？曰：尹吉甫殺孝子伯奇，而其弟求之。此或未然。然而其所云有‘懣而不識於物’，則中心靡煩，兩目眯物，故都丘墟，觸而生傷。故曰：豈行邁之靡靡，抑中心之摇摇也。故曰：見之有見，而目瞿；見非所見，而心瞿。”（《毛詩寫官記》卷一）

胡承珙云：“劉勰云：‘思親者莪蒿不分，閔周者黍稷莫辨。’此用韓義。”（《毛詩後箋》卷六）

徐堂云：“《説文》：‘黍，禾屬而黏者也。以大暑而種，故謂之黍。’‘稷，齋也。五穀之長。’徐曰：‘案《本草》，稷即穄，一名粢，楚謂之稷，關中謂之糜。其米爲黄米。’許謙曰：‘黍，穀名，似稷而小穗，黄色。稷亦穀名，一名穄，苗似蘆，高丈餘，穗黑色，實圓重。’然則黍與稷二物而相類，伯封以黍爲稷，正極言其心之迷亂，猶武后《如意曲》所謂‘看朱成碧思紛紛’也。”（《韓詩述》卷二）

冠南按：薛君解“離離”爲“黍貌”，詳釋黍爲何貌，按《文選・蜀都賦》吕向注：“離離，茂盛貌。”（《六臣注文選》卷四）《文選・在懷縣作》劉良注云：“離離，長茂貌。”（《六臣注文選》卷二十六）皆較薛君爲詳。賈公彦云：“物生曰離。”（《周禮注疏》卷二十四《鞮鞻氏》）物生則漸壯，壯則茂盛，故賈疏實亦與“茂”義相通。

君子于役

曷其有佸。

【彙輯】

《章句》：佸，至也。（《經典釋文》卷五）

【通考】

馬瑞辰云：“《釋文》引《韓詩》：‘佸，至也。’瑞辰按：《廣雅》：‘會，至也。’是‘會’與‘至’同義。下文‘羊牛下括’，《傳》：‘括，至也。’《小雅・車舝》傳則曰：‘括，會也。’《釋名》亦云：‘括，會也。’《説文・人部》：‘佸，會也。’引《詩》：‘曷其有佸。’蓋‘括’與‘會’一聲之轉，‘佸’與‘括’音義亦同。‘曷其有佸’猶上章云‘曷至哉’，詩特變文以協韻耳。”（《毛詩傳箋通釋》卷七）

徐堂云："《毛傳》：'佸，會也。'《廣雅·釋詁》：'會，至也。'文異義同。"(《韓詩述》卷二)

陳喬樅云："《韓詩》訓'佸'爲'至'，蓋以爲'括'之通假。《毛傳》於下文'羊牛下括'，訓'括'爲'至'，於《小雅·車舝》'德音來括'，訓'括'爲'會'。《釋文》云：'括，本亦作佸。'此'括''佸'通用之驗。又《廣雅·釋詁》：'括、會，至也。'是'會'亦有'至'義。王氏《廣雅疏證》曰：'《詩》"曷其有佸"，韓云："佸，至也。"毛云："佸，會也。""會"亦"至"也。首章言"曷至"，次章言"曷其有佸"，其義一也。"佸""括""會"古聲義並同。'"(《韓詩遺說考》卷二之一)

冠南按：據上引諸說，"佸""括""會"音近通假，俱訓"至"，韓、毛字異而意同。

苟無飢渴。

【彙輯】

《章句》：苟，得也。(玄應《衆經音義》卷二"苟能"條、慧琳《一切經音義》卷二十六"苟能"條、智圓《涅槃經疏三德指歸》卷十七)

【通考】

陶方琦云："臧輯本《衆經音義》作'苟，且也'。此'得'字或作'㝵'，與'且'相似，應作'且'。"(《韓詩遺說補》)

冠南按："得"訓"能"(見劉淇《助字辨略》卷五)，能無飢渴，猶言君子能無飢渴乎？蓋深憂其君子忍飢受渴之言。《鄭箋》釋此句云："且得無飢渴，憂其飢渴也。"與韓訓同義。不必如方琦所云，改"得"爲"且"。

君子陽陽

君子陽陽。

【彙輯】

《章句》：陽陽，君子之貌也。(《原本玉篇》卷二十二"陽"字條)

【通考】

顧震福云："《毛傳》云：'陽陽，無所用其心也。'陳碩甫曰：'《正義》引《史記》稱晏子“意氣陽陽”，今《史記》列傳作“揚揚”，《晏子·雜篇》亦作“揚揚”。《荀子·儒效篇》：“則揚揚如也。”楊注：“揚揚，得意之貌。”並與《傳》合。“陽”即“揚”之假借。’震福案：《釋名》：‘陽，揚也。’《蔓草》：‘清揚婉兮。’《説苑·尊賢篇》引作‘清陽’。《左·文八年傳》‘晋解揚’，《漢書·人表》作‘解陽’，是‘陽’‘揚’古通，‘陽陽’即‘揚揚’也。”(《韓詩遺説續考》卷一)

王先謙云：“‘陽’即‘揚’之假借。《玉藻》注：‘揚，讀爲陽。’此‘揚’‘陽’聲通之例。韓訓爲‘君子之貌’，雖未明言其得意，而情狀如繪。凡無所用心之人，未有不自得者，是與《傳》亦相成爲義。”(《詩三家義集疏》卷四)

冠南按：先謙意在貫通韓、毛二訓，據此，則“陽陽”宜釋爲君子自得之貌。朱子釋爲“得志之貌”(《詩集傳》卷四)，亦此義。

其樂旨且。(《原本玉篇》卷九“旨”字條)

【彙輯】

《章句》：旨，亦樂也。(《原本玉篇》卷九“旨”字條)

【通考】

顧震福云：“《毛詩》‘旨’作‘只’。震福案：《南山有臺》：‘樂只君子。’《左·襄廿四年》《昭十三年傳》引《詩》並作‘樂旨’，《詩考》同。《采菽》：‘樂只君子。’《襄十一年傳》引《詩》亦作‘樂旨’。(俗本均作“只”，誤。)又《二十年傳》注：‘取其樂只君子。’《釋文》：‘只，本作“旨”。’是‘只’與‘旨’通。‘樂只’之‘只’當作‘旨’。蓋‘樂旨’爲連語，‘旨’亦有‘樂’義。與《詩》‘既亟只且’‘只且’爲語詞者不同。《説文》：‘旨，美也。’與‘甘’同意，甘美爲人所樂，引申之亦可訓‘樂’。《廣雅》云：‘甘，樂也。’是其證。‘甚’字從甘，《説文》云：‘甚，尤安樂也。’‘旨’亦從甘，故有‘樂’義。”(《韓詩遺説續考》卷一)

王先謙云：“韓作‘旨’，訓‘樂’，蓋以‘旨’本訓‘美樂’，‘旨’猶言樂之至美者，意謂樂甚，故曰‘旨亦樂也’。”(《詩三家義集疏》卷四)

陳鴻森云：“《毛詩》‘旨’字作‘只’，《鄭箋》：‘君子遭亂，道不行，

其且樂此而已。'蓋以'而已'釋'只'字,與《韓詩》字異義别。"(《韓詩遺説補遺》)

冠南按:或以"旨"與"只"通借(詳錢大昕《潛研堂金石文跋尾》卷一《跋衛尉卿衡方碑》、馬瑞辰《毛詩傳箋通釋》卷二、皮錫瑞《漢碑引經考》卷三等),此乃以"旨"爲語詞,與韓訓不同。

君子陶陶。(《原本玉篇》卷二十二"陶"字條)

【彙輯】

《章句》:陶陶,君子之貌也。(《原本玉篇》卷二十二"陶"字條)

【通考】

顧震福云:"《毛傳》云:'陶陶,和樂貌。'陳碩甫曰:'《禮·檀弓》:"人喜則斯陶。"鄭注:"陶,鬱陶也。"《爾雅》:"鬱陶,繇喜也。"《説文》:"傜,喜也。""嗂,喜也。""陶"與"傜""嗂"聲相近。'震福案:韓謂'陶陶'爲'君子之貌',亦謂君子之喜貌耳。《玄應音義》十二引《韓詩》曰:'憂心且陶。陶,暢也。''陶'爲'和暢','和暢'即'喜'也。"(《韓詩遺説續考》卷一)

皮嘉祐云:"《傳》:'陶陶,和樂貌。'韓云'君子之貌',則亦訓爲'和樂'可知。"(王先謙《詩三家義集疏》卷四引)

冠南按:本詩"陽陽""陶陶",韓俱以"君子之貌"爲訓,是以"陶陶"與"陽陽"同義。《鄭箋》云:"'陶陶'猶'陽陽'也。"與韓訓相通。

揚之水

不與我戍申。

【彙輯】

《章句》:戍,舍。(《經典釋文》卷五)

【通考】

徐堂云:"《廣韻·十遇》:'戍,舍也。'本此。"(《韓詩述》卷二)

陳喬樅云:"《毛傳》:'戍,守也。'《韓詩》訓爲'舍'。舍者,舍有止居之義,謂屯兵於此,止而守之也。"(《韓詩遺説考》卷二之一)

王先謙云："《左·莊三年傳》：'凡師一宿爲舍，再宿爲信，過信爲次。'此戍守時久亦爲'舍'者，以其留止於此言之，散文通也。"(《詩三家義集疏》卷四)

冠南按：久戍則需安營留舍，此韓訓"戍"爲"舍"之故，陳、王之説是也。

中谷有蓷

中谷有蓷。

【彙輯】

《章句》：蓷，益母也。(《毛詩草木鳥獸蟲魚疏》卷上)茺蔚也。(《經典釋文》卷五)

【通考】

范家相云："茺蔚即益母，《朱傳》從之。"(《三家詩拾遺》卷五)

馬瑞辰云："蓷一名益母，陸璣《詩疏》引《韓詩》及《三蒼》説，俱云'蓷，益母'是也。一名茺蔚，《釋文》引《韓詩》：'蓷，茺蔚也。'《廣雅》'益母，茺蔚也'是也。陸疏又引劉歆云：'蓷，臭蔚，即茺蔚也。'蓷者，茺蔚之合聲，茺蔚又臭蔚之轉聲也。昔曾子見益母而感，詩人蓋亦感於蓷名益母，因傷今之離棄，有似益母之乾枯耳。"(《毛詩傳箋通釋》卷七)

王先謙云："益母，即茺蔚别名。《廣雅·釋草》云：'益母，茺蔚也。'《玉篇》：'萑、蓷，茺蔚也。《詩》曰：中谷有蓷。'與《釋文》引韓説合。陸璣又引劉歆云：'蓷，臭穢，即茺蔚也。'《傳》云：'蓷，鵻也。'《釋草》：'萑，蓷。'是蓷名鵻，又名萑，今俗通謂之益母草。"(《詩三家義集疏》卷四)

惙其泣矣，何嗟及矣。(《韓詩外傳》卷二第八章、第九章)

【通考】

徐堂云："《毛傳》：'啜，泣貌。'《釋名》：'啜，惙也，心有所念，惙然發此聲也。'則'惙'與'啜'義亦相通。"(《韓詩述》卷二)

兔　爰

有兔爰爰，雉離于罦。（《太平御覽》卷八三二）

【彙輯】

《章句》：爰，發縱之貌也。（玄應《衆經音義》卷二十三"爰發"條、慧琳《一切經音義》卷四十七"爰發"條。"縱"，原作"蹤"，據下引胡承珙、楊揆嘉説改。）

【通考】

胡承珙云："《一切經音義》引《韓詩》曰：'爰爰，發蹤之貌也。''蹤'當作'縱'。顔師古注《漢書・蕭何傳》曰：'發縱，謂解紲而放之也。'《箋》云'聽縱'，與《韓詩》義同。"（《毛詩後箋》卷六）

馬瑞辰云："其（指胡承珙）説是也。今按《毛傳》：'爰爰，緩意。'義本《爾雅・釋訓》。'緩'謂寬緩之，對操急而言，非謂行之緩也。是毛、韓義並相同，故《箋》本《韓詩》以申毛耳。"（《毛詩傳箋通釋》卷七）

徐堂云："楊揆嘉曰：'蹤'，當作'縱'。《説文》：'縱，緩也。'一曰：'舍也。'顔師古《蕭何傳》注：'發縱，謂解紲而放之。'韓義當同《毛傳》'爰爰，緩意'，言爲政有緩有急，用心之不均。韓訓'爰爰'爲'發縱貌'，尤□對下句。謂兔則解于紲，雉則離于羅，或寬或蹙，莫適于平。深合詩人比喻之義，與《毛傳》相發明。"（《韓詩述》卷二）

陳喬樅云："《説文》：'雹，覆車也。从四包聲。《詩》曰："雉離于雹。"'重文'罦'云：'雹，或从孚。'則'罦'乃'雹'之或體耳。"（《韓詩遺説考》卷二之一）

有兔爰爰，雉離于罿。（《太平御覽》卷八三二）

【彙輯】

《章句》：施羅於車上曰罿。（《經典釋文》卷五。慧琳《一切經音義》卷九八"罿網"條、《太平御覽》卷八三二引作"張羅車上曰罿"）

【通考】

陳奐云："《韓詩》謂'罿'爲覆車，與上章之'罦'一物。"（《詩毛氏傳疏》卷六）

陳喬樅云:"《爾雅·釋器》云:'繴,謂之罿;罿,謂之罬也;罬,謂之罦;罦,覆車也。'孫炎注:'覆車是兩轅網,可以掩兔者也。一物五名,方言異也。'郭璞注:'今之翻車也。有兩轅,中施罥以捕鳥。'古者掩雉、兔之網可以同用。覆車之爲製,有兩轅,中施罥以捕鳥。即薛君所謂'張羅車上'者也。"(《韓詩遺説考》卷二之一)

冠南按:上章"雉離于罦",《毛傳》云:"罦,覆車也。"韓以"施羅於車上"釋"罿",亦"覆車"之義,故二陳皆以"罿""罦"爲一物。

逢此百凶。

【彙輯】

《章句》:凶,危也。(慧琳《一切經音義》卷二十八"凶禍"條)

【通考】

冠南按:"凶"訓"惡"(《説文·凶部》),訓"逆"(《吕氏春秋·慎勢》高誘注),俱與"吉"相對,韓訓"危",亦"吉"之反詞。

尚寐無聰。

【彙輯】

《章句》:聰,明也。(慧琳《一切經音義》卷三"聰叡"條、卷五"聰敏"條、卷二十九"聰叡"條、卷六十六"聰叡"條、卷六十七"聰叡"條、卷六十八"聰叡"、"聰慢"條、卷八十四"聰叡"條、日本佚名《令釋》[日本惟宗直本《令集解》引])

【通考】

顧震福云:"《毛傳》云:'聰,聞也。'《廣韻》:'聰,聞也,明也。'蓋兼采毛、韓二説。震福案:《説文》:'聰,察也。''察,覆審也。'徐鉉曰:'祭祀必質明。明,察也。'通作'悤'。《漢書·郊祀志》:'悤明上通。'注:'悤與聰通。'悤,俗作'怱',《吕覽·下賢》:'怱怱乎其心之堅固也。'注:'怱怱,明也。'韓訓'聰'爲'明',謂聽之明也。"(《韓詩遺説續考》卷一)

冠南按:《書·洪範》:"聽曰聰。"蔡沈云:"聰者,無不聞也。"(《書集傳》卷四)是"聰"本"聽"義,善聽則無所不聞,無所不聞則明通無礙,故韓訓"聰"爲"明"。《春秋繁露·五行五事》:"聰者,能聞事而審其意也。”(蘇輿《春秋繁露義證》卷十四)慧琳引《考聲》云:“聰,耳聽明審也。”(《一切經音義》卷五“聰敏”條)並“聰”含“明”義之證。

大 車

毳衣如緂。(慧琳《一切經音義》卷六十六“緂繝”條。《原本玉篇》卷二十七“綱”字條云:“《詩》曰‘毳衣如綱’是也,《韓詩》爲‘緂’字,在帛部。”亦可證明《韓詩》之文乃“毳衣如緂”)

【通考】

顧震福云:“《毛詩》‘緂’作‘菼’,《傳》云:‘菼,騅也,蘆之初生者也。’《箋》云:‘菼,薍也,毳衣之屬。衣繢而裳繡,皆有五色焉,其青者如騅。’震福案:《説文》云:‘薊,萑之初生,一曰薍,一曰騅。或省作“菼”。’又云:‘薍,薊也。八月薍爲萑葦也。’又云:‘綱,帛騅色也。’引《詩》:‘毳衣如綱。’又云:‘緂,白鮮衣貌。謂衣采色鮮也。’《爾雅·釋言》:‘菼,騅也。’郭注引《詩》:‘毳衣如菼。’云:‘菼,草色如騅,在青白之間。’《慧琳音義》六十五引《考聲》云:‘緂色在青白之間也。’又八十一云:‘毯,字書從帛作緂,或從糸作綱。’《原本玉篇·糸部》引《倉頡篇》云:‘緂,如衣貌也。’《倭名類聚鈔》六引《四聲字苑》云:‘緂,青而黄也。’《廣韻》:‘緂,青黄色。緂同。’《集韻》:‘綱,或作“緂”“緂”。’‘緂,衣鮮。’《類篇》:‘緂,帛騅色。’蓋薊、菼乃初生青白色之蘆,綱、緂、緂皆似薊之帛。毛、韓文異而義相近。”(《韓詩遺説續考》卷一)

冠南按:《玉篇·帛部》“緂”字條云:“緂,青黑繒。”言毳衣如青黑色之帛衣(“繒”乃帛之總名,見《説文·糸部》“繒”字條)。《毛詩》作“菼”,《毛傳》云:“菼,鵻也,蘆之初生者也。”陳奂云:“‘鵻’當作‘騅’。《爾雅》:‘菼,騅也。’郭注云:‘菼,草色如騅,在青白之間。’”(《詩毛氏傳疏》卷六)據此,韓、毛字義並異。陳喬樅云:“首章‘毳衣如菼’,‘菼’爲草色;二章‘毳衣如璊’,‘璊’爲麻色。”(《韓詩遺説考》卷二之一)喬樅未見《一切經音義》所載“毳衣如緂”之文,遂以《韓詩》首章與《毛詩》同作“毳衣如菼”,故云首章草色,次章麻色。今有“毳衣如緂”之文,可知韓首章乃以帛色形容毳衣，非草色也。

大車輴輴，（《原本玉篇》卷十八“輴”字條）**毳衣如虋**。

【彙輯】

《章句》：輴輴，盛貌也。（《原本玉篇》卷十八“輴”字條）虋，異色之衣。（殷敬順《列子沖虛至德真經釋文》卷下）

【通考】

〔輴輴盛貌也〕

顧震福云：“《毛詩》作‘大車啍啍’，《傳》云：‘啍啍，行遲之貌。’震福案：《采芑》：‘嘽嘽焞焞。’《毛傳》云：‘焞焞，盛也。’《五經文字》云：‘焞，吐雷反，盛也。見《詩》。’《釋文》云：‘焞，本又作“啍”。’《漢書・韋玄成傳》引《詩》作‘嘽嘽推推’，師古曰：‘推推，盛也。’‘啍’之作‘輴’，猶‘焞’之作‘推’矣。《廣韻》《集韻》《龍龕手鑑》並云：‘輴，車盛貌。’韓與毛文義並異，而與毛《采芑傳》義同。”（《韓詩遺説續考》卷一）

皮嘉祐云：“《玉篇》：‘輴，車盛貌。’野王即用韓義。”（王先謙《詩三家義集疏》卷四引）

胡吉宣云：“毛作‘啍’。‘輴’‘啍’聲相轉，猶‘堆’之轉爲‘墩’也。重言形況之詞，字無定體也。”（《玉篇校釋》卷十八）

〔虋異色之衣〕

陳喬樅云：“《毛詩》：‘毳衣如璊。’《釋文》云：‘《説文》作“䊵”，云：“以毳爲繝也。”解此“璊”云：“玉赬色也。禾之赤苗謂之穈，玉色如之。”’今考《説文》云：‘䊵，以毳爲繝，色如虋，故謂之䊵。虋，禾之赤苗也，从毛，㒼聲。《詩》曰：“毳衣如䊵。”’許所引《詩》，據三家今文，‘虋’即‘穈’字，見《集韻》二十三‘魂’。《毛詩》作‘璊’，《説文》引《詩》作‘䊵’，皆‘穈’之假借耳。‘虋’字蓋‘䊵’之異文。‘穈’‘虋’亦一聲之轉，故《韓詩》釋‘虋’爲‘異色之衣’也。禾之赤苗者爲穈，麻之異色者爲虋。‘虋’字从賁，賁，色不純也，見高誘《吕覽・壹行篇》注。”（《韓詩遺説考》卷二之一）

賴炎元云:"《易·雜卦》傳王肅注:'賁有文飾,黄白色。'《詩·白駒》鄭箋云:'賁,黄白色也。''黂'從'賁'得聲,是以《韓詩傳》釋'黂'爲'異色之衣也'。"(《韓詩外傳考徵》第八章《韓詩外傳佚文考》)

冠南按:《淮南子·説山訓》:"見黂而求成布。"高誘注:"黂,麻之有實者,可以爲布。"(劉文典《淮南鴻烈集解》卷十六)可知"黂"之本義爲有實之麻,麻色不純而製爲衣,則爲異色之衣。《列子·楊朱》:"昔者宋國有田夫常衣緼黂。"張湛注:"黂,亂麻。"(楊伯峻《列子集釋》卷七)"亂麻"之色當亦駁雜,故亦應爲異色之衣。

謂余不信,有如皎日。(《文選》卷十六《寡婦賦》李善注。"皎",六臣注本所收善注作"皦",此當據《毛詩》而改,兹暫依李善單注本)

【通考】

馬瑞辰云:"《釋文》:'皦,本又作皎。'今按《説文》:'皎,月之白也。''皦,玉石之白也。''曉,日之白也。'《詩》作'皦'與'皎',皆當爲'曉'字之同音假借。"(《毛詩傳箋通釋》卷七)

陳奂云:"《列女傳·梁寡高行傳》引《詩》及《文選》潘岳《寡婦賦》注引《韓詩》皆作'皎','皎''皦'皆白也。"(《詩毛氏傳疏》卷六)

冠南按:阜陽漢簡《詩經》此句亦作"有如皎日"(胡平生、韓自强《阜陽漢簡詩經研究》),與韓同文。

丘中有麻

將來其施施。(《顔氏家訓》卷六《書證》)

【通考】

陳喬樅云:"《顔氏家訓·書證篇》云:'江南舊本,悉單爲"施",惟《韓詩》作"將來其施施"。'是知《毛詩》舊本作'將來其施',與二章'將來其食'同一句法。今本作'施施'者,乃後人據《韓詩》改之。"(《韓詩遺説考》卷二之一)

王先謙云:"《顔氏家訓·書證篇》云:'"將其來施施",《韓詩》亦重爲"施施",河北《毛詩》皆云"施施",江南舊本悉單爲"施"。'愚案:

二義皆通。單言'施'者,《學記》注:'施,猶教也。'《晋語》注:'施,施德也。'《左·僖二十四年傳》注:'施功勞也。'《簡兮》箋:'將,且也。'言此麻麥草木,皆留子嗟之德教功勞,今雖放逐,且將復來以惠施我乎? 重爲'施施'者,《傳》:'難進之貌。'將,語詞。言賢者被黜,恐遂長逝不顧,或且施施然徐行而來乎。"(《詩三家義集疏》卷四)

冠南按:先謙説恐非。臧琳云:"考《詩·丘中有麻》三章,章四句,獨'將來其施施'五字。據顔氏説,知江南舊本皆作'將來其施';顔以《傳》《箋》重文,而疑其有誤。然顔氏述江南、江北書本,江北者往往爲人所改,江南者多善本(江南本"有杕之杜",河北本"杕"作"狄";江南本"駉駉牡馬",河北本"牡"作"牧")。則此之悉單爲'施',不得據河北本以疑之矣。若以毛、鄭皆云'施施',而以作'施施'爲是,則更誤。《經》《傳》每正文一字,釋者重文,所謂'長言之'也。"(《經義雜記》卷二十八"將來其施"條)據此,《毛詩》經文當不叠"施"字,今本叠者,或因《傳》《箋》以叠文釋之,因改經以就《傳》《箋》。

鄭　風

緇　衣

緇衣之蓆兮。

【彙輯】

《章句》:蓆,儲也。(《經典釋文》卷五)

【通考】

胡承珙云:"《韓詩》云:'蓆,儲也。'此與《毛傳》'蓆,大'之訓義正相足。大,即謂所儲之廣多也。"(《毛詩後箋》卷七)

馬瑞辰云:"《釋文》:'蓆,《韓詩》云:"儲也。"《説文》云:"廣多。"'瑞辰按:《説文》:'蓆,廣多也。''廣'與《毛詩》訓'大'義近,'多'與《韓詩》訓'儲'義近。'蓆',通作'席'。《漢書·賈誼傳》注引應劭曰:'席,大也。'《爾雅·釋詁》:'蓆,大也。'影宋本作'席',郭注引《詩》:

‘緇衣之席兮。’《說文》：‘席，从巾，庶省聲。’庶者衆也，故義爲‘廣多’。《說文》又云：‘古文席从石省，作“㕽”。’石者大也，故義爲大。”（《毛詩傳箋通釋》卷八）

徐堂云：“《毛傳》：‘蓆，大也。’本《爾雅·釋詁》文。韓訓爲‘儲’，《淮南·俶真訓》：‘儲與扈冶。’高誘注：‘褒大意也。’然則‘儲’亦有‘大’義。與毛義同。”（《韓詩述》卷三）

陳喬樅云：“《說文》云：‘蓆，廣多也。’‘廣多’之訓，與‘儲’義近。”（《韓詩遺說考》卷二之一）

冠南按：《文選》司馬相如《封禪文》：“上帝垂恩儲。”吕向注：“儲，多。”（《六臣注文選》卷四十八）“多”與“大”義近。又，《考聲》云：“儲，積也，貯也。”（慧琳《一切經音義》卷十二“盈儲”條引）物積貯則大。以上並可證“儲”有“大”義。

大叔于田

執轡如組，兩驂如舞。（《韓詩外傳》卷二第十章、第十一章、第十二章）

【通考】

陳喬樅云：“《周官·保氏》注：‘五御之法，有舞交衢。’賈疏云：‘御車在交道，車旋應於舞節。’然則《詩》言‘兩驂如舞’者，謂其驂騑之安行，皆如舞者之有行列，從容中節也。”（《韓詩遺說考》卷二之一）

叔在藪。

【彙輯】

《章句》：澤中可爲禽獸居之曰藪。（慧琳《一切經音義》卷二十一“林藪”條。《經典釋文》卷五引作“禽獸居之曰藪”）

【通考】

冠南按：《吕氏春秋·仲冬》：“山林藪澤。”高誘注：“無水曰藪。”（許維遹《吕氏春秋集釋》卷十一）《穆天子傳》卷二：“朱澤之藪。”郭璞注：“澤中有草者爲藪。”（王貽樑、陳建敏《穆天子傳彙校集釋》卷二）據此可知藪無水而有草，故禽獸宜居。韓訓“可爲禽獸居”，實自無水有草而發。《毛傳》

訓爲“禽之府”，與韓訓義同。

兩驂雁行。（《文選》卷二十《應詔詩》李善注）

【彙輯】

《章句》：兩驂，左右騑驂。（《文選》卷二十《應詔詩》李善注）

【通考】

王先謙云：“兩驂在車左右，承上‘兩服’言之，則騑驂與之相並而稍退後，如飛雁之有行列也。”（《詩三家義集疏》卷五）

清　人

河上乎翱翔。

【彙輯】

《章句》：翱翔，遊也。（慧琳《一切經音義》卷三“翱翔”條、卷六“翱翔”條、卷一百“翱翔”條）

【通考】

顧震福云：“《釋名》：‘翱，敖也，言敖遊也。’‘翔，佯也，言仿佯也。’《廣雅》：‘翱翔，浮遊也。’《穆天子傳》：‘翔畋於曠原。’郭注：‘翔，猶“遊”也。’震福案：《説文》：‘翱，翱翔也。’‘翔，回飛也。’《淮南・俶真訓》高注云：‘翼上下曰翱，直刺不動曰翔。’翱翔本鳥飛之貌，人之自在遊行似鳥飛之自得者，引申假借，亦謂之翱翔，故翱翔可訓‘遊’。”（《韓詩遺説續考》卷二）

冠南按：《齊風・載驅》：“齊子翱翔。”《毛傳》：“翱翔，猶彷徉也。”《文選・招魂》：“彷徉無所倚，廣大無所極些。”張銑注：“彷徉，遊行貌。”（《六臣注文選》卷三十三）是“翱翔”與“彷徉”同義，“彷徉”有“遊”義，故“翱翔”亦可訓“遊”。

二矛重鷮，（《經典釋文》卷五：“《韓詩》作‘鷮’。”）**河上乎消搖。**

【彙輯】

《章句》：（消搖）逍遥也。（《文選》卷四《南都賦》李善注。善注原作“逍遥也”，胡克家《文選考異》卷一云：“‘逍遥也’句有脱，各本皆同，無以補之。”陳喬樅則增“消搖”二

字，輯入“河上乎消摇”句下，其説詳下【通考】。兹暫從其説，繫於“河上乎消摇”句下）

【通考】

〔二矛重鷮〕

范家相云：“鷮者雉名。重鷮者，重施雉羽于矛之室題也。”（《三家詩拾遺》卷五）

馬瑞辰云：“《説文》雉十四種，其二喬雉。又‘鷮’字注云：‘走鳴長尾雉也。’《韓詩》作‘鷮’，《毛詩》作‘喬’，即‘鷮’之省借，謂重以鷮羽爲飾也。《爾雅·釋木》：‘句如羽，喬。’知木之如羽者得名爲喬，是知喬本爲羽飾之名矣。《釋文》云：‘喬，鄭居橋反，雉名。’是知《鄭箋》訓‘懸毛羽’者，正本《韓詩》讀‘喬’爲‘鷮’。以鷮羽爲飾，因名其飾爲喬耳。”（《毛詩傳箋通釋》卷八）

陳奂云：“《毛詩》作‘喬’爲借字，《韓詩》作‘鷮’爲本字，謂以鷮羽飾矛也。”（《詩毛氏傳疏》卷七）

馮登府云：“《傳》：‘重喬，累荷也。’《箋》：‘喬矛矜近上及室題，所以懸毛羽也。’考《説文》：‘鷮，走鳴長尾雉也。乘輿以爲防釳，著馬頭上。从鳥喬聲。’徐鍇曰：‘蔡邕《獨斷》：釳方數寸，以插羽也。’按《箋》言重喬制即所謂‘方釳插羽’也，第飾于矛上耳。然則毛作‘喬’即‘鷮’之省文耳。”（《三家詩異文疏證·韓詩》）

徐堂云：“韓作‘鷮’，蓋謂以鷮羽飾矛。《釋文》：‘喬，鄭居橋反。雉名。’然則《箋》云‘縣毛羽’者，雉羽也，與韓義同。”（《韓詩述》卷三）

陳喬樅云：“《箋》云：‘雉名，所以縣毛羽也。’鄭氏用韓義。”（《韓詩遺説考》卷二之一）

〔消摇逍遥也〕

陳喬樅云：“此‘逍遥也’乃‘河上乎消摇’之訓。《説文》無‘逍遥’字，《字林》有之，見張參《五經文字序》。又，《文選·上林賦》注引司馬彪云：‘消摇，逍遥也。’即本《韓詩》訓義。”（《韓詩遺説考》卷二之一）

冠南按：“消摇”“逍遥”並叠韻詞，音同而義通，故得互訓。

羔　裘

羔裘如濡，恂直且侯。彼己之子，舍命不偷。（《韓詩外傳》卷二第十三章。王觀國《學林》卷一亦引此文，然"偷"作"渝"，當係據《毛詩》而改，不可從）

【彙輯】

《章句》：侯，美也。（《經典釋文》卷五）

【通考】

〔恂直且侯〕

胡承珙云："《韓詩外傳》'洵'作'恂'，是韓云'信直且侯'。"（《毛詩後箋》卷七）

馬瑞辰云："《説文》：'恂，信心也。'《釋詁》：'詢，信也。''詢'亦'恂'之假借。《韓詩外傳》作'恂'，乃正字耳。"（《毛詩傳箋通釋》卷八）

徐堂云："《説文》：'恂，信心也。'《書·立政》：'迪知忱恂。'《傳》：'恂，信也。'"（《韓詩述》卷三）

陳喬樅云："《溱與洧》：'洵訏且樂。'《釋文》引《韓詩》作'恂'，皆用正字。"（《韓詩遺説考》卷二之一）

冠南按：統上引諸説，韓用本字，毛用借字。"恂"訓"信"，"信直且侯"者，即信乎直且美也。

〔彼己之子〕

胡承珙云："《左傳·襄二十七年》引'彼己之子，邦之司直'，正作'己'，知《韓詩》亦本古文。《王風·揚之水》箋云：'其，或作"記"，或作"己"，讀聲相似。'蓋古人於此等以聲爲主，聲同則字不嫌異。推之《大叔于田》之'忌'（《箋》云："忌，讀如'彼己之子'之'己'。"）、《崧高》之'迈'（《箋》云："聲如'彼記之子'之'記'。"）皆然。然其字亦必各有師承，不相錯亂。如毛必作'其'，《揚之水》《汾沮洳》《椒聊》《候人》及此詩是也。韓必作'己'，《汾沮洳》：'彼其之子，美如英。'《韓外傳》亦引作'己'是也。若《文選》陸士衡《吴趨行》及《漢高祖功臣頌》注兩引《毛詩》曰：'彼己之子，邦之彦兮。'又謝玄暉《答吕法曹詩》注引《毛詩》曰：'彼己之子，

美無度。’此‘毛詩’恐皆‘韓詩’之誤。”(《毛詩後箋》卷七)

馬瑞辰云:“‘彼其之子’,《箋》:‘其,或作“記”,或作“己”,讀聲相似。’瑞辰按:《崧高》箋:‘迈,今本誤作“近”。聲如“彼記之子”之“記”。’《叔于田》箋:‘忌,讀如“彼己之子”之“己”。’《表記》引《候人》云:‘彼記之子,不稱其服。’《釋文》:‘記,本亦作“己”。’《史記》《韓詩外傳》、顏師古《漢書》注、李善《文選》注俱引《詩》‘彼己之子’。是《箋》‘或作“記”,或作“己”’之證。‘其’又讀‘姬’,《書·微子》:‘若之何其。’鄭注:‘其,語助也。齊魯之間聲近姬。’‘姬’通作‘居’。《禮記·檀弓》鄭注:‘居,讀如姬姓之姬。’束皙《補亡詩》:‘彼居之子。’即《詩》‘彼其之子’也。李注解爲居處之居,失之。彼者,對己之稱;其,語詞;猶《論語》‘彼哉彼哉’,《左傳》‘夫己氏’也。”(《毛詩傳箋通釋》卷八)

冠南按:承珙之說最豁暢,“古人於此等以聲爲主,聲同則字不嫌異”,“其字亦必各有師承,不相錯亂”等說尤諦。

〔舍命不偷〕

陳第云:“《韓詩》作‘偷’。晋灼《漢書音》曰:‘古繇,或作“渝”。’《左傳》‘專之渝’讀‘繇’。‘偷’‘繇’聲俱叶。”(《毛詩古音考》卷二)

王夫之云:“《韓詩》‘渝’作‘偷’,正與下侯韻叶,當從韓。”(《詩經考異》)

馬瑞辰云:“《韓詩外傳》載晏子曰:‘麋鹿在山林,其命在庖厨。命有所懸,安在疾驅!’末引此《詩》作‘舍命不偷’。‘渝’古音如‘偷’,‘偷’即‘渝’之假借,猶《山有樞篇》‘他人是偷’,《箋》讀爲‘渝’,皆謂雖至死而捨命亦不變耳。《説文》:‘渝,變汚也。’是‘渝’乃由瀞變濁之稱。”(《毛詩傳箋通釋》卷八)

馮登府云:“張衡《西京賦》:‘其樂愉愉。’與上‘偷’字叶。古‘愉’每叶‘偷’,故音同得借。《詩》:‘他人是愉。’鄭作‘偷’,《後漢·馬融傳》注亦引作‘偷’可證。”(《三家詩異文疏證·韓詩》)

陳喬樅云:“‘偷’,《毛詩》作‘渝’,渝,變也。‘渝’‘偷’古相通用。《韓詩》‘偷’字義當亦從毛訓‘變’,謂見危授命,至死不變也。”(《韓詩遺

説考》卷二之一）

冠南按："偷""渝"古音近而通用（《後漢書・酷吏傳》"叔世偷薄"，李賢注："偷，本或作'渝'。"此亦二字通用之證），"渝"訓"變"，則"偷"亦當訓"變"，喬樅"見危授命，至死不變"之説乃墒解。

〔侯美也〕

姚際恒云："此即'諸侯'之'侯'，當時稱諸侯亦取美義也。"（《詩經通論》卷五）

郝懿行云："侯者，《詩》云'洵直且侯''侯文王孫子''謹爾侯度'，毛、鄭並云：'侯，君也。'《羔裘》釋文引《韓詩》云：'侯，美也。'又訓'美'者，與'烝'同義。故'烝''侯'，《毛傳》並云'君'，《韓詩》並云'美'，臣子於君父以美大之詞言之，亦其證也。"（《爾雅義疏》上之一《釋詁弟一》）

胡承珙曰："《釋文》引《韓詩》云：'侯，美也。'如《大雅・文王》'烝哉'，毛本《爾雅》訓'烝'爲'君'，《釋文》引《韓詩》訓'美'。此則義異，不可强同。案：次章云'邦之司直'，三章云'邦之彦兮'，'彦'爲士之美稱，則首章'洵直且侯'似統下二章而言，'直'即'司直'之'直'，'侯'即'美士'之'美'，此訓似宜從韓。"（《毛詩後箋》卷七）

馬瑞辰云："《釋文》引《韓詩》云：'侯，美也。'《左氏傳》曰：'楚公子美矣君哉！'古字訓'君'者多有'美'義。侯爲君，又爲美，猶皇與烝爲君，又爲美。（《爾雅・釋詁》："烝、皇，君也。"《廣雅・釋詁》："皇、烝，美也。"）"（《毛詩傳箋通釋》卷八）

徐堂云："嚴粲《詩緝》曰：'言古之君子，服羔羊之衣，其色潤澤，如濡濕之，信其直且美也。直者，大公至正之謂，充實之謂美，直而且美，則養其剛大而至於充實矣。'按嚴説蓋從韓義。《毛詩》：'侯，君也。'《正義》曰：'是皆君直，且君言其有人君之度。'與韓義異。"（《韓詩述》卷三）

冠南按：朱子訓"侯"爲"美"（《詩集傳》卷四），所用即韓訓。然其釋"洵直且侯"爲"毛順而美"，是以此句爲形況羔裘之言，與嚴粲以爲形况君子之言有别。兩説相較，似仍以嚴説得其實。觀此詩次章首二句言"羔裘豹飾，孔武有力"，卒章首二句言"羔裘晏兮，三英粲兮"，首句俱言君子以羔裘爲服，次句俱言君子之偉力及道德，準此例，一章首二句亦應先言羔裘而後言君子，故"恂直且侯"仍應歸於君子爲是。

彼己之子，邦之司直。（《韓詩外傳》卷二第十四章。卷九第十章、第十一章僅引"邦之司直"）

彼己之子，邦之彦兮。（《韓詩外傳》卷二第十五章、卷九第十二章）

東門之墠

東門之墠。

【彙輯】

《章句》：墠，猶坦，言平地也。（慧琳《一切經音義》卷二十一"壇墠形"條。《一切經音義》卷八十三"墠周"條引作"墠，坦坦也"，衍一"坦"字）

【通考】

胡承珙云："《韓詩》訓'墠'爲'坦'，亦平易之意也。"（《毛詩後箋》卷七）

馬瑞辰云："'東門之墠'，《傳》：'東門，城東門也。墠，除地町町者。'《釋文》：'壇，依字當作"墠"。'《正義》曰：'徧檢諸本，字皆作"壇"。《左傳》亦作"壇"。其《禮記》《尚書》言壇墠者，皆封土謂之壇，除地者謂之墠，"壇""墠"字異，而作此"壇"字，讀音曰墠，蓋古字得通用也。今定本作"墠"。'瑞辰按：《祭法》鄭注：'封土爲壇，除地爲墠。'《説文》：'墠，野土也。''壇，祭壇場也。'據《傳》云'除地町町者'，是字作'墠'爲正。《釋文》及《正義》本作'壇'者，假借字也。《周官・大司馬》：'暴内陵外，則壇之。'注：'"壇"讀如"同墠"之"墠"。'《司儀》注：'故書"壇"作"墠"。'襄二十八年《左傳》：'舍不爲壇。'《釋文》：'服虔本作"墠"。'是'壇''墠'古聲近通用之證。據《華嚴經音義》引《韓詩傳》曰：'墠，猶坦。'是知作'墠'者本《韓詩》也。定本及唐石經、今《正義》本作'墠'者，皆以《韓詩》改《毛詩》耳。"（《毛詩傳箋通釋》卷八）

陳喬樅云："《毛傳》云：'壇，除地町町者。''町町'言除地使之平坦。《論衡·語增篇》：'町町若荆軻之閭。'謂夷軻之里，令平其地也。是《毛詩》本假'壇'爲'墠'字，故義與韓同。《王霸記》曰：'置之空墠之地。''空墠'猶言'空坦'也。皆'壇''墠'通假之證。然則定本作'墠'，蓋據《韓詩》改之。"（《韓詩遺説考》卷二之一）

王先謙云："《説文》'墠'下云：'野土也。''坦'下云：'安也。言其地平安無險阻也。'"（《詩三家義集疏》卷五）

冠南按：韓訓以"墠"與"坦"同義，"坦"訓平安之地，據此，則"東門之墠"即東門之平地。

東門之栗，有靖家室。（《太平御覽》卷九六四。"靖"，《藝文類聚》卷八十七、《白氏六帖事類集》卷三十皆引作"静"。）

【彙輯】

《章句》：栗，木名。靖，善也。言東門之外，栗樹之下，有善人可與成爲室家者。（《太平御覽》卷九六四。《白氏六帖》卷三〇引作"東門樹外，有善人可爲家室也"）

【通考】

王念孫云："靖，善也。靖，通作'竫'，又通作'静'。（《小雅·小明》篇："靖共爾位。"《韓詩外傳》作"静"。《漢帝堯碑》："竫恭祈福。"蔡邕《王子喬碑》作"静"。《公羊春秋·定八年》："葬曹竫公。"《左氏》《穀梁》並作"靖"。《逸周書·謚法》篇："柔德考衆曰静。"蔡邕《獨斷》作"靖"。《史記·周本紀》："周宣王静。"《漢書·古今人表》作"靖"。）《藝文類聚》引《韓詩》曰：'東門之栗，有静家室。静，善也。'《廣雅》曰：'竫，善也。'《堯典》：'静言庸違。'《史記·五帝紀》作'善言'，《漢書·王尊傳》作'靖言'。是'靖'與'善'同義。"（王引之《經義述聞》卷三《尚書上》"自作弗靖"條引）

胡承珙云："既曰'善人'，必非淫奔之謂。"（《毛詩後箋》卷七）

馬瑞辰云："據《曲禮》：'日而行事則必踐之。'鄭注：'踐，讀曰善。'是'踐'本可訓'善'。《藝文類聚》引《韓詩》作'静'，'静'亦善也。但據上'東門之栗'，《毛傳》訓爲'行上栗'，則'有踐'當讀如'籩豆有踐'之'踐'，从《毛傳》訓爲'行列貌'，謂表行栗於家室之前，貌如有列整齊也。‘踐’與‘翦’古通用。《爾雅》:‘翦,齊也。’《説文》作‘前’,曰:‘齊斷也。’齊斷曰翦,籩豆及樹木行列整齊亦通曰翦。‘踐’即‘翦’也。‘翦’通作‘踐’,猶《玉藻》之‘弗身踐也’,‘踐’當爲‘翦’也。‘踐’訓爲齊,猶宓不齊字子賤,‘賤’亦‘翦’之假借也。《毛傳》訓‘淺’,《韓詩》訓‘善’,皆失之。”(《毛詩傳箋通釋》卷八)又云:“‘有踐家室’,正當訓‘踐’爲行列,謂室外栗樹行列之貌,《傳》訓‘踐’爲‘淺’,《韓詩》作‘靖’,訓‘善’,並失之。”(《毛詩傳箋通釋》卷十六)

馮登府云:“‘踐’通‘善’。《盤庚》:‘自作弗靖。’弗善也。是‘靖’‘踐’文異而義不異也。‘靖’同‘静’,《一切經音義・賢愚經第十四卷》‘彭’字下云:‘又作“靖”“竫”“姘”“静”,四形同也。’”(《三家詩異文疏證・韓詩》)

徐堂云:“顔師古《漢書・敘傳》注曰:‘靖,古“静”字。’(案“靖”“静”二字並有“善”義,古通用。《堯典》:“静言庸違。”《史記・五帝紀》作“善言”,《漢書・王尊傳》作“靖言”。)詳韓意,則首章上二句、二章首句是識善人之居也。‘善人’,當指賢者;‘可與成爲室家者’,謂賢者有經國之才也,而君不能用。其曰思者,飾詞耳。此刺人君不能用賢之詩。”(《韓詩述》卷三)

陳喬樅云:“《藝文類聚》引‘靖’字亦或作‘静’。《太平御覽》引‘靖,善也’,‘善’亦或作‘樂’,‘樂’蓋字之誤也。《毛詩》:‘有踐家室。’《傳》云:‘踐,淺也。’訓與韓異。考《禮記・曲禮》曰:‘日而行事則必踐之。’鄭注云:‘踐,讀曰善。’《正義》曰:‘踐,善也。言卜得而行事必善也。’然則‘踐’義亦可訓爲‘善’矣。”(《韓詩遺説考》卷二之一)

王先謙云:“慕善心切,願得爲其室家,足見此女之賢,欲嫁不由淫色。有靖家室,猶今諺云‘好好人家’也。”(《詩三家義集疏》卷五)

冠南按:《獨斷》卷下云:“柔德好衆曰靖。”“柔德好衆”亦“善”之謂。

子　衿

縱我不往,子寧不詒音? (《原本玉篇》卷九“詒”字條)

【彙輯】

《章句》:詒,寄也,曾不寄問也。(《原本玉篇》卷九"詒"字條、《經典釋文》卷五)

【通考】

胡承珙云:"'詒''嗣'音本相近。《尚書》:'舜讓于德弗嗣。'徐廣曰:'今文作"不怡"。'(見《史記集解》)是毛、韓字通而訓各異。《鄭箋》'嗣,續'之訓,亦與毛同。其下云:'女曾不傳聲問我。'則從韓説耳。"(《毛詩後箋》卷七)

沈清瑞云:"《尚書·堯典篇》:'舜讓于德,弗嗣。'徐廣曰:'今文作"不怡"。'見《史記集解》。《典引》注作'不台'。古'詒''嗣'音相近得通。"(《韓詩故》卷上)

馬瑞辰云:"《韓詩》作'詒':'詒,寄也,曾不寄問也。'此《箋》義所本。'詒''嗣'古通用。《虞書》:'舜讓于德不嗣。'《史記集解》引今文《尚書》作'不怡',是其證矣。"(《毛詩傳箋通釋》卷八)

徐堂云:"《經義述聞》曰:'"司"與"台"聲相近,故从司从台之字可互通。'毛以'嗣音'爲學習音樂,義與韓異。《鄭箋》從韓。楊揆嘉曰:《穀梁·定元年傳》:'夫請者,非可詒託而往也,必親之者也。'范寧注:'詒託,猶假寄。'與韓訓合。"(《韓詩述》卷三)

冠南按:韓作"詒"訓"寄",毛作"嗣"訓"習",謂習樂,二家字可通而訓有别。高本漢據本詩次章"子寧不來"之文,推知詩乃被遺忘者所作,故"子寧不嗣(詒)音"與習樂無關,仍當以韓訓爲允(《詩經注釋》九一)。

出其東門

縞衣綦巾,聊樂我魂。(日本藏唐鈔《文選集注》卷五十六《東武吟》李善注、《六臣注文選》卷二十八《東武吟》李善注。"聊樂我魂"亦見《文選》卷九《東征賦》、卷十四《舞鶴賦》李善注。)

【彙輯】

《章句》:魂,神也。(《經典釋文》卷五、《文選》卷九《東征賦》、卷十四《舞鶴賦》、

卷二十八《東武吟》李善注）

【通考】

惠棟云:"《韓詩》作'䰟',案'䰟'亦與'云'通。《中山經》曰:'其光熊熊,其氣䰟䰟。''䰟䰟'猶'云云'也。《吕覽·圜道篇》曰:'雲氣西行云云然。'(“云”亦古文“雲”字)薛夫子訓'䰟'爲'神',失之。(《春秋正義》引《孝經説》云:“魄,白也。魂,云也。”是“魂”與“云”同。)"(《九經古義》卷五)

范家相云:"《詩》云'縞衣綦巾',其心神自有至樂也。"(《三家詩拾遺》卷五)

臧庸云:"《春秋疏》引《孝經説》曰:'魂,云也。'然則《韓詩》作'䰟',即'云'之同聲假借字耳。薛君以爲魂魄字,蓋非也。"(《韓詩遺説》卷上)

馬瑞辰云:"《釋文》引《韓詩》作'䰟','䰟'即'云'字之假借。《韓詩》訓爲'神',亦非。"(《毛詩傳箋通釋》卷八)

馮登府云:"《韓詩》作'䰟',薛君《章句》曰:'䰟,神也。'《正義》云:'"員""云"古今字。'䰟,亦與'云'通。"(《三家詩遺説》卷三)

徐堂云:"《九經古義》曰:'訓"䰟"爲"神",失之。'愚案:非也。《禮·祭義》:'宰予曰:"吾問鬼神之名,不知其所謂。"子曰:"曰氣也者,神之盛也;魄也者,鬼之盛也。"'《正義》曰:'鬼神本是人與物之魂魄,若直言魂魄,其名不尊,故尊而名之曰鬼神。'是魄爲鬼而魂爲神也。《大戴禮·天圓篇》:'陽之精氣曰神,陰之精氣曰靈。'盧辯注:'神爲魂,靈爲魄。'《荀子·强國篇》曰:'形具而神立。'楊倞曰:'神謂精魂。'《韓詩》經文既作'䰟',自當訓'䰟'爲'神',其云'聊樂我䰟'者,猶云可以娱情也。何必强韓同毛乎!"(《韓詩述》卷三)

陳喬樅云:"毛韓師傳各異,訓義不必强同。《孝經援神契》曰:'情者魂之使。'此詩言'有女如雲,匪我思存',而獨以'縞衣綦巾'者爲'聊樂我䰟',其情深如此。下章言'聊可與娱',娱亦樂也。人悲則神傷,而樂則神怡,故《韓詩》以'䰟'爲'神',其説殆未可厚非也。"(《韓詩遺説考》卷二之一)

冠南按：韓訓“魂”爲“神”，於詩意並無窒礙，且徐、陳所舉“魂”“神”通用之證甚夥，足徵韓家自有解説，不必“强韓同毛”(清儒夙有“强韓同毛”之習，斯亦解詩之一弊)。

野有蔓草

野有蔓草，零露漙兮。 有美一人，青陽宛兮。 邂逅相遇，適我願兮。 (《韓詩外傳》卷二第十六章。“青陽宛兮”，陳彭年重修《宋本玉篇》卷四引作“清揚畹兮”、丁度《集韻》卷五引作“青楊畹兮”)

【通考】

馬瑞辰云：“《玉篇》《集韻》引《詩》：‘清揚畹兮。’皆後人增益之字。《韓詩外傳》引作‘青陽宛兮’，皆假借字。”(《毛詩傳箋通釋》卷八)

馮登府云：“‘畹’‘婉’古今字。《釋名》：‘清，青也。去濁遠穢，色如青也。’是‘清’本訓‘青’。《淮南子》‘天得一以清’作‘青’。‘陽’通‘揚’，《玉藻》‘揚休’，注：‘揚，讀爲陽。’《詩》：‘燎之方揚。’《漢書》作‘陽’。《釋名》云：‘陽，揚也。氣在外發揚也。’《史記》：‘黄帝之子青陽。’《逸書》及《漢・律曆志》俱作‘清陽’。”(《三家詩異文疏證・韓詩》)

徐堂云：“《玉篇》：‘畹，于遠切，眉目之間好貌。《韓詩》曰：清揚畹兮。’則‘眉目之間好貌’六字當亦《韓詩傳》文。《毛傳》：‘眉目之間婉然美也。’義同。”(《韓詩述》卷三)

陳喬樅云：“《詩考》引《外傳》二作‘青陽宛兮’，考《初學記》七引《外傳》：‘清揚婉兮。’今本《外傳》二同。並與《詩考》不合。《玉篇》引作‘清揚畹兮’，《集韻》二十‘阮’引《詩》同。又，魏文帝《善哉行》云：‘有美一人，婉如青陽。’見《藝文類聚》四十一。《説文》云：‘婉，順也。’《方言》曰：‘美目謂之順。’‘順’與‘美’同義。”(《韓詩遺説考》卷二之一)

冠南按：“青陽”即“清揚”，説詳本書卷四《鄘風・君子偕老》“子之清揚”之【通考】。

溱　洧

【彙輯】

《序》:《溱與洧》,悦人也。(《太平御覽》卷八八六)

【通考】

冠南按:《韓詩章句》云:"詩人願與所悦者俱往觀之。"(全文詳下)《吕氏春秋·本生》:"鄭、衛之音,務以自樂,命之曰伐性之斧。"高誘注:"鄭國淫辟,男女私會於溱、洧之上,有詢訏之樂,勺藥之和。"(許維遹《吕氏春秋集釋》卷一)並可釋《序》所謂"悦人"之旨。

惟溱與洧,方洹洹兮。惟士與女,方秉蕑兮。(宗懔《荆楚歲時記》"三月三日"條杜公瞻注。杜臺卿《玉燭寶典》卷三、《後漢書》卷七十四上《袁紹傳》李賢注引"溱與洧,方洹洹兮"。《太平御覽》卷三十亦引此四句,無二"惟"字。日本佚名《年中行事秘抄》卷三亦引此四句,無二"惟"字,"洹洹"作"涣涣"。《初學記》卷三、吴淑《事類賦注》卷四引"溱與洧,方涣涣兮"。按"涣涣"係據《毛詩》而改,不可從)

【彙輯】

《章句》:洹洹,盛貌也,謂三月桃花水下之時至盛也。秉,執也;蕑,蘭也。當此盛流之時,衆士與衆女方執蘭拂除邪惡。鄭國之俗,三月上巳之辰,此兩水之上,招魂續魄,拂除不祥。故詩人願與所悦者俱往觀之。(《太平御覽》卷三十。此條後世轉引頗多,另見《宋書》卷二十九《禮志二》,宗懔《荆楚歲時記》,杜臺卿《玉燭寶典》卷三、卷十一,《北堂書鈔》卷一五五,《藝文類聚》卷七十九,《文選》卷四十六《三月三日曲水詩序》李善注,《初學記》卷三、卷四,蕭吉《五行大義》卷三,韓鄂《歲華紀麗》卷一,《通典》卷五五,吴淑《事類賦注》卷四,杜甫《春水》趙次公注,高承《事物紀原》卷八,日本佚名《幼學指南抄》卷三,日本佚名《年中行事抄》卷三,日本佚名《年中行事秘抄》卷三等。然或未及《御覽》詳備準確,或時代後於《御覽》。故兹以《御覽》爲據録文。另,《經典釋文》卷五引《韓詩》云:"蕑,蓮也。"據馬瑞辰説,此乃《陳風·澤陂》"有蒲與蕑"之章句,故本書移入《澤陂》篇内,馬説詳見彼詩【通考】。)

【通考】

〔洹洹盛貌也〕

馬瑞辰云:"《太平御覽》引《韓詩傳》曰:'洹洹,盛貌。'《玉篇》以

‘汍’爲‘洹’之重文。《説文》蓋作‘汍汍’,从《韓詩》也。段玉裁謂《釋文》‘汎’爲‘汍’字之誤,是也。《漢書·地理志》引《詩》作‘灌灌’,蓋‘涣’‘洹’‘汍’‘灌’古音並相近,故通用。‘洹’‘汍’爲正字,‘涣’‘灌’皆假借字也。《初學記》引《韓詩章句》曰:‘溱與洧,方洹洹兮。謂三月桃花水下時。’蓋以當水盛時,故以‘洹洹’爲‘盛貌’,與《毛傳》義同。《箋》云:‘仲春冰釋,水則涣涣然。’亦謂冰釋則水盛,水盛則流必散,義正相承。《説文》:‘涣,流散也。’”(《毛詩傳箋通釋》卷八)

馮登府云:“案《太平御覽》引《韓詩》:‘溱與洧,方盛流洹洹然。謂三月桃花水下之時。’《後漢書》注亦引作‘洹洹’。《博雅》:‘洹洹,流貌。’‘涣涣,春水盛貌。’字異而義同。《漢書·地理志》又引作‘灌灌’。《説文》作‘汎汎’,音扶弓反,見《釋文》。段氏玉裁云:‘許本必作“汍汍”,胡官切,即“洹”之别體。’”(《三家詩異文疏證·韓詩》)

冠南按:《廣韻·釋訓》:“洹洹,流也。”水流浩大則勢盛,故《章句》訓以“盛貌”。

〔蕑蘭也〕

桂馥云:“《鄭風》:‘方秉蕑兮。’《毛傳》云:‘蕑,蘭也。’《太平御覽》引《韓詩》:‘蕑,蘭也。’‘蕑’非‘蘭’。訓蘭者,蕑,香草,蘭之屬也。案:‘蕑’即‘葌’。《山海經》:‘吴林之山,其中多葌草。’《説文》:‘葌草出吴林山。’《廣韻》:‘葌,香草。蕳,同上。’馥謂‘蕳’即‘簡’字。盛弘之《荆州記》:‘都梁縣有山,山下有水清泚,其中生蕑草,名都梁香。’‘葌’又與‘菅’通。《吴越春秋》:‘干將曰:後世即山作冶,麻絰葌服。’《陳書·徐陵傳》:‘京邑丘墟,葌蓬蕭瑟。’”(《札樸》卷一“蕑”字條)

焦循云:“《韓詩》直以‘秉蕳’爲‘秉蘭’,與毛不異。《釋文》引《韓詩》云:‘蓮也。’此當爲《陳風》‘有蒲與蕑’之注,陸德明誤載於此。”(《毛詩補疏》卷三)

馬瑞辰云:“《釋文》引《韓詩》云:‘蕑,蓮也。’瑞辰按:《正義》引《義疏》云:‘蕑即蘭,香艸也。其莖葉似藥草,澤蘭廣而長節,節中赤,高四五尺。’是《詩》所謂‘蘭’者,非今似蕙之蘭。《説文》:‘蘭,香草也。'《本草綱目》謂'蘭'即今省頭草,今艸名省頭香是也。《説文》無'蕑'字,據《一切經音義》卷二引《字書》云:'葌與蕑同。葌,蘭也。'又引《説文》:'葌,香艸也。'卷十二引《聲類》:'葌,蘭也。''蕑'即'葌'之别體。又通作'菅'。《山海經》郭注:'葌,亦菅字。'《一切經音義》'菅艸'注云:'經文作葌。''菅''葌'蓋同音假借,非謂即菅茅之菅也。《太平御覽》引《韓詩章句》云:'蕑,蘭也。'《初學記》引《韓詩章句》云:'鄭國之俗,三月上巳於溱、洧兩水之上招魂續魄,秉蘭拂除不祥。'是韓亦以蕑爲蘭。至《釋文》又引《韓詩》作'蕑,蓮也',蓋釋《澤陂》詩'有蒲與蕑',爲《鄭箋》所本,《釋文》誤移此章耳。又'蕑'字《説文》所無,據漢熹平石經殘碑,《論語·堯曰篇》:'簡在帝心。'石刻从艸作'蕑',知'蕑'即'簡'之隸變。'蘭'字以柬爲聲,'柬''簡'古通用,故'蘭'字可通作'蕑','蕑'亦'簡'也。《釋文》謂:'蕑,古顔反,字从草。若作竹下,是簡策之字。'昧古人通假之義矣。"(《毛詩傳箋通釋》卷八)

丁晏云:"臧氏鏞堂曰:'蕑'與'蓮'是兩物,《太平御覽》三十引《韓詩》:'蕑,蘭也。方執蘭而拂除。'《後漢書》注、《北堂書鈔》《藝文類聚》《初學記》《白帖》《文選》注皆引《韓詩》'秉執蘭草',此蓮也,當作蘭也。晏案:臧説非也。古'蘭''蓮'聲同通用,爲一字。《陳風·澤陂》云:'有蒲與蕑。'《箋》云:'蕑,當作"蓮"。'《爾雅·釋草》邢疏引《詩》作'有蒲與蓮',《御覽》九百七十五亦引作'蓮'。以偏旁證之,《伐檀》:'河水清且漣猗。'《爾雅·釋水》引作'瀾'。《漸漸之石》鄭箋:'與衆豕涉入水之波漣矣。'《釋文》:'漣,一本作"瀾"。'《釋名》:'瀾,連也,波體轉流相及連也。'《説文》:'瀾,或从漣。'然則古'闌''連'無别。此'蘭''蓮'亦然也。又案《易·繫辭》:'同心之言,其臭如蘭。'與'言'叶。《楚辭·招魂》:'川谷徑復,流潺湲些。光風轉蕙,氾崇蘭些。經堂入奧,朱塵筵些。'以'蘭'與'湲''筵'叶。足徵古'蘭'亦有'蓮'音,故相通用。元熊氏《古今韻會》亦引《韓詩傳》'蕑,蘭也',與《釋文》正同,未嘗誤也。"(《詩考補注·韓詩》)

〔"當此"至"觀之"〕

陳啓源云："鄭云：'仲春冰釋，水涣涣然。'又云：'男女感春氣，並出，託采芬香之草，而爲淫佚之行。'言'仲春'，則非上巳；言'託采香草'，則非祓除矣。鄭俗雖淫，不應無故士女駢集，《韓詩》之説爲長。"（《毛詩稽古編》卷五）

范家相云："按《韓傳》但言三月上巳，士女秉蘭，祓除水濱，與所悦者俱往，而無他詞。其曰'所悦者'，謂士與士，女與女，各有平日所悦之人，即伊其相謔，亦是士女各就其所悦者，與之相謔耳。世無道路相逢，士女雜沓，互相戲謔淫奔之理，乃《毛傳》添出'兵革不息，男女相棄，淫風大行'諸語，無論詩中絶無兵革流離之意，即秉蘭贈藥，安必爲目成期約之物？皆非詩中所有之義也。但暮春水涣，男女群相祓禊，袵交趾錯，風俗之弊，自在言外，詩人但直叙其事，而含刺已在。《韓詩》之説，深得風人之旨，不可增益一語。"（《三家詩拾遺》卷五）

徐堂云："《毛序》：'《溱洧》，刺亂也。男女相棄，淫風大行。'而《韓詩》實以上巳祓除之事，較毛尤爲詳悉。蔡邕曰：'今三月上巳，祓于水濱。'蓋出此。"（《韓詩述》卷三）

陳奂云："鄭注云：'歲時祓除，如今三月上巳如水上之類。釁浴，謂以香薰草藥沐浴。'鄭亦本《韓詩》義。"（《詩毛氏傳疏》卷七）

周悦讓云："《韓詩》薛君傳曰：'謂三月桃花水下時。鄭國之俗，三月上巳於此招魂續魄。秉蕳草，祓除不祥之故也。'則此詩乃修禊之事，故士女殷盈耳。"（《倦遊庵槧記·經隱·毛詩》）

冠南按：《章句》以上巳習俗釋經，直達詩心。范氏曲解《章句》之意，旨在爲韓家辯護，殊無謂也。李真嘗詳考《章句》上巳之説（《上巳習俗の基礎的研究——詩経·鄭風·溱洧篇の韓詩説と上巳習俗の関係を中心として》上、下，《岩大語文》第十四—十五輯，二〇〇九—二〇一〇年），足供參稽。

恂盱且樂。

【彙輯】

《章句》：恂盱，樂貌也。（《經典釋文》卷五）

【通考】

馬瑞辰云："《釋文》引《韓詩》作'恂盱'，樂貌也。瑞辰按：《説文》：'恂，信心也。''恂'爲本字，'洵'假借字。訏者，盱之假借。《豫》六三：'盱豫。'《釋文》：'向云：睢盱，小人喜悦之貌。'是'盱'有'樂'義，从《韓詩》訓'樂'爲是。古人用字不嫌詞複，'恂盱且樂'與《詩》'洵美且都'句法正相似。"（《毛詩傳箋通釋》卷八）

馮登府云："'恂''洵'同。《爾雅》作'詢'，《釋詁》：'詢，信也。''盱，大也。'《釋文》云：'本作"訏"。'《漢書·地理志》作'恂盱'，注：'恂，信；盱，大也。'與《箋》《傳》訓同。韓云'樂貌'，與毛異。（《吕覽》高注："絢盱之樂，芍藥之詩。"亦"詢訏"異文。）"（《三家詩異文疏證·韓詩》）

徐堂云："《周易·豫》六三：'盱豫。'《釋文》：'盱，睢盱也。向云：睢盱，小人喜悦之貌。'此云：'恂盱，樂貌。'可以互證。《漢書·地理志》引《詩》亦作'恂盱'，師古注：'恂，信也；盱，大。言士女執芳草以相贈遺，信大樂矣。'顔氏蓋自爲義耳。"（《韓詩述》卷三）

王先謙云："舉目曠野，喜形於色，故曰'恂盱，樂貌也'。"（《詩三家義集疏》卷五）

冠南按：毛用"洵"字，韓例皆用"恂"。《韓詩·羔裘》"恂直且侯"，《毛詩》作"洵直且侯"，亦其證。

贈之以勺藥。

【彙輯】

《章句》：離草也，言將離别，贈此草也。（《經典釋文》卷五）

【通考】

馬瑞辰云："《釋文》引《韓詩》曰：'勺藥，離草也。言將離别贈此草也。'今案崔豹《古今注》曰：'芍藥一名可離，故將别贈以芍藥。猶相招則贈以文無，文無一名當歸也。'正與《韓詩》以芍藥爲離草合。《稽古篇》引董氏謂勺藥爲江蘺，則將離即江蘺之轉聲耳。《箋》云：'其别則送女以勺藥。'其義即本《韓詩》。又云'結恩情'者，以勺與約同聲，故假借爲結約也。勺藥又爲調和之名。《子虛賦》：'勺藥之和。'楊雄《蜀都賦》:'勺藥之羹。'《七發》:'勺藥之醬。'《七命》:'和兼勺藥。'文穎云:'勺藥,五味之和也。'韋昭云:'勺藥,和齊酸鹹,美味也。'張衡《南都賦》云:'歸雁鳴鵽,香稻鱻魚,以爲勺藥。'皆以勺藥爲調和名,不以爲草。段玉裁及王尚書並云:'勺藥之言適歷也。''適'亦調也。《說文》:'曆,調也。'與'歷'同。均調謂之適歷,聲轉則爲勺藥。今按伏儼注《子虛》云:'勺藥,以蘭桂調食也。'《魯靈光殿賦》注引《禮斗威儀》曰:'君乘金而王,其政平,則蘭芝生。'鄭康成注曰:'主調和也。'是調和有用蘭者。《吕氏春秋·本生篇》高注云:'鄭國淫辟,男女私會於溱、洧之上,有詢盱之樂,勺藥之和。'竊疑《齊》《魯詩》有以勺藥爲調和者,故高誘本之。蓋以上言'秉蘭',可爲調和之用,因知下言'贈之以勺藥'爲調和,蓋取義於和也。是亦可備異說。《太平御覽》引《義疏》,以勺藥之和即爲勺藥之草,則誤矣。"(《毛詩傳箋通釋》卷八)

陳奐云:"《韓詩》釋經義,不言勺藥爲何草。《正義》引《義疏》云:'今藥草勺藥無香氣,非是也。未審今何草。'《廣雅》:'攣夷,芍藥也。'王念孫《疏證》云:'攣夷,即留夷。留、攣,聲之轉也。張揖注《上林賦》云:"留夷,新夷也。""新"與"辛"同。王逸注《楚辭·九歌》云:"辛夷,香草也。"郭璞注《西山經》云:"芍藥,一名辛夷,亦香草屬。"然則《鄭風》之"勺藥"、《離騷》之"留夷"、《九歌》之"辛夷",一物耳。《西山經》云:"繡山,其草多芍藥。"《中山經》句欘之山、條谷之山、洞庭之山並云:"其草多芍藥。"則芍藥山草。《名義别録》云:"芍藥生中岳、川谷及丘陵。"陶注云:"出白山、蔣山、茅山最好,白而長大。餘處多赤。"與《山經》合。則古之芍藥,即醫家之藥草芍藥也。今人畦種之,《離騷》所謂"畦留夷"者矣。其根莖及葉無香氣,而花則香。故《毛詩》謂之香草,猶蘭爲香草,亦是花香,莖葉不香也。'案王說是也。唯上章之蘭爲澤蘭,其香在莖、葉,不必在華耳。"(《詩毛氏傳疏》卷七)

丁晏云:"陸氏《埤雅》引《韓詩》云:'勺藥,離草也,一名可離,將别,故贈。'崔豹《古今注》:'牛亨問曰:將離别,相贈以芍藥者何?答曰:芍藥一名可離,故將别以贈之。'蓋《韓詩》之說也。"(《詩考補注·韓詩》)

冠南按：韓但謂“將離别，贈此草”，而未言贈草之深意，《毛傳》云：“其别，送女以勺藥，結恩情也。”“結恩情”云云可補釋韓義。至黄朝英引“先儒説《詩》：芍藥破血，令人無子，‘贈之以芍藥’者，所以爲男淫女也”（《靖康緗素雜記》卷六“芍藥”條），則求之過深，與詩義隔若霄壤。

瀏其清矣。

【彙輯】

《章句》：瀏，清貌也。（《文選》卷四《南都賦》李善注）

【通考】

馬瑞辰云：“《文選·南都賦》李注引《韓詩内傳》作‘瀏’，云：‘瀏，清貌也。’《莊子·天地篇》：‘瀏乎其清也。’李軌音讀‘瀏’爲‘劉’。《廣雅》：‘瀏，清也。’是‘劉’與‘瀏’聲義並同。《説文》：‘瀏，清深也。’則深與清義亦相因。”（《毛詩傳箋通釋》卷八）

徐堂云：“《集韻》：‘瀏，力求反，同“瀏”。’當是此句異文。”（《韓詩述》卷三）

陳喬樅云：“《毛詩》作‘瀏其清矣’。梁處素云：‘“瀏”“瀏”通，疑是此章。’今案《莊子·天地篇》：‘瀏乎其清也。’《釋文》云：‘李良由反，清貌。’是讀‘瀏’音爲‘瀏’。《文選·甘泉賦》注引孟康曰：‘瀏，清也。’《文賦》注引《字林》曰：‘瀏，清流也。’《廣雅·釋詁》云：‘瀏，清也。’又此詩《毛傳》：‘瀏，深貌。’《説文·水部》：‘瀏，流清貌。《詩》曰：瀏其清矣。’又云：‘瀏，清深也。’則‘瀏’‘瀏’音義並同。”（《韓詩遺説考》卷二之一）

陳奂云：“韓緣詩言清，故形容爲清貌。”（《詩毛氏傳疏》卷七）

齊　風

雞　鳴

【彙輯】

《序》：《雞鳴》，讒人也。（《太平御覽》卷九四四。“讒”，王應麟《玉海》卷三十八

引作“説”,誤)

【通考】

丁晏云:“謂此詩爲‘讒人’者,殆以蒼蠅與青蠅一類歟?”(《詩考補注・韓詩》)

陳喬樅云:“《御覽》一本作‘纔人也’,‘纔’者‘讒’之譌字。《玉海》三十八引作‘説人也’,誤。”(《韓詩遺説考》卷二之二)

王先謙云:“‘讒’上疑奪‘憂’字。韓以此詩爲憂讒之作。”(《詩三家義集疏》卷六)

冠南按:臧琳以《雞鳴》爲刺讒之作(詳下),與先謙説相成,蓋憂讒而刺之也。

匪雞則鳴,蒼蠅之聲。(《太平御覽》卷九四四)

【彙輯】

《章句》:雞遠鳴,蠅聲相似也。(《太平御覽》卷九四四)

【通考】

臧琳云:“《太平御覽》九百四十四引《韓詩》曰:‘《雞鳴》,讒(本或作“説”,誤。)人也。’薛君曰:‘蒼蠅之聲,雞遠鳴,蠅聲相似也。’據《韓詩序》及薛君説,知《雞鳴》爲刺讒詩。《小雅・青蠅》曰:‘營營青蠅,止于樊。豈弟君子,無信讒言。’彼乃直言,此爲婉諷。若曰雞既鳴則朝既盈,相因之勢然也。然今者匪雞鳴也,乃蒼蠅聲也,可遂以爲雞鳴哉? 此聞其似而以爲然,詩人欲其審聽也。次章言:‘匪東方則明,月出之光。’此見其似而以爲然,詩人欲其審視也。三章:‘蟲飛薨薨。’言小人衆多也。薨薨亂也,小人衆多則亂矣,我甘與子同處此亂國哉? 我且欲歸矣。庶乎無予憎而興讒矣。首二章見詩人敏心慧口,譬近指遠;卒章見其去就之義明。而詞氣又婉而不迫,太公之澤深矣。”(《經義雜記》卷三“《雞鳴》讒人也”條)

范家相云:“薛漢之説正同《毛傳》。愚謂蒼蠅之聲,豈足以亂嘑? 旦而聽之,不分如是。況蟲飛天曙,喈喈之聲將住,反以蠅聲有似鷄鳴,可乎? 詩蓋曰:非但鷄則鳴矣,蒼蠅業已作聲,蓋蠅尚無聲而疑爲

有也。警旦之情如話。”(《三家詩拾遺》卷五)

馮登府云:“此章言朝多讒臣,故以朝廷起興。蠅聲而以爲雞鳴,月出而以爲天明,皆恍惚疑似,讒人之情狀如見。”(《三家詩拾遺》卷三)

徐堂云:“玉林(冠南按:臧琳字玉林)此說足以發明韓義,而《毛序》以爲‘哀公荒淫怠慢,故陳賢妃貞女,夙夜敬戒,相承之道’,與韓義迥别。”(《韓詩述》卷三)

陳喬樅云:“《韓詩》以《雞鳴》爲‘讒人’,則所謂‘雞遠鳴,與蠅聲相似’者,謂讒人之言以似亂真也。劉向《列女傳》載緹縈歌《雞鳴》之詩,又班固歌詩曰:‘上書詣北闕,闕下歌《雞鳴》。憂心摧折裂,晨風激揚聲。’皆以此詩爲無罪被讒之作。與韓同義。”(《韓詩遺説考》卷二之二)

王先謙云:“‘匪雞’二句,明韓、毛文同。‘雞遠’二句,與《傳》意大同。蒼,青也。蒼蠅即青蠅,喻讒人也。言朝者皆知爲雞鳴矣,自君聽之,匪雞則鳴也,蒼蠅之聲耳。君聽不聰,躭於逸欲,而讒人近在枕席,如驪姬夜半而泣,可畏孰甚。”(《詩三家義集疏》卷六)

冠南按:上引諸説於讒人之以是爲非、似是而非,討論備至,殊達《序》恉。

無庶予子憎。

【彙輯】

《章句》:憎,猶惡也。(慧琳《一切經音義》卷三“愛憎”條。《一切經音義》卷七十九“憎前”條亦引此文,無“猶”字)

【通考】

顧震福云:“《毛傳》云:‘無見惡於夫人。’亦以‘憎’爲‘惡’。震福案:《説文》《廣雅》並云:‘憎,惡也。’《方言》云:‘憎,憚也。’又云:‘憚,惡也。’《廣韻》:‘憚,忌惡也。’《説文》:‘忌,憎惡也。’”(《韓詩遺説續考》卷二)

冠南按:“惡”乃“憎”之本訓。《玉篇·心部》亦云:“憎,惡也。”是其證。

嫙

子之嫙兮，遭我乎猛之閒兮。

【彙輯】

《章句》：嫙，好貌。（《經典釋文》卷五）遭，遇也。（慧琳《一切經音義》卷二十二"生難遭想"條）

【通考】

〔嫙好貌〕

王引之云："《齊風·還》：'子之還兮。'《毛傳》曰：'還，便捷之貌。'《韓詩》作'嫙'，云：'好貌。'家大人曰：《韓詩》説是也。二章：'子之茂兮。'《毛傳》曰：'茂，美也。'三章：'子之昌兮。'《毛傳》曰：'昌，盛也。'《箋》曰：'佼好貌。''昌''茂'皆好，則'嫙'亦好也。作'還'者，假借字耳。《説文》：'嫙，好也。'義本《韓詩》（《廣雅》同）。好貌謂之嫙，猶美玉謂之璿矣。"（《經義述聞》卷五《毛詩上》"子之還兮"條）

馬瑞辰云："據下章'子之茂兮'、'子之昌兮'，'茂''昌'皆爲好，則'還'者，'嫙'之假借，從《韓詩》訓'好'爲是。"（《毛詩傳箋通釋》卷九）

馮登府云："《説文》：'嫙，好也。'字與'旋'通，又與'還'同。"（《三家詩異文疏證·韓詩》）

孫經世云："《韓詩》'嫙'訓'好貌'，係用本字。"（《惕齋經説》卷二"子之還兮"條）

陳奂云："《説文》《玉篇》《廣雅》並云：'嫙，好也。'本《韓詩》。好，謂容好也。"（《詩毛氏傳疏》卷八）

陳喬樅云："《毛詩》訓'還'爲'便捷之貌'。《釋文》云：'便捷，本亦作"便旋"。'是毛義與《韓詩》相近。"（《韓詩遺説考》卷二之二）

冠南按：王、馬統全詩之義，定韓訓爲正，其説可從。聞一多云："《毛傳》誤'從兩狼'三句爲逐獸，故釋'還'爲'便捷'。王氏正之，其見卓矣。"（《詩經通義乙》）此説鉤稽《毛傳》致誤之由，可備一解。喬樅以"便捷"亦作"便旋"，遂定毛義近韓，此説非是，蓋"便旋"亦"便捷"之義，與韓訓"好"義迥異，未可以"旋""嫙"音近，即强謂之同。

〔遭遇也〕

冠南按："遇"爲"遭"之本訓，《説文・辵部》《玉篇・辵部》並云："遭，遇也。"此其證。

並驅從兩肩兮。（《後漢書》卷六十上《馬融傳》李賢注）

【彙輯】

《章句》：獸三歲曰肩。（《後漢書》卷六十上《馬融傳》李賢注）

【通考】

馬瑞辰云："此詩《傳》云：'獸三歲曰肩。'《豳風》傳亦曰：'三歲爲豜。'是凡獸三歲者曰肩，通名豜矣。《後漢書・馬融傳》注引《韓詩傳》曰：'獸三歲曰肩。'《吕氏春秋・知化篇》高誘注：'獸三歲曰豣。'並與《毛詩》同。"（《毛詩傳箋通釋》卷九）

徐堂云："'三'當作'四'。四，古文作'亖'，相似而誤也。若《韓詩》亦曰'三歲曰肩'，則與《毛傳》同，李賢不必舍毛而引韓也。鄭司農《大司馬》注曰：'四歲曰肩。'當本《韓詩》。"（《韓詩述》卷三）

陳喬樅云："《説文》：'豜，三歲豕，肩相及。《詩》曰："並驅從兩豜兮。"''豜'字从豕，本爲大豕之名，《小爾雅》曰'豕之大者謂之豜'是也。《爾雅・釋獸》：'麐，絶有力豜。'《韓詩》《毛傳》並云：'獸三歲曰肩。''肩'即'豣'之渻文。高誘《吕覽》注亦曰：'獸三歲曰豣。''豜''豣'字同。是凡獸之大者亦通稱'豜'也。"（《韓詩遺説考》卷二之二）

王先謙云："《廣雅》：'獸一歲爲豵，二歲爲豝，三歲爲肩，四歲爲特。'《大司馬》先鄭注：'肩''特'互易。"（《詩三家義集疏》卷六）

冠南按：徐堂之説頗新，且與鄭司農注《大司馬》相合，然《説文》已訓"豜"爲"三歲豕"，足見"三歲曰肩"之説有據，"三"未必"亖"之訛也。

揖我謂我嬛兮。

【彙輯】

《章句》：嬛，好貌。（《經典釋文》卷五）

【通考】

王引之云："'揖我謂我儇兮'，《毛傳》曰：'儇，利也。'《韓詩》作'婘'，云：'好貌。'家大人曰：《韓詩》説是也。二章言好，三章言臧，臧與好同義，則婘亦同也。(《廣雅》："婘，好也。"義本《韓詩》。)《陳風·澤陂》：'有美一人，碩大且卷。'《毛傳》曰：'卷，好貌。'《釋文》：'卷，本又作"婘"。'是其證也。作'儇'者，聲近而借耳。《説文》：'鬈，髮好也。《詩》曰："其人美且鬈。"''鬈'與'婘'義亦相近。"(《經義述聞》卷五《毛詩上》"揖我謂我儇兮"條)

馬瑞辰云："《釋文》：'儇，《韓詩》作"婘"，云：好貌。''婘'通作'嬽'。《玉篇》：'婘，好貌。或作嬽。'《廣雅》：'婘，好也。'《毛詩》作'儇'者，音近假借。"(《毛詩傳箋通釋》卷九)

馮登府云："'婘'同'嬽'，《玉篇》《廣雅》並訓'好'，蓋本《韓詩》。"(《三家詩異文疏證·韓詩》)

徐堂云："《韓詩》訓'婘'爲'好'，所以答前言'嫙'也。《毛傳》：'還，便捷之貌。''儇，利也。'一譽其便捷，一譽其輕利，亦相對而言也。故字義並異。"(《韓詩述》卷三)

子之昌兮。

【彙輯】

《章句》：昌，美貌。(日本菅原是善《東宫切韻》，見上田正《切韻逸文の研究》)

【通考】

冠南按：《説文·日部》"昌"字條："美言也。"徐鍇云："《詩》曰：'猗嗟揚兮，美目昌兮。'昌，美也。"(《説文解字繫傳》卷十三，"猗嗟揚兮，美目昌兮"蓋誤記《齊風·猗嗟》"猗嗟昌兮，……美目揚兮"所致)馬瑞辰云："'昌'之本義爲'美言'，引申爲凡美盛之稱。"(《毛詩傳箋通釋》卷八)此説可申釋本句之韓訓。《鄭箋》云："昌，佼好貌。"與韓説義近。

著

俟我於庭乎而。 (《原本玉篇》卷二十二"庭"字條。"俟"，原作"涘"，據胡吉宣

《玉篇校釋》卷二十二改）

【彙輯】

《章句》：參分堂塗，一曰庭。（《原本玉篇》卷二十二"庭"字條）

【通考】

顧震福云："毛無訓。震福案：《說文》：'庭，宫中也。'《左・昭五年傳》杜注：'庭，堂前地名。'《楚詞・思古》王注：'堂下謂之庭。'《何人斯》：'胡逝我陳。'《毛傳》：'陳，堂塗也。'本《爾雅・釋宫》'堂塗謂之陳'爲訓。《原本玉篇》引《韓詩》曰：'塗左右謂之陳。'蓋堂下左右之塗曰陳，其中曰庭，故曰：'參分堂塗，一曰庭。'"（《韓詩遺説續考》卷二）

皮嘉祐云："《左・昭五年傳》：'大庫之庭。'注：'堂前地名。'《周書》：'大臣朝于公庭。'注：'公堂之庭。'據此，是庭在堂之間。'參分堂塗'者，度堂前之道而居其中也。"（王先謙《詩三家義集疏》卷六引）

黄山云："《釋宫》：'堂塗謂之陳。'郭注：'堂下至門徑也。'著在門屏之間，則參分堂塗之一，正在堂、著之間。皮云'在堂之間'，未憭。"（王先謙《詩三家義集疏》卷六引）

陳鴻森云："此注疑當作'堂塗參分一曰庭'，《玉篇》零卷鈔者撰寫誤之。《爾雅・釋宫》云：'堂塗謂之陳。'郭注：'堂下至門徑也。'蓋堂下至門三分之一處爲庭也。"（《韓詩遺説補遺》）

東方之日

東方之日兮，彼姝者子，在我室兮。（《文選》卷二十一《秋胡詩》、卷二十七《美女篇》、卷二十八《日出東南隅行》李善注。《文選》卷一九《神女賦》李善注僅引"東方之日"）

【彙輯】

《章句》：詩人言所説者顔色盛也，言美如東方之日出也。（《文選》卷二十七《美女篇》李善注。《文選》卷十九《神女賦》、卷二十一《秋胡詩》、卷二十八《日出東南隅行》李善注亦引此條，然未若《美女篇》注詳備）

【通考】

范家相云："韓意亦作刺淫。但'東方之日'非指顔色。戴埴曰：

男女相奔,不夙則暮,日出早也,月出遲也。"(《三家詩拾遺》卷五)

胡承珙云:"薛君《章句》謂詩人言所説者顔色盛美,如東方之日。其義淺矣。"(《毛詩後箋》卷八)

馬瑞辰云:"《傳》《箋》義正相反,與《詩》取興'彼姝者子'義不相協,不若《韓詩》以'東方之日'喻'顔色美盛'爲善。《文選》李善注引《韓詩薛君章句》曰:'詩人所説者,顔色盛也。言美如東方之日出也。'二章'東方之月',《韓詩》説不傳,義當與首章同。古者喻人顔色之美,多取譬於日月。《詩》:'月出皎兮。'《箋》:'喻婦人有美色之白皙也。'宋玉《神女賦》:'其始出也,耀乎若白日初出照屋梁。其少進也,皎若明月舒其光。'義本此詩。'彼姝者子'蓋指女子言,《傳》《箋》以爲男子,非也。"(《毛詩傳箋通釋》卷九)

陳奂云:"韓以日月喻女子,與《毛詩》義異。"(《詩毛氏傳疏》卷八)

徐堂云:"歐陽脩《詩本義》云:'"東方之日",日之初升也,蓋言彼姝之子,顔色奮然美盛如日之升也。此述男女淫奔,但知稱其美色以相誇榮,而不顧禮義也。'案歐陽此説蓋本《韓詩》。"(《韓詩述》卷二)

陳喬樅云:"《毛傳》釋此詩云:'日出東方,人君明盛,無不照察也。'二章《傳》曰:'月盛於東方,君明於上,若日也;臣明於下,若月也。'《箋》云:'日在東方,其明未融興者,喻君不明。'二章《箋》云:'月以興臣,月在東方,亦言不明。'《箋》説與《傳》異,毛、鄭義又均與《韓詩》不同。"(《韓詩遺説考》卷二之二)

王先謙云:"《説文》:'姝,美也。'子,女子。我,壻自謂。在室,謂女入門後。"(《詩三家義集疏》卷六)

冠南按:"彼姝者子"乃形況女子之辭,故應以韓釋更契詩意。黄震云:"諸家皆以日爲喻君,然詩中似無此意,惟戴岷隱云:'男女相奔,不夙則莫,日出早也,月出莫也。'此爲近事情。"(《黄氏日鈔》卷四)此與《韓詩》男女相悦之解相通。承珙以韓義爲淺,乃就義理言之,不侔於經文之原意。

在我闥兮。

【彙輯】

《章句》：門屏之間曰闥。（《經典釋文》卷五、日本藏唐鈔《文選集注》卷四十八《爲顧彥先贈婦詩》之《文選鈔》）

【通考】

錢大昕云："《詩》：'在我闥兮。'《傳》云：'闥，門内也。'《韓詩》云：'門屏之間曰闥。'即'達'字。《禮·明堂位》：'刮楹、達鄉。'注：'牖屬，謂夾户窻也。每室八窻爲四達。'"（《經典文字考異》卷下《門部》"闥"條）

胡承珙云："切言之，闥爲小門；渾言之，則門以内皆爲闥。《釋文》引《韓詩》：'門屏之間曰闥。'亦是謂門以内也。"（《毛詩後箋》卷八）

陳奂云："毛意以寢門左右塾爲闥，韓以寢門内屏爲闥。毛、韓自指一處。闥者本非門内之名，闥在門内，故《傳》以'門内'釋之。"（《詩毛氏傳疏》卷八）

陳喬樅云："《毛傳》云：'闥，門内也。'與《韓詩》義同。"（《韓詩遺説考》卷二之二）

王先謙云："士家二門，大門内爲寢門，小牆當門中特立一門，所謂寢門也，亦曰閨門，門内設屏，門屏之間謂之宁，亦謂之著，即闥也。以次序言，當先言闥而後言室。韓順詩釋義，而云然者，意總謂門闥以内，仍不欲没闥之名耳。"（《詩三家義集疏》卷六）

冠南按：《廣雅·釋宫》："闥謂之門。闠，里也。"錢大昭云："《説文》無'闥'字，疑古用'闠'。闠者，與'闥'同，亦謂里門也。《司馬法》曰：'鼙聲不過闠。'"（《廣雅疏義》卷十三）是"闥"爲里門，古者居必同里，里門在家門之外，而據韓訓，則以"闥"在家門之内，與里門之義有别。

東方未明

東方未晞。

【彙輯】

《章句》：明不明之際曰晞。（慧琳《一切經音義》卷四十七"即晞"條）

【通考】

冠南按："明不明之際"即天欲明而未明之際，猶言黎明(《史記·高祖本紀》司馬貞索隱云："黎，猶比也，謂比至天明。")。《毛傳》云："晞，明之始升。"與韓訓同義。陳奐云："晞者，'昕'之假借字。'明之始升'，日始出也。《天保》：'如日之升。'《傳》云：'升，出也。'未昕，猶未明也。"(《詩毛氏傳疏》卷八)此解亦適用於韓訓。

南　山

藝麻如之何？ 横由其畝。 (《原本玉篇》卷十八"由"字條)

【彙輯】

《章句》：東西耕曰横，南北耕曰由。(《原本玉篇》卷十八"由"字條、《經典釋文》卷五。玄應《衆經音義》卷三"縱廣"條、卷六"縱廣"條、宗曉《金光明經照解》卷二皆引作"南北曰縱，東西曰横"，玄應《衆經音義》卷二十四"從擴"條引作"南北曰從，東西曰擴"，栖復《法華經玄贊要集》卷一三引作"南北曰縱，東西曰廣")

【通考】

馬瑞辰云："《釋文》引《韓詩》作'横由其畝'，云：'東西耕曰横，南北耕曰由。''横'即'衡'也。古'由''從'二字同義，(《説文》："繇，隨從也。由，或繇字。")故通用。《一切經音義》三引《韓詩傳》：'南北曰從，東西曰横。'是《韓詩》又作'從横其畝'。蓋傳《韓詩》者不一家，故本亦各異。"(《毛詩傳箋通釋》卷九)

馮登府云："衡，古同'横'。《檀弓》：'今也衡縱。'疏：'衡，横也。'《坊記》引《詩》正作'横'。'由'義當作'袤'，《西京賦》：'考廣袤。'注：'南北曰袤。'與《釋文》訓合。'由''袤'聲相近。"(《三家詩異文疏證·韓詩》)又云："'由''從'通。《國語》'諸侯從是而不睦'，即'由是'也。"(《三家詩遺説》卷三)

陳喬樅云："《毛詩》作'衡從其畝'，與韓文異。臧鏞堂曰：'"東西曰廣"，"廣"即"横"之譌。'此不然也。《衆經音義》二釋'從廣'引《小爾雅》曰：'從，長。廣，横也。凡南北曰從，東西曰横，此事之恒也。'

又卷三引《周禮》:‘九州之地域,廣輪之數。’鄭君曰:‘輪,從也。廣,横也。’則‘縱廣’即‘從横’,‘廣輪’猶‘横從’也。東西曰廣,非‘横’之譌字明矣。”(《韓詩遺説考》卷二之二)

錢玫云:“《後漢書·方術列傳》注:‘鄭玄曰:由,從也。’‘由’即‘從’也。”(《韓詩内傳並薛君章句考》卷二)

馬敘倫云:“《毛詩》作‘衡從’,《韓詩》作‘横由’,‘衡從’即‘横由’,義實無别,‘横’‘衡’通假,古書例證甚多,不煩引徵。‘由’可借爲‘從’者,孫詒讓謂‘由’‘用’一字,其所援證極塙。(《古佚叢書》本《玉篇》“由”字作“出”,即“用”之古文。傳寫微譌其形,又音餘同反,尤可證其爲“用”音。)‘用’‘從’聲並東類,故得通假。《韓詩》謂‘東西曰横,南北曰由’,即《毛詩》之‘横從’。”(《古書疑義舉例校録》第二十四“據他書而誤改例”條)

冠南按:《韓詩》之“横由”,《毛詩》作“衡從”,據上引諸説,“横”與“衡”通,“由”與“從”通,故韓、毛字異而義同。

甫　田

無田甫田。

【彙輯】

《章句》:甫,博也。(《原本玉篇》卷十八“甫”字條)

【通考】

顧震福云:“《毛傳》云:‘甫,大也。’本《爾雅·釋詁》。‘甫’蓋‘誧’字之省假。《説文》:‘誧,大也。’‘博,大通也。’通作‘圃’。《車攻》:‘東有甫草。’《文選·東都賦》注引《韓詩》曰:‘東有圃草。’《章句》曰:‘圃,博也。’‘甫田’與‘大田’義同。”(《韓詩遺説續考》卷三)

冠南按:“大”與“博”同義。《説文·十部》:“博,大通也。”《吕氏春秋·上德》:“故義之爲利博矣。”高誘注:“博,大也。”(許維遹《吕氏春秋集釋》卷十九)並其證。韓訓與《毛傳》字雖異而義不殊。

盧　泠

盧泠泠。(董逌《廣川詩故》)

【通考】

胡承珙云:"《吕記》引董逌曰:'《韓詩》作"盧泠泠"。'此雖與毛異字,然'泠泠'當亦指聲言。"(《毛詩後箋》卷八)

徐堂云:"陸機《文賦》:'音泠泠而盈耳。'則'泠泠'亦聲也。《毛傳》:'令令,纓環聲。'義同。(《廣雅》:"鈴鈴,聲也。"《韓詩》"泠"字即"鈴"之假借。《毛詩》"令"字即"鈴"之省文也。)"(《韓詩述》卷三)

王先謙云:"泠,又'令'之借字也。"(《詩三家義集疏》卷六)

冠南按:徐引《文賦》爲證,足徵"泠泠"乃形況聲音之辭,釋韓訓最切。其謂韓之"泠泠"、毛之"令令"並"鈴鈴"之假借,亦是。陳奂云:"令令者,'鈴鈴'之古文假借字。"(《詩毛氏傳疏》卷八)與之相合。先謙以"泠"爲"令"之借字,非是。

敝　笱

其魚遺遺。

【彙輯】

《章句》:遺遺,言不能制也。(《經典釋文》卷五)

【通考】

胡承珙云:"毛、韓字異而義同,'唯'與'遺'皆有'隨'義。'唯'本言語聽從之稱,引伸爲凡物之聽從。《角弓》:'莫肯下遺。'《箋》云:'遺,讀曰隨。'《玉篇》:'潰潰,魚行相隨。'《廣韻》:'潰,魚盛貌。'此蓋皆本《韓詩》,又加水旁耳。"(《毛詩後箋》卷八)

馬瑞辰云:"《箋》:'唯唯,行相隨順之貌。'《釋文》:'《韓詩》作"遺遺",言不能制也。'瑞辰按:《箋》義本《韓詩》。魚行相隨即不能制,《傳》《箋》義正相成。《玉篇》:'潰潰,魚行相隨。'《廣韻》:'潰,魚盛貌。'《韓詩》'遺遺'即'潰潰'之省。"(《毛詩傳箋通釋》卷九)

馮登府云:"'遺'與'委蛇'之'委'通。《趙策》:'遺遺之閒。'注:'路逶迤。''唯''遺'亦音近得借。韓訓:'遺遺,不能制。'與《傳》義合。"(《三家詩異文疏證·韓詩》)

陳奂云："遺，亡也。不能制，即遺亡之意。《毛詩》'唯唯'即'遺遺'之假借。"(《詩毛氏傳疏》卷八)

徐堂云："《釋名》：'遺，潰也。'《玉篇》：'潰潰，魚行相隨也。'即'不能制'之意。《説文》無'潰'字，疑古文省作'遺'。故《釋名》曰：'遺，潰也。'毛作'唯唯'，《傳》云：'出入不制。'字異義同。"(《韓詩述》卷三)

陳喬樅云："《韓詩》'遺遺'即'潰潰'之渻，《毛詩》'唯唯'又'潰潰'之假借。"(《韓詩遺説考》卷二之二)

載　驅

齊子發夕。

【彙輯】

《章句》：發，旦也。(《經典釋文》卷五)

【通考】

惠棟云："'齊子發夕'，《傳》云：'發夕，自夕發至旦。'《小宛》詩云：'明發不寐。'薛夫子、王叔師皆訓'發'爲'旦'，故《焦氏易林》云：'襄送季女，至於蕩道。齊子旦夕，留連久處。''旦夕'猶'發夕'也。《説文》云：'禮：昏鼓四通爲大鼓，夜半三通爲戒晨，旦明五通爲發明。''發明'猶'旦明'也。"(《九經古義》卷五)

段玉裁云："《韓詩》：'發，旦也。'玉裁按：從《韓詩》是。'發夕'即'旦夕'也。"(三十卷本《詩經小學》卷八)

范家相云："'發夕'謂不俟旦而發，行于夕。極言其自恣自如。古説皆疎。"(《三家詩拾遺》卷五)

郝懿行云："'發'訓'明'，'發夕'猶'旦夕'也。《釋文》引《韓詩》云：'發，旦也。''旦'亦'明'也。故《説文》引《禮》'旦''明'互通，爲發明。《詩・小宛》又云'明發'，其實皆一義耳。"(《爾雅義疏》上之二《釋言弟二》)

馬瑞辰云："《商頌》釋文引《韓詩》云：'發，明也。'此詩《釋文》引

《韓詩》云：'發，旦也。''旦'亦'明'也。"(《毛詩傳箋通釋》卷九)

劉寶楠云："發夕者，旦夕也。《釋文》引《韓詩》云：'發，旦也。'《廣雅》：'發，明也。'明亦旦也。《易林·屯》《蹇》《中孚》並云：'襄送季女，至於蕩道。齊子旦夕，留連久處。'此即本《韓詩》説，猶云朝朝暮暮也。"(《愈愚録》卷二"發夕"條)

丁晏云："《毛傳》：'發夕，自夕發至旦。'《楚辭·招魂章句》引《詩》：'明發不寐。'王逸云：'發，旦也。'"(《詩考補注·韓詩》)

王先謙云："'齊子旦夕'，猶言朝見暮見，即久處之義。"(《詩三家義集疏》卷六)

冠南按：韓訓"發"爲"旦"，則"發夕"即"旦夕"之義，惠、劉、王等説是。家相别立新説，以"不俟旦而發"爲解，"不俟旦"似用"發，旦也"之訓，然已有增字爲訓之嫌，後又接以"而發"，是又以"發夕"之"發"爲出發之義，與其前所用"旦也"之訓自相牴牾，不可從。《廣雅·釋詁》："發，明也。"天明爲"旦"(《陳風·東門之枌》："穀旦于差。"《鄭箋》："旦，明也。"是其證)，故"發"可訓"旦"。

猗　嗟

卬若陽兮。(《原本玉篇》卷二十二"陽"字條)

【彙輯】

《章句》：眉上曰陽。(《原本玉篇》卷二十二"陽"字條)

【通考】

顧震福云："《毛詩》作'抑若揚兮'，《傳》云：'抑，美色。揚，廣揚。'疏云：'揚是額之别名。'震福案：'陽'古與'揚'通(説見《王風》)。卬，疑'抑'之挩誤。《君子偕老》：'揚且之晳也。'《毛傳》：'揚，眉上廣。'疏：'揚者，眉上之美名，因名美目曰揚。'李善注《魏都賦》引《漢書音義》：'眉上曰衡，謂舉眉揚目也。'《史記·樂書》索隱：'"揚"與"鍚"同。'《韓奕》箋：'眉上曰鍚。'疏：'揚者，人面眉上之名。'(“揚”别作“眻”，《玉篇》：“眉間曰眻。”《廣韻》：“眻，美目。”)"(《韓詩遺説續考》卷二)

皮嘉祐云:“毛釋此篇數‘揚’字義各異,既曰‘廣揚’,又曰‘揚眉’,又以眉目釋‘清揚’,其説游移無定,令讀者莫知所從,不如韓訓‘眉上’之確。陽者,陽明之處也,今俗呼額角之側亦謂太陽,正同此義,然則自眉以及額角皆得爲陽也。”(王先謙《詩三家義集疏》卷六引)

黄山云:“《素問》:‘頭者,諸陽之會。’故頭可謂陽。《士相見禮》:‘左頭奉之。’注:‘頭,陽也。’亦此義。眉以下爲面,以上則爲頭,‘卬若’猶‘卬卬’,喻頭容之直。《詩》同文異解,如《采蘩》之‘公’,《谷風》之‘有’,此例甚多。《君子偕老》三‘揚’兩説,即此詩之證。惟無同韻異説者,則此‘揚’自以從韓作‘陽’爲確。”(王先謙《詩三家義集疏》卷六引)

冠南按:皮、黄釋韓義皆塙。《黄帝内經・素問・陰陽應象大論》云:“上配天以養頭,下象地以養足。”天爲陽而地爲陰,故此亦頭與陽相應之論,與韓訓相合。

清揚畹兮。(陳彭年重修《宋本玉篇》卷四)

【通考】

冠南按:此句亦見《鄭風・野有蔓草》,詳彼詩之【通考】

舞則纂兮。(《文選》卷一七《舞賦》李善注。“纂”,《文選》卷二十八《日出東南隅行》李善注引作“莫”。)

【彙輯】

《章句》:言其舞則應雅樂也。(《文選》卷二十八《日出東南隅行》李善注。《文選》卷十七《舞賦》李善注亦引此條,無“則”字)

【通考】

馬瑞辰云:“選,《韓詩》作‘纂’,薛君曰:‘言其舞應雅樂也。’義同《毛傳》。‘選’‘纂’雙聲,古通用。‘選’通爲‘纂’,猶‘算’通作‘選’也。”(《毛詩傳箋通釋》卷九)

馮登府云:“‘選’同‘算’,《公孫賀傳贊》引‘斗筲之人何足選’,即《論語》之文。《朱穆傳》注引《柏舟》‘不可選也’作‘算’。《書・盤庚》‘疏選’,即‘算’也。‘算’亦與‘纂’通。陸機《愍思賦》:‘樂來日之有繼,傷頹年之莫纂。’義作‘算’。並互通字。”(《三家詩異文疏證・韓詩》)

丁晏云："今《詩》作'選'，'選''巽''纂'聲相近。"(《詩考補注・韓詩》)

徐堂云："案陸機《日出東南隅行》注引《韓詩》曰：'舞則莫兮。'胡氏《考異》曰：'"纂"悮"莫"，《舞賦》注可證也。'今按非是。'纂''莫'並'巽'字之譌。《周易虞氏逸象》巽爲隨，經言'舞則巽兮'，正美其舞能曲隨樂之節奏，故《章句》曰：'言其舞則應雅樂也。'《毛傳》：'選，齊也。'《正義》謂其舞則齊於樂節，義與韓同。然則《毛詩》亦當作'舞則巽兮'，'選''巽'古字通用。(《漢書・西南夷傳》："議者選耎，復守和解。"《西羌傳》："公卿選懦，容頭過身。"《後漢書・清河王傳》："選懦之恩，知非國典。"並是"巽"之假借。)《易・説卦》：'齊乎巽。'《巽・上九》：'喪其齊斧。'虞翻注：'巽爲齊。'是'巽'有'齊'義。故《毛傳》曰：'選，齊也。'《正義》曰：'"選"之訓"齊"，其義未聞。'蓋未知《毛詩》之'選'即《韓詩》之'巽'，故云然耳。"(《韓詩述》卷三)

陳喬樅云："'纂'，《毛詩》作'選'，'選''纂'以聲近通假。《柏舟》詩：'不可選也。'《後漢・朱穆傳》注引《絶交論》作'算'字，亦以聲近通假。'選'之或爲'纂'，猶'饌'之或爲'籑'、'譔'之或爲'篹'也。"(《韓詩遺説考》卷二之二)

冠南按：徐説頗新，然不免迂折，仍當以"纂""選"音近通用之説爲正。

四矢變兮。

【彙輯】

《章句》：變，易。(《經典釋文》卷五)

【通考】

范家相云："'變，易'者，《周禮》謂九射各有其儀，莊公每射四矢，各變其儀也。然于下禦亂又不貫矣。"(《三家詩拾遺》卷五)

馬瑞辰云："反，古音如變，故《韓詩》借作'四矢變兮'。'反'通作'變'，猶'卞'通作'反'也。(《説文》汳水即汴水，《廣韻》"飯"亦作"餅"，俗又作"飰"，是其證。)説《韓詩》者望文生訓，遂訓爲'變，易'，失之。"(《毛詩傳箋通釋》卷九)

馮登府云："《顔氏家訓·雜藝》云：'言反爲變。'《周禮·司爟》：'四時變國火。'注：'變猶易也。'故韓有'易'訓。反，輕唇；變，重唇。蓋同位字。《鄭箋》謂：'四矢皆得故處。'是巧射也。與韓'變，易'之訓相參。"（《三家詩異文疏證·韓詩》）又云："《韓詩》作'變'，云：'易也。'古'反''變'同聲。《白虎通》：'射勝者，發近而制遠。其兵短而害長，故可以戒難，戒不虞也。'引《詩》：'四矢反兮，以禦亂兮。'亦同韓義，與毛訓'反'爲'復'異。"（《三家詩遺説》卷三）

陳喬樅云："《韓詩》訓'變'爲'易'，言每射四矢，皆易其處，此《保氏》五射所謂'井儀'者，賈疏釋'井儀'云'四矢貫侯，如井之容儀'是也。《淮南子》云：'越人學遠射，參矢而發，適在五步之内，不易儀。世已變矣，而守其故，譬猶越人之射也。'然則井儀之法，每射四矢，各易其儀，不守其故處，與參連之四矢皆復其故處者正相反，而要皆五射之事。馬瑞辰以《韓詩》'變，易'之訓爲失，殆未考耳。"（《韓詩遺説考》卷二之二）

冠南按：喬樅以古時射禮爲據，發揮韓訓之義，打破後壁，足徵韓説立論有據，而非瑞辰所謂望文生義。王先謙《詩三家義集疏》卷六全襲陳説而没其名。

魏　風

葛　屨

纖纖女手，可以縫裳。（《六臣注文選》卷二九《古詩十九首·青青河畔草》《迢迢牽牛星》李善注）

【彙輯】

《章句》：纖纖，女手之貌。（《六臣注文選》卷二九《古詩十九首·青青河畔草》《迢迢牽牛星》李善注）

【通考】

馬瑞辰云："《説文》：'攕，好手貌。'引《詩》：'攕攕女手。'从手，韱聲。又'戈部''㦰'字注引《詩》亦作'攕攕'，與'纖'訓'細'義異而音同,《説文》葢本《韓詩》。‘摻摻’‘纖纖’皆‘攕攕’之假借,‘摻’‘纖’古同音,‘攕’通作‘摻’,猶‘醶’通作‘醦’,(《説文》:“醶,酢也。”《廣韻》:“醦,酢甚也。”)‘縿’通作‘襳’也。(《爾雅·釋天》:“纁帛縿。”《釋文》:“縿,本或作襳。”)《韓詩章句》:‘纖纖,女手之貌。’《説文》:‘㣢,好皃。’義與‘纖’音義同。”(《毛詩傳箋通釋》卷十)

徐堂云:“‘攕’正字,韓作‘纖’、毛作‘摻’,並假借字。”(《韓詩述》卷三)

陳喬樅云:“《毛詩》作‘摻摻女手’,《傳》曰:‘摻摻猶纖纖也。’此毛公以今語喻古語。《古詩》云:‘纖纖擢素手。’本《韓詩》語也。‘摻’者,‘纖’之假借。‘纖’者,‘攕’之詁訓。《説文》云:‘攕,好手貌。从手,韱聲。《詩》曰:“攕攕女手。”’文雖不同,而義與《韓詩》適合。《吕記》引董氏曰:‘石經作“攕”。’則《説文》所引,據《魯詩》之文也。”(《韓詩遺説考》卷二之二)

王先謙云:“‘纖’義訓‘細’,言肌理細膩。《碩人》詩:‘手如柔荑。’即‘纖纖’之貌也。”(《詩三家義集疏》卷七)

汾沮洳

彼己之子,美如英,美如英,殊異乎公行。(《韓詩外傳》卷二第十七章)

【通考】

冠南按:“己”,《毛詩》作“其”,二字通用,説詳《鄭風·羔裘》之【通考】。

美如玉,美如玉,殊異乎公族。(《韓詩外傳》卷二第十八章)

【通考】

冠南按:徐堂據《韓詩外傳》引此詩之篇章,推考韓以“詩中之子是賢而隱於沮澤之間者,每章末句是贊詞,不是貶詞”(《韓詩述》卷三),頗能發明《外傳》之義。然《外傳》乃“取《春秋》,采雜説”之書,其文不主於釋經,故其説恐非韓家本義。

園有桃

我歌且謠。

【彙輯】

《章句》:有章曲曰歌,無章曲曰謠。(《原本玉篇》卷九"謠"字條、《初學記》卷十五)

【通考】

詹景鳳云:"《韓詩章句》:'無章曲曰謠,有章曲曰歌。'曰'有章曲',即歌之調於琴瑟者,若徒歌,則無調,與'短笛無腔信口吹'同。自昔聖帝明王、貞生達士,靡不與歌以發于性情之真,要于平和之極,足以繕心而頤德也。《山海經》曰:'帝俊八子,始爲歌。'注云:'帝俊者,帝舜也。'《尚書·舜典》曰:'詩言志,歌永言,聲依永,律和聲。'楊用修《考古書義》謂'永'與'詠'同音,古字少,借'永'爲'詠'也。此義最當。蓋詩以言己之志也,歌以取詩之言而詠之也。依詠以生律,律協而聲成,然後神人以和。蓋古者不但自歌自詠,於燕於享於祀咸有歌,故用以與琴瑟管籥合奏。又用以爲為樂章,《韓詩章句》所云'有章曲曰歌'之歌謂此也。"(《詹氏性理小辨》卷四十四)

陳奐云:"章,樂章也。無章曲,所謂徒歌也。"(《詩毛氏傳疏》卷九)

陳喬樅云:"《毛傳》云:'曲合樂曰歌,徒歌曰謠。'韓義亦與毛同。謠,古字作'䚻'。《説文》云:'䚻,徒歌。从言,肉聲。'徒歌則不必有章曲。孫炎釋《爾雅》'徒歌謂之謠'云'聲消揺也'是已。'謠'字又通作'繇'。《廣韻》'繇'下引《詩》曰:'我歌且繇。'"(《韓詩遺説考》卷二之二)

心之憂矣,其誰知之? (《韓詩外傳》卷九第二十章)

陟　岵

陟彼岵兮。

【彙輯】

《章句》:山有木無草曰岵。(慧琳《一切經音義》卷九十八"升岵"條。《原本玉篇》卷二十二“岵”字條引作“有木無草曰岵也”)

【通考】

顧震福云:“《毛傳》云:‘山無草木曰岵。’‘山有草木曰屺。’與《爾雅·釋山》‘多草木岵,無草木峐’相反。《詩釋文》云:‘此傳共《爾雅》不同,王肅依《爾雅》。’《爾雅釋文》云:‘峐,《三倉》《字林》《聲類》並云:猶“屺”字,音起。’《説文》:‘岵,山有草木也。’‘屺,山無草木也。’《釋名》:‘山有草木曰岵。岵,怙也。人所怙取以爲事用也。’‘山無草木曰屺。屺,圮也,無所出生也。’均與《爾雅》合。故《詩正義》以《毛傳》爲傳寫之誤。邵二雲、郝蘭皋並從之。段懋堂《説文注》則以《毛傳》爲是,且申其義曰:‘岵之言瓠落,屺之言荄滋。許宗毛,疑有無字,本同毛,後人易之。’阮芸臺《爾雅校勘記》用段説,亦以《毛傳》爲不誤。震福案:《原本玉篇》又引《毛傳》云:‘山無草木曰岵。’‘山有草木曰屺。’野王去漢未遠,所見《毛傳》即入今本,不必爲傳寫之誤。《唐語林》引施士丐云:‘山無草木曰岵。所以言陟彼岵兮,無所岵也。’與毛義同。《爾雅》《説文》《釋名》所説並與毛異,或本《齊》《魯詩》。觀《韓詩》謂‘有木無草曰岵’、‘有草無木曰屺’,又與《爾雅》《毛傳》不同。知經師所授,各爲一義,不必强改《毛傳》以就《爾雅》,亦不必强改《爾雅》以就《毛傳》。”(《韓詩遺説續考》卷二)

冠南按:顧説暢達。蓋四家《詩》各有師法,故容存異解,强此從彼,殊嫌無謂。

陟彼屺兮。

【彙輯】

《章句》:有草無木曰屺。(《原本玉篇》卷二十二“屺”字條)

【通考】

冠南按:《毛傳》:“山有草木曰屺。”《説文·山部》:“屺,山無草木也。”並有别於韓訓。

伐　檀

胡取禾三百廛兮。(《原本玉篇》卷二十二“廛”字條)

【彙輯】

《章句》:廛,篿也。(《原本玉篇》卷二十二"廛"字條)

【通考】

顧震福云:"《毛傳》云:'一夫之居曰廛。'《正義》曰:'謂一夫之田百畝也。'震福案:《說文》:'篿,圜竹器也。'《說文》:'諯,讀若專。'從專之字與從耑之字通,'鷒'之與'鷓'、'膞'之與'腨'皆義同字通,其證也。'篿'與'篅'通用。《說文》:'篅,判竹圜以盛穀也。'《廣雅·釋詁》:'篅,圓也。'又《釋器》:'笹謂之篅。'《廣韻》:'篅,盛穀圓笹。'《淮南·精神訓》高注:'篅,笹,受穀器。'《急就篇》顏注:'篅,笹,皆所以盛米穀也。以竹木簟席,若泥塗之則爲笹,笹之爲言屯也,物所屯聚也。'《玄應音義》十二引:'《字林》:"篅,判竹爲之,盛穀者。"《倉頡篇》亦作"圖",圓倉也。'《釋名》:'圖,屯也,屯聚之也。以草作之,團團然也。'《慧琳音義》八十一引《埤倉》云:'圖,貯穀米圖笹也。'篅或從口作圖者,《說文》:'口,回也,象回帀之形。'《玉篇》云:'口,古圍字。'篅爲圓倉,故或從口,象其圍繞之形。'廛'與'纏'通,物之圍圜者必纏繞,故'廛'亦謂之'篅','篅'即'圜'也。下章云'三百億''三百囷'者,《說文》:'囷,廩之圜者。'古雖無名'倉'爲'億',然《說文》'檍'字云:'杶也。'則從意之字亦有囤聚之義。'億'字不知何字之假,要亦倉廩之屬也。然則廛也、億也、囷也,《韓詩》皆謂之圜倉,義與毛異。"(《韓詩遺說續考》卷二)

皮嘉祐云:"《說文》:'篿,圜竹器也。'《玉篇》:'楚人謂折竹卜曰篿。'《離騷》王逸注:'楚人名結草折竹曰篿。'别一義也。案,廛爲民居,民居多是結草折竹成之,篿亦結草折竹,故'廛'可通'篿'。"(王先謙《詩三家義集疏》卷七引)

彼君子兮,不素飡兮。(《韓詩外傳》卷二第十九、二十章)

【彙輯】

《章句》:素,質也。人但有質樸,無治民之才,居位食禄,多併君之加賜,名曰素飡。(《原本玉篇》卷二十七"素"字條。"食禄"原作"食位","食位"不可解，當涉上文“居位”而訛。“居位食禄”乃居官位而食俸禄之意，用作貶詞，義近於尸位素餐。王充《論衡·量知》所謂：“文吏空胸，無仁義之學，居位食禄，終無以效，所謂‘尸位素餐’者也。”是其證。“居位食禄”乃漢人常語，如《後漢書·五行志》劉昭注引《京房占》云：“今蝗蟲四起，此爲國多邪人，朝無忠臣，蟲與民争食，居位食禄如蟲矣。”又如《禮記·表記》鄭玄注云：“無事而居位食禄，是‘不義而富且貴’。”《文選》卷二十《關中詩》、卷二十五《贈何劭王濟詩》、卷三十七《求自試表》李善注亦引此條，“素質也”前有“何謂素餐”四字，然無“居位食禄，多併君之加賜”十字。《文選》卷三十四《七啓》李善注僅引“素，質也。言人但有質樸，無治人之材也”。《文選》卷十七《舞賦》李善注僅引“素，質也”）

【通考】

范家相云：“狩獵稼穡，有位之君子如此可謂質矣，而又能涖官治民，是謂不素餐之君子。能不素餐，則亦不尸禄矣。”（《三家詩拾遺》卷六）

馬瑞辰云：“《廣雅·釋詁》：‘素，空也。’‘素’‘索’古通用。（《左傳》“八索”，《釋文》：“本或作‘素’。”《釋名》：“八索，索，素也。”）《小爾雅》：‘索，空也。’《孟子》趙注：‘無功而食謂之素餐。’亦訓‘素’爲‘空’。《韓詩》訓爲‘素，質’，失之。”（《毛詩傳箋通釋》卷十）

陳奂云：“《文選》曹子建《求自試表》及潘岳《關中詩》、傅咸《贈何劭王濟詩》注引《韓詩》云：‘素者，質也。人但有質樸，而無治人之材，名曰素餐。’又《漢書·王吉傳》上疏云：‘今使吏得任子弟，率多驕驁，不通古今，至於積功治人，亡益於民，此《伐檀》所爲作也。宜明選求賢，除任子弟之令。’案王吉學《韓詩》，説與《毛詩序》義合，所以刺在位不用君子也。”（《詩毛氏傳疏》卷九）

錢玫云：“《伐檀》以‘素’爲質樸，刺素餐也。”（《韓詩内傳並薛君章句考》卷末附《二雨堂筆談》）

冠南按：王吉習《韓詩》，其疏文論“積功治人，亡益於民，此《伐檀》所爲作也”，應即《韓詩》釋《伐檀》之旨，顔師古注：“《伐檀》，刺不用賢也。”此或由顔氏概括王吉疏文而得，然亦不無暗引《韓詩序》之可能。蓋王吉乃《韓詩》家，顔氏引《韓詩序》以注王説，是以韓注韓，師法秩然。

河水清且淪猗。

【彙輯】

《章句》:順流而風曰淪。淪,文貌。(《經典釋文》卷五。"順",《文選》卷十三《月賦》李善注引作"從")

【通考】

馬瑞辰云:"《釋文》引《韓詩》:'順流而風曰淪。淪,文貌。'據《廣雅·釋詁》:'倫,順也。'《韓詩》訓'淪'爲'順流而風',正與'倫'義近。順流則波恒小,亦與《爾雅》'小波爲淪'義合。《釋名》:'淪,倫也;水文相次有倫理也。'理亦順也,義正與《韓詩》同,較《毛傳》'文轉如輪'爲善。"(《毛詩傳箋通釋》卷十)

丁晏云:"《釋名》:'水小波爲淪。淪,倫也,水文相次有倫理也。'"(《詩考補注·韓詩》)

王先謙云:"'順流而風曰淪。淪,文貌也'者,《釋文》引《韓詩》文。《文選·月賦》李注引薛君《韓詩章句》,作'從流而風曰淪','從流'即'順流'也。《釋水》:'小波爲淪。'順流而有微風,故其波小也,說與韓、《雅》相成。"(《詩三家義集疏》卷七)

不素飧兮。(《原本玉篇》卷九"飡"字條)

【彙輯】

《章句》:无功而食禄謂之素飧。人俱有質樸,無治民之材。居位食禄,多得君之加賜,名曰素飧。素者,質也;飧者,食之加惡。小人蒙君加賜温飽,故言飡之也。(《原本玉篇》卷九"飡"字條。"但有"原作"俱有","俱"涉形近"但"字而訛,兹據胡吉宣《玉篇校釋》卷九改)

【通考】

冠南按:此條《章句》與上文"不素飡兮"之《章句》各有異同,恐係顧野王混引所致。疑本條"無功而食禄謂之素飧"及"飧者,食之加惡。小人蒙君加賜温飽,故言飡之也"乃"不素飧兮"之《章句》,餘者則"不素飡兮"之《章句》錯出於此。

碩　鼠

逝將去女,適彼樂土。適彼樂土,爰得我所。(《韓詩外傳》卷二第

二十一、二十二章）

【通考】

陳喬樅云："《外傳》一本仍作'樂土樂土'，與今《詩》同。盧氏文弨云：'按後"適彼樂國"亦重上句，疑重上句者是古本。後人皆以今《詩》改之耳。又《新序·節士篇》亦重"適彼樂郊"句，更可證矣。'"（《韓詩遺説考》卷二之二）

冠南按：下句"適彼樂土"，元本《外傳》作"樂土樂土"，蓋從《毛詩》而改（説詳許維遹《韓詩外傳集釋》卷二第二十一章），故暫不從。

逝將去女，適彼樂國。適彼樂國，爰得我直。（《韓詩外傳》卷二第二十三章）

【通考】

冠南按：下句"適彼樂國"，元本《外傳》作"樂國樂國"，蓋從《毛詩》而改（説詳許維遹《韓詩外傳集釋》卷二第二十三章），故暫不從。

韓詩佚文彙輯通考卷六

唐　風

蟋　蟀

蟋蟀在堂，歲聿其暮。（《文選》卷二十一《詠史詩》、卷二十二《鍾山詩應西陽王教》《游沈道士館》、卷二十八《長歌行》、卷三十《學省愁卧》、卷四十六《王文憲集序》、卷四十七《三國名臣序贊》李善注。日本藏唐鈔《文選集注》卷六十二《雜體詩》李善注、《六臣注文選》卷三十一《雜體詩》李善注僅引"歲聿其暮"）

【彙輯】

《章句》：蟋蟀，蜻蛚也。（慧琳《一切經音義》卷六十六"蟋蟀"條）聿，辭也。（《文選》卷十二《江賦》李善注）暮，晚也。言君之年歲已晚也。（《文選》卷二十一《詠史詩》、卷二十八《長歌行》、卷三十《學省愁卧》、卷四十六《王文憲集序》李善注。《文選》卷二十二《鍾山詩應西陽王教》《游沈道士館》李善注亦引此條，"晚"下無"也"字。《文選》卷四十七《三國名臣序贊》李善注僅引"言君之年歲已晚也"。《文選》卷三十一《雜體詩》李善注僅引"言年歲已晚也"）

【通考】

〔蟋蟀蜻蛚也〕

馬瑞辰云："陸璣《詩疏》：'蟋蟀一名蜻蛩。'《易緯通卦驗》曰：'乃立秋而蜻蛩上堂。'是蟋蟀之在堂，固不待九月也。《豳》詩：'七月在野，八月在宇，九月在户。''在宇''在户'皆可以堂統之。"（《毛詩傳箋通釋》卷十一）

顧震福云："《毛傳》云：'蟋蟀，蛩也。'震福案：《説文》：'蛩，悉蛩也。’‘蜻，蜻蛚也。’‘蛚，蜻蛚也。’《考工記·梓人》：‘以注鳴者。’鄭注：‘注鳴，精列屬。’‘悉蟹’即蟋蟀，‘精列’即蜻蛚。《爾雅·釋蟲》：‘蟋蟀，蛬。’郭璞曰：‘今促織也，亦名青蛚。’邢疏引李巡曰：‘蟋蟀，蜻蛚也。’《月令》疏引孫炎曰：‘蟋蟀，蜻蛚，梁國謂之蛬。’《方言》云：‘蜻蛚，楚謂之蟋蟀，或謂之蛬，南楚之間謂之蚟孫。’陸璣《詩疏》：‘蟋蟀似蝗而小，有光澤如漆，有角翅，一名蛬，一名蜻蛚，楚人謂之王孫，幽州人謂之趨織，里語曰“趨織鳴，嬾婦驚”是也。’劉芳《毛詩義箋》：‘蟋蟀，今促織也，一名蜻蛚，楚謂之蟋蟀，或謂之蛬，南楚謂之王孫。’《詩釋文》引沈云：‘蛬，九共反，趨織也，一名蜻蛚。’《易緯通卦驗》：‘立秋蜻蛚鳴。’鄭注：‘蜻蛚，蟋蟀之名也。’《楚辭·九辨》：‘哀蟋蟀之宵征。’王注：‘見蜻蛚之夜行。’《禮·月令》：‘季夏之月，蟋蟀居壁。’《御覽》九百四十九引蔡雍《章句》云：‘蟋蟀，或謂之蛬，亦謂之蜻蛚。’《吕覽·季夏紀》：‘蟋蟀居宇。’高注：‘蟋蟀，蜻蛚，《爾雅》謂之蛬。陰氣應，故居宇以促織。《爾雅釋文》引《字林》：‘蜻蛚，蟋蟀也。’《廣雅·釋蟲》：‘蛬，起織、蚟孫、蜻蛪也。’”（《韓詩遺説續考》卷二）

冠南按：韓以“蜻蛚”訓“蟋蟀”，蓋一物之二名，震福蒐集其異名頗賅備，故録以資博考。

〔聿辭也〕

戴震云：“薛君《章句》云：‘聿，辭也。’《春秋傳》引《詩》：‘聿懷多福。’杜注云：‘聿，惟也。’皆以爲辭助。《詩》中‘聿’‘曰’‘遹’三字互用。”（《毛鄭詩考正》卷一）

錢玫云：“《説文》：‘欥，詮詞也。’段玉裁曰：‘“欥”乃正字，“聿”“遹”“曰”皆假借字。’”（《韓詩内傳並薛君章句考》卷二）

冠南按：韓以“辭”釋“聿”，“辭”指語辭，即劉淇所謂“聿，語辭，不爲義者也”（《助字辨略》卷五）。《漢書》卷三十六《劉向傳》“見晛聿消”顔師古注、《後漢書》卷八十上《傅毅傳》“聿勞我心”章懷注並云：“聿，辭也。”可與韓訓相證。“聿”“曰”通用，皆語辭也。

〔“暮晚”至“晚也”〕

范家相云：“不曰歲晚，而曰‘君子之年歲已晚’，猶云‘老冉冉其將至’，勸其及時爲樂也。君子，良士之稱，此非刺晋僖儉不中禮之意甚明。季札聞歌《唐》而嘆其憂之深，有陶唐之遺民。《孔叢子》曰：‘於《唐》，見儉德之大也。’思深而有儉德，‘無已太康，職思其居’之謂。”（《三家詩拾遺》卷六）

馮登府云：“《薛君章句》曰：‘聿，辭也。莫，晚也。言君之年歲已晚也。’此即薛綜言‘僖公不能及時娱樂’之義。”（《三家詩遺説》卷三）

魏源云：“《馬融傳》曰：‘“奢則不孫，儉則固。”奢儉之中，以禮爲界。是以《山樞》《蟋蟀》之詩，並刺國君，諷以太康馳驅之節。’則季札所美，必此數篇，而非晋昭曲沃之事明矣。《毛詩》刺僖公、昭公，不過因《史記》謂唐叔至靖侯五世，無年可紀，而《年表》獨起靖、僖以來，故《唐風》即始於僖侯（《史》作“釐侯”）。且《韓詩薛君章句》以‘歲聿其莫’喻君年歲已晚，而僖侯止十八年，非必即《韓詩》所指也。”（《詩古微》中編之三《魏唐答問》）

徐堂云：“毛以‘歲莫’言時之晚，韓以‘歲莫’喻年之老，其義小異。”（《韓詩述》卷二）

陳喬樅云：“按《詩箋》云：‘是時農功畢。’是‘歲莫’爲歲晚之候。今據薛君《章句》以‘歲莫’言‘君之年歲已晚’，其義與《毛詩》異。”（《韓詩遺説考》卷二之二）

王先謙云：“莫晚，至晚也。張景陽《詠史詩》注、沈休文《鍾山詩》注、《學省愁卧詩》注、陸士衡《長歌行》注、江文通《雜體詩》注、任昉《王文憲集序》注、袁宏《三國名臣序贊》注引薛君《章句》文，以‘歲聿其莫’爲‘君之年歲已晚’，義與毛異。”（《詩三家義集疏》卷八）

黄節云：“《文選》李善注引薛君《章句》曰：‘莫，晚也。言君之年歲已晚也。’是韓説與毛異者。然韓説猶就君言，則與毛合也。張衡《西京賦》曰：‘獨儉嗇以齷齪，忘蟋蟀之謂何？’其上文曰：‘方今聖上同天，號於帝皇。掩四海而爲家。’則亦就君言。《鹽鐵論》引孔子曰：‘大儉極下，此《蟋蟀》所爲作。’而其上文曰：‘采椽茅茨，非先王之制。君子節奢刺儉，儉則固。’是亦就君言。”（《詩旨纂辭》卷五）

冠南按：據《文選》李善注，《韓詩》作“暮”，故上引諸家論《韓詩》之“莫”俱應作“暮”。

今我不樂，日月其陶。（《原本玉篇》卷二十二“陶”字條。“今”，原作“令”，據胡吉宣《玉篇校釋》卷二十二改）

【彙輯】

《章句》：陶，除也，養也。（慧琳《一切經音義》卷八十四“陶鑄”條。《原本玉篇》卷二十二“陶”字條僅引“陶，除也”）

【通考】

顧震福云：“《毛詩》‘陶’作‘除’，《傳》云：‘去也。’震福案：‘陶’‘除’雙聲，亦爲連語，如‘騊駼’（《説文》：“騊駼，野馬。”）、‘詾誺’（《類篇》：“詾誺，語不了也。”）之類皆是，故義同字通。《方言》《廣雅》並云：‘陶，養也。’《太玄·玄攡》：‘資陶虚無而生乎規。’范望注亦云：‘陶，養也。’《酌》：‘遵養時晦。’王肅釋爲‘除晦’，是‘養’有‘除’義。‘養’‘攘’聲近可通，‘攘’本訓‘除’。‘養’或‘攘’字之假。《文選》張景陽《詠史詩》注引《韓詩》曰：‘歲聿其莫。’《章句》曰：‘莫，晚也。言君子之年歲已晚也。’然則韓訓‘陶’爲‘除’也、‘養’也者，言已暮年復不虞樂，則日月易除去也。”（《韓詩遺説續考》卷二）

皮嘉祐云：“‘慆’‘陶’音義並通。《菀柳》詩：‘上帝甚蹈。’《韓詩》作‘上帝甚慆’，《玉篇》引作‘上帝甚陶’，即其證。”（王先謙《詩三家義集疏》卷八引）

王先謙云：“《廣雅·釋詁》：‘陶，除也。’即用韓義。毛訓‘慆’爲‘過’，韓訓‘陶’爲‘除’，‘除’‘過’義亦通。”（《詩三家義集疏》卷八）

山有樞

子有衣裳，弗曳弗婁。（《韓詩外傳》卷二第二十四章）

【通考】

陳喬樅云："《玉篇·手部》：'弗曳弗摟。'此所引《詩》是據韓家之文。《毛詩》作'婁'，乃'摟'之古文假借字。《玉篇》又云：'本亦作"婁"。'今《韓詩外傳》引《詩》皆作'婁'，即顧氏所云或本，蓋後人依《毛詩》改之耳。"(《韓詩遺説考》卷二之二)

冠南按：諸本《外傳》皆作"弗曳弗婁"，未見異文，喬樅反以《玉篇》所載異文而疑今本《外傳》爲人改竄，於據有闕，不可從。兹仍以今本《外傳》爲據，録作"弗曳弗婁"。

他人是保。（日本菅原爲長《和漢年號字抄》卷下）

【彙輯】

《章句》：保，有也。（日本菅原爲長《和漢年號字抄》卷下）

【通考】

冠南按："保"有"守"義(《禮記·月令》"保章者"，鄭玄注："保，守也。"《淮南子·主術》："則獨身不能保也。"高誘注："保，猶守也。"並其證)，欲"守"則必先"有"，故韓訓"保"爲"有"("保"之"有"義，至遲已用於周，見楊聯陞《原保》，載其《中國文化中"報""保""包"之意義》)，屈萬里釋"保"爲"保有之"(《詩經詮釋·國風·唐》)，周振甫釋"保"爲"佔有"(《詩經譯注》卷三)，皆契於韓義。"他人是有"，即皆爲他人所有之義。朱子云："《詩》中數處皆應答之詩，如《蟋蟀》與《山有樞》爲唱答。《唐風》自是尚有勤儉之意，作詩者是一箇不敢放懷底人，説'今我不樂，日月其除'，便又説'無已太康，職思其居'。到《山有樞》是答者，便謂'子有衣裳，弗曳弗婁，宛其死矣，他人是愉'，'子有鐘鼓，弗鼓弗考，宛其死矣，他人是保'，這是答他不能享些快活，徒恁地苦澁。"(黎靖德編《朱子語類》卷八十《詩一·綱領》)此説頗適於"他人是有"之戚。

椒　聊

椒聊之實，繁廣盈升。（日本菅原爲長《和漢年號字抄》卷下）

【彙輯】

《章句》：一手曰升。（日本菅原爲長《和漢年號字抄》卷下）

【通考】

冠南按:“升”乃量詞,《説文·斗部》云:“升,十龠也。”《玉篇·斗部》則謂:“十合爲升。”《説苑·辨物》又言:“十龠爲一合,十合爲一升。”據此,則升又爲百龠。可見升之容量,自古即存歧解。韓以“一手”之量釋之,又與上引諸説有别。

繁廣盈匊。

【彙輯】

《章句》:四指曰匊。(慧琳《一切經音義》卷四十二“匊物”條)

【通考】

顧震福云:“《毛傳》云:‘兩手曰匊。’《采緑》:‘不盈一匊。’《毛傳》同。《釋文》:‘匊,本又作“掬”。’《小爾雅·廣量》:‘兩手謂之掬。’《公羊·宣十二年傳》:‘舟中之指可掬矣。’何注:‘以兩手曰掬。’並與毛合。震福案:《集韻》:‘匊,或作“掬”。’《廣韻》以‘掬’爲‘𥷚’、‘搯’字之重文。《説文》:‘𥷚,撮也。’小徐《繫傳》本‘𥷚’作‘搯’。《韻會》云:‘搯,本作“匊”。’《玄應音義》十一引《説文》作‘匊,撮也’。今本《説文》‘匊’字云:‘在手曰匊。’《廣韻》:‘匊,物在手。’是‘匊’‘𥷚’‘掬’‘搯’四字並通,有撮取之義。《説文》:‘撮,兩指撮也。’《玉篇》:‘撮,三指取也。’韓謂‘四指’者,以指撮物不拘於兩指三指四指而要爲一手所撮也。《韻會》云:‘一手曰匊。’得之矣。若兩手奉之,字當作‘𠬞’。《説文》:‘𠬞,兩手盛也。’《廣韻》云:‘𠬞,兩手捧物。’《説文》音匊,《集韻》云:‘𠬞,居六切,音匊,兩手盛也,通作𦥑。’《説文》:‘𦥑,叉手也。’《廣韻》曰:‘𦥑,兩手捧物。’《慧琳音義》十五云:‘掬,正作“匊”字。《字書》:“在手曰匊。”《説文》:“𦥑,兩手相對。象形字也。”《考聲》作“𥷚”,亦作“𢍏”,古字,兩手撮取也。’是毛謂‘兩手曰匊’,乃假‘𠬞’‘𦥑’爲‘匊’,不若韓假‘𥷚’爲精也。又案《慧琳音義》十七引《毛傳》云:‘滿手曰匊。’則慧琳所據《傳》本不作‘兩手’。”(《韓詩遺説續考》卷二)

冠南按:《説文·勹部》:“在手曰匊。”《玉篇·勹部》:“匊,物在手也。”是“匊”本“在手”之義,《毛傳》“兩手曰匊”、韓訓“四指曰匊”,並由“在手”之義引申而來。《玉篇・勹部》:“匊,兩手也,四指也。”當兼録毛、韓義。

彼己之子,碩大且篤。(《韓詩外傳》卷二第二十五章)

【通考】

冠南按:“己”,《毛詩》作“其”,二字通用,説詳《鄭風・羔裘》之【通考】。

綢　繆

見此邂覯。

【彙輯】

《章句》:邂覯,不固之貌。(《經典釋文》卷五。慧琳《一切經音義》卷四十“邂逅”條、卷八十四“邂逅”條引作“邂逅,不固之貌也”,可知《韓詩》亦有作“邂逅”之本)

【通考】

范家相云:“卒然幸遇,不可久長,故曰‘不固’。”(《三家詩拾遺》卷六)

胡承珙云:“‘邂逅’字只當作‘解構’,但爲會合之意。《淮南・俶真訓》:‘孰肯解構人間之事。’高注:‘解構,猶會合也。’蓋凡君臣、朋友、男女之遇合,皆可言之。(《魏志・崔季珪傳》注:“大丈夫爲有邂逅耳。”亦是“遇合”之意。)《傳》云‘解説之貌’,即因會合而心解意説耳。《韓詩》云‘不固之貌’,則由不期而遇,卒然會合,故云‘不固’。《後漢書・閻后紀》:安帝幸章陵,崩於葉,閻后與兄弟謀曰:‘今晏駕道次,濟陰王在内,邂逅公卿立之,還爲大害。’此‘邂逅’亦謂倉卒遘會,與《韓詩》‘不固’義近。總之‘解覯’大旨是會合,無分期與不期,皆可稱也。”(《毛詩後箋》卷十)

馮登府云:“《韓詩》:‘不固之貌。’按‘遘’是本字。邂遘,偶然見之,非請固見也。”(《三家詩遺説》卷三)

魏源云:“《釋文》引《韓詩》云:‘邂覯,不固之貌。’則知此蓋亂世憂昏姻之難常聚,而非刺昏姻之不得時,若曰:此何世何時而乃相逢聚首乎?未卜偕老之歡,已虞新昏之别,舉中篇以明上下。則‘如此良人何’(謂夫非謂婦),士庶難保室家也;‘如此粲者何’(一妻二妾曰粲),大夫亦憂征役也。星以三數,匪獨參、心。首章在天,初昏見於東方;次章則夜久見於東南隅;三章在户,則夜分見於正南而中矣。若必泥分參、心歷月移次,(《傳》據參宿分孟冬、季冬、正月,鄭據心宿分四月、五月、六月。)爲怨曠失時之證,則亂世男女仳離,尚僅以逾月爲失時乎? 如何如何,憂方來而非慨已往也。魚之呴,鳥之集,蟲之蠕,聚以崇朝,而樂以今夕。其情激,其詞悲,其聲寒,而國事可知矣。”(道光中刻二十卷本《詩古微》中編之三《魏唐答問》)

陳奐云:“《韓詩》云:‘不固之貌。’固,蔽也。不固,不蔽見也。韓以‘解覯’爲形容經之‘見’字,故云‘之貌’。”(《詩毛氏傳疏》卷十)

徐堂云:“《莊子·胠篋篇》曰:‘解垢同異之變多。’與‘不固’之義合。”(《韓詩述》卷三)

冠南按:“邂逅”,亦作“解構”“解搆”“解垢”,洪頤煊云:“《後漢書·隗囂傳》:‘勿用傍人解構之言。’《竇融傳》:‘亂惑真心,轉相解搆。’《莊子·胠篋篇》:‘解垢同異之變。’《詩·野有蔓草》:‘邂逅相遇。’《綢繆》:‘見此邂逅。’其音義並同。”(劉文典《淮南鴻烈集解》卷二引)統上引諸説,並以“邂逅”二字相連成義。獨俞樾創爲新説,云:“《詩·野有蔓草篇》:‘邂逅相遇。’《綢繆篇》:‘見此邂逅。’按:‘邂逅’二字對文。《莊子·胠篋篇》:‘解垢同異之變多。’‘解垢’即‘邂逅’也,與‘同異’並言,是‘邂逅’二字各自爲義。‘解’之言解散也,‘逅’之言構合也。《野有蔓草篇》傳曰:‘不期而會。’是專説‘逅’字之義,謂因逅而連言邂也。《綢繆篇》傳曰:‘解説之貌。’是專説‘邂’字之義,謂因邂而連言逅也。”(《古書疑義舉例》卷七“兩字對文而誤解例”條)此説以“邂逅”爲偏義複詞,與前賢以爲聯綿詞不同。據俞説,則韓訓“不固之貌”,亦“因逅而連言邂也”。

鴇　羽

肅肅鴇羽,集于苞栩。王事靡盬,不能蓺稷黍,父母何怙?

悠悠倉天，曷其有所！（《韓詩外傳》卷二第二十六章）

【通考】

馮登府云："'倉'是'蒼'之本字。《漢書·蕭望之傳》:'倉頭廬兒。'《漢北海相景君碑》:'于何穹倉。'《楊箸碑》:'卬叫穹倉。'《柳敏碑》:'何辜穹倉。'《堯廟碑》:'恩如浩倉。'古並以'倉'爲'蒼'。"（《三家詩異文疏證·韓詩》）

陳喬樅云："王氏《詩考》引《外傳》:'悠悠倉天。'今《外傳》本誤'蒼',非。《禮記·月令》:'駕倉龍,服倉玉,衣倉衣。'皆以'倉'爲'蒼'字。"（《韓詩遺説考》卷二之二）

有杕之杜

逝肯適我。

【彙輯】

《章句》:逝,及也。（《經典釋文》卷五）

【通考】

范家相云："言猶及君子之在而幸其適我,而飲食欵留之也。分明幸見君子而愛之之詞。"（《三家詩拾遺》卷六）

胡承珙云："《釋文》引《韓詩》作'逝',云:'逝,及也。'則毛、韓義同。噬肯適我,謂及今可以適我乎?《箋》云:'彼君子之人至於此國,皆可來之我君所。'《正義》曰:'"逮"又别訓爲"至"。'此則與'適我來遊'語義重複,不如訓'及'爲善。"（《毛詩後箋》卷十）

馮登府云："《説文》有'逝'無'噬',然則'逝',本字;'噬',通字;'遾',俗字也。"（《三家詩異文疏證·韓詩》）又云："《韓詩》曰:'逝,及也。'按毛作'噬',即《爾雅》之'遾',《傳》:'噬,逮也。'正援《釋言》文:'逮,及。'與韓訓合。"（《三家詩遺説》卷三）

徐堂云："《毛傳》:'噬,逮也。'《爾雅·釋言》:'遾,逮也。''逮,還也。'（邢疏曰:"亦謂相及。"）然則韓、毛義同。'遾',正字;'噬''逝',並假借字。"（《韓詩述》卷三）

陳喬樅云："《毛詩》'逝'作'噬',《傳》云:'噬,逮也。'與韓文異而義同。《毛傳》於《邶》詩'逝不古處'云:'逝,逮。'次章'逝不相好'云:'不及我以相好。'是訓'逝'爲'逮',訓'逮'爲'及',義皆展轉相通。此詩'噬'字即'逝'之假借。"(《韓詩遺説考》卷二之二)

生于道周。

【彙輯】

《章句》:周,右也。(《經典釋文》卷五)

【通考】

馬瑞辰云："《釋文》:'周,《韓詩》作"右"。'瑞辰按:'道周'與'道左'相對成文,故《韓詩》訓爲道右。'右''周'古音同部,'周'即'右'之假借。'右'通作'周',猶《詩》'既伯既禱','禱'通作'禂'也。(壽从𠷎聲,𠷎古作𠷎,从又聲。右从又,又亦聲。皆與周通用。)《説文》'服'字注:'一曰,車右騑,所以舟旋。''舟旋'即'周旋'也,是'周'與'右'義亦相通。《毛傳》訓'周'爲'曲'者,據《蒹葭》詩:'道阻且右。'《箋》云:'右者,言其迂迴。''迂迴'即屈曲也。則《傳》訓'曲',亦與'右'義相近。"(《毛詩傳箋通釋》卷十一)

馮登府云："《韓詩》:'周,右也。'與'道左'相對,説《詩》之精,勝毛多矣。"(《三家詩遺説》卷三)

陳奐云："韓以上章'道左',則此當訓'道右'。然道樹宜在左,毛義優也。"(《詩毛氏傳疏》卷十)

朱士端云："首章言'左',次章言'右'。'周''右'古音同部,以叠韻訓也。"(《齊魯韓三家詩釋·韓詩》)

丁晏云："《韓詩》作'右',正與'道左'相類。"(《詩考補注·韓詩》)

陳喬樅云："王氏《詩考》引《釋文》載《韓詩》云:'周,右也。'《吕記》引《釋文》云:'周,《韓詩》作"右"。'蓋誤。'道周'與上章'道左'對文,故韓訓'周'爲'右',非'周'直作'右'也。"(《韓詩遺説考》卷二之二)

劉恭冕云："《唐》詩:'生于道周。'《釋文》:'《韓詩》:"周,右也。"'按:《韓詩》是也,'道左''道右'相對成文。'周''右'轉相訓。《秦》

詩：'道阻且右。'《鄭箋》云：'言其迂迴。'則亦作'周'解矣。"（《廣經室文鈔·與劉伯山書》）

冠南按：韓訓"周"爲"右"，與上章"道左"相對成文，義更優。陳奐右袒於《毛傳》，謂"道樹宜在左"，稍泥。

秦　風

車　鄰

寺人之伶。

【彙輯】

《章句》：伶，使伶。（《經典釋文》卷五）

【通考】

郝懿行云："《説文》云：'使，伶也。'《玉篇》云：'使，令也。使，所里切，又疏事切。'又云：'伶，使也。'《詩·車鄰》釋文引《韓詩》'令'作'伶'，云：'使伶。'是'使令'古作'使伶'，今借爲'使令'。"（《爾雅義疏》上之又一《釋詁弟一》）

徐堂云："楊撲嘉曰：《説文》：'使，伶也'，'伶，弄也'。兩訓俱用韓義。'伶'與樂官之'泠'字義並異，古不通用。《孟子》：'便嬖不足使令於前與。'此'伶'字從'令'之義也。堂案：使伶，猶使令也。《漢書·趙婕妤傳》：'雖宫人使令。'師古注：'使令，所使之人也。'令音力征反。"（《韓詩述》卷三）

陳喬樅云："《毛詩》作'令'，'令''伶'蓋古今字。《説文》：'伶，弄也。'與《韓詩》義同。《廣雅》：'令，伶也。'《玉篇》：'伶，使也。'亦本《韓詩》。"（《韓詩遺説考》卷二之二）

王先謙云："考案經典，凡命令、教令、號令、法令等用'令'字者，皆尊重之詞。至使令，亦間用之，蓋出自假借，當以'伶'爲正，故韓以'伶'易'令'也。《説文》'使'下云：'伶也。从人，吏聲。''伶'下云：'弄也。从人，令聲。'此其本義可以推見。《漢書·金日磾傳》：'其子爲武帝弄兒。'《司馬遷傳》:'固主上所戲弄,倡優畜之。'言其給事主上左右,卑賤不足道之人也。《廣雅·釋言》:'令,伶也。'《玉篇》:'伶,使也。'與《説文》訓解其源皆自《韓詩》發之。古樂官稱伶,樂人稱優,不稱伶,唐後遂爲樂人專稱,'使伶'之義,無有能言之者矣。"(《詩三家義集疏》卷九)

四　驖

四驖孔阜。

【彙輯】

《章句》:阜,肥也。(《原本玉篇》卷二十二"阜"字條、日本佚名《大乘理趣六波羅蜜経釈文》)

【通考】

顧震福云:"《毛詩》作'駟鐵孔阜',《傳》云:'阜,大也。'《正義》曰:'駟,當作"四",四馬曰駟,若下一字爲馬名,則上一字作四,不作駟。四鐵孔阜,猶云四牡孔阜耳。'《説文》:'驖,馬赤黑色。'引《詩》曰:'四驖孔阜。'段注云:'《詩》"四牡""四騏"皆作"四",惟"駟介""俴駟"乃作"駟",駟,一乘也,故言馬四,但謂之四,言施乎四馬者乃謂之駟。'震福案:作'四'良是。《原本玉篇》引《毛詩》曰:'四䥫孔阜。'《傳》曰:'阜,大也。'《韓詩》曰:'肥也。'是《毛詩》本作'四'字,與韓同。今作'駟',乃淺人妄改也。䥫,疑'鐵'字之誤。《周禮·廋人》:'以阜馬。'鄭注:'阜,盛壯也。'盛壯即肥也。"(《韓詩遺説續考》卷二)

王先謙云:"《廋人》:'以阜馬。'鄭注:'阜,盛壯也。'此《韓詩》訓'阜'爲'肥'。肥、壯、大一類之辭,其義無異。"(《詩三家義集疏》卷九)

冠南按:《毛傳》訓"阜"爲"大",與韓訓"肥"義近,朱子訓爲"肥大"(《詩集傳》卷六),即二義相通之證。

公之媚子。

【彙輯】

《章句》:媚,美也。(慧琳《一切經音義》卷四十一"媄媚"條)

【通考】

顧震福云："《毛傳》云：'能以道媚於上下。'《鄭箋》云：'媚於上下，謂使君臣和合也。'震福案：《小爾雅·廣詁》《廣雅·釋言》並云：'媚，美也。'《説文》：'媚，説也。'《國語·周語》韋注：'説，好也。''説'乃'娧'字之假。《説文》《方言》《廣雅》並云：'娧，好也。'《説文》：'好，美也。'又《説文》'嬙'字云：'媚也。'通作'畜'。《孟子·梁惠王》：'畜君者，好君也。'《吕覽·離俗》高注：'畜，好也。'然則'媚子'者，謂好君之臣也。"(《韓詩遺説續考》卷二)

冠南按：顧説稍嫌迂曲。《説文·女部》："媚，説也。""説"即"悦"，與"美"俱忻慕之辭，故韓以"美"訓"媚"。孔穎達釋本句云："媚訓愛也。"(《毛詩正義》卷六之三)《大雅·思齊》："思媚周姜。"《毛傳》云："媚，愛也。""愛"與"美"義亦相近。

小　戎

温其如玉，在其板屋，亂我心曲。(《韓詩外傳》卷二第二十七章)

俴駟孔群。

【彙輯】

《章句》：駟馬不著甲曰俴駟。(《經典釋文》卷五)

【通考】

范家相云："按《鄭箋》以'俴駟'爲'四介馬'，《孔疏》以淺薄之金爲甲，而韓以爲'不著甲'，何也？鞌之戰，不介而馳，春秋時固已有之，秦人剽疾或類與？"(《三家詩拾遺》卷六)

胡承珙云："《釋文》引《韓詩》云：'駟馬不著甲曰俴駟。'此與《管子·參患篇》'甲不堅密，與俴者同實；將徒人，與俴者同實'二'俴'字相近。然《清人》明言'駟介'，《成二年左傳》：鞌之戰，'齊侯不介馬而馳'，本非兵家之常，此詩方言兵車之備，豈反以不介爲詞，可知韓義之不如毛矣。"(《毛詩後箋》卷十一)

馬瑞辰云："《韓詩》説是也。《管子·參患篇》曰：'甲不堅密，與俴者同實；將徒人，與俴者同實。'注：'俴，謂無甲單衣者。'又云：'俴，單也。人雖衆，無兵甲，則與單人同也。'今按人無甲謂之俴，馬無甲亦謂之俴，其義正同。《成二年左傳》：'不介馬而馳之。'正《詩》'俴駟'之謂。竊疑《毛傳》本作'俴駟，不介馬也'，後人譌爲'四介馬也'，《箋》遂以'俴，淺'申釋之耳。近人騎無鞍馬曰𨅬馬，義與無甲曰俴正同，'𨅬'即'俴'音之轉。'俴'又通'帴'。《考工記·鮑人》：'則是以博爲帴也。'注：'鄭司農云："帴讀爲翦，謂以廣爲狹也。"玄謂翦者，如"俴淺"之"俴"。'《説文》：'帴，讀若"末殺"之"殺"。'末殺謂減滅也。馬融《尚書》'寅餞納日'注：'餞，滅也。''俴'義同'戩'，訓滅，故得爲駟馬不被甲之稱。"(《毛詩傳箋通釋》卷十二)

陳奂云："《釋文》引《韓詩》：'駟馬不著甲曰俴駟。'案'駟馬'之'駟'當作'四'，'不'字衍。"(《詩毛氏傳疏》卷十一)

徐堂云："'俴'是'淺'之假借。《大雅·韓奕》：'鞹鞃淺幭。'《傳》：'淺，虎皮淺毛也。'《周禮·春官》：'巾車鹿淺禔。'注：'以鹿夏皮爲覆笭。'疏：'夏時鹿毛新生，爲淺毛。'是獸之淺毛者皆曰淺。俴駟，淺毛之駟馬也，故曰'不著甲'也。毛以戰馬皆被甲，故曰：'俴駟，四介馬也。'疏：'謂用淺薄之金爲駟馬之甲。'與韓相反。"(《韓詩述》卷三)

陳喬樅云："馬之申明韓説，其義是已。然以《毛傳》'俴駟，四介馬也'爲'不介馬'之譌，則説近牽强。《毛傳》師承既異，訓義不能無殊，必欲强比之使同，則失漢人治經之師法矣。此詩'小戎俴收'，《傳》訓'俴'爲'淺'，故《箋》於'俴駟'即用'俴，淺'爲義，謂以薄金爲甲之札。古之戰馬皆著甲，以金爲札，金厚則重，故云俴，謂以薄爲善也。韓則訓'俴'爲'單'，謂馬不著甲，以示其驍勇，猶《鄭》詩之美大叔于田，言其'袒裼暴虎'也。"(《韓詩遺説考》卷二之二)

冠南按：陳奂之説較武斷，不可從。馬説釋韓訓最暢達，喬樅以"馬不著甲，以示其驍勇"申釋之，尤能足成韓義。徐堂以"俴駟"爲"淺毛之駟馬"，雖契於"俴""淺"通假之理，然於"不著甲"仍無確切關聯，蓋著甲與否無涉於毛之淺深，故徐説雖新，似不可從。

蒹　葭

道阻且長。

【彙輯】

《章句》：阻，險也。（《原本玉篇》卷二十二"阻"字條、慧琳《一切經音義》卷六"險阻"條。《原本玉篇》原作"道阻且險也"，胡吉宣以《一切經音義》所引《韓詩》爲據，訂正爲"道阻且長。阻，險也"，是）

【通考】

顧震福云："毛無訓。震福案：《説文》：'阻，險也。''險，阻難也。'《廣雅·釋丘》《楚辭·天問》王注並云：'阻，險也。'《易·繫辭下傳》虞注：'阻，險阻也。'《釋名》：'水出其後曰阻丘，背水以爲險也。'又云：'山巇曰險，水隔曰阻。'若泛言，則山水通用。"（《韓詩遺説續考》卷二）

皮嘉祐云："《釋文》《説文》俱云：'阻，險也。'《釋名·釋丘》：'水出其後曰阻丘，背水以爲險也。'是'阻'本有'險'義。韓又訓'阻'爲'憂'者，《書·舜典》：'黎民阻飢。'《釋文》引王注：'阻，難也。'《釋詁》及《詩傳》皆云：'阻，難也。'道難則心有憂危之意，故韓以憂、險並釋之。"（王先謙《詩三家義集疏》卷九引）

冠南按：韓訓"阻"爲"憂"者，乃《邶風·雄雉》"自詒伊阻"之《章句》（詳本書卷四《雄雉》），皮氏誤繫於此句，然其所釋"道難則心有憂危之意"，亦能引申本句之餘藴。岑參《赴犍爲經龍閣道》云："江路險復永，夢魂愁更多。"（廖立《岑嘉州詩箋注》卷一）前句即"道阻且長"之義，後句則因江路阻長而愁緒滿腹，與《蒹葭》同一機杼，惟《蒹葭》爲思人之愁，岑詩爲失志之愁，二者貌同而心異。

宛在水中沚。（《文選》卷二十六《河陽縣作》李善注。"沚"原作"沚"，據下【通考】引胡克家、沈清瑞説改）

【彙輯】

《章句》：大渚曰沚。（《文選》卷二十六《河陽縣作》李善注。"沚"原作"沚"，據下

【通考】引胡克家、沈清瑞說改）

【通考】

臧琳云："《文選》潘安仁《河陽縣作二首》：'歸雁映蘭畤。'李注：'《韓詩》曰："宛在水中沚。"薛君曰："大渚曰沚。"'案《爾雅·釋水》：'小陼曰沚。'（《釋文》："陼字又作'渚'。"）又《説文·水部》：'沚：小渚曰沚。从水，止聲，《詩》曰：于沼于沚。'（《采蘩》毛傳："沚，渚也。"）又《詩·蒹葭》：'宛在水中沚。'《傳》：'小渚曰沚。'又《釋名·釋水》：'小渚曰沚。沚，止也，小可以止息其上也。'又《文選·西京賦》：'黑水玄阯。'薛綜注：'小渚曰阯。'據此，則沚爲小渚。薛君云'大'，與諸書不合，'大'蓋'小'字之譌也。"（《經義雜記》卷十四"小渚曰沚"條）

胡克家云："注中二'沚'字皆當作'洔'。蓋《毛詩》作'沚'，訓小渚；《韓詩》作'洔'，訓大渚。故善引韓及薛君《章句》以注'洔'。不知者又改'洔'作'沚'，致與正文歧異。"（《文選考異》卷五）

沈清瑞云："《文選》潘安仁《河陽縣詩》曰：'歸雁映蘭洔。'故引《韓詩》證之。俗本改詩中'洔'字作'畤'，改注中所引作'沚'。今考第二十二卷謝叔源《游西池詩》：'褰裳順蘭沚。'注引潘安仁詩：'歸雁映蘭洔。''沚'與'洔'同，據此知潘詩實作'洔'也。詩既作'洔'，則注亦作'洔'矣。若仍作'沚'字，是與毛同，李善何不徑引《毛詩》證乎？《穆天子傳》曰：'飲于枝洔之中。'郭氏注：'水歧成渚。洔，小渚也。音止。'即此。學者罕見'洔'字，但知據今改古，并及潘詩，王氏《詩考》引，亦未及校正其誤，世不復知《韓詩》有'洔'字矣。"（《韓詩故》卷上）

胡承珙云："沈校是也。郭注《穆天子傳》云'洔'即'沚'，《爾雅釋文》亦云'沚'本作'洔'，然果'洔''沚'同字，則薛君所引亦《爾雅》文，不應'大渚''小渚'與毛相反若是。考《説文》：'洔，水暫溢且止，未減也。'此義雖不見他書，要可識'洔'非即'沚'字。薛君或別有所據，故與毛迥異歟？"（《毛詩後箋》卷十一）

陳奂云："薛君《章句》：'大渚曰沚。'案'大'字誤。《説文》亦云：'小渚曰沚。'《爾雅釋文》：'沚，本或作"洔"。'郭注《穆天子傳》云：

‘涛，小渚也。’”(《詩毛氏傳疏》卷十一)

陳喬樅云：“《毛詩》作‘沚’，《傳》云：‘小渚曰沚。’與韓義異。”(《韓詩遺説考》卷二之二)

冠南按：《説文》訓“涛”“沚”不同義，故此二者初非一字，承珙之説是也。疑“涛”本大渚，“沚”本小渚，後以二字音同而通借，“涛”遂衍爲“沚”之假，故隨“沚”訓小渚。原其本義，則“涛”固當訓大渚。

終　南

顏如渥沰。(《韓詩外傳》卷二第二十八章。“沰”，原作“赭”，據下引《章句》改)

【彙輯】

《章句》：沰，赭也。(《經典釋文》卷五)

【通考】

馬瑞辰云：“《釋文》引《韓詩》作‘沰’，云：‘沰，赭也。’‘沰’與‘赭’音義同，是知此詩毛本作‘渥赭’，故《韓詩》得通作‘沰’。”(《毛詩傳箋通釋》卷十二)

馮登府云：“《廣韻》亦云：‘沰，赭也。’《外傳》作‘赭’，‘沰’‘赭’古通。《邶風》：‘赫如渥赭。’《正義》：‘言其顏色赫然而赤，如厚漬之丹赭也。’‘丹’‘赭’本同義，《箋》：‘丹，赤而澤也。’”(《三家詩異文疏證·韓詩》)

陳奂云：“(《毛詩》：“顏如渥丹。”)‘丹’字疑誤，當同《簡兮》作‘渥赭’。《釋文》引《韓詩》作‘沰’，云：‘沰，赭也。’‘赭’‘沰’聲通。若作‘丹’，則聲不通矣。今《韓詩外傳》引《詩》：‘顏如渥赭。’或後人依《毛詩》改之也。”(《詩毛氏傳疏》卷十一)

陳喬樅云：“《毛詩》：‘顏如渥丹。’《箋》云：‘渥，厚漬也。顏色如厚漬之丹，言赤而澤也。’與《韓詩》文異。”(《韓詩遺説考》卷二之二)

黄山云：“《説文》：‘丹，巴越赤石。’‘赭，赤土色。’並赤，故義可通，《簡兮》鄭箋即以‘傅丹’訓‘赭’可證也。《封氏聞見記》：‘赭，或謂之柘木染。’《本草》：‘柘木染黄赤色，謂之柘黄，天子服。’柘黄即赭黄也。'柘'讀如'蔗',與'赭'爲同音字。沰與柘皆'石'聲,亦可通'赭',是'沰'又即'赭'也。"(王先謙《詩三家義集疏》卷九引)

君子至止,紼衣繡裳。(《原本玉篇》卷二十七"紼"字條)

【彙輯】

《章句》:異色繼袖曰紼。(《原本玉篇》卷二十七"紼"字條)

【通考】

顧震福云:"《毛詩》'紼'作'黻',《傳》云:'黑與青謂之黻。'震福案:《左・桓二年傳》:'衮冕黻珽。'《正義》曰:'經傳作"黻",或作"韍",或作"芾",音義同也。'後世用絲,故字或有作'紱'者。《爾雅・釋水》釋文:'紼,又作"紱"。'《莊子・逍遥遊》釋文:'紱,或作"紼"。'《漢書・丙吉傳》注:'紼、紱古通。'《斯干》:'朱芾斯皇。'《車攻》:'赤芾金舄。'《采菽》:'赤芾在股。'《白虎通・紼冕》並引作'紼'。是'黻'與'韍''紱''芾'通,'韍''紱''芾'又與'紼'通。其實'韍''紱''芾'乃'韠韍'之'韍','黻'乃'黼黻'之'黻',義本不同。《説文》:'黻,黑與青相次。'文即本《毛傳》。韓謂紼爲異色者,《大車》:'毳衣如璊。'《箋》云:'毳衣之屬,衣繢而裳繡。'《列子釋文》引《韓詩外傳》曰:'虋,異色之衣也。'蓋'璊'字,《韓詩》作'虋',毳衣衣繢裳繡,韓以虋爲毳衣之色。《廣雅》:'虋,麻也。'黻衣亦衣繢裳繡,韓以紼爲黻之色,《説文》:'紼,亂麻也。'(據《玄應音義》十二引)虋、紼皆麻類,故均曰異色。"(《韓詩遺説續考》卷二)

王先謙云:"'袖'當爲'繡'字之誤。青黑二文曰黻,是'異色'也,加以五色備曰繡,是'繼繡'也。'黻'通'紱','紱'亦通'紼'。《莊子・逍遥游・釋文》:'紱,或作紼。'《堯廟碑》:'印紼相承。''紱'作'紼',是三字以音近相通。韓作'紼'者,亦假'紼'爲'紱'耳。《九章》'黼''黻'皆統於'繡',《考工》'繡'與'黼''黻'對言,不能合而爲一也。"(《詩三家義集疏》卷九)

晨 風

鴥彼晨風,鬱彼北林。 未見君子,憂心欽欽。 如何如何? 忘

我實多！（《韓詩外傳》卷八第九章）

【通考】

范家相云："《韓詩》作'鴥'，謂鴥乘朝風而飛也，其義不同。《六書故》亦以晨風爲朝風，漢魏人則以晨風爲鸇。"（《三家詩拾遺》卷六）

胡承珙云："《韓詩外傳》作'鴥'，乃古字通用，如'回遹'作'回鴥'（《釋文》引《韓詩》），'潏水'作'泬水'（《漢書·司馬相如傳》注）之類。故'鴥'亦訓'疾'，《海賦》'鴥如驚鳧之失侶'是也。"（《毛詩後箋》卷十一）

宋綿初云："《字書》：'鴥音聿，疾飛貌。'木華《海賦》：'鴥如驚鳧之失侶。'今《毛詩》作'鴥'，《廣韻》：'鴥，鳥飛快也。'字異，音義並同。宛，今《毛詩》作'鬱'，《外傳》本亦作'鬱'。《史記·倉公傳》：'寒濕氣宛。'《周禮》鄭氏注引《詩》曰：'宛彼北林。''宛'音'鬱'，與'鬱'通。《韓詩》多古字，鄭氏注禮，多用《韓詩》説，則此當作'宛'字也。"（《韓詩内傳徵》卷二）

馮登府云："《傳》：'鴥，疾飛貌。'木玄虚《海賦》：'鴥如驚鳧之失侶。''鴥'亦飛義。"（《三家詩異文疏證·韓詩》）

丁晏云："今《外傳》八仍作'鴥彼'，後人據毛妄改耳。《文選》王子淵《講德論》注引《韓詩外傳》'鴥彼晨風'，與厚齋所見本同。今《説文》'鴥'下引《詩》作'鴥'，亦非。《釋文》云：'《説文》作"鴥"。'則唐時《説文》本尚不誤也。郭注《爾雅》引《詩》亦作'鴥'。《文選·古詩十九首》、曹彦遠《感舊詩》注俱引《詩》：'鴥彼晨風。'足徵古本皆作'鴥'。木玄虚《海賦》：'鴥如驚鳧之失侣。'李善注：'鴥，疾貌。'《毛傳》亦云：'鴥，疾飛貌。''鴥'與'鴥'音義同。"（《詩考補注·韓詩》）

徐堂云："《説文·鳥部》：'鴥，知天將雨鳥也。''鴥，鸇飛貌。'（本《毛傳》）則'鴥''鴥'義别。毛作'鴥'，正字；韓作'鴥'，借字。"（《韓詩述》卷三）

冠南按：韓作"鴥"，毛作"鴥"，二字義同，並訓疾，家相以本字釋韓義，未免望文生義。另，諸本《外傳》皆作"鬱彼北林"，宋氏僅以"鄭氏注禮，多用《韓詩》説"，即定其所引"宛彼北林"爲《韓詩》之文，有失武斷，未若王應麟置入“詩異字異義”爲妥，故暫不取宋説。

陳　　風

東門之枌

穀旦于嗟。（《經典釋文》卷六：“《韓詩》作‘嗟’。”）

【通考】

惠棟云：“《韓詩》作‘嗟’，古‘嗟’字或省文作‘差’。然此詩‘差’字，仍當從鄭，音初佳反。”（《九經古義》卷五）

胡承珙云：“《韓詩》作‘嗟’，或古字‘差’通作‘嗟’，非必即爲‘嗟’義。王肅直以‘差’音‘吁嗟’，則經文‘穀旦于嗟’，殊不成語。”（《毛詩後箋》卷十二）

馬瑞辰云：“差，當從《韓詩》及王本作‘嗟’。嗟，《説文》作‘𧦧’，云：‘𧦧，嗞也。’又云：‘于，於也，象气之舒亏。’又‘訏’字注：‘一曰，訏𧦧。’‘嗟’又通作‘槎’。《爾雅》：‘嗟、咨，槎也。’《玉篇》：‘槎，憂歎也。’古‘吁’與‘訏’多省作‘于’，‘嗟’與‘𧦧’多省作‘差’。《易》：‘大耋之嗟。’《釋文》‘嗟，荀本作差’是也。此詩‘于差’即‘吁嗟’，與《雲漢》詩‘先祖于摧’，《箋》讀爲‘吁嗟’正同。《周官・女巫》：‘旱暵則舞雩。’《月令》‘大雩帝’，鄭注：‘雩，吁嗟求雨之祭也。’又《鄭志・答林碩難》曰：‘董仲舒曰：雩，求雨之術，呼嗟之歌。’‘呼嗟’猶‘吁嗟’也。古者巫之事神，必吁嗟以請。詩刺陳風好巫，故曰‘穀且于𧦧’。‘且’爲句中助詞，‘穀且吁嗟’猶言善吁嗟也。鄭本‘且’作‘旦’，乃形近之誤。”（《毛詩傳箋通釋》卷十三）

馮登府云：“《箋》：‘差，擇也。’古‘差’‘嗟’通，《易》：‘大耋之嗟。’荀爽本作‘差’。王子雍于此詩‘差’字音‘嗟’，蓋本三家《詩》。宋本《群經音釋》兩引並作‘嗟’。”（《三家詩異文疏證・韓詩》）

冠南按：承珙以“穀旦于嗟”爲“不成語”，其説是也。韓雖作“嗟”，而“嗟”“差”通用，故韓或仍用“差”之“擇”義（“差”訓“擇”不特見本篇之《鄭箋》，亦見《吉日》之《毛傳》)，故“穀旦于嗟(差)”猶言“良日爰擇”(屈萬里《詩經詮釋・國風・陳》)。瑞辰以韓用“嗟”爲歎詞，又誤“旦”爲“且”(馬謂鄭因形近而誤“且”爲“旦”，無據)，遂釋此句爲“善吁嗟”，與上下文割裂甚重，恐不可從。

衡　門

衡門之下，可以棲遲。泌之洋洋，可以療飢。(《韓詩外傳》卷二第二十九章)

【通考】

馬瑞辰云：“‘可以樂飢’，《傳》：‘樂飢，可以樂道忘飢。’《箋》：‘泌水之流洋洋然，飢者見之，可飲以𤻲飢。’瑞辰按：《韓詩外傳》《列女傳》《文選》李注、《太平御覽》五十八引詩並作‘可以療飢’，‘𤻲’‘療’古同字。《説文》：‘𤻲，治也。或作療。’是知《鄭箋》‘𤻲飢’實本《韓詩》。”(《毛詩傳箋通釋》卷十三)

馮登府云：“《箋》本作‘𤻲飢’，唐石經初刻作‘樂’，後改作‘𤻲’。《文選》王元長《策秀才文》注及日本足利古本皆作‘𤻲’，《外傳》作‘療’，‘療’與‘𤻲’同字。蔡邕《郭有道碑》：‘棲遲泌丘。’李善注：‘《毛詩》曰：“泌之洋洋，可以療飢。”’則毛亦作‘療’。《太平御覽》五十八庾信《小園賦》並作‘療飢’，蓋改‘𤻲’爲‘療’也。鄭得見古文，其箋《詩》先通三家《詩》，而《韓詩》受于張恭祖，故見於《箋》者尤多。如《十月之交》：‘抑此皇父。’‘抑’讀爲‘意’。《思齊》：‘古之人無斁。’‘斁’作‘擇’。《泮水》：‘狄彼東南。’‘狄’作‘鬄’。皆從韓。”(《三家詩異文疏證・韓詩》)

陳壽祺云：“《毛詩釋文》：‘沈云：舊皆作“樂”字。’壽祺謂：《鄭箋》作‘𤻲飢’，‘療’即‘𤻲’或字，是鄭從《韓詩》，沈氏説未諦。”(《韓詩遺説考》卷二之三)

陳喬樅云：“‘療飢’，《毛傳》作‘樂飢’，樂者，‘𤻲’之消借；療者，‘𤻲’之或體也。‘𤻲’从疒樂者，臧鏞堂以爲人有疾則苦，治之則樂，

是也。”(《韓詩遺説考》卷二之三)

王先謙云:“《説文》‘瘵’下云:‘治也。或作療。’此詩韓作‘療’,用或體。《釋文》言鄭本作‘瘵’,用正文。毛本作‘樂’,用省借也。”(《詩三家義集疏》卷十)

冠南按:統上引諸説,韓之“療”及毛之“樂”俱“瘵”之變體,故皆應從“瘵”訓“治”。

東門之池

彼美淑姬,可與晤言。(《韓詩外傳》卷九第二十三章)

墓　門

歌以誶止。

【彙輯】

《章句》:誶,諫也。(《原本玉篇》卷九“誶”字條。“誶”,《經典釋文》卷六作“訊”,誤,詳下【通考】引戴震、錢大昕説)

【通考】

戴震云:“‘訊’乃‘誶’字轉寫之譌,《毛詩》云:‘告也。’《韓詩》云:‘諫也。’皆當爲‘誶’,誶音碎,故與‘萃’韻。訊音信,問也,於詩義及音韻咸扞格矣。”(《毛鄭詩考正》)

錢大昕云:“‘誶’訓告,‘訊’訓問,兩字形聲俱别,無可通之理。六朝人多習草書,以‘卒’爲‘卆’,遂與‘卂’相似。陸元朗不能辨正,一字兩讀,沿訛至今。《詩・陳風》:‘歌以訊之。訊予不顧。’陸云:‘本又作“誶”,音信,徐息悴反,告也。’《小雅》:‘莫肯用訊。’陸云:‘音信,徐息悴反,告也。’案此兩詩本是‘誶’字,王逸注《楚詞》引‘誶予不顧’,其明證矣。徐仙民兩音息悴反,是徐本亦从卒也。陸氏狃於韻緩不改字之説,讀‘誶’爲‘信’,豈其然乎?《大雅》:‘執訊連連。’此正訊問字,陸音信,是矣,而又云:‘字又作訊,又作誶,並同。’《禮記・王制》:‘以訊馘告。’陸云:‘本又作誶。’《學記》‘多其訊’,陸云:‘字又作

"誶"。'則真以'訊''誶'爲一字矣。《爾雅》:'誶,告也。'陸引沈音粹、郭音碎,當矣,而又云:'本作"訊",音信。'其誤亦同。今《毛詩正義》、石經皆作'訊',又承陸氏之誤。"(《十駕齋養新録》卷一"陸氏《釋文》'誶''訊'不辨"條)

王引之云:"'訊'非訊字也,'訊'古亦讀若'誶',《小雅·雨無正》:'莫肯用訊。'與'退''遂''瘁'爲韻;張衡《思玄賦》:'慎灶顯於言天兮,占水火而妄訊。'與'内''對'爲韻;左思《魏都賦》:'翩翩黄鳥,銜書來訊。'與'匱''粹''溢''出''秩''器''室''蒞''日''位'爲韻,則'訊'字古讀若'誶',故《墓門》之詩亦以'萃''訊'爲韻。于古音未嘗不協也。(《學記》:"多其訊。"鄭注曰:"訊,或爲訾。""訊"字古讀若"誶",聲與"訾"相近,故通。)'訊''誶'同聲,故二字互通。《雨無正》箋:'訊,告也。'《釋文》曰:'訊,音信,徐息悴反。'與《墓門釋文》同。《大雅·皇矣》:'執訊連連。'《釋文》曰:'字又作"誶"。'《王制》:'以訊馘告。'《釋文》曰:'本又作"誶"。'《學記》:'多其訊。'鄭注曰:'訊猶問也。'《釋文》曰:'字又作"誶"。'《爾雅》:'誶,告也。'《釋文》曰:'本又作"訊"。'《吴語》:'乃訊申胥。'韋昭注曰:'訊,告讓也。'《説文》引作'誶申胥'。又:'訊讓日至。'注曰:'訊,告也。'《莊子·山木》:'虞人逐而誶之。'郭象注曰:'誶,問之也。'《釋文》曰:'本又作"訊"。'《徐無鬼》:'察士無淩誶之事。'《釋文》引《廣雅》曰:'誶,問也。'《文選·西征賦》注引《廣雅》'誶'作'訊'。《史記·賈生傳·吊屈原賦》'訊曰',《索隱》曰:'訊,劉伯莊音素對反,周成《解詁》音粹,《漢書·賈誼傳》"訊"作"誶",李奇曰:告也。'又《賈誼傳》:'立而誶語。'張晏曰:'誶,責讓也。'《賈子·時變》'誶'作'訊'。《楚辭·九歎》:'訊九魁與六神。'王逸注曰:'訊,問也。'一本作'誶'。《漢書·敘傳·幽通賦》:'既誶爾以吉象兮。'《文選》'誶'作'訊',李善注引《爾雅》曰:'訊,告也。'《後漢書·張衡傳·思玄賦》:'占水火而妄誶。'《文選》'誶'作'訊',舊注曰:'訊,告也。'《傅毅傳·迪志訊》曰:'先人有訓,我訊我誥。'凡此者或義爲誶告而通用'訊',或義爲訊問而通用'誶'。(《爾雅》:"訊,言也。"郭注曰："相問訊。"《玉篇》《廣韻》並曰："誶，言也。"《爾雅》作"訊"，《玉篇》《廣韻》作"誶"，則《爾雅》别本有作"誶"者，"誶""訊"同聲故也。《廣韻》："譢，雖遂反，讓也，諫也，告也，問也。"《集韻》："譢或作'訊'，通作'誶'，'譢''誶''訊'同聲，故同訓爲問也。"《説文》："楚人謂卜問吉凶曰馭，讀若贅。"《廣韻》："又雖遂切，與'誶'同音，馭之爲問猶誶之爲問矣。"）惟其同聲，是以假借，又可盡謂之訛字乎？《考正》之説殆疏矣。（《釋文》引《韓詩》曰："訊，諫也。"則韓、毛二家並作"訊"。《爾雅》："誶，告也。"《釋文》曰："本又作'訊'。"則今本作"訊"，非轉寫之訛。"訊""誶"俱有"碎"音，何以見郭璞音"誶"之必非"訊"字乎？古人引書不皆如其本字，苟所引之書作彼字，所注之書作此字，而聲義同者，則寫從所注之書。《離騷》云"朝誶"，故王逸引《詩》亦作"誶"，《張衡傳》云"妄誶"，故李賢引《爾雅》亦作"誶"，非《詩》與《爾雅》之本文作"誶"不作"訊"也。《續列女傳》載《墓門》之詩正作"歌以訊止"。）"（《經義述聞》卷五《毛詩上》"歌以訊止"條）

馬瑞辰云："《釋文》：'訊，又作誶，徐息悴反，告也。《韓詩》："訊，諫也。"'瑞辰按：《廣韻》引《詩》：'歌以誶止。'《廣雅》：'誶，諫也。'今按《毛》《韓詩》作'訊'，皆以'訊'爲'誶'之假借。王逸《楚辭章句》引《詩》：'誶予不顧。'則《齊》《魯詩》必有用本字作'誶'者也。《列女傳》引《詩》：'歌以訊止。'與《廣韻》引《詩》作'止'正同。詩以二'止'字相應，爲語辭，猶上章以二'之'字相應也。今作'訊之'者，以形近而譌。"（《毛詩傳箋通釋》卷十三）

丁晏云："王逸《離騷章句》引《詩》作'誶'，云：'諫也。'《廣雅・釋詁》亦云：'誶，諫也。'皆本《韓詩》。"（《詩考補注・韓詩》）

陳喬樅云："'訊'字，'誶'之誤。'誶'與'萃'相韻，作'訊'則音義俱舛。"（《魯詩遺説考》卷二之三）又云："《列女傳》八引《詩》：'歌以訊止。'《廣韻・六至》引《詩》：'歌以誶止。'皆不作'之'字。詩此章'歌以訊止'與上文'有鴞萃止'，以二'止'字相應爲語辭。猶上章'斧以斯之''國人知之'，以二'之'字相應爲語詞也。今本'止'作'之'，乃因形近而譌耳。"（《韓詩遺説考》卷二之三）

王先謙云："諫，是'諫'之誤。《校勘記》云：'《説文》："諫，數諫也。从言、从朿。七賜反。""諫，促也。从言、从'約束'之'束'，音速。"毛居正以爲从"朿"，非是。小字本所附作"諫"，誤多一畫。'愚案：《列女傳》《離騷》王注作'訊'，而《玉篇・言部》引《韓詩》曰：'歌以誶之。誶，諫也。'《廣韻・六至》云：'誶，告也。'引《詩》：'歌以誶止。'洪興祖《楚詞補注》亦作'歌以誶止'。王氏《廣雅疏證》云：'"訊"字古讀若"誶"，故經傳二字通用，或以"訊"爲"誶"之譌，非也。'胡承珙《後箋》辨之尤悉。'訊予'猶言'予訊'，我告汝而猶不顧，及顛倒而思予。言亦無及矣，宜解大夫服而釋之也。"(《詩三家義集疏》卷十)

冠南按："訊""誶"通用之例(如《經義述聞》所舉)，多由"誶"誤爲"訊"所致，錢氏所謂"兩字形聲俱别，無可通之理"，確乎可據。阜陽漢簡《詩經》亦作"誶"，此"訊"乃"誶"譌之又一旁證。

防有鵲巢

誰侜予娓。

【彙輯】

《章句》：娓，美也。(《經典釋文》卷六)

【通考】

錢大昕云："'微'與'尾'古文通用，《周官》之'媺'，即《説文》之'娓'。《詩》：'誰侜予美。'《韓詩》作'娓'，'娓'即'媺'也。'娓'讀若'媚'，與今人讀異。"(《潛研堂文集》卷十一《答問八》)又云："娓，美也。《詩》：'誰侜予美。'《韓詩》作'娓'。《説文》：'娓，从女，尾聲，讀若媚。'予謂古文'尾'與'微'通，《周禮・師氏》：'掌以媺詔王。'與'娓'同。"(《聲類》卷一《釋言》)

馬瑞辰云："美，《韓詩》作'娓'，云：'娓，美也。'按《説文》：'美，甘也。''媄，女好也。'是美好之字正作'媄'，今經典通用'美'。《周官》作'媺'，蓋古文。'媺'从微省，'微''尾'古通用，故'媄'又借作'娓'，猶微生一作尾生也。"(《毛詩傳箋通釋》卷十三)

馮登府云："《説文》：'娓，順也。'余謂即'美'字。'尾'與'微'通，《書》：'鳥獸孳尾。'《史記》作'微'。《論語》'微生畝'，《漢書》作'尾'。《周禮》'司徒媺宫室'，疏引《詩》以證美宫室。是'媺'即'美'，从女从散（"微"省文）爲《周禮》之'美'，从女从尾爲《説文》之'美'，證以《韓詩》《史記》，知'微''娓'通，即美也。"（《三家詩異文疏證·韓詩》）

陳喬樅云："娓，《毛詩》作'美'。'美''娓'古以聲同通假。《説文》：'娓，順也。''順'亦與'美'義近。"（《韓詩遺説考》卷二之三）

冠南按：《毛詩》"娓"徑作"美"，韓、毛字異而義同。

心焉惕惕。

【彙輯】

《章句》：惕惕，説人也。（《爾雅》卷上《釋訓》郭璞注）

【通考】

孫星衍云："惕者，《爾雅》郭注引《韓詩》云：'惕惕，悦也。'《詩釋文》六引《韓詩》曰：'施，善也。''施'蓋'惕'之緩讀，'善'義亦近'悦'也。《釋言》云：'夷，悦也。''惕'與'施'，皆聲近'夷'。"（《尚書今古文注疏》卷六《商書二·盤庚第六》）

胡承珙云："《韓詩》以爲'説人'者，蓋因'予美'而云然。説其人，故憂其被讒，然不必爲男女之離間。《孟子》云：'爲我作君臣相説之樂。'又曰：'説賢不能舉。'是君臣亦可言'説'，不必定屬男女也。"（《毛詩後箋》卷十二）

陳壽祺云："《爾雅·釋訓》：'惕惕，愛也。'郭注引《韓詩》云，以證'惕'之言'愛'，其義與《毛傳》異。"（《韓詩遺説考》卷二之三）

陳奂云："《爾雅》：'惕惕，愛也。'郭注云：'《詩》云："心焉惕惕。"《韓詩》以爲説人，故言"愛"也。'案'愛'者謂愛君，君受讒賊所誑，故君子憂勞之心惕惕然。'説人'即是'愛君'。"（《詩毛氏傳疏》卷十二）

魏源云："《防有鵲巢篇》云'心焉惕惕'，'以爲悦人'（《爾雅注》引），是《韓詩》固未嘗以詩人皆無邪而必爲刺詩也。"（道光初修吉堂刻二卷本《詩古微》卷下《三家發微下》）又曰："《爾雅注》引《韓詩》'心焉惕惕'，'以爲悦人'，（《釋文》引《韓詩》"誰侜予娓"。娓，美也。）若曰：誰侜張壅蔽予所美之人乎？（《説文》："侜，有壅蔽也。"）則爲刺男女之詞。"（道光中刻二十卷本《詩古微》中編之四《陳曹答問》）

陳喬樅云:"《毛敘》云:'《防有鵲巢》,憂讒賊也。宣公多信讒,君子憂懼焉。'傳訓'惕惕'云:'猶"忉忉"也。'則毛以'惕惕'亦憂讒之意。《集傳》因《韓詩》有'説人'語,遂據此以爲男女之詞。"(《韓詩遺説考》卷二之三)

王先謙云:"'愛''説'同義。説宣公之可與爲善,惟恐爲讒人所壅蔽,陷於不明。是'説人'即'愛君'。"(《詩三家義集疏》卷十)

冠南按:前人多狃於君臣之義,故《爾雅》之"愛"與《韓詩》之"説"俱成忠君之辭,實則未若朱子釋爲男女之詞更暢達詩旨。另,臧庸以《爾雅》"惕惕,愛也"一併視爲韓訓,陶方琦云:"《韓詩》言'悦人',即具'愛'字之義,非别有'愛也'之訓。"(臧庸《韓詩遺説》卷上陶氏按語)此説是。

澤　陂

有美一人,陽若之何。(《原本玉篇》卷二十二"陽"字條)

【彙輯】

《章句》:陽也,傷也。(《原本玉篇》卷二十二"陽"字條)

【通考】

顧震福云:"《毛詩》作'傷如之何'。《爾雅·釋詁》郭注引《詩》作'陽如之何',蓋《齊》《魯詩》。'陽'與'傷','如'與'若',義並同。《韓詩》多以古字釋今字。如《毛詩·蟋蟀》:'日月其除。'韓作'日月其陶',云:'陶,除也。'《毛詩·大明》:'會朝清明。'韓作'會朝滰明',云:'滰,清也。'皆是。(並《原本玉篇》引《韓詩》。)此《毛詩》'傷如之何',韓作'陽如之何',云'陽,傷也'亦其一也。"

王先謙云:"訓'陽'爲'傷',與箋及傳疏義合。思賢人不得見,無禮之甚,皆可傷之事也。"(《詩三家義集疏》卷十)

冠南按:韓訓陽爲"傷",係以"陽"爲"傷"之假借,《毛詩》徑作"傷",與韓訓不殊。《爾雅·釋詁下》郭璞注引《魯詩》作"陽如之何",與韓同文,其義當亦爲"傷"。震福謂"《韓詩》多以古字釋今字",目光如炬，適與前揭《毛傳》以今文釋古文之説(詳本書卷四《衛風·芄蘭》)相應。《毛詩·防有鵲巢》："誰侜予美。"韓作"誰侜予娓"，云："娓，美也。"亦可佐證顧説。

有蒲與蕑。

【彙輯】

《章句》：蕑，蓮也。(《經典釋文》卷五。按此文原在《釋文·溱洧》"蕑兮"條下，據下【通考】引馬瑞辰説改繫於此)

【通考】

馬瑞辰云："《溱洧》詩《釋文》引《韓詩傳》曰：'蕑，蓮也。'正釋'有蒲與蕑'，爲《鄭箋》所本，《釋文》誤移於《溱洧章》耳。據《太平御覽》引《韓詩》曰：'秉，執也。蕑，蘭也。'是知《韓詩》於《溱洧》'秉蕑'亦訓爲'蘭'，與《毛詩》同，未嘗以'蕑'爲'蓮'也。"(《毛詩傳箋通釋》卷十三)

陳喬樅云："此條陸氏入《溱洧篇》，今訂正之。《釋文》云：'與蕑，毛古顔反，蘭也。鄭改作"蓮"，練田反，夫蕖實也。'《鄭箋》蓋據《韓詩》爲説。'蕑'字得訓爲'蓮'者，'蕑'即蘭也。蘭从闌聲，蓮从連聲，'闌''連'古以同聲通用。《伐檀》：'河水清且漣猗。'《爾雅》作'瀾'。《説文·水部》：'瀾或从連作漣。'是其證已。'蕑'本訓'蘭'，又以聲近假借爲'蓮'字，蘭與蓮皆澤中之香草也。"(《韓詩遺説考》卷二之三)

冠南按：韓訓僅存"蕑，蓮也"三字，而未及"蓮"之用，《鄭箋》云："蓮以喻女之言信。"孔穎達疏云："蓮是荷實，故喻女言信實。"(《毛詩正義》卷七之一)可申釋韓訓。

有美一人，碩大且嬒。 (《太平御覽》卷三六八)

【彙輯】

《章句》：嬒，重頤也。(《太平御覽》卷三六八)

【通考】

胡承珙云："曹子建《洛神賦》：'明眸善睞，靨輔承權。'王粲《神女賦》曰：'美姿巧笑，靨輔奇牙。'此皆與《韓詩》'嬒'義相近。《説文》：'嬒，含怒也，一曰難知也。《詩》曰："碩大且嬒。"'此引《詩》者，以證其字爲經典所有，不謂《詩》有‘含怒’‘難知’二義也。‘女部’又云：‘㜸，好也。’此亦與‘嬒’音近而義同。《廣雅》云：‘嬒，美也。’總之，皆謂婦人之貌也。”(《毛詩後箋》卷十二)

馬瑞辰云：“《太平御覽》引《韓詩》作‘嬒’。《説文》‘嬒’字注引《詩》：‘碩大且嬒。’正本《韓詩》。《廣雅》：‘嬒，美也。’《玉篇》：‘嬒，又魚檢切。’正與‘儼’聲近而義同。《太平御覽》引《韓詩薛君章句》以嬒爲重頤，蓋重頤亦美貌也，《淮南·説林篇》‘靨酺在頰則好’是已。至《説文》云：‘嬒，含怒也，一曰難知也。’皆於詩義無涉。”(《毛詩傳箋通釋》卷十三)

馮登府云：“《廣雅》：‘嬒，美也。’薛訓‘重頤’，即‘美’義。”(《三家詩異文疏證·韓詩》)

馮登府云：“‘碩大且儼’，薛君《章句》作‘嬒’，重頤也。《説文》同。《廣雅》：‘嬒，美也。’與‘儼’訓‘矜莊’相近。薛訓‘重頤’，即‘美’義。”(《三家詩遺説》卷三)

丁晏云：“薛君訓‘嬒’爲‘重頤’者，言豐頤若重，道其美也。”(《詩考補注·韓詩》)

徐堂云：“《説文》：‘嬒，含怒也，一曰難知也。《詩》曰：“碩大且嬒。”’與《韓詩》文同義異。《毛傳》：‘儼，矜莊貌。’字義並異。”(《韓詩述》卷三)

陳喬樅云：“《廣雅·釋詁》：‘嬒，美也。’正釋《韓詩》‘嬒’字。《淮南·脩務訓》云：‘靨酺摇。’高誘注曰：‘靨酺，頰邊文，婦人之媚也。’《説林訓》云：‘靨酺在頰則好。’高誘注曰：‘靨酺者，頰上窐也。’皆與《韓詩》‘嬒’字義近。是‘重頤’亦爲貌美。”(《韓詩遺説考》卷二之三)

王先謙云：“案，‘儼’訓矜莊，非狀婦人之美。重頤，豐下，斯爲男子之貌。(今俗云“雙頰巴”，或以《淮南》“靨輔在頰”當之，非是。高注明釋“靨輔”爲“頰上窐”。宋蘇軾詩所謂“雙頰生微過”也。)”(《詩三家義集疏》卷十)

錢鍾書云：“按《太平御覽》卷三六八引《韓詩》作‘碩大且嬒’，薛君曰：‘嬒，重頤也。’‘碩大’得‘重頤’而更親切着實。《大招》之狀美人曰:‘豐肉微骨,調以娱只。’再曰:‘豐肉微骨,體便娟只。’復曰:‘曾頰倚耳。’王逸注:‘曾,重也。’《詩》之言‘嬒’,正如《楚辭》之言‘曾頰’。(增訂《全漢文》卷二二司馬相如《美人賦》亦云:“弱骨豐肌。”即《楚辭》之“豐肉微骨”。)唐宋畫仕女及唐墓中女俑皆曾頰重頤,豐碩如《詩》《騷》所云。劉過《浣溪紗》云:‘骨細肌豐周昉畫,肉多韻勝子瞻書,琵琶弦索尚能無?’徐渭《青籐書屋文集》卷十三《眼兒媚》云:‘粉肥雪重,燕趙秦娥。’古人審美嗜尚,此數語可以包舉。叔本華所謂首貴肉豐肌滿(eine gewisse Fülle des Fleisches),當世德國大家小説中尚持此論(die Weibliche Plastik ist Fett.)。”(《管錐編・毛詩正義》四五《澤陂》)

寤寐無爲,展轉伏枕。(《文選》卷二十九《雜詩》李善注)

【通考】

馮登府云:“輾,《釋文》云:‘本又作“展”。’《周南》:‘輾轉反側。’《楚詞章句》作‘展’,高誘注《淮南子》引作‘展’。‘輾’,後作字。”(《三家詩異文疏證・韓詩》)

徐堂云:“《説文》:‘展,轉也。’無‘輾’字。《關雎篇》釋文曰:‘吕忱从車展。’是‘輾’字起於《字林》也。”(《韓詩述》卷三)

檜　風

匪　風

匪風發兮,匪車揭兮。顧瞻周道,中心怛兮。(《韓詩外傳》卷二第三十章)

【彙輯】

《説》:是非古之風也,發發者;是非古之車也,揭揭者:蓋傷之也。(《漢書》卷七十二《王吉傳》)

【通考】

陳啓源云:“《匪風》首章毛傳與漢王吉上昌邑王書同義,吉治《韓詩》者,而義同毛,定非一家之私説矣。朱子最愛韓,兹獨以其同毛而

易之。"(《毛詩稽古編》卷七)

沈清瑞云:"此'《説》曰'者,即《藝文志》所載《韓説》四十一篇也。吉受《詩》蔡誼,爲燕韓生三傳弟子,見《儒林·趙子傳》中。"(《韓詩故》卷上)

胡承珙云:"此所引《説》與毛義合:一以爲'非古',一以爲'非有道',皆傷今而思古也。"(《毛詩後箋》卷十三)

馬瑞辰云:"《漢書·王吉傳》引《詩》'怛'作'悬',顔師古注:'悬,古"怛"字也。'今按《説文》無'悬'字,但云:'怛,憯也。或从心在旦下作悬。'《方言》:'怛,痛也。'《廣雅》同。《玉篇》:'怛,悲也。''悬,驚也。'并丁割切。是'悬'乃'怛'之同音假借字。"(《毛詩傳箋通釋》卷十四)

馮登府云:"揭,毛作'偈','揭'與'偈'通。"(《三家詩異文疏證·韓詩》)又云:"'揭'與'偈'通,'悬'即古'怛'字。"(《三家詩遺説》卷三)

魏源云:"王吉疏曰'發發者,是非古之風;揭揭者,是非古之車'云云,言東遷之初,士大夫各以車馬載其孥賄,疾驅而至,小國實逼處此,何以安存?故詩人憂之。"(道光中刻二十卷本《詩古微》下編之一《詩序集義·檜風》)

陳喬樅云:"《毛傳》云:'發發飄風,非有道之風;偈偈疾驅,非有道之車。'與《韓詩説》合。'揭''偈'皆當爲'朅'之借字。《白帖》十一引此詩,正作'匪車朅兮'。《説文》:'朅,去也。''去'與'疾驅'義相近,故韓於《伯兮》詩訓'偈'爲'疾驅貌',《毛傳》於此詩亦言:'偈偈,疾驅也。'又案師古《漢書集注》云:'悬,古怛字。'考《説文·心部》無'悬'字,'怛'下云:'憯也。'重文'悬'下云:'怛,或从心,在旦下。''憯'亦傷也,與《毛傳》訓'怛'爲'傷'合。《詩考》載《韓詩》:'中心悬兮。''悬',古'怛'字。今本《外傳》作'怛',誤。"(《韓詩遺説考》卷二之三)

冠南按:王吉引《韓詩説》之文,劉邠以爲有錯簡,應作:"發發者,是非古之風也;揭揭者,是非古之車也;悬悬者,蓋傷之也。"(王先謙《漢書補注·王吉傳》引)楊樹達云:"按順文言之,當云:'發發者,是非古之風也;揭揭者,是非古之車也。'以説者認詩文爲倒文,故以倒句説之耳。"(《古書疑義舉例續補》卷二"倒句例"條)此説可釋劉邠之疑。郝懿行、王照圓釋此句云："言是非古之風，與何發發也；是非古之車，與何偈偈也。西瞻周道，風、車變改所由，顧之而驚悼。"(《詩問》卷二)即本於《韓說》。《毛傳》云："發發飄風，非有道之風；偈偈疾驅，非有道之車。"古人常以古時爲有道之世，故"非古"即"非有道"，《韓說》與《毛傳》義近，俱主於刺。《韓詩外傳》云："當成周之時，陰陽調，寒暑平，群生遂，萬物寧。故曰：其風治，其樂連，其驅馬舒，其民依依，其行遲遲，其意好好。《詩》曰：'匪風發兮，匪車揭兮，顧瞻周道，中心怛兮。'"(卷二第三十章)乃以爲美成周之詩，與《韓說》迥異，此亦《外傳》不主於釋詩之證。

曹　風

蜉　蝣

采采衣服。（《文選》卷十三《鸚鵡賦》李善注）

【彙輯】

《章句》：采采，盛貌也。（《文選》卷十三《鸚鵡賦》李善注）

【通考】

郝懿行云："粲者，《大東》傳：'粲粲，鮮盛貌。'《箋》云：'京師人衣服鮮潔而逸豫。'《文選・鸚鵡賦》注引《韓詩》作'采采衣服'。薛君曰：'采采，盛貌也。'與《毛傳》同。'采''粲'聲相轉也。"(《爾雅義疏》上之三《釋訓弟三》)

陳喬樅云："《毛傳》云：'采采，衆多也。''衆多'即'盛貌'，與《韓詩》義同。"(《韓詩遺說考》卷二之三)

王先謙云："'盛貌'與'衆多'意同，言其群臣競侈衣服，故韓曰'盛貌'，毛曰'衆多'也。"(《詩三家義集疏》卷十二)

冠南按：《文選・琴賦》："采采粲粲。"吕向注："采采、粲粲，英聲也。"(《六臣注文選》卷十八)，"英聲"即聲音之盛貌，此亦"采采""粲粲"俱有"盛"義之證，可佐郝說。

鳲　鳩

淑人君子，其儀一兮。 其儀一兮，心如結兮。（《韓詩外傳》卷二第三十一章）

淑人君子，正是國人。 正是國人，胡不萬年！（《韓詩外傳》卷二第三十二章。《韓詩外傳》卷九第二十七章僅引“正是國人，胡不萬年”）

豳　　風

七　月

一之日畢發，（杜臺卿《玉燭寶典》卷十一）**二之日栗烈。**（杜臺卿《玉燭寶典》卷十二）

【彙輯】

《章句》：（一之日）夏之十一月也。（杜臺卿《玉燭寶典》卷十一）（二之日）夏之十二月也。（杜臺卿《玉燭寶典》卷十二）

【通考】

顧震福云：“《毛傳》云：‘一之日，周正月也。二之日，殷正月也。’又，‘三之日舉趾’，《毛傳》云：‘夏正月也。’震福案：古日月通用，一之日、二之日、三之日即周之正月、二月、三月。周三月值夏正月，以次推之，周正月正值夏十一月，周二月正值夏十二月也。蓋是詩爲周公所作，宜用周正。而公劉居豳，當有夏時，又當用夏正，故參用二正。而於夏正則曰四月、五月、六月、七月、八月、九月、十月；於周正則變其文以別之，曰一之日、二之日、三之日、四之日。遠不悖先祖所處之時，上不悖本朝所定之制，詩人誠可謂斟酌盡善矣。且詩人用夏正，以四月始，用周正，以四月終，尤足見錯綜之妙。至孔沖遠、王介甫不達毛恉，乃據日陽月陰言，穿鑿附會，而其説卒不可通，不如毛、韓之義遠甚矣。畢發，《毛詩》作‘觱發’，《傳》云：‘風寒也。’《説文》：‘滭，風寒也。’引《詩》作‘滭泼’。‘觱’與‘畢’通，故‘觱沸’一作‘滭沸’。

（又案“畢發”别作“觱颰”“颰觱”，皆風也。）”（《韓詩遺説續考》卷二）

冠南按：震福以經文“月”爲夏正而“日”爲周正，直抵詩例，塙然無疑。熊朋來云：“‘一之日’‘二之日’‘三之日’‘四之日’，以周正言之；‘四月’‘五月’‘六月’‘七月’‘八月’‘九月’‘十月’，以夏正言之。”（《五經説》卷二“豳詩”條）管世銘云：“《豳風》凡言周正者，皆曰‘日’；凡言夏正者，皆曰‘月’。”（《韞山堂文集》卷一《豳風月日説》）並可爲顧説張目。經言“一之日”“二之日”，韓以“夏之十一月”“夏之十二月”爲釋，是經文用周正，而注文用夏正，與毛以周正爲解有别。另，韓之“畢發”，《毛詩》作“觱發”，并“滭沷”之假借，説詳馬瑞辰《毛詩傳箋通釋》卷十六。

三之日于耜，四之日舉趾。（《太平御覽》卷八二三）

【彙輯】

《章句》：三月之時，可預取耒耜，修繕之。至於四月，始可以舉足而耕也。（《太平御覽》卷八二三）

【通考】

馮登府云：“毛以‘三之日’爲正月，本夏正也。此以爲三月，從周正也。邠處夏后之世，宜用夏正。”（《三家詩遺説》卷四）

陳喬樅云：“《毛傳》云：‘于耜，始修耒耜也。’與《韓詩》説合。‘于’當讀‘爲’，與《定之方中》詩‘作于楚宫’‘作于楚室’兩‘于’字皆讀如‘爲’同。古聲‘于’與‘爲’通，‘于’猶‘爲’也。（鄭君《士冠禮》注：“‘于’猶‘爲’也。”又《聘禮》注：“于，讀曰‘爲’。”是其證已。）‘爲’即‘修’也。《禮記·月令》：季冬‘命農計耦耕事，修耒耜，具田器。’即《詩》言‘于耜’之事，豳地晚寒，故三之日始修耒耜，韓、毛皆以‘修’釋經‘于’字，正讀‘于’如‘爲’。《夏小正》曰：‘農緯厥耒。緯，束。’亦‘修束’之義，與‘于耜’意同。”（《韓詩遺説考》卷二之三）

王先謙云：“‘于’訓‘修’，與《傳》同。讀‘于’爲‘爲’也，與《夏小正》‘農緯厥耒’同意。”（《詩三家義集疏》卷十三）

冠南按：陳、王讀“于”爲“爲”，是。馬瑞辰釋此句亦云：“‘于’猶‘爲’也。‘爲’與‘修’同義，‘于耜’即‘爲耜’也，‘爲耜’即‘修耜’也。”

(《毛詩傳箋通釋》卷十六)韓"至於四月"之説,與《毛傳》訓"四之日"爲"周四月"相合,故陳奂云:"韓從周正爲説。"(《詩毛氏傳疏》卷十五)

饁彼南畝。

【彙輯】

《章句》:饁,餉田也。(《原本玉篇》卷九"饁"字條)

【通考】

顧震福云:"《毛傳》云:'饁,饋也。'本《爾雅·釋詁》爲訓。《説文》:'饁,餉田也。'引《詩》:'饁彼南畝。'即用《韓詩》説。《甫田》:'有噴其饁。'《箋》:'饁,饋饟也。'又,'攘其左右',《箋》:'攘,讀爲"饟"。饁、饟,饋也。''饟''餉'義同字通。《説文》云:'饟,周人謂餉曰饟。'又云:'餉,饟也。'《漢書·食貨志》注、《後漢書·章帝紀》注並云:'饟,古"餉"字。'《漢書·嚴助傳》《主父偃傳》注並云:'饟,亦"餉"字。'《良耜》:'其饟伊黍。'《禮·郊特牲》注引《詩》'饟'作'餉'。"(《韓詩遺説續考》卷二)

冠南按:《説文·食部》:"饁,餉田也。"韓訓與之同,此"饁"之本訓。

七月鳴鵙。(杜臺卿《玉燭寶典》卷五)

【彙輯】

《章句》:夏之五月,陰氣始動於下,鳴鵙破物於上,應陰氣而殺也。(杜臺卿《玉燭寶典》卷五)

【通考】

顧震福云:"《毛傳》云:'鵙,伯勞也。'《箋》:'伯勞鳴,將寒之候也。五月則鳴,豳地晚寒,鳥物之候,從其氣焉。'《左·昭十七年傳》正義曰:'《月令》:"仲夏之月,鵙始鳴。"蔡邕云:"鵙,伯勞也,一曰擀趙。應時而鳴,爲陰候也。"'《藝文類聚》引《易緯通卦驗》:'夏至、小暑,博勞鳴。博勞性好單棲,其飛𦒍,其聲嗅嗅。夏至應陰而鳴,冬至而止。'《吕覽·季夏紀》:'鵙始鳴。'高注:'鵙,伯勞也。是月陰作於下,陽發於上,伯勞夏至後應陰而殺蛇,磔之於棘而鳴於上。'"(《韓詩遺

説續考》卷二）

冠南按：曹植《貪惡鳥論》云："《詩》云：'七月鳴鵙。'七月，夏五月，鵙則伯勞也。伯勞以五月鳴，應陰氣之動。陽爲仁養，陰爲殘賊，伯勞蓋賊害鳥也，其聲鵙鵙，故以其音名云。"（李昉等《太平御覽》卷九二三引）此文與《章句》之説相通。

四月秀葽。（杜臺卿《玉燭寶典》卷四）

【彙輯】

《章句》：葽草如出穗。（杜臺卿《玉燭寶典》卷四）

【通考】

顧震福云："《毛傳》云：'不榮而實曰秀。葽，葽草也。'戴東原《毛鄭詩考正》曰：'《戰國策》："幽，莠之幼也，似禾。"《夏小正》："四月秀幽。""幽""葽"語之轉也。'震福案：《爾雅·釋地》李巡注云：'幽，要也。'足爲戴説之證。葽，蓋即莠也。《説文》：'葽，草也。'引《詩》：'四月秀葽。'《繫傳》引《字書》曰：'今之狗尾草。'《穆天子傳》：'芧萯蒹葽。'郭注：'葽，莠屬。'引《詩》：'四月秀葽。'《廣雅》：'葽，莠也。'《太平御覽》引韋曜《毛詩答問》曰：'甫田維莠，今之狗尾也。'《孟子·盡心下》：'惡莠恐其亂苗也。'趙注：'莠之莖葉似苗。'《國語·魯語》：'馬餼不過稂莠。'韋注：'莠草似稷而無實。'蓋葽草僅秀穗而不實，人遂謂之秀，後又從草作'莠'也。毛、韓義同，而韓説較明顯。"（《韓詩遺説續考》卷二）

皮嘉祐云："程氏瑶田云：'禾一本一穗，莠一本或數莖，多至五六穗，穗多芒，類狗尾，俗呼狗尾草。'據此，是莠多穗，其穗之出亦如禾，故韓家謂'葽草如出穗'，雖未明指爲莠，而以莠之穗觀之，則訓葽爲莠甚明。"（王先謙《詩三家義集疏》卷十三引）

王先謙云："皮説亦通，惟莠似稷而無實，見韋昭《國語》注，陳啓源嘗目驗而信之，程瑶田雖不信韋説，然亦極辨葽之非莠。狗尾草所在皆有，人盡識之，是誠有實矣。程繪爲圖以之當莠，則莫不知其誤。《韓詩》謂'葽如出穗'，自仍指若葽之形，非真出穗。小徐以狗尾草當

之，亦誤也。”(《詩三家義集疏》卷十三)

六月莎雞振羽。

【彙輯】

《章句》：莎雞，昆雞也。(杜臺卿《玉燭寶典》卷六)

【通考】

顧震福云：“《毛傳》云：‘莎雞羽成而振訊之。’韓謂‘昆雞’者，震福案：《楚辭·九辨》有‘昆雞’，《説文》作‘鵾雞’，《穆天子傳》作‘鶤雞’，此似鶴而大、黄白色、善飛鳴者，非莎雞類。《韓詩》之‘昆雞’未詳。”(《韓詩遺説續考》卷二)

冠南按：載籍所記昆雞，以羅願蒐集最贍：“昆雞似鶴(《説文》作“鵾”)。黄白色，長頷赤喙。《九辯》曰：‘鵾雞啁哳而悲鳴。’公孫乘《月賦》：‘鵾雞舞於蘭渚。’謝惠連《雪賦》：‘對庭鵾之雙舞。’《淮南》曰：‘鉗且大丙之御，過歸鴈於碣石，軼鶤雞於姑餘。’許叔重謂：‘鶤雞，鳳皇之别名。’(考《穆天子傳》：“鶤雞飛八百里。”郭璞曰：“即鵾雞也。”)”(《爾雅翼》卷十七《釋鳥五》“昆雞”條)此即顧説“似鶴而大、黄白色、善飛鳴者”之所指。據此，韓訓乃以莎雞爲飛禽，與後人多以之爲昆蟲(或以之與斯螽、蟋蟀爲同物之異名，非是。説詳李宗棠《學詩堂經解》卷八“斯螽、莎鷄、蟋蟀非一物”條)有别。至顧氏謂此昆雞“非莎雞類，《韓詩》之‘昆雞’未詳”，是以韓訓所言昆雞爲他物，此或泥於莎雞爲昆蟲之成見所致，未必可從。

八月在宇。

【彙輯】

《章句》：宇，屋霤也。(《經典釋文》卷六)

【通考】

陳喬樅云：“《説文》：‘宇，屋邊也。’又云：‘櫋，屋邊聯也。’‘梠，楣也。’‘楣，秦名屋櫋聯也，齊謂之檐，楚謂之梠。’又云：‘霤，屋水流也。’鄭注《士喪禮》云：‘宇，梠也。’劉熙《釋名》云：‘梠，或謂之櫋。’‘霤，流也，水從屋上流下也。’‘霤’亦爲‘溜’，《左氏傳》：‘三進，及溜。’‘霤’即屋梠之溜水處。然則宇也、霤也、檐也、梠也，異名而同

實。"(《韓詩遺説考》卷二之三)

塞向墐户。

【彙輯】

《章句》:向,北向窗也。(《經典釋文》卷六)

【通考】

陳奂云:"窗以牖之屬。凡屋,前有堂,後有房、有室。房在東,有南户;室在西,有南牖;房之北有北堂,北堂之下有北階;房、室之間亦有户以相通,室之北有北牖:此燕寢制也。北風觱緊,交冬閉藏,故毛、韓皆謂'塞向'爲塞在北之向也。"(《詩毛氏傳疏》卷十五)

陳喬樅云:"《毛傳》:'向,北出牖也。'與《韓詩》訓合。《説文》亦云:'向,北出牖也。从宀从口。《詩》曰:"塞向墐户。"'从口者,象中有户牖之形。考《士虞禮》:'啓牖鄉。'注云:'鄉、牖一名。'《明堂位》'達鄉',注:'鄉,牖屬。''鄉'即'向'之假借。牖,《説文》云:'穿壁以木爲交窗也。''窗'古文作'囱',《説文》'囱'下云:'在牆曰牖,在屋曰囱。'重文'窗',或从'穴','窓'字乃'窗'之俗體耳。"(《韓詩遺説考》卷二之三)

六月食鬱及藿。(《爾雅注疏》卷八《釋草》邢昺疏)

【通考】

冠南按:《爾雅·釋草》:"藿,山韭。"邢昺疏云:"生山中者名藿,《韓詩》云'六月食鬱及藿'是也。"可見"藿,山韭"乃《爾雅》之文,而段玉裁則誤以之爲韓訓(《詩經小學》卷一)。胡承珙云:"《韓詩》'藿,山韭'之説,見《爾雅》邢疏。此蓋邢昺見'藿'字與《韓詩》同,而遂以'山韭'當之,非《韓詩》家果有此説。"(《毛詩後箋》卷十五)此説是。

晝爾于茅,宵爾索綯,亟其乘屋,其始播百穀。(《韓詩外傳》卷八第二十三章)

二之日鑿冰冲冲,三之日納于凌陰。

【彙輯】

《説》:冰者,窮谷陰氣所聚,不洩則結,而爲伏陰。《易》曰:"履霜堅冰，陰始凝也。"《詩》云："二之日鑿冰冲冲，三之日納于凌陰。"二之日，夏之十二月；三之日，夏之正月。冲冲，聲也。凌陰，冰室也。十二月之時，天地大寒，水化爲冰，鑿取堅冰。至正月，納藏於室之中。（徐堅《初學記》卷七）

【通考】

沈清瑞云："《韓説》唐時已亡，徐氏本前人所引耳。冲冲，《釋文》云：'聲也。'《初學記》亦云：'聲也。'與《毛傳》云'鑿冰之意'不同。"（《韓詩故》卷上）

丁晏云："《左氏·昭四年傳》：'申豐曰：其藏冰也，深山窮谷，固陰沍寒，于是乎取之。'又曰：'冬無愆楊，夏無伏陰，《七月》之卒章藏冰之道也。'韓説本於此。"（《詩考補注·韓詩》）

陳喬樅云："《左氏·昭四年傳》云：'古者日在北陸而藏冰，西陸朝覿而出之。其藏冰也，深山窮谷，固陰沍寒，于是乎取之。其出之也，朝之禄位，賓食喪祭，於是乎用之。'又曰：'其藏之也，黑牡、秬黍以享司寒。其出之也，桃弧棘矢，以禦其災。'又曰：'祭寒而藏之，獻羔而啓之。'此與《詩》言納冰開冰事正同。曰'一之日''二之日'，日在北陸之時也；'鑿冰冲冲'者，取冰之事也；'納于凌陰'者，藏冰之處也；曰'四之日'，其早即西陸朝覿之候；'獻羔祭韭'，即獻羔啓冰之禮也。冰者，寒氣之所凝聚。鑿冰，亦所以散固陰沍寒，深山窮谷之氣，故能調四氣之和，使冬無愆陽，夏無伏陰，人不夭札，否則凝聚不洩，結而爲伏陰矣。故先王重祭寒之禮，著斬冰之令，非獨藏以備暑已也。韓説於義尤精。"（《韓詩遺説考》卷二之三）

鴟　鴞

既取我子，無毁我室。（《文選》卷四十四《檄吴將校》李善注）

【彙輯】

《章句》：鴟鴞，鸋鴂，鳥名也。鴟鴞所以愛養其子者，適以病之。愛憐養其子者，謂堅固其窠巢；病之者，謂不知託於大樹茂枝，反敷之葦蕳。風至，蕳折巢覆，有子則死，有卵則破，是其病也。(《文選》卷四十四《檄吴將校》李善注。日本藏唐鈔《文選集注》卷八十八《檄吴將校》李善注引“鴟鴞”作“鵄鴞”，“鵄”“鴟”通。《三教旨歸》卷中覺明注與此稍異，兹録之以備考：“鴊鴞，鸋鴂，鳥名。鴊鴞所以愛憐養其子者，謂堅固其寓；病之者，謂不知托于大樹茂林巢，反敷葦苕。風至，苕折巢覆，有子則死，有卵則破，是其病也。”“鴊鴞”乃“鴟鴞”之訛)

【通考】

范家相云：“以鴟鴞爲鸋鴂，《毛傳》亦同。但毛以鴟鴞托言人有取其子者。鴞若曰：寧取我子，無毁我巢，以我積日攻堅之故也。薛則以鴟鴞指武庚，謂其彌縫二叔，不知自托于皇朝，據國以叛，終取滅亡。就兩家之説觀之，薛稍爲近之。《小毖》之詩曰：‘肇允彼桃蟲。’桃蟲，鷦鷯，小鳥，正鸋鴂之屬也。鴟鴞的是鵂鶹，《墓門》之詩曰：‘有鴞萃止。’《楚詞》以爲鷙鳥，豈鸋鴂乎？《金縢》曰：‘周公居東二年，則罪人斯得。乃爲詩以貽王，名之曰《鴟鴞》。’‘罪人’指武庚，故以鴟鴞目之。夫能毁人之室、取人之子，非鵂鶹而何？《集傳》之説當矣。”(《三家詩拾遺》卷六)

焦循云：“《説苑》載客説孟嘗君云：‘臣嘗見鷦鷯巢於葦之苕，鴻毛著之，已建之安，工女不能爲，可謂完堅矣。大風至，則苕折卵破者，其所托者使然也。’二説相類，而一云‘鷦鷯’，一云‘鸋鴂’，是‘鸋鴂’即‘鷦鷯’也。《荀子·勸學篇》云：‘南方有鳥，名曰蒙鳩，以羽爲巢，編之以髮，繫以葦苕。風至苕折，卵破子死。巢非不完也，所繫者然也。’蒙鳩，猶言懱雀。謝侍郎墉云：‘蒙鳩，《大戴禮》作“蝱鳩”，《方言》作“蔑雀”。蒙、蝱、蔑一聲之轉，皆謂細也。’(侍郎刻《輯校荀子》二十卷)鷦鷯即鷦鷖。《説文》以訓桃蟲，郭璞以爲桃雀，故《易林》云：‘桃雀竊脂，巢於小枝，摇動不安，爲風所吹。’則桃蟲、鷦鷯、鸋鴂一物也。物之以鴂稱者，多通名鷯。伯趙名百鷯，又名鴂。蟬名蛥蚗，又名蛁蟟。此鷦鷯一名鸋鴂，亦其類矣。”(《毛詩補疏》卷三)

陳奂云：“依《韓詩》説，此即《大戴禮》之‘蝱鳩’、《荀子》之‘蒙鳩’也。《荀子·勸學篇》楊倞注云：‘蒙鳩，鷦鷯。’《小毖》箋：‘鷦，或曰鴟鴞矣。'趙岐注《孟子》:'鴟鴞爲小鳥。'三章《傳》:'手病、口病,故能免乎大鳥之難。'則毛亦謂鴟鴞爲小鳥矣。"(《詩毛氏傳疏》卷十五)

魏源云:"天下小安,晏然無虞,處堂巢幕,謂已有室家。皆所謂托居于葦蕳,而不知綢繆于桑土,致巢雖新,愛子雖勤,風雨漂摇,禍來自門。以此思危,危可知矣。"(道光中刻二十卷本《詩古微》上編之三《通論豳風·豳風三家詩發微中》)

徐堂云:"韓意蓋謂鴟鴞之巢于葦蕳,所托非地,宜有覆巢破卵之事。若周之先臣積日累功,乃定此官位、土地,托于王家,自謂根深蒂固,不似鴟鴞也。今成王乃欲誅滅之,使不得保其身家,與鴟鴞之巢于葦蕳也無異。故周公托爲鴟鴞之言,以諭其意。鄭氏先通《韓詩》,故其《箋》曰:'時周公竟武王之喪,欲攝政成周道,致大平之功。管叔、蔡叔等流言云:'公將不利於孺子。'成王不知其意,而多罪其屬黨。興者,喻此諸臣乃世臣之子孫,其父祖以勤勞有此官位、土地,今若誅殺之,無絶其位,奪其土地。'説與韓同。毛以'我子'喻管、蔡,'我室'喻王室,經四章皆言不得不誅管、蔡之意,其義迥别。"(《韓詩述》卷三)

陳喬樅云:"《藝文類聚》九十二引《詩義疏》云:'鴟鴞,似黄雀而小,喙刺如錐,取茅爲窠,以麻紩之,懸著樹枝。幽州謂之鸋鴂,或曰巧婦,或曰女匠,關西謂之篾雀。《詩》曰:"肇允彼桃蟲。"今鷦鷯是也。'又引《説苑》曰:'鷦鷯巢於葦之苕,大風至,苕折卵破者,其所託者使然也。'是則鴟鴞與桃蟲爲一鳥矣。"(《韓詩遺説考》卷二之三)

王先謙云:"陳《檄》:'鸋鴂巢于葦苕,苕折子破,下愚之惑也。'注云:'苕與蕳同。'引《荀子》云:'南方鳥名蒙鳩,爲巢編之以髮,繫之葦苕,苕折卵破,巢非不牢,所繫之弱也。'是李以鴟鴞爲即蒙鳩。《風俗通義》四:'由鴟鴞之愛其子,適所以害之者。'以上皆謂流言反間已得行於沖人,懼將傾覆王室,故閔之而力征衛國,比於小鳥之堅固其巢也。"(《詩三家義集疏》卷十三)

冠南按:鴞之愛子,亦可參見《文選·爲吴令謝詢求爲諸孫置守家人表》:"鴟鴞恤功,愛子及室。"劉良注:"鴟鴞,鳥也。言此鳥憂毀其室。"(《六臣注文選》卷三十八)"憂毀其室"者,懼室毀而子死卵破,與《章句》義同。

徹彼桑杜。

【彙輯】

《章句》:桑杜,桑根也。(《經典釋文》卷六)

【通考】

臧琳云:"《詩·鴟鴞》:'徹彼桑土。'《傳》:'桑土,桑根也。'《釋文》:'《韓詩》作"杜",義同。'謂《韓詩》經作'杜'字,義與毛同,亦訓'桑杜'爲'桑根'也。"(《經義雜記》卷二十四"古文杜爲土"條)

焦循云:"《漢書·地理志》右扶風杜陽,'杜水南入渭'。顏師古曰:'《大雅·緜》之詩曰:"人之初生,自土沮漆。"《齊詩》作"自杜",言公劉避狄而來,居杜與漆、沮之地。'乃'土''杜'二字古通。如'徹彼桑土',《釋文》言:'《韓詩》作"桑杜"。'"(《毛詩補疏》卷五)

馬瑞辰云:"《釋文》:'土,《韓詩》作"杜",義同。'《方言》:'東齊謂根曰杜。'是《毛詩》作'土',即'杜'之假借,故《傳》以'桑根'釋之。《正義》乃謂桑根在土,故知桑土即桑根,未免望文生訓矣。又按'撤彼桑土',蓋撤取桑根之皮,趙岐《孟子注》謂'取桑根之皮',是也。詩第言桑土者,省文耳。"(《毛詩傳箋通釋》卷十六)

馮登府云:"《傳》:'桑土,桑根也。'義同韓,而省'杜'爲'土'。《詩》:'自土沮漆。'《漢書》廿八上注引作'杜'。董氏逌曰:'石經作"桑杜"。'未知所本。《方言》注亦作'桑杜'。"(《三家詩異文疏證·韓詩》)

徐堂云:"《方言》卷三:'荄、杜,根也。東齊曰杜,或作芏。'郭璞注引《詩》:'徹彼桑杜。'據《韓詩》也。"(《韓詩述》卷三)

陳喬樅云:"《方言》云:'東齊謂根曰杜。'《字林》作:'敾,桑皮也。'音同。考趙岐《孟子章句》云:'取桑根之皮,以纏綿牖户。'正以'桑杜'爲桑根之皮。徹者,'撤'之假借,'撤'猶'剥'也,故《毛傳》即以'剥'字釋'徹'耳。"(《韓詩遺説考》卷二之三)

冠南按:“杜”“土”通,《荀子·解蔽》:“乘杜作乘馬。”楊倞注:“《世本》云:‘相土作乘馬。’‘杜’與‘土’同。”亦其證。“杜”義爲“根”,李敬忠先生以“杜”爲壯語,謂此字“可擬讀爲 * do,與壯語(南)稱植物之‘小塊根’爲 tu5(如稱蒜頭爲 tu5 din5,藠頭爲 tu5 kiu4)相對應”(《〈方言〉中少數民族語詞試析》,《中國語文》一九八七年第三期)。此説頗新,惟據《方言》所記,以“杜”稱“根”乃東齊方言,與壯語使用區域懸隔,恐難成立。

予手拮据。

【彙輯】

《章句》:口足爲事曰拮据。(《經典釋文》卷六。《集韻》卷一“据”字條引脱“口”字)

【通考】

馬瑞辰云:“《釋文》引《韓詩》云:‘口足爲事曰拮据。’瑞辰按:《説文》:‘拮,手口並有所作也。’正本《韓詩》爲説。《毛傳》則以‘拮据’爲‘撠挶’之假借。《説文》:‘挶,戟持也’,‘据,戟挶也’。‘戟’聲近‘拮’,‘挶’聲近‘据’,‘拮据’二字雙聲。”(《毛詩傳箋通釋》卷十六)

徐堂云:“《説文·手部》‘拮’字注云:‘口手共有所作也。’許云手,韓云足,鳥無手,手即足也。蓋本韓義而稍變其詞。”(《韓詩述》卷三)

王先謙云:“《説文》‘据’下云:‘手口並有所作也。’即本韓爲説。韓意‘予’指鳥自名,故易‘手’爲‘足’以明之。”(《詩三家義集疏》卷十三)

予所蓄租。

【彙輯】

《章句》:租,積也。(《經典釋文》卷六)

【通考】

胡承珙云:“毛訓‘租’爲‘薦’者,猶《説文》之‘且,薦也’。《韓詩》訓‘租’爲‘積’,積聚所以爲薦藉,義亦相近。”(《毛詩後箋》卷十五)

馬瑞辰云:“《釋文》又引《韓詩》云:‘積也。’積累與薦藉義正相通,‘租’之訓‘積’,猶‘薦’之訓‘聚’也。”(《毛詩傳箋通釋》卷十六)

王先謙云:"'租''積'雙聲字,義亦相近。"(《詩三家義集疏》卷十三)

冠南按:《廣韻·十一模》:"租,積也。"所用即韓訓。

予尾翛翛。(日本佚名《香字抄》卷下引《原本玉篇》:"《毛詩》:'予尾肅肅。'《韓詩》爲'翛'字。""肅肅"當爲"翛翛"之訛)

【通考】

冠南按:《玉篇·羽部》:"翛,羽翼蔽也。"《毛詩》作"翛",《集韻》:"翛翛,羽敝也。或作翛、翛。"據此可知韓之"翛"與毛之"翛"並"翛"之借文,"翛翛"同"翛翛",亦訓"羽敝"。

東　山

熠燿宵行。

【彙輯】

《章句》:(熠燿)鬼火。(孔穎達《毛詩正義》卷八之二引曹植《螢火論》)

【通考】

曹植云:"《詩》云:'熠燿宵行。'《章句》以爲鬼火,或謂之燐。未爲得也。天陰沈數雨,在於秋日,螢火夜飛之時也,故云'宵行'。然腐草木得濕而光,亦有明驗,衆説並爲螢火,近得實矣。"(孔穎達《毛詩正義》卷八之二引《螢火論》)

胡承珙云:"段懋堂曰:'毛云"熒火",與《列子·天瑞》《淮南·氾論》《説林》二訓、《説文》《博物志》皆合,謂鬼火熒熒然者也。淺人誤以《釋虫》之"熒火即炤"當之,又改其字从蟲,其誤蓋始於陳思王也。思王引《韓詩章句》:"鬼火,或謂之燐。"然則毛、韓無異。'承珙案:段説非是。《廣雅》:'景天、螢火,𧍷也。'字作'𧍷',與《釋文》'燐,又作𧍷'者合。《爾雅》:'螢火即炤。'字又从火者,燐與熒皆火光。《傳》於'熠燿,燐也'下必增'燐,熒火也',正以燐爲鬼火,恐人誤會,故以'熒火'明之,猶《小弁》之'鸒,卑居;卑居,雅烏也'一例。以熒火之蟲,雅烏之鳥,人所易知耳。不然,經文但言'熠燿'與'鸒',則以'燐''卑居'釋之足矣,《毛傳》本簡,肯如此辭費乎?王氏《廣雅疏證》云:'鬼火有光謂之"燐",螢火有光亦得謂之"燐"。《説文》:"熒,燈燭之光。"燈燭有光謂之"熒",螢火有光亦謂之"熒"。若謂螢火與鬼火不得同名爲"燐",則螢火與燈燭之光亦不得同名"熒"乎?若陳王作論,乃駁"熠燿"之爲"鬼火",而非難螢火之名"燐";辨《韓詩章句》之疏,而非救毛公詁訓之失。'此説是也。"(《毛詩後箋》卷十五)

徐堂云:"案《章句》以'鬼火'釋'燐',必以'燐'釋'熠燿'矣。"(《韓詩述》卷三)

陳喬樅云:"《説文》云:'粦,鬼火也。兵死及牛馬之血爲粦。'《博物志》云:'戰鬬死亡之處有人馬血,積年爲粦,著地及草木,如露,不可見。行人觸之,著體有光,拂拭即分散無數,又細吒聲如鬻豆,静坐良久,尋滅。'《玉篇》:'燐,鬼火也,亦作"粦"。'此詩言周公東征之事,故《韓詩》説以'熠燿宵行'爲鬼火也。"(《韓詩遺説考》卷二之三)

王先謙云:"崔豹《古今注》:'螢火一名燐。'《廣雅》:'景天、螢火,燐也。'蓋鬼火有光熒熒然謂之燐,螢火有光熒熒然亦可謂之燐,二者不嫌同名。"(《詩三家義集疏》卷十三)

冠南按:陳思王《螢火論》"《章句》以爲鬼火,或謂之燐"之文,前句謂《韓詩章句》釋"熠燿"爲"鬼火",後句之"或"則指《毛傳》(《毛傳》云:"熠燿,燐也。"),並非《章句》之文(臧庸即僅以"鬼火"屬《章句》,得之)。按"熠燿"之義,韓以"鬼火"爲釋,毛以"螢火"爲釋,皆取諸有光之貌,陳思謂"衆説並爲螢火,近得實",實亦源於有光,與韓、毛之訓不殊。故張文虎云:"曰熠燿、曰燐、曰熒,皆狀其光之閃爍耳。曹子建不喻斯旨,强爲辨析。"(《舒藝室隨筆》卷一)此説浹暢,允爲的解。

鸛鳴于垤,婦歎于室。(《六臣注文選》卷二十九《情詩》李善注)

【彙輯】

《章句》:鸛,水鳥。巢處知風,穴處知雨。天將雨而蟻出壅土,鸛鳥見之,長鳴而喜。(《六臣注文選》卷二十九《情詩》李善注)

【通考】

陳啓源云:"毛、韓兩家師授各異,然《毛傳》之意有得韓而始明者。如《東山》'鸛鳴于垤'是也。毛云:'垤,蟻塚。將陰雨,則穴處先知之。鸛好水,長鳴而喜也。'此但言蟻之知雨及鸛之好水,至鳴之必於垤,初不言其故。箋、疏亦無明解,《朱傳》求其説而不得,遂謂:'蟻知雨而出垤,鸛就食之,遂鳴於其上。'誤矣。《草木疏》言'鸛食魚',《埤雅》言'鸛甘帶(蛇也)',並不云好食蟻,朱子此言,殆格物猶未至與? 案《韓詩薛君章句》曰:'鸛,水鳥。巢處知風,穴處知雨。天將雨而蟻出壅土,鸛鳥見之,長鳴而喜。'(見《文選》張華《情詩》注李善引之)蓋鸛鳥本不知將雨,見垤而知之,故喜而鳴也。《傳》意始曉然矣。"(《毛詩稽古編》卷八)

陳奂云:"蟻知雨,鸛好水,鸛見垤而喜鳴。長鳴,猶長聲也。"(《詩毛氏傳疏》卷十五)

丁晏云:"《毛傳》云:'垤,螘塚也。將陰雨,則穴處先知之矣。鸛好水,長鳴而喜也。'《鄭箋》云:'鸛,水鳥也,將陰雨則鳴。'與《韓詩》合。又,段成式《酉陽雜俎·羽篇》云:'鸛好旋飛,必有風雨。'陸佃《埤雅》云:'蟻將雨則出,壅土成峰,其場謂之坻,亦謂之垤。'《易占》曰:'蟻封其垤,大雨將至。'"(《詩考補注·韓詩》)

陳喬樅云:"《毛詩釋文》:'鸛,本又作"雚"。'考《説文·雈部》:'雚,小爵也。从雈,吅聲。《詩》曰:"雚鳴于垤。"'段氏注云:'雚,今字作"鸛","小爵"二字誤,當作"雚雀"也,依《太平御覽》正。陸璣疏云:"鸛,鸛雀也。"亦可證。《莊子》作"觀雀"。'喬樅謂'雚'字與'小'字形迥别,無因致誤。'小'字蓋'水'字之譌,據《韓詩章句》以'鸛'爲'水鳥',是其塙證。《説文》即本《韓詩》爲説。《鄭箋》云:'鸛,水鳥也。'《玉篇·雈部》云:'雚,水鳥。今作"鸛"。'皆用《韓詩章句》語。"(《韓詩遺説考》卷二之三)

王先謙云:"《孔疏》:'將欲陰雨,水泉上潤,穴處者先知之,故螘避濕而上冢。鸛是好水之鳥,知天將雨,故長鳴而喜也。婦念征夫行役之苦,則歎于室。'《易林·大過之損》'處子歎室'用此經文。洒埽室中,又窮塞室中之孔穴,以待我征夫之至。"(《詩三家義集疏》卷十三)

冠南按:《章句》"巢處知風,穴處知雨"之語,乃古時格言,故常見於其他典籍,如馬王堆帛書《稱》:"故巢居者察風,穴處者知雨。"《漢書·翼奉傳》:"巢居知風,穴處知雨。"《論衡·實知》:"是則巢居者先知風,穴處者先知雨。"並其證。又,《説文》"小爵"之"小"應係"水"之譌,喬樅之説是,胡承珙云:"《説文》'小爵','小'疑'水'之誤,正與《毛傳》'鸛好水'之説合也。"(《毛詩後箋》卷十五)亦可佐證陳説,惟未若徑引《章句》之證更直捷。

烝在蓼薪。

【彙輯】

《章句》:蓼,衆薪也。(宋元遞修本《釋文》卷六。通志堂本《釋文》"蓼"作"蓼","衆"作"聚")

【通考】

胡承珙云:"《韓詩》謂'蓼薪'爲'衆薪'。薪衆,則在薪者必非一瓜,是《韓詩》亦以'烝'爲'衆'也。"(《毛詩後箋》卷十五)

馬瑞辰云:"《釋文》:'栗,《韓詩》作"蓼",力菊反,聚薪也。'今按:'栗''蓼'蓋一聲之轉,《廣韻》'蓼''蓼'同字,當讀如'予又集于蓼'之'蓼'。蓼,辛苦之菜也。《毛傳》蓋以'栗'爲'蓼'之假借,以苦瓜而乃在苦蓼之上,猶我之心苦而事又苦,故曰:'言我心苦,事又苦也。'《箋》以瓜苦爲喻心苦,析薪爲喻事苦,失《傳》恉矣。《韓詩章句》訓'蓼薪'爲'聚薪',亦非詩義。"(《毛詩傳箋通釋》卷十六)

陳壽祺云:"《詩考》載《釋文》引《韓詩》'衆薪也'作'聚薪','蓼'與'蓼'同,見《玉篇·艸部》。"(《韓詩遺説考》卷二之三)

馮登府云:"《説文》有'蓼'無'蓼',蓼,'蓼'之或字。《釋文》:'舊本原作"蓼",力菊反。'即'蓼蓼者莪'之'蓼',《傳》:'蓼蓼,長大貌。'此訓'聚薪',與毛、鄭義殊。"(《三家詩異文疏證·韓詩》)

徐堂云:"韓意蓋謂苦瓜之烝,然繫於衆薪,猶軍士之繫於行陣也。二句於六詩爲比,毛無明訓,《鄭箋》以'栗薪'爲'析薪',則上句爲比,下句爲賦。字義並異。"(《韓詩述》卷三)

陳喬樅云："《毛詩》作'烝在栗薪'，文與韓異。《鄭箋》云：'栗，析也。古者聲"栗""裂"同也。''聚'本作'衆'，'衆薪'者，承'烝'字言之。《毛傳》云：'烝，衆也。'《韓詩》義當亦同。'衆'義兼瓜與薪而言，薪衆，則在薪者非一瓜，而瓜苦之衆亦可見矣。故云'衆薪'，明其所繫者之非一瓜也。"（《韓詩遺説考》卷二之三）

王先謙云："'衆薪也'，王應麟《詩考》引作'聚薪也'，其義亦同。言思我君子專專然如瓜之苦，塵久在衆薪之中。以瓜自喻，薪喻衆人。《玉篇·艸部》'蓼'與'蓼'同。蓼，辛苦之菜也。若讀如本字，則謂以苦瓜而久在衆蓼薪之中，於義亦通。"（《詩三家義集疏》卷十三）

親結其縭，九十其儀。（《韓詩外傳集釋》卷二第三十四章）

【彙輯】

《章句》：縭，帶也。（《文選》卷十五《思玄賦》李善注）

【通考】

馬瑞辰云："結縭謂結其蔽厀之帶，故《韓詩章句》云：'縭，帶也。'帶所以繫，故《爾雅》又曰：'縭，繫也。'"（《毛詩傳箋通釋》卷十六）

徐堂云："按《爾雅·釋器》云：'婦人之褘謂之縭。'郭璞注：'即今之香纓。褘邪交落，帶繫於體，因名爲褘。此女子許嫁之所繫者，義見《禮記》。'蓋謂《曲禮》：'女子許嫁，纓。'即此也。而孫炎以褘爲'帨巾'，郭氏非之，甚是。鄭玄《士昏禮》注：'婦人十五許嫁，笄而禮之，因著纓，明有繫也。蓋以五采爲之，其制未聞。'李善《文選·思玄賦》注兩引《爾雅》，一作'幃'，一作'徽'。《廣雅》：'幃，綵也。'與鄭氏'五采'之説合。則'褘'當作'幃'，（《説文》："褘，蔽厀也。""幃，囊也。"則字當从巾旁。）幃即爲纓之一證也。《説文》：'徽，邪幅也。'《廣雅·釋詁》：'徽，束也。'與郭氏'褘邪交落'之説合，則'幃'又通'徽'，幃即爲纓之二證也。《説文》：'幃，囊也。'王逸《離騷》注：'幃，香囊也。'《内則》：'總角衿纓，（此非"許嫁纓"之"纓"，而其製則同。）皆佩容臭。'鄭注：'容臭，香物，以纓佩之。'王氏以幃爲香物，蓋本於此，此幃即爲纓之三證也。薛君《章句》曰：'縭，帶也。'《玉篇》亦曰：'縭，帶也。'帨巾不可云帶呈，《韓

詩》固以縭爲纓也。"(《韓詩述》卷三)

陳喬樅云:"《士昏禮》:'母施衿結帨。'《後漢書·馬融傳》曰:'施衿結縭,申父母之戒。'張華《女史箴》曰:'施衿結離。'(注云:"離與縭古字通。")則縭之爲帨審矣。褘之爲物,所以蔽前,以其象巾之形,故謂之帨;以其象帶之緌,故謂之縭耳。'縭'與'褵'通,《玉篇·衣部》云:'褵,衣帶也。'《爾雅釋文》:'縭,本或作"褵"。'《初學記》十六、《文選》李善注六十、《白帖》十七引《詩》並作'親結其褵'。"(《韓詩遺説考》卷二之三)

冠南按:通上引諸説,"縭"與"離""褵"並通。《漢書》卷九十七下《外戚傳·孝成班倢伃》:"申佩離以自思。"顔師古注:"離,袿衣之帶也。"《文選·奏彈王源》:"結褵以行。"劉良注:"褵,帶也。"(《六臣注文選》卷四十)是"離""褵"俱有"帶"義,故韓訓"縭"爲"帶"。

破　斧

又缺我錡。

【彙輯】

《章句》:錡,木屬。(《經典釋文》卷六)

【通考】

胡承珙云:"器之以木爲者多矣,要不得云'木屬'。'木屬'二字殊不成語,竊疑'木'爲'茉'之誤。《説文》:'茉,兩刃臿也。'《方言》:'臿,宋魏之間謂之鏵。''茉''鏵'蓋古今字。今人猶謂之'鏵鍪'。《釋名》:'臿,插也,掘地起土也。'銶蓋亦起土之物,故《大雅》:'捄之陑陑。'《箋》云:'捄,捊也。'《説文》:'捊,引取土也。''捄'與'銶'皆從'求'得聲,所以取土者謂之'銶',因而取土亦謂之'捄'。"(《毛詩後箋》卷十五)

馬瑞辰云:"《釋文》引《韓詩》曰:'錡,木屬。'與《毛傳》互異。《説文》:'錡,鉏鋤也。''鋤或从吾作鋙。'《廣韻》:'鉏鋙,不相當也。''鉏鋙'二字叠韻,蓋器之有齒,參差不齊,能相錯磨者,猶齒不相值曰齟齬也，蓋即今之鋸也。《管子》：'一車必有一斤、一鋸、一釭、一鑽、一鑿、一銶、一軻。'則鋸與斧、鑿、銶同爲軍資所需。"（《毛詩傳箋通釋》卷十六）

陳喬樅云："《毛傳》云：'鑿屬曰錡，木屬曰銶。'與《韓詩》以錡爲木屬、銶爲鑿屬者互異。《説文》'錡'下云：'江淮之間謂釜曰錡。'《毛詩・召南》傳云：'釜有足曰錡。'郭璞《方言》注云：'錡，三腳釜也。'釜之有足者名錡，鏵之有齒者亦名錡，然則錡之爲物，蓋如臿而有三齒，與苿之有兩刃者相似，故《韓詩》以爲'苿屬'，而《説文》以'鉏鋤'爲訓也。今世所用鉏，猶有三齒、五齒者，蓋即是物。而馬以錡爲今之鋸，其説非是。"（《韓詩遺説考》卷二之三）

又缺我銶。

【彙輯】

《章句》：銶，鑿屬也。（《經典釋文》卷六）

【通考】

胡承珙云："韓以'銶'爲'鑿屬'，毛以'銶'爲'木屬'，此師承各異。"（《毛詩後箋》卷十五）

馬瑞辰云："《釋文》引《韓詩》曰：'銶，鑿屬。'《説文》有'梂'無'銶'，'梂'字注：'一曰鑿首。''鑿首'謂鑿柄也。《廣雅》：'梂，柎也。''柎'與'弣'同，弣亦柄也。鑿柄以木爲之，故《傳》云'木屬'。《管子・山鐵》曰：'一車必有一斤、一鋸、一釭、一鑽、一鑿、一銶、一軻。'以'銶'與'鑿'並言者，猶櫌爲鉏柄，而《鹽鐵論》'鉏耰棘櫌'亦以櫌與鉏並言也。蓋鑿首謂之梂，其柄别爲一器，亦謂之梂，猶矛戈之柄曰矜，而杖亦曰矜也。"（《毛詩傳箋通釋》卷十六）

徐堂云："《説文・金部》無'銶'字，'木部''梂'訓'鑿首'，即此。《毛傳》：'鑿屬曰錡，木屬曰銶。'與韓義相反。"（《韓詩述》卷六）

陳喬樅云："説文訓'梂'爲'鑿首'，蓋指鑿柄之耑而言。《曲禮》曰：'進戈者前其鐏，後其刃，進矛戟者前其鐓。'注云：'後刃，敬也。三兵鐏鐓雖在下，猶爲首也。鋭底曰鐏，取其鐏地。平底曰鐓，取其鐓地也。'《説文》云:'鐓,柲下銅鐏也。''鐏,柲下銅也。'段氏注:'鐏地者,可入地。鐓地者,著地而已。'然則銶爲鑿首,以金爲之,故字亦从金也。"(《韓詩遺説考》卷二之三)

冠南按:《墨子·備穴》:"爲斤、斧、鋸、鑿、钁。"孫詒讓云:"'钁'與'鑿'類舉,疑即《韓詩》之'銶'。'钁''銶'一聲之轉。"(《墨子閒詁》卷十四)按此説應可從。《管子·輕重乙》:"一車必有一斤、一鋸、一釭、一鑽、一鑿、一銶、一軻。""銶"與"鑿"類舉,與《備穴》"钁""鑿"類舉相通,此亦"钁""銶"相同之佐。尹知章注"一銶"云:"鑿屬。"(馬非百《管子輕重篇新詮》十四《輕重乙》引)與《韓詩》訓同。

伐　柯

伐柯伐柯,其則不遠。(《韓詩外傳》卷二第二十七章)

九　罭

九罭之魚,鱒魴。(《太平御覽》卷八三四)

【彙輯】

《章句》:九罭,取鰕芘器也。(《太平御覽》卷八三四)

【通考】

馮登府云:"薛《章句》:'九罭,取鰕芘也。'《毛傳》:'緵罟,小魚之網。'亦韓説爲長,喻小國而見大臣。"(《三家詩遺説》卷四)

徐堂云:"韓意蓋謂九罭只可以取鰕,不足以容鱒魴,比東土不足以留周公也。義與毛同。鄭以取物各有其器喻迎周公當有禮,與韓、毛異。"(《韓詩述》卷三)

陳喬樅云:"《毛傳》云:'九罭,緵罟,小魚之網也。'與《爾雅·釋器》'緵罟謂之九罭,九罭,魚網也'訓同。薛君以九罭爲'取鰕芘',雖與《毛傳》説異,而要皆以九罭爲網之密且小者。'緵罟'即《孟子》所謂'數罟',趙岐注云'數罟,密網也',是矣。"(《韓詩遺説考》卷二之三)

王先謙云:"'取鰕芘也'者,言以鰕之微細,亦不脱漏,極形其網密。《玉篇·艸部》:'芘,蕃也。'與'魚網'義不合。'芘'當爲'比',言細相比也。《説文》'筐'下云:'取蟣比也。''取蟣比'與'取鰕比'意合。《漢書·匈奴傳》:"比疏一。"《史記索隱》引《蒼頡篇》:'靡者爲比,麄者爲梳。''比'即俗之'枇'也,故以狀取魚密網。《孔疏》:'鱒魴是大魚,處九罭之小網,非其宜,以興周公是聖人,處東方之小邑,亦非其宜。'"(《詩三家義集疏》卷十三)

冠南按:徐堂之説實自孔穎達《毛詩正義》而來,雖小變其詞,旨則一也,皆以小網難容大魚,興小邦不配周公。

我遘之子,綩衣繡裳。(《原本玉篇》卷二十七"綩"字條)

【彙輯】

《章句》:綩衣,纁衣也。(《原本玉篇》卷二十七"綩"字條)

【通考】

顧震福云:"《毛詩》作'我覯之子,衮衣繡裳',《傳》云:'所以見周公也。衮,卷龍也。'震福案:《柏舟》:'覯閔既多。'《釋文》作'遘',云:'本作"覯"。'《漢書·敘傳》引《詩》即作'遘'。《野有蔓草》釋文云:'遘,本作"逅"。'《綢繆》釋文云:'覯,或作"逅"。'《易·姤卦》釋文云:'姤,薛云:古文作"遘"。鄭同。'《雜卦》:'姤,遇也。'唐石經作'遘',宋本、足利本同。《説文》無'逅''姤','逅''姤'皆即'遘'之俗字。《説文》'遘'字云:'遇也。''覯'字云:'遇見也。''覯''遘'義同字通。韓謂綩衣爲纁衣者,《集韻》《類篇》並云:'綩,冠紮也,一曰纁色衣。'《禮·禮器》:'有以文爲貴者,天子龍衮,諸侯黼,大夫黻,士玄衣纁裳。'《周禮·司服》:'凡冕服,皆玄衣纁裳。'《正義》曰:'赤與黄即是纁色。'《儀禮·士冠禮》:'爵弁服,纁裳。'《士昏禮》:'主人爵弁服,纁裳。'《士喪禮》:'爵弁服,純衣。'鄭注:'純衣者,纁裳。'又注《士冠禮》云:'纁裳,淺絳裳。'毛謂'衮,卷龍也'者,《采菽》:'玄衮及黼。'《箋》云:'玄衣而畫以卷龍也。'《文選·册魏公九錫文》注引《漢書》韋昭注曰:'衮,卷龍衣,玄上纁下。'是衮龍之衣即纁裳。據《説文》《釋名》《玉篇》《廣韻》均云:'上曰衣,下曰裳。'《慧琳音義》九十二亦引《韓詩》曰：'衣下曰裳。'似韓當云'裷衣纁裳'也。曰'纁衣'者，'衣'與'裳'對文則别，散文則通也。衮聲、宛聲古音均在十四部，衮與裷又皆屬纁裳，故《韓詩》以裷代衮。"（《韓詩遺説續考》卷二）

皮嘉祐云："陳奂曰：《士冠禮》：'爵弁服，纁裳，純衣。''純'讀爲'黗'。《説文》：'黗，黑也。'純衣猶玄衣也。《類篇》：'裷，冠絭也，一曰纁色衣。'士纁裳，非天子諸侯之服，且古有纁裳，無纁衣。《士昏禮》：'女次純衣纁袇。'是女子之衣，非男子之衣。《禮》曰：'不襲婦服。'則男子不服纁袇可知。且'纁袇'鄭注謂以纁緣其衣，亦不得爲纁衣之證。《韓詩》所謂'纁衣'，疑亦即純衣，'熏'與'屯'聲近得通。《禹貢》：'杶榦栝柏。'《釋文》：'杶，本作櫄。'此'熏''屯'通用之證。《韓詩》作'裷衣'者，《周禮・染人》注：'故書，纁作窼'。'裷'與'窼'皆从'宛'聲。《韓詩》之'裷'，當即《周禮》故書之'窼'，'窼'與'纁'同，故韓以'裷衣'爲'纁衣'，實即禮服之純衣也。"（王先謙《詩三家義集疏》卷十三引）

冠南按：據《説文・糸部》，"纁"訓"淺絳"，"纁衣"即淡紅衣服，適與後文"繡裳"對文，似不必如嘉祐所云，以爲純衣。另，"纁衣"，羅振玉本《原本玉篇》作"緟衣"，非是。據《説文・糸部》，"緟"訓"增益"，"緟衣"義爲增益衣服，與後文"繡裳"義不相貫，不可從。故應以黎庶昌本作"纁衣"爲是。

国家出版基金项目
NATIONAL PUBLICATION FOUNDATION

漢籍合璧 總編纂 鄭傑文
漢籍合璧精華編 主編 王承略 聶濟冬

韓詩佚文彙輯通考

吕冠南 著

下

韓詩佚文彙輯通考卷七

小　雅　一

鹿　鳴

承筐是將。

【彙輯】

《章句》：承，受也。（《文選》卷二十五《贈劉琨》李善注）

【通考】

馮登府云："薛《章句》曰：'承，受也。'鄭訓'奉'，言臣奉君。韓以臣受君言。"（《三家詩遺説》卷四）

陳喬樅云："《鄭箋》：'承猶奉也。''奉''受'義亦相成。《説文》云：'承，奉也，受也。'此兼採毛、韓之訓。《左氏·成十六年傳》：'使行人執榼承飲。'注：'承，奉也。'又《襄二十五年傳》：'承飲而進獻。'注：'承飲，奉飲。'此皆與《毛傳》訓同。《禮記·玉藻》：'士於大夫不承賀。'注：'承，猶受也。'《國策·齊策》：'而晚承魏之弊。'注：'承，受也。'此皆與《韓詩》訓同。又《易·歸妹》：'女承筐無實。'虞翻注云：'自下受上曰承。'則詩之'承筐'，從《韓詩》訓'受'，於義爲長。"（《韓詩遺説考》卷三之一）

冠南按：何晏《論語集解序》："前世傳受師説。"邢昺疏云："下承上曰受。"是"受"有以卑對尊之意，與喬樅引《易》虞翻注"自下受上曰承"相契，故喬樅謂"《韓詩》訓'受'，於義爲長"。《國語·齊語》桓公云:“小白敢承天子之命曰‘爾無下拜’?”桓公卑而天子尊,故桓公亦用“承”字爲言。

四　牡

周道威夷。(《文選》卷十《西征賦》、卷十八《琴賦》、卷二十《金谷集作詩》、卷二十一《秋胡詩》、卷五十六《石闕銘》李善注。《文選》卷二十七《北使洛》“威遲兩馬煩”句下,李善單注本引作“周道威遲”,六臣注本李善注引作“周道倭遲”。“威遲”“倭遲”與前引作“威夷”者不同,程蘇東據《文選》李善注引《韓詩》之體例,定“威遲”“倭遲”並誤,應以作“威夷”者爲是,見《〈文選〉李善注徵引〈韓詩〉異文研究》,《信陽師範學院學報》二〇〇九年第五期。此説可從,故本書不列入“威遲”“倭遲”之文。陸德明《經典釋文》卷六“倭遲”條謂:“《韓詩》作‘倭夷’。”陳奂、馬國翰、陳喬樅俱以“倭”爲誤文。《漢書》卷二十八上《地理志上》顔師古注:“《詩》曰:‘四牡騑騑,周道倭遲。’《韓詩》作‘郁夷’字,言使臣乘馬行於此道。”臧琳、馬瑞辰、陳喬樅俱以爲非《韓詩》之文。“倭夷”“郁夷”之非《韓詩》,説俱詳下【通考】,兹暫從之,不列爲《韓詩》異文)

【彙輯】

《章句》:威夷,險也。(《文選》卷十《西征賦》、卷二十《金谷集作詩》李善注)

【通考】

臧琳云:“《韓詩》作‘威夷’,威,可畏也;夷,傷也。故薛君曰:‘威夷,險也。’《地理志》作‘郁夷’,顔師古見與毛氏不同,便以爲《韓詩》,不知《韓詩》有《文選》注薛君《章句》可證也,不料唐人讀書已傅會若此。”(《經義雜記》卷三“魯詩周道郁夷”條)

胡承珙云:“薛君《章句》曰:‘威夷,險也。’與《毛傳》‘歷遠’義近。”(《毛詩後箋》卷十六)

馬瑞辰云:“《釋文》:‘《韓詩》作“倭夷”。’瑞辰按:‘周’有‘大’義,此當從朱子訓爲‘大道’。‘倭遲’‘倭夷’皆叠韻。《文選·西征賦》注引《韓詩》:‘周道威夷。’薛君《章句》曰:‘威夷,險也。’《廣雅》:‘㠑陝,險也。’義本《韓詩》。‘威夷’猶言‘鍡鑸’。《説文》《廣雅》並曰:‘鍡鑸,不平也。’不平故爲險,險阻者必邪曲。《天台山賦》:‘既克隮于九折,路威夷而修通。’‘威夷’承‘九折’言,正狀其邪曲也。《説文》‘逶’

字注云：'逶迤，衺去之貌。'音義與'威夷'並相近。邪曲則必紆遠，故義又轉爲長。《文選》謝玄暉詩：'威紆距遥甸。'李善注：'威紆，威夷紆餘，流長之貌也。'顔延年《秋胡行》：'行路正威遲。'李注引《毛傳》：'倭遲，歷遠貌。'又引'《韓詩》："周道威夷。"其義同'，是知《毛》《韓詩》字雖異而音義並相近。此當从《毛傳》'歷遠'之訓。倭、威、遲、夷四字古音同部，故通用。'倭'通作'威'，猶'虒通'作'威夷'也。（《爾雅》："威夷長脊而泥。"即《説文》："委虒，虎之有角者也。"）'遲'通作'夷'，猶'陵遲'通作'陵夷'也。《漢書・地理志》'郁夷'，注引《詩》：'周道郁夷。''倭''郁'二字雙聲，故通用，此當爲《齊》《魯詩》。顔師古以爲《韓詩》，蓋誤。又按《説文》：'倭，順貌。'引《詩》曰：'周道倭遲。'此又與《韓詩》訓'險'，以相反而成義。"（《毛詩傳箋通釋》卷十七）

陳奂云："《釋文》引《韓詩》作'倭夷'，'倭'字疑誤。"（《詩毛氏傳疏》卷十六）

馬國翰云："'威夷'者是《韓詩》本文，作'倭'及'倭遲'者，後人順毛而改也。"（《目耕帖》卷十六）

徐堂云："考右扶風，故岐周地。《毛傳》：'周道，岐周之道。'説與韓合。因此道之'郁夷'詠于《雅》詩，故漢遂取以名縣。薛訓爲'險'，毛訓'歷遠貌'，字雖各異，而其義相通。'郁'與'威'聲相近，'遲''夷'古字通用。"（《韓詩述》卷四）

陳喬樅云："《釋文》云：'《韓詩》作"倭夷"。''倭'字疑涉上文《毛詩》而誤。"（《韓詩遺説考》卷三之一）

王先謙云："《漢書・地理志》：'右扶風郁夷。'班固引《詩》曰：'周道郁夷。'顔注：'《小雅・四牡》之詩曰："四牡騑騑，周道倭遲。"《韓詩》作"郁夷"，言使臣乘馬，行於此道。'陳喬樅云：'注"韓"是"齊"之誤。韓作"威夷"，不作"郁夷"，班引詩以證"郁夷"，此據《齊詩》文。如引《齊詩》"子之營兮""及自杜沮漆"可證，非用《韓詩》也。顔注蓋轉寫之誤。'愚按：《廣雅》：'倭夷，險也。'即采薛説。'逶迤''威夷'並同聲字，《齊》《韓詩》義不異耳。"（《詩三家義集疏》卷十四）

冠南按：韓之“威夷”、毛之“倭遲”並叠韻詞，音近通用，字異而義同。

不遑啓處。（《韓詩外傳》卷八第三十四章）

王事靡盬，不遑將父！（《韓詩外傳》卷七第一章）

皇皇者華

莘莘征夫，每懷靡及。（《韓詩外傳》卷七第二章）

【通考】

馬瑞辰云：“‘駪’‘莘’古聲轉通用，猶《螽斯》詩‘詵詵’，《説文》作‘辬辬’；有莘氏，《吕氏春秋》作‘有侁’也。”（《毛詩傳箋通釋》卷十七）

馮登府云：“‘駪’一作‘侁’，‘侁’同‘莘’。《楚詞章句》引此作‘侁’，《晋語》《説文》引作‘莘’，並與韓合。蓋‘駪’‘莘’‘侁’並古通字。又班固《東都賦》：‘俎豆莘莘。’王褒《責髯奴文》：‘莘莘翼翼。’皆訓衆多貌。與《毛傳》‘駪駪’訓合。”（《三家詩異文疏證・韓詩》）

陳喬樅云：“今本《外傳》引《詩》作‘征夫捷捷，每懷靡及’，則在《大雅・蒸民》矣。今本誤也，從《詩考》訂正。”（《韓詩遺説考》卷三之一）

冠南按：馬、馮之説並是，“莘莘”訓“衆多”（見《國語》卷十《晋語四》韋昭注），與“詵詵”“侁侁”“駪駪”通。

夫　栘

【彙輯】

《序》：《夫栘》，燕兄弟也，閔管、蔡之失道也。（董逌《廣川詩故》）

【通考】

吕祖謙云：“董曰：‘《韓詩序》：《夫栘》，燕兄弟也，閔管、蔡之失道也。’蓋與毛説合。”（《吕氏家塾讀詩記》卷十七）

范家相云：“《常棣》作於周公，事詳《左氏》。毛、韓之説皆同。”（《三家詩拾遺》卷七）

陳壽祺云：“《藝文類聚》引《詩》直作‘夫栘’，此必《韓詩》也。《吕

氏讀詩記》引《韓詩序》，當即據歐陽率更所引。今本《藝文類聚》不言《韓詩序》，蓋文脱耳。”(《韓詩遺説考》卷三之一)

胡承珙云：“《藝文類聚》引《韓詩》曰：‘《夫移》，燕兄弟也。閔管、蔡之失道也。’董氏以爲此《韓詩序》文。則毛、韓義同，其來古矣。”(《毛詩後箋》卷十六)

王先謙云：“《夫移》即《常棣》也，《韓序》與《毛序》義同。《漢書·杜鄴傳》：‘鄴聞人情，恩深者其養謹，愛至者其求詳。夫戚而不見殊，孰能無怨？此《棠棣》《角弓》之詩所爲作也。’以《棠棣》與《角弓》並言，蓋周公之作此詩與召公之歌此詩，皆言兄弟宗族之不宜疏遠，與《角弓》意同，故鄴並引之也。”(《詩三家義集疏》卷十四)

夫移之華，萼不煒煒。　凡今之人，莫如兄弟。(《藝文類聚》卷八十九。按《類聚》並未明言此處所引爲《韓詩》，但首句作“夫移之華”，與《廣川詩故》引《韓詩叙》相合，故可定爲《韓詩》。詳上文【通考】引陳壽祺説)

【通考】

沈清瑞云：“夫移與常棣兩物，《爾雅·釋木》曰：‘唐棣，移。常棣，棣。’郭氏注云：‘移似白楊，江東呼爲夫移。’又云：‘今關西有棣樹，子如櫻桃，可食。’”(《韓詩故》卷下)

馬瑞辰云：“《韓詩》曰：‘夫移之華，萼不煒煒。’直以夫移代常棣，則常棣即爲夫移可知矣。”(《毛詩傳箋通釋》卷十七)又云：“《藝文類聚》引《韓詩》作‘萼不煒煒’，則《鄭箋》訓鄂爲花萼之萼，其説蓋本《韓詩》。”(《毛詩傳箋通釋》卷十七)

陳喬樅云：“‘萼不煒煒’，《毛詩》作‘鄂不韡韡’，《傳》云：‘常棣，移。(此據《釋文》“或作”本。)鄂猶鄂鄂然，言外發也。韡韡，光明也。’是常棣一名移，即夫移也。棣有赤白二種，《説文》以棣爲白棣，則移爲赤棣矣。‘鄂’即‘萼’之假借，《毛傳》言‘鄂鄂然外發’者，取咢布之意。《鄭箋》云：‘承華者曰鄂。’則是以‘鄂’爲花萼，用《韓詩》爲説。‘煒煒’亦光明之貌。‘萼不煒煒’喻兄弟和睦則强盛而有光輝。《説文》云：‘韡韡，盛貌。’義與光明相成。‘煒煒’蓋‘韡韡’之假借。范氏《補

傳》云：'周公遭管、蔡之變，因思文、武能燕樂兄弟如此，故作是詩，蓋閔之也。'"（《韓詩遺説考》卷三之一）

徐堂云："《類聚》所引據《韓詩》也。《爾雅·釋木》：'唐棣，栘。常棣，棣。'郭璞'唐棣'注云：'似白楊，江東呼爲夫栘。''常棣'注云：'今關西山中有棣樹，子似櫻桃，可啖。'講家多以唐棣、常棣爲二物。段玉裁曰：'"唐"與"常"音同，其花赤者爲唐棣，花白者爲棣。《説文·木部》："栘，棠棣也。""棣，白棣也。"許以"棠"對"白"，則"棠"爲"赤"可知，實則一物也，但其花之赤白異耳。'堂案：段説甚是。此詩《毛傳》云：'常棣，棣也。'《秦風》傳云：'棣，唐棣也。'此常棣、唐棣同物之證。"（《韓詩述》卷四）

原隰捊矣。

【彙輯】

《章句》：捊，聚也。（慧琳《一切經音義》卷九十八"浮磬"條）

【通考】

馬瑞辰云："據《説文》：'捊，引堅也。''堅，土積也。'《詩·緜》釋文引《説文》作'引取土'者，乃傳寫者誤分'堅'字爲二。'堅'與'聚'同義。《廣雅》：'捊，取也。''取'與'聚'義亦相近。字當以捊爲正。"（《毛詩傳箋通釋》卷十七）

陳喬樅云："《玉篇》云：'捊，本亦作"裒"。'今《毛詩》字作'裒'，則'捊'乃《韓詩》之異文也。"（《韓詩遺説考》卷三之一）

冠南按：《玉篇》"捊"字條云："《詩》曰：'原隰捊矣。'捊，聚也。"即用韓訓。喬樅未見《一切經音義》所載韓訓，然其據《玉篇》所引，推定"'捊'乃《韓詩》之異文"，可謂遥符冥契。惟其將該文置入《小雅·皇皇者華》篇中，則千慮一失。

賓爾籩豆，飲酒之醧。（《六臣注文選》卷六《魏都賦》張載注引《韓詩》。按本題"劉淵林注"，然注《魏都賦》者實爲張載，具體辨析見熊良智《試論韓國奎章閣本〈文選·魏都賦〉注者題録之有關問題》，《四川師範大學學報》二〇〇七年第六期，兹據其説定爲張載注）

【彙輯】

《章句》：夫飲之禮：不脱屨而即序者，謂之禮；跣而上坐者，謂之宴；能飲者飲之，不能飲者已，謂之醧；齊顔色，均衆寡，謂之沉；閉門不出者，謂之湎。故君子可以宴，可以醧，不可以沉，不可以湎。（《初學記》卷二十六。《六臣注文選》卷六《魏都賦》張載注僅引"能者飲，不能者已，謂之醧"，《藝文類聚》卷三十九、《初學記》卷十四僅引"不脱屨而即席，謂之禮；跣而上坐，謂之燕；能飲者飲，不能飲者已，謂之醧；閉門不出，謂之湎"，《文選》卷一《東都賦》李善注僅引"飲酒之禮，下跣而上坐者，謂之宴"。）

【通考】

段玉裁云："'飫'，《韓詩》作'醧'，韓用正字，毛用假借。"（《毛詩故訓傳定本》卷十六）又云："宴私之飲謂之醧，見《韓詩》。《魏都賦》：'愔愔醧燕。'張載注云：'《韓詩》曰：賓爾籩豆，飲酒之醧。能者飲，不能者已，謂之醧。'《東都賦》：'登降飫宴之禮既畢。'李善引《韓詩章句》曰：'飲酒之禮，跣而上坐者，謂之宴。'徐堅《初學記》引《韓詩》説最詳，曰：'夫飲之禮：不脱屨而即序者，謂之禮；（此句"禮"當作"飫"。）跣而上坐者，謂之宴；能飲者飲，不能飲者已，謂之醧；齊顔色，均衆寡，謂之沉；閉門不出客，（"客"字依《詩釋文》訂。）謂之湎。君子可以宴，可以醧，不可以沉，不可以湎。'許云：'醧，宴私之飲也。'正謂跣而升堂，能飲則飲，不能則已，本《韓詩》爲説也。而《毛詩・常棣》'醧'作'飫'，《釋言》曰：'飫，私也。'《毛傳》曰：'飫，私也，不脱屨升堂謂之飫。'毛之'飫'字，於韓爲'醧'，毛以'不脱屨升堂'釋'飫'，韓分别'飫''醧'之名，數典獨詳。"（《説文解字注》卷十四下）

馬瑞辰云："《韓詩》作'醧'，（《文選》注六引《韓詩》："飲酒之醧。"）云：'能飲者飲，不能者已，謂之醧。'《説文》：'醧，宴私歓也。'又通作'醞'。《廣韻》：'醞，能者飲，不能者止也。'此'飫私'之'飫'，與'燕'異名同實者也。立飫以立爲禮，飫燕則坐；立飫不脱屨而升堂，飫私則跣。飫私當以《韓詩》作'醧'爲正字，《毛詩》作'飫'者，假借字也。《角弓》詩：'如食宜饇。'《傳》：'饇，飽也。'據《廣韻》：'飫，飽也，厭也。'彼

‘饇’即‘飫’之假借，此詩又假‘飫’爲‘醧’。《初學記》引《韓詩内傳》曰：‘夫飲之禮，不脱屨而即席者，謂之禮；跣而升堂者，謂之宴；能者飲，不能飲者已，謂之醧。’其所云‘不脱屨而即席者謂之禮’，與《毛傳》云‘不脱屨升堂謂之飫’合，此立飫之禮也。又曰‘跣而升堂者謂之宴，能者飲、不能飲者已，謂之醧’，此飫私之義，以飫飽爲度者也。是《韓詩》亦分立飫及飫私爲二義矣。”（《毛詩傳箋通釋》卷十七）

徐堂云：“‘賓’與‘儐’古字通用。《虞書》：‘賓于四門。’鄭注：‘賓，讀爲“儐”。’《周禮・司儀職》：‘賓亦如之。’‘賓之如初之儀。’鄭注並云：‘賓，當爲“儐”。’蓋古文‘儐’通作‘賓’。《廣雅・釋詁》：‘賓，列也。’韓義當如此。”（《韓詩述》卷四）

黄以周云：“飫，當從《韓詩》作‘醧’，《韓詩》説亦明《常棣》爲燕詩。”（《禮書通故》第二十四《燕饗禮通故》）

王先謙云：“‘不脱屨而即席者謂之禮’者，即《毛傳》‘不脱屨升堂謂之飫’也。《周語》：‘王公立飫則有房蒸，親戚宴享則有肴蒸。’又曰：‘飫以顯物，燕則合好。’此是立飫之禮，較燕爲大。立飫以立爲禮，故不脱履而即席也。”“‘跣而升堂謂之宴’者，《東都賦》注亦作‘下跣而上坐者謂之宴’，即《周語》云‘宴享則有肴蒸’、‘燕則合好’是也。燕則坐，坐則必跣而升堂，所謂‘燕私以飫飽爲度煮’也。脱屨升堂，惟燕私爲然。”“《説文》‘饫’下云：‘燕食也。’引《詩》：‘飲酒之饫。’用《毛詩》借字。又‘醧’下云：‘宴私飲也。’（“宴私”倒，依段注正。）用《韓詩》正字。”（《詩三家義集疏》卷十四）

妻子好合，如鼓瑟琴。兄弟既翕，和樂且耽。（《韓詩外傳》卷八第二十三章）

【彙輯】

《章句》：耽，樂之甚者也。（慧琳《一切經音義》卷六十八“耽嗜”條。《一切經音義》卷三十“耽著”條引無“樂之”，《經典釋文》卷六引無“者”）

【通考】

徐堂云：“《説文・酉部》：‘酖，樂酒也。’韓作‘耽’，毛作‘湛’，並

‘酖’之假借。”(《韓詩述》卷四)

陳喬樅云:“《毛詩》作‘湛’,‘耽’‘湛’皆‘媅’字之假借。《説文》:‘媅,樂也。’‘媅’又作‘妉’。《爾雅·釋詁》:‘妉,樂也。’《華嚴經音義》上云:‘《聲類》“媅”作“妉”。’《一切經音義》四:‘媅,古文“妉”,同。’是也。‘耽’字本義,《説文》訓爲‘耳大垂’。‘湛’字本義,《説文》訓爲‘没’,皆以音同假借爲‘媅樂’字。據《韓詩》云‘樂之甚也’,則从‘甚’作‘媅’者爲正,‘妉’字乃其或體耳。”(《韓詩遺説考》卷三之一)

冠南按:韓之“耽”與毛之“湛”並借字,徐以“酖”爲本字,陳以“媅”爲本字(此説實出自《説文解字》第十二篇下“媅”字條段玉裁注),二説並可通。

伐　木

【彙輯】

《序》:《伐木》廢,朋友之道缺,飢者歌食,勞者歌其事。詩人伐木,自苦其事,故以爲文。(《文選》卷二十二《遊西池》李善注。“飢者歌食”爲善注所無,《初學記》卷十五、《太平御覽》卷五七三引作“飢者歌食,勞者歌事”,因據補。《文選》卷十六《閑居賦》李善注僅引“勞者歌其事”)

【通考】

范家相云:“言伐木之事勞苦,其聲若求助於衆力者,故詩人取以爲求友者興也。”(《三家詩拾遺》卷七)

沈清瑞云:“此序當非全文,《西池詩》注但言《韓詩》,亦不言《序》,以《閑居賦》注引《韓詩序》曰‘勞者歌其事’,故知是《序》文耳。”(《韓詩故》卷下)

胡承珙云:“《文選》注引《韓詩》云:‘詩人伐木,自苦其事,故以爲文。’此則似以伐木爲庶人之事。《鄭箋》云:‘言昔日未居位,在農之時,爲勤苦之事。’其説蓋本於《韓詩》,然以‘伐木’爲賦,於義淺矣。”(《毛詩後箋》卷十六)

徐堂云:“《西池詩》注及《初學記》所引,以《閑居賦》注推之,當並是《韓詩序》文。《毛詩·六月》序云:‘《伐木》廢,則朋友缺矣。’詞與韓同。然此爲《伐木》序文，不得云'廢'，蓋《韓序》當别有正文，此特旁義耳。'伐木丁丁'，《韓序》以伐木爲'自苦其事'，則此句義不取興。鄭同，毛異。"（《韓詩述》卷四）

陳喬樅云："《詩考》載《文選》注引'《伐木》廢'云云，以爲《韓詩序》。考《文選注》二十二引但云《韓詩》，然據《文選》十六《閑居賦》注引《韓詩序》曰：'勞者歌其事。'足證'《伐木》廢'云云亦爲詩序也。此詩《毛序》云：'《伐木》，燕朋友故舊也。自天子至于庶人，未有不須友以成者。'《傳》於'伐木丁丁，鳥鳴嚶嚶'云：'興也。'今據《韓詩》言：'詩人伐木，自苦其事，故以爲文。'則是韓以伐木爲賦，與《毛傳》以伐木爲興者義異。《箋》云：'言昔日未居位，在農之時，與友生於山巖伐木，爲勤苦之事。'鄭君以此章爲遠本文王少時求友之事，蓋據《韓詩》爲説。"（《韓詩遺説考》卷三之一）

王先謙云："此文殘缺，不相通貫，言'《伐木》廢，朋友之道缺'者，此謂德衰道缺之後，故云'《伐木》廢'。若是舊序，不得破空即云'《伐木》廢'也。'勞者'至'爲文'，蓋是後來賢人幽隱，溷迹伐木，故歌此詩，如穆公之誦《棠棣》，後人即以爲其人之文也。《棠棣》，周公所作，賴有《左傳》富辰之言可以尋考，否則專據《鄭箋》，必謂召公所作矣。'勞者歌其事'，《文選·閑居賦》李注亦引作《韓詩序》。其上尚有'飢者歌食'句，《初學記》十五、《御覽》五百七十三並引《韓詩》曰：'飢者歌食，勞者歌事。'以是知此文殘缺也。"（《詩三家義集疏》卷十四）

冠南按：觀《韓序》之義，是以《伐木》爲刺詩，與後漢"《伐木》有鳥鳴之刺"之論（應劭《風俗通義》卷七《窮通》、《後漢書》卷四十三《朱穆傳》李賢注引蔡邕《正交論》並有此語）相通。馮登府云："此亦陳古風今之義。"（《三家詩遺説》卷四）

相彼鳥矣。

【彙輯】

《章句》：鳥，微物也。（《文選》卷十三《鸚鵡賦》、卷二十《應詔讌曲水作詩》李善注）

【通考】

冠南按：韓義蓋謂鳥之微小，尚知嚶嚶求友，人勝鳥多矣，反不知“求其友生”。此當即《韓序》“朋友之道缺”之所指。

神之聽之，終和且平。（《韓詩外傳》卷九第二十五章）

天　保

天保定爾，亦孔之固。（《韓詩外傳》卷六第十六章）

如山如阜。

【彙輯】

《章句》：積土高大曰阜。（《北堂書鈔》卷一五七）

【通考】

徐堂云：“《北堂書鈔》一百五十七引《韓詩》曰：‘積土高大曰阜，大阜曰陵。’《爾雅·釋地》李巡注曰：‘土地獨高大曰阜，最大名爲陵。’正襲韓語。《毛傳》：‘大陸曰阜，大阜曰陵。’詞義亦相同。”（《韓詩述》卷四）

王先謙云：“《北堂書鈔·地部一》引《韓詩》云：‘積土高大曰阜。’《文選·長楊賦》注引《韓詩》云：‘四平曰陵。’當是此詩韓説。”（《詩三家義集疏》卷十四）

陶方琦云：“《書鈔》引作‘韓壽曰’，乃‘《韓詩》’之誤。”（《韓詩遺説補》）

冠南按：徐堂所據《書鈔》非原本，原本“大阜曰陵”條作：“韓壽注云：積土高大曰阜。”孔廣陶注：“陳俞本删‘注’字，‘曰阜’下增入‘大阜曰陵’句，非也。王氏《廣雅·釋丘疏證》据《書鈔》未改本引《韓詩》云：‘積土高大曰阜。’即此文也。‘壽注’二字乃轉寫之訛耳。”（孔廣陶校注本《北堂書鈔》卷一五七）據此，“大阜曰陵”非《書鈔》引《韓詩》之文，“韓壽注”爲“《韓詩》”之訛，故本書據原本《書鈔》録文，删“大阜曰陵”四字。另，先謙以“四平曰陵”爲此詩“如岡如陵”之章句，不可從。考《文選·長門賦》李善注云：“《韓詩》曰：‘無矢我陵。’薛君《章句》曰：

‘四平曰陵。’”足證其實爲《大雅·皇矣》“無矢我陵”之章句。

采薇

四牡岌岌。（《原本玉篇》卷二十二“岌”字條）

【彙輯】

《章句》：岌岌，盛貌也。（《原本玉篇》卷二十二“岌”字條）

【通考】

顧震福云：“《毛詩》‘岌岌’作‘業業’，《傳》云：‘業業然壯也。’震福案：《廣韻》《集韻》並云：‘岌嶫，山貌。’《韻會》：‘岌嶫，山高貌。’《文選·西京賦》：‘狀嵬峩以岌嶫。’注：‘岌嶫，高壯貌。’‘岌’‘嶫’義同，故‘岌’亦通‘業’。《說文》無‘岌’字，‘岋’字云：‘馬行相及也。讀若《爾雅》“小山岋，大山峘”。’‘岋’即‘岌’之正字，今《爾雅·釋山》作‘岌’，郭注：‘岌，謂高過。’新附、《廣韻》《集韻》並云：‘岌，山高貌。’劉向《九歎》：‘雷動電發，岋高舉兮。’亦以‘岋’爲高。岌岌有高壯之義，高壯即盛義。《廣雅·釋訓》：‘岌岌，盛也。’即本《韓詩》說。（“業”别作“驜”，《玉篇》：“驜，壯貌。”《廣韻》：“驜驜，馬高大。”）”（《韓詩遺説續考》卷三）

冠南按：顧説以“岌”爲“岋”之假，略嫌迂曲。“岌”本有“盛”義，玄應《衆經音義》卷四“岌多”條云：“岌亦盛也。”是其證。“岌岌”乃重言“盛”義，故韓以“盛貌”爲訓。《楚辭·離騷》：“高余冠之岌岌兮。”王逸注：“岌岌，高貌。”“高”亦與“盛”義近。

四牡繹繹。（《原本玉篇》卷二十七“繹”字條）

【彙輯】

《章句》：繹繹，盛貌也。（《原本玉篇》卷二十七“繹”字條、《文選》卷七《甘泉賦》李善注）

【通考】

王念孫云：“繹蓋盛貌也。《商頌·那》篇：‘庸鼓有斁。’毛彼《傳》曰：‘斁斁然盛也。’《廣雅》曰：‘驛驛，盛也。’《文選·甘泉賦》注引《韓詩章句》曰：‘繹繹，盛貌。’‘繹’‘斁’‘驛’並通，凡言有者皆形容之詞，

故知繹爲盛貌。”(王引之《經義述聞》卷六《毛詩中》“會同有繹”條引)

臧庸云:“《周禮·隸僕》注、《白氏六帖》六十七皆引《詩》:‘新廟繹繹。’是‘繹繹’即‘奕奕’之異文。《文選》七楊子雲《甘泉賦》:‘乃望通天之繹繹。’李善注:‘薛君《韓詩章句》曰:“繹繹,盛貌。”’是可知《韓詩》作‘繹繹’。”(《韓詩遺説》卷下)

陳喬樅云:“臧説非是。《文選·西都賦序》注、《魯靈光殿賦》注均引《韓詩》曰:‘新廟奕奕。’是《韓詩》文與毛同,不作‘繹繹’矣。竊意薛君此語當是‘以車繹繹’之章句,《詩考》因《載芟》釋文云:‘驛驛,《爾雅》作“繹繹”。’謂《韓詩》亦同作‘繹’,故以薛君《章句》入《載芟》篇。然《釋文》既引《爾雅》‘驛’作‘繹’,若《韓詩》文同作‘繹繹’,陸氏當並引之。據《釋文》不言《韓詩》字異,則非彼詩《章句》可知。又‘以車繹繹’,《釋文》引崔本作‘驛’,而不及《韓詩》,則《韓詩》之文與毛同,又可知也。”(《韓詩遺説考》卷五之三)

冠南按:《原本玉篇》於中土亡佚甚早,故後人考釋此條遺説之依據僅有《文選·甘泉賦》李善注。然善注僅引《章句》而未引原經,故其所釋經文頗聚訟於後世,王應麟繫於《周頌·載芟》“驛驛其達”之下,臧庸繫於《魯頌·閟宫》“新廟奕奕”之下,陳喬樅繫於《魯頌·駉》“以車繹繹”之下。今見《原本玉篇》所引經文,可知此乃《采薇》“四牡繹繹”之章句,因據正。“繹”訓“大”(《玉篇·糸部》“繹”字條),“大”有盛大之義,故王念孫釋《小雅·車攻》“會同有繹”云:“繹,蓋盛貌也。”(王引之《經義述聞》卷六《毛詩中》“會同有繹”條引)。“繹繹”乃重言其“盛”,故韓仍以“盛貌”爲釋。《漢書·五行志》:“繹繹未至地滅。”顔師古注:“繹繹,光采貌。”(《漢書》卷二十七下之下)“光采”亦與“盛”義相近。《毛詩》“繹繹”作“翼翼”,《毛傳》訓爲“閑”,與韓訓有别。馬瑞辰以爲“翼翼”當訓爲“盛”(《毛詩傳箋通釋》卷十七),此説可從,《廣雅·釋訓》:“翼翼,盛也。”《文選·南都賦》:“翼翼與與。”吕向注:“翼翼,茂盛貌。”(《六臣注文選》卷四)並其證。

昔我往矣,楊柳依依。(《文選》卷二十《金谷集作詩》李善注。《文選》卷二十七《休沐重還道中》李善注僅引“楊柳依依”）

【彙輯】

《章句》：昔，始也。（《經典釋文》卷六）依依，盛貌。（《文選》卷二十《金谷集作詩》李善注）

【通考】

〔昔始也〕

徐堂云：“《廣雅·釋詁》：‘昔，始也。’本此。”（《韓詩述》卷四）

陳喬樅云：“‘昔’字訓‘始’，又訓爲‘終’。《老子》：‘昔之得一者。’王注訓‘昔’爲‘始’。《吕覽·任地》：‘孟夏之昔。’注云：‘昔，終也。’此如《爾雅》以‘落’訓‘死’，又訓‘始’，以相反而爲義也。”（《韓詩遺説考》卷三之一）

〔依依盛貌〕

王引之云：“‘依’之言‘殷’也。馬融注《豫卦》曰：‘殷，盛也。’薛君《韓詩章句》曰：‘依依，盛貌。’（見《文選》潘岳《金谷集詩注》）《車舝》篇：‘依彼平林。’《毛傳》曰：‘依，茂木貌。’木盛謂之依，猶兵盛謂之依也。”（《經義述聞》卷六《毛詩中》“依其在京、有依其士”條）

馬瑞辰云：“《韓詩》薛君《章句》曰：‘依依，盛貌。’《毛詩》無傳。據《車舝》詩：‘依彼平林。’《傳》：‘依，茂木貌。’則‘依依’亦當訓盛，與《韓詩》同。‘依’‘殷’古同聲，‘依依’猶‘殷殷’，‘殷’亦盛也。”（《毛詩傳箋通釋》卷十七）

出　車

玁狁于攘。

【彙輯】

《章句》：攘，除也。（慧琳《一切經音義》卷二十九“攘郤”條、卷五十七“攘故”條）

【通考】

馬瑞辰云：“王符《潛夫論》引《詩》作‘玁狁于攘’，攘者，‘襄’之假借。《史記·龜策傳》：‘西攘大宛。’徐廣曰：‘攘，一作“襄”。襄，除

也。'"(《毛詩傳箋通釋》卷十七)

陳奂云:"'玁狁于除',言玁狁之難于以除也。"(《詩毛氏傳疏》卷十六)

顧震福云:"《毛詩》'攘'作'襄',《傳》云:'除也。'《墻有茨》:'不可襄也。'《傳》同,本《爾雅·釋言》爲訓。震福案:《出車》釋文云:'襄,本或作"攘"。'《潛夫論》亦引作'玁狁于攘',即據《韓詩》。《史記·龜策傳》集解引徐廣曰:'攘,一作"襄"。'是'襄'與'攘'通。《離騷》'忍尤而攘詬'王注、《左·僖四年傳》'攘公之羭'杜注並云:'攘,除也。'《説文》:'攘,卻也。''攘'乃'推攘'之'攘',與攘除義微别。'攘除'之'攘',本字作'穰'。《説文》:'穰,黍裂已治者。'古以爲彗。彗爲掃除之物,引申之爲辟除,今通用。'攘'字或借'襄'字爲之,而'攘'字遂廢矣。毛、韓文異義同。"(《韓詩遺説續考》卷三)

冠南按:《史記·太史公自序》:"秦所以東攘。"《集解》引徐廣云:"攘,一作'襄'。"此亦"攘""襄"通用之證。"攘"訓"除","襄"亦訓"除"。《鄘風·墻有茨》:"不可襄也。"《毛傳》:"襄,除也。"是其證。

既見君子,我心則降。(《韓詩外傳》卷七第三章)

杕　杜

檀車緂緂。(《經典釋文》卷六:"幝,《韓詩》作'緂'。")

【通考】

馬瑞辰云:"《説文》:'緂,偏緩也。'義本《韓詩》。又'撣'字注:'讀若行遟驒驒。'又:'繟,帶緩也。'《廣雅》:'緂緂,緩也。'又曰:'繟,緩也。''幝''繟''緂'古音義同。物敝則緩,義正相通。"(《毛詩傳箋通釋》卷十七)

馮登府云:"《釋文》:'幝幝,尺善反,韓作"緂緂",音同。'《説文》:'緂,偏緩也。'《廣雅》:'緂緂、繟繟,緩也。''緂'一作'繟',《玉篇》:'繟繟,猶緂緂也。''繟'與'幝'通,故曰音同'幝'也。"(《三家詩異文疏證·韓詩》)

徐堂云:"《廣雅》:'緂緂,緩也。'當據《韓詩》爲訓。《毛傳》:'幝

幝，敝貌。’段玉裁曰：‘物敝則緩，其義相通。’”（《韓詩述》卷四）

南有嘉魚

烝然罩罩。

【彙輯】

《章句》：烝，善也。（慧琳《一切經音義》卷四十一“乂烝”條）

【通考】

冠南按：“善”與“美”義近，“罩罩”乃“衆魚游水之貌”（説詳馬瑞辰《毛詩傳箋通釋》卷十八），“烝然罩罩”乃形況衆魚游水美然可喜之辭，與“嘉魚”相合。

湛　露

愔愔夜飲。（《六臣注文選》卷六《魏都賦》、卷十九《神女賦》李善注）

【彙輯】

《章句》：愔愔，和悦之貌也。（《經典釋文》卷六、《文選》卷六《魏都賦》、卷十九《神女賦》李善注。《文選》卷十八《琴賦》李善注引作“和悦貌”，六臣注本《文選》未收此條善注）

【通考】

陳啓源云：“《韓詩》‘厭厭’作‘愔愔’，薛君云：‘和説貌。’與‘安’義殊而亦相近。”（《毛詩稽古編》卷十）

郝懿行云：“《爾雅》：‘懕懕，安也。’懕，聲借爲‘愔’。《湛露》釋文引《韓詩》作‘愔愔’，和悦之貌，《列女傳》二引《詩》亦作‘愔愔良人。’《一切經音義》十七引《聲類》云：‘愔，和静貌也。’《三蒼》云：‘愔愔，性和也。’”（《爾雅義疏》上之三《釋訓弟三》）

馬瑞辰云：“《爾雅》：‘懕懕，安也。’《説文》：‘懕，安也。’引《詩》：‘懕懕夜飲。’《釋文》引《韓詩》作‘愔愔’，云：‘和悦之貌。’《魏都賦》：‘愔愔醧燕。’正本《韓詩》。‘厭’‘愔’二字雙聲，故通用。‘懕懕’通作‘愔愔’，猶《載芟》詩‘厭厭其苗’即‘稖稖’之通借也。”（《毛詩傳箋通釋》卷

十八）

馮登府云："'愔''厭'古通,《秦風》:'厭厭良人。'《列女傳》引作'愔愔'。《毛傳》:'厭厭,安也。'韓訓'和悦',義並相近。《説文》引作'懕',亦云'安也'。"(《三家詩異文疏證・韓詩》)

丁晏云:"《左氏・昭十二年傳》:'《祁招》之愔愔。'杜注:'安和貌。'又《小戎》:'厭厭良人。'《列女傳》亦引作'愔愔'。古'厭''愔'聲近通用。"(《詩考補注・韓詩》)

徐堂云:"《玉篇》:'愔,安和貌。'與韓訓合。《説文・心部》無'愔'字,或謂'愔'即'懕'字之或體。"(《韓詩述》卷四)

陳喬樅云:"《三倉》云:'愔愔,性和也。'《聲類》云:'愔,和静貌。'《説文》:'懕,安也。從心,厭聲。《詩》曰:"懕懕夜飲。"'段氏注云:'《湛露》毛傳:"厭厭,安也。"《釋文》及《魏都賦》注引《韓詩》作"愔愔"。按"愔"字見《左傳》"祈招之詩",蓋"愔"即"懕"之或體,"厭"乃"愔"之假借。'"(《韓詩遺説考》卷三之一)

王先謙云:"凡《毛詩》作'厭'者,韓字多从'音'。"(《詩三家義集疏》卷十五)

其桐其椅,其實離離。(《初學記》卷二十八)

【彙輯】

《章句》:離離,長貌。(《初學記》卷二十八)

【通考】

馮登府云:"《初學記》引《韓詩》:'離離,長貌。'與毛訓'垂'亦合。"(《三家詩遺説》卷四)

陳喬樅云:"《毛傳》:'離離,垂也。''垂'與'長'義相成,實長則垂,故其貌離離然也。"(《韓詩遺説考》卷三之一)

冠南按:"離離"乃形況茂盛之辭,説詳本書卷五《王風・黍離》。此訓爲"長",狀其實纍纍之貌,與茂盛義近。白居易《遊悟真寺詩》:"山果不識名,離離夾道蕃。"(謝思煒《白居易詩集校注》卷六)後句即"其實離離"之義。

彤　弓

鍾皷既設。(《原本玉篇》卷九"設"字條)

【彙輯】

《章句》:設,陳也。(《原本玉篇》卷九"設"字條)

【通考】

顧震福云:"《毛詩》'鍾鼓'作'鐘鼓'。《説文》:'鐘,樂金也。''鍾,酒器也。'當以'鐘'字爲正,然《禮·明堂位》'垂之和鍾'、《周禮·鍾師》及'梟氏爲鍾',並以'鍾'爲'鐘'字,是'鐘'與'鍾'亦通用。《説文》無'皷'字,'皷'即'鼓'之俗字。'設,陳也'者,《説文》:'設,施陳也。''陳'當作'敶'。《説文》:'敶,列也。''敶'通用'陳'。《左·隱五年傳》杜注:'陳,設張也。'"(《韓詩遺説續考》卷三)

皮嘉祐曰:"《禮·月令》:'整設于門外。'注:'設,陳也。'《廣雅·釋詁》同。《説文》:'設,施陳也。'是'設'本訓'陳',韓用古訓解之。"(王先謙《詩三家義集疏》卷十五引)

冠南按:《文選·始安郡還都與張湘州登巴陵城樓作》:"萬古陳往還。"吕向注:"陳,設也。"(《六臣注文選》卷二十七)是"設""陳"義近,故得互訓。《説文·言部》:"設,施陳也。""施"謂"設施兆象","陳"謂"陳設祭物"(説詳于省吾《甲骨文字釋林·釋設》),此亦"設"有"陳"義之證。

蓁蓁者莪

蓁蓁者莪。(《文選》卷一《東都賦》李善注)

【彙輯】

《章句》:蓁蓁,盛貌也。(《文選》卷一《東都賦》李善注)

【通考】

馬瑞辰云:"《文選·靈臺詩》注引《韓詩》:'蓁蓁者莪。'薛君曰:'蓁蓁,盛貌。'《集韻》引《詩》:'蓱蓱者莪。'云李舟説。'菁''蓁'以聲近而轉,'蓁''蓱'古雙聲字,故通用。據《説文》:'菁,韭華也。''蓁,草盛皃。’‘蓱，草皃。’則訓‘盛貌’，當以‘蓁蓁’爲正字。《毛詩》作‘菁菁’，《集韻》作‘蓱蓱’，皆假借字也。”(《毛詩傳箋通釋》卷十八)

馮登府云：“《説文》通謂草木之英爲‘菁’。《傳》：‘菁菁，盛貌。’與‘蓁蓁’同訓。‘蓁’亦通‘溱’，《通典》引《桃夭》‘其葉蓁蓁’作‘溱’，《集韻》引李舟説作‘蓱蓱’，音箋，草茂貌，亦與‘蓁’通。”(《三家詩異文疏證・韓詩》)

丁晏云：“班孟堅《靈臺詩》注：‘《韓詩》曰：蓁蓁者莪。薛君曰：蓁蓁，盛貌也。’《説文》：‘蓁，草盛貌。’《桃夭》：‘其葉蓁蓁。’《毛傳》：‘蓁蓁，至盛貌。’此《傳》亦云：‘菁菁，盛貌。’‘蓁’‘菁’聲近義同。”(《詩考補注・韓詩》)

陳喬樅云：“《周南・桃夭》詩：‘其葉蓁蓁。’《毛傳》云：‘蓁蓁，至盛貌。’訓義與《韓詩》合。《衛風・淇奧》：‘緑竹菁菁。’則以‘菁’爲‘青’之假借。此詩‘菁菁者莪’，則又以‘菁’爲‘蓁’之假借。王逸《楚詞・招魂》注云：‘蓁蓁，積聚之貌。’‘積聚’亦與‘盛’義同。”(《韓詩遺説考》卷三之一)

冠南按：《禮記・大學》引《桃夭》：“桃之夭夭，其葉蓁蓁。”鄭玄注：“蓁蓁，美盛貌。”亦“蓁蓁，盛貌”之證。

六　月

元戎十乘，以先啓行。 (《史記》卷六十《三王世家》裴駰《集解》)

【彙輯】

《章句》：元戎，大戎，謂兵車也。車有大戎十乘，謂車緩輪，馬被甲，衡扼之上盡有劍戟，名曰陷軍之車，所以冒突先啓敵家之行伍也。(《史記》卷六十《三王世家》裴駰《集解》)

【通考】

嚴粲云：“大車謂之元戎，以十乘在前，先啓敵之行陣也。”(《詩緝》卷十八)

胡承珙云：“薛君《章句》與《傳》《箋》略同，而言其制較悉。鄭曰

'先前啓突',薛曰'冒突先啓',則'啓'有'開'義。'行'讀户郎反,凡軍陣在前曰啓,義與此同矣。"(《毛詩後箋》卷十七)

馬瑞辰云:"《逸周書·武順篇》:'一卒居前曰開,一卒居後曰敦,左右一卒曰閭。'孔晁注:'開,猶啓。皆陳名。'是啓行爲行陳之名。元戎以先啓行,更在啓行之先。姚南青先生據《襄二十三年左傳》'啓,牢成御襄罷師',賈逵注'左翼曰啓',又以啓爲旁陣之名。今按服虔注引《司馬法·謀帥篇》曰:'大前驅,啓乘車、大晨倅車屬焉。'所云'大前驅'即'元戎'也,啓乘車、大晨倅車皆爲所屬,則謂元戎居啓行之先。又按《廣雅》:'腓、脀,腨也。'《説文》:'腨,腓腸也。'《山海經》'無脀之國',郭注:'脀,肥腸也。'桂馥謂:'《左傳》啓、胠、殿三者皆取名于人身。殿即臀,謂脾也;胠即脅,謂掖下也;啓即脀,謂腨也。'則啓僅居大殿之前。説各不同,要皆以啓行爲行陣之名,'以先啓行'謂爲啓行陣之先,與《韓詩》及《箋》以爲'啓突敵陣'者異義。"(《毛詩傳箋通釋》卷十八)

魏源云:"《六月》之元戎,非全軍之車數也。《韓詩薛君章句》曰:'元戎,大戎,謂兵車也。車有大戎十乘,謂車縵輪,馬被甲,衡扼之上盡有劍戟,名曰陷軍之車,所以冒突先啓敵家之行伍也。'是則十乘特先鋒前驅之兵,又必有游兵及殿後之兵,皆在正軍之外。蓋正軍伍、兩、卒、旅,堂堂正正,陳于原野,而奇兵則出其前後左右,或突、或援、或誘,與正軍爲犄角。"(道光中刻二十卷本《詩古微》中編之五《小雅答問上》)

陳喬樅云:"《毛傳》云:'元,大也。夏后氏曰鉤車,先正也;殷曰寅車,先疾也;周曰元戎,先良也。'《箋》云:'鉤,鉤鞶,曲直有正也。寅,進也,二者及元戎,皆可以先前啓突敵陳之前行,其制之同異未聞。'《傳》《箋》訓義與《韓詩章句》略同,而《韓詩》所言其制較詳。韓言'所以冒突先啓敵家之行伍'者,據《左氏·宣十二年傳》,孫叔曰:'進之! 甯我薄人,無人薄我。《詩》云:"元戎十乘,以先啓行。"先人也。軍志曰:先人有奪人之心,薄之也。'是'冒突先啓'正所謂'薄

人’。故鄭君亦用《韓詩》義，以爲‘先前啓突敵陳之前行’也。”（《韓詩遺說考》卷三之一）

冠南按：《釋名·釋車》云：“元戎車，在軍前啓突敵陳，周所制也。”此即魏源所謂元戎十乘“特先鋒前驅之兵”。因其乃兵之前驅，故僅有十乘，“非全軍之車數”。程俊英、蔣見元謂先啓行之元戎“如今之前鋒敢死隊”（《詩經注析》），與魏説相近。

采　芑

鴥彼飛隼。

【彙輯】

《章句》：隼，鷹也。（杜臺卿《玉燭寶典》卷六）

【通考】

顧震福云：“毛無訓。《鄭箋》云：‘隼，急疾之鳥也。’震福案：陸璣疏云：‘隼，鷂屬也。齊人謂之擊征，或謂之題肩，或謂之雀鷹。’《文選·西京賦》薛注云：‘隼，小鷹也。’《九家易》云：‘隼，鷙鳥也，其性疾害。’《月令》：‘鷹隼早鷙。’鄭注云：‘得疾厲之氣也。’韓本或作隼旁鳥者，《爾雅·釋鳥》：‘鷹隼醜。’《釋文》云：‘隼，本或作“鶽”。’《海内西經》云：‘開明南有鶽。’郭注：‘鶽，雕也。’《穆天子傳》：‘爰有白鶽青鵰。’”（《韓詩遺説續考》卷三）

冠南按：韓以隼爲鷹，常見於古注。《文選·西京賦》：“奮隼歸鳧。”吕延濟注：“隼，鷹類也。”（《六臣注文選》卷二）亦其證。

方叔元老。

【彙輯】

《章句》：元，長也。（陳彭年《宋本玉篇》卷一“元”字條）

【通考】

馮登府云：“元子，長子。自以‘長’訓爲正。毛訓爲‘大’。”（《三家詩遺説》卷四）

陳喬樅云：“《毛傳》訓‘元’爲‘大’，‘大’與‘長’同義。《易·文言》曰：‘元者，善之長也。’故《韓詩》以‘元’爲‘長’。《後漢書・章帝紀》云：‘爲國元老。’李賢注曰：‘元，長也。《詩》曰：“方叔元老。”’即據《韓詩》爲解也。”(《韓詩遺説考》卷三之一)

有瑲葱衡。

【彙輯】

《章句》：佩玉上有葱衡，下有雙璜。衝牙、蠙珠以納其間。(《周禮注疏》卷六《玉府》鄭玄注引《詩傳》，賈公彦疏謂是《韓詩》。)

【通考】

馮登府云：“《周禮・玉府》注引《韓詩傳》：‘佩玉上有葱衡，下有雙璜。衝牙、蠙珠以納其間。’案‘衡’‘珩’通假字。古‘黄’‘衡’音亦通。《康鼎銘》‘幽黄’，即幽衡。王莽泉‘大布黄千’，即衡千，亦當義。”(《三家詩遺説》卷四)

陳喬樅云：“《周禮・玉府》注引《詩傳》，賈疏謂是《韓詩》。唐時《韓詩》尚存，語爲可信。又，《晋語》注引《詩傳》曰：‘上有葱珩，下有雙璜。’蓋三家《詩》傳説並同也。《大戴禮・保傅篇》云：‘下車以佩玉爲度，上有葱衡，下有雙璜。衝牙、玭珠以納其間，琚瑀以雜之。’蔡邕《月令章句》云：‘佩上有雙衡，下有雙璜。琚瑀以雜之，衝牙、蠙珠以納其間。’是皆以衡、璜、衝牙爲佩玉之名，其中又有琚瑀雜貫之。較《韓詩》所言尤詳。”(《韓詩遺説考》卷三之一)

賴炎元云：“《女曰雞鳴》詩：‘雜佩以贈之。’《毛傳》云：‘雜佩者，珩、璜、琚、瑀、衝牙之類。’”(《韓詩外傳考徵》第八章《韓詩外傳佚文考》)

車　攻

東有圃草，駕言行狩。(《後漢書》卷四十下《班固傳》、卷六十上《馬融傳》李賢注。《文選》卷一《東都賦》李善注僅引“東有圃草”)

【彙輯】

《章句》：圃，博也。有博大之茂草也。(《後漢書》卷四十下《班固傳》李賢注。《文選》卷一《東都賦》李善注亦引此條，無“之”字)

【通考】

段玉裁云:“《爾雅》:‘甫,大也。’蓋古‘甫’‘圃’通用。”(三十卷本《詩經小學》卷十七)

胡承珙曰:“《韓詩》作‘圃草’,薛君《章句》曰:‘圃,博也。有博大茂草也。’蓋‘圃’‘甫’古字通,薛注義與毛同。然博大茂草之處,必係藪澤,《周語》云:‘藪有圃草。’故《箋》引《爾雅》‘鄭有甫田’以申成《傳》義,意以鄭之甫田正以廣大有草得名。”(《毛詩後箋》卷十七)

馬瑞辰云:“《傳》:‘甫,大也。’《箋》:‘甫草者,甫田之草也。鄭有甫田。’瑞辰按:‘甫草’,《韓詩》作‘圃草’,薛君《章句》云:‘圃,博也。有博大茂草也。’《周語》:‘藪有圃草。’韋注:‘圃,大也。’並與《毛傳》訓‘甫’義同。鄭君知‘甫’即圃田者,亦因《韓詩》作‘圃草’,知‘甫’即‘圃’之省借也。”(《毛詩傳箋通釋》卷十八)

馮登府云:“《傳》:‘甫,大也。’《鄭箋》易爲‘甫田之草’,謂即‘鄭之甫田’,蓋本《韓詩》。毛作‘甫’者,‘甫’‘圃’通文耳。《左傳》:‘及甫田之北境。’《釋文》:‘本亦作“圃”。’薛夫子訓‘圃’爲‘博’,仍沿‘大’訓。”(《三家詩異文疏證·韓詩》)又云:“毛訓‘甫’爲‘大’,鄭易爲‘甫田之草’,蓋本《韓詩》,薛訓仍沿‘大’訓。《竹書紀年》:‘宣王九年,會諸侯于東都,遂狩于甫。’‘甫’即圃田也。《墨子》亦作‘田于圃’。《國語》:‘藪有圃草。’韋注:‘圃,大也。’與薛訓‘博’合。”(《三家詩遺説》卷四)

徐堂云:“韓云:‘圃,博也。’毛云:‘甫,大也。’義亦相同,古‘圃’‘甫’通用。《集韻·十姥》:‘圃,或省作“甫”。’《公羊·定公八年傳》:‘將殺我於蒲圃。’《釋文》:‘圃,本作“甫”。’是二字通用之證。《鄭箋》:‘甫草者,甫田之草也,鄭有甫田。’《釋文》曰:‘甫,鄭音補,謂圃田,鄭藪也。’字則從韓,而義與韓異。”(《韓詩述》卷四)

王先謙云:“《水經·渠水注》云:‘渠水歷中牟縣之圃田澤,澤多麻黄草,故《述征記》曰:“踐縣境,便睹斯卉,窮則知踰界。《詩》所謂‘東有圃草’也。”’《元和志》:‘圃田一名原圃,東西五十里,南北二十六里,西限長城,東極官渡,上承鄭州管城縣曹家陂。’宣王時無鄭國,

此尚在王畿之内也。"(《詩三家義集疏》卷十五)

吉 日

駓駓騃騃，或群或友。（《後漢書》卷六十上《馬融傳》李賢注。"騃"原作"俟"，據下【通考】引段玉裁、馬瑞辰、陳喬樅説改。董逌《廣川詩故》謂"《韓詩》作'駓駓駿駿'"，"駿"當涉形近"騃"而訛）

【彙輯】

《章句》：趨曰駓，行曰騃。（《文選》卷二《西京賦》李善注）

【通考】

段玉裁云："《韓詩》作'駓駓騃騃'，《後漢書》注引《韓詩》作'俟俟'，誤。"(《詩經小學》卷二)

馬瑞辰云："《文選·西京賦》：'群獸駓騃。'注引《韓詩章句》曰：'趨曰駓，行曰騃。'《後漢書·馬融傳》：'鄙騃譟讙。'李賢注引《韓詩》：'駓駓騃騃。''騃'或作'俟'，誤。《説文》：'儦，行皃。''騃，馬行仡仡也。''騃'與'俟'音義同。《説文》'俟'字注又引《詩》曰：'伾伾俟俟。'蓋《韓詩》作'駓駓'者假借字，作'騃騃'者正字；《毛詩》作'儦儦'者正字，作'俟俟'者假借字也。《廣雅》：'儦儦，行也。''駓駓，走也。'蓋兼取《毛》《韓詩》。'儦''駓'二字雙聲，故通用。"(《毛詩傳箋通釋》卷十八)

徐堂云："《毛傳》曰：'趨則儦儦，行則俟俟。'與韓義同。《毛詩》'儦儦'當從《説文》作'伾伾'。《集韻》'伾''駓'並攀悲切，'俟''騃'並羽已切。韓用正字，毛用假借字。"(《韓詩述》卷四)

馮登府云："《傳》：'趨則儦儦，行則俟俟。言獸之衆多也。'與薛夫子訓同。余謂當從韓作'駓''騃'。《廣雅》：'駓駓，走也。'《説文》：'騃，馬行仡仡也。'"(《三家詩異文疏證·韓詩》)

陳喬樅云："《文選·西京賦》李善注引薛君《韓詩章句》作'駓''騃'，則《後漢書》注引《韓詩》當作'駓駓騃騃'，今本作'俟俟'者，誤。《毛詩》：'儦儦俟俟。'《傳》曰：'趨則儦儦，行則俟俟。'與《韓詩》文異而義同。'儦儦'乃'驕驕'之假借，馬以《毛詩》作'儦儦'者爲正字，《韓詩》作'驕驕'者爲假借，其説非是。《玉篇·馬部》云：'驕驕，字同駓駓，走貌。'《楚詞·招魂》：'逐人驕驕些。'王逸注云：'駓駓，走貌也。言其走捷疾。'《西京賦》：'群獸驕騃。'《廣韻》云：'驕騃，獸行貌。'當從《韓詩》爲正。"(《韓詩遺説考》卷三之一)

以御嘉賓，（日本藏唐鈔《文選集注》卷八《蜀都賦》陸善經注）**且以酌醴。**（日本佚名《年中行事抄》卷六）

【彙輯】

《章句》：御，享也。（日本藏唐鈔《文選集注》卷八《蜀都賦》陸善經注）天子飲酒曰酌醴也，甜而不濟，少麴多米。（日本佚名《年中行事抄》卷六。《北堂書鈔》卷一四八引作"恬而不濟，少麴多朱白醴"，"朱"乃"米"之訛，"白"乃"曰"之訛。《文選》卷四《南都賦》李善注引作"醴，甜而不泲也"。新羅薩守真《天地瑞祥志》卷十六引作"少麴多迷曰醴"，"迷"爲"米"之訛）

【通考】

〔御享也〕

冠南按：韓以"享"訓"御"，以二字俱有"食"義，《文選·七發》："以御賓客。"張銑注："御，食之也。"(《六臣注文選》卷三十四)《左傳·莊公四年》："夫人姜氏享齊侯于祝丘。"杜預注："享，食也。"(孔穎達《春秋左傳正義》卷八)是其證。"以食嘉賓"即以之招待嘉賓之意。

〔"天子"至"多米"〕

徐堂云："《周禮·酒正》：'五齊，二曰醴齊。'鄭注：'醴，猶體也，成而汁滓相將，如今恬酒矣。'又《禮記·郊特牲》：'縮酌用茅，明酌也。'鄭注云：'《周禮》曰："醴齊縮酌。"五齊醴尤濁，和之以明酌，泲之以茅，縮去滓也。明酌者，事酒之上也。'然則醴者味甜而濁，故韓云'甜而不泲也'。高誘《吕覽·重己篇》注曰：'醴者，以蘖與黍相體而成，不以麴也，濁而甜耳。'與韓説亦合。"(《韓詩述》卷四)

陳喬樅云："《釋名·釋飲食》曰：'醴，禮也。釀之一宿而成禮，有酒味而已也。'《漢書·楚元王傳》：'常爲穆生設醴。'注云：'醴，甘酒也。'蓋醴謂酒之不泲者。《酒正》五齊,自醴以上尤濁,其用之祭祀,必以茅泲之,然後可酌,故《司尊彝》曰:'醴齊縮酌。'包泛齊而言也。自盎以下差清,但以清酒泲之而不用茅,故《司尊彝》曰:'盎齊涚酌。'該緹齊、沈齊而言也。醴又入於六飲者,以其甜於餘齊,且不泲之,故與漿酏爲類耳。"(《韓詩遺説考》卷三之一)

鴻　鴈

劬勞于野。

【彙輯】

《章句》:劬,數也。(《經典釋文》卷六、玄應《衆經音義》卷二十三"劬勞"條、慧琳《一切經音義》卷二十"劬勞"條、卷五十"劬勞"條、卷六十八"劬勞"條、日僧普珠《因明論疏明燈抄》卷二)

【通考】

徐堂云:"《廣雅・釋詁》:'劬,數也。'本此。"(《韓詩述》卷四)

陳喬樅云:"《毛傳》訓'劬勞'爲'病苦',與《韓詩》異義。'劬'得爲'數'者,'勞'與'勤'同義。《爾雅・釋詁》:'劬勞,病也。''勤,勞也'。'數'亦'勤'之意,數勞則病苦,故《韓詩》以'劬'爲'數',《毛傳》以'劬勞'爲'病苦'也。"(《韓詩遺説考》卷三之二)

百堵皆作。

【彙輯】

《章句》:八尺爲板,五板爲堵,五堵爲雉。板廣二尺,積高五板爲一丈。五堵爲雉,雉長四丈。(孔穎達《春秋左傳正義》卷二《隱公元年》正義引許慎《五經異義》。徐彦《春秋公羊傳注疏》卷二十六《定公十二年》何休解詁引作"八尺曰板,堵凡四十尺",孔穎達《毛詩正義》卷十一之一《鴻雁》正義引何注則作:"堵四十尺,雉二百尺。以板長八尺,接五板而爲堵,接五堵而爲雉。")

【通考】

楊撲嘉云:"韓云'八尺爲板,五堵爲雉',此指長言,故申之曰'五堵爲雉''雉長四丈'。云'五板爲堵'者,此指高言,故申之曰'板廣二

尺，積高五板爲一丈’。然則韓意蓋謂板長五尺、高二尺，堵長八尺、高一丈，雉長四丈、高一丈也。”（徐堂《韓詩述》卷四引）

胡承珙云：“古人以板爲横數，堵爲直數。板廣二尺，五板爲堵。板長八尺者，積五板，而其高一丈，其長仍八尺也。板長一丈者，積五板，而其高一丈，其長亦一丈也。故《韓詩》以五堵之雉長四丈。”（《毛詩後箋》卷十八）

王先謙云：“《毛傳》：‘一丈爲板，五板爲堵。’鄭據《春秋傳》，以‘板六尺’易之。《異義》言戴《禮》同韓，又言：‘古《周禮》及《左氏》説：一丈爲板，板廣二尺。五板爲堵，一堵之牆，長丈高丈。三堵爲雉，一雉之牆，長三丈，高一丈。’其言‘一丈爲板’，於毛合，則毛固據古《春秋左氏》説矣。今《左・隱元年傳》：‘都城過百雉。’杜注：‘方丈曰堵，三堵曰雉。一雉之牆長三丈，高一丈。’雖未言板數，以‘五板爲堵’推之，亦以丈爲板，仍即古説。又《公羊・定十二年傳》：‘五板而堵，五堵而雉，百雉而城。’則板與堵之數，經皆未著，無可推定，而何注以‘八尺爲板’，反於韓合，與毛、鄭皆異。孔謂鄭《春秋傳》爲指《公羊》，非也。據鄭《駁異義》，言：‘古之雉制，書傳各不得其詳。今以左氏説，鄭伯之城方五里，積千五百步也。大都三國之一，則五百步也。五百步爲百雉，則知雉五步。五步爲度，長三丈，則雉長三丈也。雉之度量，於是定可知矣。’可知者，謂一雉三丈五堵。纍高一丈，仍長六尺，則可知板六尺，是鄭亦本《春秋左傳》爲説也。毛、鄭皆古文學，《左傳》正《春秋》古文，而其説有二，故《傳》《箋》各主其一。《公羊》乃今文學，故何注獨與韓同耳。綜諸説觀之，板廣皆二尺，雉高皆一丈，堵皆五板，城皆百雉。而《韓詩》及何休《公羊》説（詳《公羊解詁》）則皆五堵爲雉，雉長四丈，板長八尺。古《周禮》《左氏》説則三堵爲雉，雉長三丈，板長一丈。毛不言雉，準以一丈爲板，知亦同之。”（《詩三家義集疏》卷十六）

庭　燎

夜未乂。

【彙輯】

《章句》:乂,央也。(日本佚名《大乘理趣六波羅蜜経积文》)

【通考】

陳鴻森云:"今《毛詩》作'夜未艾'。'艾'、'乂'古通用,《禮記·表記》釋文:'本"乂"作"艾"。'又,《漢書·郊祀志上》:'天下艾安。'注:'《漢書》例以"艾"爲"乂"。'並其例也。此詩首章言'夜未央',次章言'夜未乂',馬瑞辰《毛詩傳箋通釋》云:'未艾,猶未央也。《毛傳》訓"艾"爲"久",正與《説文》訓"央"爲"久"同義。'《韓詩》此訓,可爲馬説之驗也。"(《韓詩遺説補遺》)

沔　水

不可弭忘。

【彙輯】

《章句》:弭,滅也。(慧琳《一切經音義》卷五十四"弭謗"條)

【通考】

顧震福云:"《毛傳》云:'弭,止也。'震福案:《慧琳音義》五十四又引《毛傳》云:'弭,止息也。'今本挩'息'字。《左·成十六年傳》:'若之何憂猶未弭。'杜注:'弭,息也。'《説文》:'弭,弓無緣,可以解轡分者。''息,喘息也。'非毛義。'弭息'蓋'弭熄'之假借。《説文》:'弭,一曰止也。''熄,一曰滅火。'是韓與毛義亦近。"(《韓詩遺説續考》卷三)

冠南按:《爾雅·釋器》:"弓無緣者謂之弭。"郝懿行《箋疏》云:"弭是弓末之名。弭之言已也、止也,言弓體於此止已也。"(《爾雅義疏》中之二《釋器弟六》)是"弭"本"弓無緣者",因其爲弓末,乃弓止之處,故可訓爲"止",《毛傳》:"弭,止也。"所用即此義。《廣雅·釋詁四》:"止,滅也。"是"止"有"滅"義,故韓訓"弭"爲"滅",其義與"止"同。

民之譌言。

【彙輯】

《章句》:譌言,諠言也。(《原本玉篇》卷九"譌"字條。慧琳《一切經音義》卷三

十一“弦訛”條引作“訛言也”，“言”下當脱“諠言”二字）

【通考】

顧震福云：“《毛詩》‘譌’作‘訛’，無訓。《鄭箋》云：‘訛，僞也。’《正月》：‘民之訛言。’《箋》同。震福案：‘訛’‘譌’古通。韓訓‘譌言’爲‘諠言’者，《説文》無‘諠’字，古‘宣’‘爰’通用，如‘萱’‘蕿’、‘楦’‘楥’之類皆是。‘諠’正字當作‘諼’，《説文》《廣韻》並云：‘諠，詐也。’此謂民詐僞之言也。”（《韓詩遺説續考》卷三）

皮嘉祐云：“《箋》云：‘訛，僞也。’韓訓‘譌’爲‘諠’，‘諠’亦有‘僞’義。《説文》：‘諠，詐也。’《廣雅·釋詁》：‘諠，欺也。’‘欺’‘詐’皆‘僞’也。《廣雅·釋言》：‘譌，譁也。’《左·成十六年傳》注：‘諠，譁也。’是‘譌’‘諠’二字轉訓並通。”（王先謙《詩三家義集疏》卷十六引）

我友敬矣，讒言其興。（《韓詩外傳》卷七第五章）

【彙輯】

《章句》：讒言緣間而起。（《文選》卷五十《宦者傳論》李善注）

【通考】

范家相云：“上云‘民之訛言’，如檿弧箕服之類，故曰‘寧莫之懲’；此云‘讒言其興’，則詐僞之言緣間而起，反以恭敬忠諫爲誹謗，如左儒、杜伯之死是也。”（《三家詩拾遺》卷七）

冠南按：《説文·舁部》：“興，起也。”可知韓以“起”訓“興”，乃用“興”之本訓。

鶴　鳴

鶴鳴九皋，聲聞于天。（《韓詩外傳》卷七第六章）

【彙輯】

《章句》：九皋，九折之澤。（《經典釋文》卷六）

【通考】

范家相云：“九折之澤至爲繚曲，而聲聞於天，以喻密室陳詞而天下咸聞其忠讜，猶‘鼓鐘於宫，聲聞於外’之意。”（《三家詩拾遺》卷七）

胡承珙云："《箋》云'自外數至九'，即《韓詩》所云'九折之澤'也。"(《毛詩後箋》卷十八)

馬瑞辰云："《箋》云'皋，澤中水溢出所爲坎'者，《楚辭》王逸注：'澤曲曰皋。'《韓詩》：'九皋，九折之澤。'《論衡》：'鶴鳴九折之澤。''折'即'曲'也。《廣雅》：'皋，局也。''局'亦'曲'也。'曲'與'坎'同義，是知《箋》説實本《韓詩》，以'皋'爲'澤曲'，與《毛傳》以'皋'爲'澤'異義。"(《毛詩傳箋通釋》卷十九)

王先謙云："以'九皋'爲'九折'，'折'亦'曲'也，曲至於九，以言其深遠也"(《詩三家義集疏》卷十六)

于鬯云："九皋者，曲皋也。《説文・九部》云：'九，象其屈曲究盡之形。'是'九'字中本有'曲'義，'九'非數目也。《韓詩》云：'九皋，言九折之澤也。'斯義得矣，但曰'九折'，則仍以'九'爲數目字，而不知'九皋'即是'折澤'，不必謂其折有九數也。'折'即'曲'也，折澤即曲皋也。"(《香草校書》卷十四)

祈　父

亶不聰。

【彙輯】

《章句》：聰，察也。(慧琳《一切經音義》卷八十四"聰叡"條、日本惟宗直本《令集解》引《令釋》)

【通考】

冠南按：《説文・耳部》："聰，察也。"韓釋"聰"爲"察"，乃用"聰"之本訓。"察"者，"審也，明也"(王聘珍《大戴禮記解詁》卷九《四代》)。《管子・宙合》："聞審謂之聰。"(黎翔鳳《管子校注》卷四)《春秋繁露・五行五事》："聰者，能聞事而審其意也。"(蘇輿《春秋繁露義證》卷十四)俱有"審""明"之意。

有母之尸雍。 (《韓詩外傳》卷七第七章)

【通考】

沈清瑞云："'雍'與'饔'古今字。《國語》曰：'佐雝者嘗焉。'《世

本》曰：‘吴孰哉居藩籬。’宋衷注：‘孰哉，仲雍字。’解者云：雍是孰食，故曰雍字孰哉也。”（《韓詩故》卷下）

馮登府云：“《傳》：‘饔，熟食也。’字本同‘雍’。《周語》：‘佐雝（即“雍”字，古同）者嘗焉。’義作‘饔’。《戴記》《儀禮》之雍人，即《周禮》之内外饔也。”（《三家詩異文疏證·韓詩》）

徐堂云：“‘雍’‘饔’古字通用。《聘義》：‘設雍餼。’《釋文》：‘雍，本作“饔”。’”（《韓詩述》卷四）

王先謙云：“雍，古‘饔’字。”（《詩三家義集疏》卷十六）

冠南按：“雍”“饔”古字通，上引諸説俱是。《墨子·七患》：“雍食而盛之。”王念孫云：“‘雍’‘饔’古字通。”（《讀書雜志·讀墨子雜志第一·七患》“雍食”條）蔡邕《和熹鄧后謚議》：“饔人徹羞。”孫詒讓云：“‘雍’‘饔’字通。”（《札迻》卷十二《蔡中郎集》）並其證。

白　駒

皎皎白駒，在彼穹谷。（《文選》卷一《西都賦》李善注。“穹”原作“空”，據《文選》卷二十八《苦寒行》李善注引《韓詩》改，另據《章句》“穹谷，深谷也”之文，亦可證《韓詩》原文作“穹谷”。《文選》卷二十八《苦寒行》李善注僅引“在彼穹谷”）

【彙輯】

《章句》：穹谷，深谷也。（《文選》卷一《西都賦》李善注）

【通考】

臧琳云：“《文選·西都賦》：‘幽林窮谷。’李注引《韓詩》曰：‘皎皎白駒，在彼穹谷。’薛君曰：‘穹谷，深谷也。’陸士衡《樂府十七首》：‘俯入穹谷底。’注：‘《韓詩》曰：“在彼穹谷。”’案《説文》：‘空，从穴，工聲。’‘穹，从穴，弓聲。’《考工記》：‘韗人爲皋陶，穹者三之一。’鄭司農云：‘穹，讀爲“志無空邪”之“空”。’是‘穹’與‘空’聲相近。《毛傳》：‘宣王之末，不能用賢，賢者有乘白駒而去者。’則在彼穹谷，正入山惟恐不深意，故下云：‘毋金玉爾音，而有遐心。’恐其遠遁而去也。薛夫子《章句》以‘穹谷’爲‘深谷’，當矣。《説文》云：‘穹，窮也。’亦爲極深

之義。‘空’當讀爲‘穹’,毛訓爲‘大’,作如字讀,不如《韓詩》義長。”(《經義雜記》卷二十六“在彼穹谷”條)

馬瑞辰云:“‘穹’與‘空’聲近通用。《節南山》詩:‘不宜空我師。’《傳》:‘空,窮也。’據《説文》云:‘穹,窮也。’是‘空’亦‘穹’之假借。”(《毛詩傳箋通釋》卷十九)

丁晏云:“《毛傳》:‘空,大也。’《釋詁》:‘穹,大也。’古‘空’‘穹’通用。”(《詩考補注·韓詩》)

陳喬樅云:“《毛詩》:‘在彼空谷。’《傳》云:‘大也。’雖訓與韓異,而皆以‘空’爲‘穹’之假借。《爾雅·釋詁》:‘穹,大也。’可證。”(《韓詩遺説考》卷三之二)

斯　干

如矢斯朸。(陳彭年《宋本玉篇》卷十二“朸”字條)

【彙輯】

《章句》:朸,隅也。(《經典釋文》卷六)木理也。(陳彭年《宋本玉篇》卷十二“朸”字條)

【通考】

陳啓源云:“毛、韓兩家字異而義同。毛云:‘棘,稜廉也。’《韓詩》‘棘’作‘朸’,旅即切,云:‘隅也。’韓之‘隅’即毛之‘稜廉’。”(《毛詩稽古編》卷十二)

段玉裁云:“《考工記》曰:‘陽木積理而堅,陰木疏理而柔。’《毛詩傳》曰:‘析薪必隨其理。’《毛詩》:‘如矢斯棘。’《韓詩》‘棘’作‘朸’,毛曰:‘棘,棱廉也。’韓曰:‘朸,隅也。’學者皆不解。及觀《抑》詩:‘維德之隅。’毛曰:‘隅,廉也。’《箋》申之云:‘如宫室之制,内有繩直,則外有廉隅。’然後知《斯干》詩謂‘如矢之下直,而外有廉隅也’。韓‘朸’爲正字,毛‘棘’爲假借字。如矢之直,則得其理而廉隅整飭矣。毛、韓辭異而意一也。”(《説文解字注》第六篇上)

沈清瑞云:“《玉篇》引《韓詩》下云:‘朸,木理也。’蓋本《説文》

‘翺’。今《釋文》譌作‘勒’，賴《詩考》存其舊。‘翺’音革，《説文·羽部》亦曰：‘翺，翅也。’《廣雅》曰：‘翺、翄，翼也。’皆本《韓詩》。”（《韓詩故》卷下）

馬瑞辰云：“《釋文》云：‘《韓詩》作“朸”。朸，隅也。’正與《毛傳》‘稜廉’同義。‘棘’之通‘朸’，猶馬勒通作鞭，《水經注》‘棘門’謂之‘力門’也。據《抑》詩‘維德之隅’，《傳》：‘隅，廉也。’《箋》：‘如宫室之制，内有繩直則外有廉隅。’是知‘如矢斯棘’正謂室有廉隅，如矢有稜廉也。”（《毛詩傳箋通釋》卷十九）

馮登府云：“《傳》：‘棘，稜廉也。’疏：‘喻室外之廉隅也。’與‘朸’訓合。《玉篇》：‘朸，屋隅也。’‘朸’通‘勒’。《神農本草》云：‘天門冬，一名顛勒。’《博物志》：‘天門冬，一名顛棘。’則‘勒’‘棘’‘朸’並通字。”（《三家詩異文疏證·韓詩》）

丁晏云：“朸，今《詩》作‘棘’。《傳》：‘棘，稜廉也。’《抑》：‘維德之隅。’《傳》：‘隅，廉也。’毛、韓同意。”（《詩考補注·韓詩》）

冠南按：韓訓“隅”乃就其外觀而言，訓“木理”乃就其内蘊而言，義兼内外，即段玉裁所謂“得其理而廉隅整飭”。

如鳥斯翺。

【彙輯】

《章句》：翺，翅也。（宋元遞修本《經典釋文》卷六。“翺”，通志堂本《釋文》作“勒”）

【通考】

陳啓源云：“毛云：‘革，翼也。’《韓詩》云：‘翅也。’韓之‘翅’即毛之‘翼’，兩家之訓相同。”（《毛詩稽古編》卷十二）

段玉裁云：“毛云：‘革，翼也。’《韓詩》作‘翺’，云：‘翅也。’毛用古文假借字，韓用正字，而訓正同。”（《説文解字注》卷四上）又云：“張揖《廣雅》兼采四家之《詩》，《釋器》云：‘翺、翄，翼也。’此用《韓詩》。韓作‘翺’，與毛作‘革’異字而同音同訓。毛時故有‘翺’字，以假借之法訓之，故曰：‘翼也。’若訓‘革’爲‘翼’，理不可通。”（四卷本《詩經小學》卷二）

胡承珙云："《吕氏讀詩記》引《釋文》亦作'翱'。段氏謂韓、毛異字同訓，是矣。考《説文》：'翱，翅也。'即本《韓詩》。《玉篇》《廣韻》乃本《説文》耳。《廣雅》：'翱，翼也。'字同《韓詩》，訓用《毛詩》。"(《毛詩後箋》卷十八)

馬瑞辰云："革，《韓詩》作'翱'(此从王應麟《詩考》。《釋文》作'勒'，誤)，云：'翅也。'《説文》：'翱，翍也。'《廣雅》：'翱、𦐧，翼也。''翍''𦐧'並與'翅'通。《毛詩》作'革'，即'翱'字之省借，故《傳》訓爲'翼'。"(《毛詩傳箋通釋》卷十九)

陳奂云："革，古文'翱'，古文假借'革'爲'翱'也。《釋文》引《漢書》正作'翱'，云：'翅也。''革''翱'同字，'翼''翅'同義也。"(《詩毛氏傳疏》卷十八)

馮登府云："'革'與'勒'通。《石鼓文》及《寅簋文》'鋚勒'，《辟父敦》作'攸革'。《周頌壺銘》：'鑾旗攸勒。'《吴彝銘》：'馬三匹攸勒。'《師酉敦銘》：'中㬎攸勒。'《康鼎銘》：'幽黄肇勒。'皆即此詩之'肇革'也。《爾雅・釋器》：'轡首謂之革。'郭注：'轡，靶勒。'是'勒''革'本相通。《釋文》于此詩云：'《韓詩》作"勒"，云：翅也。'《毛傳》訓'革'爲'翼'，義並同。王氏據宋本《釋文》蓋作'翱'，'翱'亦'勒'通字。《傳》：'革，翼也。'與'勒'訓同。'革'是假字，'翱'是正字。"(《三家詩異文疏證・韓詩》)

徐堂云："《説文・羽部》：'翱，翅也。'蓋本《韓詩》。毛作'革'，《傳》云：'翼也。'義與韓同。'革'即'翱'之假借也。"(《韓詩述》卷四)

陳喬樅云："《詩考》引作'翱'，今本或作'勒'，'勒'字乃'翱'字之譌耳。《説文》云：'翱，翅也。'正用《韓詩》。《廣雅・釋器》云：'翱，翼也。'即本《韓詩》之文，而訓從《毛傳》。《毛詩》作'革'，乃以'革'爲'翱'之渻借，故訓爲'翼'，'翼'即'翅'也。毛與韓雖字異，而訓義則同。"(《韓詩遺説考》卷三之二)

載衣之褅。(《經典釋文》卷六："《韓詩》作'褅'。")

【彙輯】

《翼要》：褅，示之方也。(孔穎達《毛詩正義》卷十一之二引侯苞曰)

【通考】

孔穎達云："明緥制方，令女子方正事人之義。"(《毛詩正義》卷十一之二)

沈清瑞云："《説文》：'褅，緥也。从衣，啻聲。《詩》曰："載衣之褅。"'蓋引《韓詩》。'禘'即'褅'之省文。"(《韓詩故》卷下)

胡承珙云："禘，當从衣作'褅'。《説文》：'褅，緥也。'引《詩》：'載衣之褅。'蓋用《韓詩》。段注以《毛詩》'裼'爲'褅'之假借，是也。《釋文》又云：'齊人名小兒被爲褅。'考高誘注《吕覽》(《明理篇》)、《史記・趙世家》集解引徐廣、孟康注《漢書・宣帝紀》，皆以'褓'爲小兒被。《正義》引侯苞云：'示之方也。'此當出《韓詩翼要》，言其制方，似亦以'褓'爲被。"(《毛詩後箋》卷十八)

馮登府云："禘，當作'褅'，正字也；毛作'裼'，假字也。"(《三家詩異文疏證・韓詩》)

陳喬樅云："禘者，'褅'之渻文耳。《釋文》云：'齊人名小兒被爲禘。'《玉篇》云：'褅，褓也。''褓，小兒衣也。'又云：'襁褓，負兒衣也。織縷爲之，廣八寸，長二尺，以負兒於背上也。'則禘之製蓋方而長也。"(《韓詩遺説考》卷三之二)

無　羊

或寢或譌。

【彙輯】

《章句》：譌，覺也。(《原本玉篇》卷九"譌"字條、《經典釋文》卷六)

【通考】

郝懿行云："《詩》：'或寢或訛。'《傳》：'訛，動也。'《釋文》引《韓詩》作'譌'，譌，覺也。覺寤與動起義近。"(《爾雅義疏》上之又一《釋詁弟一》)

朱士端云："《毛詩》作'訛'，'訛''譌'音同。古音凡从'化'之字，亦多从'爲'。如《尚書》'南訛'，《史記》作'南譌'。"(《齊魯韓三家詩釋・韓詩》)

徐堂云："'譌''訛'古字通用。《爾雅·釋詁》：'訛，動也。'《釋文》曰：'訛，字又作"吪"，亦作"譌"，同。'《尚書·堯典》：'平秩南訛。'《史記·五帝紀》作'南譌'。《毛詩·正月》：'民之訛言。'《説文·言部》'譌'字下引《詩》作'民之譌言'。《一切經音義》十二曰：'訛，古文"𦬁""譌""吪"三形同。'(《説文》有"吪"無"訛"，毛作"訛"，俗字也。韓作"譌"，即"吪"之假借。)"(《韓詩述》卷四)

陳奂云："'譌'同'寣'，寣，覺也。"(《詩毛氏傳疏》卷十八)

馮登府云："'訛''譌'通。《書》：'平秩南訛。'《周禮疏》引伏生《大傳》作'南譌'。《正月》詩：'民之訛言。'《説文》及《宋書·五行志》並引作'譌'。'訛'字，《説文》所無。《山海經》：'章莪山有鳥名畢方，見則道有譌火。'郭注：'譌，亦"妖訛"字。'按《傳》：'訛，動也。''動'之爲言'覺'也，韓與毛義不殊。"(《三家詩異文疏證·韓詩》)

陳喬樅云："《毛詩》作'訛'，《傳》云：'訛，動也。'考《説文》：'譌，譌言也。'引《詩》曰：'民之譌言。'又'吪，動也。'引《詩》曰：'尚寐無吪。''動'即'覺'之意。則此詩'或寢或譌'當作'吪'爲正。"(《韓詩遺説考》卷三之二)

冠南按：《漢書》卷四十五《江充傳》："苟爲姦譌。"顔師古注："譌，古'訛'字也。"是韓用"譌"，乃《毛詩》"訛"字之古文，二字義同。

節南山

節彼南山。

【彙輯】

《章句》：節，視也。(《經典釋文》卷六)

【通考】

馬瑞辰云："'節'即'巀'字之假借。《説文》：'巀，巀嶭山也。''巀嶭'本山高峻之貌，因爲山名，而凡山之高峻亦通爲'巀嶭'。《釋文》：'節，又音截。'故知'節'即'巀'也。'巀嶭'之轉聲爲'嵳峩'，亦爲高貌。至《説文》：'岊，陬隅，高山之卪。'不得爲山貌。或以'節'爲'岊'

之假借，失之。《韓詩》訓'節'爲'視'，亦非。"（《毛詩傳箋通釋》卷二十）

陳奐云："《釋文》引《韓詩》：'節，視也。'韓探下文'民具爾瞻'立訓。"（《詩毛氏傳疏》卷十九）

徐堂云："韓訓'節'爲'視'，與第四句'瞻'字相對。"（《韓詩述》卷四）

陳喬樅云："《毛傳》云：'節，高峻貌。'與韓訓異。《釋文》：'節音截。'是《毛詩》以'節'爲'截'之假借。韓訓'節'爲'視'者，'節'有'省'義，'淯節'爲省，'省視'亦爲省，故'節'得訓'視'。《詩》下文云：'赫赫師尹，民具爾瞻。'故韓以'節'爲'視'，與下文相應也。"（《韓詩遺說考》卷三之二）

憂心如炎。（《經典釋文》卷六："《韓詩》作'炎'。"）

【通考】

胡承珙云："《韓詩》字皆作'炎'。《雲漢》：'如惔如焚。'《後漢·章帝紀》注引《韓詩》亦作'如炎'。《説文》'惔'下引《詩》當是'憂心如炎'，蓋用《韓詩》以明'惔'字从'炎'之意，後人從誤本《毛詩》，改作'惔'耳。"（《毛詩後箋》卷十九）

馮登府云："《大雅》：'如惔如焚。'《傳》：'惔，燎之也。'《韓詩》作'炎'。此詩《傳》云：'惔，燔也。''憂心如惔'蓋謂心如火上灼，與《大雅》'如惔'義同，亦當从韓作'炎'。《説文》作'灵'，灵，小爇也。'灵''炎''惔'聲近義同之字。"（《三家詩異文疏證·韓詩》）

徐堂云："《毛傳》：'惔，燔也。'《雲漢篇》釋文引《説文》曰：'炎，燎也。'（今《説文》無此訓）則義亦相同。"（《韓詩述》卷四）

何用不監。

【彙輯】

《章句》：監，領也。（《經典釋文》卷六）

【通考】

胡承珙云："'監'者，臨也。臨蒞有'治'義。（《華嚴經音義》引《國語》賈注云："臨，治也。"）'領'亦'治'也，《禮記·樂記》《仲尼燕居》注並云'領'猶'治'。然則《韓詩》訓'監'爲'領'，猶訓'監'爲'臨'，義取'理治'，

其旨亦與《傳》《箋》相近也。”（《毛詩後箋》卷十九）

陳奐云：“《釋文》引《韓詩》：‘監，領也。’領者，理也。”（《詩毛氏傳疏》卷十九）

徐堂云：“《王制》：‘天子使其大夫爲三監，監于方伯之國，國三人。’鄭注：‘使佐方伯領諸侯。’此‘監’字訓‘領’之義。”（《韓詩述》卷四）

王先謙云：“言國祚已盡滅斷絶，彼尹氏何以不起而臨治之。”（《詩三家義集疏》卷十七）

冠南按：胡以“領”爲“治”，陳以“領”爲“理”，實俱爲治理之義。《廣韻·五十九鑑》：“監，領也。”所用即爲韓訓。

俾民不迷。（《韓詩外傳》卷三第二十二章）

昊天不庸。（《原本玉篇》卷十八“庸”字條）

【彙輯】

《章句》：庸，易也。（《原本玉篇》卷十八“庸”字條、《經典釋文》卷六）

【通考】

范家相云：“以‘庸’爲‘易’，言天之降訩，必俟其惡稔而降，不易降也。”（《三家詩拾遺》卷八）

胡承珙云：“‘易’者，平易。與九章‘昊天不平’同，亦謂昊天以尹氏爲不平也。”（《毛詩後箋》卷十九）

馬瑞辰云：“《説文》：‘傭，均也，直也。’《韓詩》作‘庸’，即‘傭’之省。訓‘易’者，謂平易也。其義亦與毛同。”（《毛詩傳箋通釋》卷二十）

馮登府云：“‘庸’‘傭’通。《廣雅》云：‘庸，代也。’通‘傭’，故有‘代’訓。《司馬相如傳》：‘與保庸雜作。’義本作‘傭’。鄭注《禮》：‘庸，常也。’平常猶言平易，故韓有‘易’訓。”（《三家詩異文疏證·韓詩》）

朱士端云：“《毛詩》作‘傭’，‘傭’‘庸’聲同。吴氏《别雅》云：‘傭俗，庸俗也。’《荀子·非相篇》：‘是以終身不免埤污傭俗。’‘傭’‘庸’古通用。”（《齊魯韓三家詩釋·韓詩》）

徐堂云：“《毛傳》：‘傭，均也。’《爾雅·釋詁》：‘平、均、夷、弟，易也。’則‘均’亦訓‘易’，義與韓同。‘庸’‘傭’古通用。《漢書》‘傭保’

字多作'庸'。《廣韻・三鍾》:'庸,易也。'本此。"(《韓詩述》卷四)

冠南按:上引諸説中,以登府之言最中肯綮。"庸"訓"常",常者平常之謂,平常者無奇,常見常知即易見易知,是"常"含"易"藴,故韓以"易"訓"庸"。"不庸"言不平易,即天命靡常,不易領握之義,下句"降此鞠訩"即"昊天不易"之表徵。

降此大戾。

【彙輯】

《章句》:戾,不善也。(慧琳《一切經音義》卷六十八"麤戾"條)

【通考】

顧震福云:"毛無訓。《鄭箋》云:'戾,乖也。'震福案:《荀子・修身篇》:'勇膽猛戾。'楊注:'戾,忿惡也。'《漢書・食貨志下》:'天降災戾。'顔注:'戾,惡氣也。''惡'即'不善'之義。《廣雅・釋詁》云:'戾,善也。'乃相反爲義者。"(《韓詩遺説續考》卷三)

冠南按:《莊子・天道》:"甆萬物而不爲戾。"《釋文》云:"戾,暴也。"《新書・道術》:"心兼愛人謂之仁,反仁爲戾。"(閻振益、鍾夏《新書校注》卷八)"暴"及"反仁",並"不善"之義,故韓訓"戾"爲"不善"。《爾雅・釋詁上》:"戾,辠也。"郝懿行云:"戾者,曲也、乖也、貪也、暴也,皆與罪名相近。"(《爾雅義疏》上之一《釋詁弟一》)以上數解,亦"不善"之表徵,可補證韓訓。

蹙蹙靡所騁。

【彙輯】

《章句》:騁,馳也。(《文選》卷十一《登樓賦》李善注。《文選》卷九《射雉賦》、卷二十一《詠史詩》李善注、慧琳《一切經音義》卷二四"騁武"條、卷四九"騁壯思"條、卷一百"騁棘"條亦引此條,皆誤"馳"爲"施")

【通考】

丁晏云:"《箋》云:'蹙蹙然雖欲馳騁,無所之也。'鄭本《韓詩》。"(《詩考補注・韓詩》)

陳喬樅云:"《毛傳》云:'騁,極也。'《鄭箋》云:'雖欲馳騁,無所之也。'《正義》曰:'《箋》言馳騁無所極至,是與《傳》同,但傳文略耳。'然則《毛傳》訓'騁'爲'極',蓋釋《詩》'蹙蹙靡騁'之意。《韓詩》衹據'騁'之本義爲訓,故云'馳也'。"(《韓詩遺説考》卷三之二)

冠南按:《説文·馬部》:"騁,直馳也。"與韓訓同,此即喬樅"據'騁'之本義爲訓"之所指。

昊天不平,我王不寧。

【彙輯】

《章句》:萬人顒顒,仰天告愬。(《文選》卷四十《百辟勸進今上牋》、卷五十九《齊故安陸昭王碑文》李善注)

【通考】

徐堂云:"五章'昊天不傭''昊天不惠'及此章'昊天不平',毛、鄭並謂訴尹氏之惡於天,與韓義同。蓋尹氏不傭、不惠、不平無所告訴,故呼天而訴之也。漢儒無異詞,至宋儒乃爲別解。"(《韓詩述》卷四)

陳喬樅云:"《鄭箋》釋'不弔昊天,不宜空我師'云:'不善乎昊天,愬之也。不宜使此人居尊官,困窮我之衆民也。'此詩屢言'昊天',如'昊天不庸''昊天不惠''昊天不平''不弔昊天,亂靡有定',皆呼天而愬之詞,薛君《章句》云云,蓋即釋此詩也。"(《韓詩遺説考》卷三之二)

王先謙云:"詩言昊天不平,使我王不得安,王不懲止其邪心,而反怨諫正者,是末如何也。"(《詩三家義集疏》卷十七)

冠南按:《文選》李善注凡兩引本遺説,前引明確標記爲"薛君《韓詩章句》",後引則略稱"《韓詩》",明此乃《章句》之文,非《韓詩》經文。魏源漏檢前者,而以後者爲據,誤將此文視爲《韓詩》經文,謂:"至《文選注》引《韓詩》經文,有'萬人顒顒,仰天告訴'二語;鄭司農《周禮注》述三家《詩》云'敕爾鼓,率爾衆工,奏爾悲誦',則今並不得其何篇。"(道光中刻二十卷本《詩古微》上編之一《夫子正樂論中》)有失考索。善注未引《章句》所釋經文,兹據上引徐、陳之説,繫於此。

正　月

瞻彼中林,侯薪侯蒸。(《韓詩外傳》卷七第九章)

【通考】

徐堂云："《韓詩外傳》卷七引此詩，曰：'言朝廷皆小人也。'《毛傳》：'薪蒸，言似而非。'蓋謂薪蒸在林中，似大木而非。喻小人在朝，似賢人而非也。與韓説小異。《鄭箋》從韓。"（《韓詩述》卷四）

陳喬樅云："《毛傳》云：'薪蒸，言似而非。'《鄭箋》云：'喻朝廷宜有賢者，而但聚小人。'義與《韓詩》同。"（《韓詩遺説考》卷三之二）

視天夢夢。

【彙輯】

《章句》：夢夢，惡貌也。（《經典釋文》卷六）

【通考】

郝懿行云："夢者，《説文》云：'不明也。''不明'即亂。故《詩·抑》傳云：'夢夢，亂也。'《正義》引孫炎曰：'夢夢，昏昏之亂也。'《正月》釋文引《韓詩》云：'夢夢，惡貌也。''惡'與'亂'義近，故《爾雅》釋文引顧舍人云：'夢夢、訰訰，煩懣亂也。'"（《爾雅義疏》上之三《釋訓弟三》）

馬瑞辰云："《傳》：'王者爲亂夢夢然。'瑞辰按：《爾雅·釋訓》：'夢夢，亂也。'此《傳》義所本。《説文》：'夢，不明也。''不明'即'亂'，義亦相成。'夢'與'芒'一聲之轉。據《文選·歎逝賦》：'咨余今之方殆，何視天之芒芒。'《齊》《魯詩》蓋有作'芒芒'者，故賦本之。至《韓詩》亦作'夢夢'，則《釋文》引《韓詩》'夢夢，惡皃也'可證。"（《毛詩傳箋通釋》卷二十）

馮登府云："《韓詩》曰：'惡貌也。'《爾雅·釋訓》：'夢夢，亂也。'邢疏：'孫炎曰：夢夢，昏昏之亂也。'夢夢，猶昏昏、訰訰，所謂'惡貌'。"（《三家詩遺説》卷五）

陳喬樅云："《爾雅·釋訓》：'夢夢，亂也。'《説文》：'夢，不明也。''亂'與'不明'皆'惡'之貌也。"（《韓詩遺説考》卷三之二）

有倫有迹。

【彙輯】

《章句》：迹，理也。（日本惟宗直本《令集解》引《令釋》）

【通考】

陳鴻森云："《毛詩》'迹'字作'脊'。《春秋繁露·深察名號篇》引《詩》作'有倫有迹'，蓋三家《詩》作'迹'也。《毛傳》：'脊，理也。'是韓、毛字異義同。"(《韓詩遺説補遺》)

冠南按：韓訓"迹"爲"理"，以二字俱有"道"義。《楚辭·天問》："昏微遵迹。"王逸注："迹，道也。"(《楚辭章句》卷三)《吕氏春秋·長攻》："不備遵理。"《慎行》："則可與言理矣。"高誘注並云："理，道也。"(許維遹《吕氏春秋集釋》卷十四、卷二十二)《小雅·沔水》："念彼不蹟。"《爾雅·釋訓》《毛傳》俱訓"不蹟"爲"不道"(《毛傳》作"不循道"，陳奂以"循"爲衍文，説詳《詩毛氏傳疏》卷十八)，是亦以"蹟"(通"迹")爲"道"，與韓訓義同。《玉篇·辵部》"迹"字條云："迹，理也。"當用韓訓。

天之仡我。(《原本玉篇》卷十八"舠"字條："《字書》：'一曰舩也'。《韓詩》《方言》並爲'仡'字，在人部也。")

【通考】

陳鴻森云："《原本玉篇》零卷舟部'舠'字下云：'《説文》："船行不安也。"《韓詩》《方言》並爲"仡"字。'今本《毛詩》無'舠'字，顧野王所言，不詳所屬何章。考《方言》卷九：'僞謂之仡(郭注："船動搖之皃也。")。仡，不安也。'戴東原注本'仡'字作'扤'，錢繹云：'《大雅·皇矣》釋文引《韓詩》曰："仡仡，摇也。"《正月》毛傳："扤，動也。"扤、仡古通用。'段玉裁《説文注》云：'"舠"者正字，"扤"者假借字也。'是'舠''扤''仡'三字古通用。今按《毛詩·皇矣》篇：'崇墉仡仡。'《傳》：'仡仡，猶言言也。'孔疏釋《傳》義云：'崇城仡仡然高大。'而《釋文》引《韓詩》'仡仡'訓'摇'，義雖有别，然毛、韓同作'仡'字可知。然則《玉篇》既專言'《韓詩》、《方言》並爲"仡"字'，其非指《皇矣篇》'崇墉仡仡'明矣。顧氏所言，蓋此章'天之扤我'，《韓詩》爲'仡'字。《毛傳》云：'扤，動也。'與《韓詩》'仡'之訓'摇'，其義正同，是韓、毛字異而義同也。"(《韓詩遺説補遺》)

又窶陰雨。

【彙輯】

《章句》：窘，迫也。（董逌《廣川詩故》）

【通考】

胡承珙云："《傳》：'窘，困也。'《箋》云：'窘，仍也。'按：'窘'之爲'困'，此常訓也。《吕記》引董氏曰：'《韓詩章句》以"窘"爲"迫"。'此與毛義同也。"（《毛詩後箋》卷十九）

陳奂云："《韓詩》：'窘，迫也。'《玉篇》：'窘，困也，急也。'義並相近。言既其長爲之憂傷，又困之以陰雨。陰雨以喻所遭多難。"（《詩毛氏傳疏》卷十九）

徐堂云："《説文·穴部》：'窘，迫也。'蓋本韓訓。《後漢書·馬融傳》注、《酈炎傳》注並同。"（《韓詩述》卷四）

乃棄爾輔。

【彙輯】

《章句》：輔，助也。（慧琳《一切經音義》卷二十六"輔弼"條）

【通考】

顧震福云："《廣雅》《廣韻》並云：'輔，助也。'《易·泰·象傳》鄭注：'輔，相助也。'《國策·秦策》高注：'輔，猶助也。'"（《韓詩遺説續考》卷四）

冠南按：據《説文·車部》，"輔"之本義爲"木夾車"（原作"人頰車"，據朱駿聲《説文通訓定聲》改），郝懿行云："輔，所以助車，今人縛杖於輻以防傾側，此即車之輔也。"（《爾雅義疏》上之又一《釋詁弟一》）據此，則"輔"由"助車"之用，引申爲"助"義，故韓訓"輔"爲"助"也。《吕氏春秋·慎行》："齊晋又輔之。"高誘注："輔，助也。"（許維遹《吕氏春秋集釋》卷二十二）《孫子兵法·謀攻》："夫將者，國之輔也。"李筌注："輔，猶助也。"（楊丙安《十一家注孫子校理》卷上）並與韓同。

十月之交

日月鞠訩。（《原本玉篇》卷九"訩"字條）

【彙輯】

《章句》:詾,聲也,訩訩也。(《原本玉篇》卷九"詾"字條)

【通考】

冠南按:《説文·言部》:"詾,説也。"《廣雅·釋詁二》:"詾,鳴也。""説""鳴"皆有聲之謂,故韓先以"聲"訓"詾"。《説文》"詾"字條又云:"訩,或省。"可知"訩"乃"詾"之省文,二字通用,故韓繼以"訩訩"釋"詾"。郝懿行云:"訩从匈聲,言語争訟,其聲匈匈,故又訓盈,所謂發言盈廷者也。《荀子·天論篇》云:'君子不爲小人匈匈也輟行。'楊倞注:'匈匈,諠譁之聲,與"訩"同。'"(《爾雅義疏》上之又一《釋詁弟一》)是"訩訩"通"匈匈",諠譁之義。亦通作"凶凶""哅哅""洶洶"(詳黄侃《爾雅音訓》卷上《釋言第二》),義並同。"鞫"訓"告"(《漢書》卷三十六《劉向傳》引《詩》曰:"日月鞫凶。"顔師古注:"鞫,告也。"),"日月鞫詾"當謂日食月食以災異之聲相告。然日食月食僅見光蝕而未聞有聲,韓義仍難明曉。若强爲之解,則意其聲或指與日食月食連發之災難,如《漢書·谷永傳》"建始三年冬,日食地震同日俱發",或《王嘉傳》"山崩地動,日食於三朝"之類。日食之時而地震山崩,象出於日食而聲出自地山,或即"日月鞫詾"之謂。

四國無政,不用其良。(《韓詩外傳》卷五第四章)

于何不臧。(《原本玉篇》卷九"于"字條)

【彙輯】

《章句》:于何,猶奈何也。(《原本玉篇》卷九"于"字條)

【通考】

顧震福云:"毛無訓。震福案:《桃夭》毛傳云:'于,往也。'《爾雅·釋詁》云:'如,往也。''于''如'義同。《公羊·定八年傳》何注:'如,猶奈也。'《文選·東京賦》薛注:'如,奈也。'《論語·先進》皇疏:'如之何,猶奈是何也。'《禮·曲禮》孔疏曰:'奈何,猶言如何也。'是'于何'猶言'如何','如何'猶'奈何',言奈何不善也?"(《韓詩遺説續考》卷三)

皮嘉祐云:"于何,猶'如何'。于,猶'如'也。《易》:'介于石。'即'介如石'也。如,又通'奈'。《晋語》:'奈吾君何。'奈何,如何也。《韓詩》乃詁訓通假之證。"(王先謙《詩三家義集疏》卷十七引)

繁惟司徒。(《經典釋文》卷六:"《韓詩》作'繁'。")

【通考】

惠棟云:"《十月之交》云:'蕃維司徒。'《古今人表》'蕃'作'皮'。案魯國有蕃縣,應劭曰:'蕃音皮。'是'蕃'有'皮'音,故亦作'皮'也。《儀禮·既夕》云:'設披。'鄭注云:'今文"披"皆作"藩"。'案'披'从手,皮聲(見《説文》),'藩'與'蕃'同,故以'披'爲'蕃',聲之誤也。《鄉射禮》云:'吾國中射則皮樹中。'注云:'今文"皮樹"爲"繁豎"。是古"皮""繁"同音,故《韓詩》作"繁"。'"(《九經古義》卷五)

馬瑞辰云:"《鄭箋》以'番'爲氏,《韓詩》作'繁',疑'番'與'繁'皆即樊氏之音轉爾。"(《毛詩傳箋通釋》卷二十)

馮登府云:"'藩'與'播'同,又與'繁'同。'藩'或作'蕃','蕃'亦省作'番'。嘗即經文通用之義考之:《周禮》:'播之以八音。'注云:'故書"播"爲"藩"。'杜子春云:'"藩"當爲"播",蓋古"藩"字亦作"播"。'《尚書大傳》云:'播國率相行事。'鄭注'"播"讀"藩"'是也。'藩'省作'蕃',同'繁'。《春秋外傳》:'昭二十八年,司馬叔游曰:寔蕃有徒。'《周書·芮良夫解》:'實蕃有徒。'義本作'繁'。《商書》作'實繁有徒','繁''蕃'通作之證也。'蕃'亦省作'番'。《史記·卜式傳》:'隨牧畜番。'注:'同"蕃"。'《白石神君碑》:'永永番昌。'義作'蕃昌'是也。則'繁''藩''蕃''番''播'並文異而字同。'繁''藩'从播轉聲,故有婆音。《風俗通》:'陂者繁也。'《史記·河渠書》:'河東守番係。'《索隱》云:'番音婆。'《漢書·高帝紀》'番君',蘇林注:'番音婆。'漢有御史大夫繁延壽,音皤。繁欽亦音婆。古讀如此。"(《三家詩異文疏證·韓詩》)

朱士端云:"《毛詩》作'番','番''繁'聲同,古'番''繁'皆有'婆'音,故《魯詩》又作'皮',三家皆以同音通轉,是其例。"(《齊魯韓三家詩

釋·韓詩》）

陳喬樅云："'番''繁''皮'皆以音同通用。"（《韓詩遺説考》卷三之二）

胡爲我作，不即我謀？（《韓詩外傳》卷七第十章）

抑此皇父。

【彙輯】

《章句》：抑，意也。（《經典釋文》卷六）

【通考】

惠棟云："'意'即'噫'也。《周頌》：'噫嘻成王。'定本作'意'。《淮南·繆稱》曰：'意而不戴。'高誘曰：'意，恚聲。''抑'本與'意'通。蔡邕石經《論語》云：'意與之與？'古文'意'作'抑'。"（《九經古義》卷五）

沈清瑞云："《論語》：'抑與之與。'一字石經作'意'，蓋二字音相近，古通也。《鄭箋》云：'抑之言噫。''噫'與'意'亦同。"（《韓詩故》卷下）

王引之云："抑，字或作意，又作億。《小雅·十月》篇：'抑此皇父。'《鄭箋》曰：'抑之言噫。'《釋文》：'抑，辭也，徐音噫，《韓詩》曰：意也。'《論語·學而》篇：'求之與？抑與之與？'漢石經'抑'作'意'。《莊子·外物》篇曰：'噫其非至知厚德之任與？'《新序·雜事》篇曰：'噫將使我追車而赴馬乎，投石而超距乎，逐麋鹿而搏豹虎乎？噫將使我出正辭而當諸侯乎，決嫌疑而定猶豫乎？'《韓詩外傳》'噫'作'意'，字並與'抑'同。"（《經義述聞》卷二《周易下》"噫亦"條）

宋綿初云："《毛詩箋》：'抑之言噫，噫是皇父，疾而呼之。'此用《韓詩》説也。元戴侗《六書故》曰：《論語》'抑與之與'，漢石經作'意與之與'。《大戴禮》武王問師尚父曰：'黄帝顓頊之道存乎？意亦忽不可得見與？'《後漢書》隗囂問班彪曰：'抑者縱横之事復起於今乎？''抑''意'一聲之轉。"（《韓詩内傳徵》卷三）

田卒汙萊。

【彙輯】

《章句》：汙，穢也。（《原本玉篇》卷十九"汙"字條、慧琳《一切經音義》卷十一"污渥"條、卷五十七"污之"條）

【通考】

皮嘉祐云:"《左·文六年傳》疏:'洿者,穢之别名'。《衆經音義》引《字林》:'污,穢也'。'汙''污''洿'字同。"(王先謙《詩三家義集疏》卷十七引)

冠南按:韓訓"汙"爲"穢",乃用本訓。《説文·水部》:"汙,薉也。""薉"與"穢"通。《漢書》卷六《武帝紀》:"東夷薉君南閭等。"晋灼注:"薉,古'穢'字。"同書卷六十四下《嚴安傳》:"略薉州。"顔師古注:"'薉'與'穢'同。"並其證。

不憖遺一老。

【彙輯】

《章句》:憖,闇也。(《經典釋文》卷六)

【通考】

馬瑞辰云:"'憖'从猌聲,故其字與'銀'通用。《左氏·昭十一年》經'厥憖',《公羊》經作'屈銀',是其證也。'銀''闇'音近,故《韓詩》訓爲'闇'。《説文》:'闇,和説而静也。'《玉篇》:'闇,和敬貌。'與《説文》訓'憖'爲'謹敬'義近,然非此詩之義。"(《毛詩傳箋通釋》卷二十)

陳奂云:"《釋文》引《小爾雅》:'憖,願也。'《方言》:'願,欲思也。'《説文》:'寧,願詞也。''甯,所願也。''憖''寧''甯'聲轉相通。《韓詩》:'憖,闇也。'《鄭箋》:'憖者,心不欲自强之辭也。'杜預注:'憖,且也。'郭注引《詩》云:'亦傷恨之言也。'諸家訓釋似不若'願'義爲長。"(《詩毛氏傳疏》卷十九)

朱士端云:"'憖''闇'以叠韻爲訓。"(《齊魯韓三家詩釋·韓詩》)

丁晏云:"《後漢·張衡傳·思玄賦》曰:'戴勝憖其既歡兮。'李賢注引張揖《字詁》:'憖,笑貌也。'《玉篇·心部》:'憖,一曰説也。'與《韓詩》訓'闇'同意。"(《詩考補注·韓詩》)

徐堂云:"字書無訓'憖'爲'闇'者。《説文·心部》:'憖,肎也,謹敬也。一曰説也,一曰且也。'今案'謹敬'一訓,與韓義合。《廣雅·釋訓》:'闇闇,敬也。'《漢書·萬石君傳》:'僮僕訢訢如也。'顔注:

'訢,讀與"誾誾"同,謹敬之貌也。'是'誾'字亦有'謹敬'之義。故韓云:'憖,誾也。''不憖遺一老'者,言不敬遺一老也。"(《韓詩述》卷四)

陳喬樅云:"古音皆以'憖'爲'銀',《韓詩》'憖,誾'之訓亦以音同轉注也。《説文》'憖'下注曰:'肎也,謹敬也。一曰説也,一曰且也。'引《春秋傳》曰:'旻天不憖。'又'誾'下注曰:'和説而諍也。'《玉篇》:'誾,和敬貌。''和敬'之訓與'敬謹'義同。'和説'之訓與'説'義同。故'憖'字得與'誾'通假。此詩之'誾',當與'憖'同爲且辭。"(《韓詩遺説考》卷三之二)

王先謙云:"言皇父不能謹敬事君,商留舊人,以衛我王也。"(《詩三家義集疏》卷十七)

冠南按:"憖""誾"俱含"謹敬"之義,故當以"謹敬"解韓訓。"不憖遺一老"謂不能敬而留一老,蓋盡去老臣之義,"憖遺"俱就老臣言之。先謙釋以"謹敬事君,商留舊人",是以"憖"屬"君",以"遺"屬老臣,恐未諦。

讒口謷謷。(《經典釋文》卷六:"《韓詩》作'謷謷'。")

【通考】

馬瑞辰云:"《説文》:'嗸,衆口愁也。'與'囂囂'音義相近。《毛詩》'囂囂',正字;《韓詩》'嗸嗸',假借字也。"(《毛詩傳箋通釋》卷二十)又云:"'囂''謷'二字叠韻。《十月之交》詩:'讒口囂囂。'《釋文》引《韓詩》作'嗸嗸',是'囂''謷'通用之類。據《説文》:'囂,聲也。''讒口囂囂'當以作'囂'爲正字;《韓詩》作'嗸嗸',假借字也。"(《毛詩傳箋通釋》卷二十五)

馮登府云:"《漢書・五行志》:'莫䫨("囂"本字)必敗。'《左氏》本作'莫敖','敖'即'嗸'之省。《後漢・馮衍傳》注引此作'敖敖'。'嗸''謷'亦通字。《詩》:'聽我囂囂。'《傳》:'猶謷謷也。'此詩《注疏》本作'嗸嗸'。《漢書・董仲舒傳》:'此民之所以囂囂若不足也。'師古注曰:'與"嗸"同。'"(《三家詩異文疏證・韓詩》)

徐堂云:"'謷'與'囂'古字通用。《板》詩:'聽我囂囂。'《毛傳》:

'囂囂,猶謷謷也。'而'謷''囂'二字音同義别。《説文·言部》:'謷,不省人言也。''㗊部':'囂,聲也。'《廣韻》:'諠也。'則《板》篇《毛詩》'囂囂'當爲'謷謷'之假借,此篇《韓詩》'謷謷'當爲'囂囂'之假借。"(《韓詩述》卷四)

陳喬樅云:"'嗸嗸',《爾雅》作'謷謷',《潛夫論》引《詩》作'敖敖'。'嗸''謷'字通,'敖'即'嗸'之省。劉向引《詩》作'嗸嗸',與《韓詩》文同。《毛詩》鄭箋云:'囂囂,衆多貌。'《説文·㗊部》:'囂,聲也。''㗊'爲衆口,故有衆多之義。又'口部':'嗸,衆口愁也。'又'言部':'謷,不省人言也。'是此詩'讒口囂囂',當以'囂'字爲正;《鴻雁》詩'哀鳴嗸嗸',當以'嗸'字爲正;《板》詩'聽我囂囂',《傳》云:'猶謷謷也。'當以'謷'字爲正。然經傳每多通假,故《韓詩》'讒口囂囂'假'嗸'爲之,而舍人《爾雅》注云:'謷謷,衆口毁人之貌。'又假'謷'爲之也。"(《韓詩遺説考》卷三之二)

四方有羨,我獨居憂。民莫不穀,我獨不敢休。(《韓詩外傳集釋》卷七第十一章)

雨無政

【彙輯】

《序》:《雨無政》,正大夫刺幽王也。(董逌《廣川詩故》)

【通考】

胡承珙云:"謂'正大夫之刺',則篇中明有'正大夫離居,莫知我勩'之語,對彼言我,其不作於正大夫明矣。"(《毛詩後箋》卷十九)

馬瑞辰云:"劉安世謂《韓詩》以'雨無極'名篇,而以《詩序》'正'字屬下讀,以爲正大夫刺幽王,其説不足信。《詩》曰:'正大夫離居,莫知我勩。'是兼刺正大夫之詞,非正大夫刺幽王也。《集傳》引歐陽公説已駁之矣。"(《毛詩傳箋通釋》卷二十)

馮登府云:"《雨無正》命篇之義,先儒卒無定説。元城劉氏謂:'嘗讀《韓詩》,有"雨無其極,傷我稼穡"八字。'朱子謂:'第一二章皆十句，增之長短不齊。'又曰：'正大夫離居之後，暬臣所作。其曰"正大夫刺幽王"，非是。'案詩言'饑饉'，與'雨無其極'八字義甚合，且與下'德''國'爲一韻，而即舉篇首爲命篇之名，後人誤脱'極'字，以'正'屬上句，又脱去此八字，遂致異説紛起。如《序》云：'雨自上下者也，衆多如雨，而非以爲政。'蓋襲《公羊》'星霣如雨'之文，强以'雨'字説詩耳。而歐陽公亦疑'雨無正'之名，據《序》所言，與詩迥異，亦未信爲《韓詩》。《解頤新語》亦云：'《韓詩》世罕有其書，疑後人附會。'今考《韓詩》雖亡，而疑義所傳，尚可據以考證漢學，何獨于此八字而疑爲附會耶？朱子以'刺幽王'之説爲非。按此詩曰：'周宗既滅。'又曰：'謂爾遷于王都。'或東遷以後詩也。吴氏東發曰：'"雨"通"霸"，見《周伯克尊》及《頌壺銘》，以"雨"爲"霸"，蓋省文。"霸無正"者，言天下自此有霸無王也。'説亦近鑿。"(《三家詩異文疏證·韓詩》)

陳喬樅云："王氏《詩考》載《韓詩》作：'《雨無極》，正大夫刺幽王也。'引劉安世曰：'嘗讀《韓詩》，篇首有"雨無其極，傷我稼穡"二句。'朱子《集傳》駁之，以爲出好事者之附會。《吕記》又引董氏曰：'《韓詩》作："《雨無政》，正大夫刺幽王也。"《章句》曰："無，衆也。"《書》曰："庶草蕃蕪。"《説文》曰："蕪，豐也。"則雨衆多者，其爲政令不得一也，故爲正大夫之刺。'《毛序》云：'《雨無正》，大夫刺幽王也。雨自上下者也，衆多如雨，而非所以爲政也。'則'正'即'政'字。《韓詩》作《雨無政》，董語尚爲可信。《十月之交》至《小宛》四篇，《毛序》皆爲刺幽王，《鄭箋》云：'當爲刺厲王。作《詁訓傳》時移其篇第，因改之耳。'《正義》曰：'《毛詩》爲毛公所移，四篇容可在此。今《韓詩》亦在此者，齊、韓之徒，非有壁中舊本可據。或見毛次於此，故因之。'孔氏作《正義》時，《韓詩》尚存，如《韓詩》作《雨無極》，且篇首多'雨無其極'二句，《正義》何得無一語及之？劉安世説之爲謬妄，此不待辨而明。據《正義》言《韓詩》篇第與毛同，則《十月之交》及《雨無正》以下三篇，《韓詩》皆爲大夫刺幽王可知。竊謂《韓詩》作《雨無政》，其'正'字乃'政'之音讀，後人轉寫，誤入正文耳。"(《韓詩遺説考》卷三之二)

雨無政。

【彙輯】

《章句》:無,衆也。(董逌《廣川詩故》)

【通考】

胡承珙云:"若董氏並見薛君《章句》讀'無'爲'蕪',似非盡妄。'雨無政'者,蓋謂政亂如雨之蕪,薛君以'衆'訓'無',則韓義與《毛序》略近。"(《毛詩後箋》卷十九)

馬瑞辰云:"'政'即'正'也,足證毛、韓同義。"(《毛詩傳箋通釋》卷二十)

降喪饑饉。

【彙輯】

《章句》:一穀不升曰歉,二穀不升曰饑,三穀不升曰饉,四穀不升曰荒,五穀不升曰大侵。(《後漢書》卷一《光武紀》李賢注)

【通考】

陳奂云:"襄二十四年《穀梁傳》:'五穀不升曰大饑:一穀不升謂之嗛,二穀不升謂之饑,三穀不升謂之饉,四穀不升謂之康,五穀不升謂之大侵。'又《墨子·七患》:'一穀不收謂之饉,二穀不收謂之旱,三穀不收謂之凶,四穀不收謂之餽,五穀不收謂之饑。'邵晋涵云:'"餽"與"匱"通。'案此皆相承古義,以穀晐蔬也。"(《詩毛氏傳疏》卷十九)

若此無罪,勳胥以痡。(《後漢書》卷六十下《蔡邕傳》李賢注)

【彙輯】

《章句》:勳,帥也。胥,相也。痡,病也。言此無罪之人,而使有罪者相帥而病之,是其大甚。(《後漢書》卷六十下《蔡邕傳》李賢注。董逌《廣川詩故》未引"言此"至"大甚","勳"作"薰")

【通考】

惠棟云:"薰,閽也。《春秋傳》云:'以韓起爲閽。''薰'與'閽'通。《易·艮》之九三曰:'厲薰心。'荀爽本'薰'作'勳',虞翻本又作'閽'。胡廣《漢官解詁》曰:'光禄勳,勳猶閽也。'《易》曰:'爲閽寺。'是'薰'

與'闇'通之證。胥,胥靡也。《漢書·楚元王交傳》云:'申公、白生諫,不聽,胥靡之。'應劭引此詩云:'淪胥以鋪。'胥靡,刑名也。《吕氏春秋》曰:'傅説,殷之胥靡。'高誘曰:'胥靡,刑罪之名。'詩言王赦有罪之辜,而反坐無罪者以薰胥之刑也。三家《詩》得之,毛公誤也。"(《九經古義》卷五)

段玉裁云:"《毛傳》:'淪,率也。'與韓義同而字異。《鄭箋》:'鋪,徧也。'韓作'痡,病也',則義字皆異。"(三十卷本《詩經小學》卷十九)

王念孫云:"《詩》言'淪胥以敗''淪胥以亡',則此篇'淪胥以鋪','鋪'字當訓爲'病'。《韓詩》作'痡',本字也;《毛詩》作'鋪',借字也。王肅訓'鋪'爲'病',義本《韓詩》也。《周南·卷耳》篇:'我僕痡矣。'《釋文》:'痡,本又作"鋪"。'《大雅·江漢》篇:'淮夷來鋪。'毛彼《傳》曰:'鋪,病也。'是'痡''鋪'古字通。又案'淪''薰'聲相近,'薰''率'聲之轉,故《爾雅》《毛詩》訓'淪'爲'率',《韓詩》訓'薰'爲'帥',("帥"與"率"同。)'薰'亦'淪'也。淪胥以鋪,謂相率而入于刑,入于刑則病苦,故《韓詩》曰:'薰胥以痡。'《漢書》曰:'薰胥以刑。'其義一也。"(王引之《經義述聞》卷六《毛詩中》"淪胥以鋪"條引)

沈清瑞云:"《漢書·敘傳》曰:'烏乎史遷,薰胥以刑。''薰'與'熏'同。晋灼曰:'《齊》《魯》《韓詩》作"薰"。薰,帥也。從人得罪相坐之刑也。'師古曰:'薰謂相薰蒸,亦漸及之義耳。'晋氏與《韓詩》詁同説異,顔氏則改其詁矣。"(《韓詩故》卷下)

馬瑞辰云:"'薰''勳''淪'音近通用,'淪''率'音之轉。然以'淪胥'爲'率相',究爲不詞。《説文》:'淪,一曰没也。'《廣雅》《玉篇》並曰:'淪,没也。'《廣雅》又曰:'淪,漬也。''淪'又通'陯'。《説文》:'陯,山阜陷也。'當从朱子《集傳》訓'淪'爲'陷'。惟'胥'仍訓'相',以'淪胥'爲'陷相',亦爲不詞,當以'胥'爲'湑'之省借。《玉篇》:'湑,溢也。'《小爾雅》:'溢,没也。'《説文》:'没,湛也。''淪胥'猶言'湛休''湛淪',謂人之全陷休于罪,如全没入于水也。鋪者,'痡'之假借,當从《韓詩》作'痡',訓爲'病',皆淪没于罪以至於病也。《小旻》詩：‘如彼泉流，無淪胥以敗。’《抑》詩：‘如彼泉流，無淪胥以亡。’兩‘無’字皆爲發聲，‘淪胥以敗’‘淪胥以亡’猶此詩‘淪胥以痡’也。《左氏・昭二十六年傳》：‘且爲後人之迷敗傾覆而溺入于難，則振救之。’漢時男女從坐入官爲奴，及殺傷人所用兵器入官者，通謂之没入、溺入，皆此詩‘淪胥’之類也。”(《毛詩傳箋通釋》卷二十)

陳奐云：“‘薰’‘勳’古字通。《韓詩》作‘薰’訓‘帥’，《毛詩》作‘淪’訓‘率’；《韓詩》作‘痡’，《毛詩》作‘鋪’，並字異而義同。《江漢》傳：‘鋪，病也。’《釋文》引王肅訓‘鋪’爲‘病’，義本《江漢》傳，與《韓詩》合。”(《詩毛氏傳疏》卷十九)

馮登府云：“‘薰’古通‘勳’。《漢夏承碑》：‘帶薰著于王室。’義作‘勳’。《唐濟瀆廟北海壇祭器碑》：‘勳籠一。’義即‘薰’字。王復齋《鐘鼎款識・周弫仲簠》‘勛’字云：‘帖釋作“熏”。’‘熏’即‘薰’省。是‘薰’‘勳’相通之證。詩人蓋謂有勳之臣。‘痡’‘鋪’通字，‘我僕痡矣’，《釋文》：‘本又作“鋪”’。”(《三家詩異文疏證・韓詩》)

王先謙云：“今據李注，韓别作‘勳’，晋云然者，蓋‘亦作’本。‘熏’‘薰’‘勳’古通用。”(《詩三家義集疏》卷十七)

小 旻

謀猷回泬。(《文選》卷十《西征賦》李善注。《文選》卷十四《幽通賦》李善注引作“謀猶回穴”，當涉賦文“叛回穴其若兹兮”而改，暫不從。“泬”，《經典釋文》卷六謂《韓詩》作“鴥”，是《韓詩》亦有作“鴥”之本)

【彙輯】

《章句》：回，邪；泬，僻也。(《文選》卷十《西征賦》李善注。“泬”字原脱，據下【通考】引徐堂説補。《經典釋文》卷六僅引“鴥，僻也”)

【通考】

胡承珙云：“《釋文》引《韓詩》‘遹’作‘鴥’，《文選・西征賦》注引作‘泬’，皆假借字也。”(《毛詩後箋》卷十九)

馬瑞辰云：“《文選》注十四引《韓詩》作‘謀猷回泬’，古‘遹’讀如

‘穴’，故通作‘颭’與‘泬’，猶《毛詩》‘颭彼晨風’，《韓詩》作‘鴥’也。古‘邪僻’字正作‘辟’，又通作‘避’。《説文》：‘遹，回辟也。’‘回辟’即‘回僻’也。僻者，偏也。《説文》：‘厤，仄也。’‘仄，側傾也。’‘辟’‘仄’皆謂邪也。”（《毛詩傳箋通釋》卷二十）

馮登府云：“‘猶’‘猷’通。《書·盤庚》：‘女分猷念以相從。’漢石經作‘猶’。‘其猶可撲滅。’古文《尚書》作‘猷’。《爾雅》引《詩》：‘猶來無棄。’‘實命不猶。’並作‘猷’。《袁良碑》：‘平仲小國之卿，其儉猷稱。’洪适云：‘以“猷”爲“猶”。’《韓詩》‘猶’皆作‘猷’。如《外傳》引‘遠猶辰告’及‘王猶允塞’，並作‘猷’。‘颭’本音聿，古‘曰’字作‘聿’。‘聿’同‘遹’，《禮》引‘遹追來孝’作‘聿’，《説文》引‘遹求厥寧’作‘吹’。‘吹’亦古‘聿’字，古人同音通借，不必定正字。《釋文》引韓‘颭’字云‘義同’者是也。《文選》注引作‘泬’。按潘岳《西征賦》：‘事回泬而好還。’李善引薛君曰：‘回泬，邪僻也。’考《後漢·仲長統傳》：‘用明居晦，回泬于曩時。’回泬，猶攜互不齊一也。《唐書·裴延齡傳贊》：‘君臣回泬。’皆與‘回遹’同。《文選》注一作‘回穴’。宋玉《風賦》：‘耾耾雷聲，回穴錯迕。’李注：‘回穴，風不定貌。’亦即‘回遹’之異文。”（《三家詩異文疏證·韓詩》）

丁晏云：“《幽通賦》曹大家注引《韓詩》：‘穴，僻也。’‘泬’‘穴’即‘颭’之異文，音義並同。”（《詩考補注·韓詩》）

徐堂云：“‘僻’上脱一‘泬’字。曹大家注《幽通賦》曰：‘回，邪也；穴，僻也。’可證。《毛傳》：‘回，邪；遹，僻也。’與韓同。‘矞’聲與‘穴’聲相近，故得互通。《吕覽·明理篇》有‘背鐍’，《漢志》作‘背穴’。《水經·渭水注》云：‘泬水，亦謂是水爲潏水。’《晨風》：‘颭彼晨風。’《韓詩外傳》八引作‘颭’。”（《韓詩述》卷四）

陳喬樅云：“《文選·西征賦》李善注引薛君《章句》：‘回，邪僻也。’‘回’下當脱‘泬’字。據《毛傳》：‘回，邪；遹，僻。’又《幽通賦》注引曹大家曰：‘回，邪也；穴，僻也。’皆以‘邪’釋‘回’，以‘僻’釋‘穴’，是其證也。‘泬’‘穴’‘鴪’皆‘遹’之假借。《説文》：‘遹，回避也。’”

(《韓詩遺説考》卷三之二)

王先謙云:"韓'遹'作'欥',云'僻也'者,《釋文》引《韓詩》文,云:義同《詩》'欥彼晨風'。又作'泬'者,《文選·西征賦》:'事回泬而好還。'李注引《韓詩》曰:'謀猷回泬。'薛君《章句》曰:'回泬,邪僻也。'(“邪”上脱“泬”字,依文義補)此《韓詩》'亦作'本。"(《詩三家義集疏》卷十七)

冠南按:《西征賦》善注引《章句》確脱"泬"字,然不應在"邪"上,因《釋文》明引《章句》云:"欥,僻也。"可知韓以"欥"(通“泬”)訓"僻"(《毛傳》及曹大家注《幽通賦》亦同),故"泬"應在"僻"上(即“回,邪;泬,僻也”),陳、王置於"邪"上,不可從。

翕翕訿訿。(《原本玉篇》卷九“訿”字條)

【彙輯】

《章句》:訿訿,不善之貌也。(《原本玉篇》卷九“訿”字條、《經典釋文》卷六。“訿”,慧琳《一切經音義》卷二十“毁呰”條引作“呰”,二字通用)

【通考】

冠南按:《説文·言部》"訿"字條引《詩》云:"翕翕訿訿。"即用《韓詩》。

謀夫孔多,是用不就。(《韓詩外傳》卷六第二十七章)

【通考】

惠棟云:"《韓詩》作'就',《尚書·顧命》曰:'克達殷,集大命。'蔡邕石經'達'作'通','集'作'就',是'集'讀爲'就',與'咎'協韻也。"(《九經古義》卷五)

沈清瑞云:"'就'字與上下韻相協。《毛傳》:'集,就也。'蓋亦以'集'爲'就'。"(《韓詩故》卷下)

胡承珙云:"'集''就'聲轉義同,字相假借。"(《毛詩後箋》卷十九)

馬瑞辰云:"《韓詩外傳》引《詩》:'是用不就。''就''集'一聲之轉。《顧命》:'克達殷,集大命。'漢石經作'克通殷,就大命',是'集''就'通用之證。《傳》訓'集'爲'就'者,正以'集'爲'就'之假借,即讀'集'音如'就'也。或以'集'爲不協者,誤。"(《毛詩傳箋通釋》卷二十)

陳奂云："'就'與'成'同義。"(《詩毛氏傳疏》卷十九)

馮登府云："《傳》：'集，就也。'《大明》：'有命既集。'亦云：'集，就也。'《箋》云：'天命將有所依就也。'一曰'集'謂'成就'也。《廣雅·釋詁》：'集，就也。'即本《韓詩》。'集'本有'就'訓。《書·顧命》：'克達殷，集大命。'蔡石經'集'作'就'。熊朋來《經說》亦云：'"集"一作"就"。'皆成就之義。《大戴禮》：'衆則集，寡則謬。'《吴越春秋》《河上歌》'集'協'流'。'集'亦有'就'音。"(《三家詩異文疏證·韓詩》)

徐堂云："《毛傳》：'集，就也。'蓋亦讀'集'爲'就'。惠氏所謂漢儒訓故，音義相兼也。'集''就'古通用。"(《韓詩述》卷四)

陳喬樅云："《毛詩》作'集'，《傳》云：'集，就也。'《詩考》引《外傳》'不就'，而今本作'集'，誤。"(《韓詩遺説考》卷三之二)

王先謙云："'集''就'雙聲字，故韓'集'爲'就'。"(《詩三家義集疏》卷十七)

民雖靡腜。

【彙輯】

《章句》：靡腜，猶無幾何。(《經典釋文》卷六)

【通考】

胡承珙云："《釋文》引《韓詩》作'靡腜'，云：'猶無幾何。'王肅以'靡腜'言'少'，義本《韓詩》。《大雅·緜》：'周原膴膴。'《文選·魏都賦》注引《韓詩》，'膴'亦作'腜'。《僖二十八年左傳》'原田每每'，亦與'腜'同。'㠍'之義爲草盛上出，是'膴''腜''每'皆盛多之義，'靡膴'言少。"(《毛詩後箋》卷十九)

馬瑞辰云："《韓詩》作'靡腜'，猶無幾何。'腜''膴'一聲之轉。《爾雅》：'幠，大也。'字通作'膴'。《韓詩》以'靡腜'爲'無幾何'，是亦以'腜'爲大也。"(《毛詩傳箋通釋》卷二十)

馮登府云："'膴'作'腜'，王肅讀'膴'爲'幠'，云：'大也。'《小雅》：'亂如此憮。'郭注《爾雅》亦作'幠'。'膴''幠''憮'本通，'膴'亦與'腜'通。《文選》引'周原膴膴'作'腜腜'。'膴''腜'亦即輕重唇之

分。”(《三家詩異文疏證・韓詩》)

丁晏云:“今《詩》作‘膴’。‘膴’‘腜’古通用,《大雅》:‘周原膴膴。’《韓詩》作‘腜’。”(《詩考補注・韓詩》)

徐堂云:“《説文・肉部》:‘腜,婦孕始兆也。’是其爲兆也甚微,引申爲凡物稀少之稱。班固《幽通賦》曰:‘黿生民之脢在。’應劭曰:‘脢,無幾也。’正本《韓詩》。‘脢’與‘腜’同,猶‘梅’亦作‘楳’也。”(《韓詩述》卷四)

陳喬樅云:“《毛詩》作‘膴’,‘膴’‘腜’古通用字。《鄭箋》訓‘膴’爲‘法’,與上文訓‘止’爲‘禮’同意。是以‘膴’爲‘模’之假借,與韓、毛義異。《正義》引王肅述毛,讀‘膴’爲‘幠’。幠,大也,無大有人,言少也。國雖小,民雖少,猶有此六事。喬樅謂:王肅以‘靡膴’言‘少’義,即本於《韓詩》。”(《韓詩遺説考》卷三之二)

王先謙云:“上文‘靡止’,‘止’訓‘大’,則‘靡腜’之‘腜’宜訓‘盛多’。王肅讀‘膴’爲‘幠’,云:‘無大有人,言少也。’讀與韓異而訓義同。詩言尚有哲謀肅乂之人可以輔治也。”(《詩三家義集疏》卷十七)

小　宛

翰飛厲天。(《原本玉篇》卷二十二“厲”字條、《文選》卷一《西都賦》李善注。六臣注本《文選》所收此條善注引作“翰飛戾天”,“戾”乃“厲”之譌)

【彙輯】

《章句》:厲,附也。(《原本玉篇》卷二十二“厲”字條、《文選》卷一《西都賦》李善注)

【通考】

段玉裁云:“‘厲天’猶俗云‘摩天’。”(三十卷本《詩經小學》卷十九)

陳奂云:“《文選・西都賦》注引《韓詩》作‘厲天’,薛君《章句》:‘厲,附也。’韓與毛字義而義同。”(《詩毛氏傳疏》卷十九)

馮登府云:“‘戾’與‘厲’通。《國策》:‘秦人遠迹不服,而齊爲虚戾。’高誘注:‘“虚”“墟”同。居宅無人爲虚,死而無後曰厲。’是‘厲’

作‘戾’也。按《説文》無‘唳’字，新坿有之。鈕非石云：‘唳’本作‘戾’，通作‘厲’。考謝惠連《秋懷詩》：‘寥戾度雲漢。’《洛神賦》：‘聲哀厲而彌長。’《嘯賦》：‘聲激曜而清厲。’《笙賦》：‘搴鸞音以厲聲。’又云：‘悽戾酸辛。’‘戾’‘厲’皆同義。《莊子·大宗師》云：‘女夢爲鳥而厲乎天。’亦《韓詩》意。薛君訓‘附’，‘附’與‘傅’通，即亦傅于天之義。《廣雅·釋詁》：‘厲、附，近也。’亦‘戾’義之推。余按‘戾’‘列’古通，《論語》：‘子温而厲。’《釋文》：‘一本作“列”。’《祭法》‘厲山氏’，《國語》引作‘烈山氏’是也。‘厲’亦有‘列’義。”(《三家詩異文疏證·韓詩》)

丁晏云：“今《詩》作‘戾’，《傳》：‘戾，至也。’《卷阿》：‘亦傅于天。’傳：‘“傅”猶“戾”也。’《菀柳》：‘亦傅于天。’《傳》：‘傅，至也。’‘厲’‘戾’‘附’‘傅’聲相近。”(《詩考補注·韓詩》)

徐堂云：“《廣雅·釋詁》：‘附、摩、厲，近也。’三字義同，故‘厲’可訓‘附’。”(《韓詩述》卷四)

陳喬樅云：“厲，《毛詩》作‘戾’，《傳》云：‘戾，至也。’文與韓異，而‘至’‘附’義仍相近。‘附’即‘傅’也，《菀柳》篇曰‘有鳥高飛，亦傅于天’是已。”(《韓詩遺説考》卷三之二)

王先謙云：“‘厲’正字，‘戾’借字。‘厲，附也’者，鳥飛極高，自下視之，如與天相附麗。‘附’‘傅’字通。《廣雅·釋詁》：‘厲，近也。’《吕覽·上農篇》注：‘厲，摩也。’‘近天’‘摩天’，皆與‘附天’義合。”(《詩三家義集疏》卷十七)

冠南按：《玉篇·厂部》：“厲，附也。”即用《韓詩》。

我日斯邁，而月斯征。夙興夜寐，無忝爾所生。(《韓詩外傳》卷八第二十一章)

哀我瘨寡，宜犴宜獄。

【彙輯】

《章句》：瘨，苦也；鄉亭之繫曰犴，朝廷曰獄。(《經典釋文》卷六)

【通考】

〔瘨苦也〕

胡承珙云："《釋文》：'填，《韓詩》作"疹"，疹，苦也。'承珙案：古从'真'、从'㐱'之字互相假借，此《傳》訓'填'爲'盡'者，蓋以'填'爲'殄'之假借。《瞻卬》：'邦國殄瘁。'《傳》云：'殄，盡也。'《韓詩》作'疹'者，'疹'即籀'胗'字。胗，脣瘍也，非其義，韓蓋以'疹'爲'瘨'之假借。《説文》：'瘨，病也。'《雲漢》《召旻》箋並云：'瘨，病也。'《雲漢》釋文：'瘨，《韓詩》亦作"疹"。'"(《毛詩後箋》卷十九)

馬瑞辰云："'疹'即籀'胗'字。《説文》：'胗，脣瘍也。籀文作"疹"。'《廣雅》：'胗，創也。''瘍''創'皆病也。《説文》：'瘨，病也。'《雲漢》詩：'胡寧瘨我以旱。'《箋》：'瘨，病也。'《韓詩》亦作'疹'。是'填''瘨''殄''疹'，古並通用。《箋》訓'填'爲'窮盡'，與《韓詩》訓'疹'爲'苦'，義正相近。"(《毛詩傳箋通釋》卷二十)

馮登府云："'填'即'瘨'之借字。《傳》：'填，盡也。''疹'與'疢'同，《越語》：'疾疢貧病。'與'瘨'音義亦同。錢氏大昕曰：《説文》'疹'即'瘨我以旱'之'瘨'，亦即此詩之'填'也。"(《三家詩異文疏證・韓詩》)

陳喬樅云："古以'病''苦'互訓。《吕覽・權勳篇》《貴卒篇》注並云：'苦，病也。'《廣雅・釋詁》：'病，苦也。''苦，窮也。'然則《韓詩》'疹，苦'之訓，其義當爲窮苦，猶《毛詩》'填，盡'之訓，其義亦爲窮盡。故《箋》云：'可哀哉我窮盡寡財之人，仍有獄訟之事，無可以自救也。'"(《韓詩遺説考》卷三之二)

冠南按：統上引諸説，韓之"疹"即"瘨"之假借，王引之云："'疹''殄''瘨'聲近而義同。"(《經義述聞》卷七《毛詩下》"邦國殄瘁"條、卷二十《國語上》"殄病"條)亦可佐證。"疹寡"謂病苦寡財之人。

〔"鄉亭"至"曰獄"〕

沈清瑞云："《説文》：'豻，或从犬。《詩》曰：宜犴宜獄。'《周禮・射人》鄭注引作'宜豻宜獄'。《漢書音義》服虔曰：'鄉亭之繫曰豻。''豻''犴'同，是皆《韓詩》之説也。朱子《詩集傳》亦引此文。《初學記》引'鄉亭'二句作《外傳》，今考《外傳》無此文，疑譌。"(《韓詩故》卷下)

胡承珙云："《毛詩》以'岸'爲'犴'之假借。'犴''獄'皆从犬者，取犬所以守之意。《鹽鐵論·刑德篇》《周禮·射人》注引《詩》皆作‘犴’,從韓本也。《傳》訓‘岸’爲‘訟’者,訟爲訟繫,獄則讞成,故《韓詩》以鄉亭、朝廷分屬之。若《淮南·説林訓》云:‘亡犴不可再。’《後漢書·皇后紀》:‘家嬰縲紲於圄犴之下。’此則散文通稱耳。”(《毛詩後箋》卷十九)

馬瑞辰云:“《傳》:‘岸,訟也。’《箋》:‘仍得曰宜。可哀哉,我窮盡寡財之人,仍有獄訟之事,無可以自救。’瑞辰按:《爾雅·釋丘》:‘望厓洒而高,岸。’《説文》:‘岸,水厓洒而高者。’此《傳》訓‘岸’爲‘訟’者,以‘岸’爲‘犴’字之假借。《釋文》引《韓詩》作‘犴’,云:‘鄉亭之繫曰犴,朝廷曰獄。’其本字也。《説文》:‘豻,或从犬作犴。’引《詩》:‘宜犴宜獄。’又《周禮》:‘射豻侯。’注引《詩》:‘宜豻宜獄。’並从《韓詩》。‘獄’从二犬,象所以守,犴爲野犬,亦善守,故獄又謂之犴。犴本爲獄,又訓爲訟,猶獄亦得訓訟也。”(《毛詩傳箋通釋》卷二十)

馮登府云:“‘岸’當作‘犴’,古以爲獄名。《淮南·説林訓》:‘亡犴不可再。’《漢·刑法志》:‘獄犴不平。’《後漢·崔駰傳》:‘獄犴填滿。’梁武帝詔:‘鉗鈦之刑,歲積於牢犴。’是也。《周官·射人》注引作‘宜豻’。《説文》于‘豻’字下云:‘豻亦从犬。’引《詩》:‘宜犴宜獄。’蓋亦本韓。《鹽鐵論》《初學記》《荀子》注亦引作‘犴’,毛作‘岸’,借字也。”(《三家詩異文疏證·韓詩》)

徐堂云:“《説文·豸部》‘犴’字注、鄭氏《周禮·射人》注、楊氏《荀子·宥坐篇》注及《鹽鐵論·刑德篇》並引《詩》曰:‘宜犴宜獄。’皆據《韓詩》也。段玉裁曰:《毛傳》:‘岸,訟也。’此謂‘岸’爲‘犴’之假借。”(《韓詩述》卷四)

王先謙云:“《初學記》二十引同。《説文》:‘豻,胡地野狗。从豸,干聲。或从犬作犴。《詩》曰:宜犴宜獄。’‘豻’‘犴’字通作。《御覽》六百四十三引應劭《風俗通》云:‘宜犴宜獄,犴,司空也。周官,凡萬民有罪離于法者,役諸司空,令平易道路也。’是犴者訟繫之地,有罪令服此役也,獄則讞成而入,故韓以‘鄉亭’‘朝廷’分屬之。”(《詩三家義

集疏》卷十七）

温温恭人，如集于木；惴惴小心，如臨于谷；戰戰兢兢，如履薄冰。（《韓詩外傳》卷七第十三章。《韓詩外傳》卷七第十二章僅引"温温"至"于谷"）

小　弁

惄焉如疛。

【彙輯】

《章句》：疛，心疾也。（《經典釋文》卷六）

【通考】

沈清瑞曰："疛，讀如肘。《説文》曰：'疛，小腹痛也。陟柳反。'《玉篇》：'除又切，心腹疾也。'《吕氏春秋》曰：'身盡疛腫。'據《釋文》，則《玉篇》是用韓義。"（《韓詩故》卷下）

胡承珙云："《説文》'疛'雖訓'腹痛'，然'心''腹'義本可通。《玉篇》云：'疛，心腹疾也。'引《吕氏春秋》云：'身盡疛腫。'（"肉部"别有"𤺄"字，除有切，小腹痛也。）是'疛'不專訓腹疾矣。"（《毛詩後箋》卷十九）

馬瑞辰云："《吕氏春秋·盡數篇》：'鬱處腹，則爲張爲疛。'高誘注：'疛，跳動也。'《説文》：'疛，心腹病也。（一本作"小腹痛也"。）从疒，肘省聲。讀若紂。'《廣雅》：'疛，病也。'《玉篇》《廣韻》並云：'疛，心腹疾也。"𤺄"同。'是'疛''𤺄'同字。《毛詩》作'擣'，乃'疛'及'𤺄'之假借。"（《毛詩傳箋通釋》卷二十）

馮登府云："《傳》：'擣，心疾也。'《説文》：'疛，小腹痛也。'讀若'紂'。擣，古'稠'字，見《史記·龜策傳》注：'與"疛"音義並同。'錢氏大昕云：《説文》'疛'即'惄焉如擣'之'擣'。"（《三家詩異文疏證·韓詩》）

楊揆嘉云："《吕覽·審時篇》：'胕動蚼蛆而多疾。'高誘注：'胕動，心病，讀如"疛"。'此本韓義。"（徐堂《韓詩述》卷四引）

徐堂云："《釋文》云：'擣，丁老反，心疾也。本又作"𤺄"，《韓詩》作"疛"，除又反，義同。'是韓義亦爲心疾也。《説文·疒部》：'疛，心腹病也，陟柳反。'無'𤺄'字。《玉篇·疒部》：'疛，除又切，心腹疾也。'《吕氏春秋》云：'身盡疛腫。'下列'癑'字云：'同上。'《集韻・四十九候》：'疛，直祐切，博雅病也，一曰心腹疾也，或从"壽"作"癑"。'然則韓作'疛'，正字；毛作'癑'，或字。毛與韓同。'擣'乃譌字耳。"(《韓詩述》卷四)

陳喬樅云："《廣雅》：'疛，病也。'《玉篇》：'疛，心腹疾也。''癑，同上。又，病也。'《廣韻》：'疛，心腹病也。''癑，上同'。是'疛'與'癑'同字。"(《韓詩遺説考》卷三之二)

有漼者淵，蘿葦淠淠。(《韓詩外傳》卷七第十四章)

【通考】

馮登府云："'萑'古作'雚'，同字也。《左・昭二十年傳》：'取人於萑苻之澤。'唐石經初刻作'雚'。《易・説卦傳》'爲萑葦'，石經亦作'雚'。《韓非子・内儲篇》及《水經注》引《左傳》'萑葦'並作'雚'。"(《三家詩異文疏證・韓詩》)

徐堂云："韓作'雚'，毛作'萑'，並假借字。《説文・艸部》：'雚，薍也。从艸，萑聲，胡官切。'則'雚葦'字作'雚'。"(《韓詩述》卷四)

君子無易由言。(《韓詩外傳》卷五第三十四章)

巧　言

昊天太憮，予慎無辜。(《韓詩外傳》卷四第一章、第二章、卷七第十六章。《韓詩外傳》卷七第十五章僅引"予慎無辜")

【通考】

胡承珙云："《韓詩外傳》七引傳曰：'伯奇孝而棄於親，隱公慈而殺於弟，叔武賢而殺於兄，比干忠而誅於君。《詩》曰："予慎無辜。"'觀此，知《韓詩》當以'慎'爲'誠'耳。"(《毛詩後箋》卷十九)

馮登府云："經文中無以'泰'爲'太'者。且就《詩》而言，《巧言》之'大憮'猶《巷伯》之'大甚'也。他如'大王''大任''大人''大師'之類，俱作'大'，音泰，何獨于此詩'太'作'泰'乎？當从韓爲古。"(《三家詩異文疏證・韓詩》)

徐堂云："《爾雅》：'憮，撫也。'《説文》：'憮，愛也。'於詩義皆不可通。此'憮'字當是'幠'字之譌。《毛傳》：'幠，大也。'本《爾雅・釋詁》文。《鄭箋》：'幠，傲也。'本《爾雅・釋言》文。鄭氏多以韓義易毛，或韓亦訓'傲也'。《毛詩》'幠'字，閩本、明監本、毛本亦誤爲'憮'，詳見阮氏《校勘記》及段氏《詩經小學》。"(《韓詩述》卷四)

僭始既減。

【彙輯】

《章句》：減，少也。(《經典釋文》卷六、慧琳《一切經音義》卷一"有減"條、卷四"若減"條、卷三十二"漸減"條、卷四十四"缺減"條、卷五十四"耗減"條)

【通考】

惠棟云："《巧言》曰：'僭始既涵。'《傳》云：'涵，容也。'《韓詩》作'減'，減，少也。棟案：古'咸'字作'減'，《春秋傳》云：'咸黜不端。'諸本'咸'或作'減'。《説文》云：'涵，水澤多也。'毛既訓'涵'爲'容'，當从省文作'函'。'函'本與'咸'通。《周禮・伊耆氏》：'共其杖咸。'鄭注云：'咸，讀爲"函"。'司馬相如《封禪文》云：'上咸五，下登三。'徐廣曰：'咸，一作"函"。'《漢書・天文志》：'閒可椷劍。'蘇林曰：'椷音函，容也。'毛音含，訓爲'容'；鄭音咸，訓爲'同'，義並得通。薛君以爲減少之減，失之。'"(《九經古義》卷六)

胡承珙云："以'減'爲'少'，當謂亂萌初起，僭端尚少。"(《毛詩後箋》卷十九)

馬瑞辰云："涵，亦从《傳》訓'容'爲允，謂言未信而姑容之也。'涵''咸'古同聲通用，《韓詩》作'減'者，'咸'之假借。《章句》訓爲'減，少'，失之。"(《毛詩傳箋通釋》卷二十)

馮登府云："《傳》：'涵，容也。'《箋》音咸。'咸'與'圅'通，'圅'即'涵'之省。'咸'又與'減'通。《左傳・昭十四年》：'不爲末減。'王肅《家語》注云：'《左傳》作"咸"。'《漢書・石奮傳》：'九卿咸宣。'服虔音'減損'之'減'。《百官公卿表》'咸宣'，師古注：'咸音"減省"之"減"。'《史記・酷吏》作'減宣'。《考工記》：'燕無圅。'鄭司農讀如

'國君含垢'之'含'。《文苑英華》六百九于公異《代人行在起居表》云:'小異咸秦之氣。'《唐類表》作'函秦'。則'減''涵'本通。《廣雅·釋詁》:'減,少也。'即本《韓詩》。"(《三家詩異文疏證·韓詩》)

徐堂云:"《釋文》:'涵,毛音含,容也。鄭音咸,同也。''咸''函''減'三字並通。《周禮·伊耆氏》:'共其杖咸。'鄭注:'咸,讀爲"函"。'《史記》司馬相如《封禪文》云:'上咸五。'徐廣曰:'咸,一作"函"。'是'咸''函'古字通也。《禮記·月令》:'水泉咸竭。'《吕覽》'咸'作'減'。《周禮·考工記·輈人》:'大小之率咸半寸也。'《釋文》:'咸,本又作"減"。'《漢書·酷吏傳》'咸宣',師古曰:'咸音"減省"之"減"。'是'咸''減'古字通也。想經文本作'咸',漢儒釋經,各自爲義,故韓則以'咸'爲'減',訓曰'少也';毛則以'咸'爲'涵',訓曰'容也';鄭訓爲'同',疑鄭本正作'咸'字。"(《韓詩述》卷四)

陳喬樅云:"減,《毛詩》作'涵',《傳》云:'涵,容也。'文義與韓並異。《禮·月令》:'水泉咸竭。'《吕覽·仲冬紀》作'減竭'。"(《韓詩遺説考》卷三之二)

王先謙云:"'涵''咸'固可通,然與'減少'義不合。蓋王初聽言,人未能必王之信,不敢多言,故始雖譖愬,既亦減少。及見王信讒,則紛然並進,而亂成矣。當時情事蓋如此。《廣雅·釋詁三》:'減,少也。'即本《韓詩》訓義。"(《詩三家義集疏》卷十七)

君子信盜。

【彙輯】

《章句》:盜,讒也。(《原本玉篇》卷九"盜"字條)

【通考】

顧震福云:"《毛傳》:'盜,逃也。'《箋》云:'謂小人也。'震福案:《説文》:'盜,私利物也。'《荀子·正論》楊注:'私竊謂之盜。'凡小人進讒言,必私竊而道,故讒言亦謂之盜言。上章言'君子信讒',此云'信盜',猶言'信讒'耳。毛訓'盜'爲'逃','逃言'猶'遁辭',與韓義亦近。"(《韓詩遺説續考》卷三)

王先謙云："上云'君子信讒'，今直云'信盜'，易'讒'言'盜'，恐讀詩者於此致疑，故申言之曰：'盜，讒也。'讒人變亂國，是并人主刑賞之柄而盜之，故直謂之'盜'也。"（《詩三家義集疏》卷十七）

冠南按：此句《韓詩》訓"盜"爲"讒"，則下文"盜言孔甘"當釋爲"讒言孔甘"，可與《易・繫辭下》"誣善之人其辭游"、《道德經》八十一章"美言不信"等語相參。

匪其止恭，惟王之卭。（《韓詩外傳》卷四第三章、第四章）

【通考】

馬瑞辰云："《釋文》：'共，音恭，本又作"恭"。'《韓詩外傳》引《詩》正作'匪其止恭'。'止共'二字平列，與《詩》言'靖共''敬恭''虔共'，句法正同。《荀子・不苟篇》曰：'見由則恭而止。'楊倞注：'止，禮也。''止共'謂止而恭，猶《荀子》言'恭而止'也。詩言長亂之時，群臣非其止恭，適足爲王病耳。"（《毛詩傳箋通釋》卷二十）

馮登府云："古'恭'字或作'共'。《尚書》：'徽柔懿恭。'漢石經作'共'。《左傳・僖二十七年》：'杞不共也。'杜注：'本作"恭"。'《史記・屈原傳》：'共承嘉惠。'《漢書・宣帝紀》：'共哀后。'《華山廟碑》：'共壇場。'皆以'共'爲'恭'。《韓詩外傳》凡四引，皆作'恭'。'維'作'惟'，《廣韻》：'惟，謀也、思也。''維，豈也、隅也、持也、繫也。''唯，獨也。'然三字經文每通用。《尚書》皆作'惟'，《詩》皆作'維'，《左傳》皆作'唯'，蓋原文如此。"（《三家詩異文疏證・韓詩》）

徐堂云："《韓詩外傳》卷四引《詩》，'言其不恭其職事，而病其主也'。按《鄭箋》云：'卭，病也，小人好爲讒佞，既不共其職事，又爲王作病。'蓋襲韓語。'恭''共'古字通。"（《韓詩述》卷四）

他人有心，予忖度之。（《韓詩外傳》卷四第五章）

趯趯毚兔，遇犬獲之。

【彙輯】

《章句》：趯趯，往來貌；獲，得也。言趯趯之毚兔，謂狡兔數往來，逃匿其迹，有時遇犬得之。（《史記》卷七十八《春申君列傳》裴駰《集解》）

【通考】

胡承珙云："薛君《章句》以'遇犬'爲'遇值'之'遇'。毛於'遇犬'無傳，當與韓同。《正義》引王肅云：'言其雖騰躍逃隱其跡，或適與犬遇而見獲。'此正用韓說以述毛義。"(《毛詩後箋》卷十九)

馬瑞辰云："躍躍，《韓詩》作'趯趯'，云：'趯趯，往來之貌。'《易林》：'狡兔趯趯，犬良逐咋。'正本《韓詩》。"(《毛詩傳箋通釋》卷二十)

馮登府云："'趯'與'躍'同。《周南》：'趯趯阜螽。'《傳》：'躍也。'《後漢・班固傳》：'南趯朱垠。'章懷太子注曰：'躍也。'《漢書・李尋傳》：'涌趯邪陰。'師古注曰：'讀與"踊躍"同。'《爾雅》：'躍躍，迅也。'《釋文》：'余斫反。'是讀如'魚躍'之'躍'。此詩《釋文》'他狄反'，本讀如'趯'。"(《三家詩異文疏證・韓詩》)

徐堂云："'躍''趯'古通用。《漢書・李尋傳》：'涌趯邪陰。'師古注：'"趯"與"躍"同。'《文選》鮑照《擬古詩》注引《毛詩》亦作'趯'。"(《韓詩述》卷四)

陳喬樅云："趯趯，《毛詩》作'躍躍'，《草蟲》傳曰：'趯趯，躍也。'《毛詩》'躍躍'亦當訓爲'跳躍'。韓云'往來貌'者，謂其往來跳疾趯趯然也。《正義》引王肅云：'言其雖騰躍逃隱其跡，或適與犬遇而見獲也。'王之述毛，即用《韓詩》之義。遇，《韓詩》如字。《鄭箋》云：'遇犬，犬之馴者，謂田犬也。'是以'遇'爲馴犬，'馴'猶'良'也。《易林・謙之益》云：'狡兔趯趯，犬良逐咋。'亦以'遇犬'爲'良犬'。焦贛用《齊詩》，然則《鄭箋》之語蓋本齊義。""然四家之《詩》師承不同，容有異讀。《韓詩》云：'有時遇犬獲之。'則自當讀'遇'如字，訓爲逢遇也。"(《韓詩遺說考》卷三之二)

何人斯

胡逝我陳。

【彙輯】

《章句》：堂塗左右曰陳。(《原本玉篇》卷二十二"陳"字條。"堂"字原脱，據

《爾雅·釋宫》"堂塗謂之陳"增）

【通考】

顧震福云："《毛傳》曰：'陳，堂塗也。'本《爾雅·釋宫》'堂途謂之陳'爲訓。震福案：《詩正義》引孫炎曰：'堂塗，堂下至門之徑也。'《釋名》云：'陳，堂塗也。謂賓主相迎，陳列之位也。''陳'當作'敶'。《説文》：'敶，列也。'《廣韻》：'列，行次也，位序也。'《爾雅·釋宫》又云：'宫中庭之左右謂之位。'是'位'即'陳'矣。《儀禮·鄉飲酒禮》：'主人與賓三揖，至于階。'鄭注：'三揖：將進揖、當陳揖、當碑揖。'褚氏寅亮云：'主人東行至阼階，堂塗南；賓西行至西階，堂塗南。各轉身向北，則由相背而相見矣，因又揖，注所謂"當陳揖"也。'今案阼階在堂塗之左，西階在堂塗之右，是堂塗之左右曰陳也。"（《韓詩遺説續考》卷三）

皮嘉祐云："《釋宫》：'堂塗謂之陳。'《孔疏》引孫炎曰：'堂塗，堂下至門之徑也。'今《爾雅》作'堂途'。郝懿行曰：《鄉飲酒禮》注：'三揖者：將進揖、當陳揖、當碑揖。'陳在堂下，因有'下陳'之名。《晏子·諫上篇》云：'辟拂三千，謝于下陳。'蓋言屏退之，謝於堂下而去也。古者狗馬之屬，以爲庭實，故曰'充下陳'。婢妾卑賤，與庭實同，故亦曰'充下陳'。俱本《爾雅》也。'堂塗'，《考工記·匠人》作'堂涂'，鄭注引《爾雅》，亦作'堂涂'。涂，借字。途，或體字。"（王先謙《詩三家義集疏》卷十七引）

我心施也。

【彙輯】

《章句》：施，善也。（《經典釋文》卷六）

【通考】

馬瑞辰云："《傳》：'易，説也。'《釋文》：'易，《韓詩》作"施"。施，善也。'瑞辰按：'易''施'古音不同部，而義近。《皇矣》詩：'施于孫子。'《箋》：'施，猶易也。'《易·繫詞上》：'辭有險易。'京房注：'易，善也。'凡相善即相説，毛、韓義正相成。而以與'知''祇'韻，則《毛詩》作'易'爲協。（《書·盤庚》："不惕予一人。"《白虎通》引作"不施予一人"，亦"易""施"

通用之類。)”(《毛詩傳箋通釋》卷二十)

陳奂云:“《釋文》引《韓詩》作‘施’,施,善也。毛、韓字異而意同。”(《詩毛氏傳疏》卷十九)

馮登府云:“《皇矣》:‘施於孫子。’《箋》:‘施,猶易也。’《論語》:‘君子不施(同“弛”)其親。’何晏注:‘施,易也。’‘施’本訓‘易’,故字得通。又按此‘施’字當从支韻,與下‘知’字叶。韓訓爲‘善’,《左傳·僖二十四年》:‘施者未厭。’注:‘施,功勞也。’《廣韻》:‘施,惠也。’與‘善’訓不遠。”(《三家詩異文疏證·韓詩》)

徐堂云:“《禮記·孔子閒居》:‘施其四國。’鄭注:‘施,易也。’高誘《淮南·俶真注》:‘施,讀“難易”之“易”。’則‘施’與‘易’音義相同字。”(《韓詩述》卷四)

冠南按:《國語·周語下》:“布憲施舍於百姓。”韋昭注:“施,施惠。”(徐元誥《國語集解》卷三)《晋語四》:“施舍分寡。”韋昭注:“施,施德。”(徐元誥《國語集解》卷十)《大戴禮記·少閒》:“上下相報而終于施。”盧辯注:“施,恩施也。”(孔廣森《大戴禮記補注》卷十一)《荀子·君子》:“則施行而不悖。”楊倞注:“施,謂恩惠。”(王先謙《荀子集解》卷十七)“施惠”“施德”“恩施”“恩惠”並乃“善”舉,因有“善”義,故韓以“善”訓“施”。《孟子·滕文公上》:“施由親始。”焦循云:“‘恩’‘施’‘愛’三字義通。”(《孟子正義》卷十一)“恩”“愛”亦與“善”義近。

出此三物。

【彙輯】

《章句》:天子諸侯以牛、豕,大夫以犬,庶人以雞。(孔穎達《禮記正義》卷五《曲禮下》正義引許慎《五經異義》)

【通考】

胡承珙云:“韓言盟不言詛者,以盟足該詛。”(《毛詩後箋》卷十九)

馬瑞辰云:“其所云‘天子諸侯以牛、豕’者,蓋謂或以牛,或以豕,否則與詩言‘三物’不合。《左傳》:‘鄭伯使卒出豭,行出犬、雞,以詛射潁考叔者。’及此詩出此三物以詛,皆三物並用,而《毛》《韓詩》皆爲

辨其等級，則詛之所用惟一牲耳。”（《毛詩傳箋通釋》卷二十）

徐堂云：“《毛傳》：‘三物，豕、犬、雞也。君以豕，臣以犬，民以雞。’《正義》曰：‘詛之所用，一牲而已，非三物並用。而言“出此三物”者，以三物皆是詛之所用，總而言之，故傳辨其等級。’堂案：韓云‘天子諸侯以牛、豕’，蓋統盟詛而言耳。盟大于詛，用牛。詛則自豕以下，義與毛同。”（《韓詩述》卷四）

陳奐云：“賈疏載《異義》：‘《韓詩》云：天子諸侯以牛、豕，大夫以犬，庶人以雞。’韓與毛同。唯牛爲盟牲，因類而及之，爲異焉耳。”（《詩毛氏傳疏》卷十九）

陳喬樅云：“《毛傳》云：‘三物，豕、犬、雞也。民不相信，則盟詛之。君以豕，臣以犬，民以雞。’《正義》引鄭《異義駁》云：‘《詩說》及鄭伯使卒及行所出，皆謂詛耳，小於盟也。’又云：‘定本：“民不相信，則詛之。”無“盟”字。’今據《韓詩》言盟牲而不及詛，自是以盟該詛，盟大而詛小，盟牲以牛，詛則以豕而已。《韓詩》言‘天子諸侯以牛、豕’，此兼舉盟詛所用之牲，非以牛、豕爲天子、諸侯之等差也。毛言‘君以豕’而不及牛，此則專指詛言之。《左氏·襄十一年傳》云：‘季武子將作三軍，盟諸僖閎，詛諸五父之衢。’又《定公六年傳》云：‘既逐，陽虎及三桓盟於周社，盟國人于亳社，詛諸五父之衢。’此分别盟、詛之異，知爲詛小於盟也。”（《韓詩遺説考》卷三之二）

王先謙云：“詩言同爲王臣，班聯比次，如物在繩之相貫，親切極矣。我之信諒，爾猶不我知乎？故欲出三物以詛之。《毛傳》所言三物，分三等。《左·隱十一年傳》：‘鄭伯使卒出豭，行出犬、雞，以詛射潁考叔者。’此一時用三物。《禮·曲禮》：‘涖牲曰盟。’《韓詩》云：‘天子諸侯以牛、豕，大夫以犬，庶人以雞。’此於三物外增牛，合盟、詛言之也。”（《詩三家義集疏》卷十七）

冠南按：據上引諸說，盟牲用牛而詛牲用豕，《章句》以牛、豕並舉，乃該盟、詛而言。惟盟時亦可用他牲，非限於牛。黃以周云：“盟用牛，亦用馬與羊。《戰國策》：‘齊、衛先君刑馬壓羊，盟曰：後世有相攻者,如此牲。'《説苑·奉使篇》:'齊魯之先君,相與刲羊而約。'約亦盟類。楚、趙同盟,毛遂兼取雞狗馬,非古也。"(《禮書通故》第三十《會盟禮通故》)是盟牲亦可用馬、羊。又按《春秋公羊傳·襄公二十七年》云:"公子鱄挈其妻子而去之,將濟于河,攜其妻子,而與之盟,曰:'苟有履衛地、食衛粟者,昧雉彼視。'"何休《解詁》云:"昧,割也。時割雉以爲盟。猶曰視彼割雉,負此盟,則如彼矣。"(《春秋公羊傳注疏》卷二十一)是亦有割雉爲盟者,孫詒讓"疑此雉,即謂鶵"(説詳《籀廎述林》卷二《公羊昧雉義》),然此乃急時所用,且非諸侯之間締盟,故無論雉雞,俱未可視爲常例。

爲鬼爲蜮。

【彙輯】

《章句》:蜮,短狐。短狐,水神也。(《太平御覽》卷九五〇。"蜮"字原闕,據下【通考】引徐堂、陳喬樅説補)

【通考】

徐堂云:"《韓傳》當云:'蜮,短狐。短狐,水神也。'如《毛傳》'芣苢,馬舄。馬舄,車前'之例,《御覽》節引之耳。陸璣《疏》:'短狐,一名射影,江淮水濱皆有之,人在岸上,影見水中,投人影則殺之,故曰射影也。'《玄中記》云:'水狐者,視其形,蟲也,其氣乃鬼也。'皆與韓説合。"(《韓詩述》卷四)

陳喬樅云:"當云:'蜮,短狐,水神也。'《御覽》又引《玄中記》曰:'水狐者,視其形,蟲也,其氣乃鬼也。長三四寸,其色黑,廣寸許,背上有甲,厚三分許。其頭有物向前,如角狀,見人則氣射,人去二三步即射人,中十人,六七人死。'考《説文》云:'蜮,短狐也。似鼈,三足,以氣射害人。'案'狐'當爲'弧'之假借字,《博物志》以爲'口中有弩形,以氣射人影'是也。《漢書·五行志》云:'蜮在水旁,能射人,射人有處,甚者至死。南方謂之短弧。'師古曰:'短弧即射工也,亦名水弩。'正作'弧'字,足證'短狐'乃'短弧'之假借,以其居水中,故又以爲'水神'也。《詩》以'鬼''蜮'並言者,李善《文選·東京賦注》引《漢舊儀》曰：‘魊，鬼也。’‘魊’與‘蜮’古字通。又引《漢舊儀》曰：‘昔顓頊氏有三子，一居水中爲魍魎蜮鬼。’是‘蜮’本爲鬼物之類也。”（《韓詩遺説考》卷三之二）

錢玫云：“《説文》‘蜮’注：‘短狐也。似鼈，三足，以氣射害人。’‘蟈’注：‘蜮又从國。’《周禮》‘蟈氏’鄭司農注：‘蟈，讀爲“蜮”。’後鄭云：‘今御所食蛙也。字从虫，國聲。’蜮乃短狐，許氏、先鄭‘蟈’‘蜮’轉注，後鄭乃分爲二物。竊謂古‘國’‘或’同音義。國，邦也；或，亦訓邦。是其證。後鄭失之矣。”（《韓詩内傳並薛君章句考》卷三）

王先謙云：“‘狐’乃‘弧’字之假借也。《春秋經》作‘蜮’，《穀梁·莊十八年傳》云：‘蜮，射人者也。’注：‘一名短狐。’《左釋文》：‘狐作弧，一名射景。’《詩義疏》云：‘人在岸上，景見水中，投人景則殺之，故曰射景。’一名‘射工’，《左》、《穀梁釋文》並云：‘蜮，《本草》謂之射工，亦名水弩。’《漢書·五行志》：‘劉向以爲蜮生南越。亂氣所生，故聖人名之曰蜮。蜮猶惑也，在水旁，能射人，射人有處，其甚者至死。南方謂之短狐、近射妖，死亡之象也。劉歆以爲蜮盛暑所生，非自越來也。’顔注：‘即射工也，亦呼水弩。’《五行志》‘狐’亦作‘弧’，此物以其能射害人，故受‘弧’名。”（《詩三家義集疏》卷十七）

巷　伯

緀兮斐兮。

【彙輯】

《章句》：緀，文貌。（《原本玉篇》卷二十七“緀”字條）

【通考】

陳奂云：“緀，本字；萋，假借字。”（《詩毛氏傳疏》卷十九）

顧震福云：“《毛詩》‘緀’作‘萋’，《傳》云：‘萋、斐，文章相錯貌。’震福案：《説文》云：‘緀，白文貌。（桂氏《義證》云：“白，當爲‘帛’。”王氏《句讀》説同。）’引《詩》曰：‘緀兮斐兮。’《廣韻》《韻會》並云：‘緀、斐，文章相錯貌。’蓋皆本《毛詩》。《原本玉篇》明引《毛詩》曰：‘緀兮斐兮。’《傳》

曰:‘縷、斐,文章相錯貌。’可證今本《毛詩》作‘萋’,乃‘縷’字之誤。《毛詩》俗本多誤字。‘縷’誤爲‘萋’,與‘有渰凄凄’,俗本誤爲‘萋’同。”(《韓詩遺説續考》卷三)

王先謙云:“《説文》:‘縷,帛文貌。《詩》曰:縷兮斐兮,成是貝錦。’未載何家經文。《玉篇·糸部》‘縷’下引《韓詩》曰:‘文貌也。’(“縷”譌作“萋”,今從《説文》引《詩》訂正。)後檢唐卷子本《玉篇》,引《韓詩》實作‘縷’,知許用韓文也。”(《詩三家義集疏》卷十七)

緝緝繽繽,謀欲譖言。(《原本玉篇》卷二十七“緝”字條、“繽”字條)

【彙輯】

《章句》:緝緝,往來貌也。(《原本玉篇》卷二十七“緝”字條)繽繽,往來貌也。(《原本玉篇》卷二十七“繽”字條、慧琳《一切經音義》卷二十八“繽紛”條、卷三十二“繽紛”條、卷九十四“繽紛”條)

【通考】

顧震福云:“《毛詩》作‘緝緝翩翩’,《傳》云:‘緝緝,口舌聲。翩翩,往來貌。’震福案:‘扁’‘賓’一聲之轉,字得通用。《説文》:‘猵,或從賓作“獱”。’《集韻》:‘鯿,或從賓作“鰟”。’‘翩’之作‘繽’,猶‘猵’之作‘獱’、‘鯿’之作‘鰟’矣。‘營營青蠅’,《毛傳》云:‘營營,往來貌。’《説文》引作‘謍謍’,云:‘小聲。’又,《説文》:‘詾,往來言也。’《玄應音義》四引《三倉》云:‘諠,言語詾詾往來也。’是多言亦謂之往來言。《廣雅》:‘繽繽,衆也。’然則韓謂‘緝緝繽繽’爲‘往來’者,亦謂言語之往來衆多也。”(《韓詩遺説續考》卷三)

皮嘉祐云:“‘緝緝’‘繽繽’,韓皆以爲‘往來貌’者,《行葦》篇:‘授几有緝御。’《箋》:‘緝,猶續也。’往來相續,故曰‘緝緝’。‘繽繽’既訓‘往來’,‘緝緝’自當同訓。《漢書·楊雄傳》:‘繽紛往來。’是‘繽繽’之訓往來,尤爲有據。《韓詩》兩訓,較毛義爲優。”(王先謙《詩三家義集疏》卷十七引)

冠南按:“緝緝”乃“咠咠”之假借(説詳胡承珙《毛詩後箋》卷十九、馬瑞辰《毛詩傳箋通釋》卷十七),《説文·口部》:“咠咠,聶語也。”《廣韻·緝韻》:

“咠咠，譖言也。”《玉篇·口部》：“咠咠，口舌聲也。”是“咠咠”俱爲口舌興讒之義，《玉篇》所載韓訓“緝緝，往來貌”，疑乃顧野王誤引“繽繽，往來貌”所致，未必韓訓之原本。

慎爾言矣，謂爾不信。（《韓詩外傳》卷三第三十七章）

韓詩佚文彙輯通考卷八

小　雅　二

谷　風

將恐將懼。（《文選》卷三十六《天監三年策秀才文》李善注）

【彙輯】

《章句》：將，辭也。（《文選》卷七《甘泉賦》、卷三十六《天監三年策秀才文》李善注）

【通考】

馬瑞辰云："'將'當讀如《楚辭》'羌内恕己以量人兮'之'羌'。王逸注：'羌，楚人發語詞也。'洪興祖《補注》：'楚人發語端也。'《文選》注：'羌，乃也。'又引《韓詩章句》曰：'將，辭也。'則《韓詩》正讀'將'如'羌'。又《文選》注引《小爾雅》：'羌，發聲也。'"（《毛詩傳箋通釋》卷八）

冠南按："將"爲語（助）辭，説詳劉淇《助字辨略》卷二。

將安將樂，棄予作遺。（《韓詩外傳》卷七第十七章）

習習谷風，惟山岑原。（《原本玉篇》卷二十二"岑"字條）

【彙輯】

《章句》：岑原，山巔也。（《原本玉篇》卷二十二"岑"字條）

【通考】

顧震福云："《毛詩》作'維山崔嵬'，《傳》云：'崔嵬，山巔也。'震福案：'岑原'别作'崟崸'，《集韻》：'崟崸，山巔也。''巔'當作'顛'，《説文》：'顛，頂也。'無'巔'字。山顛者，謂山之頂上也。《爾雅》《説文》《釋名》並以'岑'爲'山小而高'。郭注《爾雅》：'言岑崟。'《方言》：'岑崟，峻貌。'又云：'岑，高貌。'《文選·西都賦》注、《後漢·班彪傳》注並引《爾雅》：'高平曰原。（今本"高"作"廣"。）'《皇皇者華》毛傳同。《説文》作'邍'，云：'高平之野，人所登。'然則岑原者，乃山之高平處也。韓與毛文異義同。"（《韓詩遺説續考》卷三）

王先謙云："《方言》十二：'岑，高也，大也。'《廣雅·釋詁》訓同。《説文》'原'作'邍'，云：'高平之野，人所登。'與《皇矣》傳'高平曰原'合。《大司徒》：'五曰原隰，其植物宜叢物。'《爾雅·釋地》：'可食者曰原。'則岑原爲山巔可植草木處，猶《孟子》'岑樓'，趙注訓爲'山之鋭嶺者也'。毛作'崔嵬'，而《爾雅·釋山》訓爲'石山戴土'，《卷耳》傳誤爲'土山戴石'。戴石之山不能毓草木，故此《傳》易前説爲'山巔'，與韓同。《説文》：'崔，大高也。''嵬，高不平也。''崔'義雖同'岑'，而'嵬'義乃適與'原'反。《魯詩》'嵬'作'巍'。《説文》：'高也。'《楚辭·初放》：'高山崔巍兮。'王注：'高貌。'是特泛言山巔之高。毛訓'山巔'，亦讀'嵬'爲'巍'。要以韓義爲備矣。"（《詩三家義集疏》卷十八）

蓼　莪

無父何怙，無母何恃。（玄應《衆經音義》卷一"恃怙"條、卷二"恃怙"條、卷三"恃是"條、卷十五"依怙"條、卷二十四"舉恃"條、慧琳《一切經音義》卷九"恃是"條、卷十八"依怙"條、卷二十三"菩薩爲一切衆生恃怙"條、卷二十六"恃怙"條、卷三十"怙恃"條、卷五十八"依怙"條、卷七十"舉恃"條、"依怙"條）

【彙輯】

《章句》：怙，賴也。恃，負也。（玄應《衆經音義》卷一"恃怙"條、卷二"恃怙"條、卷十五"依怙"條、慧琳《一切經音義》卷二十三"菩薩爲一切衆生恃怙"條、卷二十六"恃怙"條、卷五十八"依怙"條。《經典釋文》卷六僅引"怙，賴也"）

【通考】

胡承珙云："'怙''恃'皆'依賴'之義，故此《箋》云：'怙恃父母依依然，以爲不可斯須無也。'《釋文》引《韓詩》云：'怙，賴也。恃，負也。'雖分別釋之，大旨亦同。《說文》：'負，恃也。'正與《韓詩》相轉注。'恃'又通'持'，《小宛》：'果羸負之。'《傳》云：'負，持也。'是也。"（《毛詩後箋》卷二十）

馬瑞辰云："'怙'與'恃'散文則通，對文則異。《唐風》以'陟岵'興望父，即取可怙之義，《釋名》'岵，怙也'是矣。'恃''負'互訓。《說文》：'負，恃也。'《漢書・高帝紀》：'嘗從王媼、武負貰酒。'如淳注曰：'俗謂老大母爲負。'師古曰：'劉向《列女傳》："魏曲沃負者，魏大夫如耳之母也。"此則古語謂老母爲負耳。'謂母爲負，蓋取可恃之義。恃音近㑥，《爾雅・釋言》：'㑥，恃也。'郭注：'今江東呼母爲㑥。'《荀子》：'其容㑥然。'楊注：'㑥然，恃尊長之貌。'是呼母爲㑥，亦取恃義。又《說文》'媞'字注：'一曰江淮之間謂母爲媞。''媞'與'恃'亦音近而義同。"（《毛詩傳箋通釋》卷二十一）

陳壽祺云："《毛詩釋文》止引《韓詩》云：'怙，賴也。'下云'恃，負也'，不言《韓詩》，蓋相承文省耳。又《華嚴經音義》引《韓詩傳》連經文二語。"（《韓詩遺說考》卷三之三）

陳奐云："《鴇羽》傳：'怙，恃也。'渾言之，則'怙'亦'恃'也。《釋文》及《華嚴經音義・入法界品》引《韓詩》云：'怙，賴也。恃，負也。'析言之也。"（《詩毛氏傳疏》卷二十）

陳喬樅云："'怙''恃'訓義互通。《爾雅・釋言》：'怙，恃也。'《說文》：'恃，賴也。''負，恃也。'是已。"（《韓詩遺說考》卷三之三）

冠南按：《後漢書・鄭太傳》："若恃衆怙力，將各棊峙，以觀成敗。"李賢注："'怙'亦'恃'也。"此亦"怙""恃"渾言可通之證，析言之，則如韓訓所示，各有其義。

父兮生我，母兮鞠我。拊我畜我，長我育我。顧我復我，出入腹我。（《韓詩外傳》卷七第二十七章）

大　東

有盥簋飧。（《原本玉篇》卷九"饛"字條："《韓詩》爲'盥'字。"）

【通考】

顧震福云："《毛詩》'盄'作'饛'，《傳》云：'饛，滿簋貌。'《說文》：'盄，盛器滿貌。'引《詩》曰：'有饛簋飧。'《廣韻》：'饛，盛器滿貌。'一作'幪'。《方言》：'幪，豐也。自關而西，秦晋之間，凡大貌謂之幪。'《玉篇》：'幪，大也。'《廣雅》：'幪，豐也。'《韓詩》作'盄'，《集韻》《韻會》並云：'饛，或作"盄"。'"(《韓詩遺説續考》卷三)

陳鴻森云："今本《玉篇》皿部'盄'字訓'滿'。《毛傳》：'饛，滿簋貌。'是韓、毛字異義同也。"(《韓詩遺説補遺》)

冠南按：韓作"盄"，毛作"饛"，兩家字異而義同，顧説引證繁富，足以定讞。《玉篇・皿部》："盝，滿也。""盄，同上。"則"盄"與"盝"俱訓"滿"，與《毛傳》"饛，滿簋貌"義同，亦可佐證顧説。

周道如砥，其直如矢。(《韓詩外傳》卷三第二十二章)

君子所履，小人所視。(《韓詩外傳》卷三第二十二章)

睠焉顧之，潸焉出涕。(《韓詩外傳》卷三第二十二章)

嬥嬥公子。

【彙輯】

《章句》：嬥嬥，往來貌。(《經典釋文》卷六、慧琳《一切經音義》卷八十四"嬥曲"條)

【通考】

王引之云："《毛傳》曰：'佻佻，獨行貌。'《釋文》：'佻佻，《韓詩》作嬥嬥，往來貌。'家大人曰：'佻佻'當從《韓詩》作'嬥嬥'。嬥嬥，直好貌也，非獨行貌，亦非往來貌。《詩》言：'糾糾葛屨，可以履霜；嬥嬥公子，行彼周行。'糾糾是葛屨之貌，非履霜之貌，則嬥嬥亦是公子之貌，非獨行往來之貌，猶之'糾糾葛屨，可以履霜，摻摻女手，可以縫裳'，摻摻是女手之貌，非縫裳之貌也。《説文》：'嬥，直好貌。'《玉篇》音徒了、徒聊二切，《廣雅》曰：'嬥嬥，好也。'嬥嬥猶言苕苕。張衡《西京賦》曰'狀亭亭以苕苕'是也。故《楚辭・九歎》注引《詩》作'苕苕公子，行彼周行'，《大東》釋文曰：'佻佻，本或作窕窕。'《方言》曰：'美狀爲窕。'窕亦好貌也。此句但言其直好，下三句乃傷其困乏，言此嬥嬥然直好之公子，馳驅周道，往來不息，是使我心傷病耳。《廣雅》訓'嬥嬥'爲'好'，當在《齊》《魯詩》説。若《毛詩》因'行彼周行'而訓爲獨行，《韓詩》因'既往既來'而訓爲往來，皆緣詞生訓，非詩人本意也。"(《經義述聞》卷六《毛詩中》"佻佻公子"條)

沈清瑞云："《爾雅·釋訓》：'佻佻、契契，愈遐急也。'《文選·魏都賦》注引作'嬥嬥、契契'。又案《廣韻》曰：'嬥嬥，往來貌。《韓詩》云。嬥歌，巴人歌也。'此以'《韓詩》云'三字足上句，非連下'嬥歌'也。'嬥歌'見左思賦：'或明發而嬥歌。'張載注：'嬥，謳歌，巴土人歌也。'此《廣韻》'嬥歌'所本。以其接'《韓詩》云'下，恐學者疑，故特辨之。"(《韓詩故》卷下)

楊揆嘉云："古音'翟''兆'相近，故从'翟'从'兆'之字多相通借。《韓詩》'佻'字作'嬥'，亦其例也。《爾雅》'佻佻、契契'，李善《魏都賦》注引作'嬥嬥、契契'。郭璞曰：'佻，或作"嬥"，音葦苕，一音徒了反。'"(徐堂《韓詩述》卷四引)

陳奐云："韓探下'既往既來'爲訓。"(《詩毛氏傳疏》卷二十)

馮登府云："經文中从'兆'从'翟'之字多通用。《周禮》'守祧'，故書作'濯'。《尚書·顧命》：'王乃洮頮水。'鄭訓'洮'爲'濯'。故'佻'亦可作'嬥'。《説文》：'嬥，直好貌。'猶言'苕苕'。《楚詞》引作'苕苕公子'。《大東》釋文云：'嬥嬥，本或作"窈窈"，亦好貌。'《廣雅·釋訓》：'嬥嬥，好也。'是音義並同。若《傳》訓'佻'爲'獨行'，《釋文》訓'嬥'爲'往來'，皆因'既往既來'句而釋之。《玉篇》《廣韻》並云：'嬥嬥，往來貌。'"(《三家詩異文疏證·韓詩》)

陳喬樅云："《廣韻·二十九篠》'嬥'下引《韓詩》同。嬥嬥，《毛詩》作'佻佻'，訓'獨行貌'。王逸《楚詞》注引《詩》作'苕苕'，是據魯家之文，義當訓爲'直好貌'，文義並與韓異。韓訓'嬥嬥'爲'往來貌'，蓋以'嬥嬥'爲'趯趯'之假借字。"(《韓詩遺説考》卷三之三)

王先謙云："韓訓'往來貌'者，蓋以'嬥嬥'爲'趯趯'之借字。《廣雅》:‘嬥嬥,好也。’《説文》:‘嬥,直好皃。’此‘嬥嬥’本訓,蓋出《齊詩》,字同而義異也。”(《詩三家義集疏》卷十八)

冠南按:韓訓“嬥嬥”爲“往來貌”,乃以之爲“趯趯”之假,陳、王之説是。《小雅·巧言》:“趯趯毚兔,遇犬獲之。”《史記》卷七十八《春申君列傳》裴駰《集解》引《韓詩章句》云:“趯趯,往來貌。”即其證。

或以其酒,不以其漿。(《韓詩外傳》卷七第十八章)

【通考】

陳喬樅云:“《毛傳》云:‘或醉於酒,或不得漿。’《正義》曰:‘毛以爲言王政之偏,或用之爲官,令其醉酒,或不見任用,不得其漿。’毛意與《韓詩外傳》引《詩》正同,其義甚古。歐陽《本義》乃云:‘言當飲漿者,今飲酒矣。’第就一人言之,殊失其義。”(《韓詩遺説考》卷三之三)

跂彼織女,終日七襄。　雖則七襄,不成報章。(《文選》卷二十六《夏夜呈從兄散騎車長沙》李善注。《文選》卷二十六《和謝監靈運》李善注僅引“雖則七襄,不成報章”)

【彙輯】

《章句》:襄,反也。(《文選》卷二十六《夏夜呈從兄散騎車長沙》李善注)

【通考】

胡承珙云:“經言‘日’,並不及夜,況移七襄而至夜,亦不得謂之‘迴反’。蓋‘反’即‘更’也。《吕覽·慎人篇》:‘返瑟而弦。’《察微篇》:‘舉兵反攻之。’《知度篇》:‘其患又將反以自多。’高誘注並以‘反’爲‘更’。此《傳》言‘反’者,亦謂從旦至莫,七更其次。《鄭箋》謂‘更其肆’者,乃申《傳》,非易《傳》也。《爾雅》:‘襄,除也。’《斯干》傳:‘除,去也。’‘除,去’者,‘變更’之義,故韓、毛皆以‘襄’爲‘反’。”(《毛詩後箋》卷二十)

陳喬樅云:“此與《毛傳》義同。《鄭箋》云:‘襄,駕也,謂更其肆也。從旦至莫七辰,辰一移,因謂之七襄。’(此從岳本)《正義》述毛,謂:‘終一日歷七辰,至夜而回反。’”(《韓詩遺説考》卷三之三)

東有啓明，西有長庚。

【彙輯】

《章句》：太白晨出東方爲啓明，昏見西方爲長庚。（《史記》卷二十七《天官書》司馬貞《索隱》）

【通考】

胡承珙云："太白名長庚，不止見於《廣雅》。徐氏《管城碩記》云：'前漢鄒陽《上梁孝王書》曰："衛先生爲秦畫長平之策，太白食昴。"張衡《週天大象賦》曰："衛生設策，長庚入昴。"'此太白爲長庚之證，又在張揖之前者也。若何氏謂太白不能一日東西兩見，則又不然。《新法表異》云：'金星或合太陽而不伏，水星或離太陽而不見。所以然者，金緯甚大，凡逆行，緯在北七度餘，而合太陽於壽星、大火二宫，則雖與日合，其光不伏。一日晨夕兩見者，皆坐此故。水緯僅四度餘，設令緯向是南合太陽於壽星，嗣後雖離四度，夕猶不見也。合太陽於降婁後，雖離四度，晨猶不見也。此二則用渾儀一測便見，非舊法所能知也。'"（《毛詩後箋》卷二十）

馬瑞辰云："《韓詩》與《毛傳》義同，皆以啓明、長庚爲一星。"（《毛詩傳箋通釋》卷二十一）

徐堂云："《毛傳》：'日旦出，謂明星爲啓明。日既入，謂明星爲長庚。'《爾雅釋文》：'明星謂之啓明。'孫炎注：'明星，太白也。'是毛亦以啓明、長庚爲太白昏旦之異名，與韓義同。鄭氏樵曰：'啓明，金星；長庚，水星也。金在日西，故日將出則東見；水在日東，故日將没則西見。實二星也，以爲一星者，非。'嚴氏粲疑不能定，陳氏啓源曰：'金、水二星皆有晨昏度，若如鄭説，則金無昏度，水無晨度也。'何氏楷曰：'水星自名辰星，天官家未聞以長庚名水星者。《史記》稱太白出以辰戌，入以丑未。辰星出入，亦當以辰戌、丑未。安得每日東西見乎？太白謂之長庚，無可疑者，但從前之解，似每日東西兩見則不然。夫金星歲一周天，東西本非同時，晨見東方，去夕之期甚遠，及夕見西方，去晨見之期甚遠。啓明、長庚正因東西見而異其名耳。'堂案：何

説是也。”(《韓詩述》卷四)

陳喬樅云:“此與《毛傳》説同。《正義》引孫炎説,以明星爲太白,是矣。又云:‘長庚不知爲何星。’爲兩歧之解,失之。何氏《古義》曰:‘考張揖《廣雅》云:“太白謂之長庚。”始知長庚、啓明本是一星。《韓詩》《毛傳》亦皆指爲明星。’”(《韓詩遺説考》卷三之三)

錢玫云:“《毛傳》:‘日旦出,謂明星爲啓明。日既入,謂明星爲長庚。’與《韓詩》同爲一星也。疏引孫炎云:‘明星,太白也。出東方,高三舍,今曰太白。’《爾雅》郭注:‘晨見東方,爲啓明;昏見西方,爲太白。’蓋本此也。孔穎達不知長庚是何星,爲兩歧之解。後儒異説紛紛,其最無禮者,鄭樵分金、水二星,謂金在日西,故東。當以韓爲正。”(《韓詩内傳並薛君章句考》卷三)

惟南有箕,不可以簸揚。　惟北有斗,不可以挹酒漿。(《韓詩外傳》卷四第六章、第七章)

四　月

【彙輯】

《序》:《四月》,歎征役也。(董逌《廣川詩故》)

【通考】

嚴粲云:“此詩憂世之亂。《韓詩》止以爲‘歎征役’,未盡詩意。”(《詩緝》卷二十二)

馮登府云:“徐幹《中論》:《四月》之篇,‘行役過時,作詩怨刺。’杜預《左傳·文十三年》注:‘《四月》詩,行役踰時,思歸祭祀。’皆與韓義合。”(《三家詩遺説》卷五)

徐堂云:“《孔叢子·記義篇》:‘夫子讀《詩》,曰:於《四月》,見孝子之思祭也。’徐幹《中論·譴交篇》曰:‘古者行役,過時不反,猶作詩刺怨。故《四月》之篇稱:先祖匪人,胡寧忍予?’又《正義》引王肅曰:‘詩人以夏四月行役,至六月暑往,未得反,已闕一時之祭,後當復闕二時也。征役過時,曠廢其祭。我先祖獨非人乎?王者何爲忍不憂

恤我，使我不得脩子道？’並與《韓詩》‘征役’之義合。”（《韓詩述》卷四）

秋日淒淒，百卉具腓。（《文選》卷二十《九日從宋公戲馬臺集送孔令詩》李善注）

【彙輯】

《章句》：腓，變也，俱變而黄也。（《文選》卷二十《九日從宋公戲馬臺集送孔令詩》李善注。《經典釋文》卷六僅引“腓，變也”）

【通考】

馮登府云：“腓，《釋文》亦訓‘變’。”（《三家詩異文疏證・韓詩》）

徐堂云：“《戲馬臺詩》注又引毛萇曰：‘痱，病也。’今本作‘腓’字，非。段玉裁曰：‘據善注，則《毛詩》本作“痱”，韓作“腓”爲假借字，今《毛詩》本從韓作“腓”，非也。’堂案：《爾雅・釋詁》：‘痱，病也。’郭注：‘見《詩》。’則景純所見《毛詩》亦作‘痱’。”（《韓詩述》卷四）

亂離斯莫，爰其適歸。

【彙輯】

《章句》：莫，散也。（《文選》卷二十《關中詩》李善注）

【通考】

胡承珙云：“《文選》潘岳《關中詩》：‘亂離斯瘼。’李善注曰：‘《韓詩》：“亂離斯莫，爰其適歸。”薛君曰：“莫，散也。”《毛詩》：“亂離瘼矣。”毛萇曰：“瘼，病也。”今此既引《韓詩》，宜爲“莫”字。’詳李善之意，謂潘詩不曰‘瘼矣’，而曰‘斯瘼’，知其用《韓詩》，故云‘宜爲“莫”字’。但李注所引《韓詩》‘爰其適歸’，‘爰’當本作‘奚’。寫《文選》者，以形近致誤，或《毛詩》口熟，遂改爲‘爰’耳。蓋薛君以‘莫’爲‘散’，《家語・辨政》《説苑・政理》引此詩‘亂離斯瘼’（‘瘼’皆當作‘莫’），皆云‘傷離散以爲亂’，是《韓詩》以‘離莫’爲‘離散’，本與毛訓‘憂病’異義。夫上言政亂離散，下文當云奚其適歸，故《家語》作‘奚’。今《説苑》本作‘爰’者，亦傳寫誤耳。任彦昇《爲范尚書讓吏部封侯第一表》云：‘亂離斯瘼，欲以安歸。’李注亦引《韓詩》及薛注，‘瘼’字‘爰’字雖傳寫誤同《毛詩》，然任表云‘安歸’，正‘奚其適歸’之意。此亦足見韓當作'奚',與毛異字異義也。(段氏《詩小學》曰:"常璩《華陽國志》引'亂離瘼矣,奚其適歸',疑三家《詩》有作'奚'者。"承珙案:趙壹《刺世疾邪賦》曰:"原斯瘼之攸興,實執政之匪賢。"仲長統《昌言·法誡篇》曰:"亂離斯瘼,怨氣並作。"凡此皆用《韓詩》,依《選》注,則"瘼"皆當作"莫"。)"(《毛詩後箋》卷二十)

馬瑞辰云:"《文選》卷二十、卷三十八李注並引《韓詩》:'亂離斯莫。'薛《章句》曰:'莫,散也。'則以'亂離'二字連讀,讀'離'爲'離散'之'離',讀'莫'如'散漠'之'漠'。(《説文》:"漠,北方流沙也。""沙,水散石也。"是沙漠義取漠散也。)《説苑·政理篇》引《詩》:'"亂離斯瘼,爰其適歸",此傷離散以爲亂者也。'其義正本《韓詩》。"(《毛詩傳箋通釋》卷二十一)

馮登府云:"《箋》:'具,猶皆也。'本作'俱'義。《叔于田》:'火烈具舉。'毛曰:'具,俱也。''莫'通'瘼',《小雅》:'莫此下民。'以'莫'爲'瘼'。薛訓'散',較《傳》訓'病'爲長。言亂離斯民,散其何所歸耶?'斯莫'亦視'瘼矣'爲順。又按《文選》潘安仁《關中詩》注引韓:'亂離斯莫,爰其適歸。'《説苑·政理》亦作'爰'。"(《三家詩異文疏證·韓詩》)

徐堂云:"'莫''瘼'古通用字。《皇矣》:'求民之莫。'《漢書》'莫'作'瘼'。《廣雅·釋詁》云:'莫,布也。'又云:'布,散也。'則薛君訓'莫'爲'散',蓋古義如此。"(《韓詩述》卷四)

陳喬樅云:"梁處素據《文選》三十八任昉《爲范尚書讓吏部封侯第一表》注引《韓詩》作'亂離瘼矣,爰其適歸',疑《韓詩》亦同。喬樅謂:梁説非是。潘安仁《關中詩》:'亂離斯瘼。'李善注先引《韓詩》'亂離斯莫'云云,又引'《毛詩》曰:"亂離瘼矣。"今此既引《韓詩》,宜爲"莫"字'。據此,則《韓詩》文爲'亂離斯莫'明甚。《文選》三十八注蓋誤也。此詩三家今文皆作'亂離斯莫',與《毛詩》異。《説苑·政理篇》引《詩》及《後漢書》仲長統《昌言·法誡篇》並同,是其明證。《説苑》云:'此傷離散以爲亂者也。'與《韓詩》訓'莫'爲'散'合,是魯、韓文同義同。據任彦昇表云:'亂離斯瘼,欲以安歸。'潘安仁詩:'亂離斯瘼。'皆用《韓詩》之句。故李善云:'今此既引《韓詩》,宜爲"莫"字也。'胡承珙曰:'"爰"當本作"奚",以形近致誤。'其説是已。"(《韓詩遺説考》卷三之三)

廢爲殘賊，莫知其尤。（《韓詩外傳》卷七第十九章）

【彙輯】

《章句》：賊仁者謂之賊，賊義者謂之殘。（日本菅原是善《東宫切韻》[見上田正《切韻逸文の研究》]、日僧信瑞《净土三部經音義集》卷二。慧琳《一切經音義》卷三“殘賊”條引作“殘義曰賊”，當即“賊義者謂之殘”之節文，且應作“賊義曰殘”）

【通考】

冠南按：《孟子·梁惠王下》云：“賊仁者謂之賊，賊義者謂之殘。”（《孟子正義》卷五）此乃《章句》之所本。

何云能穀。（《原本玉篇》卷九“云”字條）

【彙輯】

《章句》：云，辭也。（《原本玉篇》卷九“云”字條。辭，《文選》卷二十五《贈何劭王濟五言》李善注引作“詞”）

【通考】

顧震福云：“毛無訓。震福案：《廣韻》：‘云，辭也。’即本《韓詩》。《文選》傅咸詩注引《韓詩薛君章句》曰：‘云，詞也。’陳樸園繫於‘云何吁矣’下，蓋《詩》中‘云’字，《韓詩》多以爲辭。”（《韓詩遺説續考》卷三）

皮嘉祐云：“《文選》傅咸詩注引《周南·卷耳》：‘云何吁矣。’《章句》同。”（王先謙《詩三家義集疏》卷十八引）

北　山

溥天之下，莫非王土。（《韓詩外傳》卷一第二十七章）

【通考】

陳喬樅云：“普，《毛詩》作‘溥’，《傳》云：‘溥，大也。’三家《詩》並作‘普’字。《荀子》及《賈子新書》《白虎通》引《詩》同，可證也。趙岐《孟子章句》訓‘普’爲‘徧’，《韓詩》義當亦同。”（《韓詩遺説考》卷三之三）

冠南按：元本《外傳》作“溥天”，陳引作“普天”，乃用程榮本，屈守元云：“陳説稍膠固，‘溥’‘普’字音同義近，古多通用，未必三家與毛以此區别。今定從元本，字與《毛詩》不異。”（《韓詩外傳箋疏》卷一）本書亦從元本録文。

無將大車

無將大車，惟塵冥冥。（《韓詩外傳》卷七第二十章）

小　明

眷眷懷顧。（《文選》卷十一《登樓賦》、卷十五《思玄賦》、卷二十五《答張士然》《西陵遇風獻康樂》、卷二十七《從軍行》李善注）

【通考】

馮登府云："《玉篇》云：'睠，同"眷"。'《大東》：'睠言顧之。'《後漢・劉陶傳》《荀子・宥坐篇》皆引作'眷'。《皇矣》：'乃眷西顧。'同'睠'。段氏玉裁云：'凡"眷顧"並言，"顧"者，還視也；"眷"者，顧之深也。故《毛傳》曰："睠，反顧也。"引伸之，訓爲眷屬。'"（《三家詩異文疏證・韓詩》）

徐堂云："《説文・目部》：'眷，顧也。'無'睠'字。《玉篇》：'"睠"與"眷"同。'則'眷'與'睠'正、俗字也。王逸《九歎》注引《詩》亦作'眷眷'。"（《韓詩述》卷四）

王先謙云："《説文》有'眷'無'睠'。《詩》言我事孔庶，本欲不顧而歸，然念彼共人，又爲之眷眷而反顧焉，且懼歸而獲譴也。"（《詩三家義集疏》卷十八）

靜恭爾位，正直是與。神之聽之，式穀以女。（《韓詩外傳》卷四第九章）

【通考】

馬瑞辰云："'共''恭'古通用。'靖共爾位'，《韓詩外傳》引《詩》作'静恭爾位'；《巧言》詩：'匪其止共。'《韓詩外傳》作'匪其止恭'。"（《毛詩傳箋通釋》卷二十一）

徐堂云："'静'與'靖'古通用字。《堯典》：'静言庸違。'《漢書・王尊傳》《論衡・恢國篇》並作'靖言'。'恭'與'共'同。《漢書・王褒傳》:'共惟《春秋》法五始之要。'服虔曰:'共,敬也。'師古曰:'共,讀爲"恭"。'《皋陶謨》:'愿而恭。'《甘誓》:'今予惟恭行天之罰。'《史記·夏本紀》'恭'並作'共'。高誘注《吕覽·有度篇》亦作'静恭',蓋《韓詩》也。《春秋繁露·祭義篇》引詩作'静共'。"(《韓詩述》卷四)

静恭爾位,好是正直。神之聽之,介爾景福。(《韓詩外傳》卷四第八章。《韓詩外傳》卷七第二十一章僅引"静恭爾位,好是正直",《韓詩外傳》卷八第二十六章、第二十七章僅引"好是正直")

鼓　鍾

鼓鍾伐磬,淮有三州,憂心且陶。(《原本玉篇》卷二十二"陶"字條)

【彙輯】

《章句》:陶,暢。感其樂聲,陶□其人。(《原本玉篇》卷二十二"陶"字條。《文選》卷三十四《七發》李善注、《後漢書》卷八十上《杜篤傳》李賢注僅引"陶,暢也")

【通考】

馬瑞辰云:"憂心且陶,'陶'即'妯'之假借。'妯'通作'陶',猶古文書'皋陶'作'咎繇'也。《爾雅》《説文》並曰:'妯,動也。'動之言變動,即慟也,動當讀如《論語》:'顔淵死,子哭之慟。'鄭云:'變動容貌。'故《正義》以'變動容貌'釋之。"(《毛詩傳箋通釋》卷二十一)

陳喬樅云:"陶,暢也。暢,達也。杜篤《論都賦》:'粳稻陶遂。'謂暢遂也。枚乘《七發》:'陶陽氣。'謂達陽氣也。是陶陶爲暢達之義。"(《韓詩遺説考》卷二之一)又云:"《毛詩》作'憂心且妯',《傳》云:'妯,動也。'《箋》云:'妯之言悼也。'與韓文異。馬瑞辰以'陶'爲'妯'之假借,其説亦通,然'陶'本有'憂'義,無煩假借。《廣雅·釋言》曰:'陶,憂也。'正釋韓氏'憂心且陶'之訓。《説文》云:'暢,不生也。'《玉篇》同。《禮記·月令》曰:'地氣且泄,是謂發天地之房,諸蟄則死,民必疾疫,又隨以喪,命之曰暢月。'則'暢月'云者,當即以'不生'爲義,'暢'字本義訓爲'不生',與訓作'暢達'者正相反。則'暢'之本義蓋與'鬱'近,故古人以'鬱陶'連文,訓爲'憂思','陶'猶'鬱'也,知此,則知《韓詩》以‘陶’訓‘暢’,‘暢’亦有‘憂鬱’之義矣。王氏《廣雅疏證》曰:‘凡一字兩訓而反復旁通者,如“亂”之爲“治”,“故”之爲“今”,“擾”之爲“安”,“臭”之爲“香”,不可悉數。’《爾雅》:‘鬱、陶、繇,喜也。’又云:‘繇,憂也。’則‘繇’字即有‘憂’‘喜’二義,‘鬱陶’亦猶是也。是故喜氣未暢謂之‘鬱陶’,《檀弓》正義引何氏《隱義》云:‘鬱陶,懷喜未暢意。’是也。憂思憤盈,亦謂之‘鬱陶’,《楚詞·九辨》:‘豈不鬱陶而思君兮。’王逸注云:‘憤念蓄積,盈胷臆也。’孟子書:‘象曰:鬱陶思君爾。’《史記·五帝紀》:‘我思君正鬱陶。’是也。暑氣蘊隆,亦謂之‘鬱陶’,摯虞《思游賦》:‘戚溽暑之鬱陶兮。’夏侯湛《大暑賦》:‘乃鬱陶以興熱。’是也。事雖不同,而同爲‘鬱積’之義,故命名亦同。閻氏百詩謂憂、喜不同名,《廣雅》誤訓‘陶’爲‘憂’,其説非也。”(《韓詩遺説考》卷三之三)

以雅以南,以籥不僭。(《後漢書》卷五十一《陳禪傳》李賢注)

【彙輯】

《章句》:南夷之樂曰南。四夷之樂,惟南可以和於雅者,以其人聲音及籥不僭差也。(《後漢書》卷五十一《陳禪傳》李賢注)

【通考】

范家相云:“如薛君説,則南當爲南夷之樂,非二南也。”(《三家詩拾遺》卷八)

沈清瑞云:“《陳禪傳》陳忠引《詩》曰:‘以雅以南,韎任朱離。’章懷注云:‘《毛詩》無“韎任朱離”之文,蓋見齊、魯之《詩》也,今亡。’竊謂此説非也。‘南’即‘任’字,故薛君云:‘南夷之樂曰南。’讀爲‘任’也。既云‘南’,不必復言‘任’,蓋忠引傳文以足經句耳。”(《韓詩故》卷下)

馬瑞辰云:“《韓詩》説以籥承雅、南言之,與《毛傳》同。”(《毛詩傳箋通釋》卷二十一)

馮登府云:“《陳禪傳》陳忠引《詩》曰:‘以雅以南,韎任朱離。’注:‘《毛傳》無“韎任朱離”之文,蓋見《齊》《魯詩》也,今亡。’案‘以雅以南’,《傳》歷引四夷之樂,‘韎任朱離’蓋注文也。陳忠欲實四夷之樂陳于門，故牽合引之。且《詩》只言南樂，于撣國何涉？非附會餘樂，不足覆庇。薛《章句》俱在，何嘗有‘𩊻任朱離’之文耶？”（《三家詩遺説》卷六）

丁晏云：“《毛傳》：‘南夷之樂曰任。’《禮記·明堂位》正義引作‘南夷之樂曰南’，與薛夫子合。‘南’‘任’聲相近。”（《詩考補注·韓詩》）

徐堂云：“毛氏以雅、南、籥三者皆舞名，‘不僭’者謂此三舞與上琴、瑟、笙、磬節奏同也。鄭則謂‘不僭’者謂此三舞行列不有參差，不包上經琴、瑟、笙、磬。《樂記》所謂‘古樂之發，進旅退旅’是也。據韓意，則‘以籥’句是申明南樂所以和雅之故，與毛、鄭並異。”（《韓詩述》卷四）

陳喬樅云：“此以六代之樂釋雅，以四夷之樂釋南，三家《詩》説皆與《毛傳》合。薛君言：‘四夷之樂，惟南可以和於雅者。’蓋以南有羽籥，與中國籥舞同。《白虎通》引《樂元語》曰：‘東夷之樂持矛舞，助時生也；南夷之樂持羽舞，助時養也；西夷之樂持戟舞，助時煞也；北夷之樂持干舞，助時藏也。’是四夷之樂，惟南爲文舞。《白虎通》又引一説曰：‘東方持矛，南方歌，西方戚，北方擊金。夷狄質，不如中國文，但隨物名之耳，故百王不易。’是四夷之樂，惟南有歌曲，故薛君云：‘以其人聲音及籥不僭差也。’《詩疏》謂：‘四夷之樂，惟專爲舞。’其義非是。蔡邕《獨斷》曰：‘王者必作四夷之樂，以合天下之歡心，祭神明，和而歌之，以管樂爲之聲。’蔡邕所云即指南方歌者而言，與薛君言‘南可以和於雅者’正合。然則《韓詩》之説是以‘以籥不僭’兼承雅、南二者言之，謂歌聲與舞容皆節奏齊同，和而不僭也。《鄭箋》分雅、南、籥爲三舞，與《韓詩》義異。”（《韓詩遺説考》卷三之三）

王先謙云：“韓説以雅統六代之樂，以南表四夷之樂。《説文》：‘樂，五聲八音之總名。’六代四夷雖言舞，仍以聲音爲節奏，故以南和於雅爲‘不僭’。籥者，南籥。‘不僭’承上‘同音’言。則《傳》《箋》以舞説‘不僭’，《孔疏》謂四夷之樂專爲舞，皆非矣。《春官·大胥》：‘以六樂之會正舞位。’鄭注：‘大同六樂之節奏，正其位，使相應也。’賈疏：‘六樂，即六代之樂。’《鞮鞻氏》：‘掌四夷之樂，與其聲歌。’鄭注：‘四夷之樂，東方曰韎，南方曰任，西方曰株離，北方曰禁。《詩》云“以雅以南”是也。言“與其聲歌”，則云“樂”者主於舞。’賈疏：‘四夷樂名，出《孝經鈎命訣》。’所引助時生、養、殺、藏之説，與《白虎通》引《樂元語》合。《白虎通》又云：‘受命而六樂樂，先王之樂，明有法也。與四夷之樂，明德廣及之也。’又云：‘合歡之樂儛於堂，四夷之樂陳於右。’又云：‘一説東方持矛，南方歌，西方戚，北方擊金。’鄭注言六代四夷之樂與韓合。”(《詩三家義集疏》卷十八)

楚　茨

執爨碏碏。

【彙輯】

《章句》：碏碏，敬也。(《原本玉篇》卷二十二“踖”字條)

【通考】

陳鴻森云：“《玉篇》零卷此引：‘《毛詩》云云，《傳》曰：“碏碏，言爨竈有容也。”朝：碏碏，敬也。’‘朝’蓋‘韓’字形誤，下復奪一‘詩’字耳。此顧氏兼引毛、韓二訓以備其義也。孔疏云：‘毛以爲當古明王祭祀之時，其當執爨竈之人，皆踖踖然敬慎於事而有容儀矣。’是毛、韓義可互通。”(《韓詩遺説補遺》)

禮義卒度，笑語卒獲。(《韓詩外傳》卷四第十章、第十一章、第十二章)

【通考】

沈清瑞云：“《説文》：‘誼，人所宜也。’‘義，己之威儀也。’漢以後，俗書‘誼’作‘義’，書‘義’作‘儀’，此‘禮義’字猶存其舊。”(《韓詩故》卷下)

馮登府云：“古書‘儀’但爲‘義’。《楊信碑》：‘追念義刑。’本《大雅》‘儀刑文王’。《左傳》‘邾儀父’，《漢書・鄒陽傳》作‘義父’。《吕覽》闔閭有臣文之儀，《墨子》作‘文義’。《虢叔大林鐘銘》‘威儀’作‘威義’。皆以‘義’爲‘儀’之證。”(《三家詩異文疏證・韓詩》)

徐堂云：“《説文・我部》：‘義，己之威義也。’《周禮・肆師》：‘治其禮儀。’注：‘故書“儀”爲“義”，鄭司農云：“義”讀爲“儀”。古者書“儀”但爲“義”，今時所謂“義”爲“誼”。’然則‘義’爲古文‘威儀’字，‘誼’爲古文‘仁義’字。韓從古文也。”(《韓詩述》卷四)

冠南按：“義”“儀”通用，馮、徐所舉典籍並其證。《周禮·地官·大司徒》：“以儀辨等。”鄭注：“故書‘儀’或爲‘義’。”孫詒讓云：“‘義’‘儀’古今字。凡威儀字，古正作‘義’，漢以後假‘儀度’之‘儀’爲之。”(《周禮正義》卷十八)亦可證《韓詩》所用爲古文，與徐説意同。

萬壽攸醋。（日僧中算《妙法蓮華經釋文》卷中：“《韓詩》《説文》並作‘醋’字。”）

【通考】

冠南按：《儀禮·士虞禮》：“尸以醋主人。”鄭注：“醋，報也。”(賈公彦《儀禮注疏》卷四十二。《特牲饋食禮》鄭注同。)是“醋”訓“報”。《毛詩》“醋”作“酢”。《儀禮·特牲饋食禮》：“尸以醋主人。”鄭注：“古文‘醋’作‘酢’。”(賈公彦《儀禮注疏》卷四十五)是韓用今文而毛用古文，二字通用(段玉裁《説文解字注》第十四篇下“醋”字注云：“諸經多以‘酢’爲‘醋’，惟《禮經》尚仍其舊。後人‘醋’‘酢’互易，如‘穜’‘種’互易。”)，故文有别而義不殊。《毛傳》云：“酢，報也。”即其證。

式禮莫愆。（《韓詩外傳》卷七第二十二章）

馥芬孝祀。（《文選》卷二九《詩四首》李善注、慧琳《一切經音義》卷三十七“芬馥”條、日本佚名《香字抄》“複”字條）

【彙輯】

《章句》：馥亦芬也。(慧琳《一切經音義》卷二十六“芬馥”條，卷二十九“芬馥”條)芬馥者，香氣貌也。(慧琳《一切經音義》卷六“芬馥”條。《一切經音義》卷八“芬馥”條、卷十五“芬馥”條引無“者”。日本藏唐鈔《文選集注》卷八《蜀都賦》、卷九《吴都賦》李善注、《文選》卷二十九蘇武《詩》李善注、《一切經音義》卷十八“更馥”條、卷八十一“普馥”條、日本佚名《香字抄》“複”字條引作“馥，香貌也”。《一切經音義》卷五“芬馥”條、卷十九“芬馥”條引作“馥，香氣貌也”。《一切經音義》卷三十“芬馥”條引作“馥，芳也”。《一切經音義》卷二“芬馥”條作“馥亦芬也，香氣也”)

【通考】

沈清瑞云：“馥，《説文》新附字。蓋‘馥’‘苾’音相近，古‘馥’字止

作‘苾’也。”(《韓詩故》卷下)

馬瑞辰云:“《説文》:‘苾,馨香也。’‘苾’通作‘馩’,《楚茨》詩:‘苾芬孝祀。’《韓詩》作‘馩’,薛君《章句》曰:‘馩,香貌。’‘苾’‘馩’雙聲,故通用。《説文》有‘苾’無‘馩’,疑‘馩’即‘苾’之或體。”(《毛詩傳箋通釋》卷三十)

馮登府云:“《廣雅》:‘馩馩、芬芬,香也。’即《信南山》‘苾苾芬芬’。何晏《景福殿賦》:‘馩馩芬芬。’漢《帝堯碑》:‘生自馩芬。’《張表碑》:‘有馩其馨。’皆本《韓詩》。”(《三家詩異文疏證·韓詩》)

陳喬樅云:“《衆經音義》二引《字林》云:‘馩,香氣也。’義本《韓詩》。漢《帝堯碑》云:‘生自馩芬。’正用《韓詩》之語。《毛詩》作‘苾芬孝祀’,《箋》云:‘苾苾芬芬,有馨香矣。’是毛、韓文異而義同。‘泌’‘复’同音,古相通用。宓子賤、虙犧,字又作‘伏’,是其證也。‘苾’亦通作‘馝’,《廣雅·釋器》:‘馝,香也。’又,《説文》:‘飶,食之香也。’《玉篇》云:‘咇,芳香也。’‘飶’‘咇’皆以音義同並通。”(《韓詩遺説考》卷三之三)

徐堂云:“《一切經音義》十四引《韓詩》:‘馩芬孝祀。’注云:‘香氣也。’《華嚴經音義》上引《字林》云:‘馩,香氣盛也。’《説文·香部》新附字及《廣韻》《集韻》並訓‘馩’爲‘香氣’,則《選注》‘貌’字當作‘氣’。”(《韓詩述》卷四)

冠南按:徐説不可從,《一切經音義》引作“香氣貌也”,明有“貌”字。

子子孫孫,勿替引之。(《韓詩外傳》卷三第十一章)

信南山

惟禹敶之。(《周禮·稍人》鄭玄注。鄭注未言此是《韓詩》,然賈公彦《周禮注疏》卷十六云:“案《毛詩》云:‘惟禹甸之。’不言‘敶’者。鄭先通《韓詩》,此據《韓詩》而言‘敶’。”兹據賈説,定其爲《韓詩》)

【通考】

賈公彦云:“‘敶’是軍陳,故訓爲‘乘’。”(《周禮注疏》卷十六)

王應麟云："鄭注《周禮》云：'"甸"讀與"惟禹敶之"之"敶"同。'康成從張恭祖受《韓詩》，注《禮》之時，未得《毛傳》，所述蓋《韓詩》也。"（《詩考後序》）

胡承珙云："《傳》訓'甸'爲'治'者，古'甸''田''敶'字皆通。《周禮・小宗伯》注云：'甸，讀爲"田"。'《説文》：'田，敶也。'李巡注《爾雅・釋地》：'田，軙也。謂軙列種穀之處。'夫軙列種穀，固已含'治'義矣。《稍人》注：'"甸"讀與"維禹敶之"之"敶"同。'賈疏以爲《韓詩》作'敶'。考《韓詩》字雖作'敶'，訓亦當同毛爲'治'。《爾雅》：'神，治也。'邵二雲謂'神'爲'敶'之轉。又《説文》：'㯳，理也。''理'即爲'治'，亦以聲近義同也。鄭注《小司徒》云：'甸之言乘也。''乘'亦可訓'治'。《豳風》：'亟其乘屋。'《箋》云：'乘，治。'是也。此《箋》必申以'丘乘'者，以下文疆理南畝皆所以奉禹功，故又本'甸治'之意推而言之。《稍人》疏謂鄭據《韓詩》爲説，'敶'是軍陳，故訓爲'乘'，恐未必然。"（《毛詩後箋》卷二十）

馬瑞辰云："賈疏引《韓詩》作'敶'，訓'乘也'。'敶'爲古文'陳'字，古'田''陳'同聲，故通用。'甸'又與'田'通。（《周官・小宗伯》注："甸讀爲田。"《序官》"甸祝"注："甸之言田也。"）'甸'之通作'陳'，猶齊陳氏之爲田氏也。《説文》：'田，敶也。'又：'敶，列也。'《爾雅》：'郊外謂之牧。'李巡本'牧'作'田'，云：'田，敕也。謂敕列種穀之處。''敕'亦古'陳'字。'甸'爲'治'，則'陳''田'亦皆爲'治'。《梓材》：'惟其陳脩，爲厥疆畎。''陳''脩'皆'治'也。《多方》曰：'畋爾田。'《齊風・甫田》曰：'無田甫田。'並與'陳'聲近而義同。'維禹甸之'與下文'曾孫田之'同義。經必上甸下田者，變文以協韻也。'陳''乘'二字雙聲，《韓詩》訓'敶'爲'乘'，'乘'亦'治'也。"（《毛詩傳箋通釋》卷二十一）

馮登府云："《周禮・春官・小宗伯》：'若大甸。'注：'讀爲"田"。'《肆師》：'凡帥甸。'《釋文》：'音"田"。''甸'故可通'田'。《釋文》：'田有"陳"音。'陳公子完後故从田爲氏。《説文》：'田，陳也。'《晉語》：'佞之見佞，果喪其田。'音'陳'。蓋古'田''甸''陳'並同聲。而《廣韻》以'敶'爲古'陳'字。(《義雲章》云:"敶,古'陳'字。古有敶侯敦,即陳侯。")然《説文》'陳'爲'陳國','敶'爲'軍敶',兩義俱呈,本非今古。又案《稍人》:'掌丘乘之政令。'注云:'丘乘,四丘爲甸,讀與"維禹敶之"之"敶"同。'疏云:'"敶"是軍陣,故訓爲"乘"。出車一乘,可以爲軍,故改云"乘",不曰"甸"也。'則'甸'有'乘'義,'敶'有'乘'訓,義又交通,斯則然矣。"(《三家詩異文疏證·韓詩》)

陳奂云:"古'甸''敶'聲義相同也。"(《詩毛氏傳疏》卷二十)

徐堂云:"《鄭箋》云:'六十四井爲甸,甸方八里,居一成之中,成方十里,出兵車一乘,以爲賦法。'《釋文》:'甸,鄭繩證反。'是鄭從韓也。故《周禮·稍人》注云:'丘乘,四丘爲甸,讀與"維禹敶之"之"敶"同。其訓曰"乘",由是改云。'賈疏曰:'鄭先通《韓詩》,此據《韓詩》而言"敶"。"敶"是軍陳,故訓爲"乘"。"由是改云"者,甸出車一乘,可以爲軍,故改云"乘",不曰"甸"也。'毛作'甸',《傳》云:'治也'。與韓字義並異。"(《韓詩述》卷四)

上天同雲,雨雪雰雰。(陳元靚《歲時廣記》卷四引《韓詩外傳》佚文)

【通考】

馬瑞辰云:"《藝文類聚》引《韓詩》曰:'雪雲曰同雲。''同雲'蓋陰雲密布之貌,同對異言。"(《毛詩傳箋通釋》卷二十一)

徐堂云:"《初學記》引《韓詩外傳》曰:'雪雲曰同雲。'又曰:'自上而下曰雨雪。'又引《詩》注云:'同者謂雲陰與(“雲部”引作“竟”)天同爲一色也。'按此釋'同雲'之義詳,毛、鄭所未及。朱子《集傳》云:'同雲,雲一色也。'語意本此。"(《韓詩述》卷四)

陳喬樅云:"《初學記》云:'同雲,謂陰雲竟天,同爲一色。'又《埤雅》引《詩》'上天同雲'而釋之曰:'冬爲上天,燠則雲暘而異,寒則雲陰而同。'故《韓詩》以'雪雲'爲'同雲'也。紛紛,《毛詩》作'雰雰'。"(《韓詩遺説考》卷三之三)

冠南按:諸説所引《韓詩》乃《外傳》之佚文,《藝文類聚》《初學記》等類書並載之,而以陳元靚《歲時廣記》卷四所引最爲詳贍:"凡草木花多五出，雪花獨六出。雪花曰霙，雪雲曰同雲。同謂雲陰與天同爲一色也。故《詩》云：‘上天同雲，雨雪雰雰。’”《外傳》雖非訓詁之作，然此節佚文於領握詩義不無裨益，故前人常引以釋詩。

既霑既足。

【彙輯】

《章句》：霑，溺也。（慧琳《一切經音義》卷三“霑彼”條、卷七“霑彼”條、卷八“霑濡”條、卷九十“霑濕”條）

【通考】

顧震福云：“毛無訓。震福案：《説文》：‘瀀，澤多也。’引《詩》：‘既瀀既渥。’又云：‘渥，霑也。’‘霑，雨雺也。’‘浞，水濡貌。’《廣雅》：‘瀀’‘渥’‘霑’‘浞’並訓爲‘漬’。韓訓‘霑’爲‘溺’者，《廣雅》：‘溺，漬也。’是亦訓‘霑’爲‘漬’。”

冠南按：顧説是。《廣雅・釋詁二》訓“溺”爲“漬”，“漬”乃“浸潤”（《廣韻・寘韻》）“潤濕”（玄應《衆經音義》卷二十一“雨漬”條）之義，故此句當言雨降雪融，土地浸潤，肥力充足（程俊英《詩經譯注》以“足”爲“浞”之假借，訓潤濕貌，亦可備一説）。

中田有廬，壃場有瓜。（《韓詩外傳》卷四第十三章）

【通考】

馮登府云：“‘壃’同‘疆’。《易》：‘行地无疆。’《釋文》：‘或作“壃”。’《禮》：‘不越疆而弔人。’《釋文》：‘本亦作“壃”。’《爾雅》郭注：‘疆埸，境界。’今本《釋文》作‘壃’。《史記・晋世家》：‘出壃乃免。’同‘疆’。‘疆’本字作‘畺’。《載師》：‘任畺地伯。’《角父敦》：‘萬年無畺。’《説文》：‘畺，界也。’從土從弓，爲後人所加。”（《三家詩異文疏證・韓詩》）

朱士端云：“《毛詩》作‘疆’，《韓詩》作‘壃’，蓋從‘疆’之省文。《唐隴西李府君墓志銘》亦作‘壃’，唐世《韓詩》猶存，故唐人所述《韓詩》爲多。”（《齊魯韓三家詩釋・韓詩》）

徐堂云：“‘壃’與‘疆’同。《説文・田部》：畺，正字；疆，或字。無

‘壃’字，蓋俗字耳。”(《韓詩述》卷四)

甫　田

菿彼甫田。(陳彭年《重修玉篇》卷十三“菿”字條。《經典釋文》卷六謂《韓詩》作“箌”，“箌”乃“菿”之訛，説詳下【通考】引馬瑞辰、馮登府、陳喬樅説)

【彙輯】

《章句》：菿，卓也。(《經典釋文》卷六。“菿”原作“箌”，據下【通考】引馬瑞辰、馮登府、陳喬樅説改)

【通考】

馬瑞辰云：“《爾雅·釋詁》：‘箌，大也。’舊疏引《韓詩》作‘箌彼圃田’，云：‘箌，卓也，亦大也。’《説文》：‘倬，大也。’‘圃’‘甫’古通用，甫田爲大田，則‘倬’宜爲‘大’貌。而《傳》訓‘明貌’者，‘倬’兼‘明’‘大’二義。《説文》：‘倬，箸大也。’合二義言之，是也。‘倬’从卓聲，‘箌’从到聲，古音同部，故通用。《説文》有‘菿’無‘箌’，《玉篇》引《韓詩》作‘菿彼甫田’，今《爾雅》《釋文》作‘箌’者，傳寫之譌。《爾雅釋文》及邢疏並引《説文》：‘菿，草大也。’《廣韻·三十七號》云：‘菿，大也。’《四覺》又引《説文》：‘菿，草大也。’”(《毛詩傳箋通釋》卷二十二)

馮登府云：“‘菿’當从艸，《玉篇·艸部》引《韓詩》作‘菿’，‘箌，捕具也，又作“罩”’，字異。今《釋文》《爾雅》及邢昺疏並从竹，誤也。陸佃注引韓亦作‘箌’，又各本《説文》作‘葝’，字書無此字，亦‘菿’之誤。”(《三家詩異文疏證·韓詩》)

徐堂云：“《韓詩》作‘菿’，當從《爾雅》訓‘大’。其云‘卓也’者，亦‘大’也。《旱麓》：‘倬彼雲漢。’《毛傳》：‘倬，大也。’‘卓’與‘倬’同。”(《韓詩述》卷四)

陳喬樅云：“《釋文》‘菿’譌作‘箌’。盧氏文弨云：徐鯤謂《説文》無‘箌’字，惟《玉篇·竹部》有之，云：‘捕具也，又作罩。’是‘箌’即‘罩’之異文。《廣韻·三十七號》：‘菿，大也。’又《四覺》‘菿’字注引《説文》云：‘草大也。’今本《説文》作‘草木倒’，‘木倒’乃‘大也’二字之譌。據此，則《韓詩》本作'菿'字可知。《爾雅·釋詁》：'箌，大也。'郭注云：'箌，義未聞。'郭璞豈不見《韓詩》？使其果作'箌'字，何云'未聞'耶？然其誤實自陸德明始。《爾雅釋文》云：'箌，郭涉孝反，顧野王都角反。《説文》云：草大也。'既以《説文》《玉篇》之'菿'爲'箌'，而《毛詩釋文》云：'倬，《韓詩》作"箌"。'邢昺因之，實爲大誤。郝氏懿行曰：'卓'與'倬'同。《説文》：'倬，箸大也。'引《詩》：'倬彼雲漢。'《毛傳》亦云：'倬，大也。'是'倬''菿'音義同。喬樅謂'倬'兼'明''大'二義，《説文》訓爲'箸大'，'箸'即明也。《爾雅·釋詁》作'箌'，乃'菿'之譌字耳。'甫''圃'古字通用。"(《韓詩遺説考》卷三之三)

冠南按：韓訓"菿"爲"卓"，《廣雅·釋詁三》："卓，明也。"與《毛傳》"倬，明也"之訓同，是韓、毛並以"明"爲甫田之貌，不必訓爲"大"義。

大　田

卜畀炎火。(《原本玉篇》卷十八"卜"字條)

【彙輯】

《章句》：卜，報也。(《原本玉篇》卷十八"卜"字條、《經典釋文》卷六)

【通考】

段玉裁云："'卜畀'猶俗言'付與'也。《爾雅》：'卜，予也。'"(《詩經小學》卷二十一)

胡承珙云："'卜'訓'報'者，《白虎通義·蓍龜》云：'卜，赴也。'《小爾雅》：'赴，疾也。'《禮記·少儀》《喪服小記》注並云：'"報"讀爲"赴疾"之"赴"。'是訓'卜'爲'報'，猶訓'卜'爲'赴'。'卜畀炎火'者，謂亟取而畀之炎火也。"(《毛詩後箋》卷二十一)

馬瑞辰云："《韓詩》作'卜'，云：'卜，報也。'《天保》詩曰：'卜爾百福。'又曰：'報以介福。''卜''報'皆予。"(《毛詩傳箋通釋》卷二十二)

馮登府云："'卜''秉'一聲之轉。田祖即炎帝，亦稱火帝。訓'卜'爲'報'，即'祈報'之'報'，蓋謂報此炎帝，較毛義長。"(《三家詩異文

疏證·韓詩》)

陳奂云:"《韓詩》'秉'作'卜',而詁爲'報',此'報'字亦當讀爲'赴',毛、韓字異而意同。"(《詩毛氏傳疏》卷二十一)

徐堂云:"《周禮·大卜》疏:'卜,赴也。''赴'與'報'通。《禮記·喪服小記》:'報葬者報虞。'《少儀》:'毋報往。'鄭注並云:'"報"讀爲"赴疾"之"赴"。'然則韓訓'卜'爲'報'者,'報'亦當讀爲'赴',蓋謂田祖優勝,速將付此四蟲於炎火也。"(《韓詩述》卷四)

有弇凄凄,興雲祁祁。(《韓詩外傳》卷八第二十章)

【通考】

馬瑞辰云:"作'凄凄'者《韓詩》,爲本字;《毛詩》作'萋萋',假借字也。王伯厚《詩考》引《韓詩》作'興雲',《韓詩外傳》引《詩》亦作'興雲',則知作'興雲'者自爲《韓詩》。《漢書·食貨志》《無極山碑》《藝文類聚》引《詩》作'興雲',皆本《韓詩》也。祈祈,各本引《詩》皆作'祁祁',惟監本、毛本作'祈祈',嚴可均謂避明諱,是也。《韓奕》詩:'祁祁如雲。'則此詩从《韓詩》作'興雲祁祁'爲是。《采蘩》詩:'被之祁祁。'謂首飾之盛,則此詩及《韓奕》詩'祁祁'皆爲雲盛貌。"(《毛詩傳箋通釋》卷二十二)

馮登府云:"《釋文》本作'興雲',而以'興雨'爲是。《顔氏家訓》據班固《靈臺詩》,以'興雨'爲是。董彦遠《除正字謝啓》云:'篆形誤譌,誰正興雲之祁祁?'閔疏即引之推説,亦以'興雲'爲誤。唐石經亦作'興雨'。皆惑于顔氏之説也。《吕覽·務本篇》《漢書·食貨志》、洪适《隸釋·無極山碑》皆作'興雲',並與《外傳》合。梁氏玉繩云:'《鹽鐵論》《漢·左雄傳》皆作"興雨",是"興雨"爲是。'錢氏大昕曰:之推雖以'興雲'爲誤,不聞據他本正之,則南北朝本亦皆作'興雲'矣,《大雅·韓奕篇》'祁祁如雲'可證。'祁祁'爲雲行貌,非轉寫之誤,《左雄傳》或是後人校改。又按'觸石興雲,雨我農桑',《西嶽華山碑》文也;'興雲降雨',《開母碑文》也。蔡邕《伯夷叔齊碑》:'天尋興雲,即降甘雨。'蔡爲《魯詩》,亦作'雲',不得援甘雨祁祁之一證而遽以‘興雲’爲非。萋萋，《説文》及《吕氏春秋》《廣韻·五十琰》《初學記》一、《白帖》二並作‘凄凄’，與《漢書》《外傳》同。按‘萋葭萋萋’，《釋文》：‘本亦作“凄凄”。’唐石經、宋本同。”(《三家詩異文疏證·韓詩》)

陳喬樅云：“《詩考》引《外傳》作‘有弇凄凄，興雲祁祁’，今《外傳》本作‘渰’，《御覽》八百七十二引作‘黤’。”(《韓詩遺説考》卷三之三)

冠南按：《韓詩》固作“興雲”，然《毛詩》亦有作“興雲”者。日本佚名《幼學指南抄·天部·雨》引《毛詩》曰：“有渰凄凄，興雲祁祁。”(《幼學指南抄》卷二)即其證。

彼有遺秉，此有滯穗，伊寡婦之利。(《韓詩外傳》卷四第十四章)

以享以祀，以介景福。(《韓詩外傳》卷三第十二章)

裳裳者華

左之左之，君子宜之。右之右之，君子有之。(《韓詩外傳》卷七第四章)

鴛　鴦

戢其左翼。

【彙輯】

《章句》：戢，捷也，捷其噣於左也。(《經典釋文》卷六)

【通考】

范家相云：“按禽鳥之宿皆揵其噣於翼，後人多不省覽此注。”

胡承珙曰：“毛西河《續詩傳鳥名》曰：‘“戢左翼”不可解。惟《韓詩》所解稍可通，謂“戢”者，捷也，謂“捷其噣於左也”。凡禽鳥止息，無論長頸短喙，必捷其噣於左翼。此可明按者。’承珙案：‘戢’‘捷’雙聲，‘捷’有‘插’訓。毛氏引《廬人》注‘矜所捷也’是已。今本《釋文》引《韓詩》‘捷其噣’，不誤。《稽古編》謂當從《玉海》作‘揵其噣’，非是。但韓謂鳥之棲息必捷其噣於左翼，則不盡然。古語云：‘雞寒上距，鴨寒下觜。’每見梟鳥之屬，亦有捷噣於右翼而息者。當是詩人偶

見鴛鴦戢翼在左，因以興感耳。”(《毛詩後箋》卷二十一)

陳奂云：“捷，今之‘插’字。戢左翼者，言雄以晐雌也。上章‘于飛’則畢羅之，此章‘在梁’則休息之，所謂‘交於萬物有道’也。”(《詩毛氏傳疏》卷二十一)

丁晏云：“《廣雅·釋詁》：‘戢，插也。’古‘插’‘捷’通用。張揖據《韓詩》。《集韻·三十二洽》：‘插，或作“捷”。’”(《詩考補注·韓詩》)

徐堂云：“高誘《吕覽·八月紀》注：‘捷，養也。’然則韓之‘捷其噣於左’者，蓋謂休養其噣於左翼也。《鄭箋》謂：‘斂其左翼，以右翼掩之。’與韓義異。”(《韓詩述》卷四)

陳喬樅云：“《毛傳》云：‘戢，言休息也。’《鄭箋》云：‘戢，斂也，斂其左翼，以右翼掩之。’義與韓異。王褒《四子講德論》云：‘飛鳥翕翼。’‘翕’與‘斂’義同。子淵用《魯詩》者，《鄭箋》蓋本魯説。《韓詩》訓‘戢’爲‘捷’者，考《廣雅·釋詁》云：‘戢，插也。’‘插’‘捷’古字通用。《士冠禮》：‘捷柶，興。’《釋文》云：‘捷，本作“插”。’《禮記·樂記》注：‘搢，猶“捷”也。’《釋文》亦云：‘捷，本作“插”。’是其驗也。毛奇齡《續詩傳》曰：‘凡禽鳥止息，無論長頸短喙，必捷其噣於左翼。’引《考工記·廬人》注‘矜，所捷也。捷，即插也’爲證，其説良允。《玉海》載《詩釋文》引《韓詩》作‘揵其噣’，‘揵’即‘捷’字之譌，《稽古篇》謂當從《玉海》作‘揵’，非是。”(《韓詩遺説考》卷三之三)

莝之秣之。

【彙輯】

《章句》：莝，委也。(《經典釋文》卷六)

【通考】

馬瑞辰云：“據《釋文》引《韓詩》曰：‘莝，委也。’是《韓詩》用本字作‘莝’之證。鄭君先通《韓詩》，故知‘挫’即‘莝’字之假借耳。”(《毛詩傳箋通釋》卷二十二)

馮登府云：“當從《韓詩》作‘莝’，《釋文》引韓訓‘委’，謂委其莝薪之食。《釋文》：‘音采卧反。’即‘莝’音。”(《三家詩異文疏證·韓詩》)又云：

“《韓詩》作‘莝之’，云：‘委也。’《傳》：‘摧，莝也。’《箋》：‘今“莝”字。’是‘摧’假字，‘莝’本字也。”（《三家詩遺説》卷六）

陳奐云：“《韓詩》作‘莝’訓‘委’，‘委’即‘萎’字。《説文》：‘莝，斬芻。’毛、韓字異而義同。《箋》云：‘摧，今“莝”字也。’鄭用韓説。”（《詩毛氏傳疏》卷二十一）

徐堂云：“《毛傳》：‘摧，莝也。’《鄭箋》：‘摧，今“莝”字。’然則韓作‘莝’，是今字；毛作‘摧’，是古字。”（《韓詩述》卷四）

陳喬樅云：“《鄭箋》云：‘古者明王所乘之馬繫於廐，無事則委之以莝，有事乃予之穀，言愛國用也。’鄭君言‘委之以莝’，亦用《韓詩》義。《説文》：‘莝，斬芻也。’‘委’即‘餧’字之渻借，‘餧’猶‘飼’也。”（《韓詩遺説考》卷三之三）

冠南按：玄應《衆經音義》卷十三“莝碓”條曰：“《詩》云：‘莝之秣之。’《傳》曰：‘莝，芻也，謂斬芻所以養馬者也。’”經文與《韓詩》同，且所引傳文異於《毛傳》，故玄應所引經傳或爲《韓詩》之文。惟《釋文》引《韓詩》云：“莝，委也。”與《音義》所引“莝，芻也”有別，頗疑《韓詩》原作“莝，委芻也”，《釋文》《音義》或各脱一字。“委芻”之“委”，當從喬樅之説，與“餧”通用，訓“食”（參《廣雅·釋詁三》：“餧，食也。”王念孫疏證云：“‘餧’‘萎’‘委’並通。”），“委芻”猶言食馬以芻，即《衆經音義》引《傳》“斬芻所以養馬”之謂。

頍　弁

先集惟霰。（《文選》卷十三《雪賦》李善注）

【彙輯】

《章句》：霰，英也。（沈約《宋書》卷二十九《符瑞志下》。《文選》卷十三《雪賦》李善注、《太平御覽》卷十二引作“霰，霙也”）

【通考】

馬瑞辰云：“霙猶花，今俗以雪之先下而小者爲雪花，即《韓詩》所説‘霙’也。”（《毛詩傳箋通釋》卷二十二）

冠南按：瑞辰以“雪花”爲“霙”，與《韓詩外傳》“雪花曰霙”（《初學記》卷二引《韓詩外傳》佚文)之説合。其“霙猶花”之説,當以“霙”爲“英”,“英”有“花”義,《離騷》:“夕餐秋菊之落英。”王逸注云:“英,華也。”(《楚辭章句》卷一)張銑注:“英,花也。”(《六臣注文選》卷三十二)是其證。《宋書》引作“英”,當爲本字,《文選》李善注及《御覽》作“霙”,當爲後起字,蓋以之形容雨雪之字,故於“英”上增“雨”,義从“雨”而聲从“英”。《毛傳》訓“霰”爲“暴雪”,恐非。蓋雨雪之降,多先小而後大,故其“先集”之貌,必爲雪花,久積始爲暴雪,韓訓雪花,得之。

死喪無日,無幾相見。(《韓詩外傳》卷四第十五章)

車　舝

【彙輯】

《序》:《車舝》,不答也。(《北堂書鈔》卷一四二引《韓詩》。陳禹謨本《北堂書鈔》無此文,兹據孔廣陶注本補録)

【通考】

冠南按:《北堂書鈔·車部下》“間關車之舝兮”條云:“《韓子》云:‘《車舝》,不答也。“間關車之舝兮,思孌季女逝兮。”注曰:“間關,好貌也。”’”孔廣陶注:“今案近本《韓非子》無此文,竊疑‘韓子’二字涉上條誤入。或是《韓詩》逸文。”此説可從。觀《書鈔》引文,乃序—經—章句之結構,與古籍徵引《韓詩》之體例若合符節(參《文選》卷三十四《七啓》李善注:“《韓詩序》曰:‘《漢廣》,悦人也。’《詩》曰:‘漢有游女,不可求思。’薛君曰:‘游女,謂漢神也。’”),可斷爲《韓詩》之文。陳奂云:“《韓詩》作‘舝’。”(《詩毛氏傳疏》卷二十一)亦以《書鈔》爲據。《韓詩序》以“不答”爲《車舝》之旨,其義暫不詳。

間關車之舝兮,思孌季女逝兮。(《北堂書鈔》卷一四二)

【彙輯】

《章句》:間關,好貌。(《北堂書鈔》卷一四二)

【通考】

陳奂云:“《北堂書鈔·車部三》引《韓詩》注:‘間關,好貌。’陳禹謨本删去。䡅,《韓詩》作‘轄’。昭二十五年《左傳》:‘昭子賦《車轄》。’《墨子·魯問篇》:‘子之爲雀也,不如匠之爲車轄也。須臾,斲三寸之木,而任五十石之重。’《淮南子·繆稱》《人間篇》並云:‘三寸之轄。’蓋古轄以木爲之耳。”(《詩毛氏傳疏》卷二十一)

冠南按:韓訓“間關”爲“好貌”,“好”乃形況車轄外貌之辭,蓋以車之好貌,興季女之好貌。(《毛傳》:“孌,美貌。”)《毛傳》釋爲“設䡅”,與韓訓義殊。

德音來括。

【彙輯】

《章句》:括,約束也。(《文選》卷二十五《答盧諶》、卷五十三《辯亡論》李善注。日本佚名《香字抄》引原本《玉篇》引作“括,約也”,當脱“束”字;慧琳《一切經音義》卷一“綜括”條作“束也”,當脱“約”字)

【通考】

馬瑞辰云:“以德音來相約束,即下章‘令德來教’之意。《説文》:‘括,絜也。’又:‘栝,檃也。’均與‘約束’義同。”(《毛詩傳箋通釋》卷二十二)

高山仰止,景行行止。(《韓詩外傳》卷七第二十三章)

以慍我心。(《經典釋文》卷六)

【彙輯】

《章句》:慍,恚也。(《經典釋文》卷六)

【通考】

胡承珙云:“《韓詩》作‘以慍我心’,云:‘慍,恚也。’則‘新昏’似指褒姒。然揆之經文,上章‘覯爾’‘心寫’,此章‘覯爾’‘慰心’,文義略同,不應美惡頓殊、樂恨相反如是。由此言之,韓、毛之短長可見矣。”(《毛詩後箋》卷二十一)

馬瑞辰云:“《韓詩》作‘以慍我心’,訓爲‘恚’者,‘慍’‘詇’‘怨’古並同聲,《韓詩》蓋讀‘慰’爲‘怨’,因遂以‘慍’代‘慰’耳。《説文》:‘慰,安也。一曰恚怒也。’‘怒’疑亦‘詇’字之譌,本當作:‘一曰恚也,一曰詇也。’‘詇’者《毛詩》,‘恚’者兼采《韓詩》也。”(《毛詩傳箋通釋》卷二十二)

馮登府云："《説文》：'慰，安也。一曰恚也。'韓訓'愠'爲'恚'，與'慰'義同。《廣雅》：'愠，恚也。''愠''慰'蓋同聲相近。《釋文》：'慰，怨也。於願反。王申爲怨恨之意。本或作"慰，安也"，是馬融義。'則'怨'本'慰'字第一訓，與'愠'之訓'恚'同。此申韓，同也。段氏玉裁曰：訓'慰'爲'怨'，猶訓'亂'爲'治'，訓'徂'爲'存'。"(《三家詩異文疏證・韓詩》)又云："毛是假字，不如韓作'愠'爲正。"(《三家詩遺説》卷六)

丁晏云："《説文・心部》：'愠，怨也。''怨，恚也。'《釋文》引《毛傳》：'慰，怨也。'與韓同意。"(《詩考補注・韓詩》)

徐堂云："《正義》引王肅曰：'新昏謂褒姒，大夫不遇賢女，而徒見褒姒讒巧嫉妒，故懷怨恨。'説與韓合。而《毛詩》作'慰'，《傳》曰：'慰，安也。謂得見此賢女，可以安慰我心矣。'與韓義異。"(《韓詩述》卷四)

陳喬樅云："《毛詩》'愠'作'慰'，馬融申毛，云：'慰，安也。'王肅申毛，云：'慰，怨也。'王義蓋本《韓詩》。"(《韓詩遺説考》卷三之三)

錢玫云："《孔疏》言孫毓載《毛傳》作'慰，怨也'，'怨'義與'愠'相合。"(《韓詩内傳並薛君章句考》卷三)

王先謙云："今《韓詩》不可得見，就《釋文》所引推之，蓋末章末二句已露正意，如王肅所云'新昏謂褒姒'，故言'以愠我心'耳。"(《詩三家義集疏》卷十九)

青　蠅

構我二人。

【彙輯】

《章句》：構，亂也。(《經典釋文》卷六、慧琳《一切經音義》卷三十一"鬬構"條)

【通考】

陳奂云："《釋文》引《韓詩》：'構，亂也。''亂'即上文'交亂'。《箋》：'構，合也。合，猶交亂也。'用《韓詩》也。"(《詩毛氏傳疏》卷二十一)

王先謙云："《孔疏》：'構者，構合兩端，令二人彼此相嫌，交更惑亂也。'《後漢·寇榮傳》:'青蠅之人所共搆會。''搆'與'構'字異義同,'搆會'猶'構合'也。"(《詩三家義集疏》卷十九)

賓之初筵

【彙輯】

《序》:《賓之初筵》,衛武公飲酒悔過也。(《後漢書》卷七十《孔融傳》李賢注)

【通考】

胡承珙云:"《後漢書·孔融傳》注引《韓詩序》曰:'衛武公飲酒悔過也。'秦氏《詩測》曰:'玩"既醉而出"四句,應是武公侍酒於王,見同列之人醉而失禮,故作此諷之,諷其既醉則宜出也。若飲酒悔過,則自爲主,不應轉咎賓之不出。'朱氏《通義》曰:'若祗是悔過,當與《衛風·淇澳》爲類矣。《序》云"刺時"者,武公於幽王之時入爲卿士,不敢斥言王惡,借"悔過"以刺之。'姜氏《廣義》曰:'以"刺時"之意爲自悔之辭,猶微子言紂惡而云"我沈湎於酒"也。'承珙案:二説蓋欲通毛、韓兩家之郵,然使武公果止借悔過爲譎諫之辭,而作《序》者遂坐之曰'飲酒悔過',是近於癡人説夢矣。且詩中所言'舍坐''屢舞''號呶''側弁'諸狀,將謂他人乎?抑武公自謂乎?若謂他人,則猶是'刺時'也;若其自謂,則以借諷之詞,亦不必如此形容盡致。玩繹全詩,仍當以《毛序》爲正。"(《毛詩後箋》卷二十一)

陳奐云:"《韓詩》云:'衛武公飲酒悔過也。'則專以爲武公所自警矣。"(《詩毛氏傳疏》卷二十一)

徐堂云:"此與《毛序》'刺幽王'者異,而以侯苞所言衛武公《抑》詩刺王室以自戒之義參之,義亦可通。"(《韓詩述》卷四)

陳喬樅云:"《後漢書》注引《韓詩》,朱子《集傳》引作《韓詩序》,謂此詩與《大雅·抑》戒相類,必武公悔過之作,宜從《韓詩》。"(《韓詩遺説考》卷三之三)

王先謙云:"《易林·大壯之家人》:'舉觴飲酒,未得至口。側弁醉詾，拔劍斫怒。武公作悔。'與韓説同。案，武公入相在平王世，幽王已往，《抑》詩已云'追刺'，不應又作此篇。齊、韓以爲'悔過'，當從之。"(《詩三家義集疏》卷十九)

賓之初筵，左右秩秩。

【彙輯】

《章句》：言賓客初就筵之時，賓主秩秩然，俱謹敬也。(《後漢書》卷七十《孔融傳》李賢注)

【通考】

陳奂云："《韓詩》云：'言賓客初就筵之時，賓主秩秩然，俱謹敬也。'毛、韓義同。《荀子·仲尼篇》：'貴賤長少秩秩焉，莫不從桓公而貴敬之。'與詩'秩秩'同。"(《詩毛氏傳疏》卷二十一)

丁晏云："《毛傳》云：'秩秩然，肅敬也。'與《韓詩》義同。"(《詩考補注·韓詩》)

威儀昄昄。

【彙輯】

《章句》：昄昄，善貌。(《經典釋文》卷六。昄昄，宋元遞修本《釋文》作"販販")

【通考】

馬瑞辰云："《爾雅·釋詁》：'昄，大也。''大'與'善'義近。《玉篇》：'昄，大也，善也。'兼取二義。"(《毛詩傳箋通釋》卷二十三)

馮登府云："《傳》：'反反，重慎也。'昄，《説文》：'大也。'《爾雅·釋詁》同。此亦同音通借之字。'昄'訓'善'，於義爲近。"(《三家詩異文疏證·韓詩》)

陳喬樅云："《毛詩》作'威儀反反'，'反'即'昄'之省借。《爾雅·釋詁》：'昄，大也。'《玉篇》：'昄，大也，善也。'《玉篇》'昄，善'之訓，即本《韓詩》。"(《韓詩遺説考》卷三之三)

賓既醉止，載號載呶。(《後漢書》卷七十《孔融傳》李賢注)

【彙輯】

《章句》：不知其爲惡也。(《後漢書》卷七十《孔融傳》李賢注)

【通考】

冠南按:“號”“呶”並醉後惡貌,然既醉則無從自曉其惡,故韓云“不知其爲惡也”。

魚　藻

有頒其首。

【彙輯】

《章句》:頒,衆貌。(《經典釋文》卷六)

【通考】

范家相云:“魚之在藻,衆首向上,猶臣侍君飲,莫不仰首向上視君也。下章‘有莘其尾’,則燕畢而散矣。”(《三家詩拾遺》卷八)

馬瑞辰云:“《説文》‘寡’字注云:‘頒,分也。’《韓詩》訓‘頒’爲‘衆’,蓋讀‘頒’如‘紛紜’之‘紛’。以義推之,二章‘有莘其尾’,《韓詩》‘莘’當讀‘辡’。《螽斯》詩:‘詵詵兮。’《説文》作‘辡辡’,衆多皃也。又《説文》:‘桑,盛皃。讀若《詩》“莘莘征夫”。’亦衆盛皃。”(《毛詩傳箋通釋》卷二十三)

陳奂云:“韓讀‘頒’爲‘紛’,謂魚口上見喁喁然衆多。”(《詩毛氏傳疏》卷二十二)

徐堂云:“《韓詩》訓‘頒’爲‘衆’,則下章‘有莘其尾’,‘莘’字亦當訓爲‘衆’。李善《高唐賦》注引《詩》:‘有莘其尾。’毛萇曰:‘莘,衆多也。’今案《毛傳》:‘頒,大首貌。莘,長也。’以‘長尾’與‘大首’對,義各有當也。疑‘毛萇’二字乃‘薛君’之誤。”(《韓詩述》卷四)

陳喬樅云:“《毛傳》訓‘頒’爲‘大首貌’,與《韓詩》義異。《玉篇》‘頒’下引《詩》云:‘有頒其首。頒,大首貌。一云衆也。’此兼採毛、韓二義。”(《韓詩遺説考》卷三之四)

采　菽

彼交匪紓,天子所予。(《韓詩外傳集釋》卷四第十六章。《原本玉篇》卷二十七“紓”字條僅引“彼交匪紓”）

【彙輯】

《章句》：紓，緩也。（《原本玉篇》卷二十七“紓”字條）

【通考】

顧震福云：“《毛傳》亦云：‘紓，緩也。’震福案：《荀子·勸學篇》引《詩》，‘紓’作‘舒’，《周禮·釋師》注釋文：‘紓，音舒，本亦作“舒”。’《爾雅·釋言》：‘紓，緩也。’《説文》《廣韻》‘紓’‘舒’並訓‘緩’。《春秋·哀公十四年》‘執簡公于舒州’，《史記·齊世家》作‘徐州’。《釋名》：‘徐，舒也。’《春秋元命苞》：‘徐之爲言舒也。’《易·困》虞注：‘徐徐，舒遲也。’《釋文》引子夏作‘荼荼’。《荀子·大略篇》楊注：‘荼，古“舒”字。’《禮·玉藻》鄭注：‘荼，讀“舒遲”之“舒”。’《周禮·弓人》鄭注：‘荼，古文“舒”假借字。鄭司農云：荼，讀爲“舒”。舒，徐也。’是‘紓’‘舒’‘徐’‘荼’並義同字通。”（《韓詩遺説續考》卷三）

便便左右。

【彙輯】

《章句》：便便，閑雅之貌。（《經典釋文》卷六）

【通考】

馬瑞辰云：“‘平’‘便’‘辯’三字皆一聲之轉，古通用，故《韓詩》作‘便便’，《左傳》引作‘便蕃’，《毛傳》訓爲‘辯治’。”（《毛詩傳箋通釋》卷二十三）

楊揆嘉云：“《漢書·敘傳下》：‘敞亦平平，文雅自贊。’與韓‘閑雅’訓合。”（徐堂《韓詩述》卷四引）

陳奐云：“《韓詩》作‘便便’。《爾雅》：‘便便，辯也。’《書大傳》：‘予辯下土，使民平平。’古‘平’‘便’聲通。《荀子·儒效篇》云：‘分不亂於上，能不窮於下，治辨之極也。《詩》曰：“平平左右，亦是率從。”是言上下之交不相亂也。’又《榮辱》云：‘脩正治辨矣，而亦欲人之善己也。’《王霸》云：‘出若入若，天下莫不平均，莫不治辨。’《議兵》云：‘禮者，治辨之極也。’《正論》云：‘上宣明則下治辨矣。’又云：‘治辨則易一。'《禮論》云：'君者，治辨之主也。'《成相》云：'治辨上下，貴賤有等，明君臣。'凡此皆作'治辨'之證。治辨左右者，言天子治乎上，諸侯治乎下，辨别不亂平平然。《左傳》引《詩》作'便蕃'。'便'與'辨'同，言辨别也。'蕃'與'緐'同，言緐亂也。辯别緐亂謂之'便蕃'，治辯謂之'平平'，文異而義同也。《韓詩》云：'便便，閑雅之貌。'當亦是'治辨之極'之義。"(《詩毛氏傳疏》卷二十二)

馮登府云："'便''平'通，亦通'辨'。《尚書》：'平章百姓。'《大傳》作'辯章'，《史記》作'便章'。'平秩南訛'，伏生作'便秩'，鄭作'辯秩'。此詩《左傳》引作'便蕃'，與此同。《説文》：'便，安也。'即'閑雅'之義。"(《三家詩異文疏證·韓詩》)

徐堂云："《尚書·堯典》：'平章百姓。'《史記》作'便章'。《漢書·武帝紀》：'初作便門橋。'師古曰：'即今平門也。'古者'平''便'皆同字。惟毛訓'辯治'，韓訓爲'閑雅'，其義各異。"(《韓詩述》卷四)

陳喬樅云："《毛詩》作'平平'，《傳》云：'平平，辯治也。'《左傳》引作'便蕃左右'。'平''便''辯'皆以音近通轉。《正義》曰：'《堯典》："平章百姓。"《書傳》作"辯章"，則"平""辯"義通而古今之異耳。服虔云："平平，辯治不絶之貌。"則"平平"是貌狀也。'韓訓'便便'爲'閑雅貌'者，'辯治'有整暇之意，故爲閑雅貌也。"(《韓詩遺説考》卷三之四)

紼縭維之。

【彙輯】

《章句》：縭，笮也，(《原本玉篇》卷二十七"縭"字條。笮，《經典釋文》卷六引作"筰")繫也。(《文選》卷五十八《宋文皇帝元皇后哀策文》李善注)

【通考】

沈清瑞云："或疑兩書所引各異，不知一字釋以兩詁，群書注中多有此例。此亦當然，李、陸二家各引其一耳。"(《韓詩故》卷下)

錢玫云："《周禮·典同》：'侈聲筰。'杜注：'筰，讀爲"行扈唶唶"之"唶"。'《釋名》云：'引舟者曰筰。筰，作也；作，起也；起舟使動行也。''筰'與'綏'義同，可以起舟使動行，亦可繫舟而維持之矣。劉向

《九歎》云:'滲楊舟于會稽兮。'楊木之舟輕而易浮,必竹筰維繫以制其行。故韓訓'筰',又訓'繫'也。"(《韓詩内傳並薛君章句考》卷三)

冠南按:"笇"乃"算"之異文,與"縭"義無涉,當因形近"筸"而訛。"筸"與"筰"通,故《原本玉篇》與《釋文》所載韓說不殊。《説文·竹部》:"筰,筊也。""筊,竹索也。"竹索本繫舟之物,釋之則舟行,故《釋名·釋船》云:"引舟者曰筰。筰,作也;作,起也;起舟使動行也。"詩言"維之",是側重其繫舟之用,故章句又以"繫也"申釋筰之用。

福禄肶之。

【彙輯】

《章句》:肶,厚也。(《經典釋文》卷六)

【通考】

楊揆嘉云:"《爾雅·釋詁》:'肶,厚也。'韓義本此。"(徐堂《韓詩述》卷四引)

馮登府云:"膍,本字;肶,或字。"(《三家詩異文疏證·韓詩》)

陳喬樅云:"《毛詩》作'膍',《傳》云:'膍,厚也。'《説文》:'膍,或从比,作肶。'《玉篇》:'肶,字同"膍"。''膍'本訓爲'膍胵',又得訓'厚'者,此與'腹'字同意,皆引申假借之義也。《説文》云:'腹,厚也。''腹'與'複'通。《月令》:'水澤腹堅。'注云:'腹,厚也。'《釋文》云:'腹,本又作"複"。''膍'與'毗'通。毗,厚也,見《節南山》詩傳,是其驗也。"(《韓詩遺説考》卷三之四)

優哉柔哉,亦是戾矣。(《韓詩外傳》卷四第十七章、卷八第二十五章)

角　弓

民之無良,相怨一方。(《韓詩外傳》卷四第十八章、第十九章。《後漢書》卷三《章帝紀》李賢注亦引此二句,"民"作"人",此乃避唐太宗諱之改字,非經文原貌)

【彙輯】

《章句》:良,善也。言王者所爲無有善者,各相與於一方而怨之。(《後漢書》卷三《章帝紀》李賢注)

【通考】

馮登府云："此'人'字指王言，非避諱而改也。《説苑》：'"人而無良，相怨一方。"民怨其上，不遂亡者，未之有也。'此與韓同指王而言。"(《三家詩遺説》卷六)

丁晏云："《箋》云：'良，善也。'義本《韓詩》。"(《詩考補注・韓詩》)

王先謙云："《韓詩外傳》四載管仲對齊桓公曰：'《詩》曰："民之無良，相怨一方。"民皆居一方而怨其上，不亡者未之有也。'與《後漢紀》注所引《韓詩》説同。"(《詩三家義集疏》卷二十)

受爵不讓，至于己斯亡。（《韓詩外傳》卷四第二十一章）

如食儀饇。

【彙輯】

《章句》：儀，我也。(《經典釋文》卷六)

【通考】

胡承珙云："《韓詩》云：'儀，我也。'案：'儀''宜'古字本通，訓'我'則非是。"(《毛詩後箋》卷二十二)

馬瑞辰云："'宜''儀'古通用。《韓詩》作'儀'，假借字，猶'誼'之通作'義'也。説《韓詩》者遂訓爲'我'，未免望文生訓矣。"(《毛詩傳箋通釋》卷二十三)

馮登府云："古書'儀'皆爲'義'。《釋名》曰：'義者，宜也。'《蒸民》傳：'儀，宜也。'《曾子大孝篇》：'義者，宜此者也。''義'即'儀'之省，本有'宜'訓也。《國語・楚語》：'采服之宜。'《周禮・春官》注作'采服之儀'。是'儀''宜'並通。韓訓'儀'爲'我'，《春秋繁露》：'儀之爲言我也。'《説文》：'義字从我从羊。'《三百篇》中'儀'字凡十見，並與'莪''阿''何'爲韻。'蓼蓼者莪'，漢碑文俱作'蓼儀'或'蓼義'。《禮・學記》'蛾子時術'之'蛾'本作'蟻'。《易》：'鼎耳革，失其義也。''覆公餗，信如何也。''菁菁者莪'下叶'樂且有儀'，可證'儀'从'我'得聲。故有'我'訓'宜'。"(《三家詩異文疏證・韓詩》)

徐堂云："《大雅・文王篇》：'宜鑒于殷。'《大學》引作'儀鑒于殷’,則‘儀’‘宜’二字古通用也。惟韓以‘儀’爲‘我’,《鄭箋》以爲‘王如食老者,則宜令飽之’,其訓義各異。”(《韓詩述》卷四)

陳喬樅云:“《毛詩》‘儀’作‘宜’,《釋文》云:‘本作“儀”。’‘儀’‘宜’古字通用,‘儀’通作‘宜’,猶‘義’之通作‘誼’也。《韓詩》訓‘儀’爲‘我’者,‘我’與‘俄’通。《説文》‘我’字注云:‘或説:我,頃頓也。’是古文即以‘我’爲‘俄’字。又‘人部’云:‘俄,頃也。’《玉篇》曰:‘俄頃,須臾也。’《廣韻》:‘俄頃,速也。’累言之爲‘俄頃’,單言之爲‘俄’。《荀子·榮辱篇》:‘塞者俄且通也,陋者俄且僩也,愚者俄且知也。’《公羊·桓二年傳》:‘俄而可以爲其有矣。’是也。又通作‘蛾’,《漢書·班婕妤傳》:‘蛾而大幸。’《集注》引如淳曰:‘蛾,無幾之頃也。’‘俄’與‘孔’對文,(冠南按:指“如食儀饇”下文“如酌孔取”。)‘儀’訓爲‘俄’,‘孔’亦當訓爲‘甚’,皆所以申言‘不顧其後’之意也。《鄭箋》釋‘孔’爲‘器之孔’,‘謂度其所勝多少’,義與韓異。”(《韓詩遺説考》卷三之四)

王先謙云:“‘儀’‘宜’古字通。訓‘儀’爲‘我’,言如食則我令飽,如酌則多其取,養老之正禮不可闕也。”(《詩三家義集疏》卷二十)

冠南按:登府之説不可從,觀其引《春秋繁露》之文,見《仁義法篇》,原文云:“《春秋》之所治,人與我也;所以治人與我者,仁與義也。以仁安人,以義正我,故仁之爲言人也,義之爲言我也,言名已别矣。是故《春秋》爲仁義法,仁之法在愛人不在愛我,義之法在正我不在正人。義者謂宜在我者,宜在我者而後可以稱義,故言義者合我與宜,以爲一言。”(蘇輿《春秋繁露義證》卷八)言仁者在於愛人,義者在於正我,非以“義”訓“我”,故此説未能證成韓訓。觀上引諸説歧異紛雜,胡、馬以訓“我”爲非,陳以“我”爲“俄”之假,王則讀如字,莫衷一是,難以定讞。若必强釋之,則仍以王説較合理,所謂“如食則我令飽,如酌則多其取”,與《孟子·梁惠王上》“使民養生喪死無憾”之義近同。

雨雪麃麃,曣晛聿消。(《韓詩外傳》卷四第二十二章、卷七第二十五章)

【彙輯】

《章句》:曣晛,日出也。(王應麟《詩考·韓詩》引《經典釋文》,今本《釋文》卷六

"晛"作"見",誤,説詳下【通考】引王先謙説)

【通考】

段玉裁云:"《韓詩》云:'曣晛,日出也。'與《説文》'晛,日見也'正同。《釋文》當是作'曣晛',今云作'曣見',脱日旁。"(三十卷本《詩經小學》卷二十二)

馬瑞辰云:"《説文》曰:'晛,日見也。'義本《韓詩》。《漢書·劉向傳》引《詩》:'見晛聿消。'顔師古注:'見,無雲也。'亦本《韓詩》。'見'當作'曣',今作'見'者,後人據《毛詩》改也。'曣'音義近'晏',《説文》:'晏,天清也。'《荀子·非相篇》引《詩》:'晏然聿消。''晏'即'曣'字之假借。'晛''曕'古同字,見《玉篇》《廣韻》,'然'即'曕'字之省借。《廣雅·釋詁》:'曣曕,煗也。''曣曕'即《韓詩》'曣晛'也。"(《毛詩傳箋通釋》卷二十三)

陳奂云:"《韓詩》之'曣'與《毛詩》之'見',皆謂日之初升,天氣清明也。"(《詩毛氏傳疏》卷二十二)

陳壽祺云:"《外傳》引《詩》:'雨雪瀌瀌,見晛聿消。''見'宜據《釋文》作'曣','瀌'宜從《詩考》引作'麃',今本《外傳》字並誤。"(《韓詩遺説考》卷三之四)

馮登府云:"《漢書》《荀子》並引作'麃',與《外傳》同。《説文》:'曹,姓無雲暫見也。''曹'同'曣',亦通'晏'。《廣雅》:'曣曕,煗也。'即《韓詩》之'曣晛'。《玉篇》'晛'與'曕'同。《荀子·非相篇》作'晏然聿消'。'晏'通'曣','然'即'曕'省。'曰'作'聿',《穆天子傳》注:'"聿"猶"曰"也。'漢班固《幽通賦》:'欥中龢爲庶幾兮。'顔注:'欥,古"聿"字。''欥'亦'曰'之異文,故《説文》于'欥'字亦訓爲'詞'。古'曰'字通'聿',《郊》:'曰爲改歲。'《漢書·食貨志》作'聿'。《大雅》:'予曰有疏附,予曰有先後。'王逸《楚詞章句》引作'聿'是也。'聿'又與'遹'通。《説文》引《大雅》'遹求厥寧'作'欥',《禮記》引'遹追來孝'作'聿'。是'欥''曰''聿''遹'俱古今互通之字。"(《三家詩異文疏證·韓詩》)

陳喬樅云："今本《外傳》是後人據《毛詩》所改也。《毛詩》：'見晛曰消。'《傳》云：'晛，日氣也。'《箋》云：'日將出，其氣始見，人則皆稱曰：雪今消釋矣。'讀'見'爲如字，文義與三家並異。"（《韓詩遺説考》卷三之四）

王先謙云："《韓詩》：'曣晛，日出也。'與《説文》'晛，日出也'合。《釋文》引作'曣見'，誤。《詩考》作'曣晛'，是也。"（《詩三家義集疏》卷二十）

冠南按：韓本作"曣晛"，上引諸説辨之甚詳，無庸贅辭。《韓詩》之"聿"，《毛詩》作"曰"，二字古通用，亦通"欥""遹"，説詳王引之《經傳釋詞》卷二"欥、聿、遹、曰"條。

如蠻如髦，我是用憂。（《韓詩外傳》卷四第二十章、第二十三章、第二十四章）

菀　柳

上帝甚陶。（《原本玉篇》卷二十二"陶"字條。"甚"原作"具心"，據胡吉宣《玉篇校釋》卷二十二改）

【彙輯】

《章句》：陶，變也。（《原本玉篇》卷二十二"陶"字條、慧琳《一切經音義》卷九十五"陶鑄"條）

【通考】

皮嘉祐云："《玉篇》'甚'譌作'具心'，今據《毛詩》訂正作'甚陶'，即《毛詩》之'甚蹈'。《外傳》作'甚慆'，'慆'與'蹈'形近，與'陶'聲近，故三字通作。《衆經音義》作'上帝其陶'，阮元云：當是'上帝甚陶'，'其'字誤也。'駟介陶陶'，《傳》：'陶陶，驅馳之貌。'《釋文》：'音徒報反。'《廣雅・釋訓》：'蹈，蹈行也。''陶''蹈'二字音義並近。馬瑞辰曰：'變''動'同義。'蹈'从舀聲，'舀'古聲如'由'，'陶'讀如'皋繇'之'繇'，聲亦與'由'同，故通用。'蹈'通作'陶'，猶《鼓鍾》詩'憂心且妯'，《韓詩》作'且陶'；《江漢》詩'江漢滔滔'，《風俗通・山澤篇》

引作'江漢陶陶';《楚詞·九章》'滔滔孟夏',《史記·屈原傳》作'陶陶孟夏'也。《禮記》:'人喜則斯陶。'《淮南·本經訓》:'樂斯動,動斯蹈。''蹈'亦'陶'也。《廣雅》:'陶,化也。'《淮南·本經訓》:'言陰陽之陶化萬物。''陶化'猶變化也。'蹈'又通'慆',《韓詩外傳》引《詩》下章作'上帝甚慆',其上引孫子賦云:'以盲爲明,以聾爲聰,以是爲非,以吉爲凶。嗚呼上天,曷維其同。'則'慆'亦變亂是非之意。《楚策》又引《詩》:'上天甚神,無自瘵也。'王念孫云:'神'者,'慆'字之壞,蓋傳寫之誤,不似'陶''蹈''慆'古同聲得通用,其義與《毛傳》訓'動'同也。'動'者,言其喜怒變動無常。下詩云:'俾予靖之,後予極焉。'言王始用之以爲治,後且極放誅責之,正以王之喜怒無常,證明'上帝甚蹈'之事。《檜》詩:'中心是悼。'《毛傳》:'悼,動也。'《箋》讀爲'悼',亦得訓'動',與'蹈'同義。若訓爲'悼病',則失之矣。陳奐曰:《傳》'蹈動','蹈'即'悼妯'之假借,'蹈'與'妯'聲近。《鼓鍾》:'憂心且妯',《傳》:'妯,動也。''妯'謂之動,'蹈'亦謂之動。'蹈'又與'悼'聲近。《檜》:'中心是悼。'《傳》:'悼動。''悼'謂之動,'蹈'亦謂之動,《傳》云'動'者,猶'亂'也。《衆經音義》引《詩》,訓'變動',與'變'義甚近。案,此三説皆是也。陳喬樅乃云:韓'蹈'作'慆',明見《外傳》,則作'陶'者必非《韓詩》。《衆經音義》'陶'下但引《詩》云:'上帝甚陶,陶,變也。'不言爲《韓詩》,當是《齊》《魯詩》之異文異義見於他書者,而玄應采之以證'陶現'之爲'變現'耳。馬據《鼓鍾》詩'妯'字韓作'陶',故以意定之。然《江漢》詩'滔滔',《風俗通》引作'陶陶',應劭用《魯詩》者,安知'上帝甚陶'非《魯詩》之異文邪?嘉祐謂解三家《詩》者皆以'上帝甚陶'爲《韓詩》,迄無異説。陳氏援《風俗通》之單文,遂謂應習《魯詩》,此亦《魯詩》異文,未免過拘。且其《魯詩遺説考》已據荀卿遺春申君書引《詩》曰'上天甚神',定爲《魯詩》,何得又作'陶'?雖《外傳》所引即《楚策》孫卿事,然彼引《詩》作'上天'、作'瘵也',此引自作'上帝'、作'瘵焉',是入韓説,即舉《韓詩》家法,必不自亂,而'慆'亦爲韓明矣。且'慆''陶'可通,'陶''神'二字音義均不近，即屬異本，何由得通？古本亦無音義全不相通而可通用者。《外傳》雖作'慆'，他本何必盡同。齊、魯既有異文，不得謂《韓詩》遂無異文，此陳氏武斷之處。唐卷子本《玉篇》晚出，爲前人所未見，作'陶'之異文，惟《衆經音義》引之，未能取信於人，故或據爲《韓詩》，或疑非《韓詩》，今得此確證，可以深信不疑。因陳考非是而辨明之。"（王先謙《詩三家義集疏》卷二十引）

上帝甚慆，無自瘵焉。（《韓詩外傳》卷四第二十五章。準《原本玉篇》引《韓詩》之文，"慆"似應作"陶"）

【通考】

胡承珙云："'蹈''慆'形聲相近，是《韓詩》亦當爲'變動'，意與毛同。"（《毛詩後箋》卷二十二）

馬瑞辰云："'慆'亦變亂是非之意。"（《毛詩傳箋通釋》卷二十三）

馮登府云："鄭讀'蹈'爲'悼'。《戰國策》作'神'，是'悼'之誤。古本本是'蹈'字，《衆經音義》五引《韓詩》云：'上帝甚陶。陶，變也，化也。'毛作'蹈'，云：'動也。'義相近。則韓本作'陶'，原文失引。'陶''蹈'亦通。《外傳》作'慆'，本字；'蹈'，假字。"（《三家詩異文疏證·韓詩》）

徐堂云："姚鼐《經説》曰：'慆者變也，猶"天降慆德"意也。'堂按：毛作'蹈'，《傳》曰：'動也，謂王心無恒，數變動也。'與韓字異義同。《鄭箋》：'蹈，讀爲"悼"，言使人心中悼痛也。'則義字並異。"（《韓詩述》卷四）

都人士

垂帶而厲。

【彙輯】

《章句》：厲，彌蕤也。（《原本玉篇》卷二十二"厲"字條）

【通考】

顧震福云："《説文》：'蕤，草木華垂貌。'《白虎通》：'蕤者下也。'此言所垂之帶如草木華之下垂耳。"（《韓詩遺説續考》卷三）

冠南按："彌"訓"廣"（見玄應《衆經音義》卷一"彌綸"條引《易》注），寬廣貌。"蕤"本訓"草木華垂貌"（《説文·艸部》），段玉裁注："引伸凡物之垂者皆曰蕤，冠緌系於纓而垂者也，《禮》家定爲'蕤'字。"（《説文解字注》第一篇下）是"蕤"有垂緌之義。故韓訓"彌蕤"當指垂緌寬廣。《毛傳》訓"厲"爲"帶之垂者"，陳奐云："帶之垂者爲大帶。"（《詩毛氏傳疏》卷二十二）"大"與"廣"同義，故韓、毛義實相通。

采　緑

薄言覩者。 （《經典釋文》卷六："《韓詩》作'覩'。"）

【通考】

馮登府云："'覩''觀'義同。"（《三家詩異文疏證·韓詩》）

陳喬樅云："《毛詩》'覩'字作'觀'，《箋》云：'多也。'《正義》云：'俗本作"觀，覩"，誤也。定本、《集注》並作"多"。'考《爾雅·釋詁》：'觀，多也。'郭注引《詩》：'薄言觀者。'郝氏《義疏》以爲'觀'聲同'灌'，灌，叢也，叢聚亦多也。今據《毛詩》作'觀，覩'，即後人據《韓詩》改之。'覩'義亦得訓'多'。《説文》'覩'爲古文'睹'字。覩'从見、者聲'，者'从白、𣅀聲'。'𣅀'，古文'旅'。'旅'有'衆'義，故都'从邑、者聲'，義訓爲'聚'；諸'从言、者聲'，義訓爲'衆'。然則'覩'亦有'衆'義，'衆'即'多'也。"（《韓詩遺説考》卷三之四）

隰　桑

既見君子，德音孔膠。 （《韓詩外傳》卷四第二十六章）

中心藏之，何日忘之。 （《韓詩外傳》卷四第二十七章、第二十八章）

白　華

泱泱白雲。 （《經典釋文》卷六："《韓詩》作'泱泱'。"）

【通考】

馬瑞辰云："《鄭風·出其東門》詩：'有女如荼。'《傳》：'荼，英荼。'《正義》:'言"荼,英荼"者,《六月》云:"白旆英英。""英英"是白貌。'則知此詩'英英'亦雲之白貌。'英'从央聲,故《韓詩》作'泱泱',猶'白旆英英'亦作'央央'也。潘岳《射雉賦》:'天泱泱以垂雲。'正本《韓詩》。《説文》:'泱,滃也。''滃,雲气起也。'"(《毛詩傳箋通釋》卷二十三)

陳喬樅云:"《文選》潘安仁《射雉賦》:'天泱泱以垂雲。'即用《韓詩》語,徐爰注曰:'泱音英。'李善注引《毛詩》:'英英白雲。'毛萇曰:'英英,白雲貌。''泱'與'英'古字通。《六月》詩:'白旆央央。'《公羊·宣十二年》疏引孫氏説作'帛旆英英'是已。"(《韓詩遺説考》卷三之四)

露彼菅茅。

【彙輯】

《章句》:露,覆也。(慧琳《一切經音義》卷九十二"湛露"條)

【通考】

馬瑞辰云:"露,猶覆也,連言之則曰覆露。《晋語》:'是先王覆露子也。'《淮南子·時則篇》:'包裹覆露,無不囊懷。'《春秋繁露·基義篇》:'天爲君而覆露之。'《漢書·晁錯傳》:'今陛下配天象地,覆露萬民。'《嚴助傳》:'陛下垂德惠以覆露之。'皆'覆''露'同義之證。"(《毛詩傳箋通釋》卷二十三)

天步艱難,之子不猶。

【彙輯】

《翼要》:天行艱難於我身,不我可也。(孔穎達《毛詩正義》卷十五之二《白華》正義)

【通考】

馮登府云:"此'可'訓'猶',本《爾雅·釋言》文。'猶'同'猷',《箋》亦用韓説。"(《三家詩遺説》卷六)

徐堂云:"《正義》以侯説爲毛説,則毛與韓同。《鄭箋》云:'天行此艱難之妖(謂褒姒)久矣。王不圖其變之所由爾。'與韓義異。"(《韓詩述》卷四)

陳喬樅云:"《毛傳》云:'步,行。猶,可也。'《鄭箋》云:'猶,圖也。’王肅述毛，云：‘天行艱難，使下國化之，以倡爲不可故也。’《正義》曰：‘如肅之言，與上章不類，今以傒爲毛説。’然則知《韓詩》訓‘猶’爲‘可’，其義與《毛傳》同。《鄭箋》訓‘猶’爲‘圖’，蓋據齊、魯之説改毛也。”（《韓詩遺説考》卷三之四）

王先謙云：“舉足謂之步，故訓‘步’爲‘行’。《中谷有蓷》傳：‘艱，亦難也。’申女身爲王后，又生太子，自宜永享榮華。而天行艱難之運於國家，后身適當之，遂至廢黜，不啻行之於我身，因而之子不以我爲可也。”（《詩三家義集疏》卷二十）

樵彼桑薪。

【彙輯】

《章句》：樵，取也。（慧琳《一切經音義》卷五七“擔樵”條）

【通考】

顧震福云：“毛無訓。震福案：《説文》：‘樵，散木也。’《漢書·楊雄傳》注：‘樵，木薪也。’樵本薪木之名，其後取薪即謂之樵，故《史記·淮陰侯傳》集解引《漢書音義》曰：‘樵，取薪也。’”（《韓詩遺説續考》卷三）

陳鴻森云：“此詩‘樵’字，《毛傳》不釋，《鄭箋》‘人之樵取彼桑薪’云云，正用《韓詩》義。”（《韓詩遺説補遺》）

鼓鐘于宫，聲聞于外。（《韓詩外傳》卷四第二十九章、第三十章、第三十一章、卷七第二十六章）

視我怖怖。

【彙輯】

《章句》：怖怖，意不説好也。（《經典釋文》卷六）

【通考】

陳壽祺云：“《説文》引《詩》亦作‘怖怖’，從韓氏也。《毛詩》作‘邁邁’，《傳》云：‘不説也。’字異義同。”（《韓詩遺説考》卷三之四）

馬瑞辰云：“‘邁邁’即‘怖怖’之假借，《毛》《韓詩》字異而義同。”（《毛詩傳箋通釋》卷二十三）

馮登府云："怖,《説文》:'很怒也。从心市聲。'引此詩與《釋文》同。'怖''邁'蓋同聲相近。毛公曰:'邁邁,不悦也。'與'怖怖'訓合。顧氏《詩本音》云:'"念子懆懆。"《韓詩》及《説文》並作"怖怖"。'案'怖怖'是'邁邁'異文,顧誤也。段氏曰:'邁邁'即'怖怖'之假。"(《三家詩異文疏證·韓詩》)

陳奂云:"《韓詩》作'怖怖',云:'意不説好也。'然則《毛詩》'邁邁'訓'不説',即爲'怖怖'之假借。古'怖''邁'聲同。《宣十二年公羊傳》:'是以使君王沛焉。'何注云:'沛焉者,怒有餘之貌。''沛'亦'怖'之假借。"(《詩毛氏傳疏》卷二十二)

徐堂云:"《説文》:'怖,恨怒也。《詩》曰:"視我怖怖。"'蓋據《韓詩》。"(《韓詩述》卷四)

陳喬樅云:"《毛詩音義》引《説文》云:'很怒也。'即'不説好'之義。今本《説文》云:'怖,恨怒也。'與陸氏所引小異。段氏注云:宜從《釋文》作'很怒'。'邁'即'怖'之假借。非有《韓詩》,則《毛詩》不可通矣。故許宗毛,而不廢三家《詩》。又《廣雅》亦云:'怖,怒也。'"(《韓詩遺説考》卷三之四)

王先謙云:"《説文》亦作'怖怖',云:'恨怒也。''恨怒'宜從《釋文》引作'很怒'。'很怒'即'不説好'意,毛訓'邁邁'爲'不説',是以'邁邁'爲'怖怖'之假借。"(《詩三家義集疏》卷二十)

之子無良,二三其德。(《韓詩外傳》卷四第三十二章)

綿　蠻

綿蠻黄鳥。(《文選》卷十一《景福殿賦》、卷四十六《三月三日曲水詩序》李善注)

【彙輯】

《章句》:綿蠻,文貌也。(《原本玉篇》卷二十七"緜"字條、《文選》卷十一《景福殿賦》、卷四十六《三月三日曲水詩序》李善注)

【通考】

馬瑞辰云:"《爾雅·釋詁》:'覭髳,茀離也。''緜蠻'即'覭髳'之轉,猶言'彌漫''彌靡',皆雙聲字,蓋文采縟密之貌,故《韓詩》以爲'文貌',當从《韓詩》説爲允。"(《毛詩傳箋通釋》卷二十三)

徐堂云:"《毛傳》:'緜蠻,小鳥貌。'與韓義異。"(《韓詩述》卷四)

豈敢憚行,畏不能趨。(《韓詩外傳》卷四第三十三章)

【彙輯】

《章句》:憚,畏也。(慧琳《一切經音義》卷四"不憚"條)憚,惡也。(慧琳《一切經音義》卷六"不憚"條、卷五十七"不憚"條、卷六十三"畏憚"條)

【通考】

顧震福云:"毛無訓。《鄭箋》云:'憚,難也。'震福案:《説文》:'憚,忌難也。''忌,憎惡也。'《易·屯》釋文引賈逵《國語注》:'難,畏憚也。'《雲漢》:'我心憚暑。'《箋》:'憚,猶畏也。'《廣雅》:'畏、憚,難也。'《玉篇》:'懍,憚也,相畏也。'《方言》:'憎、懍,憚也。'郭注:'相畏難也。'又云:'憚、怛,惡也。'郭注:'心怛懍,亦惡難也。'《考工記》鄭注:'故書"憚"或作"怛"。'《廣雅》:'憚,惡也。'《廣韻》:'憚,難也。又,忌惡也。'"(《韓詩遺説續考》卷三)

冠南按:"憚"本訓"難"(見《説文·心部》),"難"有畏懼之義(《論語·學而》:"過則無憚改。"朱子注:"憚,畏難也。"是其證),故韓訓"憚"爲"畏","畏"本訓"惡"(見《説文·由部》),故又以"惡"申釋"畏"義。

何草不黄

何人不鰥。(董逌《廣川詩故》)

【通考】

王引之云:"《爾雅》:'鰥,病也。'郭注引《召誥》'智藏瘝在。'又《康誥》:'恫瘝乃身。'某氏傳曰:'瘝,病也。''瘝''鰥''矜'古字通。上文'何草不黄''何草不玄','玄''黄'皆病也,則'矜'字亦當訓爲病。"(《經義述聞》卷六《毛詩》中"何人不矜"條)

馬瑞辰云:"《爾雅·釋詁》:'鰥,病也。''鰥'即'矜'也。《後漢書·和帝紀》:'朕寤寐恫矜。'李賢注:'矜,病也。'字别作'瘝',《書》

鄭注：‘瘝，病也。’‘何人不矜’猶言何人不病耳。《爾雅·釋言》又曰：‘矜，苦也。’又《廣雅》：‘矜，危也。’義並與‘病’近。”（《毛詩傳箋通釋》卷二十三）

馮登府云：“足利本正作‘鰥’。‘矜’與‘鰥’通。魏石經《左傳》：‘遺字征鰥。’《漢北海相景君銘》：‘元元鰥寡。’皆‘矜’之本文。經文中‘鰥’多作‘矜’。《大傳·洪範》：‘毋侮矜寡。’《史記》作‘鰥’。又《大傳·吕刑》：‘哀矜折獄。’《漢·于定國傳》作‘哀鰥’。則並以‘矜’之本義借‘鰥’字矣。《論衡》引亦作‘何人不鰥’，《七經考文》載古本《毛詩》同，然以爲《韓詩》，則未見所本。”（《三家詩異文疏證·韓詩》）

冠南按：據上引諸説，可知韓之“鰥”與毛之“矜”通，俱訓爲“病”。

韓詩佚文彙輯通考卷九

大　雅

文　王

周雖舊邦，其命惟新。（《韓詩外傳》卷五第五章）

亹亹文王。

【彙輯】

《章句》：亹亹，水流進貌。（《文選》卷五《吴都賦》李善注。六臣注本《文選》所録善注、慧琳《一切經音義》卷八十九"亹亹"條皆引作"亹亹，進貌"）

【通考】

陳壽祺云："臧鏞堂輯《韓詩》説以此入'鳧鷖在亹'下。蒙謂《吴都賦》'清流亹亹'，與'水'爲韻，則'亹'字不讀如'門'。'亹'音與下'熏''欣''芬''艱'不協，則非'鳧鷖在亹'章句也，臧誤採之。此注當是'亹亹文王'之訓，下句云'令聞不已'，是有'進'義。故《韓詩》釋'亹亹'爲'水流進貌'也。"（《韓詩遺説考》卷四之一）

馬瑞辰云："'亹''勉'一聲之轉，《禮器》：'君子達，亹亹焉。'鄭注：'亹亹，猶勉勉也。'《棫樸》詩：'勉勉我王。'《荀子・富國篇》引作'亹亹我王'，《韓詩外傳》引作'亹亹我王'是也。"（《毛詩傳箋通釋》卷二十四）

王先謙云："王逸《楚詞・九辯》注：'亹亹，進貌。《詩》云："亹亹文王。"'《文選・吴都賦》注引《韓詩》云：'亹亹，水流進貌。'是韓於此

詩‘亹亹’亦必訓‘進貌’矣。”(《詩三家義集疏》卷二十一)

冠南按:“亹”與“勉”聲近相通,俱含“進”義。《易・繫辭上》:“成天下之亹亹。”侯果注:“亹,勉也。夫幽隱深遠之情,吉凶未兆之事物,皆勉勉然願知之。”(李鼎祚《周易集解》卷十四引)“勉勉然願知之”即奮進求知之意。韓訓爲“水流進貌”,亦取“進”意。亹亹文王,言文王猶流水之奔進不息,極言其勤勉之德。

陳錫載周。(《原本玉篇》卷二十二“陳”字條。“陳”下原衍“堂”字,據胡吉宣《玉篇校釋》卷二十二删)

【彙輯】

《章句》:陳,見也。(《原本玉篇》卷二十二“陳”字條)

【通考】

顧震福云:“《毛詩》‘載’作‘哉’,《傳》云:‘哉,載。’《箋》云:‘載,始。’震福案:《釋文》云:‘哉,如字。《左傳》作“載”,本又作“載”。’《國語・周語》《漢書・韋玄成傳》注並引《詩》作‘陳錫載周’,與《韓詩》同。《書・伊訓》:‘朕哉自亳。’《孟子・萬章上》引作‘載’。《禮・中庸》鄭注:‘栽,讀如“文王初載”之“載”。’《釋文》:‘載,本或作“哉”。’‘哉’‘載’並從𢦏聲。𢦏從才聲,‘哉’‘載’並即‘才’之假。《説文》:‘才,草木之初也。’《書・舜典》:‘往哉汝諧。’《漢張平子碑》‘哉’作‘才’。又,《洛誥》:‘哉生魄。’《釋文》:‘哉,徐音載。’《晋書・夏侯湛傳》‘哉’作‘才’。是其證。‘陳,見也’者,《國語・齊語》韋注:‘陳,亦示也。’《説文》‘示’字云:‘天垂象,見吉凶,所以示人也。’故‘陳’亦訓‘見’。”(《韓詩遺説續考》卷四)

王先謙云:“《説文》:‘見,視也。’《禮・王制》:‘命太師陳詩。’注:‘采其詩而視之。’《易》:‘見龍在田。’注:‘見,示也。’《齊語》:‘相陳以功。’注:‘陳,亦示也。’是‘陳’與‘視’‘示’通,即與‘見’通矣。”(《詩三家義集疏》卷二十一)

胡吉宣云:“《周語》:‘陳錫載周。’韋注:‘陳,布也。’布列則‘見’也。”(《玉篇校釋》卷二十二)

冠南按：“陳”訓“列也，布也”（《玉篇·阜部》）。“列”者，陳列之義；“布”者，敷布之義。陳列、敷布，其意俱在易使人見，故韓以“見”訓“陳”。朱子訓“陳”爲“敷”（《詩集傳》卷十六），其義與韓訓相通。

濟濟多士，文王以寧。（《韓詩外傳》卷八第十九章、卷十第一章、第二章、第三章、《後漢書》卷八十下《邊讓傳》李賢注）

於緝熙敬止。

【彙輯】

《章句》：熙，敬也。（慧琳《一切經音義》卷二十“熙怡”條）

【通考】

顧震福云：“《毛傳》曰：‘緝熙，光明也。’《維清》《敬之》鄭箋同，本《爾雅·釋詁》。震福案：韓訓‘熙’爲‘敬’者，《説文》：‘熙，乾也。’亦有敬義。與《説文》‘熯’訓‘燥’、《爾雅》訓‘敬’例同。”（《韓詩遺説續考》卷四）

冠南按：《毛傳》云：“緝熙，光明也。”《禮記·緇衣》引此經，鄭玄注：“緝、熙，皆明也。”《大學》亦引此經，朱子注：“熙，光明也。”是“熙”當訓“明”。韓訓“熙”爲“敬”，當涉句中“敬止”而成義，非“熙”之本訓。

無遏爾躬。

【彙輯】

《章句》：遏，病也。（《經典釋文》卷七）

【通考】

郝懿行云：“瘉者，《詩》：‘胡俾我瘉。’‘交相爲瘉。’《毛傳》並云：‘瘉，病也。’又轉爲遏。《詩》：‘無遏爾躬。’《釋文》引《韓詩》云：‘遏，病也。’”（《爾雅義疏》上之一《釋詁弟一》）

陳奂云：“《韓詩》云：‘遏，病也。’韓讀‘遏’爲‘害’，與毛訓異意同。”（《詩毛氏傳疏》卷二十二）

陳喬樅云：“《毛傳》：‘遏，止也。’義與韓異。《韓詩》訓‘遏’爲‘病’者，‘遏’‘曷’‘害’古以音同通假。‘害’與‘病’義相近。一曰：

《廣雅·釋詁》:'瘍,病也。'韓蓋以'遏'爲'瘍'之假借字。"(《韓詩遺説考》卷四之一)

黄山云:"《韓詩外傳》一:'學而不能行之,謂之病。'《説文》:'遏,微止也。从辵,曷聲。''辵,乍行乍止也'。是'遏'之訓'止',即身之不行,故謂之'病'。此韓本義。"(王先謙《詩三家義集疏》卷二十一引)

冠南按:"遏"無"病"義,故郝氏及二陳俱以通假釋之,黄山以"遏"字本義曲爲解釋,稍嫌膠固,恐未可從。

上天之載,無聲無臭。(《韓詩外傳》卷五第六章)

大　明

天難訦斯,不易惟王。(《韓詩外傳》卷十第四章)

【通考】

陳壽祺云:"《詩考》引《外傳》作'訦',今本改'忱',非。"(《韓詩遺説考》卷四之一)

馮登府云:"《書·大誥》:'天棐忱辭。'《説文》引作'諶'。'諶'通'訦'。《爾雅·釋詁》注:'燕、岱、東齊謂信曰諶。'疏:'按《方言》作"訦".'則'諶''訦''忱'並通。"(《三家詩異文疏證·韓詩》)

朱士端云:"《説文》作'諶'。古人凡從冘從甚之字,皆以音同相通。《周易》:'虎視眈眈。'漢碑作'覘覘'。"(《齊魯韓三家詩釋·韓詩》)

徐堂云:"《説文》:'燕、代、東齊謂信訦也。'《方言》:'允、訦、恂、展、諒、穆,信也。燕、代、東齊曰訦。'《毛詩》作'忱'。《説文·言部》《春秋繁露·如天之爲篇》引《詩》並作'諶'。《廣韻·二十一侵》:'諶、愖、訦、忱,四字並同。'"(《韓詩述》卷五)

陳喬樅云:"鄭君箋《詩》云:'天之意難信矣,不可改易者,天子也。'此讀'易'如字。今據《韓詩外傳》引傳曰:'言爲王之不易也。'其下引《詩》:'天難訦斯,不易惟王。'是以'易'爲'難易'之'易'。與毛義不同。《文王》詩:'駿命不易。'《箋》云:'天之大命不可改易。'亦讀'易'如字。其注《禮記·大學篇》引《詩》曰:'天之大命,持之誠不易

也。'彼用三家《詩》説，故讀同'難易'之'易'耳。"(《韓詩遺説考》卷四之一)

王先謙云："《詩考》引《韓詩外傳》十作'訦'，與《毛詩》之'忱'，皆訓'信'。"(《詩三家義集疏》卷二十一)

天謂殷適，使不浹四方。(《韓詩外傳》卷五第八章。浹，原作"俠"，據下引《章句》"浹，通也"改)

【彙輯】

《章句》：浹，通也。(慧琳《一切經音義》卷八十三"浹辰"條、卷九十六"浹辰"條)

【通考】

馬瑞辰云："《説文》無'浹'字，古'浹'字止作'挾'。《荀子·儒效篇》：'盡善挾洽之謂神。'注：'挾，讀爲"浹"。'是'浹'古作'挾'之證。《韓詩外傳》引《詩》作'使不俠四方'，'俠'乃'挾'之通借字。"(《毛詩傳箋通釋》卷二十四)

馮登府云："'天謂'猶言'帝謂'也。'俠'與'挾'通。《前漢書·季布傳》：'任俠有名。'師古曰：'"俠"之言"挾"，以力俠輔人也。'是'俠'有'挾'義。又《叔孫通傳》：'殿下郎中俠陛。'《法言》：'滕、灌、樊、酈。曰：俠介。''俠'並與'挾'同。"(《三家詩異文疏證·韓詩》)

陳奂云："《爾雅》：'浹，澈也。''挾''浹'同聲，'達''澈'同義。"(《詩毛氏傳疏》卷二十三)

徐堂云："'俠''挾'古字通用。《左氏春秋·隱九年》'挾卒'，《公》《穀》並作'俠卒'。《法言·淵騫篇》：'滕、灌、樊、酈。曰：俠介。'宋咸注：'"俠"與"挾"同。'《漢書·禮樂志》：'《郊祀歌》：俠嘉夜。'師古注：'"俠"與"挾"同。'"(《韓詩述》卷五)

顧震福云："《毛詩》'浹'作'挾'，《傳》云：'達也。'《正義》曰：'挾者，周匝之義。'震福案：《周禮·大宰》：'挾日而斂之。'《釋文》：'"挾"字又作"浹"，同。'《荀子·禮論》：'方皇周挾。'《儒效篇》：'盡善挾洽之謂神。'楊注並云：'挾，讀爲"浹"，帀也。'《集韻》'浹'通作'挾'。《説文》無'浹'字，新附云：'浹，徹也。'《玉篇》：'浹，徹也，通也，洽也。'韓與毛字異義同。"(《韓詩遺説續考》卷四)

冠南按：據《一切經音義》所引韓訓，可推知《韓詩》經文有作“使不浹四方”者，今本《外傳》作“使不俠四方”，“俠”或爲韓家異文，或爲後人據“浹”而改。《毛詩》作“挾”，“俠”與“挾”通，已詳上引諸説；“浹”亦與“挾”通，（《周禮·天官·大宰》：“挾日而斂之。”孫詒讓《正義》云：“浹，即俗“挾”字。”《小爾雅·廣言》：“浹，匝也。”胡承珙《義證》云：“浹與挾通。”並其證。）韓訓“浹”爲“通”，毛訓“挾”爲“達”，“通”本訓“達”（見《説文·辵部》“通”字條），故韓、毛字異而義同。

磬天之妹。

【彙輯】

《章句》：磬，譬也。（《經典釋文》卷七）

【通考】

孔穎達云：“‘俔’字，《韓詩》文作‘磬’，則‘俔’‘磬’義同也。《説文》云：‘俔，諭也。《詩》云：“俔天之妹。”’謂之譬喻，即引此詩。”（《毛詩正義》卷十六之二）

馬瑞辰云：“‘俔’‘磬’二字雙聲，故通用。‘俔’之轉爲‘磬’，猶《韓非·外儲説》‘夫犬馬，人所知也，旦暮罄於前。鬼神無形，不罄於前’，‘罄於前’即‘見於前’。《説文》：‘俔，譬諭也。’當以‘俔’爲正字。《韓詩》作‘磬’，通借字也。漢世通借作‘磬’已久，人皆知‘磬’之爲‘譬’，故毛公以今釋古，《韓詩》遂从今字作‘磬’耳。”（《毛詩傳箋通釋》卷二十四）

馮登府云：“傳：‘俔，磬也。’韓‘俔’作‘磬’，音義相兼。《箋》云：‘如天之有弟。’孔氏曰：‘如今俗語譬喻物，云“磬作”然也。’《説文》：‘俔，譬諭也。’徐鍇按：‘詩篇譬猶天妹也。’惠氏棟曰：‘毛不曰“譬”而曰“磬”者，毛蓋讀“俔”爲“磬”也。’戚學標云：‘《内則》孔疏：《隱義》云：齊以相絞訐爲掉磬。庾氏云：齊人謂之差訐。即讀“俔”如“磬”之類。’”（《三家詩異文疏證·韓詩》）

陳奂云：“《韓詩》云：‘磬，譬也。’‘磬’當作‘罄’。《文選》顔延之《宋郊祀歌》：‘亘地稱皇，罄天作主。’‘罄天’即用《韓詩》也。‘俔’

'磬'雙聲。訓'俔'爲'罄',與訓'罄'爲'譬',義本相因。"(《詩毛氏傳疏》卷二十三)

陳喬樅云:"《毛詩》作'俔',《傳》云:'俔,磬也。'段玉裁曰:'《説文》:"俔,諭也。"此以今語釋古語。"俔"者古語,"磬"者今語,是以《毛詩》作"俔",《韓詩》作"磬",如十七篇之有古、今文。許不依《傳》云"磬"而云"諭"者,"磬"非正字,以六書言之,乃"俔"之假借耳。"磬""罄"古通,《爾雅》:"罄,盡也。"猶言竟是天之妹也。'又曰:'俔,《説文》:"一曰聞見也。""聞"當作"間"。《釋言》:"間,俔也。"正許所本。上訓用毛、韓説,此訓用《爾雅》説,《爾雅》亦釋詩也。"間"音"諫",若言不可多見而間見之。'胡承珙曰:'《傳》以"磬"釋"俔",《箋》以"如"申毛,《孔疏》解以"磬作",是唐時猶有此語,其訓詁由來久矣。段注《説文》,謂毛以"磬"釋"俔",是以今語釋古語,此説是也。其又云"磬"猶言"竟是",又云"俔"是"間見",盧氏文弨又從"聞見"爲義,説皆非是。《後漢書·胡廣傳》:"俔天必有異表。"若曰"竟是",曰"間見",曰"聞見",則必連"之妹"二字方成文義,不得以"俔天"二字單言。惟訓"如",則"如天"二字本可斷讀。《君子偕老》傳"尊之如天"是也。'郝氏懿行曰:'《爾雅》釋詩,當"俔"在"間"上,今本誤倒耳。《説文》云:"俔,譬諭也。一曰間見。"即本《韓詩》《爾雅》爲訓。訓"間"者,《釋詁》云:"代也。""間見",猶言不常見也。凡譬況之詞,必取非常所見,故云"罕譬而諭"。《方言》謂之"代語",《説文》謂之"間見",其義一也。'"(《韓詩遺説考》卷四之一)

吴承仕云:"'俔天之妹,親近于渭','俔''親'爲句首韻。毛作'俔',韓作'磬',猶《小旻》'是用不集',韓作'是用不就',皆音義相兼之例也。俔屬寒部,磬屬清部,舊音亦有關通,猶假'矜'爲'鰥'矣。"(《經籍舊音辨證》卷一《經典釋文一·毛詩音義》)

造舟爲梁。

【彙輯】

《章句》:舟滿水中曰造舟。(《原本玉篇》卷九"舟"字條)

【通考】

顧震福云："《毛傳》曰：'天子造舟，諸侯維舟，大夫方舟，士特舟。'本《爾雅·釋水》。震福案：《爾雅》郭注曰：'比船爲橋。'李巡曰：'比其舟而渡曰造舟。'孫炎曰：'比舟爲梁。'《説文》'造'古文作'艁'。《方言》《廣雅》並云：'艁舟謂之浮梁。'郭注：'《方言》云：今浮橋。'《廣韻》：'艁舟，以舟爲橋。'《公羊·宣十二年傳》徐疏引舊説云：'以舟爲橋，詣其上而行過，故曰造舟。言以舟爲梁，故謂之造。造，成也。'《文選·東京賦》薛注云：'造舟，以舟相比次爲橋也。'《漢書·杜篤傳》顔注引《爾雅》並釋云：'造，並也，比舟相並而濟也。'王懷祖《廣雅疏證》云：'"造"之爲言"曹"也，比次之名也。'《爾雅釋文》引郭氏圖云：'天子併七船，諸侯四，大夫二，士一。'蓋天子之船廣闊，彼此七船於水上，則水中幾滿。故韓謂'舟滿水中曰造舟'。"(《韓詩遺説續考》卷四)

陳鴻森云："《詩疏》引《爾雅》李巡注：'比其舟而渡曰造舟。'又孫炎注云：'造舟，比舟爲梁也。'《韓詩》義亦當爾。"(《韓詩遺説補遺》)

冠南按："舟滿水中"即多舟相連而溢滿水中之意，多舟相連，其用乃在"比之而加版於其上，以通行者，即今之浮橋也"(朱子《詩集傳》卷十六)，韓訓僅釋"造舟"之貌，未明訓"造"字之義。楊樹達云："注家説'造舟'爲'比舟'，其義誠是，然'造'訓爲'比'，古書訓詁未見。余謂'造'當讀爲'聚'，造舟謂聚合其舟也。古音'聚'在侯部，'造'在幽部，二部音近，故'造''聚'可通作。"(《積微居小學述林全編》卷六《〈詩〉"造舟爲梁"解》)此説可從。"造"用"聚"義，多舟"聚合"，故成"舟滿水中"之貌，此解足以發明韓訓。

牧野洋洋，檀車皇皇，駟騵彭彭。惟師尚父，時爲鷹揚，亮彼武王。肆伐大商，會朝滯明。(《韓詩外傳》卷三第十三章。《原本玉篇》卷十九"滯"字條僅引"會朝滯明"。滯，《外傳》原作"清"，據《原本玉篇》"滯"字條改)

【彙輯】

《章句》：亮，相也。(《經典釋文》卷七)滯，清也。(《原本玉篇》卷十九"滯"字條、慧琳《一切經音義》卷七十六"如澄滯水"條)

【通考】

〔檀車皇皇〕

馮登府云："《白虎通》：'皇者，煌煌人莫違也。'《小雅》：'朱芾斯皇。'《箋》：'猶煌煌也。''皇皇者華。'《傳》：'猶煌煌。'"(《三家詩異文疏證・韓詩》)

徐堂云："《毛傳》：'煌煌，明也。''皇'與'煌'同。韋昭《國語・越語》注：'皇皇，著明也。'《假樂》：'穆穆皇皇。'《後漢書・班固傳》注引作'煌煌'。"(《韓詩述》卷五)

冠南按："皇""煌"通用，馮、徐之説是。《尚書刑德放》《春秋元命苞》並有"皇者，煌煌也"之文(分見趙在翰《七緯》卷十一、二十四)，亦二字通用之證。

〔亮相也〕

范家相云："按《爾雅・釋詁》云：'亮、介、尚，右也。''左、右，亮也。'轉以亮爲訓。"(《三家詩拾遺》卷九)

馬瑞辰云："各本《説文》無'亮'字，段玉裁依《六書故》所據唐本補云：'亮，明也。从儿、高省。'而申釋之曰：'高明者可以佐人，故義爲佐。'《爾雅・釋詁》：'亮、相，道也。'又曰：'亮，右也。''左、右，亮也。'義並相近。《廣雅・釋言》又曰：'亮，相也。'是《韓詩》作'亮'，爲正字；《毛詩》作'涼'，《釋文》引'本亦作"諒"'者，皆假借字。《小爾雅》：'涼，佐也。'與《毛傳》同。"(《毛詩傳箋通釋》卷二十四)

馮登府云："錢氏大昕曰：'"亮"亦漢時俗字，故《説文》不收。今《尚書》《爾雅》皆用晋人本。《孟子注》雖出漢儒，亦經俗師轉寫，故皆有"亮"字。它經無之。《尚書》"亮采""亮天工""亮陰""寅亮"，皆訓"信"，當用"諒"字；《畢命》"弼亮"訓"佐"，當用"倞"字。"涼彼武王"，毛訓"佐"；"涼曰不可"，鄭訓"信"。則"諒""倞"俱通作"涼"。漢人分隸往往以"亮"爲"倞"，蓋隸變移"人"於"京"下，又省中一筆，遂爲"亮"字。'余按《説文・旡部》明有'㾢'字，徐鍇曰：'今隸變作"亮"。'漢相名亮，已見三國。錢説非也。韓訓'相'，與《毛傳》'涼'訓'佐'

合。《釋文》云：'涼，本作"諒"。'足利本作'諒'。《文選》李蕭遠《運命論》注引同。《廣雅·釋言》：'亮，相也。'蓋本《韓詩》。"(《三家詩異文疏證·韓詩》)

丁晏云："《傳》：'涼，佐也。'《畢命》疏引《釋詁》：'亮，佐也。'今《爾雅》無此文。應劭《風俗通·三王》引《詩》：'亮彼武王。'小徐《説文繫傳》亦作'亮'。"(《詩考補注·韓詩》)

徐堂云："《虞書》：'惟時亮天功。'《史記·五帝紀》作'惟時相天事'，馬遷以訓詁代經文，是'亮'有'相'義也。《毛詩》'涼'字即'亮'之假借。《傳》云：'佐也。'與韓義同。鄭玄《禮記·檀弓》注：'相，佐也。'《漢書·王莽傳》陳崇引《詩》亦作'亮'。"(《韓詩述》卷五)

陳喬樅云："《爾雅·釋詁》'亮''相'並訓爲'導'。'相'又訓'勴'，'亮'又訓'右'，'勴''右'義皆爲'助'。導引佐佑，皆所以爲贊助也。《書》：'惟時亮天工。'《史記·五帝紀》作'惟時相天事'，是以'亮'爲'相'，'相'即'佐佑'之義也。'亮'與'諒''涼'古以音同通用。《毛詩釋文》云：'涼，本亦作"諒"。'"(《韓詩遺説考》卷四之一)

〔瀞清也〕

顧震福云："《毛詩》'瀞'作'清'，《傳》云：'不崇朝而天下清明。'震福案：《説文》：'瀞，無垢薉也。'《文選·思玄賦》舊注：'清，瀞也。'《説文》新附：'潔，瀞也。''瀞'即'净'之正字。《説文》：'净，魯北城門池也。'非清潔之義。俗假'净'爲'瀞'，'净'行而'瀞'廢矣。'瀞'或省作'静'，《射雉賦》注引《韓詩章句》曰：'青，静也。'《國語·周語》韋注、《東京賦》薛注並云：'静，潔也。'《禮·孔子閒居》鄭注：'清，謂清静。'《舜典》：'直哉惟清。'《史記·五帝紀》作'直哉惟静潔'。又，《扁鵲大倉公傳》集解引徐廣曰：'静，一作"清"。'是'清''静'亦聲近字通。'静'又通'靚'，《禮·雜記》釋文：'靚，本作"静"。'《漢書·賈誼傳》注：'"靚"與"静"同。'《楊雄傳》注：'"靚"即"静"字。'《王莽傳》云：'清靚無塵。'是'靚'亦有'清'義。'靚'從水作'瀞'，《説文》：'瀞，冷寒也。''瀞'與'瀞'亦通用，《廣韻》云：'净，無垢也，"瀞"古文。'不知

'净''瀃'皆'瀞'字之假也。"(《韓詩遺説續考》卷四)

皮嘉祐云:"毛作'清',當爲'瀞'之省,'瀞'又省作'净'、作'静'。《説文》:'瀞,無垢薉也。从水,静聲。'《淮南·本經訓》:'太清之始也。'注:'清,净也。'是'清''瀞''静''净'四字音義本通。"(王先謙《詩三家義集疏》卷二十一引)

冠南按:"瀞"乃"净"之古文(説見段玉裁《説文解字注》第十一篇上"瀞"字條注),《説文·水部》云:"瀞,無垢薉也。""無垢薉"即清澈貌,故韓訓"瀞"爲"清"。

緜

緜緜瓜瓞。(《文選》卷二十六《在懷縣作》李善注)

【彙輯】

《章句》:瓞,小瓜也。(《經典釋文》卷七、《文選》卷二十六《在懷縣作》李善注)

【通考】

馬瑞辰云:"小瓜名瓞;紹爲近本之瓜,小如瓞,亦名瓞也。毛云'瓜,紹'者,以嗣續之義,宜取其紹瓞之瓞,恐人誤以爲瓞瓝之瓞。然又引'瓞,瓝'者,明其本義也。《毛傳》質略,言'瓜,紹',其爲釋瓜瓞可知。不必如段玉裁所云增'瓜瓞'二字,亦不得如焦循以'瓜紹'爲釋緜緜不絶之義,非以釋瓜瓞也。《韓詩》云:'瓞,小瓜也。'《爾雅》舍人云:'瓝,小瓜也。'《爾雅》'瓞,瓝',《説文》作'瓞,瓞也','瓞'即《爾雅》之'瓝'。'交''勺'二字古音同部,故通用。《爾雅》:'瓝,九葉。'樊光本作'駁',與《説文》之以瓞爲瓝者正同。"(《毛詩傳箋通釋》卷二十四)

徐堂云:"《説文·瓜部》'瓞'字注云:'瓞也。''瓞'字注云:'小瓜也。'與韓訓同。"(《韓詩述》卷五)

陳喬樅云:"《爾雅·釋草》:'瓞,瓝。其紹瓞。'舍人注:'瓝,小瓜也。'與薛君訓同。《釋草》又云:'瓝,九葉。'《釋文》引舍人云:'瓝,九葉九枚共一莖。'則其爲小瓜可知也。"(《韓詩遺説考》卷四之一)

王先謙云:"《孔疏》引孫炎曰:'《詩》云:"緜緜瓜瓞。"瓞,小瓜子名。瓝其本子小，紹先歲之瓜曰瓞。'《説文》'瓞'下云：'瓝也。''瓝'下云：'小瓜也。''瓞'或作'瓞'，'瓞'即'瓝'也。"（《詩三家義集疏》卷二十一）

冠南按：韓訓"瓞"爲"小瓜"，上引諸説釋之甚備。全詩以"緜緜瓜瓞"起首，有深意寓焉。郝懿行、王照圓云："瓞，小瓜也。瓜，近本初生者常小，至末而大，以喻周自后稷以後皆微，至大王始大也。"（《詩問》卷五）此論明徹，可徵《韓詩》起興之意。

周原腜腜。（《文選》卷六《魏都賦》李善注）

【彙輯】

《章句》：腜腜，美也。（《經典釋文》卷七）

【通考】

錢大昕云："'周原膴膴'當從《韓詩》作'腜腜'。'膴''腜'聲雖相近，而'腜'與'飴''謀''龜''止''時'於韻尤協也。"（《十駕齋養新録》卷一）

段玉裁云："劉逵《魏都賦注》：'腜腜，美也。《詩》曰：周原腜腜。'李善注引《韓詩》曰：'周原腜腜。'《廣雅・釋言》：'腜腜，肥也。'據《韓詩》爲訓也。"（三十卷本《詩經小學》卷二十三）

沈清瑞云："此與《小旻》詩'膴'字皆作'腜'，蓋'某'與'無'古音通。"（《韓詩故》卷下）

馬瑞辰云："《廣雅・釋訓》：'腜腜，肥也。'本《韓詩》，'肥'與'美'一也。'腜'與'膴'古通用，《小雅》：'民雖靡膴。'《釋文》引《韓詩》亦作'腜'。據《爾雅・釋詁》'煤，愛也'，郭注'煤，韓、鄭語'，《方言》作'韓、鄭曰憮'，是方音讀'憮'與'煤'同，'膴'與'腜'亦猶是也。《韓詩》蓋本方音，讀'膴'如'腜'，字遂作'腜'，與'飴''謀''龜''時''玆'爲韻。《毛詩》字雖作'膴'，其音亦當如'腜'字，音梅。《釋文》音武，失之。'腜''美'以雙聲爲義。'腜'通作'每'，《説文》：'每，草盛上出也。'《左氏・僖二十八年傳》：'原田每每。''每每'謂草之肥盛，即腜腜也。"（《毛詩傳箋通釋》卷二十四）

馮登府云："張載注《魏都賦》：'腜腜，美也。'《釋文》：'膴膴，美也。《韓詩》同。'蓋謂韓與毛同也,與《文選注》異,疑《釋文》有脱誤。'腜'與'飴''謀''龜''止''時'韻尤洽,當讀如'梅',與《左傳》'原田每每'亦音義相同。"(《三家詩異文疏證·韓詩》)

徐堂云:"《釋文》曰:'膴,音武。《韓詩》同。'今以《文選注》考之,蓋有奪字也。《魏都賦》曰:'腜腜坰野。'注:'腜腜,美也。《詩》云:"周原腜腜。"'李善曰:'《韓詩》曰:"周原腜腜。"莫來反。'是《韓詩》實作'腜腜','美也'之訓當即《韓詩章句》。然則《釋文》當云:'膴,音武,美也。《韓詩》作"腜腜",義同。'方合。"(《韓詩述》卷五)

陳喬樅云:"《文選·魏都賦》:'腜腜坰野。'張載注:'腜腜,美也。《詩》云:周原腜腜,堇荼如飴。'李善注引爲《韓詩》,則張注'腜腜,美也'即《韓詩》之義。《毛詩釋文》云:'膴膴,美也。《韓詩》同。'此順毛而改,謂《韓詩》説同,非謂字同也。"(《韓詩遺説考》卷四之一)

錢玫云:"《釋文》云'《韓詩》同'者,謂《韓詩》義與毛同,亦爲'美也'。"(《韓詩内傳並薛君章句考》卷四)

王先謙云:"《廣雅·釋訓》:'腜腜,肥也。''肥''美'一也。"(《詩三家義集疏》卷二十一)

乃慰乃止。（《原本玉篇》卷九"乃"字條）

【彙輯】

《章句》:乃,大也。(《原本玉篇》卷九"乃"字條。乃,慧琳《一切經音義》卷二十"迺聖"條引作"迺","乃""迺"通用)

【通考】

顧震福云:"《毛詩》'乃'作'迺',《傳》無訓,《箋》作'乃'。《文選·晋紀總論》注引此《詩》亦作'乃',蓋皆本《韓詩》。《廣韻》:'迺,古文"乃"。'《列子·天瑞》《湯問》《周穆王篇》釋文並云:'迺,古"乃"字。'《爾雅·釋詁》:'迺,乃也。'韓謂'乃,大也'者,《説文》:'乃,讀若仍。'《周禮·司几筵》鄭注:'故書"仍"爲"乃"。鄭司農云:仍,讀爲乃。'《爾雅·釋詁》:'仍,厚也。'通作'訒'。《説文》:'訒,厚也。''厚'與'大'義相近。慧琳所引作'迺',恐誤。"(《韓詩遺説續考》卷四)

冠南按:《毛傳》未釋"乃"字之義,《鄭箋》釋此句爲"乃安隱其居",可知鄭讀"乃"如字,與韓訓有别。韓訓"乃"爲"大",依顧説,是"仍"之借字,可從。《玉篇·乃部》:"乃,大也。"所用當爲韓訓。

縮版以載。(《原本玉篇》卷二十七"縮"字條)

【彙輯】

《章句》:縮,斂也。(《原本玉篇》卷二十七"縮"字條、慧琳《一切經音義》卷十四"拳縮"條、卷十五"申縮"條、卷十七"捲縮"條、卷二十"惱縮"條、卷三十六"漸縮"條、卷四十"縮眉"條、卷四十二"延縮"條、卷四十五"延縮"條、卷五十四"癵縮"條、卷六十七"卷縮"條、卷七十九"怖縮"條)

【通考】

顧震福云:"《毛詩》曰:'乘謂之縮。'《鄭箋》云:'乘,當爲繩。'震福案:《爾雅·釋器》:'繩之謂之縮之。'郭注:'縮者,約束之。'引《詩》曰:'縮版以載。'《詩疏》引孫炎曰:'繩束築版謂之縮。'韓訓'縮'爲'斂'者,《説文》:'斂,收也。'收斂即約束之義。"(《韓詩遺説續考》卷四)

冠南按:"斂"本訓爲"收",《爾雅·釋詁下》:"收,聚也。"邵晋涵《正義》云:"凡經傳言收斂者,皆爲聚合也。"據此,韓以"斂"訓"縮",其義當爲"聚合","縮版"即聚合木版之義。《毛傳》云:"乘謂之縮。"陳奂云:"'乘'乃'繩'字之誤。《爾雅》:'繩之謂之縮之。'此'繩'與'縮'同義。《説文》:'繩,束也。'《斯干》傳:'約,束也。'孫炎云:'繩束築版謂之縮。'"(《詩毛氏傳疏》卷二十三)"繩束"之舉,必先聚合木版而後束之,其義與韓訓相成。"載"訓"承",上引之義。此句言築墻之時,必先聚合木版而以繩束之,復引之於上(周振甫先生《詩經譯注》卷七譯爲"用繩捆版得上升",是)。《周禮·冬官·匠人》:"凡任索約,大汲其版,謂之無任。"鄭注云:"約,縮也。汲,引也。築防若牆者,以繩縮其版。大引之,言版橈也。版橈,築之則鼓,土不堅矣。""繩縮其版"即《詩》之"縮版","引之"即《詩》之"載",是先縮而後載,乃古時築墻之常經。惟載引之時,力需適中,若"大汲其版則版傷,而束土無力,與不縮同,故謂之無任也"(孫詒讓《周禮正義》卷八十五《冬官·匠人》疏)。馬瑞辰以"縮"

爲“直”，以“載”爲“栽”（《毛詩傳箋通釋》卷二十四），説雖新，然與《匠人》所記古法不合。

作廟翼翼。

【彙輯】

《章句》：鬼神所居曰廟。（玄應《衆經音義》卷十四“寺廟”條。廟，慧琳《一切經音義》卷五十九“寺庿”條引作“庿”，“庿”乃古文“廟”，二字通用。《原本玉篇》卷二十二“廟”字條引作“鬼神所居曰廣神”，“廣”係“庿”之訛，“神”乃衍文）

【通考】

冠南按：《説文・广部》：“廟，尊先祖貌也。”段玉裁注云：“古者廟以祀先祖，凡神不爲廟也。爲神立廟者，始三代以後。”（《説文解字注》第九篇下）是“廟”有二義，一爲祭祀先祖之所，一爲祭祀鬼神之所，韓所用乃第二義。

度之薨薨。

【彙輯】

《章句》：度，填也。（《經典釋文》卷七）

【通考】

段玉裁云：“毛云‘居’，鄭云‘投’，《韓詩》云‘填’，三者同意。”（《毛詩故訓傳定本》卷二十三）

馬瑞辰云：“《箋》云‘投諸版中’，與《韓詩》訓‘填’義近。既取土而後填之，既填而後築之，正見詩言有序。‘度’與‘塿’通，《廣雅》：‘塿，塞也。’‘塞’與‘填’義亦相近。《傳》訓‘度’爲‘居’，失之。”（《毛詩傳箋通釋》卷二十四）

陳喬樅云：“《毛傳》云：‘度，居也。’義與韓異。《鄭箋》云：‘度，猶投也。築墻者捊聚壤土，盛之以虆而投諸版中。’鄭君釋‘度’爲‘投’，與《韓詩》訓‘填’義同，蓋用韓義改毛。”（《韓詩遺説考》卷四之一）

章太炎云：“《大雅》：‘度之薨薨。’《韓詩》説：‘度，填也。’‘度’即‘敷’字。《説文》：‘敷，閉也。讀若杜。’”（諸祖耿整理《太炎先生尚書説・尚書二十九篇・費誓》）

冠南按：馬以“度”通“塓”，章以“度”通“敷”，實則“塓”“敷”皆與“杜”通。《小爾雅·廣詁》：“杜，塞也。”胡承珙注云：“杜者，《一切經音義》引《國語》賈注曰：‘杜，塞也。’《説文》云：‘敷，閉也，或作“剫”。’《廣雅》：‘塓，塞也。’《大雅·緜篇》：‘度之薨薨。’《韓詩》云：‘度，填也。’‘敷’‘塓’‘度’，並與‘杜’同。”（《小爾雅義證》卷一）

臯門有閌。

【彙輯】

《章句》：閌，盛貌。（《經典釋文》卷七）

【通考】

馬瑞辰云：“《周官·閽人》疏引《詩》作‘亢’，與《釋文》所言‘又作“亢”’同。《説文》：‘阬，閬也。’‘閬，門高也。’張參《五經文字》：‘阬，門高。’是知作‘亢’者，‘阬’之省借字也。‘閌’即‘阬’之或體，《説文》無‘閌’字。《文選·吴都賦》‘高闈有閌’，《西京賦》《魏都賦》並言‘高門有閌’，‘閌’字既本《韓詩》，則作‘高門’者亦《韓詩》也。《釋名·釋親屬》曰：‘高，臯也。最在上，臯韜諸下也。’《爾雅》：‘五月爲臯。’《釋文》：‘臯，本作“高”。’是‘臯’與‘高’音義正同。”（《毛詩傳箋通釋》卷二十四）

馮登府云：“《揚雄傳》：‘閌閬閬其寥廓兮。’顔注：‘高門貌，同“伉”。’則‘閌’宜从毛訓‘高貌’。”（《三家詩異文疏證·韓詩》）

徐堂云：“張衡《西京賦》曰：‘高門有閌。’李善注：‘《毛詩》曰：“高門有伉。”與“閌”同。’楊揆嘉曰：《玉篇·門部》、《御覽》一百八十二並引《詩》作‘閌’。《周禮·閽人》疏引作‘亢’。案《説文》：‘阬，閬也。’‘閬，門高也。’相合爲一義。段玉裁曰：許書異部合讀之例如此。據此，則‘阬’正字，‘伉’‘閌’並俗字，‘亢’則‘阬’之假借字也。”（《韓詩述》卷五）

陳喬樅云：“《文選》楊雄《甘泉賦》：‘閌閬閬其寥廓兮。’李善注引《説文》曰：‘閬，門高大之貌也。’‘盛’義與‘大’相近。《説文》無‘閌’字，《毛詩》‘伉’乃‘阬’之假借，《韓詩》‘閌’又‘阬’之或體耳。”（《韓詩遺説考》卷四之一）

冠南按：毛訓爲"高"，"高"自含盛大之義(《説文·高部》："高，崇也。"《後漢書·杜篤傳》李賢注："崇，高盛也。"是"高"有"盛"義之證)，與韓訓"盛"者相通，馮氏强作軒輊，殊嫌無謂。

棫　樸

亹亹我王，綱紀四方。(《韓詩外傳》卷五第九章)

【通考】

丁晏云："今《詩》作'勉勉我王'。《荀子·富國篇》引作'亹亹我王'。《毛傳》：'亹亹，勉也。'"(《詩考補注·韓詩》)

徐堂云："《毛詩·文王篇》：'亹亹文王。'《傳》曰：'亹亹，勉也。'此章韓作'亹'，毛作'勉'，字異義同。"(《韓詩述》卷五)

冠南按："亹""勉"聲近義通，説見《大雅·文王》。

旱　麓

鳶飛厲天，魚躍于淵。(日本藏唐鈔《文選集注》卷一〇二《四子講德論》李善注。淵，尤袤本李善注作"泉"，當係李善避唐高祖諱而改，兹以《集注》本爲據，回改爲"淵")

【彙輯】

《章句》：魚喜樂，則踴躍於淵中。(日本藏唐鈔《文選集注》卷一〇二《四子講德論》李善注。淵，尤袤本李善注作"泉"，當係李善避唐高祖諱而改，兹以《集注》本爲據，回改爲"淵")

【通考】

陳奂云："韓以魚躍爲道之效，與毛義異。"(《詩毛氏傳疏》卷二十三)

丁晏云："厚齋所見本作'淵'，疑李善避唐諱，改作'泉'也。《箋》云：'魚跳躍于淵中，喻民喜得所。'與《韓詩》合。"(《詩考補注·韓詩》)

陳喬樅云："《毛傳》以此詩二句爲'言上下察也'，與《禮記·中庸》合。《箋》云：'魚跳躍于淵，喻民喜得所。'與薛君《章句》同，此鄭君用《韓詩》改毛也。據此，則鄭釋'鳶飛戾天'爲'喻惡人遠去，不爲民害'，當亦本於《韓詩》。"(《韓詩遺説考》卷四之一)

清酒既載。

【彙輯】

《章句》:載,設也。(《文選》卷十《西征賦》李善注)

【通考】

馬瑞辰云:"《韓詩章句》云:'載,設也。''載'與'䞉'音同,《説文》:'䞉,設飪也。从丮食,才聲。讀若載。'此詩'載'即'䞉'字之同音假借,故《韓詩》訓'設'。《商頌·烈祖》'既載清酤'義同。"(《毛詩傳箋通釋》卷二十四)

陳奂云:"'載'即'䞉'之假借,《廣雅·釋言》:'䞉,設也。'"(《詩毛氏傳疏》卷二十三)

徐堂云:"《説文·丮部》:'䞉,設飪也。从丮食,才聲。讀若載。'《廣雅·釋言》:'䞉,設也。'韓訓'載'爲'䞉',蓋讀'載'爲'䞉'也。'載''䞉'古字通,《石鼓詩》'載'作'䞉'。宋均《揚子法言》注:'載,設也。'本此。"(《韓詩述》卷五)

莫莫葛藟,延于條枚。愷悌君子,求福不回。(《韓詩外傳》卷二第十三章)

【通考】

馬瑞辰云:"'施''延'一聲之轉,《吕氏春秋·知分篇》、《韓詩外傳》卷二引《詩》並作'延',《後漢書·黄琬傳》注引《詩》亦作'延',从《韓詩》也。《箋》訓'延蔓',亦本《韓詩》爲訓。"(《毛詩傳箋通釋》卷二十四)

馮登府云:"'施于子孫',《箋》:'施,猶延也。'是'施'有'延'訓。鄭于此詩箋云:'延蔓于木之枚。'朱氏彝尊云:木而茂盛,則當作'延'矣。《韓詩》是也。"(《三家詩異文疏證·韓詩》)

朱士端云:"'延''施'聲之轉。"(《齊魯韓三家詩釋·韓詩》)

徐堂云:"鄭玄《禮記·樂記》注、高誘《淮南·脩務》注並云:'施,延也。'二字同義,故得通用。"(《韓詩述》卷五)

陳喬樅云:"延,《毛詩》作'施','施''延'一聲之轉。《吕覽·知分篇》引《詩》作'延',與韓文同。《後漢書·黄琬傳》注引《詩》亦從韓作‘延’。《箋》云：‘延蔓于木之枚本而茂盛，喻子孫依緣先人之功而起。’鄭以‘延蔓’爲訓，是用三家之義。《禮記・表記》引《詩》：‘施于條枚。’注云：‘如葛藟之延蔓于條枚，是其性也。’高誘注《吕覽》亦云：‘延蔓于條枚之上，得其性也。’雖作‘施’，而亦訓爲‘延蔓’，與韓義同。又案《皇矣》：‘施于子孫。’《箋》云：‘施，猶延也。’則‘施’‘延’訓義並通。”(《韓詩遺説考》卷四之一)

思　齊

刑于寡妻。

【彙輯】

《章句》：刑，正也。(《經典釋文》卷七)

【通考】

馬瑞辰云：“《釋文》引《韓詩》：‘刑，正也。’趙注《孟子》訓‘刑’爲‘正’，義本《韓詩》。《説文》：‘佱，古文“法”字。’‘正’亦‘法’也。《史記・賈生傳》：‘法制度。’猶言正制度也。《論語》：‘齊桓公正而不譎。’《漢書・鄒陽傳》作‘法而不譎’。是知《毛》《韓詩》‘法’與‘正’同義。《廣雅》：‘刑，治也。’‘法’與‘正’皆所以爲‘治’也。”(《毛詩傳箋通釋》卷二十四)

徐堂云：“《孟子》趙岐注：‘刑，正也，言文王正己適妻，則八妾皆從。’邠卿訓‘刑’爲‘正’，蓋本《韓詩》。餘義當同。”(《韓詩述》卷五)

古之人無擇。(董逌《廣川詩故》)

【通考】

沈清瑞云：“《鄭箋》云：‘口無擇言，身無擇行。’是鄭與韓同，故《釋文》云：‘鄭作“擇”。’《正義》云：‘《箋》不言字誤，則此經本有作“擇”者。’”(《韓詩故》卷下)

馮登府云：“《箋》云：‘古之人口無擇言，身無擇行，以身化其臣下。’則鄭亦以‘斁’爲‘擇’。鄭箋《詩》先通三家，此詩箋與‘條枚’箋當是韓説也。”(《三家詩異文疏證・韓詩》)

朱士端云:"鄭作'擇',此康成據《韓詩》易《傳》也。鄭君易《傳》,皆本韓、魯舊説。"(《齊魯韓三家詩釋·韓詩》)

徐堂云:"《鄭箋》云:'古之人,謂聖君明王也。口無擇言,身無擇行,以身化其臣下,故今此士皆有名譽於天下,成其俊乂之美也。'康成讀'斁'爲'擇',蓋從《韓詩》。餘義當同。"(《韓詩述》卷五)

皇　矣

上帝耆之。

【彙輯】

《章句》:耆,惡也。(《經典釋文》卷七。《釋文》本繫之於《周頌·武》"耆定爾功"句下,據下【通考】引馬瑞辰説改)

【通考】

馬瑞辰云:"《韓詩》'耆,惡也'當爲《皇矣》'上帝耆之'章句,蓋《毛》《韓詩》同義,《釋文》誤引入此章,(冠南按:指《周頌·武》。)亦猶'蕑,蓮也'本《韓詩·澤陂》之章句,而《釋文》誤引入《溱洧》也。若云'惡定其功',則不詞矣。"(《毛詩傳箋通釋》卷二十八)又云:"《廣雅》:'諸,怒也。'《玉篇》:'耆,怒訶也。'《廣韻》:'諸,訶怒也。''怒''惡'義同。《傳》蓋以'耆'爲'諸'之借字,故訓爲'惡'。《説文》無'諸'字,古蓋止借作'耆'耳。又按'耆'从旨聲,'旨''責'二字雙聲。《廣雅》:'怒,責也。''讀,怒也。''責'與'怒'皆'惡'也,以聲爲義,則'耆'字亦得訓'惡'耳。"(《毛詩傳箋通釋》卷二十四)

陳喬樅云:"《釋文》此條引在《周頌·武》'耆定爾功'下。馬瑞辰曰:'當爲《皇矣》"上帝耆之"章句。'馬説是也。"(《韓詩遺説考》卷四之一)

冠南按:徐堂仍繫此《章句》於《武》"耆定爾功"句下,並釋之曰:"韓意蓋謂天既厭惡商家,以定汝之功。明武王伐商,奉天意也。"(《韓詩述》卷六)釋"耆"爲"天既厭惡商家",增字不免過甚,未若瑞辰之説浹暢。

其菑其殪。

【彙輯】

《章句》：葘，反草也；殪，因也，因高填下也。(《經典釋文》卷七)

【通考】

馬瑞辰云："'葘'有'立'義，故《爾雅》以木之立死者爲葘。'葘''側'二字亦雙聲，《昭二十五年公羊傳》：'以人爲葘。'何休注：'葘，周埒垣也，今大學辟雍作"側"字。'《說文繫傳》曰：'既枯之木，側立不仆，根著於地，曰葘。'是也。《韓詩》以'葘'爲'反草'，失之。《韓詩》'翳'作'殪'，'殪'亦仆也，《後漢·光武紀》注曰：'殪，仆也。''仆'與'踣'通。'翳''殪'雙聲，'翳'即'殪'之借字，故《釋名》曰：'殪，翳也，就隱翳也。'與《爾雅》'蔽者，翳'同義。說《韓詩》者乃曰：'殪，因也，因高填下也。'失其義矣。"(《毛詩傳箋通釋》卷二十四)

馮登府云："毛公曰：'木立死曰葘，自斃爲翳。'本《爾雅·釋木》。《說文》訓'殪'曰：'死也。'《釋名》：'殪，翳也。''殪'有'翳'訓，故字可通。韓訓'殪'爲'因'，謂'因高填下也'。《爾雅》：'蔽者翳。'孔《詩疏》引作'斃者翳'，郭注：'樹蔭翳覆地者。'即'因高填下'之義。"(《三家詩異文疏證·韓詩》)又云："《韓詩》主修平道路，言'反草'之訓，即'一歲曰葘'之義。《釋名》：'殪，翳也。''殪'有'翳'訓，故字可通。'因高填下'，平治道塗也。下文'其灌其栵'，乃始言木，不應首句先言死木。(冠南按："死木"指《毛傳》"木立死曰葘"。)《韓詩》爲長。"(《十三經詁答問》卷二)又云："《韓詩》：'其葘其殪。葘，反草也；殪，因也，因高填下也。'毛以'葘''翳'爲立死木，本之《爾雅》。韓主脩治道塗，古'壹''因'同聲。"(《三家詩遺說》卷七)

徐堂云："《易·无妄》：'不葘畬。'《釋文》引董遇注：'葘，反草也。'《爾雅·釋地》：'田一歲曰葘。'郭璞注：'今江東呼初耕地反草曰葘。'並與韓合。"

陳喬樅云："《毛詩》作'其葘其翳'，傳云：'木立死曰葘，自斃爲翳。'訓義與《爾雅·釋木》同。《韓詩》以'葘'爲'反草'者，意以'其葘其翳''其灌其栵'爲總言草木，異於《毛傳》之以'栵'釋'栭'，訓爲木名也。詩言'作之屏之',作,起也;屏,除也。四方之民歸往岐周,闢草萊、刊樹木,而自居處。草之蕪穢者必先芟夷之,故首言'其菑',謂反草而菑殺之也。木之顛仆者亦先除去之,故次言'其殪'也。《爾雅》曰:'木自斃,柛。'《說文》'柛'字作'槙',云:'仆木也。''槙'取'顛仆'之義。人殪則仆,木斃則顛,故《韓詩》以'殪'爲'因高填下',即'顛'之假借耳。"(《韓詩遺說考》卷四之一)

自太伯王季。 惟此王季,因心則友,則友其兄,則篤其慶,載錫之光。 受禄無喪,奄有四方。（《韓詩外傳》卷十第五章）

【彙輯】

《章句》:慶,善也。(慧琳《一切經音義》卷三十"慶善"條)

【通考】

顧震福云:"《毛傳》亦云:'慶,善也。'《正義》曰:'福慶爲善事,故爲善也。'《韓奕》鄭箋、《孝經》鄭注、《廣雅・釋詁》並云:'慶,善也。'震福案:慧琳《音義》三十既引《韓詩》'慶,善也',又引《毛詩》'慶,美也',所據《毛傳》與今本異,而其義則同。《鄭箋》云:'王季之心親親,而又善於宗族,又尤善於兄大伯,乃厚明其功美,始使之顯明也。大伯以讓爲功美,王季乃能厚明之,使傳世,亦其德也。'鄭君以美善釋'慶',蓋參用毛、韓義。"(《韓詩遺說續考》卷四)

惟此文王。 (孔穎達《毛詩正義》卷十六之四:"'維此王季',今王肅注及《韓詩》作'文王'。")

【通考】

馮登府云:"《左氏・昭廿七年傳》成鱄對魏舒引此詩曰:'此文德也。'王肅及韓嬰同。是古今然也。"(《三家詩異文疏證・韓詩》)

陳喬樅云:"文王,《毛詩》作'王季'。《詩正義》云:'"維此王季",《左傳》言"維此文王"者,經涉亂離,師有異讀,後人因即存之,不敢追改,今王肅注及《韓詩》亦作"文王",是異讀之驗。'今據《左氏・昭二十八年傳》及《禮記・樂記》、徐幹《中論・法象篇》引《詩》並作'惟此文王',是魯、齊與韓三家今文同。"(《韓詩遺說考》卷四之一)

莫其德音。

【彙輯】

《章句》:莫,定也。(《經典釋文》卷七)

【通考】

孔穎達云:"《左傳》《樂記》《韓詩》'貊'皆作'莫'。《釋詁》云:'貊、莫,定也。'郭璞注:'皆静定也。'義俱爲'定',聲又相近,讀非一師,故字異也。"(《毛詩正義》卷十六之四)

楊揆嘉云:"《爾雅·釋詁》:'嗼,定也。'此《韓詩》所本。'嗼''莫'同字。"(徐堂《韓詩述》卷五引)

馬瑞辰云:"《爾雅·釋詁》:'貉、嗼、安,定也。''莫'即'嗼'之省借。《説文》:'嗼,啾嗼也。'《吕覽》高注:'嗼然,無聲也。''啾嗼''無聲'則'定'矣。《廣雅·釋詁》:'嗼,安也。''安'亦'定'也。下文'貉其德音','貉'亦'嗼'之假借,故《左傳》《韓詩》皆引作'莫',《釋文》引《韓詩》曰:'莫,定也。'與此傳訓'莫'爲'定'正同。《毛詩》作'貊',《爾雅》作'貉',皆同音假借字。《韓詩》作'莫',省借字也。"(《毛詩傳箋通釋》卷二十四)

馮登府云:"《傳》:'貊,静也。'《鄭箋》及《樂記》'莫其德音'注云:'德正應和曰莫。'蓋即本《左傳》成鱄引此詩訓'莫'之文。孔氏疏云:'莫然而靖,定其道德之音。'則皆作'莫'矣。《爾雅·釋詁》:'貊、莫,定也。'即本韓訓。錢氏大昕云:'貉'有'陌'音,'莫'與'貉'古文通用。"(《三家詩異文疏證·韓詩》)

徐堂云:"《禮記·樂記》引《詩》云:'莫其德音,其德克明。克明克類,克長克軍。王此大邦,克順克俾。俾于文王,其德靡悔。既受帝祉,施于孫子。'鄭注:'言文王之德皆能如此,故受天福,延於後世也。'又《中論·務本篇》亦引此以爲陳文王之德,與《毛傳》及鄭《詩箋》屬王季者異,蓋本《韓詩》。"(《韓詩述》卷五)

陳喬樅云:"《爾雅》'貊、莫'亦作'貉、嗼',陸氏《釋文》云:'貉,本又作貊。嗼,本又作莫。'是陸所據本爲'貉、嗼,定也'。《説文》:'嗼,

啾嘆也。’《玉篇》：‘嘆，静也。’‘莫’字蓋‘嘆’之省借。”（《韓詩遺説考》卷四之一）

毋然畔援。

【彙輯】

《章句》：畔援，武强也。（《經典釋文》卷七。武强，宋元遞修本《釋文》作“跋扈”）

【通考】

馬瑞辰云：“《釋文》引《韓詩》：‘畔援，武强也。’《箋》義正本《韓詩》。‘畔援’通作‘畔换’，《漢書·叙傳》曰：‘項氏畔换。’師古注：‘畔换，强恣之貌，猶言跋扈也。’引《詩》‘無然畔换’。又作‘泮奐’‘叛换’，《卷阿》：‘泮奐爾游矣。’《箋》：‘泮奐，自放恣之貌。’《魏都賦》：‘雲徹叛换。’張載注：‘叛换，猶怒恣也。’又作‘伴换’，《玉篇》‘伴’字下曰：‘《詩》：“無然伴换。”“伴换”猶“跋扈”也。’‘爰’有‘緩’音，故通作‘换’，‘畔’‘换’二字叠韻。《傳》分‘畔援’爲二，失之。跋扈爲彊武貌。《急就章》有‘潘扈’，《隸釋·成陽令唐扶碑》‘夷粤佈搲’，皆一語之轉。”（《毛詩傳箋通釋》卷二十四）

徐堂云：“畔援，韓訓‘武强’，鄭訓‘跋扈’。《漢書·叙傳》：‘項氏畔换。’師古注：‘畔换，强恣之貌，猶言跋扈也。’小顔‘强恣’之義與韓訓合，‘跋扈’之義即本鄭注，然則鄭義同韓也。《毛傳》：‘無是畔道，無是援取。’其義迥異。”（《韓詩述》卷五）

陳喬樅云：“《毛傳》云：‘無是畔道，無是援取。’《箋》云：‘畔援，猶跋扈也。’‘跋扈’即‘武强’之貌，義與《韓詩》相近。”（《韓詩遺説考》卷四之一）

毋然歆羡。（《原本玉篇》卷九“羡”字條）

【彙輯】

《章句》：羡，願也。（《原本玉篇》卷九“羡”字條、《文選》卷十一《遊天台山賦》李善注、慧琳《一切經音義》卷十四“歎羡”條、卷三十二“貪羡”條）

【通考】

陳喬樅云：“《毛傳》云：‘無是貪羡。’考《説文》：‘羡，貪欲也。’《文選·歸田賦》注引《字林》訓同。《廣雅·釋詁一》:'羡,欲也。'毛云'貪羡',猶言'貪欲'也。《韓詩》訓'羡'爲'願'者,'願'即'欲'之意。《淮南·説林訓》:'臨河而羡魚。'高誘注亦云:'羡,願也'。"(《韓詩遺説考》卷四之一)

誕先登于岸。(《原本玉篇》卷九"誕"字條)

【彙輯】

《章句》:誕,信也。(《原本玉篇》卷九"誕"字條、《文選》卷二十《大將軍宴會被命作詩》李善注)

【通考】

徐堂云:"《廣雅·釋詁》:'誕,信也。'本此。'誕'訓'信',猶'亂'訓'治','徂'訓'存'之類。"(《韓詩述》卷五)

陳喬樅云:"《廣雅·釋詁一》:'誕,信也。'此用《韓詩》義。'誕'既訓'詐',又得訓'信'者,猶之以'亂'爲'治',以'徂'爲'存',皆詁訓之義有反覆旁通,美惡不嫌同名也。"(《韓詩遺説考》卷四之二)

冠南按:徐、陳並以此遺説爲《生民》"誕彌厥月"之章句,蓋因未見《原本玉篇》之故。今據《原本玉篇》所引經注,可知其乃"誕先登于岸"之章句。徐、陳雖誤繫,然其論"誕,信"之訓頗中肯綮,移之以釋此句亦未有牴牾,故詳引於上。

無矢我陵。(《原本玉篇》卷二十二"陵"字條)

【彙輯】

《章句》:四隤曰陵。(《原本玉篇》卷二十二"陵"字條。隤,《文選》卷九《長楊賦》李善注引作"平")

【通考】

陳奂云:"薛君《章句》:'四平曰陵。'四平者,四下平陁,亦大阜也。"(《詩毛氏傳疏》卷二十三)

徐堂云:"衆家皆以陵爲大阜,而《章句》云'四平曰陵'者,蓋其形中隆而四邊斜鋭,迤迤而下。《漢書·成帝紀》:'日以陵夷。'章懷注:'陵夷,言其頹替,如丘陵之漸平也。'可以證此。《廣雅·釋丘四》:

‘四隤曰陵。’蓋本韓訓。”(《韓詩述》卷五)

陳喬樅云:“《説文》:‘陵,大阜也。’《釋名·釋山》:‘大阜曰陵。陵,隆也,體隆高也。’《廣雅·釋丘》云:‘四隤曰陵。’《廣雅》之訓,與薛君《章句》同,即用《韓詩》義。陵之爲象,中央隆高,而四面隤陁以漸而平,故‘凌遲’亦曰‘陵夷’,言其勢漸頹替,如丘陵之漸平也。”(《韓詩遺説考》卷四之一)

王先謙云:“《廣雅》:‘四隤曰陵。’隤,平隤也。四隤即四平,皆所謂大阜矣。”(《詩三家義集疏》卷十四)

不識不知,順帝之則。(《韓詩外傳》卷五第十章)

與爾隆衝。(《經典釋文》卷七:“《韓詩》作‘隆’。”)

【通考】

惠棟云:“‘與爾臨衝’,《傳》云:‘臨,臨車也。衝,衝車也。’案:文當云:‘隆,隆車也。’《鹽鐵論》云:‘衝隆不足爲强,高城不足爲固。’《韓詩》作‘隆衝’。後漢殤帝諱隆,改‘隆’爲‘臨’。漢有隆慮縣,東京爲臨慮,避諱也。”(《九經古義》卷六)

段玉裁云:“隆衝,言陷陣之車隆然高大也。”(《詩經小學》卷二十三)

楊揆嘉云:“《雲漢》二章‘臨’與‘蟲’‘宫’‘宗’‘躬’韻,相如《長門賦》‘臨’與‘宫’韻,疑古‘臨’字讀如‘隆’。《地理志》河内郡隆慮縣,避殤帝諱,改爲臨慮,此其證也。”(徐堂《韓詩述》卷五引)

馮登府云:“‘隆’與‘臨’古同聲,‘臨’亦有‘隆’音,司馬相如《長門賦》:‘奉虚言而望誠兮,期城南之離宫。修薄具而自設兮,君不肯以幸臨。廓獨潛而專精兮,天飄飄而疾風。’可證。陳長發《稽古篇》云:今北土人語猶呼‘臨’爲‘隆’。《齊詩》仍作‘臨衝’,見《後漢·伏湛傳》。”(《三家詩異文疏證·韓詩》)又云:“《韓詩》:‘與爾隆衝。’衝,車也。‘隆’‘臨’一聲之轉。”(《三家詩遺説》卷七)

徐堂云:“《淮南·氾論篇》:‘隆衝以攻。’高誘注:‘隆,高也。衝,所以臨敵城,衝突壞之。’又《覽冥篇》‘大衝車’,注:‘衝車,大鐵著其轅端,馬被甲,車被兵,所以衝於敵城也。’然則隆衝是衝城之車,以其隆然高大，故曰隆衝。《荀子》謂之'渠衝'，'渠'亦高大也(見《强國篇》)。毛作'臨衝'，以爲二車。《正義》謂：'兵家有臨車、衝車之法。'恐非。"

陳喬樅云："'隆衝'亦作'衝隆'，隆蓋轈車，衝則𨌥車，是《説文》：'𨌥，陷陣車也。''轈，兵車加巢以望敵也。'蓋取其以高望遠，則謂之隆車；取其以上臨下，則謂之臨車。《左氏·成十六年傳》：'楚子使登巢車以望晋軍。'即《韓詩》所謂'隆'者。"(《韓詩遺説考》卷四之一)

崇墉仡仡。

【彙輯】

《章句》：仡仡，摇也。(《經典釋文》卷七)

【通考】

徐堂云："韓意蓋讀'仡'爲'抗'。《説文》：'抗，動也。'鄭氏《考工記·輪人》注：'抗，摇動也。'張揖注《上林賦》曰：'抗，摇也。'(見《文選·長笛賦》注引)《鄭箋》云：'言言，猶孽孽，將壞貌。''摇動'則'壞'，義亦相通。《毛傳》云：'仡仡，猶言言，高大也。'王肅云：'"高大"言其無所壞。美文王能以德服崇，不至於破國壞城耳。'與韓義相反。"(《韓詩述》卷五)

陳喬樅云："《毛傳》云：'仡仡，猶言言也。'毛訓'言言'爲'高大'，則'仡仡'亦訓爲'高大'矣。《鄭箋》云：'言言，猶孽孽，將壞貌。'則釋'仡仡'當亦爲'將壞'之貌，鄭君蓋用韓説以改毛義。韓以'仡仡'爲'摇'者，據《詩》言隆衝皆用以攻城之具，故釋'仡仡'爲動摇之貌也。"(《韓詩遺説考》卷四之一)

王先謙云："隆、衝皆攻城之具，故釋'仡仡'爲'動摇貌'。"(《詩三家義集疏》卷二十一)

靈　臺

麀鹿濯濯，白鳥翯翯。 王在靈沼，於牣魚躍。

【彙輯】

《章句》：文王聖德，上及飛鳥，下及魚鼈。(《文選》卷二十《應詔讌曲水作

詩》李善注）

【通考】

冠南按：《旱麓》："鳶飛戾天，魚躍於淵。"《章句》云："魚喜樂，則踴躍於淵中。"是以"魚躍"爲聖德感召之徵。本詩亦以"魚躍"爲"文王聖德"之驗，與《旱麓》之章句相通。

于樂辟雍。

【彙輯】

《章句》：辟雍者，天子之學，圓如璧，壅之以水，示圓，言辟，取辟有德。不言辟水，言辟雍者，取其雍和也。所以教天下春射、秋饗、尊事三老五更。在南方七里之内，立明堂於中，五經之文所藏處，蓋以茅草，取其潔清也。（孔穎達《毛詩正義》卷十六之五《靈臺》正義引許慎《五經異義》）

【通考】

陳奂云："《韓詩》説：'天子之學，圓如璧。'與《毛傳》同。"（《詩毛氏傳疏》卷二十三）

陳喬樅云："《毛傳》云：'水旋丘如璧曰辟廱，以節觀者。'戴氏《詩考正》曰：辟廱於經無明文，漢初説《禮》者規放故事，始援《大雅》《魯頌》立説，謂天子曰辟雍，諸侯曰頖宫。如誠學校重典，不應《周禮》不一及之，而但言成均、瞽宗。孟子陳三代之學，亦不涉乎此，他國且不聞有所謂泮宫者，此詩'靈臺''靈沼''靈囿'與'辟廱'連稱，抑亦文王之離宫乎？閒燕則遊止肆樂於此，不必以爲大學，於詩辭前後尤協矣。胡承珙曰：案《詩疏》引鄭《駮異義》謂：'三靈、辟廱同處在郊，則辟廱亦爲游觀之所。'然《文王有聲》言'鎬京辟廱'，即繼之以東西南北'無思不服'，《箋》云：'武王於鎬京行辟廱之禮，自四方來觀者皆感化其德，心無不歸服者。'然則此詩言作樂，《傳》言：'水旋丘如璧，以節觀者。'是辟廱在文王時已爲合樂行禮之地，但其時未嘗定爲天子之大學，至武王有天下及周公制禮以後，始别諸侯爲泮宫，不得同於天子，而辟廱行禮之事愈備，如《五經異義》引《韓詩》説：'辟廱所以教天下春射、秋饗、尊事三老五更。'鄭氏據《王制》'天子出征執有罪，反，釋奠於學，以訊馘告'合之《魯頌》'在泮獻囚'，知辟廱同義，即如古器銘《宰辟父敦》：'王在辟宫。'《册周厖敦》：'王在雝位格廟無厖。'是辟廱又有册命之事。凡皆周公彌文之制，如推其原始，即歸之文王之善道，亦無不可。總之，三靈自爲游觀之所，辟廱自爲禮樂之地，同處者，第言其相近。《三輔黄圖》所載靈臺在長安西北四十里，靈囿在長安西四十二里，靈沼在長安西三十里，似非無據。至辟廱，即《周頌》之'西雝'，彼《傳》云：'雝，澤也。''澤'即'王立于澤'之'澤'，郊祭聽誓於此，則辟廱在郊可知。謂之'西雝'，則在西郊又可知。《王制》：'小學在公宫南之左，大學在郊。'鄭注以爲殷制。《正義》引熊氏云：'文王時猶從殷制，故辟雍、大學在郊。'鄭注《鄉射禮》謂：'周之大學在國。'然則武王之鎬京辟雝，殆立於國中者歟？"（《韓詩遺説考》卷四之一）

鼉鼓韸韸。

【彙輯】

《章句》：韸韸，聲也。（《原本玉篇》卷九"韸"字條）

【通考】

顧震福云："《毛詩》作'鼉鼓逢逢'，《傳》云：'逢逢，和也。'震福案：《釋文》云：'逢，本亦作"韸韸"。'《吕覽·有始篇》注、《玄應音義》六引《詩》並作'韸韸'，蓋皆本《韓詩》。'鼓'即'皷'之俗字，《原本玉篇》引毛亦作'韸韸'，並引《傳》云：'韸韸，和也。'又引《埤倉》云：'韸，鼓聲。'《廣韻》《集韻》並同。《廣雅》：'韸韸，聲也。'逢，假字；韸，别體。正字當作'韼'。《説文》：'韼，鼓聲也。'亦通'竷'。《伐木》：'坎坎鼓我。'《釋文》：'坎坎，《説文》作"竷竷"。'《玉篇》：'竷，和悦之響也。'《集韻》：'竷，擊鼓也。'李富孫謂當作'彭'，《説文》：'彭，鼓聲也。'亦通。"（《韓詩遺説續考》卷四）

冠南按：《原本玉篇》卷九"韸"字條另引《埤蒼》云："韸韸，鼓聲也。"韓訓爲"聲"，當因"韸韸"前已有"鼉鼓"二字，則"聲"必鼉鼓之聲，故不煩重言“鼓”字。《廣雅・釋訓》云：“谼谼，聲也。”即本韓訓。

矇瞍奏功。（《文選》卷五十五《演連珠》李善注）

【彙輯】

《章句》：無珠子曰矇，珠子具而無見曰瞍。（《文選》卷五十五《演連珠》李善注）

【通考】

陳啓源云：“‘矇瞍奏公’，《傳》云：‘有眸子而無見曰矇，無眸子曰瞍。’《韓詩》薛君曰：‘無珠子曰矇，珠子具而無見曰瞍。’與毛正相反。《春官》‘瞽矇’鄭司農注、韋昭《國語注》、顧野王《玉篇》皆與毛同。《釋文》引《字林》云：‘瞍，目有眸、無珠子也。’《説文》云：‘矇，童矇也。一曰：不明也。’‘瞍，無目也。’《孔疏》云：‘矇矇然無所見，故知有眸子而無見。’矇有眸子，故知瞍無眸子。然則二字亦不甚相異，説《詩》者以意爲分别耳。”（《毛詩稽古編》卷十八）

陳奂云：“《文選・演連珠》李善注引《韓詩章句》：‘無珠子曰矇，珠子具而無見曰瞍。’疑李注有誤，《韓詩》當作‘珠子具而無見曰矇，無珠子曰瞍’，與毛義同。矇瞍即瞽矇，樂工也。《韓詩》作‘奏功’，《儀禮・鄉飲酒》疏、《楚辭・九章》注引《詩》作‘奏工’。《楚茨》傳：‘善其事曰工。’古‘公’‘功’‘工’三字通。”（《詩毛氏傳疏》卷二十三）

朱士端云：“《毛詩》作‘公’，‘公’‘功’聲同。吴氏《别雅》云：‘公德，功德也。’《漢樊安碑》：‘以公德加位特進。’《隸釋》云：‘以公德爲功德。’《詩》：‘以奏膚公。’《傳》云：‘公，功也。’又‘王公伊濯’、‘肇敏戎公’，義皆爲‘功’。‘公’‘功’古蓋通用。”（《齊魯韓三家詩釋・韓詩》）

徐堂云：“‘公’‘功’古通用。《江漢》‘肇敏戎公’，《後漢書・宋弘傳》作‘肇敏戎功’。《史記・孝武紀》‘申功’，《封禪書》作‘公’。《毛詩・七月》傳：‘功，事也。’此《傳》亦云：‘公，事也。’此二字通用之證。《史記・屈原傳》集解、《北堂書鈔・樂部》《白帖》六十一、《吕覽・達鬱篇》高誘注引《詩》並作‘功’。”（《韓詩述》卷五）

陳喬樅云：“《史記・屈原列傳》集解引亦作‘矇瞍奏功’，從《韓詩》也。《毛詩》作'奏公',《傳》云:'公,事也。'《小雅・六月》:'以奏膚公。'《傳》云:'公,功也。'則毛釋'公'爲'事',正以'公'乃'功'之假借耳。《楚詞・懷沙》王逸章句引作'矇叟奏工','叟'即'瞍'之消借。'工''功'古書通用。王者功成作樂,治定制禮,此詩承上'作樂'言之,故云'奏功'也。"(《韓詩遺説考》卷四之一)

下　武

成王之孚,下土之式。永言孝思,孝思惟則。(《韓詩外傳》卷五第十一章)

於萬斯年,不遐有佐。(《韓詩外傳》卷五第十二章)

文王有聲

文王烝哉。

【彙輯】

《章句》:烝,美也。(《經典釋文》卷七)

【通考】

陳奂云:"《毛傳》:'烝,君。'《爾雅・釋詁》文。《釋文》引《韓詩》云:'烝,美也。'毛、韓同意。《昭元年左傳》:'楚公子美矣,君哉!'《孟子・滕文公》:'君哉!舜也。''烝哉'即'君哉',美歎之詞。"(《詩毛氏傳疏》卷二十三)

徐堂云:"《廣雅・釋詁》:'烝,美也。'本此。"(《韓詩述》卷五)

陳喬樅云:"《毛傳》訓'烝'爲'君',君哉,亦美之辭也,訓義並通。"(《韓詩遺説考》卷四之一)

顧震福云:"《廣雅・釋詁》:'烝,美也。''美''善'義同。"(《韓詩遺説續考》卷四)

冠南按:"烝"含"美"義,謂大德厚美。《尚書・堯典》:"以孝烝烝。"王引之云:"謂之烝烝者,言孝德之厚美也。《大雅・文王有聲》篇:'文王烝哉。'《韓詩》曰:'烝,美也。'《魯頌・泮水》篇:'烝烝皇

皇。’《傳》曰：‘烝烝，厚也；皇皇，美也。’王肅曰：‘言其人德厚美也。’”（《經義述聞》卷三《尚書上》“以孝烝烝”條）

築城伊洫。

【彙輯】

《章句》：洫，深也。（《經典釋文》卷七）

【通考】

陳壽祺云：“《説文·門部》‘閾’重文‘閪’，云：‘古文“閾”从洫。’《韓詩》‘減’作‘洫’，此其例也。”（《韓詩遺説考》卷四之一）

徐堂云：“段玉裁《詩經小學》曰：‘從《韓詩》，則字義、聲韻皆合。《史記·河渠書》“溝洫”字亦作“減”。’堂案：《集韻》：‘“洫”“減”同字。’又案《説文·門部》：‘閾，古文作“閪”。’則‘減’‘洫’亦古今字。”（《韓詩述》卷五）

黄山云：“李富孫據《論語》‘而盡力乎溝洫’，《夏本紀》作‘致費於溝減’，及《河渠書》‘洫’一作‘減’，爲‘減’與‘洫’通之證，説固有據。《釋文》既言字又作‘洫’，似毛本亦有作‘洫’者，不專爲《韓詩》言也。然《説文》：‘洫，成間溝也。’‘減，疾流也。’《禮·禮運》：‘城郭溝池以爲固。’溝即是池，自當以‘洫’爲正字，‘減’爲借字。段玉裁亦云從《韓詩》，則字義聲韻皆合，足知今文實勝古文。陸、孔釋毛，皆以‘減’爲正字，誤矣。陳壽祺乃亦以《韓詩》作‘洫’爲通假之例，其誤正同。”（王先謙《詩三家義集疏》卷二十一引）

王公伊濯。

【彙輯】

《章句》：濯，美也。（《經典釋文》卷七）

【通考】

郝懿行云：“濯者，《方言》云：‘大也。’《詩》：‘王公伊濯。’‘濯征徐國。’《毛傳》並云：‘濯，大也。’《韓詩》云：‘濯，美也。’‘美’亦‘大’也。《説文》：‘美，从大，與“善”同意。’故《詩·桑柔》箋云：‘善猶大也。’‘善’訓‘大’，知‘美’亦訓‘大’矣。”（《爾雅義疏》上之一《釋詁弟一》）

馬瑞辰云："《韓詩》：'濯，美也。''美'亦'大'也。"（《毛詩傳箋通釋》卷二十四）

陳喬樅云："《毛傳》：'濯，大也。'與《爾雅·釋詁》訓同。《方言》云：'濯，大也。荆吴揚甌之間曰濯。'《韓詩》以'濯'爲'美'者，'美'字从'大'，則'美'亦兼有'大'義也。"（《韓詩遺説考》卷四之一）

自東自西，自南自北，無思不服。（《韓詩外傳》卷四第十章）

詒厥孫謀，以燕翼子。（《韓詩外傳》卷四第十五章）

生　民

厥初生民，時惟姜原。

【彙輯】

《章句》：姜，姓；原，字。（《史記》卷四《周本紀》集解）

【通考】

王先謙云："'嫄''原'字通作。"（《詩三家義集疏》卷二十二）

履帝武敏歆，攸介攸止。 載震載夙，載生載育，時惟后稷。

【彙輯】

《章句》：聖人皆無父，感天而生。（《毛詩正義》卷十七之一《生民》正義引許慎《五經異義》）

【通考】

魏源云："《生民》之詩，《孔疏》引許慎《異義》曰：'《詩》齊、魯、韓説：聖人皆無父，感天而生。'《史記》本《魯詩》以著《本紀》，《鄭箋》宗之以改毛義，然事可並存，而其爲頌稷則無不同也。"（道光初修吉堂刻二卷本《詩古微》卷下《三家通義》）又云："《詩》齊、魯、韓及《公羊》説'聖人皆無父，感天而生'者，即'維嶽降神'，天授非人力之謂，以絶末世暗於天位之心。故褚先生述之，謂：'《詩》言契、稷無父而生，案諸傳記，咸言有父。《詩》言生於卵跡，欲見有天命精誠之意耳。鬼神不能自成，須人而生，奈何無父乎？'"（道光中刻二十卷本《詩古微》中編之七《大雅答問上》）

王先謙云："姜嫄雖帝嚳妃，弃雖帝嚳子，而弃之生實感神迹，不由其父，則三家謂'聖人無父'，正以始生之靈蹟已暴於天下，特存其真，不爲過也。"(《詩三家義集疏》卷二十二)

冠南按：聖人有父與否，漢今古文有異説，清儒有專論之文(參陳慶鏞《生民首章魯毛異同解》、王棻《生民詩諸説得失考》，載徐世昌《清儒學案》卷一百四十六、一百九十二)，亦有調停折衷今古異説者，清儒亦有專論(參皮錫瑞《經學通論・詩經》二十二"論《詩》齊、魯、韓説聖人皆無父感天而生，太史公、褚先生、鄭君以爲有父又感天，乃調停之説"條)，俱可參考。其間爭論訩訩，向無定説。然以文化人類學理論析之，則此類感生神話乃原始民族泛常可見之事。梁啓超云："'無父感天'説之由來，可作兩種解釋：其一，後人欲推尊其祖爲神聖以示别於凡人，乃謂非由精血交感所產，而爲特種神靈所託化，如基督教徒謂瑪利亞以處子而誕基督，此則全屬宗教之作用，無與於事實也；其二，則當婚姻制度未興以前，只能知母爲誰氏，不能知父爲誰氏，此則母系時代自然之數也。之二説者，後説爲近之。四裔諸族，亦多有無父感生之傳説。如槃瓠蠻之祖爲犬，高車突厥之祖爲狼，蒙古之祖亦爲狼，九蠻之祖感浮木，滿洲之祖感朱果之類。其所以不能確指其父之故，皆可以母系之一原則解釋之。《宋書》《齊書》皆言鮮卑索頭部從母爲姓，亦可爲初民多經母系時代之一證。"(《中國文化史》第一章《母系與父系》)此論精審，可息衆訟。

拂厥豐草。

【彙輯】

《章句》：拂，弗也。(《經典釋文》卷七)

【通考】

馬瑞辰云："《韓詩》作'拂'，云：'拂，弗也。'《方言》：'茀，拔也。'《廣雅・釋詁》：'拂，除也。'又：'拂，拔也。''拂，去也。'據'弗'與'拔'雙聲，'弗'當爲'拔'之假借，'茀'與'拂'又'弗'之聲近通借。'拔'借作'弗'，猶'祓'之借作'弗'，'福'之借作'祓'也。"(《毛詩傳箋通釋》卷二十五)

陳喬樅云："《毛傳》'拂'作'茀'，《傳》云：'茀，治也。'考《爾雅·釋詁》：'弗，治也。'是'茀'即'弗'之通假。《韓詩》釋'拂'爲'弗'，則'拂'亦除治之義也。《方言》云：'茀，拔也。''茀'本訓'道多草不可行'，草多，必拔去之，故即以拔草爲'弗'，此引申之義也。"（《韓詩遺説考》卷四之二）

王先謙云："《釋詁》：'弗，治也。'郭注：'見《詩》《書》。'邢疏即引此詩，云'弗''茀'音義同。'弗'訓'治'，毛借義，韓借字也。《廣雅·釋詁》：'拂，除也，拔也。'治草非僅拔除，故韓亦不用本義。"（《詩三家義集疏》卷二十二）

或舂或抗。（董逌《廣川詩故》）

【通考】

馬瑞辰云："《周官·舂人》注、《儀禮·有司徹》注引《詩》：'或舂或抗。'據《説文》，'舀'或作'抗''㧑'，是舀、抗本一字。鄭注禮多本《韓詩》，作'抗'者蓋《韓詩》也。"（《毛詩傳箋通釋》卷二十五）

徐堂云："《周禮·女舂》《儀禮·有司徹》鄭康成注並引《詩》：'或舂或抗。'鄭君注禮，多用《韓詩》，故董氏謂《韓詩》作'抗'也。《説文·臼部》'舀'字注云：'抒臼也。《詩》曰："或簸（"舂"之譌）或舀。"或從手穴，作"抗"；或從臼穴，作"㧑"。'是'抗'即'舀'之或體也。《毛詩》作'揄'，《傳》云：'抒臼也。'蓋假借字。"（《韓詩述》卷五）

既　醉

孝子不匱，永錫爾類。（《韓詩外傳》卷八第二十三章）

嘉　樂

嘉樂君子，憲憲令德。（《禮記·中庸》鄭玄注引《詩》："嘉樂君子，憲憲令德。"孔穎達《正義》釋之云："《詩》本文'憲憲'爲'顯顯'，與此不同者，《齊》《魯》《韓詩》與《毛詩》不同故也。"據此可知《韓詩》經文與鄭注同。）

不愆不忘，率由舊章。（《韓詩外傳》卷五第二十八章、卷六第十五章）

公　劉

浹其皇澗。

【彙輯】

浹，沾徹也，遍也。（慧琳《一切經音義》卷八十八“浹減”條）

【通考】

冠南按：“沾徹”爲“浹”之本訓，“遍”爲引申義，此句猶言宫室遍佈於皇澗兩側。

止旅乃密，芮阸之即。（《漢書》卷二八上《地理志上》顔師古注）

【通考】

馮登府云：“《漢・地理志》引《詩》：‘芮阸之即。’‘阸’讀與‘鞫’同。蘇氏曰：‘芮鞫，汭水之外也。’《箋》以‘芮’爲水内，以‘鞫’爲水外。其注《周禮・職方》‘雍州其川涇汭’作‘汭垠’，以‘汭’爲水名，此正本《韓詩》。箋《詩》時，仍本《毛詩》，故二注有異。”（《三家詩異文疏證・韓詩》）

徐堂云：“《地理志》：‘右扶風汧縣。’注云：‘芮水出西北，東入涇。《詩》“芮阸”，雍州川也。’師古曰：‘“阸”讀與“鞫”同。《大雅・公劉》之詩曰：“止旅乃密，芮鞫之即。”《韓詩》作“芮阸”。言公劉止其軍旅，欲使安静，乃就芮阸之間耳。’又《周禮・職方氏》：‘其川涇汭。’鄭注：‘涇出涇陽，汭在豳地。《詩・大雅・公劉》曰：汭垠之即。’《毛詩釋文》：‘芮，本又作“汭”。’《集韻・一屋》：‘“阸”“垠”同字，居六切。’則《禮》注所引亦《韓詩》也。堂案：《周禮》注及《漢志》則汭爲雍州水名，汭垠者，蓋言汭水之外也。而《説文・水部》‘汭’字注云：‘水相入也。’不言水名。賈公彦《周禮疏》曰：‘周公制禮之時，以汭爲水名，汭即皇澗，名曰汭耳。’然則以汭名水，始於周公，公劉時無此名也。故《毛傳》云：‘汭，水涯也。’《鄭箋》云：‘“芮”之言“内”也。’韓義當同。”（《韓詩述》卷五）

泂　酌

愷悌君子，民之父母。（《韓詩外傳》卷六第二十二章、卷八第十章。《韓詩外傳》卷八第十一章僅引"愷悌君子"）

卷　阿

來游來歌。（《韓詩外傳》卷六第二十一章）

愷悌君子，四方爲則。（《韓詩外傳》卷八第七章。《韓詩外傳》卷八第十一章僅引"愷悌君子"）

鳳皇于飛，翽翽其羽，亦集爰止。（《韓詩外傳》卷八第八章）

【彙輯】

《章句》：鳳，靈鳥，五色成文章。（敦煌鈔本李嶠《雜詠·鳳》張庭芳注，見王三慶《敦煌類書》）

【通考】

冠南按：《説文·鳥部》："鳳，神鳥也，五色備舉。"與韓訓義同。

藹藹王多吉士，惟君子使，媚于天子。（《韓詩外傳》卷八第九章）

板

上帝板板，下民瘁癉。（《韓詩外傳》卷五第十三章）

【通考】

馬瑞辰云："《説文》：'悴，慐也，讀與"瘁"同。''瘁''癉'皆病也。《韓詩外傳》引《詩》正作'下民瘁癉'。"（《毛詩傳箋通釋》卷二十五）

徐堂云："《爾雅·釋詁》：'瘁，病也。'《一切經音義》十一曰：'瘁，古文"顇""悴"二形。'《廣韻》：'瘁，泰醉切。'"（《韓詩述》卷五）

冠南按：馬、徐所云《韓詩外傳》作"瘁"，乃薛來芙蓉泉書屋本之文，元本《外傳》作"卒"。"卒"爲"瘁"之省借，《小雅·節南山》："卒勞百姓。"馬瑞辰云："卒者，'瘁'之假借。"（《毛詩傳箋通釋》卷二十）是其證。

辭之懌矣，民之莫矣。（《韓詩外傳》卷十第六章、第七章、第八章）

先民有言，詢于芻蕘。（《韓詩外傳》卷三第十八章、卷五第十四章、第十五章）

老夫灌灌。（《韓詩外傳》卷十第十章）

【通考】

胡承珙云："'灌'當爲'懽'之借。《説文》：'懽，喜款也。''款，意有所欲也。'蓋'懽'不止爲喜者之款款，即憂者出於至誠，亦與喜樂同其款款，故《説文》又引《爾雅》：'懽懽、愮愮，憂無告也。'喜款者，'懽'之本義；憂無告者，其引申之義。《爾雅》作'懽懽'者，《詩》之正字；'灌灌'者，借字。"（《毛詩後箋》卷二十四）

多將熇熇，不可救藥。（《韓詩外傳》卷三第九章。《韓詩外傳》卷十第九章僅引"不可救藥"）

誘民孔易。（《韓詩外傳》卷五第十六章）

【通考】

馮登府云："'誘'古文作'羑'，《尚書大傳》：'西伯既戡黎，紂囚之牖里。'本作'羑里'。'羑'同'誘'，通'牖'。《易・坎》：'納約自牖。'陸績作'誘'。《戴記・樂記》引此詩正作'誘'，與《外傳》同。《正義》云：'"牖"與"誘"同。'（牖，假字。誘，進善也。於義"誘"字爲長。）"（《三家詩異文疏證・韓詩》）

徐堂云："《正義》曰：'"牖"與"誘"古字通用。'堂案：《易・坎卦》：'納約自牖。'《釋文》云：'陸績本作"誘"。'又此章'天之牖民'，《御覽》八百七作'天之誘民'。《禮記・樂記》《史記・樂書》引《詩》並與韓同。"（《韓詩述》卷五）

冠南按：《韓詩》作"誘"，本字；《毛詩》作"牖"，借字。誘者，引導之義。《儀禮・鄉射禮》"誘射"鄭注云："誘，猶教也。"胡培翬《正義》云："誘，引導也，亦有教之之意。"此乃"誘"之確詁。"誘民"即導民、教民之義。

蕩

天生烝民，其命匪諶，靡不有初，鮮克有終。（《韓詩外傳》卷五第十七章。《韓詩外傳》卷八第二十二章、卷十第十三章僅引"靡不有初,鮮克有終"。)

【通考】

馮登府云:"'諶''訦'通,見《大明》'訦'字釋文。"(《三家詩異文疏證·韓詩》)

徐堂云:"《玉篇》:訦,信也,與'諶'同。"(《韓詩述》卷五)

冠南按:"訦""諶""忱"俱通用,詳前《大雅·大明》之【通考】。

不明爾德,以無陪無側。 爾德不明,以無陪無側。(《韓詩外傳》卷五第十八章、卷八第三十五章、卷十第十四章)

【通考】

馮登府云:"'倍'與'陪'通。《左氏·定二年傳》:'分之土田陪敦。'杜注:'陪,增也。亦作"倍"。'《僖卅年傳》:'焉用亡鄭以倍鄰。'唐石經及宋本並作'陪'。'倍'同'背',《荀子·非相篇》:'鄉則不若,偝則謾之。''偝'或作'倍',亦作'背'。《坊記》:'則民不偝。''偝'即'背'字,同'倍'。《禹貢》:'至于陪尾。'《史記》作'背尾',《漢書》作'倍尾',三字並通。"(《三家詩異文疏證·韓詩》)

徐堂云:"'陪'與'背'古字通用。《書·禹貢》:'至于陪尾。'《漢書·地理志》作'倍尾'。《賈誼傳》:'無倍畔之心。'師古注:'倍,讀曰"背"。'《楚詞·招魂》:'背行先些。'王逸注:'背,倍也。'此二字通用之證。"(《韓詩述》卷五)

天不湎爾以酒。

【彙輯】

《章句》:齊顏色,均衆寡,謂之流;閉門不出,謂之湎。(《文選》卷三十五《七命》李善注。《原本玉篇》卷十九"湎"字條、《釋文》卷七引作"飲酒閉門不出客曰湎",《文選》卷六《魏都賦》李善注引作"均衆謂之流,閉門不出容謂之湎")

【通考】

馬瑞辰云:"《釋文》引《韓詩》云:'飲酒閉門不出客曰湎。'亦沈酗之義耳。"(《毛詩傳箋通釋》卷二十六)

徐堂云:"《釋文》引《韓詩》曰:'飲酒閉門不出客曰湎。'盧文弨

《考證》云:'客,宋本作"容",當從之。《文選》注引《韓詩》亦作"容"。或有作"客"者,非也。'阮元《釋文校勘記》云:'閉門不出客者,如陳遵投轄井中是也。'堂案:阮校是也。"(《韓詩述》卷五)

陳喬樅云:"流湎爲淫酒之稱。《説文》云:'湎,湛于酒也。''湛'與'沈'同。《毛詩箋》云:'天不同女顔色以酒。'鄭君釋'湎'爲'同顔色',亦'齊'也,蓋即用《韓詩》'沈湎'之義。"(《韓詩遺説考》卷四之三)

王先謙云:"《初學記》引韓説'沈湎'之文,薛君説獨遺'齊顔色',《箋》乃單取'顔色'爲説,蓋以'湎'从'面',於顔色爲合,而韓之本説則屬'沈',遂兼兩字説之,其源亦出於韓。"(《詩三家義集疏》卷二十三)

枝葉未有害,本實先撥。(《韓詩外傳》卷五第二十章)

殷監不遠,在夏后之世。(《韓詩外傳》卷五第十九章。《韓詩外傳》卷十第十五章僅引"殷監不遠")

抑

【彙輯】

《翼要》:衛武公刺王室,亦以自戒。行年九十有五,猶使人日誦是詩而不離於其側。(《毛詩正義》卷十八之一)

【通考】

胡承珙云:"《抑》之爲刺王,不獨疏引侯苞《韓詩翼要》與《毛序》同,王逸《楚辭章句序》云:'詩人怨主刺上,曰:"嗚呼小子,未知臧否。匪面命之,言提其耳。"風諫之語,於斯爲切。'此亦與《序》説合。"(《毛詩後箋》卷二十五)

馮登府云:"'日誦是詩',則是詩之作久矣。《史記·衛世家》:'武公以宣王二十六年即位。'則厲王之世,武公時爲諸侯庶子,不應作詩風刺。幽王時,始入爲卿。《衛世家》:'武公將兵,佐周平戎有功,平王命爲公。'《詩》言'用逷蠻方',即指平戎事。又《詩》言'耄',則既作卿士可知,當在平王時也。"(《三家詩遺説》卷七)

丁晏云:"侯説本《楚語》,'刺王室'與'刺厲王'合。"(《詩考補注·

韓詩》)

徐堂云:"此與《毛序》同。惟不指實厲王爲小異。"(《韓詩述》卷五)

王先謙云:"陳氏奂據《史記·年表》,武公以宣王十六年爲衛侯,至平王十三年卒,則厲王乃追刺也。《申論·虚道篇》:'昔衛武公年過九十,猶夙夜不怠,思聞訓道,命其群臣曰:"無謂我老耋而舍我,必朝夕交戒。"又作《抑》詩以自儆也。衛人思其德,爲賦《淇奥》,且曰睿聖。'《淮南·繆稱訓》:'衛武侯謂其臣曰:小子無謂我老而羸,我有過必謁之。'高注:'武侯蓋年九十五矣。'愚案:《楚語》:'衛武公作《懿》以自儆。'韋昭云:'《懿》,《詩·大雅·抑》之篇也。"抑"讀曰"懿"。''抑'與'懿'不相通借,蓋取聲近字爲訓。"(《詩三家義集疏》卷二十三)

人亦有言,靡哲不愚。(《韓詩外傳》卷六第一章)

有覺德行,四國順之。(《韓詩外傳》卷五第二十一章、卷六第二章)

訏謨定命,遠猷辰告。敬慎威儀,惟民之則。(《韓詩外傳》卷六第三章)

【通考】

陳喬樅云:"遠猷,《毛詩》作'遠猶','猷'與'猶'同。《書·盤庚》:'女分猷念以相從。'漢石經作'猶'。《毛詩·小星》:'實命不猶。'《陟岵》:'猶來無棄。'《爾雅·釋言》注並引作'猷'。又《常武》:'王猶允塞。'《韓詩外傳》作'王猷允塞',是'猶''猷'字同之驗。"(《韓詩遺説考》卷四之三)

冠南按:"猶""猷"通用,説詳本書卷七《小雅·小旻》"謀猷回穴"【通考】引馮登府説。

荒惿于酒。(《韓詩外傳》卷十第十六章)

【通考】

馬瑞辰云:"《韓詩外傳》引作'荒惿'。《管子》:'從樂而不反者謂之荒。''荒'亦樂酒無厭之意;惿,'酖'之假借。《説文》:'酖,樂酒也。'"(《毛詩傳箋通釋》卷二十六)

徐堂云:"《集韻·廿二覃》:'媅,《説文》:"樂也。"或从冘,亦作

"湛""愖"。'並都含切。"(《韓詩述》卷五)

陳喬樅云:"愖,《毛詩》作'湛','湛''愖'皆'酖'字之假借。《説文》:'酖,樂酒也。'是也。"(《韓詩遺説考》卷四之三)

夙興夜寐,灑埽庭内。(《韓詩外傳》卷六第四章)

【通考】

王先謙云:"《衆經音義》八引《通俗文》云:'以水掩塵曰灑。'《説文》:'灑,汛也。从水麗聲。''汛,灑也。从水凡聲。''洒,滌也。从水西聲。古文爲"灑埽"字。'是二字因今古文異。"(《詩三家義集疏》卷二十三)

告爾民人,謹爾侯度,用戒不虞。(《韓詩外傳》卷六第五章)

【通考】

王念孫云:"'誥''告'並與'謹'同義,故下文曰'用戒不虞'也。《漢書·刑法志》:'以刑邦國,詰四方。'顔師古注曰:'詰字或作"誥",誥,謹也。'"(王引之《經義述聞》卷二十七《爾雅中·釋言》"誥誓謹也"條引)

馮登府云:"告,《鹽鐵論》引作'誥爾人民','誥'即'告'。《説苑》作'告'。"(《三家詩異文疏證·韓詩》)

徐堂云:"此與《説苑》引同。"(《韓詩述》卷五)

無易由言,無曰苟矣。(《韓詩外傳》卷五第二十二章、卷六第六章)

無言不酬,無德不報。(《韓詩外傳》卷十第十七章)

【通考】

馮登府云:"'讎'與'酬'通。《毛傳》:'讐,用也。'《後漢·陳球傳》《御覽》四百七十九並引作'酬',《藝文類聚》三十一引作'詶',即'酬'字。《戰國策》:'屬之讐柞。'高誘注:'與"酬酢"同。'"(《三家詩異文疏證·韓詩》)

徐堂云:"《説文·言部》:'讎,猶"應"也。从言雔聲。''酉部':'醻,獻醻,主人進客也。从酉壽聲。'或作'酬',二字義别,而古通用。《後漢·明帝紀》引《詩》與韓同。(《藝文類聚》卅一引《詩》作"詶"。)"(《韓詩述》卷五)

陳喬樅云:"今本從《毛詩》改作'讎',此據《詩考》引爲'酬'字。

毛古文作‘讎’，乃‘酬’之假借。《列女傳》引《詩》作‘醻’，‘醻’與‘酬’同。《藝文類聚》三十一引作‘詶’，‘詶’即‘酬’字，見《衆經音義》十八引《蒼頡篇》。”（《韓詩遺説考》卷四之三）

惠于朋友，庶民小子。子孫承承，萬民靡不承。（《韓詩外傳》卷六第七章）

【通考】

馬瑞辰云：“‘繩’與‘承’聲近，《韓詩外傳》引作‘子孫承承’，蓋取子孫似續相承之義。”（《毛詩傳箋通釋》卷二十六）

馮登府云：“‘繩’與‘乘’通。《緜》：‘其繩則直。’《釋文》：‘本或作“乘”。’‘繩’‘承’亦同音通假字。《爾雅》注引作‘憴’。”（《三家詩異文疏證·韓詩》）

陳喬樅云：“承承，據《詩考》所引如此，今本《外傳》同《毛詩》作‘繩繩’，非是。”

不僭不賊，鮮不爲則。（《韓詩外傳》卷六第八章）

嗚呼小子。

【彙輯】

《章句》：嗚，歎聲也。（《文選》卷十六《寡婦賦》李善注。聲，《文選》卷二十六《赴洛道中作》李善注作“辭”）

【通考】

陳喬樅云：“嗚，《毛詩》作‘於’。考《説文》：‘烏，孝烏也。象形。孔子曰：烏、于，呼也。取其助氣，故以爲烏呼。’顔師古《匡謬正俗》曰：今文《尚書》悉爲‘於戲’字，古文《尚書》悉爲‘烏呼’字，而《詩》皆云‘於乎’，中古以來文籍皆爲‘烏呼’字。案經傳、《漢書》‘烏呼’無有作‘嗚呼’者，唐石經誤爲‘嗚’字，十之一耳。近世學者無不加‘口’作‘嗚’，殊乖大雅。《韓詩》‘嗚’字，當作‘烏’爲正。”（《韓詩遺説考》卷四之三）

錢玫云：“‘嗚，歎辭也。’（《文選》陸士衡《赴洛道中詩》引《章句》。）《寡婦賦》注：‘嗚，歎聲也。’與此異。顔師古《匡謬正俗》曰：‘嗚呼，歎辭也。或嘉其美，或傷其悲，其語備於《詩》《書》。’”（《韓詩内傳並薛君章句考》卷四）

聿喪厥國。（《經典釋文》卷七："《韓詩》作'聿喪'。"）

【通考】

徐堂云："'曰''聿'古字通用。《大明》：'曰嬪于京。'《爾雅·釋親》注作'聿嬪于京'。《七月》：'曰爲改歲。'《漢書·食貨志》作'聿爲改歲'。詳《小雅·角弓篇》。"（《韓詩述》卷五）

陳喬樅云："聿，《毛詩》作'曰'。'聿''曰'古通用字。"（《韓詩遺説考》卷四之三）

桑　柔

其何能淑，載胥及溺。（《韓詩外傳》卷四第十三章、卷六第九章）

稼穡惟寶，代食惟好。（《韓詩外傳》卷十第二十二章）

天降喪亂，滅我立王。（《韓詩外傳》卷八第十七章、卷十第二十三章）

靡有旅力，以念穹蒼。（《韓詩外傳》卷六第十章）

人亦有言：進退惟谷。（《韓詩外傳》卷六第十二章。《韓詩外傳》卷十第二十四章僅引"進退惟谷"）

惟此聖人，瞻言百里。（《韓詩外傳》卷五第二十三章、卷十第二十五章）

惟彼不順，往以中垢。（《韓詩外傳》卷五第二十六章）

【通考】

馬瑞辰云："《韓詩外傳》引'《詩》曰："往以中垢。"冥行也'，'往'與'征'字異而義同，或以形近而誤。王尚書謂'征以中垢'猶言'行以得訴'，説詳《經義述聞》。胡承珙曰：'垢，塵垢也。《小雅》曰："維塵冥冥。"故《傳》云："言闇冥也。"'今按'中垢'猶言内垢，與《鄘風》'中冓'爲内冓同義，'冓'即'垢'之假借。"（《毛詩傳箋通釋》卷二十六）

馮登府云："'征''往'形相涉而譌也。"（《三家詩異文疏證·韓詩》）

丁晏云："今《詩》作'征'。《箋》云：'征，行也。'與'往'同意。"（《詩考補注·韓詩》）

徐堂云："中垢，猶'中冓'也。《墻有茨》：'中冓之言。'《韓詩》云：'中冓，中夜也。'疑'垢''冓'古字通。《易·姤卦》，古本皆作'遘'。"

（《韓詩述》卷五）

陳喬樅云："《毛傳》云：'中垢，言闇冥也。'《箋》云：'征，行也。不順之人則行闇冥。'與《韓詩外傳》義同。'往'字疑爲'征'之譌。"（《韓詩遺説考》卷四之三）

大風有隧，貪人敗類。（《韓詩外傳》卷五第二十七章）

聽言則對，誦言如醉。（《韓詩外傳》卷六第十一章）

雲　漢

菿彼雲漢。（《北堂書鈔》卷一五五。菿，原作"對"，據下【通考】引王念孫説改）

【彙輯】

《章句》：宣王遭亂仰天也。（《北堂書鈔》卷一五五）

【通考】

王引之云："《雲漢》：'倬彼雲漢。'鈔本《北堂書鈔·天部》二引《韓詩》作'對彼雲漢'，又引注曰：'宣王遭仰天也。'（"遭"下脱一字。）家大人曰：'對'當作'菿'。'菿''倬'古字通。《小雅·甫田》：'倬彼甫田。'《釋文》：'倬，《韓詩》作"菿"，云：菿，卓也。'是《毛詩》'倬'字，《韓詩》皆作'菿'，則'對'爲'菿'字之譌無疑。俗書'對'字或作'對'，（見《漢孔廟置守廟百石孔龢碑》及《干禄字書》。）'菿'字或作'剄'，（"菿"之爲"剄"，猶"荊"之爲"荆"。）二形相似。世人多見'對'，少見'菿'，故'菿'譌爲'對'矣。"（《經義述聞》卷七《毛詩》下"對彼雲漢"條）

陳喬樅云："'遭'下舊脱一字，當爲'旱'字。本或作'亂'，非是。"（《韓詩遺説考》卷四之三）

王先謙云："'宣王遭旱仰天'與《毛序》同，特未言仍叔作詩耳。"（《詩三家義集疏》卷二十三）

冠南按：喬樅謂"遭"下脱"旱"字，或據該詩"旱既大甚"等語推斷。然詩中亦有"天降喪亂，饑饉薦臻"之語，"遭亂仰天"或即指此，且"旱"已含於"亂"中，不勞改字。故本文仍依孔廣陶校注本《書鈔》録文。

薀隆烔烔。（慧琳《一切經音義》卷八十一"烔然"條。《經典釋文》卷七謂《毛詩》

之“藴”,《韓詩》作“鬱”,則《韓詩》亦有作“鬱隆烔烔”之本)

【彙輯】

《章句》:烔,旱熱也。(慧琳《一切經音義》卷六“烔然”條。《一切經音義》卷三十一“烔烔”條引作“烔烔然熱貌也”,卷五十四“烔然”條引作“烔烔,旱貌”)謂燒草傳火焰盛也。(慧琳《一切經音義》卷二十三“洞然”條)

【通考】

馬瑞辰云:“《釋文》引《韓詩》作‘烔烔’,《華嚴經音義》引《韓詩傳》曰:‘烔,謂燒草火焰盛也。’《一切經音義》卷四引《埤蒼》:‘烔烔,熱貌也。’《廣韻》:‘烔,熱氣烔烔。’‘烔’出《字林》,古‘同’與‘蟲’同音,‘蟲’‘烔’皆徒冬反,故通用。”(《毛詩傳箋通釋》卷二十六)

馮登府云:“《札樸》云:‘同’‘蟲’聲相近,故‘烔’或作‘爞’。《説文》:‘赨,赤色。从赤蟲省聲。’《詩》變‘赤’从‘火’,而‘蟲’則不省,蓋‘爞’‘烔’皆‘赨’之或體。又考《華嚴經音義》下引《韓詩傳》:‘烔謂燒草傳火焰盛也。’《埤雅》:‘烔烔然熱貌也。’《毛傳》:‘蟲蟲而熱也。’義並同。”(《三家詩異文疏證·韓詩》)

陳奂云:“《韓詩》作‘鬱’。《爾雅》:‘鬱,氣也。’郭注云:‘鬱然氣出。’‘藴隆’之爲‘鬱隆’,猶《素冠》‘藴結’之即‘鬱結’矣。”(《詩毛氏傳疏》卷二十五)

朱士端云:“《毛詩》作‘藴’,‘藴’‘鬱’聲之轉。”(《齊魯韓三家詩釋·韓詩》)

徐堂云:“錢大昕《養新録》曰:古‘虫’‘同’同聲。《春秋·成五年》:‘盟于蟲牢。’杜注:‘陳留封丘縣北有桐牢。’是‘虫’‘同’同音之證。堂案:《一切經音義》四引《埤蒼》云:‘烔烔然熱貌也。’《韓詩》‘燒草傳火’之説,或借以形容鬱熱之氣壯盛耳,其義未詳。”(《韓詩述》卷五)

陳喬樅云:“鬱本訓火氣,《左氏·定二年傳》:‘鬱攸從之。’杜預云:‘鬱攸,火氣也。’詩以火氣之熏比旱氣之熏,故云‘鬱隆烔烔’。《韓詩傳》釋‘烔’爲‘燒草傳火焰盛’,此‘烔’字本義也。《字林》訓‘烔’爲‘熱氣烔烔’,即本《韓詩》。”(《韓詩遺説考》卷四之三)

王先謙云："《華嚴經音義》下引《韓詩傳》曰：'烔，謂燒草傅火盛也。''傅火'與'燒'字意複，當是'傳火'之譌，此'烔'字本義也。《字林》訓'烔'爲'爇氣烔烔'，即本《韓詩》。"(《詩三家義集疏》卷二十三)

冠南按：先謙謂"傅火"乃"傳火"之譌，其說可從。高麗藏本《一切經音義》二十三"洞然"條正作"傳火"，可證王說。

秏斁下土。

【彙輯】

《章句》：秏，惡也。(《經典釋文》卷七、《後漢書》卷十上《竇皇后紀》李賢注)

【通考】

朱士端云："'射''斁'聲同，作'射'者亦或作'斁'。唐玄應《一切經音義》'衰耄'下云：'古文"薹""耂"二形，今作"秏"，同莫報反。'《禮記》：'八十曰耄。'謂惛忘也，闇亂也。莊炘曰：《説文》作'秏'，解云'稻屬'。《詩·大雅》：'秏斁下土。'《正義》引《韓章句》云：'秏，惡也。'《廣雅》：'秏，減也。''秏'不當與'耄'通。然《荀子·修身篇》：'多而亂曰秏。'是'秏'又有'亂'訓。'惛''耄''秏''亂'義亦可假也。"(《齊魯韓三家詩釋·韓詩》)

徐堂云："段玉裁曰：'秏者，乏無之謂，故云惡也。'堂案：《大戴禮·易本命篇》：'息土之人美，秏土之人醜。'盧辯注：'地有美惡，故生人有好醜也。'又《後漢書·竇皇后紀》：'數呼相士問息秏。'章懷注：'息秏，猶言善惡也。'亦引《韓詩章句》以爲證。"(《韓詩述》卷五)

陳喬樅云："《後漢書·竇皇后紀》'問息耗'，章懷注引薛氏《韓詩章句》曰：'耗，惡也。''耗'即'秏'之俗書。《説文》：'秏，稻屬。从禾毛聲。伊尹曰：飯之美者，玄山之禾，南海之秏。'是'秏'本爲稻之美者，而《玉篇·禾部》云：'秏，敗也。'引《詩》云：'秏斁下土。''敗'與'惡'義近，'秏'之訓'惡'，此以相反爲義也。"(《韓詩遺説考》卷四之三)

冠南按："耗"之"惡"義，於後世小説中亦常用，如金聖歎批本《水滸》第三十八回："敢有作耗之人，隨即體察剿除。""作耗"即"作惡"之義，此"耗""惡"義通之證。

昊天上帝，既不我隤。（《原本玉篇》卷二十二"隤"字條）

【彙輯】

《章句》：隤，猶遺也。（《文選》卷十六《歎逝賦》李善注。慧琳《一切經音義》卷八十八"隤綱"條、卷一百"隤年"條、希麟《續一切經音義》卷十"隤年"條亦引此節，無"猶"字。《原本玉篇》卷二十二"隤"字條亦引此節，脱"遺"字）

【通考】

冠南按："隤"本訓下墜，引申爲由上與下之義。（《漢書·揚雄傳》上："發祥隤祉。"顔師古注："隤，降也。""降"即由上與下。）"遺"亦有"與"義（《漢書·嚴助傳》："遺王之憂。"顔師古注："遺，猶與也。"慧琳《一切經音義》卷十一"贈遺"條引《韻英》："遺，與也，以物與人也。"並其證），故韓以"遺"釋"隤"。《毛詩》"隤"作"遺"，與韓同義。

旱魃爲虐，如炎如焚。（《後漢書》卷三《章帝紀》李賢注）

【通考】

段玉裁云："《後漢書·章帝紀》：'今時復旱，如炎如焚。'章懷注引《韓詩》：'旱魃爲虐，如炎如焚。'玉裁按：《韓詩》作'炎'爲善。毛云：'炎，燎也。'《説文》云：'炎，燎也。'蓋毛公亦作'炎'也。上文'赫赫炎炎'，本或作'惔'，是其證。"（三十卷本《詩經小學》卷二十五）

我心憚暑。

【彙輯】

《章句》：憚，苦也。（《經典釋文》卷七）

【通考】

徐堂云："韓訓'憚'爲'苦'，毛訓'憚'爲'勞'，並謂'憚'即'癉'之假借。《廣雅·釋詁》：'癉，苦也。多賀切。'《爾雅·釋詁》：'癉，勞也。丁賀切。'《鄭箋》：'憚，猶畏也。'則'憚'之本義讀如字。"（《韓詩述》卷五）

陳喬樅云："《毛傳》云：'憚，勞。'《鄭箋》云：'憚，猶畏也。''勞'與'苦'義近，'畏'亦'苦'之意也。"（《韓詩遺説考》卷四之三）

王步洲云："'憚''怛'同一語原，同一韻部，《方言》云：'惡也。'非本義，乃引義也。《説文》云：'憚，忌難也。'義本《方言》。《詩・大雅・雲漢篇》：'我心憚暑。'《鄭箋》云：'憚，猶畏也。'《韓詩》云：'憚，苦也。'惟以爲苦，始生畏顧。《韓詩》訓'憚'爲'苦'，猶《方言》之訓'惡'矣。憚爲惡也、忌難也、畏顧也、苦也，均震動其厭忌顧懼之感情所有之現象，故均爲引義。"(《方言聲類考叙例》，華學誠《揚雄方言校釋匯證》附録七第三節引)

胡寧瘨我以旱。

【彙輯】

《章句》：瘨，重也。(《經典釋文》卷七)

【通考】

桂馥云："'瘨'通作'畛'。《釋言》：'畛，重也。'《隱三年左傳》：'憾而能畛者鮮矣。'杜注：'不能自安自重。'"(《札樸》卷一"瘨"字條)

王念孫云："殄亦病也。殄之言瘨也，瘨也。《大雅・雲漢》篇：'胡寧瘨我以旱。'《箋》曰：'瘨，病也。'《釋文》：'瘨，《韓詩》作"瘨"。'《越語》曰：'疾瘨貧病。''瘨''殄''瘨'聲近而義同。"(王引之《經義述聞》卷七《毛詩下》"邦國殄瘁"條、卷二十《國語上》"殄病"條引)

胡承珙云："《韓詩》'瘨'作'瘨'，云：'重也。'是則遭旱非止一年。"(《毛詩後箋》卷二十五)

馮登府云："'瘨'通'畛'。《釋言》：'畛，重也。'故韓訓'瘨'亦云'重也'。"(《三家詩異文疏證・韓詩》)

陳喬樅云："《毛詩》作'瘨'，《箋》云：'瘨，病也。'義與韓異。考《爾雅・釋言》：'畛，重也。''瘨'與'畛'音同義通。瘨，籀文'胗'字。《一切經音義》六引《三蒼》云：'胗，腫也。''腫'與'重'音義亦同。"(《韓詩遺説考》卷四之三)

王先謙云："《説文》：'瘨，真聲。''胗''瘨'皆'㐱'聲，'真''㐱'一聲之轉。'胗'訓'脣瘍'，'瘍'亦病，則'瘨'與'瘨'義仍合。"(《詩三家義集疏》卷二十三)

靡人不周。

【彙輯】

《章句》:賙,賙急也。(日本佚名《大乘理趣六波羅蜜経釈文》。“賙急”,原作“忽”,據下【通考】引陳鴻森說改)

【通考】

陳鴻森云:“‘忽’字當作‘急’,轉寫形誤。又注‘賙’字疑當重,蓋其注本作:‘賙,賙急也。’寫本多脱誤,惜無别本可參校耳。《毛詩》作‘周’,《箋》云:‘周,當作“賙”。王以諸臣困於食,人人賙給之,權救其急。’是其義也。”(《韓詩遺説補遺》)

冠南按:《論語·雍也篇》:“君子周急不濟富。”“周急”可與《章句》“賙急”之説相參伍。

嵩　高

嵩高惟嶽,峻極于天。 惟嶽降神,生甫及申。 惟申及甫,惟周之翰。 四國于藩,四方于宣。 (《韓詩外傳》卷五第二十四章)

【通考】

陳奂云:“‘嵩’即‘崇’之或體。”(《詩毛氏傳疏》卷二十五)

陳喬樅云:“嵩,《毛詩》作‘崧’,今本《外傳》同作‘崧’,此從《詩考》訂正。峻,《毛詩》作‘駿’。‘駿’‘峻’古今字。藩,《毛詩》作‘蕃’,義並同。又案《藝文類聚》七引《毛詩》‘嵩高維嶽,峻極于天’四句,與今詩文異。‘毛’字疑爲‘韓’之誤。”(《韓詩遺説考》卷四之四)

王先謙云:“《爾雅·釋山》:‘山大而高崧。’《釋文》:‘崧,本作“嵩”。’郭注:‘今中嶽嵩高山,蓋依此立名。’邢疏引李巡云:‘高大曰嵩。’(《孔疏》引李、郭説作“崧”,皆順毛改字。)李、郭二説皆據爲‘嵩’。《釋文》又云,足證經文本作‘嵩’。楊雄《河東賦》:‘瞰帝唐之嵩高兮。’《漢書·雄傳》顔注:‘嵩亦高也。“嵩高”者,謂唯天爲大,唯堯則之也。’”(《詩三家義集疏》卷二十三)

冠南按:喬樅謂《藝文類聚》卷七引《毛詩》作“嵩”,故疑其所引實爲《韓詩》,蓋因《外傳》作“嵩”,故有此説。然考宋本《類聚》卷七引作

“崧”(上海古籍出版社影印上海圖書館藏宋紹興刻本),與今本《毛詩》不殊,其引非《韓詩》甚明。又,《文選・遊天台山賦》:“齊峻極於《周詩》。”吕向注:“《周詩》曰:嵩高惟岳,峻極于天。”(《六臣注文選》卷十一)此注所引當爲《韓詩》。

王踐之事。

【彙輯】

《章句》:踐,任也。(《經典釋文》卷七)

【通考】

楊揆嘉曰:“《禮記・中庸》:‘踐其位。’鄭注:‘踐,或作纘。’音近,故古相通借。”(徐堂《韓詩述》卷五引)

馮登府云:“《箋》:‘纘,繼也。言王使之繼其故諸侯之事。’解甚紆。不如從韓作‘踐’訓‘任’,言王任之以南國之事,義較順。”(《三家詩異文疏證・韓詩》)

朱士端云:“《毛詩》作‘纘’,‘纘’‘踐’聲同。”(《齊魯韓三家詩釋・韓詩》)

陳喬樅云:“《毛詩》‘踐’作‘纘’,《箋》云:‘纘,繼也。’文義與韓並異。《韓詩》訓‘踐’爲‘任’者,謂王任用之,使經理南國之事也。”(《韓詩遺説考》卷四之四)

世執其功。(《原本玉篇》卷九“執”字條)

【彙輯】

《章句》:執,有也。(《原本玉篇》卷九“執”字條)

【通考】

冠南按:《伯兮》:“伯也執殳。”韓訓“執”爲“持”(見本書卷四),“持”有持有之義,韓因訓“執”爲“有”。

周邦咸喜,戎有良翰。(《韓詩外傳》卷八第三章)

蒸　民

天生蒸民,有物有則。民之秉彝,好是懿德。(《韓詩外傳》卷六第十六章。《後漢書》卷六〇上《馬融傳》李賢注引《韓詩外傳》佚文僅引“天生蒸民，有物有則”）

【彙輯】

《章句》：蒸，衆也。（慧琳《一切經音義》卷四十一“乂蒸”條）

【通考】

顧震福云：“《韓詩外傳》六引《大雅》曰：‘天生蒸民。’字作‘蒸’。（《孟子·告子上》引《詩》亦作“蒸”。）《東山》：‘蒸在桑野。’《文選》江淹《雜體詩》注引亦作‘蒸’。《易·小過》注釋文：‘蒸，本又作“烝”。’《爾雅·釋詁》釋文：‘烝，本又作“蒸”。’《釋訓》釋文：‘烝烝，本今作“蒸蒸”。’《釋草》注釋文：‘烝，本今作“蒸”。’是‘烝’‘蒸’古通。《爾雅·釋詁》：‘蒸，衆也。’《漸漸之石》《棫樸》《蕩》《思文》箋並同。《文王有聲》：‘文王烝哉！’《釋文》引《韓詩》：‘烝，美也。’《廣雅·釋詁》：‘蒸，美也。’‘美’‘善’義同。”（《韓詩遺説續考》卷四）

王先謙云：“‘烝’作‘蒸’，通用字。”（《詩三家義集疏》卷二十三）

冠南按：《毛詩》“蒸”作“烝”，亦訓“衆”。“蒸”“烝”通用，故訓同。《漢書·宣帝紀》：“天下蒸庶。”顔師古注：“蒸庶，衆人也。”與韓訓同義。

邦國若否，仲山甫明之。既明且哲，以保其身。夙夜匪懈，以事一人。（《韓詩外傳》卷八第三章。《韓詩外傳》卷六第十七章僅引“邦國若否，仲山甫明之”。《韓詩外傳》卷八第二章僅引“既明且哲，以保其身”。《韓詩外傳》卷八第四章、第二十三章僅引“夙夜匪懈，以事一人”）

【通考】

馮登府云：“懈，毛作“解”。案《漢陳球碑》：‘夙夜匪解。’《字原》云：‘義作“懈”。’”（《三家詩異文疏證·韓詩》）

惟仲山甫，柔亦不茹，剛亦不吐。（《韓詩外傳》卷八第六章。《韓詩外傳》卷六第十八章、第十九章、卷八第五章僅引“柔亦不茹，剛亦不吐”）

不侮鰥寡，不畏强禦。（《韓詩外傳集釋》卷六第十九章、第二十章）

德輶如毛，民鮮克舉之。（《韓詩外傳》卷五第二十九章）

仲山甫徂齊。

【彙輯】

《章句》:封於齊。(《漢書》卷六十《杜欽傳》顔師古注引鄧展曰)

【通考】

胡承珙云:"《漢書·杜欽傳》:'仲山甫異姓之臣,無親於宣,就封於齊。'鄧展、晋灼皆以此爲《韓詩》之誤。《潛夫論·志氏姓》以仲山爲慶姓,與《韓詩》同。《水經·瓠子水》注:'成陽城西二里有堯陵,陵南一里有堯母慶都陵。堯陵東、城西五十餘步有仲山夫人祠,祠南有仲山甫冢,冢西有石廟,羊虎傾低,破碎略盡。'據郭緣生《述征記》,仲山夫人爲堯妃,見漢建甯四年成陽令管遵所立碑。洪氏《隸釋》載漢威宗永康元年所立《孟郁修堯廟碑》云:'仲氏祖統所出,本繼於姬周之遺苗。天生仲山甫,翼佐中興。宣平功遂,受封於齊。周道衰微,失爵亡邦。後嗣乖散,各相土譯居,因氏仲焉。'此以仲山甫封齊,雖同《韓詩》,而又以爲周之苗裔,則與'異姓'之説不合。《通志·氏族略》謂周大王子虞仲支孫仲山甫爲周宣王卿士,食采于樊,曰樊侯,因邑命氏。《路史》中樊國遂兩見,一以爲泰伯仲雍後,一以爲慶姓,更屬漫無折衷。惟唐《權德輿集》有云:'魯獻公仲子曰山甫,入輔於周,食采於樊。'考《史記·魯世家》,獻公子真公濞立三十年,卒。弟武公敖立。九年,與長子括、少子戲朝周宣王,欲立戲。樊仲甫諫,不聽。戲立九年,括之子伯御攻殺戲而自立。周宣王伐魯,殺伯御,問誰可爲魯後者,樊穆仲舉戲弟稱以對,是爲孝公。觀仲山甫於魯事始終相涉,則權氏以爲獻公之子者似爲近之。"(《毛詩後箋》卷二十五)

朱士端云:"杜欽本習《韓》《魯詩》學。漢孟郁《修堯廟碑》云:'山甫受封于齊。'亦用《韓詩》説。"(《齊魯韓三家詩釋·韓詩》)

徐堂云:"《杜欽傳》:'欽説王鳳曰:仲山甫異姓之臣,無親於宣,就封于齊。'又《潛夫論·三式篇》曰:'周宣王時,輔相大臣以德佐治,亦獲有國。故尹吉甫作封頌二篇。其詩曰:"亹亹申伯,王纘之事。于邑于謝,南國是式。"又曰:"四牡彭彭,八鸞鏘鏘。王命仲山甫,城彼東方。"言申伯、山甫文德致昇平,而王封以樂土,賜以盛服也。'王

節信以‘城彼東方’謂封山甫之地，與杜説合，皆從《韓詩》者。”（《韓詩述》卷五）

韓　奕

有晫其道。

【彙輯】

《章句》：晫，明貌。（《經典釋文》卷七）

【通考】

馬瑞辰云：“‘晫’當即‘倬’之異體，《廣雅》‘倬’‘晫’並訓爲‘明’，是音義並同之證。”（《毛詩傳箋通釋》卷二十七）

陳奂云：“《韓詩》作‘晫’，‘晫’即‘焯’之異體，《説文》：‘焯，明也。’”（《詩毛氏傳疏》卷二十五）

馮登府云：“《釋文》引《韓詩》：‘晫，明也。’《箋》：‘倬，著明。’《玉篇》：‘晫，明盛貌。’訓並同。作‘倬’者，借字也。《廣雅·釋詁》：‘晫，明也。’亦本《韓詩》。”（《三家詩異文疏證·韓詩》）

朱士端云：“《毛詩》作‘倬’，‘倬’‘晫’聲同。”（《齊魯韓三家詩釋·韓詩》）

徐堂云：“陸云‘音義同’，則《韓詩》亦讀陟角反，訓爲‘明貌’。《説文·人部》：‘倬，箸大也。’‘日部’無‘晫’字，《廣雅·釋詁》：‘晫，明也。’蓋本《韓詩》。”（《韓詩述》卷五）

陳喬樅云：“《毛詩》作‘倬’，訓‘倬’爲‘明貌’。《釋文》云：‘《韓詩》作‘晫’，音義皆同。’是《毛詩》‘倬’字乃‘晫’之通假。《詩·小雅》：‘倬彼甫田。’《韓詩》作‘菿’。《爾雅·釋詁》：‘菿，大也。’《廣雅·釋詁》：‘晫，明也。’‘菿’字訓‘大’，‘晫’字訓‘明’，各有本義。而‘倬’訓爲‘明’‘大貌’，則兼二義也。‘晫’與‘的’音近義同。《聘禮》‘匹馬卓上’，注云：‘卓，猶的也。’是以‘卓’爲‘晫’之消借字。”（《韓詩遺説考》卷四之四）

幹不庭方。（《原本玉篇》卷二十二“庭”字條。原作“韓不方庭”，據胡吉宣《玉篇校釋》卷二十二改）

【彙輯】

《章句》:幹,正也。(《文選》卷二《西京賦》李善注)使汝主汝不易之方也。(《原本玉篇》卷二十二“庭”字條。主,疑應作“正”)

【通考】

徐堂云:“《爾雅·釋詁》:‘楨,榦也。’舍人曰:‘楨,正也。’則‘榦’有‘正’義。《鄭箋》云:‘作楨幹而正之。’與韓義同。”(《韓詩述》卷五)

陳喬樅云:“《毛詩箋》云:‘作楨幹而正之。’是亦以‘幹’爲‘正’,與韓同義。《爾雅·釋詁》:‘楨、翰、儀,幹也。’‘楨翰’或作‘楨幹’,‘楨’‘幹’皆‘正’也。《廣雅·釋詁》:‘幹,正也。’《易》:‘幹父之蠱。’虞翻注:‘幹,正也。’‘幹不庭方’,庭,直也,謂正其不直、違失法度之方也。”(《韓詩遺説考》卷四之四)

錢玫云:“《文選》注:‘幹,正也。謂以其議非而正之。’(“謂以其議非而正之”)乃薛綜釋‘幹非其議’之文,而董斯張説以爲伯厚缺此下句,改‘議’作‘義’。范家相同陋矣。‘幹’訓‘正’,《易·蠱》虞注、《後漢書·馬皇后傳》注並同。”(《韓詩内傳並薛君章句考》卷四)

顧震福云:“《毛詩》‘韓’作‘榦’,《傳》云:‘庭,直也。’震福案:《説文》‘韓’作‘韓’,云:‘井垣也。從韋,取其帀也,倝聲。’‘榦,築墻耑木也。從木,倝聲。’《莊子·秋水篇》:‘跳梁井榦之上。’《釋文》引司馬彪云:‘榦,井欄也。’即假‘榦’爲‘韓’字。《爾雅·釋詁》釋文:‘榦,又作“幹”。’《集韻》云:‘韓、幹同。’《漢書·郊祀志下》顏注云:‘井幹者,井上木欄也。’‘幹’又‘榦’之俗字。蓋‘韓’‘榦’並從倝聲,字得通假。‘韓’本義爲‘井闌’,以爲地名乃引申假借,許所謂‘本無其字,依聲託事’也,今‘韓’字之本義遂廢。‘榦不庭方’之‘榦’,‘榦’本作‘韓’,後人以‘井闌’之‘韓’多假‘幹’爲之,因於‘韓國’之‘韓’,亦假借作‘榦’,殊非。韓云‘使汝主不易之方’者,兼釋‘朕命不易’之義,言朕使汝主韓爲不易之方也。韓與毛文義均異。《文選·西京賦》注引《韓詩薛君章句》云:‘幹,正也。’是薛君所據《韓詩》‘韓’已作‘幹’,此引《韓詩》作‘韓’云云,乃韓嬰之舊説。”(《韓詩遺説續考》卷四)

冠南按：顧説稍嫌迂曲。《原本玉篇》乃早期寫本，誤字在在多有，不可盡以爲據。此作“韓”字，乃涉形近“幹”字而譌。據《文選》李善注引《韓詩章句》“幹，正也”之文，可知《韓詩》作“幹”訓“正”，“正不庭方”即正其不庭之方，故頗疑《玉篇》所引《章句》之“主”乃“正”字之譌，蓋《章句》先釋“幹”之字義爲“正”，復疏通句意爲“正不易之方”，合於《章句》先字義而後句意之例。

四牡奕奕。

【彙輯】

《章句》：奕奕，盛貌。（《文選》卷二十三《詠懷詩》李善注）

【通考】

冠南按：“奕奕”同“繹繹”，説詳卷七《小雅・采薇》“四牡繹繹”之【通考】。

王錫韓侯，其追其貊，奄受北國，因以其伯。　實墉實壑，實畝實籍。　獻其貔皮，赤豹黄羆。

【彙輯】

《章句》：宣王中興，韓侯爲伯，日蠻退陌，獻其黄熊也。（劉賡《稽瑞》）

【通考】

冠南按：考“宣王中興”之語，可知《韓詩》以《韓奕》爲美宣王之詩，與《毛詩序》“《韓奕》，尹吉甫美宣王也能錫命諸侯”之説相契。

江　漢

武夫滔滔。

【彙輯】

《翼要》：武夫滔滔，衆至大也。（孔穎達《毛詩正義》卷十八之四引侯苞曰）

【通考】

孔穎達云：“下云‘武夫洸洸’，與此‘滔滔’相類。《傳》以‘洸洸’爲‘武貌’，則此言‘滔滔，廣大’者，亦謂武夫之多大，故侯苞云‘衆至

大也’。”（《毛詩正義》卷十八之四）

或辟四方。（玄應《衆經音義》卷九“大辟”、卷十三“辟從”條、慧琳《一切經音義》卷十六“避從”條、卷四十六“大辟”條）

【彙輯】

《章句》：辟，除也。（《文選》卷八《上林賦》李善注、玄應《衆經音義》卷九“大辟”條、卷十三“辟從”條、慧琳《一切經音義》卷十六“避從”條、卷四十六“大辟”、卷一百“辟散”條）

【通考】

陳奂云：“《韓詩傳》：‘辟，除也。’《召旻》傳：‘辟，開也。’‘開’‘除’義相近。”（《詩毛氏傳疏》卷二十五）

陳喬樅云：“《韓詩》以‘辟’訓‘除’，‘除’有治之之義。《毛詩》讀‘辟’爲‘闢’，《鄭箋》云：‘開辟四方，治我疆界於天下。’則兼有‘治’義也。”（《韓詩遺説考》卷四之四）

王先謙云：“謂以王法開除四方之叛戾者。”（《詩三家義集疏》卷二十三）

肇敏戎公。

【彙輯】

《章句》：肇，長也。（《經典釋文》卷七）

【通考】

陳喬樅云：“《毛傳》云：‘肇，謀也。’《商頌·玄鳥》上言‘正域彼四海’，下言‘肇域彼四海’，則‘肇’猶‘正’也。胡承珙曰：《韓詩》以‘肇’訓‘長’，承上‘召公是似’而言，謂祖孫相繼，長有此功。但‘肇’之爲‘長’，不見所出。喬樅謂《國語·齊語》：‘轉本肇木。’注云：‘肇，正也。’‘正’與‘長’同義。《爾雅·釋詁》：‘正，長也。’《斯干》：‘噲噲其正。’《毛傳》云：‘正，長也。’‘肇’之爲‘長’，亦訓詁展轉相通之義也。”（《韓詩遺説考》卷四之四）

釐爾珪瓚，秬鬯一卣。（《韓詩外傳》卷八第十三章）

明明天子，令聞不已。矢其文德，洽此四國。（《韓詩外傳》卷五第二十五章）

常　武

敷敦淮濆。

【彙輯】

《章句》:敷,大也。(《經典釋文》卷七、慧琳《一切經音義》卷五十五"敷演"條)

敦,迫。(《經典釋文》卷七)

【通考】

陳啓源云:"鋪敦淮濆,毛無傳。述毛者以'鋪'爲'陳','敦'爲'厚',謂布陳敦厚之陳於淮濆,鄭謂'敦'爲'屯',言陳屯其兵於淮上。鄭破字,固不可從,述毛者亦費力。王氏以爲厚集其陳,而後儒皆宗之。然'鋪'字未醒。案《釋文》云:'鋪,《韓詩》作"敷",云:"大也。"敦,《韓詩》云:"迫也。"'大迫淮濆,與'濯征徐國'文義相類,當是也。又《後漢書・馮緄傳》引此《詩》亦作'敷敦',注云:'敦,布也。布兵敦迫淮水之涯。'《典略》注引此作'鋪敦',云:'敦,猶迫也。''鋪''敷'雖異,而敦迫則同。勝鄭、王之説矣。"(《毛詩稽古編》卷二十二)

馬瑞辰云:"《方言》《廣雅》並云:'鋪,止也。''鋪''敦'二字同義。鄭讀'敦'爲'屯',屯者聚也,亦止也。《説文》'濆'字注引《詩》:'敦彼淮濆。'是知'鋪'與'敦'一耳。《鄭箋》訓'鋪'爲'陳',義本《韓詩》,正以'鋪'爲'敷'之假借。説《韓詩》者乃訓'敷'爲'大',失之。以'敦'爲'迫',亦非。'敦''屯'古聲近通用,《吕覽・去私篇》高注:'黗,讀曰"車笔"之"笔"。'是其類也。胡承珙曰:'《昭二十三年左傳》:"敦陳整旅。"謂整頓也。《周書・武順解》:"一卒居後曰敦。"敦亦頓也。《越絶書》:"西陵名敦兵城。"即頓兵城也。'今按'頓'與'屯'亦聲近義通,猶鄭義也。"(《毛詩傳箋通釋》卷二十七)

馮登府云:"《左傳》引'敷時繹思'作'鋪',《班固傳》'桑麻敷芬',《文選》作'鋪棻',皆'鋪''敷'相通之證。"(《三家詩異文疏證・韓詩》)

徐堂云:"《爾雅・釋詁》:'溥,大也。''敷'與'溥'古字通。《禹貢》'禹敷土',《荀子・成相篇》引作'溥'。《禮記・祭義》:'溥之而横乎四海。'《釋文》:'溥,本亦作"敷"。'是也。《後漢書·班固傳》:'靡號師矢敦奮撝之容。'章懷注:'敦猶迫,逼也。《詩》云:"敷敦淮濆。"'又《馮緄傳》順帝詔引《詩》:'敷敦淮濆。'注云:'水涯曰濆,言布兵敦逼淮水之涯。'並據《韓詩》。惟章懷訓'敷'爲'布',則用《毛傳》耳。"(《韓詩述》卷五)

陳喬樅云:"《説文》引《詩》作'敦彼淮濆','敦'即'迫'之意也。《鄭箋》讀'敦'爲'屯',屯兵於淮濆,亦所以迫之也。'鋪''敷'古以聲同通用。《後漢書·馮緄傳》引此詩云:'敷敦淮濆,仍執醜虜。'即用《韓詩》。章懷注云:'布兵敦逼淮水之涯,因執得醜虜。'皆以'敦'爲'敦逼',《韓詩》之訓於義爲長。'敷'義本訓'布',《韓詩》釋'敷'爲'大'者,《吕覽·求人篇》高誘注以'榑木'爲'大木',足證此'敷'字亦有'大'義也。"(《韓詩遺説考》卷四之四)

王先謙云:"《説文》:'敷,㰻也。从攴,尃聲。''尃,布也。从寸,甫聲。'是'尃'即'敷布'之本字。《釋詁》:'甫、溥、均,大也。'則'尃'亦有'大'義明矣。'溥''敷''榑',均'尃'聲,又可互證也。'敷'訓'㰻',經典引申訓'布'、訓'陳'。陳布則其象爲大,與'肆'訓'陳',即訓'大'例同。"(《詩三家義集疏》卷二十三)

民民翼翼,不測不克。(《韓詩外傳》卷八第十五章)

【彙輯】

《章句》:民民,靚也。(《經典釋文》卷七)

【通考】

段玉裁云:"《毛詩》'緜緜',《韓詩》作'民民'。按'民民''緜緜'皆謂'密'也,即'㝥㝥不見'之意。"(《説文解字注》第七篇下)

馬瑞辰云:"《廣雅》:'緜緜,長也。''翼翼,盛也。''長'與'盛'義相近,皆狀其兵之壯盛耳。《韓詩》'緜緜'作'民民',亦以雙聲假借。至《毛傳》訓'緜緜'爲'靚'者,靚即静也,静即密也。(《釋詁》:"密,静也。)"(《毛詩傳箋通釋》卷二十七)

馮登府云:"'緜'作'民',《釋文》引《韓詩》:'民民,靚也。'《載

芟》：‘緜緜其麃。’《釋文》引韓亦作‘民民’，訓‘衆’。‘民’‘緜’一音之轉。”(《三家詩異文疏證·韓詩》)

朱士端云：“《毛詩》作‘緜緜’，‘民’與‘緜’古音同列‘真部’。”(《齊魯韓三家詩釋·韓詩》)

徐堂云：“《周頌·載芟》：‘民民其麃。’《韓詩》云：‘民民，衆也。’此以當同。”(《韓詩述》卷五)

陳喬樅云：“民民，《毛詩》作‘緜緜’，今《外傳》本仍同作‘緜’，誤，當據《釋文》訂正。《漢書·賈誼傳》：‘澹乎若深淵之靚。’注：‘靚，與“静”同。’又《外戚傳》：‘神眇眇兮密靚處。’以‘密’與‘靚’連言，足證‘靚’之本有‘密’義矣。”(《韓詩遺説考》卷四之四)

王先謙云：“《釋文》云：‘緜，如字。《韓詩》作“民民”，同。’謂其訓‘民民’爲‘靚’也。”(《詩三家義集疏》卷二十三)

王猷允塞，徐方既來。(《韓詩外傳》卷六第二十三章、第二十四章、第二十五章)

【通考】

朱士端云：“《毛詩》作‘猶’，‘猶’‘猷’聲同。”(《齊魯韓三家詩釋·韓詩》)

徐方來庭。

【彙輯】

庭，見也。(《原本玉篇》卷二二“庭”字條)

【通考】

陳鴻森云：“顧野王引‘《毛詩》：“既庭且碩。”《傳》曰：“庭，直也。”《韓詩》：“庭，見也。”’似此注當次《大田篇》。然按其詩云：‘播厥百穀，既庭且碩。’訓‘見’於義究未切。今移次於此。”(《韓詩遺説補遺》)

冠南按：陳謂此非《大田》“既庭且碩”之遺説，應可從。按諸《詩經》文法，凡“既甲且乙”之句式，甲、乙詞性皆一致，“碩”既爲形詞，則“庭”亦當爲形詞，故《毛傳》訓“庭”爲“直也”。而“見也”則爲動詞，與“碩”字詞性相悖，故應非“既庭且碩”之章句。兹暫依陳説，繫於此。

瞻　卬

伊胡爲慝。

【彙輯】

《章句》：嫕，悦也。(《文選》卷十九《神女賦》李善注)

【通考】

陳壽祺云："嫕，宋本《文選》作'嬺'，當是'伊胡爲嫕'之注。"(《韓詩遺説考》卷四之四)

陳喬樅云："《毛詩》：'伊胡爲慝。'《箋》云：'慝，惡也。'文義與此並異。盧文弨曰：'《文選》注所引《韓詩》"嫕，悦也"，"嫕"字當作"瘱"，此"懿厥哲婦"之"懿"。'馬瑞辰曰：'瘱，或作"嫕"，今誤作"嬺"。按《説文》："瘱，静也。""静，審也。"《廣雅》："瘱，審也。""瘱"古讀如"邑"，與"懿"字雙聲叠韻，故"懿"可通作"瘱"。而《韓詩》訓"悦"，與毛異義。'喬樅謂此詩'懿厥哲婦'與《小雅·十月之交》'抑此皇父'語氣正同，《箋》云：'抑之言噫。噫是皇父，疾而呼之。'此詩《箋》云：'懿，有所痛傷之聲也。'《正義》謂：'"懿"與"噫"，字雖異，音義同。'是'懿'亦痛疾之詞。且下句言其'爲梟爲鴟'，則'懿'義更不得訓'悦'。宋綿初亦以《韓詩》此語是釋'伊胡爲嬺'，謂：'"嬺"即"慝"之異文。'今按《國語·晋語》曰：'宵静女德，以伏蠱慝。'此'慝'字義亦訓'悦'。'蠱'與'冶'通，(見馬融《廣成頌》"田開、古蠱"，即田開疆、古冶子也。是"蠱""冶"古通。)蠱悦，謂冶容爲悦者，此足爲《韓詩》以'嬺'訓'悦'之證。《文選》宋玉《神女賦》云：'澹清静其愔嬺。'李善注云：'愔嬺，和静貌。'引《韓詩》：'嬺，悦也。'又引《説文》：'嬺，静也。'《蒼頡篇》：'嬺，密也。'按'愔'既訓'和'，'嬺'自當訓'悦'，如以'嬺'爲'静'，則與'清静'義複矣。王襃《洞簫賦》：'清静厭瘱。''厭瘱'與'愔嬺'同，並當訓爲'和悦'，子淵即用宋玉賦語也。《漢書·外戚傳》：'婉瘱有節操。'此'瘱'字宜訓爲'静'。張華《女史箴》：'婉嬺淑慎。'李善注引《漢書》：'婉嬺有節操。'服虔曰：'嬺，音"翳桑"之"翳"。'又引《列女傳》曹大家注曰：'婉，柔和也。嬺，深邃也。''深邃'即'静'之義。是'瘱'字亦作'嬺'。'嬺'與'嫕'形似，或即以爲'嫕'字。李善未能明辨，故廣引《韓詩》及《蒼頡篇》《説文》《列女傳》注諸説，以廣其義耳。今繹《韓詩》之意，以

長舌之婦始則譖訴,終則背違,此其忮害豈曰不極至乎? 胡爲悦之,惟婦言是用? 義較明順。”(《韓詩遺説考》卷四之四)

冠南按:《邶風·燕燕》:“其心塞淵。”丁晏引錢大昕説,以“嫕”爲“塞”之異文(見《詩考補注·韓詩》),然據“嫕,悦也”之訓,“其心悦淵”似有不辭之嫌,恐不可從,故據喬樅之説,定爲“伊胡爲嫕”之章句。

天何以刺。

【彙輯】

《章句》:刺,非也。(慧琳《一切經音義》卷十三“譏刺”條)

【通考】

顧震福云:“《毛傳》曰:‘刺,責也。’震福案:《淮南·説林訓》高注:‘刺猶非。’《孟子·萬章下》:‘非之無舉也,刺之無刺也。’‘非’‘刺’義同,皆譴責之義。”(《韓詩遺説續考》卷四)

冠南按:《説文·刀部》:“刺,直傷也。”是“刺”本以刀傷人之義,引申言之,則以言語傷人、責人亦得稱“刺”,韓訓“刺”爲“非”,即以言語責人之義。慧琳《一切經音義》卷七十二“譏刺”條引《考聲》云:“刺,誹也。”即與韓訓同義。本句《毛傳》:“刺,責也。”“責”亦“非”義。韓、毛釋義相通。

人之云亡,邦國殄瘁。(《韓詩外傳》卷六第十三章)

不自我先,不自我後。(《韓詩外傳》卷六第十四章)

召　旻

旻天疾威,天篤降喪。 瘨我飢饉,民卒流亡。(《韓詩外傳》卷六第二十六章)

我居御卒荒。(《韓詩外傳》卷八第十五章)

【通考】

馮登府云:“‘圉’與‘禦’通。《桑柔》:‘孔棘我圉。’《箋》云:‘當作“禦”。’《漢書》注引‘曾是彊禦’作‘圉’,引‘不畏强禦’同。《莊子》:‘其來不可圉。’注:‘與“禦”同。’列子禦寇,《戰國策》作‘圉’。‘御’亦

‘禦’之省,《邶風》‘亦以御冬’,作‘止禦’之‘禦’,訓則以‘圉’爲‘御’,猶以‘禦’爲‘圉’也。又,‘圉’即‘圄’,通作‘衙’。《漢景君銘》:‘强衙改節。’‘衙’亦‘禦’之借。”(《三家詩異文疏證·韓詩》)

朱士端云:“《毛詩》作‘圉’,‘圉’‘御’聲同。漢碑云:‘强衙改節。’是古‘圉’‘御’通。”(《齊魯韓三家詩釋·韓詩》)

徐堂云:“‘御’‘圉’古字通。《周書·謚法》:‘威德剛武曰圉。’孔晁注:‘圉,御也。’《谷風》:‘亦以御冬。’《鄭箋》:‘御,禦也。’《莊子·繕性篇》:‘其來不可圉。’郭象注:‘“圉”與“禦”同。’古‘禦’字多作‘御’。”(《韓詩述》卷五)

王先謙云:“言大荒之年,所居所御,盡爲之變。與毛訓義全異。”(《詩三家義集疏》卷二十三)

我位孔貶。(日本佚名《大乘理趣六波羅蜜経釈文》)

【彙輯】

《章句》:貶,摩也。(日本佚名《大乘理趣六波羅蜜経釈文》)

【通考】

陳鴻森云:“《禮記·樂記》:‘陰陽相摩。’鄭注:‘摩,猶迫也。’此注‘摩’字其義蓋同。”(《韓詩遺説補遺》)

如彼歲旱,草不潰茂。(《韓詩外傳》卷五第三十章)

韓詩佚文彙輯通考卷十

周　頌

惟天之命

惟天之命。

【彙輯】

《章句》:惟,念也。(《文選》卷二十三《臨終詩》李善注。惟,《釋文》卷七引作“維”,此係順《毛詩》而改,説詳下【通考】引諸説)

【通考】

盧文弨云:“顔師古《匡謬正俗》曰:‘古文《尚書》作“惟”,今文作“維”。’愚案:《詩》古今文正與《尚書》相反,《毛詩》爲古文,多作‘維’;三家《詩》爲今文,多作‘惟’。《韓詩》必本作‘惟’,此順毛而改作‘維’耳。”(《毛詩音義下考證》)

朱士端云:“《文選》注引《薛君章句》曰:‘惟,念也。’《正義》本《釋文》引《韓詩》云:‘維,念也。’蓋轉寫者之譌。”(《齊魯韓三家詩釋·韓詩》)

陳喬樅云:“《釋文》引《韓詩》云:‘維,念也。’此順《毛詩》之文。《毛詩》‘維’字,三家皆作‘惟’。”(《韓詩遺説考》卷五之一)

王先謙云:“《釋文》引《韓詩》云:‘維,念也。’此順《毛詩》之文而誤也。韓全詩無作‘維’者。”(《詩三家義集疏》卷二十四)

賀以謚我。(《原本玉篇》卷九“謚”字條)

【通考】

顧震福云："《毛詩》作'假以溢我'，《傳》云：'假，嘉。溢，慎。'震福案：《廣雅·釋言》：'賀，嘉也。'應即《韓詩》之遺說。《大雅》：'假樂君子。'《孟子·離婁上》趙注引作'嘉樂'。《儀禮·覲禮》：'余一人嘉之。'鄭注：'今文"嘉"作"賀"。'是'假'與'嘉'、'嘉'與'賀'並義同字通。《說文》：'誐，嘉善也。'引《詩》：'誐以溢我。'《廣韻》：'誐，嘉善也。'引《詩》：'誐以謐我。'與毛、韓文異義同，蓋本《齊》《魯詩》。《書·舜典》：'惟刑之恤哉！'《史記·五帝紀》'恤'作'静'，《集解》引徐廣曰：'今文作"謐"。'《索隱》曰：'"恤""謐"聲相近。'《尚書大傳》作'惟刑之謐哉'。是'溢''謐''恤'並通。《爾雅》：'謐，静也。'《說文》：'謐，静語也。''賀以謐我'者，謂以嘉善安静我也。"(《韓詩遺說續考》卷四)

冠南按：《廣雅·釋言》："賀，嘉也。"王念孫云："'嘉'與'賀'古同聲而通用。"(《廣雅疏證》卷五上)《毛詩》"賀"作"假"，《毛傳》云："假，嘉。"與韓文異而義同。謐，《毛詩》作"溢"，陳奂云："謐者，本字；溢，同聲假借字。"(《詩毛氏傳疏》卷二十六)《毛傳》訓"溢"爲"慎"，據《爾雅·釋詁上》，"謐""溢""慎"俱訓"静"(邵晉涵《爾雅正義》卷一有詳説)，韓、毛義同。《鄭箋》釋"溢"爲"盈溢"，是如字讀之，與韓、毛並異。

天　作

彼徂者，岐有夷之行，子孫保之。(《韓詩外傳》卷三第一章僅引"岐有夷之行，子孫保之"。下引《章句》"徂，往也"乃釋"彼徂者"之文，因據增)

【彙輯】

《章句》：徂，往也。夷，易也。行，道也。彼百姓歸文王者，皆曰岐有易道，可往歸矣。易道謂仁義之道而易行，故岐道阻險而人不難。(《後漢書》卷八十六《西南夷傳》李賢注)

【通考】

陳喬樅云："《詩考》據沈括《筆談》引《後漢書·朱浮傳》，作'彼岨者岐'。盧氏文弨曰：'此括之誤也。朱子《集傳》遂以岐山爲"險僻"，其實《韓詩》自作“徂”字，訓爲“往”也，所云“岐道阻險而人不難”，自爲“有夷之行”發義。王氏謂《集傳》“彼岨者岐”從《韓詩》，非也，乃沿沈氏誤耳。’臧鏞堂云：‘“朱浮”乃“朱輔”之誤。據《外傳》三明云“岐有夷之行”，足證沈説之非。’宋綿初云：‘《詩》以“彼徂者”爲句，“岐有夷之行”爲句，《箋》云：“後之往者，又以岐邦之君有佼易之道故也。”是《箋》亦與韓合，非讀“彼徂者岐”爲句也。’”（《韓詩遺説考》卷五之一）

我　將

畏天之威，于時保之。（《韓詩外傳》卷三第二章、第三章、卷八第十七章）

時　邁

實右序有周，薄言振之，莫不震叠。（《韓詩外傳》卷八第十八章。《後漢書》卷六十三《李固傳》李賢注僅引“薄言振之，莫不震叠”）

【彙輯】

《章句》：薄，辭也。振，奮也。莫，無也。震，動也。叠，應也。美成王能奮舒文、武之道而行之，則天下無不動而應其政教。（《後漢書》卷六十三《李固傳》李賢注。《文選》卷七《甘泉賦》李善注僅引“振，奮也”，卷三十五《七命》李善注引作“振，猶奮也”。）

【通考】

胡承珙云：“《正義》曰：‘宣十二年《左傳》云：昔武王克商，作頌曰：“載戢干戈。”明此篇武王事也。《國語》稱周文公之頌曰：“載戢干戈。”明此篇周公作也。’《白虎通》曰：‘何以知太平乃巡守？以武王不巡守，至成王乃巡守。’其言違《詩》反《傳》，所説非也。承珙案：《後漢書·李固傳》引《周詩》曰：‘“薄言振之，莫不震叠。”此言動之於内，而應於外者也。’注引《韓詩》薛君傳（當作《章句》）曰：‘薄，辭也。振，奮也。莫，無也。震，動也。叠，應也。美成王能奮舒文、武之道而行之，則天下無不動而應其政教。’據此，是《韓詩》以《時邁》爲成王巡守，《白虎通》蓋用韓説也。然《逸周書·大匡解》《文政解》俱有‘維十有三祀，王在管'之文，與《竹書紀年》'武王克商，命監殷，遂狩于管'之文合。又《度邑解》云：'我南望過於三塗，北望過於有嶽丕，顧瞻過於河，宛瞻過於伊洛'，與《詩》言'及河喬嶽'亦相近。《史記·周本紀》：'武王既克殷，命宗祝享祠于軍。乃罷兵西歸。行狩，記政事，作《武成》。'《書序》云：'武王伐殷，往伐歸獸，作《武成》。'所謂'歸獸'者，即《樂記》云'馬散之華山之陽，牛散之桃林之野'者。其下文云：'車甲衅而藏之府庫，而弗復用，倒載干戈，包之以虎皮。'正與此詩'載戢干戈，載櫜弓矢'語合。然則《時邁》雖作於周公，要爲頌武王克殷後巡守諸侯之事甚明，班固謂'武王不巡守'，妄矣。"(《毛詩後箋》卷二十六)

陳奂云："《韓詩》以'奮舒'釋上句，'動應'釋下句，與《毛詩》合。言此詩爲'美成王'，則三家襍説也。"(《詩毛氏傳疏》卷二十六)

馮登府云："'震''振'通。《釋文》載張倫本《易》'振恒'作'震恒'。《虞書》：'震驚朕師。'《史記》作'振'。《周禮·大祝》注：'震動，或作"振董"。'是也。《公羊·僖九年傳》：'震之者何?'猶曰振振然。"(《三家詩異文疏證·韓詩》)

徐堂云："《序》云：'《時邁》，巡守告祭柴望也。'鄭康成以巡守爲武王事，周公追念武王之業，故述其事而爲此歌焉。其説本《春秋左氏傳》(見宣二十年傳)。考武王在位止十年，其時王室未安，殷民未定，恐亦未暇巡守，故《韓詩》不信左氏，而以此爲成王詩。《白虎通·巡守篇》曰：'何以知太平乃巡守？以武王不巡守，至成王乃巡守也。'説與韓合。又案'震''振'古字通用。《書·舜典》：'震驚朕師。'《史記·五帝紀》作'振驚朕衆'。《易·恒》'振恒'，《釋文》：'振，張注本作"震"。'惟毛訓爲'動'，謂動之以威；韓訓爲'奮'，謂'奮舒文、武之道'，則義異矣。《晋語》'治兵振旅'，韋注：'振，奮也。'本此。"(《韓詩述》卷六)

陳喬樅云："《文選》七楊雄《甘泉賦》注及三十五張協《七命》注引《韓詩》：'振，奮也。'作薛君《章句》。又《毛傳》訓'叠'爲'懼'，蓋以'叠'爲'慴'之假借。薛君云：'叠，應也。'義與毛異。《文選·吴都賦》：‘鉦鼓叠山。’劉注云：‘叠，振叠也。’此‘叠’字當亦訓‘應’，謂鉦鼓之聲，山谷響應也。左思語即本《韓詩》訓義。”（《韓詩遺説考》卷五之一）

明昭有周，式序在位。（《韓詩外傳》卷三第四章、第五章、第六章、卷八第十九章）

執 競

執競武王。（日藏唐鈔《文選集注》卷八《蜀都賦》李善注）

【彙輯】

《章句》：執，服也。（《原本玉篇》卷九“執”字條、《經典釋文》卷七、陳禹謨校補本《北堂書鈔》卷八十九。孔廣陶校注本《書鈔》未録此文）

【通考】

范家相云：“按韓意謂能服彊者，武王也。天下無彊之不服，是維武王之烈也。”（《三家詩拾遺》卷十）

馬瑞辰云：“《釋文》引《韓詩》云：‘執，服也。’《説文》：‘執，捕罪人也。’義與‘服’近。又‘執’‘慴’‘慹’古通用，《史記·項羽本紀》：‘諸將皆慴服。’《漢書》作‘讋服’，《陳咸傳》作‘執服’，《朱博傳》作‘慹服’，是其證。《韓詩》訓‘執’爲‘服’者，蓋以‘執競’爲能執服彊禦，猶《朱博傳》云‘慹服豪强也’。《説文》：‘倞，彊也。’《廣雅》：‘倞，强也。’凡《詩》言‘執競’‘無競’，又吕叔玉引《詩》作‘執倞’，皆‘倞’字之假借。若‘競’之本義，則《説文》自訓‘彊語’耳。”（《毛詩傳箋通釋》卷二十八）

徐堂云：“《鄭箋》：‘執，持也。能持彊道者，維有武王耳。’韓訓爲‘服’。《論語》：‘有事，弟子服其勞。’皇侃《義疏》曰：‘服，謂執持也。’則韓與鄭訓異而義同。韋昭《國語·吴語》注：‘服，執也。’與此爲轉訓。”（《韓詩述》卷六）

陳喬樅云：“執競，毛公無訓。《箋》云：‘競，彊也。能持彊道者，維有武王也。’與《韓詩》義異。”（《韓詩遺説考》卷五之一）

降福簡簡，威儀昄昄。既醉既飽，福禄來反。（《韓詩外傳》卷三第七章、卷五第三十一章）

【通考】

馬瑞辰云："《釋文》引《韓詩》作'昄昄'，云：'善貌。'此《箋》云'順習之貌'，即韓所云'善貌'也。《箋》義多本《韓詩》。《韓詩》作'昄昄'爲正字。"（《毛詩傳箋通釋》卷二十八）

陳喬樅云："《賓之初筵》：'威儀反反。'《釋文》引《韓詩》作'昄昄，音蒲板反，善貌'，則此頌'威儀反反'文義當與彼同。據《釋文》載沈音符板反，正'昄'字之讀也。《傳》云：'反反，難也。'《箋》云：'反反，順習之貌。''順習'即'善貌'也。"（《韓詩遺説考》卷五之一）

思　文

貽我嘉𪍿。（《文選》卷四十八《典引》李善注）

【彙輯】

《章句》：𪍿，大麥也。（《文選》卷四十八《典引》李善注）

【通考】

王引之云："《思文》：'貽我來牟。'《文選・典引》注引《韓詩》作'貽我嘉𪍿'。家大人曰：'嘉'與'來'聲不相近，不得相通。'嘉'當爲'喜'字之誤也。'來''釐''喜'古聲相近，故《毛詩》作'來牟'，《漢書・劉向傳》作'釐麰'，《韓詩》作'喜𪍿'，猶'僖公'之爲'釐公'，'祝禧'之爲'祝釐'也。"（《經義述聞》卷七《毛詩下》"貽我嘉𪍿"條）

馬瑞辰云："來麰，《韓詩》作'嘉𪍿'，'牟''𪍿'同音，'嘉'與'來'聲不相近。王觀察曰：'"嘉"當爲"喜"字之誤。'其説是也。"（《毛詩傳箋通釋》卷二十八）

馮登府云："《傳》：'牟，麥也。'《箋》：'赤烏以牟麥俱來。'蓋本《大誓》。《説文》云：'周所受瑞麥來麰也。一來二縫，象芒朿之形。天所來也，故爲行來之來。'引《詩》：'詒我來麰。'亦本《大誓》'五至以穀俱來'之文。而歐陽公《詩論》疑毛、鄭之説。王伯厚謂劉向封事引'貽我釐麰'，麰，麥也，始自天降。《文選》注引《韓詩》：'貽我嘉𪍿。'薛君曰：'𪍿，大麥也。'毛、鄭之説未可厚非。此駁歐公是也。余按'牟'與

‘麰’‘麰’同。‘牟’蓋古省文。‘牟’之訓‘麥’,無可易。‘來’當從行來之來,以‘來’爲小麥,蓋本‘牟’爲大麥而附會之。其説始見于《廣雅》,非古訓也。古讀‘來’皆如‘離’,如《左傳》:‘于思于思,棄家復來。’吴《鼓吹曲》:‘啓皇其,垂將來。’《穆天子傳》:‘道里悠遠,山川間之。將子無死,尚能復來。’《儀禮》:‘來女孝孫。’注:‘來,讀爲“釐”。’‘釐’‘來’並通,故封事一作‘釐’。《外傳》又以‘來’爲‘嘉’,‘嘉麰’蓋猶‘嘉禾’也。”(《三家詩異文疏證・韓詩》)

徐堂云:“《説文・來部》‘來’字注云:‘周所受瑞麥來麰也。二麥一夆,象其芒朿之形。天所來也,故爲行來之來。《詩》曰:“詒我來麰。”’‘麥部’‘麰’字注云:‘來麰,麥也。’無‘麰’字。《玉篇》云:‘“麰”與“麰”通。’然則毛作‘牟’,即‘麰’之省文;韓作‘麰’,乃‘麰’之或體。趙岐《孟子注》及張揖《廣雅》皆以‘麰’爲‘大麥’,與韓義同。”(《韓詩述》卷六)

陳喬樅云:“《毛詩》作‘貽我來牟’,劉向引《詩》作‘貽我釐麰’,文並與韓氏異。王氏念孫曰:‘“嘉”當爲“喜”字之誤。’王説是也。推其致誤之由,緣後人不明文字通假之義,以《生民》有‘誕降嘉種’語,遂臆改《韓詩》‘喜麰’爲‘嘉麰’耳。”(《韓詩遺説考》卷五之一)

無此疆爾介。

【彙輯】

《章句》:介,界也。(《文選》卷六《魏都賦》、卷十九《述祖德》李善注)

【通考】

陳壽祺云:“唐石經初刻‘界’,後改‘介’,蓋從《韓詩》。”(《韓詩遺説考》卷五之一)

徐堂云:“薛君訓‘介’爲‘界’,蓋讀‘介’爲‘界’也。《鄭箋》訓‘介’爲‘大’,與韓義異。《朱傳》從韓。”(《韓詩述》卷六)

陳喬樅云:“《毛詩釋文》:‘介音界,大也。’段玉裁曰:‘按《箋》以“女今之經界”釋經“爾”字,以“大有天下”釋經“介”字,淺人遂以箋之“經界”易經文之“介”字。唐石經初刻“界”,後改“介”,是也。’胡承珙曰:'段謂經文"界"當作"介",可也。必以"介"字訓"大",則是經言"無此封竟於女之大",殊不成文義。《釋文》因經字作"介",《毛傳》"介"多訓"大",故以"大"訓之,未必得傳意也。《箋》不云"介"當爲"界"者,《説文》:"介,畫也。"與"界,境也"音義皆同。故但於箋中易字説之,更不必破經字耳。'胡説良是。《箋》以'經界'釋'經介'字,即據韓義申毛也。"(《韓詩遺説考》卷五之一)

臣　工

嗟嗟臣工。(《原本玉篇》卷十八"工"字條)

【彙輯】

《章句》:工,巧也。(《原本玉篇》卷十八"工"字條)

【通考】

顧震福云:"《毛傳》云:'工,官也。'震福案:《書》:'允釐百工。'《史記·五帝紀》作'信飭百官',《漢書·律曆志》作'允釐百官。'《小爾雅·廣言》《廣雅·釋詁》並云:'工,官也。'韓訓'工'爲'巧'者,據本義言之也。《説文》:'工,巧飾也。'《廣雅·釋詁》:'工,巧也。'蓋'工'本訓'巧',其後巧於居官者亦稱爲'工',引申假借義也。"(《韓詩遺説續考》卷四)

冠南按:顧説是。《漢書·食貨志上》:"作巧成器曰工。"亦"工"有"巧"義之證,可佐助顧説。

嗟嗟保介。(《韓詩外傳》卷三第八章)

噫　嘻

帥時農夫,播厥百穀。(《文選》卷一《東都賦》、卷四《南都賦》李善注)

【彙輯】

《章句》:穀類非一,故言百也。(《文選》卷一《東都賦》、卷四《南都賦》李善注)

【通考】

馮登府云:"率,《説文》本作'衛',从行率聲,借作'率'。'帥'是通字也。余考唐石經，于《大學》‘堯舜帥天下以仁’仍作‘率’，‘率’尚是‘衛’之借，作‘帥’者非古矣。此當從毛作‘率’。”（《三家詩異文疏證·韓詩》）

徐堂云：“《儀禮·覲禮》：‘伯父帥乃初事。’注：‘古文“帥”作“率”。’《聘禮》：‘帥大夫以入。’注：‘古文“帥”爲“率”。’又《周禮·樂師》：‘燕射，帥射父以弓矢舞。’注：‘故書“帥”作“率”。司農云：“率”當爲“帥”。’段玉裁曰：‘大鄭以漢人“帥領”字通用“帥”，與周時用“率”不同，故云：“率”當爲“帥”。’堂案：《説文》：‘逵，先道也。从辵率聲。’則‘帥領’之‘帥’當作‘逵’。‘率’‘帥’並通假字。（《説文》：“率，捕鳥畢也。”“帥，佩巾也。”）”（《韓詩述》卷六）

王先謙云：“帥”、“率”古字通用，故毛作“率”，韓作“帥”。（《詩三家義集疏》卷二十五）

振　鷺

振鷺于飛，于彼西雍。（《後漢書》卷八十下《邊讓傳》李賢注）

【彙輯】

《章句》：鷺，絜白之鳥也。西雍，文王之辟雍也。言文王之時，辟雍學士皆絜白之人也。（《後漢書》卷八十下《邊讓傳》李賢注）

【通考】

胡承珙云：“《韓詩章句》曰：‘西雍，文王之雍也。’鄭君注《禮》，謂殷制小學在公宫南之左，大學在西郊。《樂記》疏引熊氏云：‘武王伐紂之後，猶用殷制。’然則文王辟雍自當在西郊。”（《毛詩後箋》卷二十七）

陳奂云：“《韓詩》以雝爲文王辟廱，恐非是。蓋此詩作於周公制禮之後，則辟廱在國中之澤宫，而與文王辟廱之在郊用殷制者不同處也。”（《詩毛氏傳疏》卷二十七）

朱士端云：“《毛詩》古文作‘雝’，《韓詩》今文皆作‘雍’，《韓詩》訓‘雍’爲‘辟雍’，《毛傳》訓‘雝’爲‘澤’，是其異義也。”（《齊魯韓三家詩釋·韓詩》）

徐堂云:"韓以'我客'爲學士,與毛氏謂'二王之後'異。推韓之意,'學士'當指諸侯所貢之士,故曰'客'。《射義》:'古者天子之制,諸侯歲獻貢士于天子,天子試之于射宫。'鄭注:'不詳射宫之地。'而《思齊》'雝雝在宫',《鄭箋》:'宫,辟雍宫。'則射宫在辟雍也,故此以'西雍'爲言。《後漢書·邊讓傳》蔡邕薦邊讓文曰:'伏惟幕府初開,博選清英,華髮舊德,並爲元龜。雖振鷺之在西雝,濟濟之在周廷,無以或加。'《文選》任昉《代蕭揚州薦士表》曰:'陛下六飛同塵,五讓萬世。白駒空谷,振鷺在庭。'《元帝集·湘東王薦鮑幾表》曰:'振鷺有充庭之謳,白駒罕空谷之詠。'並與韓義合。"(《韓詩述》卷六)

陳喬樅云:"《毛傳》云:'雝,澤也。'《箋》云:'白鳥集于西雝之澤,言所集得其處也。'與《韓詩》訓義亦同。"(《韓詩遺説考》卷五之一)

錢玫云:"《羔羊》之大夫有潔白之性,《振鷺》之學士皆潔白之人,可謂操履純潔矣。"(《韓詩内傳並薛君章句考》卷末附《二雨堂筆談》)

王先謙云:"詩以西雍爲學士所集,其絜白本如鷺然,下文'我客',亦如學士,'亦'字方有根據。蓋其時西雍學士沐文王之教澤,不獨德行純美,即威儀無不盡善,今我客之來亦與之同,非謂客威儀如鷺也。"(《詩三家義集疏》卷二十五)

在彼無惡,在此無射。(《後漢書》卷八十四《班昭傳》李賢注)

【彙輯】

《章句》:射,厭也。(《後漢書》卷八十四《班昭傳》李賢注)

【通考】

徐堂云:"《禮記·中庸》引《詩》與韓同,鄭注:'射,厭也。'《釋文》音亦。《毛詩》作'斁',《釋文》:'斁音亦,厭也。'音義並同。"(《韓詩述》卷六)

陳喬樅云:"射,《毛詩》作'斁',三家今文皆作'射'。"(《韓詩遺説考》卷五之一)

豐　年

萬億及秭。

【彙輯】

《章句》:陳穀曰秭也。(《經典釋文》卷七)

【通考】

楊揆嘉云:"《廣雅·釋詁》:'秭,積也。'蓋取陳陳相因之義。與韓訓合。"(徐堂《韓詩述》引)

馮登府云:"言陳穀尚如此之多,況新乎! 極言年歲之豐。"(《三家詩遺説》卷八)

陳喬樅云:"《爾雅·釋詁》云:'秭,數也。'《毛傳》釋'萬億及秭'云:'數億至萬曰秭。'則'秭'是大數之名。《韓詩》曰'陳穀曰秭'者,'陳穀'猶言'積穀'也。《廣雅·釋詁一》:'秭,積也。'正本《韓詩》訓義。《魏風·伐檀》傳云:'種之曰稼,斂之曰穡。'《方言》云:'嗇,積也'。穡字從'嗇',取'積'之義。《頌》言:'亦有高廩,萬億及秭。'是形容豐年黍稌之多,故云'陳穀曰秭',謂積穀入之數也。"(《韓詩遺説考》卷五之一)

蒸畀祖妣,以洽百禮。(《韓詩外傳》卷五第二十三章)

有　瞽

有瞽有瞽,在周之庭。(《韓詩外傳》卷三第十章)

涔

涔有多魚。

【彙輯】

《章句》:涔,魚池也。(《原本玉篇》卷十九"涔"字條。《經典釋文》卷七引無"也"。魚,《文選》卷十八《長笛賦》李善注引作"漁"。六臣注本所收此條善注引作"涔,池也")

【通考】

段玉裁云:"《釋文》引《韓詩》:'涔,魚池也。'玉裁按:此則《韓詩》'潛'爲'涔'。"(三十卷本《詩經小學》卷二十七)

馬瑞辰云："'濳'與'涔'古音同通用。《書》：'沱濳既道。'《史記》作'沱涔'；《春秋·隱二年》：'公會戎于濳。'《公羊》作'岑'；《山海經·西山經》：'大時之山，涔水出焉。'郭音濳。是其證也。故《毛詩》作'濳'，《韓詩》則作'涔'。《文選·長笛賦》李注引《韓詩》薛君《章句》曰：'涔，魚池。'與《爾雅》'槮謂之涔'合。'涔'即'濳'也。《説文》：'涔，漬也。''漬'與'積'義近。《廣雅》：'涔，栫也。'《説文》：'栫，以柴木雝水也。'正與'涔爲積柴水中'合，故郭璞《江賦》曰：'栫澱爲涔。'當以《韓詩》作'涔'爲正字，'濳'與'槮'皆同音假借字也。"(《毛詩傳箋通釋》卷二十九)

陳奂云："《韓詩》云：'涔，魚池。'亦是'圍聚捕取'之義，與'積柴'之説亦未嘗不合。《説文》云：'涔，漬也。''涔'本字，'濳'假借字。"(《詩毛氏傳疏》卷二十七)

馮登府云："《尚書·禹貢》：'沱濳既道。'《史記》及薛本皆作'沱涔'。王氏炎曰：《隋志》南郡松滋縣有涔。即古'濳'字。《山海經》：'大時之山，涔水出焉。'即濳水。《爾雅》：'槮謂之涔。'孫炎注：'積柴養魚曰槮。'故薛訓魚池。又《淮南子·説林訓》：'罧者扣舟。'高注：'罧者，以柴積水中以取魚。今兖州人積柴水中捕魚爲罧，幽州名之曰涔。''罧'與'槮''糝'同，'涔'與'濳''槮'亦同。"(《三家詩異文疏證·韓詩》)

徐堂云："《爾雅·釋器》：'槮謂之涔。'《毛傳》：'濳，槮也。'正本《爾雅》。《正義》曰：'"涔""濳"古今字。'《淮南·覽冥篇》高誘：'涔，大潦水也。'與韓義近。"(《韓詩述》卷六)

陳喬樅云："涔，《毛詩》作'濳'。《爾雅》：'槮謂之涔。'郭注曰：'作"槮"者，積柴水中，魚得藏隱，因以薄圍捕取之。'邢昺疏云：'《小爾雅》曰："魚之所息謂之槮。"槮，槮也。積柴水中，魚舍也。《詩·周頌》："槮有多魚。"是也。''濳''涔'古今字。《禹貢》：'沱濳既道。'《史記》作'沱涔'。《索隱》云：'涔，亦作"濳"。'是其證也。"(《韓詩遺説考》卷五之一)

武

勝殷遏劉，耆定爾功。（《韓詩外傳》卷三第十三章）

【彙輯】

《章句》：耆，大也。（慧琳《一切經音義》卷八二"耆艾"條）

【通考】

顧震福云："《爾雅·釋詁》：'耆，長也。'《廣雅·釋詁》：'耆，强也。''耆'有長大、强大二義，故可訓'大'。"（《韓詩遺説續考》卷四）

陳鴻森云："諸家輯本，此據《釋文》引《韓詩》訓'耆，惡也'，於義無取。蓋《皇矣》篇'上帝耆之'章句，陸氏誤憶移此耳。《毛傳》：'耆，致也。'《箋》：'耆，老也。年老乃定女之此功。'與《韓詩》異義。"（《韓詩遺説補遺》）

冠南按：《一切經音義》引此條遺説於"耆艾"條下，因疑此乃《閟宮》"俾爾耆而艾"之章句，惟以"大"義釋此有欠穩妥，故暫依顧、陳之説，繫於"耆定爾功"句下。

閔予小子

惸惸在疚。（《六臣注文選》卷十六《寡婦賦》李善注。《文選》李善單注本引作"惸惸余在疚"，"余"字當爲衍文。《毛詩》及《説文》"嬛"字條皆作"嬛嬛在疚"，《漢書·匡衡傳》引作"煢煢在疚"，《説文》"穴"字條引作"甇甇在穴"，並無"余"字，則"余"爲衍文甚明。《左傳·哀公十六年》哀公誄孔子有"惸惸余在疚"之文，李善單注本或涉此文而衍"余"字）

【彙輯】

《章句》：凡人喪曰疚。（《文選》卷十六《寡婦賦》李善注）

【通考】

胡承珙云："《韓詩》：'凡人喪曰疚。'可見以此詩爲喪畢。"（《毛詩後箋》卷二十八）

陳奂云："'惸惸'之讀爲'煢煢'，皆於雙聲通用。"（《詩毛氏傳疏》卷二十八）

馮登府云："惸，本字；嬛，通字。'嬛'又與'睘'通。'睘'亦作

‘煢’。‘獨行睘睘’，《釋文》：‘亦作“煢煢”。’亦爲‘惸’之通字，經文每互見。如《說文》‘嬛’字下引《春秋傳》：‘嬛嬛在疚。’又于‘宊’字下引《詩》：‘𤇾𤇾在宊。’此《韓詩》又作‘惸’，文異而字同也。”（《三家詩異文疏證·韓詩》）

徐堂云：“《玉篇》：‘煢，單也，無兄弟也，無所依也。或作“惸”“嬛”。’則‘煢’是正字，‘惸’‘嬛’並假借字。”（《韓詩述》卷六）

陳喬樅云：“《毛詩》：‘嬛嬛在疚。’《釋文》云：‘嬛，崔本作“煢”。疚，本又作“宊”。’《說文》‘嬛’字注傳《詩》：‘嬛嬛在疚。’‘宊’字注又引《詩》：‘𤇾𤇾在宊。’《漢書·匡衡傳》引《詩》亦作‘煢’。《毛詩》文作‘嬛’，皆與《韓詩》字異。古从睘、从營、从旬之字皆以音近通用。”（《韓詩遺說考》卷五之二）

陟降庭止。（《原本玉篇》卷二十二“庭”字條，“庭止”原脱，據胡吉宣《玉篇校釋》卷二十二補）

【彙輯】

《章句》：庭，繼也。言成王升取文、武之道，下繼而行也。（《原本玉篇》卷二十二“庭”字條。升，原作“舛”；文，原作“父”，據胡吉宣《玉篇校釋》卷二十二改）

【通考】

顧震福云：“《毛傳》云：‘庭，直也。’陳啓源曰：‘言文王上事天下，治人皆以直道也。“紹庭上下”，言繼文王之直道，施於上下。’震福案：韓訓‘庭’爲‘繼’，未詳。《詩》云：‘於乎皇考，永世克孝。念兹皇祖，陟降庭止。’是此章方述文、武之道，至下章‘紹庭上下，陟降厥家’乃言繼文、武之道，此疑野王誤引。”（《韓詩遺說續考》卷四）

冠南按：震福疑此乃《訪落》“紹庭上下”之章句（另詳《訪落》【通考】引顧說），恐非。“陟”訓“升”，《章句》“升取”之“升”，即釋“陟”字之義，“升取文、武之道”，猶言上取文王、武王之道。“降”義爲下降，故韓以“下”字釋之。庭，韓訓爲“繼”，故經文之“降庭”，韓以“下繼”爲釋。故此《章句》應即韓釋“陟降庭止”之文，非野王之誤引。

訪　落

紹庭上下。（《原本玉篇》卷二十七"紹"字條）

【彙輯】

《章句》:紹,取也。(《原本玉篇》卷二十七"紹"字條、日本菅原是善《東宫切韻》"紹"字條[見上田正《切韻逸文の研究》]、日本菅原爲長《和漢年號字抄》卷下)

【通考】

顧震福云:"毛無訓。《鄭箋》云:'紹,繼也。繼文王"陟降庭止"之道。'震福案:《原本玉篇·广部》'庭'字又引《韓詩》曰:'陟降[庭止。]庭,繼也。言成王舛取文、武之道,下繼而行也。''繼也'之訓,疑即釋'紹庭上下'之'紹',與《鄭箋》義亦合,鄭蓋即本《韓詩》。此引《韓詩》:'紹,取也。'文有脱誤。"(《韓詩遺説續考》卷四)

冠南按:顧謂"紹,取也"之文"有脱誤",恐非。《鄭箋》:"紹,繼也。繼文王'陟降庭止'之道,上下群臣之職以次序者,美矣我君考武王,能以此道尊安其身。謂定天下,居天子之位。"《箋》訓"紹"爲"繼",韓訓爲"取",與《箋》意不殊。蓋"取"爲取用,"繼"爲繼承,二字並含採納之義。

敬　之

日就月將,學有緝熙于光明。（《韓詩外傳》卷三第十六章。《韓詩外傳》卷三第十四章、第十五章、卷八第二十三章、第二十四章僅引"日將月就"）

弗時仔肩,示我顯德行。（《韓詩外傳》卷三第十七章）

【通考】

馬瑞辰云:"《箋》訓'佛'爲'輔'者,蓋以'佛'爲'弼'字之假借。《説文》'弼'作'弻',注云:'輔也。字或作"㢸"。'《玉篇》:'㢸,古"弼"字。'其音均與'佛'近,故'弼'可借作'佛'也。古'弼'字又通作'拂',《管子·四稱篇》:'近君爲拂,遠君爲輔。'《賈子·保傅篇》:'拂者,拂天子之過者也。'《輔相篇》:'大拂之任也。'《廣雅》:'拂,輔也。'並借

'拂'爲'弼',猶此箋假'佛'爲'弼'也。以經文求之,从《箋》讀'弼'爲長。《韓詩》作'弗',亦省借字。"(《毛詩傳箋通釋》卷三十)

陳奂云:"'佛'訓'大'者,'奔'之假借字。《韓詩外傳》引《詩》作'弗',亦假借字。"(《詩毛氏傳疏》卷二十八)

徐堂云:"《易·頤》六二:'拂經于丘。'《釋文》:'拂,子夏《傳》作"弗",云:"輔弼也。"'《韓詩》'弗'字當與《易傳》同義。《説文》:'弼,古文作"弻"。'則'弗'即'弻'之省文。《鄭箋》:'佛,輔也。'蓋從韓義。"(《韓詩述》卷六)

陳喬樅云:"弗,《毛詩》作'佛',《傳》云:'大也。'《箋》云:'輔也。'與韓文異。李黼平曰:《説文》:'奔,大也。从大弗聲。讀若"予違汝弼"。'毛蓋讀'佛'爲'奔'。曾釗曰:凡从弗之字即有弼違之意。如矯弓之戾以使正爲'弻',矯人之非以合宜爲'茀',其字皆从弗。'奔'从大从弗,言大矯之。喬樅謂《韓詩》作'弗',《説文》云:'弗,矯也。''矯'亦'輔弼'之義。"(《韓詩遺説考》卷五之二)

小 毖

予其懲而。

【彙輯】

《章句》:懲,苦也。(《經典釋文》卷七、《列子沖虚至德真經釋文》卷下)

【通考】

陳喬樅云:"《鄭箋》云:'懲,艾也。'本《史記》'推己懲艾,悲彼家難'語。《韓詩》以'懲'爲'苦'義,亦與'艾'相近。"(《韓詩遺説考》卷五之二)

王先謙云:"懲,憂悔之詞。《小明》云:'心之憂矣,其毒太苦。''苦'亦疾惡之詞。《淮南·精神篇》云:'苦洿之家,掘洿而注之江。'注云:'苦,猶疾也。'"(《詩三家義集疏》卷二十六)

自求辛赦。

【彙輯】

《章句》:赦,事也。(《經典釋文》卷七)

【通考】

馬瑞辰云:“《釋文》引《韓詩》作‘辛赦’,云:‘赦,事也。’按:赦,《説文》訓‘置’,不得訓‘事’,‘赦’即‘螫’字省其半耳。訓‘事’者,蓋以‘螫’爲‘敕’之同音假借。《爾雅·釋詁》:‘敕,勞也。’‘事,勤也。’‘勤’‘勞’同義,故‘敕’可訓‘勞’,即可訓‘事’。”(《毛詩傳箋通釋》卷三十)

陳奂云:“《釋文》引《韓詩》作‘辛赦’,云:‘赦,事也。’辛事,猶辛苦之事也。”(《詩毛氏傳疏》卷二十八)

翍飛惟鳥。

【彙輯】

《章句》:翍,飛貌也。(慧琳《一切經音義》卷六十三“瞼翻”條、六臣注本《文選》卷二十一《張子房詩》李善注引無“也”字。翍,《文選》李善單注本引作“翻”,劉躍進《文選舊注輯存》“疑未確,當同正文作‘翍’”。上引慧琳書及《文選》六臣注可證劉説)

【通考】

徐堂云:“《説文》:‘拚,拊手也。皮變切。’無‘翻’字。《玉篇·羽部》:‘翻,飛也。孚元切。’《毛詩》‘拚’字即‘翻’之假借。《鄭箋》作‘翻’,從《韓詩》也。”(《韓詩述》卷六)

丁晏云:“今《詩》作‘拚’,‘拚’‘翻’古今字。”(《詩考補注·韓詩》)

陳喬樅云:“翻,《毛詩》作‘拚’。《箋》云:‘猶鷦之翻飛爲大鳥也。’即用《韓詩》申毛。”(《韓詩遺説考》卷五之二)

載　芟

民民其麃。

【彙輯】

《章句》:民民,衆貌。(《經典釋文》卷七)

【通考】

馬瑞辰云:“‘緜’與‘民’雙聲,故二字毛、韓通用。《小雅》:‘緜蠻黄鳥。’《禮記》引作‘緡蠻’,是其類也。”(《毛詩傳箋通釋》卷三十)

馮登府云:“‘緜’‘民’一音之轉。《釋文》引韓‘民民’訓‘衆貌’,

王肅曰：'芸者，其衆緜緜然不絶也。'則'緜緜'本有'衆'義。《常武》：'緜緜翼翼。'《韓詩》亦作'民民'。《吕刑》：'泯泯棼棼。''泯''湎'聲相近，《漢書・敘傳》：'風流民化，湎湎紛紛。''湎湎'即'泯泯'也，皆音轉而通之字。"(《三家詩異文疏證・韓詩》)

陳喬樅云："民民其麃，《毛詩》作'綿綿其麃'，《傳》云：'麃，芸也。'《正義》引王肅云：'芸者，其衆緜緜然不絶也。'王肅即用韓義述毛。"(《韓詩遺説考》卷五之二)

蒸畀祖妣，以洽百禮。(《韓詩外傳》卷五第二十三章)

絲　衣

絲衣其紑。

【彙輯】

《章句》：紑，盛貌也。(《原本玉篇》卷二十七"紑"字條)

【通考】

顧震福云："《毛傳》云：'絲衣，祭服也。紑，潔鮮貌。'震福案：《説文》：'紑，白鮮衣貌。'引《詩》：'素衣其紑。'蓋據《齊》《魯詩》。韓訓'紑'爲'盛'者，《説文》從不之'芣'云：'一曰華盛。''紑'亦從不，故有'盛'義。"(《韓詩遺説續考》卷四)

冠南按：《説文・糸部》："紑，白鮮衣貌。"段玉裁注："本義謂白鮮，引申之爲凡新衣之偁。"衣新則美盛，故韓訓"紑"爲"盛"。《毛傳》訓爲"絜鮮貌"，絜鮮則色澤盛潔，與韓訓義近。

自堂徂基，自羊來牛。(《韓詩外傳》卷三第十八章)

【通考】

陳奂云："'徂'字當讀爲'且'，爲句中語助之詞。且，猶而也。《韓詩外傳》作'自羊來牛'，'來'亦語詞也。"(《詩毛氏傳疏》卷二十八)

馮登府云："'徂''來'義相近，字義較長。"(《三家詩異文疏證・韓詩》)

王先謙云："'來'之言'至'也，韓文獨異。"(《詩三家義集疏》卷二十六)

酌

於鑠王師，遵養時晦。（《韓詩外傳》卷三第十九章、第二十章、卷五第二十二章）

賚

敷時繹思。

【彙輯】

《章句》：敷，遍也。（慧琳《一切經音義》卷六十四"敷榮"條）

【通考】

顧震福云："《毛傳》云：'敷，猶徧也。'震福案：《書·舜典》：'敷奏以言。'《史記·五帝紀》作'徧告以言'，是'敷''徧'義同。'遍'即'徧'之俗字。'敷'通'鋪'，《左·宣十二年傳》引《詩》'鋪時繹思'，《常武》箋：'鋪，徧也。'亦通'溥'，《禮·祭義》釋文：'溥，本作"敷"。'《召旻》箋：'溥猶徧也。'《慧苑音義》上引《珠叢》云：'溥，遍也。''溥'又通'普'，《北山》：'溥天之下。'《孟子·萬章》引作'普'，趙注：'普，徧也。'《廣韻》同。"（《韓詩遺説續考》卷四）

冠南按：《小雅·小旻》："敷於下土。"《毛傳》云："敷，布也。"《鄭箋》申之云："其政教乃布於下土，言天下徧知。"是"敷"有遍佈之義，故韓以"遍"訓"敷"。此篇《鄭箋》云："敷猶徧也。"即用韓訓。

般

於繹思。（《經典釋文》卷七"於繹思"條："《毛詩》無此句，《齊》《魯》《韓詩》有之。"）

【通考】

臧琳云："齊、魯、韓有此，當爲臣下告君之辭。言周之受命由此，王不可不緩思，以永保神貺。"（《經義雜記》卷二十三"般於繹思衍文"條）

馬瑞辰云："今按三家《詩》有'於繹思'三字，蓋因《賚》詩'於繹思'與'時周之命'相接，故此篇'時周之命'下亦誤衍三字。然《賚》以'於繹思'與首三句爲韻，若此篇增'於繹思'，則與上'山''河'不相協，故知三家有此句亦誤衍也。且《賚》詩'於繹思'承上'敷時繹思'而申言之，《般》詩則上無所承，不得言'於繹思'也。"（《毛詩傳箋通釋》卷三十）

王先謙云："《釋文》云：'於繹思，《毛詩》無此句，《齊》《魯》《韓》有之，今《毛詩》有者，衍文也。崔《集注》本有，是採三家之本，崔因有故解之。'臧鏞堂云：'此句涉上《賚》篇而誤，即在三家，亦爲衍文。'阮元云：'《釋文》所說，自得其實。臧氏乃併三家此句亦以爲衍，誤矣。'愚案：《禮・王制》：'五岳視三公，四瀆視諸侯。'《賚》封功臣而望其繹思，《般》祭山川之神亦望其繹思，一也。《時邁》之詩曰'懷柔百神'，若神不能繹思，無爲用'懷柔'矣。臧氏謂在三家亦爲衍文，殆不然乎？"（《詩三家義集疏》卷二十六）

魯　頌

駉

有驒有駱。

【彙輯】

《章句》：驒，白馬黑髦也。（《經典釋文》卷七、卷三十《爾雅音義下・釋畜》"驒"字條）

【通考】

郝懿行云："駱者，《說文》：'馬白色黑鬣尾也。'《釋文》：'白馬黑鬣，舍人同，衆家並作"髦"。'《詩釋文》引樊、孫、《爾雅》並作'白馬黑髦鬣尾也'。今按，《說文》駵、駱皆兼尾言，蓋許所見本與樊、孫同也。驒者，《說文》：'青驪白鱗，文如鼉魚。'《詩・駉》傳用《爾雅》，疏引孫炎云：'色有淺深，似魚鱗也。'然則'鱗''驎'聲義同，《釋文》引《韓詩》《字林》皆云'驒，白馬黑髦'，似因'有驒有駱'，相涉而誤。"（《爾雅義疏》

下之七《釋畜弟十九》）

徐堂云："《毛傳》：'青驪驎曰驒，白馬黑鬣曰駱。'本《爾雅·釋畜》文。而韓以《爾雅》之釋'駱'者釋'驒'，未知何據。"（《韓詩述》卷六）

陳喬樅云："《爾雅·釋畜》音義引同。考《説文》云：'驒，青驪白鱗，文如鼉魚。'與《爾雅》云'青驪驎，驒'合，'驎''鱗'音義同。孫炎云：'色有深淺，似魚鱗。'是也。《毛傳》亦用《爾雅》爲訓。而《釋文》引《韓詩》及《字林》皆云：'驒，白馬黑髦也。'考《爾雅》云：'白馬黑鬣，駱。'《釋文》引舍人同，衆家並作'髦'。又引《説文》云：'白色馬黑毛尾也。'則'白馬黑髦'乃駱之毛色。郝懿行以《韓詩》《字林》似因'有驒有駱'相涉而誤，其説是也。一曰，《爾雅釋文》又引《廣雅》云：'白馬朱鬣曰駱。'疑《韓詩》以黑鬣者爲'驒'，朱鬣者爲'駱'，此誤也。《廣雅》'駱'字乃'駁'之譌，段氏玉裁據《逸周書·王會篇》'犬戎文馬，赤鬣縞身，目若黄金，名吉黄之乘'，《山海經·海内北經》同文，《説文》作'駁'，陸氏所引乃《廣雅》譌本，宜訂正之。"（《韓詩遺説考》卷五之三）

王先謙云："韓既以'白馬黑髦'爲'驒'，於'駱'必别有説，陸不並舉，故近儒皆疑爲誤，要亦未可定耳。"（《詩三家義集疏》卷二十七）

冠南按：觀《説文》《爾雅》，可知古以"青驪驎"爲"驒"，"白馬黑鬣"爲"駱"，《章句》與古訓截然相反，當因經文並舉"驒""駱"，遂誤以釋"駱"之文釋"驒"，郝、陳之説是。

以車祛祛。

【彙輯】

《章句》：祛，猶去也。（慧琳《一切經音義》卷九十二"用祛"條。《文選》卷二十二《南州桓公九井作》李善注、《一切經音義》卷十"永祛"條、卷七十二"能祛"條、卷九十五"祛之"條、希麟《續一切經音義》卷五"永祛"條引無"猶"字）

【通考】

胡承珙云："輯《韓詩》者多於《遵大路》'執子之祛'下引之，非也。當是此'祛祛'之注。謂駕車而去，然與下'斯徂'義複。竊謂'祛'本衣袂之名，《釋名》：'袂，掣也。掣，開也，開張之以受臂屈申也。'《廣

雅》：'祛，開也。'馬之開張者必彊健，故毛以'祛祛'爲'彊健'，猶上《傳》云'腹榦肥張也'。"（《毛詩後箋》卷二十九）

陳喬樅云："《廣雅·釋詁》二：'祛，去也。'正本《韓詩》。""上章'以車繹繹'，《毛傳》訓爲'善走'，此章'以車祛祛'，薛君訓'去'，當爲疾驅之貌。""《毛傳》釋'祛'爲'彊健'，此正用'開張'之義。凡字之从'去'者多有'開張'義。《一切經音義》四引《埤蒼》云：'呿，張口頻伸也。'《吕覽·重言篇》：'君呿而不唫。'高誘注：'呿，開也。'《莊子》：'將爲胠篋。'《釋文》引司馬注曰：'從旁開爲胠。'《史記·老莊申韓傳》正義亦云：'胠，開也。'《漢書·兒寬傳》：'合祛於天地神祇。'注引李奇曰：'祛，開散也。'馬之善馳者必骨幹開張，毛以'彊健'言之，是狀其善馳之貌，與《韓詩》義亦相成。"（《韓詩遺説考》卷五之三）

思無邪。（《韓詩外傳》卷三第二十一章）

泮　水

載色載笑，匪怒伊教。（《韓詩外傳》卷三第二十二章、第二十三章、第二十四章、卷八第二十五章）

思樂泮水，薄采其茆。　魯侯戾止，在泮飲酒。（《韓詩外傳》卷三第二十五章）

屈此群醜。

【彙輯】

《章句》：屈，收也，收斂得此衆聚。（《經典釋文》卷七）

【通考】

郝懿行云："屈者，蟠屈，有斂聚之意。《聘禮》云'屈繅'，鄭注：'屈繅者，斂之。'《詩》：'屈此群醜。'《傳》：'屈，收也。'《釋文》引《韓詩》亦云：'屈，收也。收斂得此衆聚。'通作'詘'。《漢書·楊雄傳》音義引《諸詮》云：'詘，古"屈"字。'又通'闕'與'厥'，蓋'厥''屈'皆短尾之稱，故會意爲聚耳。"（《爾雅義疏》上之一《釋詁弟一》）

馬瑞辰云："《釋文》引《韓詩》：'屈，收也。收斂得此衆聚。'與《毛詩》義略同。《爾雅・釋詁》'屈''收'同訓'聚',是'屈'即'收'之證。然謂'收斂得此衆聚',不若《箋》訓爲'治此群惡'爲善。竊謂此詩'屈'當讀'黜'。《説文》:'黜,貶下也。''屈此群醜'對上'順彼長道',以明善道則順陳之,群惡則黜退之耳。黜退即所以治之,與《箋》言'治此群惡'義正相通。"(《毛詩傳箋通釋》卷三十一)

陳奂云:"《釋詁》:'屈、收,聚也。''屈'訓'聚',亦訓'收',轉相爲訓。《釋文》引《韓詩》云:'屈,收也。收斂得此衆聚。'王肅亦云:'斂此群衆。'蓋本韓以述毛,是也。"(《詩毛氏傳疏》卷二十九)又云:"'屈此群醜。'《傳》:'屈,收。醜,衆也。'奂案:屈,古'詘'字。'詘'即'詘'也。《爾雅・釋詁》:'屈、收,聚也。''屈'訓'聚',亦訓'收',轉相爲訓。《釋文》引《韓詩》云:'屈,收也,收斂得此衆聚。'韓與毛同。王肅云:'斂此群衆。'此本韓以述毛,是也。《文王世子》曰:'凡語於郊者,必取賢斂才焉。或以德進,或以事舉,或以言揚。曲蓺皆誓之,以待又語。三而一有焉,乃進其等,以其序,謂之郊人,遠之。於成均,以及取爵於上尊也。'注:'天子飲酒於虞庠,則郊人亦得酌於上尊以相旅。'《鄉射記》曰:'古者於旅也語。'然則《傳》云'屈,收'者,即取賢斂才之義。云'醜,衆'者,亦即郊人相旅之義。毛、韓解《詩》正與《禮記》脗合。"(胡承珙《毛詩後箋》卷二十九陳奂補箋)

徐堂云:"《毛傳》:'屈,收也。'義與韓同。《鄭箋》:'屈,治也。'則讀'屈'爲'淈',《爾雅・釋詁》:'淈,治也。'與韓、毛異。"(《韓詩述》卷六)

陳喬樅云:"此與《毛傳》訓同。王肅云:'順彼仁義之長道,以斂此群衆。'即用《韓詩》以述義毛也。"(《韓詩遺説考》卷五之三)

自求伊祜。(《韓詩外傳》卷八第二十九章)

鬄彼東南。

【彙輯】

《章句》:鬄,除也。(《經典釋文》卷七)

【通考】

馬瑞辰云:"《釋文》引《韓詩》作'鬄',云:'鬄,除也。''除'亦'治'

也。《鄭箋》讀'剔'字雖異,其義當即本《韓詩》耳。'逖''易'古同音,'剔'借作'狄',猶《春秋》'易牙',《史記》作'狄牙';契母簡狄,《漢書·人表》作'簡逿'也。《説文》狄从犬,亦省聲,故與'易'之讀亦者同音,而'愓'或作'悐','逖'亦或作'逿'也。"(《毛詩傳箋通釋》卷三十一)

馮登府云:"《大雅·抑》:'用逿蠻方。'《箋》云:'"逿"當作"剔"。'於此詩'狄',《箋》亦云。按:狄,《集傳》:'猶"逿"也。''剔'與'鬄'同,蓋古今文。《皇矣》:'攘之剔之。'《釋文》云:'或作"鬄"。'《莊子·馬蹄篇》'剔之',崔本作'鬄'。"(《三家詩異文疏證·韓詩》)

朱士端云:"《毛傳》無解,《鄭箋》云:'"狄"當作"剔"。剔,治也。''剔''鬄'聲義俱同,蓋本《韓詩》。《毛詩》作'狄',亦以音同假借,鄭則破其假借字而用《韓詩》爲訓,是其例也。"(《齊魯韓三家詩釋·韓詩》)

徐堂云:"'鬄'與'剔'通。《儀禮·士喪禮》:'四鬄去蹄。'注:'今文"鬄"爲"剔"。'然則《鄭箋》云:'"狄"當作"剔"。剔,治。'蓋從韓義。"(《韓詩述》卷六)

陳喬樅云:"'狄''剔''鬄'古皆通用。鄭君讀'狄'爲'剔',訓'剔'爲'治','治'與'除'同義,其説即本之《韓詩》也。"(《韓詩遺説考》卷五之三)

烝烝皇皇。

【彙輯】

《章句》:烝烝,美也。(日本佚名《大乘理趣六波羅蜜経釈文》)

【通考】

冠南按:《大雅·文王》:"文王烝哉。"《釋文》引韓訓云:"烝,美也。"此處疊字,訓義無異,詳《文王》之**【通考】**。

獷彼淮夷。(《文選》卷五九《齊故安陸昭王碑文》李善注)

【彙輯】

《章句》:獷,覺寤之貌。(《文選》卷五九《齊故安陸昭王碑文》李善注)

【通考】

馬瑞辰云:"《釋文》:'憬,《説文》作"𢡱",音獷,曰:"闊也。一曰:

廣大也。"'瑞辰按：今本《説文》'懬'字注不引《詩》，蓋脱去。陸氏所見本當有之。又'矍'字注：'讀若《詩》"穬彼淮夷"之"穬"。'據《文選·齊故安陸昭王碑文》：'彊民獷俗。'李注引《韓詩》：'獷彼淮夷。'云：'獷，覺悟之貌。'《説文》蓋本《韓詩》。'懬'與'穬'皆'獷'字之同音假借，段玉裁謂作'懬'者爲《毛詩》，失之。淮夷於魯爲近，不得爲遠行貌，亦不得如《韓詩》訓'覺寤'，當从孟康《漢書注》訓'獷'爲'彊'，'獷俗'即'彊俗'也。《毛詩》作'憬'，亦假借字，'獷'與'憬'雙聲。《説文》又曰：'憬，覺悟也。'引《詩》：'憬彼淮夷。'此則字同《毛詩》而義同《韓詩》也。"（《毛詩傳箋通釋》卷三十一）

馮登府云："韓訓'覺寤'，蓋與'憬'字異而義同。"（《三家詩異文疏證·韓詩》）

徐堂云："楊揆嘉曰：《説文》'憬'字注引《詩》曰：'憬彼淮夷。'此《毛詩》也。'矍'字注曰：'讀若《詩》"穬彼淮夷"之"穬"。'此當是《韓詩》。'獷'作'穬'，或傳寫之譌。《詩地理考》引《説文》正作'穬'。堂案：《説文》'憬'字注引《詩》：'憬彼淮夷。'此《韓詩》也。'矍'字注引《詩》：'穬彼淮夷。'此《毛詩》也。《釋文》云：'憬，《説文》作"懬"。'今《説文》'懬'字注内不引此詩，蓋'矍'字注内'穬'字當爲'懬'也。或曰：子曷以知之乎？曰：以兩家之義知之。韓訓'覺寤'，《説文》：'憬，覺寤也。'若韓作'獷'字，《説文》：'獷，犬獷獷不可附也。'與韓義不合。故知韓作'憬'也。毛訓'遠行'，《説文》：'俇，遠行也。'毛以'懬'爲'俇'之假借。'懬'與'俇'音近而同部。若毛作'憬'字，則'憬'在上聲三十八'梗'，'俇'在去聲三十一'漾'，不得假借。故知毛作'懬'也。然承誤已久，未可擅改，姑識于此。"（《韓詩述》卷六）

陳喬樅云："《説文》：'憬，覺悟也。《詩》云："憬彼淮夷。"'此文同《毛詩》而義則同韓，是《韓詩》以'獷'爲'憬'之假借也。"（《韓詩遺説考》卷五之三）

閟　宫

實實枚枚。

【彙輯】

《章句》:枚枚,閒暇無人之貌也。(《經典釋文》卷七)

【通考】

陳奐云:"《傳》釋'實實'爲'廣大',末章'松桷有舄':'舄,大貌。'義同。《釋文》引《韓詩》:'枚枚,閒暇無人之貌。'蓋韓必連'實實'作訓,以狀其常閉,與毛義異。"(《詩毛氏傳疏》卷二十九)

陳喬樅云:"《毛傳》釋'閟宮'云:'閟,閉也。先妣姜嫄之廟在周,常閉而無事。'《韓詩》釋'枚枚'云:'閒暇無人之貌。'是亦必狀閟宮之'常閉',與《毛傳》意義同。"(《韓詩遺説考》卷五之三)

王先謙云:"'實''舄'雙聲,'有舄'即'舄舄',亦猶'實實'同訓爲'大貌'也。陸以其無異義,故置不言,而止引'枚枚'異訓耳。陳(奐)説非。"(《詩三家義集疏》卷二十七)

稙稺菽麥。

【彙輯】

《章句》:稙,長稼也;稺,幼稼也。(《經典釋文》卷七)

【通考】

汪遠孫云:"先穜即長,後穜即幼,毛、韓似異而實同。"(陳奐《詩毛氏傳疏》卷二十九引)

陳喬樅云:"《毛傳》云:'先種曰稙,後種曰稺。'《説文》云:'稙,早穜也。从禾直聲。''稺,幼禾也。从禾屖聲。'許於'稺'不言'後穜者','稺'从'屖'聲,'屖'者遲也,已具'後穜'之義,故但云'幼禾',引申之爲凡幼稺者之稱。'稙'本有'長'義,《釋名·釋親屬》曰:'青徐人謂長婦曰稙長,禾苗先生者曰稙。'取名於此也。"(《韓詩遺説考》卷五之三)

夏如沸羹。(杜臺卿《玉燭寶典》卷二)

【彙輯】

《章句》:夏祭曰沸羹,爚麥祭也。(杜臺卿《玉燭寶典》卷二)

【通考】

顧震福云:"《禮·王制》:'春曰礿,夏曰禘,秋曰嘗,冬曰烝。'鄭

注：‘此蓋夏、殷之祭名。周則改之，春曰祠，夏曰礿，以禘爲殷祭。《詩·小雅》曰：“礿祠烝嘗，于公先王。”此周四時祭宗廟之名。’《祭統》鄭注亦云：‘謂春礿、夏禘、秋嘗、冬烝，夏、殷時禮。’然則殷以禴爲春祭，禘爲夏祭，至周則於時祭之外，别名大祭曰禘，而以祠爲春，以禴爲夏。《周禮·大宗伯》：‘以祠春、禴夏、嘗秋、烝冬享先王。’其證也。《説文》：‘礿，夏祭也。’《易·既濟》鄭注、《萃》虞注並以禴爲夏祭，韓亦以夏祭説禴，義與毛同。謂‘爚麥祭’者，《白虎通》云：‘夏曰禴者，麥熟進之。’《春秋繁露》云：‘祭夏曰礿者，以四月始食麥也。’《公羊·桓八年傳》：‘夏曰礿。’注云：‘麥始熟可汋，故曰礿。’‘汋’乃‘瀹’之假。《説文》：‘瀹，漬也。’《玉篇》：‘瀹，煮也。’《玄應音義》二十五引《通俗文》：‘以湯煮物曰瀹。’通作‘鬻’。《説文》：‘鬻，内肉及菜湯中，薄出之。’《韓詩》‘瀹’作‘爚’，《説文》：‘爚，火飛也。一曰熱也。’謂夏日炎熱如羹湯之沸，因煮麥於熱湯，以享先王，故‘禴’亦曰沸羹。”（《韓詩遺説續考》卷三）

陳鴻森云：“今《詩》無此文，細繹其義，蓋《毛詩》此章‘夏而楅衡’之異也。‘如’字讀‘而’，‘夏而沸羹’，與上‘秋而載嘗’文正一例。《毛傳》：‘楅衡，設牛角以楅之也。’與《韓詩》字異義别也。”（《韓詩遺説補遺》）

不震不騰。

【彙輯】

《章句》：騰，乘也。無不乘陵也。（慧琳《一切經音義》卷六十九“翻騰”條。《文選》卷七《甘泉賦》、卷二十二《車駕幸京口侍游蒜山作》李善注僅引“騰，乘也”）

【通考】

陳喬樅云：“此與《毛傳》訓同，《箋》云：‘震、騰，皆謂僭踰相侵犯也。’馬瑞辰曰：震，當讀如‘三川震’之‘震’，‘騰’當讀如‘百川沸騰’之‘騰’，騰者，‘滕’之假借。《説文》：‘滕，水超涌也。’正與‘騰’之訓‘乘’同義。”（《韓詩遺説考》卷五之三）

陳鴻森云：“注文‘不’字疑當作‘敢’。‘不震不騰’，言無敢撼動，

無敢乘陵也。”(《韓詩遺説補遺》)

貝冑朱綅。

【彙輯】

《章句》:綅,綫也。(《原本玉篇》卷二十七“綅”字條)

【通考】

顧震福云:“《毛傳》曰:‘朱綅,謂以朱綅綴之。’震福案:《説文》:‘綅,綫也。’引《詩》:‘貝冑朱綅。’桂未谷《義證》曰:‘綅,當爲“縫”。’《韻譜》作‘縫’。《廣韻》:‘綅,縫綫也。’《玉篇》:‘綅,綫也。’‘縫,綫也。’朱綅者,謂以朱綫縫之也。”(《韓詩遺説續考》卷四)

太山巖巖,魯邦所瞻。(《韓詩外傳》卷三第二十六章)

【通考】

馬瑞辰云:“言泰山爲魯邦所瞻仰。”(《毛詩傳箋通釋》卷三十一)

遂巟大東。

【彙輯】

《章句》:巟,至也。(《經典釋文》卷七。巟,原作“荒”,據下【通考】引徐堂、陳喬樅説改)

【通考】

馬瑞辰云:“鄭君先通《韓詩》,其箋《詩》或據《韓詩》作‘荒’,遂以‘荒,奄’釋之耳。古‘有’與‘至’‘大’,義皆相成,蓋大則無所不有,大則無所不至。故大謂之荒,亦謂之幠;幠訓爲有,亦訓爲大,亦訓爲至。《爾雅·釋詁》:‘晊,大也。’《釋文》:‘晊,本亦作“至”。’是‘至’有‘大’義之證。毛訓‘幠’爲‘有’,韓訓‘荒’爲‘至’,音義原自相通。”(《毛詩傳箋通釋》卷三十一)

徐堂云:“《釋文》云:‘荒,如字。《韓詩》作“荒”,云:“至也。”’則韓、毛不異。蓋當云:‘《韓詩》作“巟”。’《玉篇》:‘巟,及也,至也。’正本韓訓。‘荒’‘巟’古字通用。《説文》‘巟’字下引《易》:‘包巟,用馮河。’今《易》作‘包荒’。或據《爾雅·釋詁》郭璞注引《詩》‘遂幠大東’,斷爲《韓詩》作‘幠’,以糾《釋文》之譌。不知郭璞未見《韓詩》,故

《爾雅》‘蒹’字、‘菿’字注皆云‘未詳’，安見其所引爲《韓詩》也？且字書亦無訓‘憮’爲‘至’者。此不考文義，而妄爲坿會耳。”（《韓詩述》卷六）

陳喬樅云：“盧文弨云：《釋文》引《韓詩》作‘荒’。若《韓詩》作‘荒’，則與毛、鄭字無異，何須别出？此‘荒’字有誤。浦聲之疑《韓詩》作‘巟’。浦説是也。《韓詩》以‘巟’訓‘至’者，《説文》：‘巟，水廣也。’‘廣’有‘大’義，‘至’亦‘大’也。”（《韓詩遺説考》卷五之三）

至于海邦。（日本安都宿禰笠主《跡記》，日本惟宗直本《令集解》引。下引《跡記》，皆據《令集解》，不再注明）

【彙輯】

《章句》：邦，界也。（日本安都宿禰笠主《跡記》）

【通考】

冠南按：“邦”與“封”古通用（見《説文·口部》“國”字條段玉裁注），“封”有“界”義（《周禮·春官·保章氏》：“以星土辨九州之地所封。”鄭玄注：“封，猶界也。”《地官·大司徒》：“制其畿疆而溝封之。”鄭注：“封，起土界也。”並其證），故韓訓“邦”爲“界”。《玉篇·邑部》：“邦，亦界也。”即用韓訓。

新廟奕奕，奚斯所作。（《文選》卷一《兩都賦序》、卷十一《魯靈光賦》李善注、《後漢書》卷三十五《曹褒傳》李賢注）

【彙輯】

《章句》：奚斯，魯公子也。言其新廟奕奕然盛，是詩公子奚斯所作也。（《文選》卷一《兩都賦序》、卷十一《魯靈光賦》李善注。《後漢書》卷三十五《曹褒傳》李賢注僅引“是詩公子奚斯所作也”）

【通考】

馬瑞辰云：“班固《兩都賦序》：‘奚斯頌魯。’李善注引《薛君章句》曰：‘是詩公子奚斯所作也。’《揚子法言》：‘正考甫常晞尹吉甫矣，公子奚斯常晞正考甫矣。’王延壽《靈光殿賦》：‘奚斯頌僖。’《後漢書·曹褒傳》：‘昔奚斯頌魯。’其説均本《韓詩》，以‘奚斯所作’爲作頌，與《節南山》‘家父作誦’，《巷伯》‘寺人孟子，作爲此詩’，《崧高》《烝民》並言‘吉甫作誦’，皆於篇終見意，文法相類。此詩不言‘作頌’者，以言‘作頌’則於韻不相協也。‘奚斯所作’當屬下‘孔曼且碩’讀之，不當屬上‘新廟奕奕’讀。‘孔曼且碩’猶《崧高》詩‘其詩孔碩’‘其風肆好’也。顏師古《匡繆正俗》、洪邁《容齋隨筆》並以奚斯頌魯爲誤，不知其説本《韓詩》，較毛、鄭説爲善。孔廣森、段玉裁均取《韓詩》之説。”（《毛詩傳箋通釋》卷三十一）

徐堂云：“毛、鄭並謂奚斯作廟，韓謂奚斯作詩，二説不同。班氏《兩都賦序》云：‘昔臯陶歌虞，奚斯頌魯。’王延壽《魯靈光殿賦序》云：‘奚斯頌僖，歌其露寢。’《後漢書·曹襃傳》襃謂諸生曰：‘昔奚斯頌魯，考父詠殷。’諸家並謂奚斯作詩，從韓義也。”（《韓詩述》卷六）

王先謙云：“‘奚斯所作’者，言‘作詩’，非言‘作廟’。”（《詩三家義集疏》卷二十七）

孔曼且碩。

【彙輯】

《章句》：曼，長也。（《文選》卷五十一《四子講德論》李善注）

【通考】

陳喬樅云：“薛注與《毛傳》訓同。孔廣森曰：韓説以是詩爲奚斯所作，此與‘吉甫作誦，其詩孔碩’文義正同。‘曼，長也’，詩之章句未有長如此篇者，故以‘曼’言之。”（《韓詩遺説考》卷五之三）

商　頌

那

【彙輯】

《序》：《那》，美襄公也。（王應麟《詩地理考》卷五。《史記》卷三十八《宋微子世家》裴駰《集解》引作《章句》之文）

【通考】

徐堂云：“《樂記》：‘肆直而慈愛者，宜歌《商》。’鄭注：‘《商》，宋詩。’《史記·宋世家》贊曰：‘襄公之時，脩仁行義，欲爲盟主，其大夫正考父美之，故追道契、湯、高宗所以興，作《商頌》。’《韓昌黎集》卷十四《進士策問》曰：‘夫子之序帝王之書，而繫秦、魯；及次列國之風，而宋、魯獨稱《頌》。’諸家並以《商頌》爲宋詩，從《韓詩》也。然《韓詩》未詳作頌之人。而馬遷以爲正考父所作。《揚子法言·學行篇》《後漢書·曹褒傳》、王延壽《魯靈光殿賦序》並同其説。司馬貞《史記索隱》曰：‘考父佐戴、武、宣，則在襄公前且百許歲，安得述而美之？’王應麟《困學紀聞》亦云：‘《世本》：“正考父生孔嘉父，爲宋司馬華督殺之而絶其世。”皆在襄公之前，安得作頌于襄公之時乎？其説甚韙。’此蓋出于馬、揚之謬説，不足以病韓也。”（《韓詩述》卷六）

冠南按：韓家僅謂該詩爲讚美宋襄公而作，未言作者爲正考父。言正考父者，乃司馬遷、揚雄等人，故不宜以之與韓説相混，徐堂所言頗中肯綮。皮錫瑞嘗作《商頌美宋襄公考證》（《經訓書院自課文》卷一），爲正考父作頌之説張目，然所論較勉强，似不足信。

既和且平，依我磬聲。（《韓詩外傳》卷八第二十八章）

玄　鳥

方命厥后，奄有九域。（《文選》卷三十五《册魏公九錫文》、卷五十五《廣絶交論》李善注）

【彙輯】

《章句》：九域，九州也。（《文選》卷三十五《册魏公九錫文》、卷五十五《廣絶交論》李善注）

【通考】

沈清瑞云：“‘域’即‘或’字，‘或’與‘有’古字通。《説文·戈部》：‘或，邦也。從口從戈，以守一。一，地也。’重文作‘域’。鄭康成《論語注》云：‘或之言有也。’《毛詩傳》：‘正域彼四方。域，有也。’是‘或’‘域’爲一字，‘有’與‘域’通之證也。”（《韓詩故》卷下）

徐堂云：“《説文·戈部》：‘或，邦也。或又从土作“域”。’是‘域’即‘或’字也。《大禹謨》：‘罔或干于政。’《微子》：‘殷其弗或亂正四

方。'《孔傳》並云:'或,有也。'古'有''或'義同,故韓作'域'。"(《韓詩述》卷六)

陳喬樅云:"九域,《毛詩》作'九有'。《傳》云:'九有,九州也。'是'有'即'域'之通假。《史記·禮書》:'人域是域,士君子也。'《荀子》'域'作'有',此'域''有'古通之驗。"(《韓詩遺説考》卷五之四)

王先謙云:"'域''有'一聲之轉。"(《詩三家義集疏》卷二十八)

大饎是承。

【彙輯】

《章句》:大饎,大祭也。(《原本玉篇》卷九"饎"字條。饎,《經典釋文》卷七引作"糦")

【通考】

陳喬樅云:"《詩》於此篇特以大糦言之,明其爲祫祭之大事,故《韓詩》釋'大糦'爲大祭所供也。"(《韓詩遺説考》卷五之四)

皮嘉祐云:"《釋文》引脱上二字,故陳喬樅以韓爲作'糦',與毛同。蓋古文作'糦',今文作'饎'。《天保》《韓詩》:'吉圭爲饎。'據此,是韓皆作'饎'也。"(王先謙《詩三家義集疏》卷二十八引)

長　發

玄王桓發。

【彙輯】

《章句》:發,明也。(《經典釋文》卷七)

【通考】

馬瑞辰云:"撥,《韓詩》作'發','發'當讀如'發强剛毅'之'發'。《周書·謚法解》:'剛克爲發。'《樂記》:'發揚蹈厲,大公之志也。''桓''發'二字平列,皆剛勇之貌。《毛詩》作'撥',假借字。《韓詩》作'發',爲正字,但不得如説《韓詩》者訓'發'爲'明'耳。毛、鄭訓'撥'爲'治',亦非詩義。詩下有'遂視既發'之文,故上文毛假'撥'爲'發',以與'發'爲韻,此阮宫保所云'義同字變'之類。"(《毛詩傳箋通釋》

卷三十二)

馮登府云:"《釋名》:'發,撥也。'《詩》:'鱣鮪發發。'《説文》引作'鮁鮁'。'發''撥'一聲之轉。《齊風》:'齊子發夕。'《韓詩》曰:'發,旦也。'《廣雅·釋詁》:'發,明也。'即旦明之義。"(《三家詩異文疏證·韓詩》)

徐堂云:"《廣雅·釋詁》:'發,明也。'與韓訓合。《釋名·釋言語》:'發,撥也。'疑古'發''撥'通用。"(《韓詩述》卷六)

陳喬樅云:"發,《毛詩》作'撥'。《傳》云:'撥,治也。'文義並與韓異。《廣雅·釋詁四》:'發,明也。'此用韓義。《論語·述而》:'不悱不發。'皇侃疏云:'發,發明也。'又《爲政》:'亦足以發。'皇侃疏云:'發,發明義理也。'皆以'發'爲有'明'義。"(《韓詩遺説考》卷五之四)

王先謙云:"蓋以'桓''發'二字平列。訓'桓'爲'武',訓'發'爲'明',言玄王有英明之姿。"(《詩三家義集疏》卷二十八)

率禮不越,遂視既發。(《韓詩外傳》卷三第二十七章)

【通考】

郝懿行云:"'履'通作'禮',故《易·坤》釋文云:'履霜,鄭讀"履"爲"禮"。'《詩》:'率履不越。'《韓詩》及《漢書·宣帝紀》《蕭望之傳》並作'率禮不越'。"(《爾雅義疏》上之一《釋詁弟一》)

徐堂云:"禮,毛作'履'。'禮''履'二字義同。"(《韓詩述》卷六)

錢玫云:"《爾雅》:'履,禮也。'《説文》:'禮,履也。'《禮·仲尼燕居》:'言而履之,禮也。'《祭義》:'禮者,履此者也。'《易·坤》:'履霜,堅冰至。'《釋文》:'履,鄭讀爲"禮"。'《漢書·宣帝紀》及《蕭望之傳》並作'率禮不越',望之治《齊詩》,意齊、韓同耳。"(《韓詩内傳並薛君章句考》卷四)

帝命不違,至于湯齊。(《韓詩外傳》卷三第二十八章、第二十九章)

【通考】

陳喬樅云:"王氏《詩考》采《韓詩外傳》作'至于湯躋',此誤也。《外傳》引《詩》'至于湯齊','言古今一也'。又引以證'先聖、後聖,其揆一也'，是均以'齊'爲'齊一'之義，雖與《毛傳》言'至湯與天心齊'義異，要其字皆不作'躋'。或據《詩考》，謂今本《外傳》作'湯齊'者誤，此考之不審耳。"(《韓詩遺説考》卷五之四)

湯降不遲，聖敬日躋。(《韓詩外傳》卷三第三十章、第三十一章、第三十二章、卷八第三十章、第三十一章、第三十二章、第三十三章、《文選》卷十六《閑居賦》李善注)

【彙輯】

《章句》：言湯聖敬之道，上聞於天。(《文選》卷十六《閑居賦》李善注)

【通考】

范家相云："敬之日躋，上聞於天，故能齊帝命而不違。其義精。"(《三家詩拾遺》卷十)

陳喬樅云："《韓詩》：'言湯聖敬之道，上聞於天。'此明訓'日躋'爲日升，義與《毛傳》同。"(《韓詩遺説考》卷五之四)

爲下國畷郵。(此文乃《禮記・郊特牲》鄭玄注所引，孔穎達《禮記正義》卷二十六謂："所引《詩》者，齊、魯、韓《詩》也。"據此可知《韓詩》作"爲下國畷郵"。)

【通考】

馮登府云："《郊特牲》：'饗農及郵表畷。'注：'郵表畷，謂田畯所以督約百姓于井間之處。'引《詩》：'爲下國畷郵。'《正義》曰：'郵，謂民之郵舍，言成湯施布仁政，爲下國諸侯任畷民之處所，使不离散。'此畷郵之義也。"(《三家詩異文疏證・韓詩》)

不競不求，不剛不柔。(《韓詩外傳》卷三第三十四章、第三十五章、卷五第三十二章、第三十三章)

敷政優優，百禄是遒。(《韓詩外傳》卷三第三十五章)

爲下國駿庬。

【彙輯】

《章句》：庬，寵也。(《原本玉篇》卷二十二"庬"字條)

【通考】

顧震福云："《毛傳》曰：'駿，大。庬，厚也。'震福案：《漢書・人表》'庬圉'，《史記・夏本紀》正義作'龍圉'。《易・説卦傳》：'震爲龍。’《釋文》：‘龍，虞、干作“駹”。’《漢上易傳》引鄭云：‘龍，讀爲庬。’《周禮·巾車》《犬人》鄭注並云：‘故書“駹”作“龍”。’是‘庬’與‘龍’通。《易·師》小象傳：‘承天寵也。’《釋文》：‘寵，王肅作“龍”，云：寵也。’此經下云：‘何天之龍。’《鄭箋》云：‘龍，當作“寵”。’《大戴禮·將軍文子篇》即引作‘何天之寵’，韓蓋以‘庬’爲‘龍’字之假，故訓爲‘寵也’。”（《韓詩遺説續考》卷四）

冠南按：“寵”當爲“寵”之訛。“寵”有“厚”義，與《毛傳》“厖，厚也”字異義同。

武王載發，有虔秉鉞。如火烈烈，則莫我敢遏。（《韓詩外傳》卷三第三十六章。日本佚名《幼學指南抄》卷二二中“火部”僅引“如火烈烈，則莫我遏”，見片山晴賢、丁鋒《京都大學附屬図書館藏〈幼學指南抄〉（翻字）》，《駒沢短期大學研究紀要》第二十一號，一九九三年，“我”字後當誤脱“敢”字）

【通考】

王引之云：“《毛傳》曰：‘旆，旗也。’《荀子·議兵篇》《韓詩外傳》引《詩》並作‘武王載發’。（王應麟《詩考》引《外傳》如此。今本《外傳》作“載旆”，後人依《毛詩》改之也。）《説文》引作‘武王載坺’。引之謹案：發，正字也。旆、坺，皆借字也。‘發’謂起師伐桀也。（《王制》曰：“有發則命大司徒教士以車甲。”《月令》曰：“無發大衆。”）《豳風·七月》箋曰：‘載之言則也。’武王載發，武王則發也。《漢書·律曆志》述周武王伐紂之事曰：‘癸巳，武王始發。’與此‘發’字同義。《史記·殷本紀》曰：‘湯自把鉞以伐昆吾，遂伐桀。’即本此詩‘武王載發，有虔秉鉞’之文。史公言‘把鉞’，而不言‘載旆’，則所見本不作‘旆’可知。”（《經義述聞》卷七《毛詩下》“武王載旆”條）

馮登府云：“《説文》引‘載旆’作‘坺’。‘坺’與‘發’通。公孫文子名拔，或作發。《説文》‘拔’字，徐鍇曰：‘此即“本實先撥”之“撥”。’則‘坺’即‘發’。‘旆’本有‘坺’音。張衡《東京賦》：‘奉引既畢，先路乃發。鸞旗皮軒，通帛綪旆。’相叶。”（《三家詩異文疏證·韓詩》）

徐堂云：“‘發’當訓‘伐’。《噫嘻》鄭箋：‘發，伐也。’故《逸周書·官人解》：‘發起所能。’《大戴禮》‘發’作‘伐’。蓋‘發’有‘伐’義也。

《説文》自序：‘稱《詩》毛氏。’則《毛詩》當作‘坺’。‘坺’與‘伐’同。《説文》：‘一臿土謂之坺。’即《考工記》：‘二耜之土謂伐。’(《集韻》：“‘坺’亦作‘墢’。”)則毛作‘坺’，韓作‘發’，古字本相通。”(《韓詩述》卷六)

苞有三蘖。

【彙輯】

《章句》：蘖，絶也。(《經典釋文》卷七)

【通考】

陳喬樅云：“《漢書·貨殖傳》：‘山不茬蘖。’注云：‘蘖，髡斬之也。’‘髡斬’即斷絶之義。《毛傳》云：‘蘖，餘也。’陳奂曰：‘案“餘”讀爲“杞夏餘”之“餘”。三蘖，指韋、顧、昆吾三國。《釋文》引《韓詩》以“蘖”爲“絶”，韓、毛訓異而意同。’《漢書·敘傳》：‘三枿之起，本根既朽。’劉德注曰：‘《詩》云：“苞有三枿。”《爾雅》：“枿，餘也。”謂木斫髡而復枿生也。喻魏、齊、韓皆滅而復起，若髡木更生也。’然則劉以‘三枿’喻魏、齊、韓三國，正與詩義同。‘蘖’‘枿’一字也。”(《韓詩遺説考》卷五之四)

殷　武

撻彼殷武。

【彙輯】

《章句》：撻，達也。(《經典釋文》卷七)

【通考】

馬瑞辰云：“《釋文》引《韓詩》曰：‘撻，達也。’據《鄭風》，‘挑達’爲行疾之貌，達亦疾也，則毛、韓字異而義同。”(《毛詩傳箋通釋》卷三十二)

勿予禍適。

【彙輯】

《章句》：讁，數也。(《原本玉篇》卷九“讁”字條。讁，《經典釋文》卷七引作“適”)

【通考】

王引之云：“‘予’猶‘施’也，‘禍’讀爲‘過’。《廣雅》曰：‘讁、過，

責也。’‘謫’與‘適’通。勿予過謫，言不施譴責也。”（《經義述聞》卷七《毛詩下》“勿予禍適”條）

馬瑞辰云：“《釋文》引《韓詩》云：‘適，數也。’據《廣雅》，‘數’‘謫’並訓‘責’，是《韓詩》亦讀‘適’爲‘謫’也。《箋》云：‘勿罪過與之禍適。’正以‘罪過’二字釋‘禍適’，而下仍云‘禍適’者，順經文也。”（《毛詩傳箋通釋》卷三十二）

徐堂云：“‘數’當讀如‘漢王數羽’之‘數’。”（《韓詩述》卷六）

陳喬樅云：“《韓詩》訓‘適’爲‘數’，‘數’猶責讓也，蓋以‘適’爲‘讁’之通假。”（《韓詩遺説考》卷五之四）

顧震福云：“《説文》：‘謫，罰也。’《玄應音義》一引《通俗文》：‘罰罪曰謫。’《字林》：‘謫，罪過也，責也。’《商頌》：‘勿予禍適。’《毛傳》云：‘適，過也。’《原本玉篇》引作‘謫’。《漢書・陳勝項籍傳》顔注云：‘適讀曰謫，謂罰罪而行也。’適，俗從言作讁，《小爾雅・廣言》：‘讁，責也。’《方言》：‘讁，過也，南楚以南，凡相非議謂之讁。’《國語・齊語》韋注：‘讁，譴責也。’韓謂‘謫，數也’者，《廣雅・釋詁》云：‘數，責也。’《左・昭二年傳》：‘使吏數之。’杜注云：‘數責其罪。’”（《韓詩遺説續考》卷一）

冠南按：震福誤繫此遺説於《邶風・北門》“室人交遍謫我”句下，兹據《釋文》所載訓詁，繫於“勿予禍謫”句下。然震福雖有誤繫，其所引書證仍有裨於揭示韓訓，故詳引於上。

邦匡厥福。（日本安都宿禰笠主《跡記》）

【彙輯】

《章句》：邦，大也。（日本安都宿禰笠主《跡記》）

【通考】

冠南按：“邦”“封”古通用，“封”有“大”義，本句《毛詩》作“封建厥福”，《毛傳》云：“封，大也。”（《周頌・烈文》：“無封靡於爾邦。”《毛傳》訓同）即其證。韓訓“邦”爲“大”，當以“邦”爲“封”之假借。

京師翼翼，四方是則。（《後漢書》卷三二《樊準傳》李賢注）

【彙輯】

《章句》:翼翼然,盛也。(《後漢書》卷三二《樊準傳》李賢注)

【通考】

馮登府云:"《傳》:'商邑,京師也。'鄭云:'極,中也。'考王都夏曰:'縣,商周曰畿,唐虞曰服。''京師'之名,董氏謂始見于《公劉》詩,其後因以所都曰京師。'曰嬪于京''依其在京',岐周之京也;'王配于京',鎬京也;《春秋》所言京師,雒邑也。皆仍其本號而稱之。今按湯居亳,得地中,自湯至般庚五遷,武丁因般庚,三世居亳,則京師指亳。'京師'之名,蓋先《公劉》而見矣。'四方是則',言爲四方所法則,即建中立極之意。"(《三家詩異文疏證·韓詩》)

徐堂云:"《中庸》鄭氏注:'則,法也。'蓋謂四方以是爲法則也。《毛詩》作'四方之極',《鄭箋》:'極,中也。商邑之禮俗翼翼然可則效,乃爲四方之中正也。'與《韓詩》字異而義同。"(《韓詩述》卷六)

松柏丸丸。(《文選》卷十八《長笛賦》李善注)

【彙輯】

《章句》:取松與柏。(《文選》卷十八《長笛賦》李善注)

【通考】

馬瑞辰云:"《詩·大雅·皇矣篇》:'松柏斯兑。'傳:'兑,易直也。'古音'兑'讀如'脱','脱''丸'一聲之轉,故'丸丸'亦爲'易直'。《説文》:'丸,圜也。傾側而轉者。从反仄。'段玉裁曰:'易直'謂滑易而條直,又'丸'義之引申。至《文選·長笛賦》:'丸挻彫琢。''丸挻'特節取詩詞,注引《韓詩章句》曰:'取松與柏。'乃總括下文'是斷是遷'等句而釋之,與箋云'取松柏易直者'同義,非訓'丸丸'爲'取'也。李善引《韓詩》,以'丸'爲'取',誤矣。"(《毛詩傳箋通釋》卷三十二)

陳奂云:"'松柏丸丸,是斷是遷。'《文選·長笛賦》李注云:'《韓詩》曰:"松柏丸丸。"薛君曰:"取松與柏。"'奂案:《章句》'取'字即下文'斷''遷'之義。《箋》云:'升景山掄材木,取松柏易直者斷而遷之。'《箋》中'取'字即本《韓詩》。"(胡承珙《毛詩後箋》卷三十陳奂補箋)

徐堂云："《考工記》：'治氏重三垸。'司農曰：'垸，量名，讀爲丸。'司農蓋見古訓有訓'丸'爲'量'者。若'垸'之本義，則爲以桼和灰，於義無取，故讀'垸'爲'丸'也。'量'有虚實兩義，今讀平、去兩音，古人無此分别。然則薛君云'取松與柏'，蓋謂量度其松柏之材而取之。《傳》云：'山有木，工則度之。'是也。韓義或當如此。"（《韓詩述》卷六）

陳喬樅云："《毛傳》云：'丸丸，易直也。'《箋》云：'取松柏易直者。'是'丸丸'本訓爲'易直'，李善《文選注》引《韓詩薛君章句》云云，遂以'取'爲'丸'訓，其義非是。"（《韓詩遺説考》卷五之四）

錢玫云："按《文選》注云：'然則丸，取也。'蓋取而伐斷之，使其圓且澤，故曰'丸丸'。《山海經》'鳳卵'作'鳳丸'，又，建木'其葉如羅，其實如欒'，'欒'即'卵'也。楊慎曰：古字'丸''卵''欒'皆通。彈丸之形如雞之卵，故'卵'可借'丸'。梓人伐材，謂之欒削，其刻木爲鳥獸形者，曰雕。欒匠謂欒削其木如卵也。薛君解《韓詩》，義當出此。"（《韓詩内傳並薛君章句考》卷四）

旅楹有閑。

【彙輯】

《章句》：閑，大也，謂閑然大也。（《文選》卷六《魏都賦》李善注）

【通考】

馬瑞辰云："《正義》云：'《箋》不解"閑"義。"梴"爲桷之長貌，則"閑"爲楹之大貌。'據《魏都賦》注引薛君《韓詩章句》曰：'閑，大也，謂閑然大也。'則《韓詩》本訓'閑'爲大貌，而《正義》未及檢，但引王肅云：'有閑，大貌。'不知其義本《韓詩》也。"（《毛詩傳箋通釋》卷三十二）

陳喬樅云："《毛傳》：'旅，陳也。'《箋》以'旅楹'爲'衆楹'，義與毛異。《文選》左思《魏都賦》：'旅楹閑列。'李善注引薛君《章句》以'閑'爲大貌。案太沖語蓋兼取毛、鄭之義，'列'即'陳'也，'旅'謂'衆'也。《正義》曰：'《箋》不解"閑"義。"梴"爲桷之長貌，則"閑"爲楹之大貌。王肅云：桷楹以松柏爲之，言無雕鏤也。陳列其楹，有閑大貌。'今據《文選》注引薛君云云，則《韓詩》正訓'閑'爲'大'，王肅述毛之義，實

本於《韓詩》也。”(《韓詩遺説考》卷五之四)

王先謙云:“《韓詩》‘旅’義,注引未及。《逸周書》:‘作雒旅楹。’孔晁注:‘旅,列也。’當本韓訓,故賦以‘閑列’爲文,亦本一家之説,‘列’即‘陳’也。”(《詩三家義集疏》卷二十八)

寢成孔安。

【彙輯】

《章句》:宋襄公去奢即儉。(《文選》卷三《東京賦》李善注)

【通考】

陳喬樅云:“《史記·宋世家》云:‘宋襄公之時,修仁行義,欲爲盟主,其大夫正考父美之,故追道契、湯、高宗、殷所以興,作《商頌》。’司馬遷用《魯詩》,然則魯説與韓同。”(《韓詩遺説考》卷五之四)

魏源云:“《文選·東京賦》注引《韓詩》曰:‘宋襄公去奢即儉。’正指《殷武》末章。”(道光中刻二十卷本《詩古微》上編之六《通論三頌》“商頌魯韓發微”條)

冠南按:善注未引該遺説所釋經文,茲據魏説,繫於此句之下。

附　　録

（一）待考佚文彙録

冠南按：古籍徵引《韓詩》佚文極多，可確悉爲《内傳》《外傳》佚文者，已散入卷一至二；可確知或推測其所釋經文者，已散入卷三至十。然仍餘《韓詩》佚文十三則，或無從確定其具體歸屬（一至六條），或難以推定其所釋經文（七至十三條），前人偶有措置，亦嫌未安，暫彙録於此，留待他日詳考。

【彙輯】

三王各正其郊。（孔穎達《禮記正義》卷二六《郊特牲》疏引張融云）

【通考】

冠南按：王應麟《詩考·韓詩》繫於《大雅·生民》"后稷肇祀"句下，陳喬樅《韓詩遺説考》卷四之二從之，意其以經文、佚文俱涉郊祀，故以二者相協應。然"三王各正其郊"指"夏用建寅之月郊，殷用建丑之月郊，周用建子之月郊"（《白虎通·郊祀》陳立疏），與"后稷肇祀"關聯不密，故疑佚文非釋此經。

【彙輯】

湯時大旱，使人禱於山川。（徐彦《春秋公羊傳注疏》卷十二《僖公三十一年》何休《解詁》）

【通考】

冠南按：王應麟《詩考·韓詩》繫於《大雅·雲漢》"胡寧瘨我以

旱”句下，然《北堂書鈔》卷一五五引《韓詩》記《雲漢》乃周宣王“遭亂仰天”之作，顯與“湯時大旱”不協，故疑佚文非釋此經。此節記湯遇大旱，“禱於山川”乃其雩祭求雨之行，其後尚有以六問自責之事(詳下節佚文)，黄道周云：“《尸子》言湯遇大旱，六事自責，《後漢・黄瓊傳》言魯僖遇旱，六事自讓，文略相同。究其語意，不越崇德修慝辨惑之義。”(《禮書通故》第十二《郊禮通故二》)斯説良是，益見其與《雲漢》之不相及。

【彙輯】

君親之南郊，以六事謝過自責曰：“政不一與？民失職與？宫室榮與？婦謁盛與？苞苴行與？讒夫倡與？”(徐彦《春秋公羊傳注疏》卷四《桓公五年》何休《解詁》，徐彦疏云：“皆《韓詩傳》文。”)

【通考】

冠南按：此節佚文與上節當屬同章，記湯遇大旱而以六問自責之事，又見《説苑・君道》《論衡・感虚》等。劉敞《畏天命論》云：“湯之時，八年七旱，湯親之南郊而禱焉，曰：‘政不一歟？民失職歟？宫室營歟？女謁盛歟？苞苴行歟？讒夫昌歟？’”(《公是集》卷三九)亦敘此事。觀其記敘雜説，與《内傳》《外傳》之體相契，故疑其爲《内傳》或《外傳》佚文。

【彙輯】

皮弁以征不義。(徐彦《春秋公羊傳注疏》卷十七《成公二年》徐彦疏)

【通考】

冠南按：《白虎通・紼冕・論皮弁》云：“皮弁者，何謂也？所以法古至質，冠之名也。弁之爲言攀也，所以攀持其髮也。上古之時質，先加服皮以鹿皮者，取其文章也。《禮》曰：‘三王共皮弁素積。’素積者，積素以爲裳也。言腰中辟積，至質不易之服，反古不忘本也。”陳立疏證云：“《御覽》引《三禮圖》：‘皮弁，以鹿皮淺毛黄白色者爲之。’《儀禮・士冠禮》‘皮弁’注：‘以白鹿皮爲冠，象上古也。’《吕覽・上農》云：‘庶人不冠弁。’注：‘弁，鹿皮冠。’《左氏・僖二十八年傳》：‘楚子玉自爲瓊弁玉纓。’注:‘弁以鹿子皮爲之。’是皆取其質也。《秋興賦》李善注引云:‘皮弁,冠名。’蓋即節此文也。”(《白虎通疏證》卷十)可知皮弁原爲鹿皮所製之冠,後爲天子之服。《春秋公羊傳·昭公二十五年》:“寡人有不腆先君之服,未之敢服。”何休《解詁》云:“禮,天子朝皮弁,夕玄端。朝服以聽朝,玄端以燕,皮弁以征不義、取禽獸、行射。”(徐彦《春秋公羊傳注疏》卷二十四)皮錫瑞釋云:“天子之皮弁,即天子之朝服,《詩·頍弁》傳‘天子、諸侯朝服以燕,天子之朝皮弁’是也。古經典皆不見天子别有朝服。‘皮弁以征不義、取禽獸、行射’,以《禮經》考之,‘皮弁’疑當爲‘韋弁’。古者天子皮弁以聽朝、以食、以郊、以聽祭報、以蜡、以燕、以賓射、以燕射。何氏所云,惟射當用皮弁耳。若征不義、取禽獸,皆不用皮弁。古戎事韋弁服,《月令》疏熊氏云‘天子秋、冬田,韋弁服’是也。《儀禮》鄭注韋、皮一類,則何氏所云皮弁,或兼韋弁言之。又考《詩疏》引《孝經援神契》曰:‘皮弁、素幘,軍旅也。’《白虎通·三軍》篇曰:‘王者征伐所以必皮弁、素幘何?伐者,凶事也。素服,示有悽愴也。伐者質,故衣古服。’則春秋之世,行軍者或亦用皮弁,故何氏據以爲説也。”(《師伏堂經説·公羊傳》)皮説引證繁博,足資參稽。

【彙輯】

子産卒,鄭人耕者輟耒,婦人捐其佩玦也。(《史記》卷一一九《循吏列傳》司馬貞《索隱》)

【通考】

冠南按:子産之卒,鄭人若喪考妣,秦漢記此者俛拾俱是。《史記·子産傳》:“治鄭二十六年而死。丁壯號哭,老人兒啼,曰:‘子産去我死乎!民將安歸!’”王叔岷云:“《書鈔》三五引《韓子》云:‘子産病死也,大夫哭於朝,商賈哭於市。’引《説苑》云:‘子産死,處女泣於室,農夫哭於野。’又云:‘子産相鄭死,婦人捨簪珥,良人弛琴瑟。’今本《説苑·貴德篇》云:‘季康子曰:鄭子産死,鄭人丈夫舍玦珮,婦人舍珠珥,夫婦巷哭,三月不聞竽瑟之聲。’《文選》劉越石《勸進表》注引

《新序》云：‘子貢曰：子産死，國人聞之，皆叩心流涕，曰：“子産已死，吾將安歸！”皆巷哭。’《文選》任彦昇《王文憲集序》注亦引劉絽《聖賢本紀》曰：‘子産治鄭二十年卒，國人哭於巷，婦人哭於機。’《鄭世家》云：‘鄭相子産卒，鄭人皆哭泣悲之，如亡親戚。’”（《史記斠證》卷一百十九）並其證。然觀其所記爲秦漢通行之雜説，疑爲《内傳》或《外傳》之佚文。屈守元《韓詩外傳箋疏》以此爲《韓詩外傳》卷三“季孫氏之治魯”章之脱文，出於臆測，未可憑據。

【彙輯】

四肢以應四時。（慧琳《一切經音義》卷三九“四胑”條。《一切經音義》卷四二“桎一斂”條亦引此文，“肢”作“胑”）

【通考】

冠南按：陶方琦《韓詩遺説補序》爲此乃《外傳》之文，然今本《外傳》無此文，不知陶氏何據。《黄帝内經・靈樞・邪客》記伯高論述天人相應之關係，有云：“天有四時，人有四肢。”與此佚文之説相通。陳鴻森云：“此疑《鄘風》‘相鼠有體’訓義也。《毛傳》：‘體，支體也。’疑《韓詩》訓‘（體），四肢，以應四時也’。”（《韓詩遺説補遺》）可備一説。

【彙輯】

殷商屋而夏門也。（杜佑《通典》卷五五）

【通考】

冠南按：陳壽祺置於《秦風・權輿》“於我乎夏屋渠渠”句下，恐不可從。《毛傳》《詩集傳》並訓“夏”爲“大”，而《通典》所引《韓詩》佚文以“殷商”與“夏”對言，顯以“夏”爲朝代之名，與“大”義迥不相侔。且即以《韓詩》訓“夏”爲“夏代”，此遺説亦非“於我乎夏屋渠渠”之注文，蓋經文以“屋”屬“夏”，而《通典》引文則以“屋”屬“殷商”，與經文之義相悖。

【彙輯】

寂，無聲之貌也。寞，静也。（《六臣注文選》卷十《西征賦》李善注。李善單注本《文選》作“漠，静也”）

【通考】

冠南按:陳喬樅繫之於《大雅·皇矣》"莫其德音"句下,謂:"疑韓嬰《内傳》釋'莫'爲'寂寞',而薛君著《韓詩章句》,又申釋其義也。"(《韓詩遺説考》卷四之一)按此説恐不可從。其證有三:《内傳》非訓釋《韓詩經》之作,故無"釋'莫'爲'寂寞'"之可能,此其一證也;《章句》乃訓釋《韓詩經》之作,而非"申釋"《内傳》之書,此其二證也;《釋文》已確引《韓詩》此句章句云:"莫,定也。"則"寂,無聲之貌也;寞,静也"顯非此文之章句,此其三證也。

【彙輯】

青,静也。(《文選》卷九《射雉賦》李善注)

【通考】

冠南按:陳喬樅繫之於《鄭風·野有蔓草》"青陽宛兮"句下(《韓詩遺説考》卷二之一)。"青陽宛兮"乃《韓詩外傳》所引之本,《宋本玉篇》卷四"畹"字條引《韓詩》作"清揚畹兮",可知《韓詩》亦有作"清"之本。日本字書《和漢年號字抄》卷下引《韓詩》云:"眼映之間曰清也。"(詳本書卷四《鄘風·君子偕老》)此當即"清揚畹兮"之訓(見日新美寬編,日鈴木隆一補:《本邦殘存典籍による輯佚資料集成》卷一)。故知《韓詩》訓釋此詩"清(青)"之文乃"眼映之間",而非"静也"。

【彙輯】

靡,好也。(《文選》卷十七《文賦》李善注)

【通考】

冠南按:陳喬樅繫之於《小雅·巷伯》"萋兮斐兮,成是貝錦"句下,謂:"'斐'字,《韓詩内傳》當訓爲'靡',故薛君《章句》申釋之曰'好也'。"(《韓詩遺説考》卷三之二)此説未安,因《内傳》非訓詁之書,《章句》亦非"申釋"《内傳》之書。

【彙輯】

纚,繫也。(《文選》卷五八《宋文皇帝元皇后哀策文》李善注)

【通考】

冠南按:陳喬樅置之於《小雅·采菽》"紼纚維之"句下(《韓詩遺説

考》卷三之四），恐不可從。《經典釋文》於此句收録《韓詩》遺説云："纚，筰也。"（《原本玉篇》"纚"字條"筰"作"笮"，二字通用）據此可知"繫也"非此句之訓。

【彙輯】

怯，惡也。（慧琳《一切經音義》卷一三"怯憚"條）

【通考】

冠南按：陳鴻森疑爲《鄭風・遵大路》"無我惡（怯）兮"之遺説（《韓詩遺説補遺》），未知當否。慧琳於此條另引鄭玄箋《詩》云："猛，難也。"遍檢今本鄭箋，並無"猛"字，而《小雅・緜蠻》"豈敢憚行"句下鄭箋適作"憚，難也"，此或"怯憚"條所記乃"憚"字訓義之證。若是，則該條所引《韓詩》佚文實應作"憚，惡也"，此訓另見《一切經音義》卷六"不憚"條、卷五七"不憚"條、卷六三"畏憚"條，詳前《綿蠻》"豈敢憚行"句下【通考】。

【彙輯】

術，藝也。（慧琳《一切經音義》卷二九"技術"條）

【通考】

冠南按：王先謙繫之於《邶風・日月》"報我不術"句下，恐不可從。考《文選・廣絶交論》李善注云："《韓詩》云：報我不術。薛君曰：術，法也。"（《詩三家義集疏》卷三上）可知《韓詩》解"報我不術"之文爲"術，法也"，非"藝也"。王氏謂："'術，藝也'，蓋《韓詩》之元文；'術，法也'，《章句》申明韓訓。"（《詩三家義集疏》卷三上）先謙所謂"《韓詩》元文"云云，意其以爲《章句》之前，《韓詩》另有訓詁，《章句》則"申明"之。按《章句》乃直釋《韓詩》經文之撰，與其他訓詁資料無涉。且《章句》之外，《韓詩》學中僅有《韓詩故》乃訓詁之書，然其佚甚早，遺蹤無存，故此條遺説當係《章句》之文，惟所釋原經暫不可考。

（二）存疑佚文彙録

冠南按：佛經音義三種（玄應、慧琳、希麟）引及《毛詩》之文極多，余讀三書時，凡見徵引者，俱與今本對勘，有與今本經傳迥異而與《韓詩》全同者，亦有未見於今本《毛傳》者，凡此種種，不無誤韓爲毛之可能。蓋應、琳之時，《毛詩》以外，存者僅餘《韓詩》，故異於毛者，多係韓家遺訓（希麟雖遼人，然其書頗多轉抄前代音義者，彼時《韓詩》仍存，故其訓仍得見於麟書）。陳喬樅已略有辨析（詳見《韓詩遺説考》），陳鴻森則更益數證（詳見《韓詩遺説補遺》）。因裒往日所得者近三十條，復自《後漢書》章懷注中檢得一條，並爲一帙，輯録於下，留待他日深考。

【彙輯】

《詩》曰"淑女"，《傳》曰："淑，美也。"（玄應《衆經音義》卷八"淳淑"條、卷九"純淑"條、卷一二"淑女"條，亦見慧琳《一切經音義》卷五五"淑女"條）

【通考】

冠南按：此乃訓《周南・關雎》"窈窕淑女"之文，《毛傳》云："淑，善。"此訓"美也"，與《毛傳》有别，或出自《韓詩》。

【彙輯】

《詩》云："陟彼高岡。"陟，登也。（玄應《衆經音義》卷二五"升陟"條）

【通考】

冠南按：此乃訓《周南・卷耳》之文，陳喬樅謂："此所引是據《韓詩》之説，《毛傳》訓'陟'爲'升'，升亦登也。"（《韓詩遺説考》卷一之一）

【彙輯】

《毛詩》云："桃之妖妖。"女子壯貌。（慧琳《一切經音義》卷六一"妖妍"條，同書卷四一"妖媚"條僅引"《詩》云：桃之妖妖"）

【通考】

冠南按：《毛詩》作"桃之夭夭"，《毛傳》云："其少壯也。"與《一切經音義》引者有别，此或出自《韓詩》。

【彙輯】

《毛詩傳》曰："獸皮治去毛曰革。"（慧琳《一切經音義》卷四五"革屣"條）

【通考】

冠南按：此乃訓《召南・羔羊》"羔羊之革"之文，《毛傳》云："革猶皮也。”與此大異，或出自《韓詩》。

【彙輯】

《詩》云：“無踰我園。”《傳》曰：“有樹也。”（玄應《衆經音義》卷一“園圃”條、卷一九“園圃”條）

【通考】

冠南按：此乃訓《鄭風・將仲子》之文，《毛傳》云：“園，所以樹木也。”此訓“有樹”，與《毛傳》有别，或出自《韓詩》。

【彙輯】

《詩傳》云：“析，分析也。”（慧琳《一切經音義》卷六三“剖析”條）

【通考】

冠南按：此乃訓《齊風・南山》“析薪如之何”之文，《毛傳》全書於“析”字皆無訓，此訓“分析”，或出自《韓詩》。

【彙輯】

《詩》云：“娶妻如之何？”《傳》云：“娶婦也。”（玄應《衆經音義》卷二四“娶妻”條）

【通考】

冠南按：此乃訓《齊風・南山》之文，陳喬樅謂：“此句《毛詩》無傳，《釋文》云：‘取，七喻反。’《衆經音義》曰：‘取，七句切，取也。’引《詩》及《傳》云云。段氏玉裁曰：‘玄應所據《詩》與陸（德明）異，疑是《韓詩》。’”（《韓詩遺説考》卷二之二）

【彙輯】

《毛詩傳》：“（噎，）憂抑也。”（慧琳《一切經音義》卷七九“噎不得納”條）

【通考】

冠南按：此乃訓《王風・黍離》“中心如噎”之文，《毛傳》云：“憂不能息也。”此訓“憂抑”，與《毛傳》有别，或出自《韓詩》。

【彙輯】

《詩》云：“顔如渥赭。”《傳》曰：“渥，厚也。”（玄應《衆經音義》卷九“豐渥”條）

【通考】

冠南按：此乃訓《秦風・終南》之文，《毛傳》無訓，或出自《韓詩》。另，《邶風・簡兮》"赫如渥赭"句下，《毛傳》云："渥，厚漬也。"未知玄應此處所引《詩傳》是否因誤記《簡兮》傳文所致。

【彙輯】

《毛詩傳》云："甓，甂甎也。"(慧琳《一切經音義》卷九四"構甓"條)

【通考】

冠南按：此乃訓《陳風・防有鵲巢》之文，《毛傳》云："甓，瓴甋也。"此訓"甂甎"，與《毛傳》有别，或出自《韓詩》。

【彙輯】

《毛詩注》云："花未開者曰芙蓉，已開者曰菡萏。"《毛詩傳》云："未開曰芙蓉，已開曰菡萏。"(希麟《續一切經音義》卷一"菡萏"條。《續一切經音義》卷二"菡萏"條、卷四"菡萏"條引作"未開曰芙蓉，已開曰菡萏"。《續一切經音義》卷七"芙蓉"條引作"未開者曰芙蓉，已開者曰菡萏也")

【通考】

冠南按：此乃訓《陳風・澤陂》"有蒲菡萏"之文，《毛傳》云："菡萏，荷華也。"與希麟所引大異，或出自《韓詩》。

【彙輯】

《詩・曹風》曰："彼己之子，三百赤紱。"刺其無德居位者多也。(《後漢書》卷四二《東平憲王傳》李賢注)

【通考】

冠南按：此乃訓《曹風・候人》之文。陳喬樅謂："《毛詩》'己'作'其'，'紱'作'芾'，與此異。章懷太子所引蓋據《韓詩》也。"(《韓詩遺説考》卷二之二)

【彙輯】

《詩傳》云："熠燿，鮮明也。"(玄應《衆經音義》卷十"熠燿"條，慧琳《一切經音義》卷三一"熠燿"條、卷四九"熠燿"條)

【通考】

冠南按：此乃訓《豳風・東山》"熠燿宵行"之文，《毛詩傳》云："熠燿，燐也，燐，螢火也。”此訓“鮮明”，與《毛傳》有别，或出自《韓詩》。曹植《螢火論》謂“《章句》以爲鬼火”，若玄應所引爲《韓詩》，則韓之原文或作“熠燿，鬼火鮮明也”。

【彙輯】

《詩》：“百神廟皆曰祠。”（慧琳《一切經音義》卷一三“法祠”條）

【通考】

冠南按：此乃訓《小雅·天保》“禴祠烝嘗”之文，《毛傳》云：“春曰祠。”此訓“百神廟”，與《毛傳》有别，或出自《韓詩》。

【彙輯】

《毛詩》云“卉木萋萋”也，《傳》云：“衆也。”（希麟《續一切經音義》卷四“卉木”條）

【通考】

冠南按：此乃訓《小雅·出車》之文，《毛詩傳》於“萋萋”無訓，此訓“衆也”，或出自《韓詩》。

【彙輯】

《毛詩傳》曰：“湑，浴也。”（慧琳《一切經音義》卷二二“苦海淪湑”條）

【通考】

冠南按：此乃訓《小雅·蓼蕭》“零露湑兮”之文，《毛傳》云：“湑湑然蕭上露貌。”此訓“浴”，與《毛傳》有别，或出自《韓詩》。

【彙輯】

《毛詩傳》曰：“譽，謂人美稱揚也。”（慧琳《一切經音義》卷二一“名譽”條）

【通考】

冠南按：此乃訓《小雅·蓼蕭》“是以有譽處兮”之文，《毛傳》無釋，此訓“人美稱揚”，或出自《韓詩》。

【彙輯】

《詩》云：“振旅闐闐。”言盛貌也。（慧琳《一切經音義》卷三四“闐闐”條）

【通考】

冠南按：此乃訓《小雅·采芑》之文，《毛傳》云：“入曰振旅，復長幼也。”此訓“盛貌”，與《毛傳》有别，或出自《韓詩》。

【彙輯】

《詩傳》曰：“矜，慎也。”(玄應《衆經音義》卷一三“冰矜”條)

【通考】

冠南按：玄應未引經文，故不知此訓所釋之文。《毛詩》含“矜”之句凡七則：《鴻雁》“爰及矜人”(《毛傳》：“矜，憐也。”)、《無羊》“矜矜兢兢”(《毛傳》云：“以言堅彊也。”)、《巷伯》“矜此勞人”(《毛傳》無訓)、《菀柳》“居以凶矜”(《毛傳》：“矜，危也。”)、《何草不黄》“何人不矜”(《毛傳》無訓)、《桑柔》“寧不我矜”(《毛傳》無訓)及《烝民》“不侮矜寡”(《毛傳》無訓)。觀此七例，或無訓義，或與“慎”義相異，故此訓或出自《韓詩》。以句義考之，此或訓“矜矜兢兢”之文。

【彙輯】

《毛詩》云：“惟石巖巖。”注云：“峻也。”(希麟《續一切經音義》卷二“巖岫”條)

【通考】

冠南按：此乃訓《小雅·節南山》之文，《毛傳》云：“巖巖，積石貌。”此訓“峻”，與《毛傳》有别，或出自《韓詩》。

【彙輯】

《詩》云：“正月繁霜。”《傳》曰：“繁，多盛。”(玄應《衆經音義》卷二五“無繁”條)

【通考】

冠南按：此乃訓《小雅·正月》之文，《毛詩傳》云：“繁，多也。”此訓“多盛”，與《毛傳》有别，或出自《韓詩》。

【彙輯】

《毛詩傳》曰：“吸，猶引也。”(慧琳《一切經音義》卷三一“吸鐵”條)

【通考】

冠南按：此乃訓《小雅·大東》“載翕其舌”之文，《毛詩》“吸”作“翕”，訓作“合也”，其用字及訓詁皆有别於《一切經音義》之引文，或出自《韓詩》。

【彙輯】

《毛詩傳》曰："莠似禾而非禾，待穟出方知别也。"（慧琳《一切經音義》卷一九"稗莠"條）

【通考】

冠南按：此乃訓《小雅·大田》"不稂不莠"之文，《毛傳》云："莠，似苗也。"此訓"似禾而非禾，待穟出方知别"，與《毛傳》有别，或出自《韓詩》。

【彙輯】

《詩》云："彼發有的。"《傳》曰："的，射質也。"（玄應《衆經音義》卷二"中的"條）

【通考】

冠南按：此乃訓《小雅·賓之初筵》之文，"彼發"誤乙，應作"發彼"。《毛詩傳》云："的，質也。"此訓"射質"，較《毛傳》更詳，或出自《韓詩》。

【彙輯】

《詩》云："屢舞僊僊。"《傳》曰："僊僊，醉舞皃也。"（玄應《衆經音義》卷七"僊僊"條）

【通考】

冠南按：此乃訓《小雅·賓之初筵》之文，《毛詩傳》云："僊僊然。"此訓"醉舞皃"，與《毛傳》有别，或出自《韓詩》。

【彙輯】

《詩》云："大任有娠。"《傳》曰："娠，動也。"（玄應《衆經音義》卷八"妊娠"條、卷一九"有娠"條）

【通考】

冠南按：此乃訓《大雅·大明》之文，《毛詩》"娠"作"身"，《毛詩傳》云："身，重也。"此作"娠"，訓"動也"，與《毛詩》經傳皆有别，或出自《韓詩》。

【彙輯】

《詩傳》云："捫，摸，猶以手撫持也。"（慧琳《一切經音義》卷一六"捫摸"條）

【通考】

冠南按：此乃訓《大雅·抑》"莫捫朕舌"之文，《毛傳》云："捫，持也。"此訓"摸，猶以手撫持"，與《毛傳》有别，或出自《韓詩》。

【彙輯】

《詩傳》云："（削）侵削也。"（慧琳《一切經音義》卷六三"刷削"條）

【通考】

冠南按：此乃訓《大雅·桑柔》"亂況斯削"之文，《毛傳》無訓，此訓"侵削"，或出自《韓詩》。

【彙輯】

《毛詩傳》云："贅，猶聚也。"（慧琳《一切經音義》卷九四"贅疣"條）

【通考】

冠南按：此乃訓《大雅·桑柔》"亂況斯削"之文，《毛傳》云："贅，屬。"此訓"聚"，與《毛傳》有别，或出自《韓詩》。

（三）諸家《韓詩》輯本序跋彙録

冠南按：《韓詩》亡佚之後，歷宋元明三代，皆寄身三家之列，至清代始復成專門之學。其間輯本紛然阜盛，而輯家之學殖、識見、格調、方法，往往畢見於序跋。兹裒録清人《韓詩》輯本之序跋於下，以供參考。清儒另有統輯《齊》《魯》《韓詩》之本多種，夙多逴僾之著，其間妍談偉論，已悉付諸正文通考之列，惟其序跋非專就《韓詩》而發，故不在彙録之列。

王謨《〈韓詩内傳〉序録》

《隋志》："漢常山太傅韓嬰撰《韓詩》二十二卷，薛氏章句。"《漢書·儒林傳》曰："韓嬰，燕人也。孝文時爲博士，景帝時爲常山太傅。

嬰推詩人之意，而作《内》《外傳》數萬言，其語頗與齊、魯間殊，然歸一也。淮南賁生受之，燕、趙間言《詩》者由韓生。韓生亦以《易》授人，推《易》意而爲之傳。燕、趙間好《詩》，故其《易》微，唯韓氏自傳之。武帝時，嬰嘗與董仲舒論《易》上前，其人精悍，處事分明，仲舒不能難也。後其孫商爲博士，孝宣時，涿郡韓生其後也。"《後漢書・儒林傳》曰："薛漢，字公子，淮陽人也。世習《韓詩》，父子以章句著名。漢少傳父業，尤善説災異讖緯，教授常數百人。建武初，爲博士，受詔校定圖讖。當世言《詩》者推韓爲長。永平中，爲千乘太守。政有異迹，後坐處事辭相連，下獄死。"《隋書・經籍志》曰："漢初，魯人申公受《詩》於浮丘伯，作詁訓，是爲《魯詩》。齊人轅固生亦傳《詩》，是爲《齊詩》。燕人韓嬰亦傳《詩》，是爲《韓詩》。終於後漢，三家並立。《齊詩》魏代已亡，《魯詩》亡于西晋，《韓詩》雖存，無傳之者。"《文獻通考》："晁氏曰：《漢志》十篇，《内傳》四，《外傳》六。隋止存《外傳》，析十篇。其及於經蓋寡，而其遺説往往見于他書，如'逶迤''郁夷'之類，其義與《毛詩》不同。"《經義考》曰："案《韓詩》惟《外傳》僅存，若《白虎通》所引曰'師臣者帝，交友受臣者王，臣臣者霸，魯臣者亡'，又曰'諸侯世子三年喪畢，上受爵命于天子，乃歸即位'，又曰'孔子爲魯司寇，先誅少正卯'，《風俗通》所引曰'舜漁雷澤'，《大戴禮》注所引曰'鶬鴰胎生，孔子渡江，見而異之'，杜佑《通典》所引曰'禘，取毁廟之主，皆升合食于太祖；祫，則群廟之主，悉升于太祖廟'，此皆《内傳》之文也。"按《韓詩外傳》十卷，已刊入叢書，亦有單行本，要非足本。若《内傳》，雖據《隋志》，"猶存，無傳之者"，至宋世已亡。朱子嘗欲寫出《文選注》中《韓詩章句》，未果。王應麟因更賡爲《韓詩考》，猶多遺漏。謨已别撰《韓詩拾遺》十六卷，以網羅諸《内》《外傳》放失，並加疏解。其義例詳具本書序文，兹不具録。衹仍據《毛詩》篇目，略爲詮次。凡鈔出《釋文》一百五十八條，《詩正義》九條，《周禮正義》五條，《禮記正義》七條，《公羊傳注》二條，《孟子音義》一條，《爾雅注疏》四條，《史記注》五條，《前漢書注》五條，《後漢書注》十六條，《文選注》九十三條，《水經注》

一條,《説文》一條,《玉篇》三條,《廣韻》一條,《白虎通》二條,《類聚》二條,《初學記》六條,《書鈔》一條,《御覽》十一條,《玉海》四條,朱子《詩傳》一條,董氏《詩故》六條。

(據《續修四庫全書》第一一九九册影印復旦大學圖書館藏嘉慶三年西齋刻本《漢魏遺書鈔·韓詩内傳》卷首録)

沈清瑞《〈韓詩故〉序》

敘曰:《漢書·藝文志》:"《韓故》三十六卷,《韓内傳》四卷,《韓外傳》六卷,《韓説》四十一卷。"《儒林傳》:"韓嬰,燕人也。孝文時爲博士,景帝時爲常山太傅。嬰推詩人之意,作《内》《外傳》數萬言,其語頗與齊、魯間殊,然歸一也。"《後漢書·儒林傳》:"薛漢,字公子,淮陽人也。世習《韓詩》,父子以章句著名。漢少傳父業,當世言《詩》者推韓爲長。永平中,爲千乘太守。"《隋書·經籍志》:"《韓詩》二十二卷,薛氏章句。《韓詩翼要》十卷,漢侯包傳。梁有《韓詩譜》二卷。"按其書今唯《外傳》行世,而《内傳》《韓故》《韓説》俱不傳,薛氏《章句》、侯氏《翼要》亦亡。蓋《韓詩》之學,絶于唐代,後之言《詩》者靡據焉。顧其斷章畸句,往往散見群書,清瑞就睹記所及,攈拾而჻之,以存韓氏之舊,薛氏之《章句》附焉。既而得浚儀王氏《詩考》,則所采已略備矣。因取經文字句與毛異者,皆爲詳注,所引之書,即條注句下,其有考證别書,或參鄙見者,則加案字,名之曰《韓詩故》。凡王氏之缺者補之,譌者釐之,其餘所摭《内傳》之文及未詳何屬者,别載卷末,以竢博雅君子。

(據山東大學圖書館藏民國二十二年鉛印本《沈氏群峯集·韓詩故》卷首録)

臧庸《〈韓詩遺説〉跋》

此庸舊輯本。嘉慶己巳三月,晤嘉善朱椒堂駕部於杭州撫署,索抄此册寄都中。余假歸里門,爲校正數事,命奴子潘壽寫以詒之,余爲覆勘。時四月十九日，用中記於常州岳園。

（據陳鴻森《臧庸拜經堂遺文輯存》録，載《書目季刊》第四十卷第二期，二〇〇六年。原據上海圖書館藏潘氏寫本原跋録）

趙之謙《〈韓詩遺説〉序》

武進臧君輯《韓詩遺説》二卷，復考正東萊、浚儀兩家所述，别爲《訂譌》一卷。顧千里氏嘗言："輯《韓詩》者，此爲最精。"阮文達撰《臧君傳》，亦記斯語。嘉慶初，承德孫氏刻《問經堂叢書》，於臧君輯本《馬王易義》《毛詩馬王微》《儀禮喪服馬王注》《爾雅漢注》外，有《韓詩遺説》列目未刊。臧君久客浙中，殁後，其子相易病卒京師，手稟不知屬誰氏，今惟浙中傳鈔本存耳。余所藏得自錢塘何氏夢華館，辛酉亂後失去，乙丑冬，復獲之坊肆，已闕三葉。仁和譚仲儀有汪氏振琦堂寫本，遂假歸補録，復爲完書。近儒所輯《韓詩》本，餘姚邵氏、高郵宋氏皆述《内傳》，金谿王氏《經翼鈔》漏略殊甚，歷城馬氏《玉函山房輯佚書》分《韓詩故》《韓詩内傳》《韓詩説》《薛君章句》《侯氏翼要》，爲最緐富，然採擇精審亦不及也。此本經鈔胥婁寫，間有誤字，今悉校改。中如"横由其畆"一條，既引《釋文》，連記《一切經音義》三、又六、又廿四於下，則臧君未加辨正。（玄應《一切經音義》三、又六引《韓詩》："南北曰從，東西曰衡。"廿四引作"南北曰從，東西曰廣"。皆與《釋文》異。又"周道威夷"條，引《文選》注，不及十一卷孫綽《天台山賦》；其作"倭遲"者，不及廿七卷顔延年《北使洛詩》。馬氏本則詳箸之。）所偶遺者，僅有蕭吉《五行大義》三引《韓詩》："溱洧有二水，三月上巳，鄭國嘗於此水上招魂續魄。"瞿曇悉達《開元占經》九十八引《韓詩》："《蝃蝀》，刺奔女。'蝃蝀在東，莫之敢指。'蝃蝀，東方名也。"又引《詩序》："'蝃蝀在東'者，邦邑（案"邦邑"乃"邪色"字誤）乘陽，人君淫泆之徵。臣爲君父隱諱，故言'莫之敢指'。朝非奔女，私奔淫泆，决成家室之背，指汝也（案此文疑有脱誤）。"二條與《後漢書》注互有詳略。（以上二條，馬本亦無之。）又據慧苑《華嚴經音義》引孟康注《韓詩》，乃沿南藏本之誤。孟康説："名吏休假曰告。"見《漢書・高帝紀》注，北藏本正作“《漢書》”，惟“吏”字誤“利”，二本若一（按泰興陳東之校徐刻《音義》已言之）。蓋臧君未見北藏，寫者且誤“利”爲“私”（臧君輯刻《音義》作“私”），輾轉疑似，遂成千慮之失。然其鉤擿幽隱，別擇甄録，致功良深。余綜校諸家，蔑以加於此，末綴宋氏《内傳徵》引“對彼雲漢”條，則《文選注》無之，近閱陳氏喬樅述家學，撰《韓詩遺説考》，云出鈔本《北堂書鈔·天部》二，是也。《遺説考》敘韓説次第，皆同此本，損益甚微，亦以見臧君所考定爲不易也。同治九年七月會稽趙之謙。

（據《叢書集成初編》第一七四六册排印本《韓詩遺説》卷首録）

陶方琦《〈韓詩遺説〉識語》

余前亦有傳録本，從復堂處假鈔也。趙刻亦因此本，余更取陳氏樸園《遺説考》略斠一過。癸未三月方琦書於吴門之香亶室。

（據《叢書集成初編》第一七四六册排印本《韓詩遺説》卷首録）

宋綿初《〈古韓詩説證〉序》

漢三家《詩》佚久矣，然《齊》《魯》雖亡，《韓詩》往往雜見。朱子語門人：“《文選注》多韓説，欲寫出。”王伯厚因其意，輯《詩考》，於《韓詩》蓋詳，以示扶微學、廣異義。歎古人之用心勤也。然其中猶多脱漏，又廑存字句，既不測其終始，亦莫知其是非，無徵不信，學者懵焉。綿初擬更掇拾，備西漢一家之言，披覽有得，輒筆之於書。王氏所遺者補之，略者詳之，群書相發明者，諸家有考正者，旁搜博采，引證以窮其歸趣，久而成帙，顛末具存於是。晋宋以來，不傳之學宛然復見，亦一快也。夫抱殘守己，君子所譏，朱子《集傳》尚已，然《抑》戒、《賓筵》、“不可休思”、“是用不就”、“彼徂者岐”，皆從《韓詩》。至如《爾雅·釋詁》訓兼“永”“羕”，《漢書·郊祀》義著“鬺”“亨”，《説文》獨取“楢”音，郭璞不識“葥”字，考諸《韓詩》，則古文古義粲如矣。笙詩六闋，鄭氏未曾聞；《都人》首章，服虔以爲逸。承學之士，抑又忽諸兩漢文章、六朝辭賦，藝林誦習，中間引用事典，每與今訓棖觸。不考《韓詩》,則古書之義多不可得而通也。書既成,釐爲九卷,命曰《古韓詩説證》。孔子曰:"多聞,擇其善者而從之;多見而識之,知之次也。"以此書參之《毛傳》,證之百家,其諸好古之人君子或亦有取於是與。高郵宋綿初。

（據北京大學圖書館藏乾隆五十四年述古堂刊本《古韓詩説證》卷首録）

宋綿初《〈韓詩内傳徵〉序》

漢三家《詩》佚久矣,然《齊》《魯》雖亡,《韓詩》猶雜見於他書。朱子語門人:"《文選注》多《韓詩》説,嘗欲寫出。"王伯厚因其意,輯《詩考》,於《韓詩》蓋詳,用以扶微學、廣異義。歎古人之用心勤也。然其中殊多脱漏:引書則篇卷不明,經文與傳注相汨,又斸存字句,既不測其終始,亦莫知其是非,無徵不信,學者懵焉。至鄭氏雖從張恭祖受《韓詩》,但其學該博,不名一家。如箋《詩》宗毛,有不同則下己意;注《禮》時未得《毛傳》,大率皆《韓》《魯》家言。若確然定爲《韓詩》之説,恐未必然也。綿初擬更掇拾,備西漢一家之言,披覽有得,輒筆之於書。王氏所遺者補之,略者詳之,疑似者去之。群書相發明者,諸家有考證者,旁搜博采,引證以窮其歸趣,久而成帙,顛末略存於是。唐宋不傳之書,宛然可見,亦一適也。夫抱殘守己,君子所譏,朱子《集傳》尚已,然《抑》戒、《賓筵》、"不可休思"、"是用不就"、"彼徂者岐",皆從《韓詩》。至如《爾雅・釋詁》字兼"永""羕",《漢書・郊祀》義著"鬺""亨",《説文》是證"馗"音,郭璞不解"葝"字,考諸《韓詩》,則古文古義粲如矣。笙詩六闋,鄭氏未曾聞;《都人》首章,服虔以爲逸。承學之士,抑又忽諸兩漢文章、六朝詞賦,藝林誦習,引用事典,每與今訓棖觸。不考《韓詩》,則古書之義多不可得而通也。孔子曰:"多聞,擇其善者而從之;多見而識之,知之次也。"以此書參之《毛傳》,證之百家,其諸好古之君子或亦有取於是與。《漢志》韓書凡四種,《隋志》止有《内》《外傳》,《内傳》益以薛氏《章句》爲二十二卷,今書載薛注甚多,而統曰《韓詩内傳》,從《隋志》也。高郵宋綿初。

（據《續修四庫全書》第七五册影印乾隆六十年志學堂刊本《韓詩内傳徵》卷首録）

宋保《〈韓詩内傳徵〉後識》

家大人纂《韓詩》成,授男保習之,以其古音古義之粲如也,當擇善而從矣。竊以漢三家《詩》立于學官,《毛》最晚出,自《毛傳》盛行于世,而三家微。《齊》《魯》早佚,《韓》自宋無徵。然《毛詩》多有與《韓詩》合者,如"緜蠻黄鳥",《韓詩》云:"緜蠻,文貌。"《毛傳》云:"小鳥貌。"其不以雙聲叠韻字象聲同也。"嬿婉之求",《韓詩》云:"嬿婉,好貌。""嬿婉"與"睍睆"聲同義近,故"睍睆黄鳥",《毛傳》亦訓"好貌"。"東門之墠",《韓詩》云:"墠,猶坦也。"《毛傳》云:"除地町町者也。"按"除地町町"即是"坦"義。"深則厲",《韓詩》云:"至心曰厲。"《毛傳》引《爾雅》:"由帶以上曰厲。"按"由帶以上"與"至心"同。"磬天之妹",《毛傳》云:"俔,磬也。""纖纖女手",《毛傳》云:"摻摻,猶纖纖也。""亹亹文王,綱紀四方",《毛詩》作"勉勉我王",《傳》云:"我王,謂文王也。"《文王》傳云:"亹亹,勉也。""徹彼桑杜",《韓詩》云:"杜,桑根也。"《毛詩》作"土",訓與之同。"何必茙矣",《毛傳》云:"禯,猶戎戎也。""天行艱難,之子不猶",《韓詩》云:"於我身,不我可也。"《毛傳》云:"猶,可也。""是用不就",《毛傳》云:"集,就也。""能不我狎",《毛傳》云:"甲,狎也。""揖我謂我婘兮",《韓詩》云:"婘,好貌。"毛于"碩大且卷"傳云:"卷,好貌。""莝之秣之",《毛傳》云:"摧,莝也。""棄予如隤",《韓詩》云:"隤,猶'遺'也。"此其訓詁之同者也。至夫"黽勉""密勿"一聲之轉,"馗""逵"、"陾""侚"二體之殊,音字雖分,義訓則一。其有可以正《毛傳》相沿之誤字者,"不可休思",毛本作"思",今則相承作"息",不敢輒改,致亂其體例矣。"緑薵猗猗",當從萹茿,今則相承作"竹",同于"籊籊竹干"之"竹",致有《淇奥》"緑竹"之説矣。"有渰萋萋,興雲祁祁"本作"興雲",故《傳》云:"渰,雲興貌。萋萋，雲行貌。祁祁，徐也，言行雲之徐也。"下方云"雨我公田"，先雲而後雨也。《韓奕》："祁祁如雲。"《傳》云："祁祁，徐靚也。"其證一。《大田》："上天同雲，雨雪雰雰。"其證二。今則相承作"興雨"，致"興雨"二字難以屬文矣。凡此，皆毛同于韓，而急宜改正者，讀《韓詩》瞭如矣。毛公本通《韓詩》，後以其有未安，又見三家互有踳駁，因爲《詁訓傳》于其家，自後河間獻王得而獻之，立于學官，于時學者皆退韓而宗毛。《韓詩》雖存，無傳之者，起來自矣，亦安知毛公未立傳之先之宗韓學也哉！且夫實事以求其是，斯兩説不妨並存。如《韓詩》云："聿，辭也。""將，辭也。""抑，意也。"此則較《毛傳》爲優。鄭康成注《禮》宗韓，箋《詩》宗毛，其不同，下以己意，然亦間有用韓説者，義豈一端而已？夫各有所當也。若夫"湘"之作"鬺"，"番"之作"鲦"，"碩大且儼"作"嬌"，"憬彼淮夷"作"獷"，"在彼空谷"作"穹"，"緜緜"之爲"民民"，"膴膴"之爲"腜腜"，"平平"之爲"便便"，"儦儦"之爲"駓駓"，"芮鞫"作"阮"，"臨衝"爲"隆"，孔沖遠謂："毛氏字與三家異者，動以百數。"此古音古義之存，關于文字聲音訓詁之大者。夫訓詁生于文字，文字起于聲音，古人之文，其音同音近者，義每不相遠，即《韓詩》以引而信之，觸類而求之，而聲音訓詁之道昭然矣。爰以所爲于庭訓者，箸于簡末。男保謹識。

（據《續修四庫全書》第七五册影印乾隆六十年志學堂刊本《韓詩内傳徵》卷末録）

孫馮翼《〈韓詩内傳徵〉題語》

《韓詩》見於《前漢志》，立于學官，歷世守之勿絶，至《宋・藝文》始不著録，其亡當在南渡時。今緝遺篇，有祗題"《韓詩》"，有題"薛君《章句》"，有題"《内傳》"，有祗題"《翼要》"，有題"章句"，不列薛氏名，仍依本書書之，不敢臆改，恐蹈武斷之咎。高郵宋氏題"《内傳徵》"，其名不雅馴，今更題"《遺説》"，較爲古雅。予向爲此學，今又导此，校其錯囮。宋氏書亦有遺漏，因校補之。丙寅小暑日入三商馮翼校畢并記。

（據國家圖書館藏孫馮翼批校本《韓詩内傳徵》扉頁録）

馬國翰《〈薛君韓詩章句〉序》

薛君《韓詩章句》二卷，漢薛漢撰。《後漢書·儒林傳》有漢傳，云："字公子，淮陽人也。世習《韓詩》，父子以《章句》著名。漢少傳父業，尤善説災異讖緯，教授常數百人。建武初，爲博士，受詔校定圖讖。當世言《詩》者，推韓爲長。永平中，爲千乘太守，政有異迹。"又《杜撫傳》云："杜撫字叔和，犍爲武陽人也。少有高才，受業於薛漢，定《韓詩章句》。"按薛漢父方，字子容，附見《漢書·鮑宣傳》。又《唐·宰相世系表》云："薛夫子名方，字夫子。廣德曾孫。"又云："傳《韓詩》以授子漢。"所謂"父子以《章句》著名"也。《章句》定於杜撫，稱"薛君"者，撫所題，尊師，故稱"薛君"。且同時有山陽張匡文通，亦習《韓詩》，作《章句》。著"薛君"以别之也。《隋書·經籍志》："《韓詩》二十二卷，漢常山太傅韓嬰，薛氏章句。"《唐書·藝文志》有《韓詩》卜商序、韓嬰注二十二卷，不書薛名，書已散佚。王應麟《詩考》輯附《韓詩》，而尚多漏略。兹更輯補，别爲二卷。薛君世傳之業粗見梗概，而《題約義通》猶可循《杜君注》云。歷城馬國翰竹吾甫。

（據《續修四庫全書》第一二〇一册影印長沙嫏嬛館補校本《玉函山房輯佚書·薛君韓詩章句》卷首録）

馬國翰《〈韓詩翼要〉序》

《韓詩翼要》一卷，漢侯苞撰。苞不詳何人，《隋書·經籍志》有《韓詩翼要》十卷，題漢侯苞。《唐書·藝文志》亦載《翼要》十卷，而不著作者之名，略也。今佚，唯從《正義》及陳暘《樂書》輯録四節，附考證，訂爲卷。其説"衣裼""弄瓦"，與《毛傳》合。《正義》取之爲毛説，意其以毛通韓，摘論節訓，故以"翼要"爲名與？歷城馬國翰竹吾甫。

（據《續修四庫全書》第一二〇一册影印長沙嫏嬛館補校本《玉函山房輯佚書·韓詩翼要》卷首録）

陳喬樅《〈韓詩遺説考〉序》

《詩》之有《魯》《齊》《韓》《毛》，猶《春秋》之有公、穀、鄒、夾也。鄒氏無師，夾氏未有書，故其傳不顯於世。《詩》則《魯》《齊》《韓》三家並立學官，家誦户習，終兩漢之世，經師稱極盛矣。顧自魏晋改代，毛、鄭《詩》行，而三家之學始微。《韓詩》雖最後亡，持其業者蓋寡。惟杜瓊著《韓詩章句》十餘萬言，見於《蜀志》；張紘從淮陽闓受《韓詩》，見於《吴書》；崔季珪少讀《韓詩》，就鄭氏學，見於《魏志》；晋大康中，何隨治《韓詩》，研精文緯，見於《華陽國志》。外此恒不數覯焉。夫去聖久遠，學不厭博，漢世褒顯儒術，建立五經，爲置博士，一經之學，數家競爽。凡别名家者，皆增置博士，各以家法教授，所以扶進微學，尊廣道藝也。後之人因陋就簡，安其所習，毁所不見。師法既失，家法就湮，豈非學士大夫之過歟！稽之《漢書·藝文志》，《韓詩經》二十八卷，《韓故》三十六卷，《内傳》四卷，《外傳》六卷，《韓説》四十一卷。而《隋書·經籍志》祇載"《韓詩》二十二卷，薛氏章句"。《唐書·藝文志》則載"《韓詩》卜商序、韓嬰注，二十二卷。又，《外傳》十卷"。然觀唐人經義及類書所引《韓詩》，要皆《薛氏章句》爲多，至於《内傳》，僅散見一二焉。據《後漢書·儒林傳》言薛漢"世習《韓詩》，父子以章句著名"，又言杜樵"少受業於薛漢，定《韓詩章句》，其所作《詩題約義通》，學者傳之，曰杜君注"，疑《唐書·藝文志》所載當即此種，故卷數與《漢志》不同，雖題爲韓嬰注，知非太傅之舊本，蓋《韓故》《韓説》二書其亡佚固已久矣。他如趙長君《詩細》，世雖不傳，然《韓詩譜》二卷、《詩歷神淵》一卷，侯包《韓詩翼要》十卷，具列《隋志》，是其書猶未盡佚。惜當時定《五經正義》，專主《毛詩》《鄭箋》，獨立國學，《韓詩》雖在，世所不用，課士不取，人無能明之者。陸元朗《經典釋文》間采毛、韓異同，而罣漏尚多，斯亦稽古者之大憾也。宋、元以後，毛、鄭《詩》亦復罕有專門，而《韓詩》之傳遂絶，其廲有存者，《外傳》十篇而已。説者因班《志》有“取《春秋》，采雜説，咸非其本義”之語，遂訾其不合詩意，不知董仲舒有言“詩無達詁”，劉向亦言“詩無通故”，讀《詩》之法，亦貴善以意逆志耳。太史公《儒林傳》稱韓生“推詩人之意，而爲《内》《外傳》數萬言，其語頗與齊、魯閒殊，然其歸一也”，夫《詩》三百篇中，邇之事父，遠之事君，興觀群怨之旨，於斯焉備。其主文而譎諫也，言者無罪，聞之者足以戒，善惡美刺，蓋不可不察焉。《孟子》曰：“王者之迹熄而《詩》亡，《詩》亡然後《春秋》作。”然則《詩》之與《春秋》，固相爲維持世道也。子夏序《詩》，言“國史明乎得失之迹，傷人倫之廢，哀刑政之苛，吟詠情性，以諷其上，達於事變，而懷其舊俗者也”。今觀《外傳》之文，記夫子之緒論與《春秋》雜説，或引《詩》以證事，或引事以明《詩》，使爲法者彰顯，爲戒者著明，雖非專於解經之作，要其觸類引伸，斷章取義，皆有合於聖門商、賜言《詩》之意也。況夫微言大義，往往而有：上推天人性理，明皆有仁、義、禮、智、順、善之心；下究萬物情狀，多識於鳥獸草木之名，考《風》《雅》之正變，知王道之興衰。夫固天命性道之藴，而古今得失之林耶！先大夫曩撰《三家詩遺説》，未卒其業。喬樅敬承先志，於《韓詩》詁訓，凡群籍所徵引者，旁搜博採，薈萃成帙，釐爲五卷，細加考證。其各家所述《韓詩》佚説，有與毛氏文異而義仍同，及文同而義或異，與夫文義並同者，咸備採之，以資參考。至《外傳》中引《詩》者，皆散附各篇，其於《詩》文無所附者，别爲一卷，著録於末，凡以存韓氏專家之學云爾。時道光二十年歲在庚子，侯官陳喬樅敘于京都城南之虎坊橋試館。

（據《續修四庫全書》第七六册影印清刻《左海叢書》本《韓詩遺説考》卷首録）

杜堮《〈韓詩内傳並薛君章句考〉序》

浙中多通經之士。自西河、竹垞後，淵源寖廣，家守其書，代衍其説，類能精思博考，成一家之言，非苟然也。予校士三衢，學博上虞錢君以所著《韓詩内傳及薛君章句考》來請，予讀而歎曰：漢儒釋經，經微深造，不可泯没，而其書之盛衰顯晦，各有其時焉。古來傳《詩》者四家，惟《韓》《毛》爲顓門之學，《毛》未著而《韓》盛行，《毛》既盛而《韓》遂廢。自宋以後，散見於他説，晦菴朱子欲録之而未能，厚齋王氏嘗考之而未備，後之學者，每不能舉其《傳》義，況《章句》乎？予嘗以爲《韓詩》之不可廢者有五：夫《詩》教傳於子夏，惟毛公、韓氏同出西河，自唐以來，均享聖廡，源流既正，著録並崇，一也。“世子受爵”，“毁主合食”，《黍離》閔於伯封，《賓筵》悔於睿武，考據是資，裨繄特重，二也。“愓愓，悦人之形”，“濊濊，流水之貌”，“菉竹”爲“緑蓄”，“唐棣”爲“夫移”，證之許、郭，訓詁足據，三也。“潔蠲”本於“潔圭”，“斯棘”由於“斯朸”，“衣裼”出於“衣褚”，“卓彼”起於“菿彼”，韓爲正字，毛爲假借，四也。“磬天之妹”，《大明》著其訓；“鸛鳴于垤”，《東山》通其解，《韓詩》苟失，毛義莫尋，其相爲表裏，五也。國家經學昌明，網羅群籍，遺編佚簡，蔚然並興。君於是書，獨能采摭詳備，兼取衆説，疏通證明，俾《韓詩》薛義粲然復明於世，豈非盛衰顯晦，各有其時！君之爲功於《詩》學，何止補晦菴、厚齋之缺而已哉？予故樂爲之序，以諗作者。賜進士出身誥授光禄大夫吏部右侍郎實録館副總裁提督浙江全省學政加三級杜堮撰。

（據復旦大學圖書館藏清鈔本《韓詩内傳並薛君章句考》卷首録）

周喬齡《〈韓詩内傳並薛君章句考〉序》

漢興，言《詩》者，《齊》《魯》《韓》三家。而傳《韓詩》者，自淮南賁生、河内趙子而後，凡三十餘家。平帝世，《毛詩》立而三家漸微，《齊》《魯》亡於魏晋，惟《韓詩》至唐開元間尚存，故章懷太子注范史、李善注《文選》，采用其説。張守節《史記注例》亦云：“與《韓詩》同者，則取《毛傳》《鄭箋》等釋之。”其著録陸元朗《經典釋文》者尤夥。先是，鄭康成從東郡張恭祖通《韓詩》，故三《禮》記注多宗韓説。箋《詩》雖主毛義，亦間羼前說。《衡門》"樂飢"，"樂"作"𤻲"；《十月之交》"抑此皇父"，"抑"讀"意"，非其驗與？嗣是傳韓學者，成都杜瓊見於《蜀志》，弘農董景道紀於《晋書》。《隋志》謂"魏晋無傳之者"，非篤論也。宋子朱子嘗欲録諸家所引，勒爲一書，而未有暇。伯厚王氏因之，作《詩考》。今人范太守家相復著《拾遺》，幾還韓生舊觀，宜無可置議矣。上虞錢漢村學博，自少有志於古，近復勤勤著述，雖嚴寒盛暑，鉛槧不輟，竊病范氏所輯尚有闕遺，因鉤稽群籍，益以己說，成《韓詩考》四卷、《附録》一卷，持以示余，並徵一言弁其端。端居多暇，紬繹數過，嘆其搜討既博，考覈亦精。内如據《外傳》以證《關雎》非刺詩，據《毛傳》以糾《鄭箋》訓"窈窕"爲"深宫"之失，據《韻會》引《說文》"其實似麥"證芣苢非木名，凡二百餘條，皆能援據儒先，自申己義，有功經訓不淺。至以"漾"爲"羕"假借字，訓"長"，可補《爾雅》郭注所未詳；以《漢官解詁》光禄勳，"勳"猶"閽"，《易》曰："爲閽寺。""薰"與"閽"通，可證《易》："厲薰心。"荀氏作"勳"，虞氏作"閽"，異文而非異義。古人謂不通群經，不能正一經之是。今漢村直以一經正群經之是，則其能通群經可知也。然余之所期於漢村者，抑知有進。嗟夫！自漢尚經學，延及唐宋，士大夫類以經說飾吏治，其善用之，則足以致太平而成上理；不善用之，適足以禍人家國。劉歆、王介甫輩，尤其彰明較著者也。漢村經明行修，久孚鄉里，迺者聖天子方下孝廉方正明詔，翕然首疋，其名上之縣大夫，縣大夫上之大府，行將拜官，宣力中外。漢村率其學守，兢兢業業，惟懼失墜，上匡王治，下福生民，以無負當宁求賢盛典，則兹書特其嚆矢焉。余知漢村久，平居自命，詎不然乎？漢村其勉之。時道光紀元之歲九月望前一日同郡友生周喬齡譔。

（據復旦大學圖書館藏清鈔本《韓詩内傳並薛君章句考》卷首録）

錢玫《〈韓詩内傳並薛君章句考〉識語》

《韓詩》既亡之後，搜掇殘剩者，自宋王伯厚始，顧《詩考》一書，兼及齊、魯，於韓且有漏遺。國朝范衡洲（家相）曾經拾遺，學識謭陋，動筆輒訛，吾無取焉；餘姚邵二雲（晉涵）有《韓詩内傳考》，金溪王仁圃（謨）有《韓詩拾遺》，韓學於是有專門矣。洪稚存亮吉稱邵學士所著足正伯厚之失而補其遺，余觀其稿，蓋未成之書也；《拾遺》雖未經見，然《遺書鈔》中所刻《内傳》，尚多罣漏。兹編仍諸家之舊注，依《毛詩》篇次，彙而録之，釐爲四卷。凡學韓者，另編附録，間採近世説韓之言，疏於各條，顔曰《韓詩内傳並薛君章句考》。雖收蒐臻廣，漏略仍所不免，所採衆説，亦未必持平。而體例燦陳，引證明悉，較邵、王二家所著，未知優劣果何如也？道光元年春王正月錢玫識。

（據復旦大學圖書館藏清鈔本《韓詩内傳並薛君章句考》卷首録）

段朝端《〈韓詩遺説續考〉序》

《齊》《魯》《韓》《毛》四家《詩》，漢儒遞相傳述，各守師法，多以章句名家。自魏晋間，三家《詩》失傳，世其學者遂尠。惟《韓詩》後亡，隋唐諸書徵引猶夥。國朝諸儒采輯，推陳氏喬樅《韓詩遺説考》爲詳，然近出諸古逸書所引《韓詩》之遺文，則猶多陳氏所未見。癸巳孟陬，顧竹侯文學以所撰《韓詩遺説續考》見示，亟開卷讀之。如《毛詩》“抱衾與裯”，《韓詩》“裯”作“幬”；《毛詩》“其樂只且”，《韓詩》“只”作“旨”；《毛詩》“榦不庭方”，《韓詩》“榦”作“韓”：皆韓用正字，毛用假字。《毛詩》：“氓之蚩蚩。”《傳》云：“蚩蚩，敦厚之貌。”韓則云：“蚩蚩，志意和悦貌也。”《毛詩》：“胡取禾三百廛兮。”《傳》云：“一夫之居曰廛。”韓則云：“廛，篿也。”《毛詩》：“蕃衍盈匊。”《傳》云：“兩手曰匊。”韓則云：“四指曰匊。”皆韓較毛義爲長。是編並詳爲考覈，闡發無遺，於正俗通假諸文，引證尤爲賅備，博通精核，卓然傳書。竹侯年及束脩，即汲汲於稽古，今甫逾冠，箸述等身，後起之才，不勝厚望。余先世有段福者亦習《韓詩》，（見《釋文·敘録》。《漢書·儒林傳》作“髮福”，“髮”乃“段”字傳寫之譌。）而余則幼而失學，於太傅《詩》故無所發明。然獲睹是編，《韓詩》雖亡而若存，余意亦少慰矣。光緒歲在癸巳如月段朝端序。

（據復旦大學圖書館藏光緒刻本《韓詩遺説續考》卷首録）

顧震福《〈韓詩遺説續考〉序》

國朝諸儒之治《毛詩》，積畢生之力，冣百家之言，索隱鉤深，去蕿釋滯，俾毛公之微言大義晦者以顯、痼者以通，千載沈霾，一朝軒露，美矣備矣，歎觀止矣！惜乎墨守毛義，排擊三家，其流幾與專己守殘、黨同門而妬道真者等，震福憾焉。夫有漢之世，三家《詩》早立學官，兩漢儒林，遞傳家法，辡辡濟濟，稱極盛焉。其所以霝零無存者，未始非魏晋改代以來博士經生專攻毛而棄三家之過也。今幸三家遺誼猶時時見於他説，固治《詩》家所愜當考證者，此陳樸園先生所以有《三家詩遺説考》之作也。震福不度溝瞀，欲即群書之引三家《詩》者，拾陳輯之遺，以補考之。知宋董逌之《齊詩》、明豐坊之《魯詩》皆陋儒僞撰，未足徵信，而此外又罕覯焉。惟從《原本玉篇》《玉燭寶典》《慧琳音義》輯得《韓詩》百數十事，芟其與陳輯複者，斸存百餘事，稽譔其説，成書四卷。見《韓詩》之與毛異文，有毛爲古文、韓爲今文者，有毛爲假字、韓爲正字者，其義則與毛同者而説較顯，與毛異者而説較優。遂益歎《韓詩》之有補於毛，而愈惜其早佚也。然麟鳳一毛、龜龍片甲，亦甚足寶貴矣。他日有暇，當舉陳《考》而補正之，以竟《韓詩》專家之業，備治《詩》者擇善而從焉。光緒歲在尚章大芒落孟陬山陽顧震福識。

（據復旦大學圖書館藏光緒刻本《韓詩遺説續考》卷首録）

陶方琦《〈韓詩遺説補〉序》

《漢・藝文志》："漢興，魯申公爲《詩》訓故，而齊轅固、燕韓生皆爲之《傳》。"蓋三家皆今文之學，《齊》《韓》多同于《魯》，《韓》尤與《魯》相近也。嘗謂兩漢之世，競習今文三家，並列學官，共循師説。許、鄭大儒，皆先受今文之學：鄭從張恭祖受《韓詩》，見于本傳；許君《説文解字》間存《韓詩》之説，此其證也。《毛詩》晚出，汔今猶存，今文流别，世昧其義。臧氏《韓詩遺説》一書，視勺園、玉函所輯，至爲覈寔，陳氏樸園《韓詩遺説考》即本是書，略爲演贊。方琦好爲《詩》今文之學，舊述《魯詩》，歷有年所，斠録盈匧，彶彶不徨。自昔通儒皆熟洽古今文之學，親見完書，擇善而從。迤及于今，《魯詩》已亡，《韓詩》亦佚，賴乾嘉經師搜羅畜拾，漢經笵□，斯世猶知拜經先生所輯《韓詩》，非經左譣，不忘剌取。前從復堂傳録是書，趙氏所刻亦此本也。方琦近歲得見唐釋慧琳《大藏音義》、希麟《續音義》及日本新刻《玉篇》零部、隋杜臺卿《玉燭寶典》，次第補緝《韓詩》一百五十餘條，其義爲臧氏未采，寔逾其半，怏睹至寶，亦即補成。至引書尚有互相表著者，如《大藏音義》二十八引《韓詩》："繽繽，往來貌。"無可比附。迨閱唐本《玉篇》，其文屬于"緝緝繽繽，謀欲譖言"之下。《大藏音義》七十六引《韓詩》："瀞，清也。"無可比附。迨閱唐本《玉篇》，其文屬于"會朝瀞明"之下。又如《釋文》引《韓詩》："勿予禍適。適，數也。"唐本《玉篇》引從言作"讁"。《釋文》引《韓詩》："歌以訊止。訊，諫也。"唐本《玉篇》引從卒作"誶"。《大藏音義》二十引《韓詩》："迺，大也。"唐本《玉篇》引作"乃，大也"。《大藏音義》三十一引《韓詩》："譌言，妖言也。"唐本《玉篇》引作"訛言，諠言。"至如《大藏音義》九十五引《韓詩》："陶，變也。"知玄應經引"上帝甚陶。陶，變也"爲《韓詩》義。《大藏音義》六十三引《韓詩》："娠，振動于内也。"知玄應經引"大任有娠。娠，動也"爲《韓詩》義。《大藏音義》九十九引《韓詩》："捊，聚也。"知《説文》引"原隰捊矣"爲《韓詩》義。《大藏音義》六十二引《韓詩》："幬，單帳也。"知《爾雅》郭注引"抱衾與幬"爲《韓詩》義。又《大藏音義》三十九引《韓詩》："四肢以應四時。"乃《外傳》語。三十引《韓詩》："橛株有深坑。"乃《韓非子》語。十四引《韓詩》："樞機，制動之主。"乃《周易》韓康伯注文。皆當翔實屏謬，完歸本書。如此之類，不可臚舉，倘獲暇日，麄爲發明。章闡今文，𨙸資撢討，闕諸畜德，共志師承。夫讀書至老不能徧，古人不及見今人，每念此言，輒用皇然。陶方琦譔。

（據復旦大學圖書館藏清鈔本《韓詩遺説補》卷首録）

(四)諸家《韓詩》輯本提要彙録

冠南按:乾嘉以降,《韓詩》單輯本繁充並作,理宜嘉尚。至民國間纂修《續修四庫全書總目提要》,特於清儒所輯《韓詩》博究沈研,綜論品覈,各家詳略得失爰無遯形,而清人《韓詩》學之始末源流始昭徹可考,是《提要》之有功於《韓詩》學亦大矣。雖間有失考之處,亦存峻刻之言,然小疵終不害大醇。因彙録其文,以供參稽。

江瀚《〈韓詩故〉提要》

《韓詩故》二卷,鄉嬛館補校本。漢韓嬰撰,清馬國翰輯。

《漢書·藝文志》:"《韓故》三十六卷、《韓内傳》四卷、《韓外傳》六卷、《韓説》四十一卷。"而《隋志》祇載《韓詩》二十二卷,薛氏《章句》。《唐志》則載《韓詩》卜商序、韓嬰注二十二卷。然觀唐人經義及類書所引,皆薛氏《章句》爲多。至於《内傳》,僅散見一二焉。緣當時定五經正義,專主《毛詩鄭箋》,獨立國學。《韓詩》雖在,世所不用。宋元以後,毛鄭詩亦罕有專門,而《韓詩》之傳遂絶。其僅存者,《外傳》十篇而已。是篇所輯,頗爲寥落。由其以薛君《章句》别爲一編,除《經典釋文》而外,所採無幾。至如《李黄集解》引"《韓詩·柏舟》,衛宣姜自誓所作","《燕燕》,衛定姜歸其娣送之而作",案《詩考》亦引之。吕祖謙《讀詩記》引董逌云:"《韓詩》:'古之人無斁。''斁'作'擇'。"大都難以徵信。又"得此䱷鼀。䱷鼀,蟾蜍也",注云:"范處義《解頤新語》。"而不知已見《説文·黽部》:"䱷鼀,詹諸也。《詩》曰:'得此䱷鼀.'言其行鼀鼀。"然《太平御覽》引《韓詩》及薛君《章句》仍作"戚施",則此非《韓詩》,故陳喬樅列之《齊詩》也。至"雨無其極,傷我稼穡",蓋本劉安世《元城語録》。善乎陳喬樅曰:"孔氏作《正義》時,《韓詩》尚存。若《韓詩》作《雨無極》,且篇首多'雨無其極'二句,《正義》何得無一語及之?劉安世説之爲僞妄,此不待辨而明。"斯言當矣。

著書難，輯書亦正不易歟。

（據中華書局一九九三年版中國科學院圖書館整理《續修四庫全書總目提要·經部·詩類·三家詩》録，下同，不復注出處）

江瀚《〈韓詩輯〉提要》

《韓詩輯》一卷，蓮池書局刻本。清蔣曰豫輯。

其書亦《蔣侑石遺書》之一。篇中如《芣苢》引《説文繫傳通釋》："芣苢，木名，實似李。"案此王肅説，蓋本《周書·王會解》，王基《毛詩駁》已正之。《文選·辨亡論》李善注："薛君《章句》：芣苢，澤瀉也。"則此非《韓詩》，審矣。《甘棠》引《漢書·王吉傳》，是也。又引劉向《説苑》，向傳《魯詩》，不應援入。《新臺》引范處義《解頤新語》："得此䵶鼀。䵶鼀，蟾蜍也。"案《説文·黽部》："䵶鼀，詹諸也。《詩》曰：'得此䵶鼀。'"但言"《詩》曰"，不云《韓詩》。且《太平御覽》引《韓詩》及薛君《章句》，仍作"戚施"，外於異文爲合宜耳。《丘中有麻》引《顔氏家訓·勉學篇》："將其來施施。"案《顔氏家訓·書證篇》曰："河北皆云'施施'，江南舊本悉單爲'施'。"是不必《韓詩》，毛亦作"施施"也，故《傳》曰："施施，難進之意。"《渭陽》引《後漢書·馬援傳》注："秦康公送舅晋文公于渭之陽。念母之不見也。曰：'我見舅氏，如見母焉。'"案《後漢書·馬防傳》章懷太子注云："其《詩》曰：'我見舅氏，如見母焉。'"蓋用《序》文，非《韓詩》也。《南有嘉魚》引《説文》"蒸然"，范家相云《韓詩》，案《説文·魚部》引《小雅》仍作"烝"，范云《韓詩》更無據。諸多此類，抑可謂費而無功矣。

倫明《〈韓詩内傳〉提要》

《韓詩内傳》一卷，《漢魏遺書鈔》本。漢韓嬰撰，清王謨輯。

首有《序録》，凡得《釋文》一百五十八條，《詩正義》九條，《周禮正義》五條，《禮記正義》七條，《公羊傳注》二條，《孟子音義》一條，《爾雅注疏》四條，《史記注》五條，《前漢書注》五條，《後漢書注》十六條，《文選注》九十三條,《水經注》一條,《説文》一條,《玉篇》三條,《廣韻》一條,《白虎通》二條,《藝文類聚》二條,《初學記》六條,《北堂書鈔》一條,《太平御覽》十一條,《玉海》四條,朱子《詩傳》一條,董氏《詩故》六條。然罣漏尚多,見於王氏《詩故》者,亦未收入,他可知矣。他輯本多兼薛君《章句》,謨獨不及。《序録》稱"别撰《韓詩拾遺》十六卷,網羅諸《内》《外傳》散失,並加疏解"云云,今未見傳本,其屬於《内傳》者,豈尚有溢出於是本外者耶?

倫明《〈韓詩翼要〉提要》

《韓詩翼要》一卷,《漢魏遺書鈔》本。漢侯苞撰,清王謨輯。

按《隋志》:"《韓詩翼要》十卷,漢侯苞撰。"《唐志》同,惟不著撰人。今本《隋志》。誤作侯芭,則揚雄弟子,所稱"載酒問奇字"者也。惟《漢志》無此目,其出處亦不可考。《困學紀聞》稱"董氏舉侯包言'衛武公作《抑》詩,使人日誦於其側',朱子謂不知出於何處"云云。蓋其書亡於唐代,宋時説《詩》家已罕有能舉之者矣。謨從《詩正義》輯得三條,《隋書·樂志》輯得一條,備傳《韓詩》者之爪鱗可也。

張壽林《〈韓詩翼要〉提要》

《韓詩翼要》一卷,《玉函山房輯佚書》本。漢侯芭撰,清馬國翰輯。

《漢書·揚雄傳》云:"雄家素貧,嗜酒,人希至其門。時有好事者載酒肴從游學,而鉅鹿侯芭常從雄居,受其《太玄》《法言》焉。天鳳五年卒,侯芭爲起墳,喪之三年。"《藝文類聚·冢墓門》引《揚雄家牒》亦云:"子雲以天鳳五年卒。所厚沛郡桓君山、平陵如子禮、弟子鉅鹿侯芭,共爲治葬。侯芭負土作墳,號曰玄冢。"則侯芭蓋鉅鹿人,爲揚雄弟子。惟王應麟《困學紀聞》云:"董氏舉侯包言:'衛武公作《抑》詩,使人日誦於其側。'朱子謂不知出何處。愚考侯包之説,見於《詩正義》。《隋·經籍志》:'《韓詩翼要》十卷,侯包撰。'然則包學《韓詩》者也。”是“芭”或作“包”。又,《詩正義》引作侯苞,則“包”亦作“苞”。按“芭”“苞”字形相近,義亦相通,故自來傳寫不一。其作“包”者,則又因“苞”之誤也。又考《論衡·案書篇》云:“子雲作《太玄》,侯鋪子隨而宣之。”則鋪子爲其字矣。又唐王涯《説玄》稱“鉅鹿侯芭子常”,則芭又字子常。《揚雄傳》“芭”字下蓋敚“子”字,其原文當云:“鉅鹿侯芭子常從雄居。”下文王邑、嚴尤謂桓譚曰:“子常稱揚雄書,豈能傳於後世乎?”此稱子常,即謂侯芭,非補桓譚也。芭時代未詳,或與桓君山同時,約卒於光武之世歟?所著有《法言注》(見《隋志》)、《太玄注》(見王涯《説玄》)。又今所傳《太玄釋文》,亦出於芭。考《隋志·經部·詩類》著録《韓詩翼要》十卷,漢侯芭傳。惟兩《唐志》著録,皆作卜商撰。夫兩志所載,如此其謬,則其書之亡佚也久矣。是編爲清馬國翰輯本,惟從孔穎達《毛詩正義》及陳暘《樂書》輯録四則,合爲一卷。按侯康《補後漢書藝文志》云:“侯氏説見於《正義》者:《斯干》詩、《白華》詩、《江漢》詩、《抑》詩。又,《隋書·樂志》牛弘修皇后樂引一事。”是編所輯,大抵略同。今考其書,説“衣裼弄瓦”,皆與《毛傳》義合。馬國翰謂其“以毛通韓,摘論節訓,故以‘翼要’爲名”,可謂深得其書之指趣矣。

江瀚《〈薛君韓詩章句〉提要》

《薛君韓詩章句》二卷,《玉函山房》本。漢薛漢撰,清馬國翰輯。

《後漢書·儒林傳》稱“漢世習《韓詩》,父子以章句著名,漢少傳父業”,又稱“杜撫受業於薛漢,定《韓詩章句》”。是《章句》稱薛君者,撫所題也。國翰輯是書序云:“薛漢父方字子容,附見《漢書·鮑宣傳》。又《唐·宰相世系表》云:‘薛夫子名方,字夫子。廣德曾孫。’”案《漢書·鮑宣傳》言王莽時清名之士,齊則薛方子容。據《唐書·世系表》:“漢父名方丘,字夫子。”初不名方。則薛方子容自别是一人。且世謂《章句》爲漢撰,亦尚有疑。《後漢書·馮衍傳》章懷太子注薛夫子《韓詩章句》曰“詩人言雎鳩貞絜,以聲相求,必於河之洲”云云,因知《章句》爲方丘撰，非漢撰也。《明帝紀》引此仍作薛君《韓詩章句者》，蓋薛君即謂薛夫子耳。正如《三家詩遺説考》，成於陳喬樅，實本其父壽祺，故張之洞《書目答問》遂以此書屬壽祺。所謂薛夫子《韓詩章句》，殆亦猶是歟？

江瀚《〈韓詩内傳徵〉提要》

《韓詩内傳徵》四卷，《積學齋叢書》本。清宋緜初撰。

緜初字守端，江蘇高郵人。乾隆四十二年拔貢，官訓導。是書蓋因宋王應麟《詩考》所輯《韓詩》尚多遺略，特爲搜補。以《漢志》《韓詩》凡四種，《隋志》止有《内》《外傳》，《内傳》益以薛氏《章句》爲二十二卷。今書載薛注甚多，而統曰《韓詩》，從《隋志》也。其中如"和樂且耽"，《釋文》："《韓詩》曰：'耽，樂之甚也。'"案慧琳《一切經音義》載《韓詩》："無與士媅。"又引《韓詩》云："媅，樂之甚者也。"是《毛詩》作"耽"，《韓詩》作"媅"。"棄予如隤"，《文選》陸機《歎逝賦》注："薛《章句》曰：隤，猶遺也。"案此與馮登府《三家詩異文疏證》同。唐本《玉篇》零卷"隹部"引《韓詩》曰："昊天上帝，即不我隤。隤，遺也。"是《韓詩》此字屬《雲漢》，不屬《谷風》。二書晚出，殆未之見。又有兩説並存，無所折衷者。如《汝墳》，《後漢書・周磐傳》注："《韓詩》曰：辭家也。"《塵史》中："思親之詩。"《鷄鳴》，《太平御覽》："《韓詩》曰：讒人也。"《玉海》："《韓詩章句》曰：説人也。"序各歧異，必有一譌。至《芣苢》，《文選》劉峻《辨命論》注："薛君曰：芣苢，澤舄也。芣苢，臭惡之草。"《説文繫傳通釋》："《韓詩》曰：芣苢，木名，實似李。"此似《文選注》是，而《説文繫傳》非。《燕燕》，《李黄集解》："《韓詩》曰：衛定姜歸其娣，送之而作。"范處義《補傳篇目》："定姜歸其婦。"（案劉向《列女傳・母儀篇・衛姑定姜》曰"公子既娶而死，其婦無子，畢三年之喪，定姜歸其婦，自送之至於野，乃賦詩"云云。《禮記・坊記》鄭注雖亦以爲衛夫人定姜之詩，而説又小異。鄭從張恭祖受《韓詩》，故或以此注爲《韓詩》，疑不能明也。）此似《補傳》是，而《集解》非。乃不著一語，何也？惟謂《御覽》引《韓詩》："簡簡黄鳥，載好其音。""簡"與

“睍”同部字，其下字當必係與“睆”字同部，與“簡”字雙聲。《御覽》影宋本但有“簡”字，無“簡”字重文，弟二字空白，知其不作“簡簡”明矣。但未審當係何字，録存誤文，以待參考。是則得之。或以爲本作“簡斤”，“簡斤”雙聲，如“閒關”之類，亦未必誤。陳喬樅又謂“斤”字乃“反”之譌，《韓詩》作“簡昄”，轉寫脱去目旁，僅存其半爲“反”字。皆强爲之解，不如闕疑之爲當也。

張壽林《〈韓詩〉提要》

《韓詩》不分卷，《鶴壽堂叢書》本。不著撰人姓氏。

高郵王士濂望溪以之刊入《鶴壽堂叢書》中。按《鶴壽堂叢書》中，别有宋緜初《㲉園經説》三卷，其第二卷原闕。今考是編，蓋即《㲉園經説》之第二卷。不知王氏何以析出，别爲一書，且不題撰人姓氏。又據其書第一篇篇名，以《韓詩》名其書，亦未詳其故。按緜初字守端，高郵人。乾隆拔貢，官訓導。邃於經術，尤長於説《詩》。所著有《韓詩内傳徵》《困知録》《㲉園經説》，行於世。是編不分卷，不載經文。有所見，則分别條録之，而於每條之上，各加標題。大抵首先通論全經，然後遇有疑義，輒依《三百篇》舊次，爲之疏解，亦不盡釋全經，蓋緜初讀《詩》時劄記之作也。其書大旨以《韓詩》爲宗，而斟酌於小序之間。故開篇即論《韓詩》傳授淵源，而深有慨於後儒不知三家之爲《毛詩》先河。其書指趣，略可概見矣。按緜初於《詩》，潛心三家，邃於《韓詩》。其《韓詩内傳徵》一書，尤爲士林之所重。是編持論，多與《韓詩内傳徵》相發明。其論《齊風·還》篇：“子之還兮，及揖我謂我儇兮。”謂：“《釋文》云：‘還，《韓詩》作“嫙”。嫙，好貌。’‘儇，《韓詩》作“婘”。婘，好貌。’其《韓詩》作‘嫙’作‘婘’，而《毛詩》作‘還’作‘儇’者，蓋師有異讀。聲近借字。”並引他詩及《説文》《廣雅》，以証《韓詩》之爲古訓，其來有自。又如論“雨雪瀌瀌，見晛曰消”，謂曰：“當從《韓詩》作‘聿’。聿，辭也。”並引《離騷》注及《爾雅·釋親》注引《詩》，以証古人“曰”“聿”通用。若此之類，多涉訓詁，莫不據古人聲音通假之理，以推其本誼。雖其所疏解，間有不盡合於經旨者，然其恪守家法，語必有據，固篤實近理，不失爲一家之學焉。

江瀚《〈韓詩遺説〉提要》

《韓詩遺説》二卷《訂譌》一卷，《靈鶼閣叢書》本。清臧庸撰。

庸初名鏞堂，字在東，又字用中，江蘇武進人。高祖琳以經學顯於世。庸嘗受業盧文弨之門。是書初爲會稽趙之謙序，稱顧千里氏嘗言："輯《韓詩》者，此爲最精。"然如《凱風》："簡簡黄鳥，載好其音。"據宋縣初《韓詩内傳徵》："《太平御覽》影宋本但有'簡'字，無'簡'字重文，第二字空白，知其不作'簡簡'也。'簡'與'晛'同部字，其下字當必係與'睆'字同部、與'簡'字雙聲。未審當作何字。"則此宜闕疑也。《湛露》："其桐其椅，其實離離。"據《初學記》引《韓詩》下尚有注云："離離，長貌。"則此宜補入也。至於《谷風》："棄予作遺。"顧廣圻已云："元槧本《外傳》'棄予作遺'，壞字也。"不當采矣。《常棣》："和樂且耽。"顧廣圻案："元槧本《外傳》作'湛'。"今考慧琳《一切經音義卷六十八》引《韓詩》云："媅，樂之甚者也。"是《韓詩》作"媅"，或作"湛"，《毛詩》乃作"耽"耳。慧琳《音義》及唐殘本《玉篇》《玉燭寶典》諸書，皆有《韓詩》遺説，惜庸未見。就其所輯，爲力已勤。凡未詳所屬者十七條，附録於後。《訂譌》一卷，於董逌《廣川詩故》之臆撰、王應麟《詩考》之誤會，並悉爲糾正云。

孫人和《〈韓詩内傳並薛君章句考〉提要》

《韓詩内傳並薛君章句考》四卷，傳鈔本。清錢玫撰。

玫字元杰，號漢村。上虞人。廩貢生。歷署西安教諭，長興訓導，後選補杭州昌化訓導，不就。道光辛巳，徵舉孝廉方正。賜六品頂戴。是書但見鈔本，據《上虞縣志》卷十二《人物志》，但云《韓詩注》，與此異名，且未言卷數，蓋未刊行也。四卷之前，有"《韓詩》師承"一表；四卷之末，有附録筆談二部。觀其所輯疏失良多。《韓詩》

師承，采録未備。如尹勤、梁景、韋著、胡碩、崔炎、張紘皆習《韓詩》者也，玫並遺之，其失一也。漢人習《韓詩》者，多於援引之中，推得其誼。玫皆不取，其失二也。既引《外傳》，自當備録。玫或取或否，用意安在，其失三也。援用《釋文》，誤混音切。卷二“又缺我銶”，引《釋文》云：“鑿屬也。今之獨頭斧。”（鈔本作“今獨釜頭”，誤。）不知下句乃《釋文》引又一説，非《韓詩》誼也，而並入之，至爲疏錯，其失四也。簡擇各書，自宜詳密，不應多所脱佚。如《文選・曲水詩》注引薛君《章句》：“文王聖德上及飛鳥，下及魚鼈。”《白虎通》上引《韓詩内傳》云：“諸侯世子三年喪畢，上受爵命於天子。所以名爲世子何？言欲其世世不絶。”《文選・詠史詩》注亦引之。《曲禮正義》引云：“乃歸即位何？明爵天子有也，臣無自爵之義。”玫皆未引。餘亦多所遺落，其失五也。引用《韓詩》之誼，審定經文，不宜殽亂。如“惟，辭也”，以經文所見最先言之，則當在《葛覃》“維葉萋萋”之下。以《生民》言之，則當在“時維姜原”之下，而玫獨附於“時維后稷”。又“萬人顒顒，仰天告愬”，當在《雲漢》“瞻卬昊天”之下，玫列於《節南山》“蹙蹙靡所騁”之下。皆不允合，其失六也。疏證之處，亦有可議。如“室人交徧讙我。讙，就也”，玫謂“就”爲“訧”字之誤。桂馥本有此説，其實非也。《廣雅・釋詁》：“讙，就也。”明用《韓詩》，安得改“就”爲“訧”乎？“考槃在阿。曲京曰阿”，《文選注》“京”作“景”，自是誤字，而玫謂“京”爲假借字，於“在彼中阿”，逕引“曲景曰阿”，真所謂倒植者，其失七也。以無可附麗者，仿《詩考》之例，列於卷末，其實未嘗不可附麗，玫考之不審耳。如“辟，除也”，解“日辟國百里”；“道威夷者也”，解“周道威夷”；“煦，暖也”，解“煦日始旦”；“嫕，悦也”，解“伊胡爲嫕”；“承，受也”，解“承筐是將”。安得謂無所附麗乎？其失八也。凡此諸端，未免輕率。然自王氏《詩考》以來，輯《韓詩》者互有得失。三家《詩》齊、魯先亡，《韓詩》自晋以後傳者漸少，唐末亡佚。玫則師承至唐而止，可供考覈。疏證《韓詩》，廣引先儒之説，亦足以備參稽。引用諸書，如任淵《后山詩注》、俞德鄰《佩韋齋新聞》之屬，多爲輯《韓詩》者所不措意。

是此書可取者雖少,亦未始無一端之長也。

江瀚《〈韓詩遺説考〉提要》

《韓詩遺説考》五卷《韓詩外傳附録》一卷,《皇清經解續編》本。清陳喬樅撰。

言三家《詩》者,魯、齊尚不免附會,《韓詩》則皆信而有徵。然或執其誤倒之文及異字,不知所屬,而强爲之説,胥失之矣。是編如《周南·關雎》:“鐘鼓樂之。”《韓詩外傳》五引《詩》作“鼓鐘”。《考》謂:“《外傳》言:‘天子左五鐘,右五鐘。’而不及鼓。侯包言后妃房中之樂,亦但云‘有鐘磬’而不及鼓。疑《韓詩》之義訓‘鼓’爲‘擊’,不與毛同。”其説非是。近儒皮錫瑞《詩經通論》尤力伸韓義,以爲“鼓音重濁,於房中不宜”。不知《禮·學記》明言:“鼓無當於五聲,五聲弗得不和。”《樂記》亦言:“鐘鼓干戚,所以和安樂也。”烏得斥鼓音爲重濁乎? 又謂:“鼓人上堂,不入房中,不與鐘磬並列。”(案《周禮·小胥》:“正樂縣之位。”鄭注:“樂縣,鐘磬之屬。”賈疏釋曰:“凡縣者,通有鼓鎛,亦縣之。鄭直云‘鐘磬’者,據下成文而言。”)亦謬。《周禮·春官·鐘師》:“凡祭祀饗食,奏燕樂。”鄭注:“以鐘鼓奏之。”燕樂,房中之樂,是房中之樂有鐘鼓也。故漢唐山夫人《安世房中歌》曰:“高張四縣,樂充宫庭。”且鐘磬自在堂下,不在房中。以房非設樂之所,則房中之樂有鼓甚明。《韓詩外傳》一引《詩》仍作“鐘鼓”。此爲誤倒其字,何疑?《邶風·燕燕》,王氏《詩考》載《韓詩》:“衛定姜歸其娣送之而作。”下注:“李迨仲云。”其不足據可知。《禮記·坊記》:“《詩》云:‘先君之思,以畜寡人。’”鄭注:“此衛夫人定姜之詩也。定姜無子,立庶子衎,是爲獻公。畜,孝也。獻公無禮於定姜,定姜作詩,言獻公當思先君定公,以孝於寡人。”案《鄭志·答炅模》云:“爲《記注》時就盧君,先師亦然。”“先師”謂張恭祖也。《後漢書·鄭玄傳》:“從東郡張恭祖受《韓詩》。”然則此《記注》真《韓詩》遺説,乃失採入。李迨仲所云“歸其娣”,殆“娣”即“婦”之譌耳。又《小雅·角弓》:“莫肯下遺。”《文選·歎逝賦》注引薛君《韓詩章句》曰:“隤,猶遺也。”盧文弨《札記》疑《谷風》“棄予如遺”,《韓詩》作“如隤”,故薛君云然。《考》謂:“《韓詩外傳》七引《谷風》詩作‘遺’,則薛君所釋確爲此篇章句無疑。盧氏偶失檢。”今案唐殘本《玉篇·阜部》引《韓詩》曰:“昊天上帝。即不我隤。”《廣雅·釋言》:“則,即也。”得此始知盧、陳皆舛。《大雅·瞻卬》:“伊胡爲慝。”《文選·神女賦》注引《韓詩》曰:“嫕,悦也。”盧文弨疑爲“懿厥哲婦”之“懿”,而馮登府從之。宋緜初《韓詩内傳徵》疑爲“伊胡爲慝”之“慝”,而陳氏從之。其實未知何屬,同爲蔓揣,宜從蓋闕。至於唐殘本《玉篇》及慧琳《一切經音義》,其所引《韓詩》尚有溢出此編之外者,則由當時未見其書,非關疏漏也。

張壽林《〈韓詩遺説續考〉提要》

《韓詩遺説續考》四卷,光緒十九年刊本。清顧震福撰。

震福字竹侯,山陽人。所著有《毛詩别字》六卷、《齊詩遺説續考》《魯詩遺説續考》各一卷,及是編,行於世。是編前有光緒癸巳段朝端序及震福自序。據段氏序云:“癸巳孟陬,顧竹侯文學以所撰《韓詩遺説續考》見示。”則是編之作,實成於光緒十九年癸巳矣。其書都凡四卷,不載全經,但捃拾羣書所引《韓詩》,分條考釋,而標舉篇章及所釋詩句以爲目。按有漢之世,齊、魯、韓三家《詩》早立學官。兩漢儒林,遞相傳述,各守師法。自魏晋以來,博士經生專攻《毛詩》,三家遂廢。而《韓詩》之亡獨後,故隋唐諸書徵引猶夥。清儒陳喬樅網羅散佚,成《韓詩遺説考》五卷,頗稱詳核。惟近出諸古逸書所引《韓詩》遺文,猶多陳氏所未見,震福深以爲憾,因掇拾陳輯之遺,而補考之。今考其書,徵引宏富,考証精審,於陋儒僞撰之書,如宋董逌《齊詩》、明豐坊《魯詩》之類,凡不足徵信者,皆不加徵引。僅據《原本玉篇》《玉燭寶典》、慧琳《一切經音義》等書,詳爲採輯。並芟其與陳輯重複者,得百有餘條。其中如《毛詩》“抱衾與裯”,《韓詩》“裯”作“幬”;《毛詩》“其樂只且”,《韓詩》“只”作“旨”;《毛詩》“幹不庭方”,《韓詩》“幹”作

"韓"。若斯之類,皆詳其異同。又如《毛詩》:"氓之蚩蚩。"《傳》云:"蚩蚩,敦厚之貌。"韓則云:"蚩蚩,志意和悦貌也。"《毛詩》:"胡取禾三百廛兮。"《傳》云:"十夫之居曰廛。"韓則云:"廛,篿也。"《毛詩》:"蕃衍盈匊。"《傳》云:"兩手曰匊。"韓則云:"四指曰匊。"如此之類,則詳爲考釋,以訂其正俗通假。疏通証明,闡發無遺。雖其於《韓詩》異文,多以韓爲正字,於《韓詩》之説,則以爲優於《毛傳》,未免阿其所好。然瑕不掩瑜,既足補陳書之遺漏,亦足備治詩者之擇善而從焉。

倫明《〈韓詩遺説補〉提要》

《韓詩遺説補》一卷,傳抄本。清陶方琦撰。

方琦字子縝,浙江會稽人。光緒丙子進士,官翰林院編修。是書爲補臧庸《韓詩遺説》作也。方琦既據諸書及陳喬樅本校臧書而刊之,復輯此以補其所未備。所徵引諸書,如唐釋慧琳《大藏音義》、日本刻唐寫《玉篇》零卷、《玉燭寶典》《北堂書鈔》等,皆臧氏所未曾見。其與臧輯同而補其句者,如"于以采蘋"條下,臧輯引《釋文》:"沈者曰蘋,浮者曰藻。"又據王氏《詩攷》,改"藻"爲"薸",此則引《大藏音義》二句同,而補"水中有文草,皆魚鱉之所藏"二句,"薸"仍作"藻"。"施罛濊濊"條下,臧輯引《釋文》:"濊濊,流貌。"此則引《大藏音義》:"濊,水漫流也。""流"上補一"漫"字,其義方全。此條已據校於臧輯條下,互見於此。其與臧輯同而補其書者,如"愛而不見,搔首躊躇"條下,補引《大藏音義》:"躊躇,猶躑躅也。"與臧輯引《文選注》同。"子寧不詒音"條下,引唐本《玉篇》:"詒,寄也。曾不寄問也。"與臧輯引《御覽》同。"横由其畝"條下,引唐本《玉篇》:"東西耕曰横,南北耕曰由。"與臧輯引《一切經音義》同。"我歌且謡"條下,引唐本《玉篇》:"有章曲曰歌,無章曲曰謡。"與臧輯引《初學記》同。"劬勞于野"條下,引《大藏音義》:"劬,數也。"與臧輯引《一切經音義》同。"或寢或譌"條下,引唐本《玉篇》:"譌,覺也。"與臧輯引《釋文》同。"昊天不庸"條下,引唐本《玉篇》:"庸,易也。"與臧輯引《釋文》同。"嬥嬥公子”條下，引《大藏音義》：“嬥嬥，往來貌。”與臧輯引《釋文》同。小異而大同者。如“不素餐兮”條下，引唐本《玉篇》：“无功而食，謂之素餐。人但有質朴，無治民之材。居位食禄，多得君子加賜，名曰素餐。素者，質也。飱者，食之加惡，小人蒙君加賜温飽，故言也。”與臧輯引《文選注》：“何謂素餐。素者質也。言人但有質朴。而無治民之材。名曰素餐。尸禄者。頗有所知。善惡不言。默然不語。苟有得禄而已。譬若尸焉。”文略不同，而義可相足。其全不同者。如“苟亦無信”條下，引《大藏音義》：“苟，得也。”與臧輯引《一切經音義》“苟，且也”異。“蹙蹙靡所騁”條下，引《大藏音義》：“騁，馳也。”與臧輯引《文選注》“騁，施也”異。又如“歌以誶止”條下，引唐本《玉篇》：“誶，諫也。”與臧輯“歌以訊之”條下引《釋文》“訊，諫也”，則經不同而傳同。又如“視天瞢瞢”條下，引《大藏音義》作“瞢瞢，亂貌也”，與臧輯引《釋文》作“夢夢，惡貌”，則經與傳俱不同。至如同一書，而所引前後有異文，如“愛而不見，搔首躊躇”，《大藏音義》七十三及八十引作“躊躇，躑躅也”，而《大藏音義》六十七又引作“躊躇，徘徊不進也”。“憂心陶陶”，《大藏音義》九十五引作“陶，暢也”，而《大藏音義》八十四又引作“陶，養也”，此則或有一誤。所補共四百一十條，合之臧輯，而韓説之漏在羣書者，殆亦僅矣。卷末有方琦自跋，稱所引諸書無可比附者，往往閲他書而得之。此其輯録所以特詳歟？

葉啓勳《〈韓詩〉提要》

《韓詩》一卷，活字本。清龍璋輯。

《漢書・藝文志》載《韓故》三十六卷、《韓内傳》四卷、《韓外傳》六卷、《韓説》四十一卷。今諸書皆亡，存者惟《外傳》六卷。然自《隋志》以後，即較《漢志》多四卷，蓋後人所分也。是編爲璋從卷子本《玉篇》及釋慧琳《一切經音義》、釋希麟《續義》、韓孝彦《四聲篇海》等書輯録而成。其中如“澤中可禽獸居之曰藪也”，此則《詩》“叔在藪”之訓故也；“浮者曰藻，沈者曰蘋”，此則《詩》“于以采藻，于以采蘋”之訓故也;“遭,遇也”,此則《詩》“遭我乎狃之閒兮”之訓故也;“不遊蹊遂而涉曰跋涉”,此則《詩》“大夫跋涉”之訓故也;“躊躇,徘徊不進也”,此則《詩》“搔首躊躇”之訓故也;“佗,德之美好也”,此則《詩》“委委佗佗”之訓故也;“山有木無草曰岵”,此則《詩》“陟彼岵兮”之訓故也;“怙,賴也”,此則《詩》“無父何怙”之訓故也。凡此蓋均《韓故》之逸文,可斷言矣。武進臧鏞堂治《韓詩》,謂《華嚴音義》引《韓詩傳》有云:“墠,猶坦。”因知作“東門之壇”者爲《毛詩》,作“東門之墠”者爲《韓詩》。今《詩》作“墠”,因定本而誤,定本作“墠”,因《韓詩》而改,而《釋文》《正義》、開成石經固皆作“壇”也。今是編載“墠,坦也”,見慧琳《大唐三藏玄奘法師》三《音義》,又載“壇猶坦,言平地也”,見慧苑《大方廣佛華嚴經》八《音義》。則“墠”“壇”皆言平地也,《韓詩》固二義並存,固未可以作“壇”者爲《毛詩》,作“墠”者爲《韓詩》。今《詩》不因定本而誤,定本亦非因《韓詩》而改也。是則一字千金,可見是編之有關經義明矣。惟其掇拾僅限于琳、麟諸書,如范家相之《三家詩拾遺》、陳喬樅之《三家詩遺説》、阮元之《三家詩補遺》、丁晏之《三家詩補注》、馮登府之《三家詩異文疏證》、王引之之《經義述聞》、宋緜初之《韓詩内傳徵》所引,皆未能廣蒐博采,彙成一編。然三家之中,《魯詩》最古,故諸家輯三家《詩》,凡不知其爲某家者,皆括于魯,以《魯詩》爲其初祖也。但其中安知不有齊、韓二家之《詩》羼入?又安知不有齊、魯之《詩》羼入《韓詩》乎?抉擇不精,此諸家之通病。璋或者因此,而未加搜補也。要其殘膏賸馥,固足供説經者之研求,不能以其篇帙之少而廢已。

徵引文獻

一、彙輯部分徵引文獻

001.（漢）毛亨傳，（漢）鄭玄箋，（唐）孔穎達疏:《毛詩正義》，（清）阮元校刻:《十三經注疏》，影印嘉慶江西府學刻本，臺北藝文印書館，二〇〇七年。

002.（漢）孔安國傳，（唐）孔穎達疏:《尚書正義》，（清）阮元校刻:《十三經注疏》，影印嘉慶江西府學刻本，臺北藝文印書館，二〇〇七年。

003.（漢）司馬遷撰，（南朝宋）裴駰集解，（唐）司馬貞索隱，（唐）張守節正義:《史記》，中華書局，一九八二年。

004.（漢）班固撰集，（清）陳立疏證，吴則虞點校:《白虎通疏證》，中華書局，一九九四年。

005.（漢）應劭撰，王利器校注:《風俗通義校注》，中華書局，二〇一〇年。

006.（南朝宋）范曄撰，（唐）李賢注:《後漢書》，中華書局，一九六五年。

007.（南朝梁）沈約:《宋書》，中華書局，一九七四年。

008.（南朝梁）蕭統選，（唐）李善，（唐）吕延濟，（唐）劉良，（唐）張銑，（唐）吕向，（唐）李周翰注:《六臣注文選》，景印涵芬樓藏宋刊本，中華書局，一九八七年。

009.(南朝梁)蕭統選,(唐)李善注:《文選》,影印鄱陽胡氏重雕淳熙本,中華書局,一九七七年。

010.(南朝梁)宗懍撰,(隋)杜公瞻注,姜彦稚輯校:《荆楚歲時記》,中華書局,二〇一八年。

011.(南朝梁)顧野王:《玉篇》,《續修四庫全書》第二二八册,影印中國科學院圖書館藏日本昭和八年(一九三三)京都東方文化學院編《東方文化叢書》本,上海古籍出版社,二〇〇二年。

012.(南朝梁)顧野王撰,胡吉宣校釋:《玉篇校釋》,上海古籍出版社,一九八九年。

013.(北魏)酈道元著,陳橋驛校證:《水經注校證》,中華書局,二〇〇七年。

014.(隋)蕭吉撰,[日]中村璋八校注:《五行大義校注》,東京汲古書院,一九九八年。

015.(隋)杜臺卿:《玉燭寶典》,影印《古逸叢書》本,華東師範大學出版社,二〇一七年。

016.(隋)虞世南撰,(清)孔廣陶校注:《北堂書鈔》,《續修四庫全書》第一二一二—一二一三册,影印光緒十四年(一八八八)南海孔氏三十有三萬卷堂刻本,上海古籍出版社,二〇〇二年。

017.(唐)陸德明:《經典釋文》,影印宋元遞修本,上海古籍出版社,二〇一三年。

018.(唐)陸德明:《經典釋文》,影印通志堂刻本,中華書局,一九八三年。

019.(唐)歐陽詢:《藝文類聚》,影印上海圖書館藏宋紹興刻本,上海古籍出版社,二〇一七年。

020.(唐)歐陽詢撰,汪紹楹校:《藝文類聚》,上海古籍出版社,一九八二年。

021.(唐)釋玄應:《衆經音義》,徐時儀:《一切經音義三種校本合刊》,上海古籍出版社,二〇〇八年。

022.（唐）釋道世著，周叔迦，蘇晋仁校注：《法苑珠林校注》，中華書局，二〇〇三年。

023.（唐）長孫訥言：《切韻箋注》，張涌泉主編：《敦煌經部文獻合集》第五册，中華書局，二〇〇八年。

024.（唐）徐堅等：《初學記》，中華書局，一九六二年。

025.（唐）李白撰，（宋）楊齊賢集注，（元）蕭士贇補注：《分類補注李太白詩》，影印元建安余氏勤有堂刻明修本，國家圖書館出版社，二〇一七年。

026.（唐）杜甫著，（宋）趙次公注，林繼中輯校：《杜詩趙次公先后解輯校》（修訂本），上海古籍出版社，二〇一二年。

027.（唐）杜佑撰，王文錦等點校：《通典》，中華書局，一九八八年。

028.（唐）釋慧琳：《一切經音義》，徐時儀：《一切經音義三種校本合刊》，上海古籍出版社，二〇〇八年。

029.（唐）釋栖復：《法華經玄贊要集》，《卍續藏經》第三四册，臺北新文豐出版公司，一九七七年。

030.（唐）白居易：《白氏六帖事類集》，影印傅增湘藏紹興刻本，文物出版社，一九八七年。

031.（唐）劉賡：《稽瑞》，《叢書集成初編》第七〇二册，影印《後知不足齋叢書》本，中華書局，一九八五年。

032.（唐）段公路撰，（唐）崔龜圖注：《北户録》，《叢書集成初編》第三〇二一册，中華書局，一九八五年。

033.（唐）韓鄂：《歲華紀麗》，［日］長澤規矩也編：《和刻本類書集成》第一輯，重印汲古書院影印本，上海古籍出版社，一九九〇年。

034.（遼）希麟：《續一切經音義》，徐時儀：《一切經音義三種校本合刊》，上海古籍出版社，二〇〇八年。

035.（南唐）徐鍇：《説文解字繫傳》，影印道光十九年（一八三九）祁寯藻刻本，中華書局，一九八七年。

036.(宋)李昉等:《太平御覽》,重印涵芬樓景印宋本,中華書局,一九六〇年。

037.(宋)吴淑撰著,冀勤等校點:《事類賦注》,中華書局,一九八九年。

038.(宋)陳彭年:《鉅宋廣韻》,影印乾道五年(一一六九)建寧府黄三八郎書鋪刊本,浙江古籍出版社,二〇一七年。

039.(宋)王欽若等編纂,周勛初等校訂:《册府元龜》,鳳凰出版社,二〇〇六年。

040.(宋)釋智圓:《涅槃經疏三德指歸》,《卍續藏經》第三七册,臺北新文豐出版公司,一九七七年。

041.(宋)丁度:《集韻》,影印述古堂影宋鈔本,上海古籍出版社,一九八五年。

042.(宋)薛據:《孔子集語》,清乾隆二年(一七三七)孔廣棨刻本,山東友誼出版社,一九八九年。

043.(宋)蘇軾著,(清)馮應榴輯注,黄任軻、朱懷春校點:《蘇軾詩集合注》,上海古籍出版社,二〇〇一年。

044.(宋)高承撰,(明)李果訂,金圓、許沛藻點校:《事物紀原》,中華書局,一九八九年。

045.(宋)董逌:《廣川詩故》,吴國武:《董逌〈廣川詩故〉輯考》,《北京大學中國古文獻研究集刊》第七輯,北京大學出版社,二〇〇八年。

046.(宋)程大昌撰,許逸民校證:《演繁露校證》,中華書局,二〇一八年。

047.(宋)葉廷珪撰,李之亮校點:《海録碎事》,中華書局,二〇〇二年。

048.(宋)王觀國撰,田瑞娟點校:《學林》,中華書局,一九八八年。

049.(宋)孫奕撰,侯體健、況正兵點校:《履齋示兒編》,中華書局，二〇一四年。

050.（宋）釋宗曉：《金光明經照解》，《卍續藏經》第二〇册，臺北新文豐出版公司，一九七七年。

051.（宋）潘自牧：《記纂淵海》，《景印文淵閣四庫全書》第九三〇册，臺北商務印書館，一九八六年。

052.（宋）王應麟著，王京州、江合友點校：《詩考》，中華書局，二〇一一年。

053.（宋）羅璧：《羅氏拾遺》，《叢書集成初編》第三二〇册，中華書局，一九八五年。

054.（宋）陳元靚：《歲時廣記》，《叢書集成初編》第一七九册，中華書局，一九八五年。

055.（金）王朋壽：《增廣分門類林雜説》，《續修四庫全書》第一二一九册，影印民國九年（一九二〇）劉氏《嘉業堂叢書》本，上海古籍出版社，二〇〇二年。

056.（明）董斯張：《吹景集》，《續修四庫全書》第一一三四册，影印崇禎刻本，上海古籍出版社，二〇〇二年。

057.（明）董説：《七國考》，中華書局，一九五六年。

058.（清）傅恒等：《通鑑輯覽》，《景印文淵閣四庫全書》第三三九册，臺北商務印書館，一九八六年。

059.（清）董誥等編：《全唐文》，中華書局，一九八三年。

060.（清）馮雲鵬，（清）馮雲鵷輯：《金石索》，《續修四庫全書》第八九四册，影印道光元年（一八二一）紫琅馮氏邃古齋刻本，上海古籍出版社，二〇〇二年。

061.（清）孔廣森撰，王豐先點校：《大戴禮記補注》，中華書局，二〇一三年。

062.饒宗頤：《敦煌吐魯番本文選》，中華書局，二〇〇〇年。

063.周勛初纂輯：《唐鈔文選集注彙存》，上海古籍出版社，二〇〇〇年。

064. 王三慶:《敦煌類書》,高雄復文圖書出版社,一九九三年。

065. [新羅]薩守真:《天地瑞祥志》,薄樹人編:《中國科學技術典籍通匯》第四卷,影印日本京都大學人文科學研究所藏一九三二年寫本,河南教育出版社,一九九五年。

066. [日]釋普珠:《因明論疏明燈抄》,《大日本仏教全書》第八三册,東京仏書刊行會,一九二二年。

067. [日]釋中算:《妙法蓮華經釋文》,《大正藏》第五六册,臺灣佛陀教育基金會,一九九〇年。

068. [日]滋野貞主:《秘府略》,[日]塙保己一:《続群書類從》第三十輯下,東京続群書類從完成會,一九三三年。

069. [日]惟宗直本撰,[日]三浦周行,[日]滝川政次郎釈義:《令集解釈義》,東京國書刊行會,一九八二年。

070. [日]佚名:《香字抄》,影印杏雨書屋藏鈔本,大阪武田科學振興財団,二〇〇七年。

071. [日]佚名:《香字抄》,日本國立國會圖書館藏卷子本。

072. [日]釋源順:《倭名類聚抄》,日本早稻田大學藏元和三年(一六一七)和刻本。

073. [日]佚名:《大乘理趣六波羅蜜経釈文》,《優鉢羅室叢書》影印古寫本,一九七二年。

074. [日]佚名:《幼學指南抄》,[日]川瀨一馬監修:《原裝影印古典籍覆制叢刊》,東京雄松堂,一九七九年。

075. [日]釋覺明:《三教旨帰注》,日本國立國會圖書館藏寬永十一年(一六三四)鈔本。

076. [日]佚名:《年中行事抄》,[日]塙保己一:《続群書類從》第十輯上,東京続群書類從完成會,一九三三年。

077. [日]佚名:《塵袋》,日本古典全集刊行會,一九三四年。

078. [日]佚名:《年中行事秘抄》,《新校群書類從》第四輯,東京内外書籍株式會社，一九三一年。

079. ［日］中村璋八：《神宫文庫本五行大義背記に引存する東宫切韻佚文について》，《東洋學研究》第十一號，一九五五年。

080. ［日］新美寬編，［日］鈴木隆一補：《本邦殘存典籍による輯佚資料集成》，京都大學人文科學研究所，一九六八年。

081. ［日］上田正：《切韻逸文の研究》，東京汲古書院，一九八四年。

082. ［日］片山晴賢，丁鋒：《京都大學附屬図書館藏〈幼學指南抄〉（翻字）》，《駒沢短期大學研究紀要》第二一號，一九九三年。

二、通考部分徵引文獻

083. （戰國）佚名：《稱》，裘錫圭主編，湖南省博物館，復旦大學出土文獻與古文字研究中心編纂：《長沙馬王堆漢墓簡帛集成》第四册，中華書局，二〇一四年。

084. （秦）吕不韋編，許維遹集釋，梁運華整理：《吕氏春秋集釋》，中華書局，二〇〇九年。

085. （漢）陸賈撰，王利器校注：《新語校注》，中華書局，一九八六年。

086. （漢）賈誼撰，閻振益、鍾夏校注：《新書校注》，中華書局，二〇〇〇年。

087. （漢）韓嬰撰，屈守元箋疏：《韓詩外傳箋疏》，巴蜀書社，一九九六年。

088. （漢）韓嬰撰，許維遹集釋：《韓詩外傳集釋》，中華書局，一九八〇年。

089. （漢）劉安編，劉文典撰，馮逸、喬華點校：《淮南鴻烈集解》，中華書局，二〇一三年。

090. （漢）董仲舒撰，（清）蘇輿義證：《春秋繁露義證》，中華書局，一九九二年。

091.（漢）桓寬撰集，王利器校注：《鹽鐵論校注》，中華書局，一九九二年。

092.（漢）劉向集録，范祥雍箋證，范邦瑾協校：《戰國策箋證》，上海古籍出版社，二〇〇六年。

093.（漢）劉向編，向宗魯校證：《説苑校證》，中華書局，一九八七年。

094.（漢）劉向編，石光瑛校釋：《新序校釋》，中華書局，二〇一七年。

095.（漢）劉向編，（清）王照圓注，虞思徵點校：《列女傳補注》，華東師範大學出版社，二〇一二年。

096.（漢）劉向編，王叔岷校箋：《列仙傳校箋》，中華書局，二〇〇七年。

097.（漢）揚雄撰，（清）錢繹箋疏，李發舜、黄建中點校：《方言箋疏》，中華書局，一九九一年。

098.（漢）揚雄撰，華學誠匯證，王智群、謝榮娥、王彩琴協編：《揚雄方言校釋匯證》，中華書局，二〇〇六年。

099.（漢）王充著，黄暉撰：《論衡校釋》，中華書局，一九九〇年。

100.（漢）王充著，馬宗霍箋識：《論衡校讀箋識》，中華書局，二〇一〇年。

101.（漢）許慎著，（清）段玉裁注：《説文解字注》，影印經韻樓刻本，上海古籍出版社，一九八一年。

102.（漢）王符撰，（清）汪繼培箋，彭鐸校正：《潛夫論箋校正》，中華書局，一九八五年。

103.（漢）鄭玄注，（唐）孔穎達疏：《禮記正義》，（清）阮元校刻：《十三經注疏》，影印嘉慶江西府學刻本，臺北藝文印書館，二〇〇七年。

104.（漢）何休注，佚名疏：《春秋公羊傳注疏》，（清）阮元校刻：《十三經注疏》，影印嘉慶江西府學刻本，臺北藝文印書館，二〇〇七年。

105.（漢）鄭玄注，（唐）賈公彥疏：《儀禮注疏》，（清）阮元校刻：《十三經注疏》，影印嘉慶江西府學刻本，臺北藝文印書館，二〇〇七年。

106.（漢）鄭玄注，（唐）賈公彥疏：《周禮注疏》，（清）阮元校刻：《十三經注疏》，影印嘉慶江西府學刻本，臺北藝文印書館，二〇〇七年。

107.（漢）蔡邕：《明堂月令章句》，日本國立國會圖書館藏鈔本。

108.（漢）蔡邕撰，（清）孫星衍校輯：《琴操》，《續修四庫全書》第一〇九二册，影印清嘉慶十一年（一八〇六）刻《平津館叢書》本，上海古籍出版社，二〇〇二年。

109.（漢）劉熙撰，（清）畢沅疏證，（清）王先謙補，祝敏徹、孫玉文點校：《釋名疏證補》，中華書局，二〇〇八年。

110.（漢）孔融等著，俞紹初輯：《建安七子集》（修訂本），中華書局，二〇一六年。

111.（三國蜀）諸葛亮著，段熙仲、聞旭初編校：《諸葛亮集》，中華書局，一九六〇年。

112.（三國吴）陸璣：《毛詩草木鳥獸蟲魚疏》，《叢書集成初編》第一三四六——三四七册，影印《古經解彙函》本，中華書局，一九八五年。

113.（晉）杜預注，（唐）孔穎達疏：《春秋左傳正義》，（清）阮元校刻：《十三經注疏》，影印嘉慶江西府學刻本，臺北藝文印書館，二〇〇七年。

114.（晉）郭象注，（唐）成玄英疏，曹礎基、黄蘭發點校：《南華真經注疏》，中華書局，一九九八年。

115.（晉）郭璞：《爾雅注》，《叢書集成初編》第一一三九册，影印《五雅全書》本，中華書局，一九八五年。

116.（晉）郭璞注，王貽樑、陳建敏校釋：《穆天子傳彙校集釋》，中華書局,二〇一九年。

117.(晋)葛洪著,王明校釋:《抱朴子内篇校釋》,中華書局,一九八五年。

118.(晋)袁宏撰,張烈點校:《後漢紀》,中華書局,二〇〇二年。

119.(南朝梁)陶弘景撰,尚志鈞輯校:《名醫别録》,人民衛生出版社,一九八六年。

120.(南朝梁)皇侃撰,高尚榘校點:《論語義疏》,中華書局,二〇一三年。

121.(南朝梁)蕭繹撰,許逸民校箋:《金樓子校箋》,中華書局,二〇一一年。

122.(北齊)顔之推撰,王利器集解:《顔氏家訓集解》(增補本),中華書局,二〇一一年。

123.(唐)魏徵,(唐)令狐德棻:《隋書》,中華書局,一九七三年。

124.(唐)顔師古撰,嚴旭疏證:《匡謬正俗疏證》,中華書局,二〇一九年。

125.(唐)李延壽:《北史》,中華書局,一九七四年。

126.(唐)李泰等著,賀次君輯校:《括地志輯校》,中華書局,一九八〇年。

127.(唐)陳藏器撰,尚志鈞輯釋:《本草拾遺輯釋》,安徽科學技術出版社,二〇〇二年。

128.(唐)李白著,(清)王琦注:《李太白全集》,中華書局,一九七七年。

129.(唐)岑參撰,廖立箋注:《岑嘉州詩箋注》,中華書局,二〇〇四年。

130.(唐)陸淳撰,吴人整理,朱維錚審閲:《春秋集傳纂例》,上海書店出版社,二〇一二年。

131.(唐)白居易撰,謝思煒校注:《白居易詩集校注》,中華書局,二〇〇六年。

132.（唐）李鼎祚撰，王豐先點校：《周易集解》，中華書局，二〇一六年。

133.（遼）釋行均：《龍龕手鏡》，中華書局，一九八五年。

134.（後晉）劉昫等：《舊唐書》，中華書局，一九七五年。

135.（宋）江休復：《江鄰幾雜志》，《叢書集成初編》第二八四九册，中華書局，一九九一年。

136.（宋）劉敞：《公是集》，《景印文淵閣四庫全書》第一〇九五册，臺北商務印書館，一九八六年。

137.（宋）王得臣撰，俞宗憲點校：《麈史》，上海古籍出版社，一九八六年。

138.（宋）蘇轍撰，俞宗憲點校：《龍川略志》，中華書局，一九八二年。

139.（宋）吕大臨等撰，陳俊民輯校：《藍田吕氏遺著輯校》，中華書局，一九九三年。

140.（宋）黄朝英撰，吴企明點校：《靖康緗素雜記》，中華書局，二〇一四年。

141.（宋）唐慎微原著，（宋）艾晟刊定，尚志鈞點校：《大觀本草》，安徽科學技術出版社，二〇〇二年。

142.（宋）洪興祖撰，白化文等點校：《楚辭補注》，中華書局，一九八三年。

143.（宋）曾慥：《類説》，《北京圖書館古籍珍本叢刊》第六二册，影印天啓六年（一六二六）岳鍾秀刻本，書目文獻出版社，一九八八年。

144.（宋）鄭樵撰，王樹民點校：《通志二十略》，中華書局，一九九五年。

145.（宋）朱熹：《詩集傳》，上海古籍出版社，一九八〇年。

146.（宋）朱熹：《四書或問》，朱傑人、嚴佐之、劉永翔主編：《朱子全書》第六册，上海古籍出版社，安徽教育出版社，二〇〇二年。

147.（宋）李樗，（宋）黄櫄：《毛詩李黄集解》，（清）納蘭性德輯：《通志堂經解》，影印清同治重刊本，江蘇廣陵古籍刻印社，一九九三年。

148.（宋）羅願撰，石雲孫校點：《爾雅翼》，黄山書社，二〇一三年。

149.（宋）吕祖謙撰：《吕氏家塾讀詩記》，黄靈庚、吴戰壘主編：《吕祖謙全集》第四册，浙江古籍出版社，二〇〇八年。

150.（宋）費衮撰，金圓校點：《梁谿漫志》，上海古籍出版社，一九八五年。

151.（宋）蔡沈撰，王豐先點校：《書集傳》，中華書局，二〇一八年。

152.（宋）嚴粲：《詩緝》，《景印文淵閣四庫全書》第七五册，臺北商務印書館，一九八六年。

153.（宋）黄震：《黄氏日鈔》，臺北大化書局，一九八四年。

154.（宋）黎靖德輯：《朱子語類》，朱傑人、嚴佐之、劉永翔主編：《朱子全書》第17册，上海古籍出版社，安徽教育出版社，二〇〇二年。

155.（宋）王應麟著，鄭振峰等點校：《通鑑答問》，中華書局，二〇一二年。

156.（宋）王應麟著，（清）翁元圻等注，樂保群、田松青、吕宗力校點：《困學紀聞》（全校本），上海古籍出版社，二〇〇八年。

157.（宋）張端義：《貴耳集》，《叢書集成初編》第二七八三册，影印《津逮秘書》本，中華書局，一九八五年。

158.（宋）熊朋來：《五經説》，《景印文淵閣四庫全書》第一八四册，臺北商務印書館，一九八六年。

159.（元）李治撰，劉德權點校：《敬齋古今黈》，中華書局，一九九五年。

160.（元）汪大淵著，蘇繼庼校釋：《島夷志略校釋》，中華書局，一九八一年。

161.（明）朱橚原著，王家葵等校注：《救荒本草校釋與研究》，中醫古籍出版社，二〇〇七年。

162.（明）楊慎：《升庵經説》，《叢書集成初編》第二五〇—二五一册，中華書局，一九八五年。

163.（明）高拱著，流水點校：《問辨録》，《高拱論著四種》，中華書局，一九九三年。

164.（明）馮惟訥：《古詩紀》，《景印文淵閣四庫全書》第一三七九册，臺北商務印書館，一九八六年。

165.（明）李時珍：《本草綱目》，人民衛生出版社，一九八二年。

166.（明）王世貞：《弇州山人四部稿》，《明代論著叢刊》第十種，影印明萬曆世經堂本，臺北偉文圖書出版社，一九七六年。

167.（明）詹景鳳：《詹氏性理小辨》，《四庫全書存目叢書》第一一二册，影印明萬曆間刻本，齊魯書社，一九九六年。

168.（明）焦竑撰，李劍雄點校：《焦氏筆乘》，中華書局，二〇〇八年。

169.（明）陳第著，康瑞琮點校：《毛詩古音考》，中華書局，一九八八年。

170.（明）馮復京：《六家詩名物疏》，《景印文淵閣四庫全書》第八〇册，臺北商務印書館，一九八六年。

171.（明）胡紹增：《詩經胡傳》，《四庫未收書輯刊》第一輯第四册，影印明崇禎十六年（一六四三）胡氏春煦堂刻本，北京出版社，二〇〇〇年。

172.（明）王夫之：《詩經考異》，《船山全書》編輯委員會編：《船山全書》第三册，岳麓書社，二〇一一年。

173.（清）陳啓源：《毛詩稽古編》，《景印文淵閣四庫全書》第八五册，臺北商務印書館，一九八六年。

174.（清）張志聰：《黄帝内經靈樞集注》，上海科學技術出版社，一九五八年。

175.(清)尤侗撰,李肇翔、李復波整理:《看鑑偶評》,中華書局,一九九二年。

176.(清)馬驌撰,王利器整理:《繹史》,中華書局,二〇〇二年。

177.(清)毛奇齡:《毛詩寫官記》,《景印文淵閣四庫全書》第八六册,臺北商務印書館,一九八六年。

178.(清)姚際恒:《詩經通論》,《續修四庫全書》第六二册,影印道光十七年(一八三七)鐵琴山館刻本,上海古籍出版社,二〇〇二年。

179.(清)臧琳:《經義雜記》,《續修四庫全書》第一七二册,影印武進臧氏拜經堂刻本,上海古籍出版社,二〇〇二年。

180.(清)劉淇撰,章錫琛校注:《助字辨略》,中華書局,二〇〇四年。

181.(清)惠棟:《九經古義》,《叢書集成初編》第二五四册,中華書局,一九八五年。

182.(清)吴玉搢:《别雅》,《景印文淵閣四庫全書》第二二二册,臺北商務印書館,一九八六年。

183.(清)吴敬梓撰,李漢秋、項東昇校注:《吴敬梓集繫年校注》,中華書局,二〇一一年。

184.(清)范家相:《三家詩拾遺》,《景印文淵閣四庫全書》第八十八册,臺北商務印書館,一九八六年。

185.(清)盧文弨:《經典釋文考證》,《叢書集成初編》第一二〇二册,影印《抱經堂叢書》本,中華書局,一九八五年。

186.(清)盧文弨撰,楊曉春點校:《鍾山札記》,中華書局,二〇一〇年。

187.(清)王鳴盛:《尚書後案》,陳文和主編:《嘉定王鳴盛全集》第一册,中華書局,二〇一〇年。

188.(清)戴震:《毛鄭詩考正》,《續修四庫全書》第六三册,影印乾隆四十二年（一七七七）微波榭刻《戴氏遺書》本，上海古籍出版社，二〇〇二年。

189.（清）錢大昕：《經典文字考異》，陳文和主編：《嘉定錢大昕全集》（增訂本）第一册，鳳凰出版社，二〇一六年。

190.（清）錢大昕：《聲類》，陳文和主編：《嘉定錢大昕全集》（增訂本）第一册，鳳凰出版社，二〇一六年。

191.（清）錢大昕：《潛研堂金石文跋尾》，陳文和主編：《嘉定錢大昕全集》（增訂本）第六册，鳳凰出版社，二〇一六年。

192.（清）錢大昕：《十駕齋養新録》，陳文和主編：《嘉定錢大昕全集》（增訂本）第七册，鳳凰出版社，二〇一六年。

193.（清）錢大昕：《潛研堂文集》，陳文和主編：《嘉定錢大昕全集》（增訂本）第九册，鳳凰出版社，二〇一六年。

194.（清）吴麦雲：《吴氏遺著》，光緒十七年（一八九一）廣雅書局刻本。

195.（清）康基田編著，杜士鐸等點校：《晋乘蒐略》，三晋出版社，二〇一五年。

196.（清）畢沅，（清）阮元：《山左金石志》，《續修四庫全書》第九〇九册，影印儀徵阮氏小瑯環僊館刻本，上海古籍出版社，二〇〇二年。

197.（清）姚鼐：《惜抱軒筆記》，《續修四庫全書》第一一五二册，上海古籍出版社，二〇〇二年。

198.（清）桂馥撰，趙智海點校：《札樸》，中華書局，一九九二年。

199.（清）段玉裁：《毛詩故訓傳定本》，《續修四庫全書》第六四册，影印嘉慶二十一年（一八一六）段氏七葉衍祥堂刻本，上海古籍出版社，二〇〇二年。

200.（清）段玉裁：《詩經小學二種》，影印道光五年（一八二五）抱經堂刻三十卷本，嘉慶二年（一七九七）臧氏《拜經堂叢書》刻四卷本，廣西師範大學出版社，二〇一八年。

201.（清）管世銘：《韞山堂文集》，《清代詩文集彙編》第三九三冊，影印嘉慶六年（一八〇一）讀雪山房刊本，上海古籍出版社，二〇一〇年。

202.（清）邵晋涵撰，李嘉翼、祝鴻杰點校：《爾雅正義》，中華書局，二〇一七年。

203.（清）王念孫撰，徐煒君、樊波成、虞思徵、張靖華等校點：《讀書雜志》，上海古籍出版社，二〇一六年。

204.（清）王念孫撰，張靖華、樊波成、馬濤等校點：《廣雅疏證》，上海古籍出版社，二〇一六年。

205.（清）錢大昭撰，黄建中、李發舜點校：《廣雅疏義》，中華書局，二〇一六年。

206.（清）梁玉繩等編，吴樹平、王佚之、汪玉可點校：《史記漢書諸表訂補十種》，中華書局，一九八二年。

207.（清）洪亮吉撰，李解民點校：《春秋左傳詁》，中華書局，一九八七年。

208.（清）陳鱣：《簡莊疏記》，《續修四庫全書》第一一五七冊，上海古籍出版社，二〇〇二年。

209.（清）孫星衍撰，駢宇騫點校：《岱南閣集》，中華書局，一九九六年。

210.（清）孫星衍撰，陳抗、盛冬鈴點校：《尚書今古文注疏》，中華書局，二〇〇四年。

211.（清）陳士珂：《孔子家語疏證》，《叢書集成初編》第五〇六冊，中華書局，一九八五年。

212.（清）郝懿行撰，張述錚、趙海菱點校：《詩説》，安作璋主編：《郝懿行集》第一冊，齊魯書社，二〇一〇年。

213.（清）郝懿行，（清）王照圓撰，趙立綱、陳乃華點校：《詩問》，安作璋主編：《郝懿行集》第一冊，齊魯書社，二〇一〇年。

214.（清）郝懿行撰，李念孔、高文達、趙立綱、張金霞、劉淑賢點校，管謹訒通校：《證俗文》，安作璋主編：《郝懿行集》第三册，齊魯書社，二〇一〇年。

215.（清）郝懿行撰，吴慶峰、張金霞、叢培卿、王其和點校：《爾雅義疏》，安作璋主編：《郝懿行集》第四册，齊魯書社，二〇一〇年。

216.（清）郝懿行撰，耿天勤點校，安作璋通校：《曬書堂集》，安作璋主編：《郝懿行集》第七册，齊魯書社，二〇一〇年。

217.（清）沈清瑞：《韓詩故》，山東大學圖書館藏民國二十二年（一九三三）鉛印《沈氏群峯集》本。

218.（清）焦循：《易章句》，陳居淵主編：《雕菰樓易學五種》，鳳凰出版社，二〇一二年。

219.（清）焦循：《論語補疏》，陳居淵主編：《雕菰樓經學九種》，鳳凰出版社，二〇一五年。

220.（清）焦循：《毛詩補疏》，陳居淵主編：《雕菰樓經學九種》，鳳凰出版社，二〇一五年。

221.（清）焦循撰，沈文倬點校：《孟子正義》，中華書局，一九八七年。

222.（清）阮元：《三家詩補遺》，《續修四庫全書》第七六册，影印清儀徵李氏刻《崇惠堂叢書》本，上海古籍出版社，二〇〇二年。

223.（清）洪頤煊：《讀書叢録》，《叢書集成初編》第三五九册，中華書局，一九八五年。

224.（清）王引之撰，虞思徵、馬濤、徐煒君校點：《經義述聞》，上海古籍出版社，二〇一六年。

225.（清）臧庸撰，（清）陶方琦校補：《韓詩遺説》，《叢書集成初編》第一七四六册，中華書局，一九八五年。

226.（清）柯汝鍔：《甕天録》，武漢大學圖書館藏清道光吴江沈氏世楷堂刻本。

227.（清）陳壽祺撰，王豐先整理：《五經異義疏證》，中華書局，二〇一四年。

228.（清）陳壽祺撰，（清）陳喬樅述：《韓詩遺説考》，《續修四庫全書》第七六册，影印清刻《左海叢書》本，上海古籍出版社，二〇〇二年。

229.（清）陳壽祺撰，（清）陳喬樅述：《魯詩遺説考》，《續修四庫全書》第七六册，影印清刻《左海叢書》本，上海古籍出版社，二〇〇二年。

230.（清）俞正燮撰，于石、馬君驊、諸偉奇校點：《癸巳類稿》，《俞正燮全集》第一册，黄山書社，二〇〇五年。

231.（清）鄧廷楨著，馮惠民點校：《雙硯齋筆記》，中華書局，一九八七年。

232.（清）胡承珙撰，郭全芝校點：《毛詩後箋》，黄山書社，一九九九年。

233.（清）胡承珙：《小爾雅義證》，黄山書社，二〇一一年。

234.（清）馬瑞辰撰，陳金生點校：《毛詩傳箋通釋》，中華書局，一九八九年。

235.（清）徐璈：《詩經廣詁》，《續修四庫全書》第六九册，上海古籍出版社，二〇〇二年。

236.（清）胡培翬傳，（清）胡肇昕，（清）楊大堉補：《儀禮正義》，影印上海圖書館藏清咸豐二年（一八五二）刻本，廣西師範大學出版社，二〇一八年。

237.（清）馮登府：《三家詩遺説》，《續修四庫全書》第七六册，上海古籍出版社，二〇〇二年。

238.（清）馮登府：《三家詩異文疏證》，（清）阮元編：《皇清經解》，影印道光九年（一八二九）學海堂刊本，齊魯書社，二〇一六年。

239.（清）馮登府：《十三經詁答問》，（清）王先謙編：《皇清經解續編》，影印光緒十四年（一八八八）南菁書院刊本，齊魯書社，二〇一六年。

240.（清）王聘珍撰，王文錦點校：《大戴禮記解詁》，中華書局，一九八三年。

241.（清）孫經世：《惕齋經説》，《續修四庫全書》第一七六册，上海古籍出版社，二〇〇二年。

242.（清）陳奂撰，王承略點校：《詩毛氏傳疏》，《儒藏》（精華編）第三四册，北京大學出版社，二〇〇九年。

243.（清）劉寶楠撰，高流水點校：《論語正義》，中華書局，一九九〇年。

244.（清）劉寶楠撰，張連生點校：《愈愚録》，（清）劉台拱等：《寶應劉氏集》，廣陵書社，二〇〇六年。

245.（清）馬國翰：《目耕帖》，《續修四庫全書》第一二〇五册，影印長沙嫏嬛館補校本，上海古籍出版社，二〇〇二年。

246.（清）魏源：《詩古微》（二十卷本），魏源全集編輯委員會編校：《魏源全集》第一册，岳麓書社，二〇〇四年。

247.（清）魏源：《詩古微》（二卷本），魏源全集編輯委員會編校：《魏源全集》第一册，岳麓書社，二〇〇四年。

248.（清）徐堂：《韓詩述》，國家圖書館藏清鈔本。

249.（清）趙在翰輯，鍾肇鵬、蕭文郁點校：《七緯》，中華書局，二〇一二年。

250.（清）張文虎撰，魏得良校點：《舒藝室隨筆》，遼寧教育出版社，二〇〇三年。

251.（清）陳立：《句溪雜著》，《續修四庫全書》第一七六册，上海古籍出版社，二〇〇二年。

252.（清）徐鼒撰，閻振益、鍾夏點校：《讀書雜釋》，中華書局，一九九七年。

253.（清）郭嵩燾：《莊子評注》，岳麓書社，二〇一二年。

254.（清）鍾文烝撰，駢宇騫、郝淑慧點校：《春秋穀梁經傳補注》，中華書局，二〇〇九年。

255.（清）勞格：《讀書雜識》，《叢書集成續編》第一九册，影印《月河精舍叢鈔》本，臺北新文豐出版公司，一九八八年。

256.（清）朱學勤：《朱修伯批本四庫簡明目録》，影印管禮耕鈔本，北京圖書館出版社，二〇〇一年。

257.（清）劉恭冕撰，秦躍宇點校：《廣經室文鈔》，（清）劉台拱等：《寶應劉氏集》，廣陵書社，二〇〇六年。

258.（清）俞樾：《古書疑義舉例》，中華書局，二〇〇五年。

259.（清）俞樾撰，張鈺翰點校：《群經平議》，《儒藏》（精華編）第一〇二册，北京大學出版社，二〇一四年。

260.（清）周悦讓著，任迪善，張雪庵校點：《倦遊庵槧記》，齊魯書社，一九九六年。

261.（清）錢玫：《韓詩内傳並薛君章句考》，復旦大學圖書館藏清鈔本。

262.（清）黄以周撰，王文錦點校，［日］橋本秀美覆校：《禮書通故》，中華書局，二〇〇七年。

263.（清）王先謙撰，王承略點校：《詩三家義集疏》，《儒藏》（精華編）第三六册，北京大學出版社，二〇一四年。

264.（清）王先謙撰，沈嘯寰點校：《莊子集解》，中華書局，一九八七年。

265.（清）王先謙撰，沈嘯寰、王星賢點校：《荀子集解》，中華書局，一九八八年。

266.（清）郭慶藩撰，王孝魚點校：《莊子集釋》，中華書局，二〇一二年。

267.（清）陶方琦：《韓詩遺説補》，復旦大學圖書館藏清鈔本。

268.（清）孫詒讓撰，孫啓治點校：《墨子閒詁》，中華書局，二〇〇一年。

269.（清）孫詒讓撰，王文錦、陳玉霞點校：《周禮正義》，中華書局，二〇一三年。

270.（清）孫詒讓撰，雪克點校：《籀廎述林》，中華書局，二〇一〇年。

271.（清）皮錫瑞:《尚書大傳疏證》,吴仰湘編:《皮錫瑞全集》第一册,中華書局,二〇一五年。

272.（清）皮錫瑞:《今文尚書考證》,吴仰湘編:《皮錫瑞全集》第二册,中華書局,二〇一五年。

273.（清）皮錫瑞:《駁五經異義疏證》,吴仰湘編:《皮錫瑞全集》第四册,中華書局,二〇一五年。

274.（清）皮錫瑞:《師伏堂經説》,吴仰湘編:《皮錫瑞全集》第五册,中華書局,二〇一五年。

275.（清）皮錫瑞:《經學通論》,吴仰湘編:《皮錫瑞全集》第六册,中華書局,二〇一五年。

276.（清）皮錫瑞:《漢碑引經考》,吴仰湘編:《皮錫瑞全集》第七册,中華書局,二〇一五年。

277.（清）皮錫瑞:《經訓書院自課文》,吴仰湘編:《皮錫瑞全集》第八册,中華書局,二〇一五年。

278.（清）廖平撰,部積意點校:《穀梁古義疏》,中華書局,二〇一二年。

279.（清）徐世昌等編纂,沈芝盈、梁運華點校:《清儒學案》,中華書局,二〇〇八年。

280.（清）于鬯:《香草校書》,中華書局,一九八四年。

281.（清）李宗棠著,郭全芝點校:《學詩堂經解》,黄山書社,二〇一七年。

282.（清）顧震福:《韓詩遺説續考》,復旦大學圖書館藏光緒刻本。

283.（清）夏敬觀:《毛詩序駁議》,《經學文獻研究集刊》第二十三—二十四輯,上海書店出版社,二〇二〇年。

284.（清）陸炳章:《讀毛詩日記》,（清）雷浚,（清）汪之昌選:《學古堂日記》,影印光緒二十二年（一八九六）蘇州學古堂刊本,臺北華文書局股份有限公司，一九七〇年。

285.（清）申濩元：《讀毛詩日記》，（清）雷浚，（清）汪之昌選：《學古堂日記》，影印光緒二十二年（一八九六）蘇州學古堂刊本，臺北華文書局股份有限公司，一九七〇年。

286.（清）徐鴻鈞：《讀毛詩日記》，（清）雷浚，（清）汪之昌選：《學古堂日記》，影印光緒二十二年（一八九六）蘇州學古堂刊本，臺北華文書局股份有限公司，一九七〇年。

287.（清）楊賡元：《讀毛詩日記》，（清）雷浚，（清）汪之昌選：《學古堂日記》，影印光緒二十二年（一八九六）蘇州學古堂刊本，臺北華文書局股份有限公司，一九七〇年。

288. 章太炎：《鎦子政左氏説》，上海人民出版社，二〇一五年。

289. 章太炎講，諸祖耿整理：《太炎先生尚書説》，中華書局，二〇一三年。

290. 梁啓超：《中國文化史》，《飲冰室合集》專集第十八册，中華書局，二〇一五年。

291. 黄節：《詩旨纂辭》，中華書局，二〇〇八年。

292. 高步瀛著，曹道衡、沈玉成點校：《文選李注義疏》，中華書局，一九八五年。

293. 程樹德撰，程俊英、蔣見元點校：《論語集釋》，中華書局，一九九〇年。

294. 徐元誥撰，王樹民、沈長雲點校：《國語集解》（修訂本），中華書局，二〇〇二年。

295. 馬衡：《漢石經集存》，上海書店出版社，二〇一三年。

296. 吴承仕：《經籍舊音辨證》，（唐）陸德明撰，吴承仕疏證，張力偉點校：《經典釋文序録疏證》，中華書局，二〇〇八年。

297. 楊樹達：《古書疑義舉例續補》，（清）俞樾等：《古書疑義舉例五種》，中華書局，二〇〇五年。

298. 楊樹達：《積微居小學述林全編》，上海古籍出版社，二〇一三年。

299. 馬叙倫:《古書疑義舉例校録》,(清)俞樾等:《古書疑義舉例五種》,中華書局,二〇〇五年。

300. 黄侃著,黄焯輯,黄延祖重輯:《爾雅音訓》,中華書局,二〇〇七年。

301. 于省吾:《甲骨文字釋林》,中華書局,二〇〇九年。

302. 馬非百:《管子輕重篇新詮》,中華書局,一九七九年。

303. 陳子展:《詩經直解》,復旦大學出版社,一九八三年。

304. 聞一多:《詩經通義》,《古典新義》,商務印書館,二〇一一年。

305. 聞一多:《詩經新義》,《古典新義》,商務印書館,二〇一一年。

306. 高亨:《詩經今注》,上海古籍出版社,二〇〇九年。

307. 程俊英、蔣見元:《詩經注析》,中華書局,一九九一年。

308. 黎翔鳳撰,梁運華整理:《管子校注》,中華書局,二〇〇四年。

309. 黄焯:《經典釋文彙校》,中華書局,二〇〇六年。

310. 屈萬里:《詩經詮釋》,上海辭書出版社,二〇一六年。

311. 楊伯峻:《列子集釋》,中華書局,一九七九年。

312. 錢鍾書:《管錐編》,中華書局,一九八六年。

313. 周振甫:《詩經譯注》,中華書局,二〇一〇年。

314. 趙善詒:《韓詩外傳補正》,商務印書館,一九三八年。

315. 楊聯陞:《中國文化中"報""保""包"之意義》,中華書局,二〇一六年。

316. 王叔岷:《史記斠證》,中華書局,二〇〇七年。

317. 王叔岷:《先秦道法思想講稿》,中華書局,二〇〇七年。

318. 楊寬:《古史新探》,上海人民出版社,二〇一六年。

319. 蔣禮鴻:《義府續貂》(增訂本),中華書局,二〇二〇年。

320. 袁梅:《詩經異文彙考辨證》,齊魯書社,二〇一三年。

321. 余英時著,彭國翔編:《會友集》,臺北三民書局,二〇一〇年。

322. 李敬忠:《〈方言〉中少數民族語詞試析》,《中國語文》一九八七年第三期。

323. 賴炎元:《韓詩外傳考徵》,臺灣省立師範大學,一九六三年。

324. 袁行霈、徐建委、程蘇東:《詩經國風新注》,中華書局,二〇一八年。

325. 遲鐸:《小爾雅集釋》,中華書局,二〇〇八年。

326. 胡平生、韓自强:《阜陽漢簡詩經研究》,上海古籍出版社,一九八八年。

327. 瞿紹汀:《韓詩外傳校釋》,臺北中國文化學院碩士學位論文,一九七七年。

328. 王曉平:《日本詩經學文獻考釋》,中華書局,二〇一二年。

329. 李零:《上博楚簡三篇校讀記》,中國人民大學出版社,二〇〇九年。

330. 范志新:《〈文選〉李善注韓毛詩稱謂義例識小》,《厦大中文學報》第四輯,二〇一七年。

331. 黄天樹:《黄天樹古文字論集》,學苑出版社,二〇〇六年。

332. 陳鴻森:《韓詩遺説補遺》,《大陸雜誌》一九九四年第八十五卷第四期。

333. 熊良智:《試論韓國奎章閣本〈文選·魏都賦〉注者題録之有關問題》,《四川師範大學學報》二〇〇七年第六期。

334. 傅亞庶:《孔叢子校釋》,中華書局,二〇一一年。

335. 黄德寬、徐在國主編:《安徽大學藏戰國楚簡》(一),中西書局,二〇一九年。

336. 劉躍進:《文選舊注輯存》,鳳凰出版社,二〇一七年。

337. 方向東:《大戴禮記彙校集解》,中華書局,二〇〇八年。

338. 于茀：《金石簡帛詩經研究》，北京大學出版社，二〇〇四年。

339. 李梅訓：《〈韓詩外傳〉“鼓鐘樂之”辨析》，《古籍研究》二〇〇〇年第四期。

340. 程燕：《詩經異文輯考》，安徽大學出版社，二〇一〇年。

341. 丁鋒：《〈華嚴傳音義〉全文校釋》，《東渡唐僧道璿及其〈華嚴傳音義〉研究》卷下，《語學教育フォーラム》第三二號，二〇一七年。

342. 李真：《上巳習俗の基礎的研究——詩経・鄭風・溱洧篇の韓詩説と上巳習俗の関係を中心として》（上、下），《岩大語文》第十四—十五輯，二〇〇九—二〇一〇年。

343. 于薇：《從“剪桐封弟”兩種版本看上古故事流傳與地域政治進程》，《歷史人類學學刊》第十三卷第一期，二〇一五年。

344. 程蘇東：《〈文選〉李善注徵引〈韓詩〉異文研究》，《信陽師範學院學報》二〇〇九年第五期。

345. 郁沖聰：《六朝異物志與文學》，濟南：山東大學博士學位論文，二〇二〇年。

346. 吕冠南：《〈韓詩内傳〉舊輯考辨與新輯》，《河北師範大學學報》二〇一七年第一期。

347. 吕冠南：《〈韓詩内傳〉性質問題新論》，《北京社會科學》二〇二〇年第四期。

348. 吕冠南：《〈韓詩外傳〉版本流變三階段》，《西華大學學報》二〇一八年第六期。

349. 吕冠南：《〈韓詩外傳〉舊輯考辨與新輯》，《經學文獻研究集刊》第二十三輯，上海書店出版社，二〇二〇年。

350. 吕冠南：《〈韓詩翼要〉三題考辨》，《圖書館研究與工作》二〇一八年第十期。

351. 吕冠南：《〈舊唐書・經籍志〉所録〈韓詩序〉三題》，《圖書情報研究》二〇一九年第二期。

352.［日］森立之:《素問考注》,學苑出版社,二〇一三年。

353.［日］竹添光鴻:《毛詩會箋》,影印民國九年(一九二〇)上海商務印書館代印本,臺北大通書局,一九七五年。

354.［日］竹添光鴻:《左氏會箋》,影印日本明治講學會明治三十六年(一九〇三)刊本,巴蜀書社,二〇〇八年。

355.［瑞典］高本漢(Klas Bernhard Johannes Karlgren)著,董同龢譯:《詩經注釋》,中西書局,二〇一二年。

356.［英］汪濤著,郅曉娜譯:《顏色與祭祀:中國古代文化中顏色涵義探幽》,上海古籍出版社,二〇一三年。

357.［美］夏含夷(Edward L. Shaughnessy)著,黃聖松、楊濟襄、周博群等譯,范麗梅、黃冠雲修訂:《孔子之前:中國經典誕生之研究》,中西書局,二〇一九年。

圖書在版編目(CIP)數據

韓詩佚文彙輯通考/吕冠南著.--上海:上海古籍出版社,2023.11
(漢籍合璧精華編)
ISBN 978-7-5732-0938-2

Ⅰ.①韓… Ⅱ.①吕… Ⅲ.①古典詩歌-詩歌研究-中國-漢代 Ⅳ.①I207.22

中國國家版本館 CIP 數據核字(2023)第 207833 號

漢籍合璧精華編
韓詩佚文彙輯通考
(全二册)
吕冠南 著

上海古籍出版社出版發行
(上海市閔行區號景路 159 弄 1-5 號 A 座 5F 郵政編碼 201101)
(1) 網址:www.guji.com.cn
(2) E-mail:guji1@guji.com.cn
(3) 易文網網址:www.ewen.co
浙江臨安曙光印務有限公司印刷
開本 710×1000 1/16 印張 38.75 插頁 6 字數 614,000
2023 年 11 月第 1 版 2023 年 11 月第 1 次印刷
ISBN 978-7-5732-0938-2

I·3769 定價:228.00 元